Don Both
Maria O'Hara

Garden of SINS

A.P.P.
Romance

GARDEN OF SINS

Von Don Both und Maria O'Hara

Deutsche Erstausgabe September 2019

Kontakt: https://www.facebook.com/DonBothMariaOHara/
Trailer zum Buch: https://youtu.be/pdf164TzokU
Mit besonderem Dank an Kerstin Patze und Nicole Zdroiek
Cover: Marie Grasshoff
Presseanfragen: akreimendahl-a.p.p.verlag@freenet.de
Erschienen im A.P.P.-Verlag
Peter Neuhäußer
Niederlassung Deutschland:
Gemeindegässle 05
89150 Laichingen
Mobi: 978-3-96115-560-6
E-Pub: 978-3-96115-561-3
Print: 978-3-96115-562-0

Vorwort

VORSICHT!
Dieses Buch ist nichts für schwache Nerven. *Wir* sind nichts für schwache Nerven. Ich werde deinen Kopf manipulieren und er deinen Körper – bis nichts mehr von dir übrig ist. Bis du total abhängig bist – bis du nur noch an uns denken kannst und nichts anderes mehr für dich zählt. Bis du völlig besessen bist von uns.
Also, wenn du dich nicht zu hundert Prozent hingeben kannst oder nur nach strikten Regeln spielst, dann bist du bei uns falsch. Wir haben keine Regeln. Wir sind keine Romeos. Wir sind keine fairen Spieler. Wir haben keine Grenzen – und wir respektieren auch deine nicht.
Bei uns gibt es kein Gut und Böse. Kein Dunkel und Hell. Bei uns gibt es nur den Abgrund. Wenn du bereit bist zu fallen, dann lass dich von uns stoßen.
Aber sag nicht, wir hätten dich nicht gewarnt – und erwarte nicht, dass wir dich auffangen.
Doch der Sturz wird unvergesslich, Babygirl.
Bist du bereit?

Caden und Carter Rush

Prolog

Ich würde dir gern sagen, dass wir uns manchmal langweilen und Spiele spielen.

Ich würde dir gern sagen, dass ich der Gute bin und er der Böse.

Aber bei uns gibt es kein Gut und Böse, weil wir beide direkt aus der Hölle kommen, Alayna.

Und eins ist klar: Einem der Monster, das wir beide in uns haben, wirst du erliegen, denn du bist nicht stark genug für zwei davon.

Die Zeit läuft, Alayna.

Ich zähle bis drei.

Eins!

Zwei!

…

Zu spät, Babygirl!

1. Du denkst, ich bin er, Alayna

Carter

»Ist was, Alayna?«, frage ich und du schüttelst den Kopf.

Du trägst Ballerinas, Alayna, und ich weiß, was du für eine bist. Hier am Tisch spielst du das liebe, brave Mädchen und bei mir im Bett bist du die versaute Hure.

Manchmal frage ich mich, ob du weißt, dass du mit uns beiden schläfst. So blöd kann man doch nicht sein, es nach so vielen Malen nicht wenigstens zu *ahnen*. Aber du sitzt hier, total scheinheilig mit deinem *Caden* – und ich glaube, du weißt gar nichts. Du hast dein langes Haar, was an den Ansätzen dunkel ist und nach unten hin immer heller wird und mich an flüssiges Karamell erinnert, offen gelassen, weil du weißt, dass *er* das liebt. Ich weiß genau, auf was er abfährt. Er ist mein Zwillingsbruder.

Deine dunkelbraunen Augen, die wie zwei schwarze Löcher wirken, sind nur leicht geschminkt. Du ziehst deine perfekt gezupften Augenbrauen in die Höhe, als du meinen Blick erwiderst und langsam von einer Karotte abbeißt.

Du bist wieder mal bei uns zum Essen, Alayna, weil du die Nacht bei Caden verbracht hast.

Caden sieht genauso heiß aus wie ich, aber er ist nicht so abgefuckt wie ich. Er ist der, der im Leben noch eine Chance hat. Ich bin der, der gar keine Chance will.

Du trägst eine kurze, weiße Schlafhose, die ich dir später mit größtem Vergnügen ausziehen werde, und ein gelbes Shirt von ihm, das du anbehalten darfst, weil es perfekt zu deiner gebräunten Haut passt. Deine vollen Lippen schließen sich um die Karotte und du beißt erneut davon ab. Gestern Nacht hattest du noch meinen Schwanz im Mund und ich habe keine Ahnung, ob du das überhaupt weißt.

Ich schaue meinen Bruder an, der meinen Blick gelangweilt erwidert, denn er merkt, dass du mit mir spielst. Weil du unbedingt willst, dass ich dir Beachtung schenke, wieso auch immer – zumindest versuchst du, mit mir zu spielen. Er weiß es, und es ist ihm nicht nur egal. Ganz im Gegenteil. Er *liebt* das.

Du denkst, ich hatte dich noch nicht, Alayna, und du willst unbedingt, dass ich dich heiß finde. Es fällt mir so leicht, dir vorzuspielen, dass ich es *nicht* tue. Weil mir klar ist, dass ich dich sowieso später wieder spüren werde – genau wie Caden. Ich mache nichts, was mein Bruder nicht weiß und vorher absegnet. Wir haben dieses Zwillingsding und teilen wirklich *alles*.

Ich liebe diesen Scheißer.

Ich zucke mit den Schultern in seine Richtung und nehme mir auch eine Karotte, von der ich abbeiße. Wahrscheinlich bin ich immer noch stoned von gestern. Die Party war ziemlich krass. Du warst auch da, Alayna. Wir haben es im Schlafzimmer von dem Typen getrieben, der die Hausparty organisiert hat. Währenddessen war Caden unten und hat eine Tüte geraucht. Wir machen das gern, Alayna, uns gleich anziehen und die Leute verarschen. Vor allem die Frauen. Das machen wir schon seit der Highschool und wir haben das perfektioniert. Ich weiß genau, wie mein Bruder tickt, und er, wie ich es tue. Ich weiß genau, wie er spricht und kenne seine Gestik sowie Mimik – und umgekehrt. Wir wechseln uns ab, so wie bei dir. Du merkst das gar nicht und ich mag das. Dabei weiß ich, dass ich ganz anders ficke als er. Manchmal überlege ich, ob du bei ihm auch so oft kommst wie bei mir. Aber das würde ich nie laut fragen, Alayna. Und Ich weiß, wie ich dich berühren muss, damit du den Unterschied nicht merkst.

Deine Lippen sind voll und du kaust auf der unteren herum, während du darauf wartest, dass mein Dad dir den Orangensaft gibt, um den du ihn vor gefühlten dreißig Minuten gebeten hast. Ich erbarme mich, strecke meine Hand nach der Karaffe aus und stelle sie dir laut hin.

»Danke!«, hauchst du. Wieso so schüchtern, Alayna? Immer, wenn meine Eltern da sind, bist du so ein kleines Reh. Im Bett hingegen sieht das ganz anders aus. Und das wissen wir beide. Also Caden und ich. Du eher nicht.

»Und Carter, was hast du heute noch vor?«, fragt Caden mich und ich lasse die Augen träge von dir zu ihm wandern.

»Hmmm … mal sehen, da steigt 'ne Party bei Landon, diesem kleinen Loser, der sich bestimmt selbst dafür umbringt, wenn ich da erscheine. Vielleicht geh ich da hin, kommst du auch?«

»Ich will auch mit«, quengelt es vom anderen Ende des Tisches. Ich lasse genervt meinen Kopf zurückfallen und verdrehe die Augen. Aber Dad macht das schon.

»Party, Ava? Du?« Er sieht meine kleine Schwester mit einer erhobenen Augenbraue an und spießt sein Rührei auf. »Ganz sicher nicht!« Dad ist ein Kontrollfreak, wie er im Buche steht. Wenn es um unsere Schwester geht, ist er besonders schlimm. Genau wie ich. Er hat uns nicht nur sein Aussehen: seine schwarzen Haare, seine markanten Gesichtszüge und seinen Körperbau vererbt, sondern auch seinen abgefuckten Charakter, und das, was von Mom einfließt, macht das Ganze auch nicht besser. Außer dass unsere Augen eine besonders türkisblaue Färbung haben, die jedes Höschen schmelzen lässt. Aber meine kleine Schwester Ava hat die Augen meines Vaters: undefinierbar. Manchmal bräunlich und manchmal mit einem grünen Stich und manchmal sogar bläulich schimmernd. Total verrückte Augen, so verrückt wie diese Familie.

Aber ich mag das ein bisschen. Die ganze Nachbarschaft ist normal, nur wir nicht.

Ava stöhnt total genervt und wendet sich nun an unsere Mutter. »Mom, jetzt sag doch auch mal was. Ich bin siebzehn Jahre alt! Was hast *du* denn mit siebzehn so gemacht?«

»Das steht hier gar nicht zur Debatte«, sagt mein Vater sofort und Mom legt eine Hand auf seinen Arm.

»Die Antwort lautet Nein, Ava! Du gehst nicht raus! Du schminkst dich nicht und du ziehst auch keine kurzen Röckchen an. Versuch es bei mir erst gar nicht, die Welt ist hässlich und ich lasse dich nicht auf irgendwelche Partys gehen, wo Typen wie deine Brüder rumrennen!«

»Hey!«, beschwert sich Caden träge und ich grinse unsere Mutter total stoned an.

Dad schlägt mir auf den Hinterkopf. »Grins nicht so debil!«

»Woah, ihr seid heute echt scheiße drauf«, murmle ich. »Was ist denn los?«

»Ich muss dein Gesicht sehen, das ist los. Und das gleich zweimal!«

»Dad, entspann dich mal!« Ich lege ihm meine Hand auf die Schulter und bekomme einen Todesblick, der selbst Chuck Norris schreiend davonlaufen lassen würde.

»Wir sind das Wochenende bei euren Großeltern zum Essen eingeladen. Das heißt, bereitet euch die Tage darauf vor, keine Drogen zu nehmen, keinen Alkohol zu trinken, nicht … Halt dir die Ohren zu, Ava!« Sie verdreht die Augen und folgt seiner Anweisung. »Nicht *rumzuvögeln* oder sonst was für einen Scheiß zu fabrizieren, den ihr immer so fabriziert!«, meint Dad und macht unserer Schwester ein Handzeichen, dass sie die Hände wieder von ihren Ohren nehmen kann.

»Du willst nur, dass wir da wie Musterschüler auftauchen, weil Onkel Riley kommt und seine superperfekten Stepford-Kinder mitbringt. Ich konkurriere nicht mit so was, Dad. Das ist unter meinem Niveau.«

»Und du bist unter *meinem* Niveau, du Kröte«, antwortet er gelangweilt.

»Was wird das überhaupt?«, fragt Caden. »So ein Happy-Family-Zuckerwatten-Übermom-macht-einen-auf-wir sind-alle-glücklich–Treffen-Dingsbums?«

»Hey, wenn eure Übermom eine Zuckerwattefamilie will, dann gebt ihr ihr eine verdammte Zuckerwattefamilie«, meint Mom und zeigt mit der Gabel auf jeden Einzelnen von uns. »Das ist Regel Nummer eins.« Ich schaue sie an und finde, sie ist wie ein Vampir. Seit ich klein bin, hat sie sich nicht verändert. Ihre Haare sind schulterlang und tiefschwarz. Sie hat immer nur diese eine Falte auf der Stirn, und ihre türkisblauen Augen sehen immer mehr, als sie sagt. Ich hasse das. Mit keinem Elternteil ist zu spaßen, deswegen mussten Caden und ich schon immer zusammenarbeiten. Wir haben sehr früh verstanden, dass wir in dieser Familie nur so überleben können, und unser Überdad, also *Opaaaaa,* ist auch nicht besser. Die einzige einigermaßen Normale ist unsere Übermom Liv, auch wenn sie ebenfalls einen Schuss weghat, um ehrlich zu sein.

Das ist bei uns Rushs nun mal so.

Du bist immer ein bisschen verschüchtert, nicht wahr? Wenn du mit uns an einem Esstisch sitzt und dir vorstellst, wie du als Nächstes meinen Schwanz lutschst.

»Kommst du auch mit, Alayna?«, fragt Ava und wickelt sich eine ihrer dunkelblonden Strähnen um den Zeigefinger. Sie ist die einzige Nicht-Dunkle von uns und gleicht meiner Übermom zu ihren Jugendzeiten eins zu eins, wie niemand müde wird zu erzählen.

»Ich weiß nicht«, antwortest du überrumpelt.

»Komm doch mit, das wird lustig«, meint Caden mit dieser vielsagenden Stimmlage und ich grinse. Wir brauchen schließlich ein Spielzeug am Wochenende, sonst halten wir das mit diesen ganzen Irren in einem Haus nicht aus.

»Ja, das wird lustig«, gebe ich dazu und kriege einen Todesblick von meinem Vater, der Chuck Norris die Eier schrumpeln lassen würde. Aber Caden und ich grinsen uns nur an, während du fragend zu Caden siehst – deinem *Freund*. Er schwingt einen Arm um deine Stuhllehne und spielt mit deinen langen gewellten Haaren. Wie immer. Das ist seine Psychoscheiße.

»Wird *sicher* lustig, oder, Baby?«, meint er und du wirst rot, weil du genau weißt, was er mit *lustig* meint. Wir haben dieselbe Auffassung davon.

»Wenn du willst«, sagst du schulterzuckend und ein bisschen lasziv. Du kleine Schlampe. Wir haben dich alle durchschaut. Wieso spielst du uns eigentlich noch die schüchterne Maus vor? Aber Caden tut so, als würde er es dir abkaufen, einfach, weil er besser darin ist, sich zu verstellen, als ich. Er hebt dein Kinn mit einem Finger, und Ava gibt protestierendes »Iiiihhhh, Caden! *Du bist so eklig*!« von sich, als er dich küsst. Ich neige den Kopf zur Seite. So sieht das auch aus, wenn *ich* dich küsse. Nur, dass ich es härter tue. Viel härter.

»Reicht jetzt, meine Augen fallen mir aus!« Dad stöhnt genervt und streicht sich über das Gesicht. Caden küsst dich noch ein bisschen länger, was mich amüsiert, bevor er zurückweicht und aufsteht.

»Ich muss jetzt zum Training!« Er spielt Football und ich kiffe in meiner Garage. Alayna, so ist das bei uns. Wir haben Semesterferien. Ava hat Schulferien, und unsere Eltern haben die schlimmste Zeit ihres Lebens. Caden und ich sind einundzwanzig und haben ein Studium begonnen. Ich Mediengestaltung und er Psychologie, aber darauf habe ich nicht wirklich Lust. Mir geht's gut hier. Ich krieg meine Wäsche gewaschen, Mom bestellt ständig Pizza und ich habe eine scheißgeil ausgebaute Garage inklusive Einliegerwohnung darüber. Unser Geld besorgen wir aus diversen anderen Quellen, worüber wir aber niemals laut sprechen.

Caden wohnt im ausgebauten Dachboden, wo ich mir seine Tussis ausleihen kann. Ich habe keine Lust, irgendwen aufzureißen, das macht er. Er ist der Profi darin, Frauen um den Finger zu wickeln – ich, sie zu vögeln.

Und Dad wollte, dass wir hierbleiben.

Er hasst uns, aber er will uns auch nicht im Wohnheim wohnen lassen.

Er ist einfach ein Kontrollfreak, besonders wenn es um Mom und Ava geht. Die wird wahrscheinlich bis sie achtzig ist nicht ausziehen dürfen. Das wird lustig. Ich freue mich darauf, wenn die Diskussionen anfangen. Momentan hat sie ein großes Zimmer im Stockwerk, in dem unsere Eltern schlafen, sodass Dad *alles* hört, was sie tut. Sie kann sich nicht rausschleichen, und schafft sie es doch, bin da noch ich in der Garage. Ich sehe alles, besonders wenn es um meine kleine Schwester geht. Es macht sie aggressiv, was ich wiederum amüsant finde. Ich bin so gelangweilt. Irgendwas muss ich ja tun.

»Wir müssen los, Mason«, sagt Mom und steht auf.

»Lasst das Haus stehen!« Dad seufzt, schmeißt noch einen Fünfziger auf den Tisch und folgt ihr, ohne noch was zu sagen. Er weiß, dass es sowieso nichts bringen würde. Er wird jetzt in sein Büro beim FBI fahren und Mom in ihren kleinen Fotoladen. Wir haben also sturmfrei bis mindestens fünfzehn Uhr. Und du, Alayna, wirst hoch auf diesen Dachboden gehen, und kurz bevor Caden von seinem Training zurückkommt, werde ich dich da oben besuchen.

Du wirst wieder seinen Namen stöhnen, aber es wird mein Schwanz in dir sein.

Er ist schon jetzt hart – allein wenn ich daran denke.

Caden nickt mir zu und segnet es somit ab. Ich kann es kaum erwarten.

2. Halt die Klappe und lies, Alayna!

Carter

Du bist in seinem Zimmer, Alayna, auf dem Dachboden, wo du hingehörst, und du hörst Musik und wartest darauf, dass Caden vom Football zurückkommt. Ich bin gerade aus der Dusche gekommen und trage nur eine tief sitzende Trainingshose, als ich einfach die Treppe nach oben gehe, vorbei am Zimmer meiner Schwester. Das Haus ist so ruhig, ich höre nur deine Musik und schon fast die Schreie, die ich dir gleich entlocken werde. Ich gehe langsam, denn ich habe Zeit, und rauche eine, obwohl Dad das im Haus streng verboten hat. Die Stufen knarren, als ich meine nackten Füße daraufsetze, und ich lockere meine Schultern. Dabei lasse ich meinen Kopf hin und her rollen, bevor ich einfach die Tür öffne, um mir zu nehmen, was auch immer ich fucking will.

Dad hat die beiden Dachschrägen komplett verglast, sodass man Aussicht auf den dahinterliegenden Wald hat. Gleißendes Sonnenlicht scheint in den Raum und man sieht die feinen Staubpartikel tanzen. Rechts und links stützen zwei Holzbalken das Dach. Rechts steht ein Schrank, der komplett verspiegelt ist, weil mein Bruder sich gern beim Ficken sieht. In der Mitte liegt ein flauschiger, beigefarbener Teppich, und neben dem Schrank befindet sich ein Schreibtisch, der um die Ecke reicht und von zwei riesigen, gut bestückten Bücherregalen abgegrenzt wird. Auf ihm stehen ein hochmoderner Computer und drei Bildschirme. Niemand darf an seinen PC. Trotzdem lässt du darüber die Musik laufen. Das ist nicht gut, Alayna. Aber ich weiß, dass er gut darin ist, sich nicht anmerken zu lassen, in welcher Gefahr du mit ihm steckst, und dass er alles andere als der gute Junge ist, den er dir so perfekt vorspielt.

Du liegst links auf seinem großen, hohen, schwarz bezogenen Bett. Auf dem Bauch, Alayna. Dein Arsch ist das Erste, was mir auffällt, in diesem knappen, seidigen und weißen Stofffetzen, der kaum deine Arschbacken verdeckt. Ich werde diesen Arsch noch ficken, aber nicht jetzt. Denn ich habe gerade keine Geduld, dich vorzubereiten.

Deine Waden ragen in die Höhe und deine kleinen nackten Füße schwingen vor und zurück. Du hörst einen meiner Lieblingssongs, Alayna.

She Wants Revenge: *Tear You Apart.* Und das habe ich vor. Langsam.

Deine langen, gewellten Haare sind ein Chaos und ich liebe das. Sie fallen über deinen Rücken sowie deine Schultern und du schmeißt sie immer wieder von einer Seite zur anderen, weil sie dich stören. Vor dir auf dem Kissen liegt ein Buch, was du gerade liest, während die Musik aus den Lautsprechern durch den ganzen Raum dröhnt, die an der Decke befestigt sind.

Du hörst mich nicht und du siehst mich nicht, weil ich das nicht will.

Ich trete langsam an dich heran, beuge mich über deinen Arsch und zerre dir mit einem Ruck die Shorts und den Slip vom Körper.

Du schreist auf, aber bevor du herumwirbeln kannst, drücke ich deine Beine nach unten und spreize sie mit einem Knie. Mein Schatten fällt auf dich, als ich deine langen Haare um meine Faust wickle und deinen Kopf ruckartig nach hinten ziehe.

Du atmest schnell, Alayna, und ich bringe meine Lippen an dein Ohr.

»Warst du ein böses Mädchen, Alayna?«

Du erschauerst, als du meine Stimme hörst, und flüsterst atemlos: »Caden, wo kommst du auf einmal her?« Du checkst es einfach nicht, Alayna, dabei müsstest du nur etwas auf die Tätowierungen auf meiner Brust achten. Sie weichen in winzig kleinen Details von denen meines Bruders ab. Oder *willst* du es vielleicht gar nicht sehen?

Ich würde dir gern sagen, dass wir beide direkt aus der Hölle kommen, aber dafür genieße ich dieses Spielchen hier zu sehr. Mit einer Hand umfasse ich meinen Schwanz und nehme ihn aus der Hose. Ich trage selten Boxershorts. Das ist ein weiterer kleiner Unterschied zwischen uns, den du nie bemerkst.

Langsam streiche ich damit an deiner Feuchtigkeit entlang. Du stöhnst schon jetzt und reckst mir deinen Arsch entgegen, weil du ein Luder bist.

Ich haue dir auf den Arsch. »Halt still, Alayna!«, fordere ich mit rauer Stimme, und du lässt ihn wieder sinken. »Und sprich nur, wenn ich es dir sage.« Deine Worte interessieren mich nicht, Alayna. Du drückst deine Stirn gegen das aufgeschlagene Buch und ich ziehe deinen Kopf wieder nach hinten, bevor ich mich an deinem Eingang positioniere, in den ich mich schon so oft geschoben habe.

»Lies vor«, fordere ich und drücke mich mit einem Stoß tief in dich. Gott, du fühlst dich so gut an, Alayna. Das kann einen Mann schon süchtig machen.

Du stöhnst laut. »*Gott!*« und lässt deinen Kopf nach hinten gegen meine Schulter sinken. Ich drücke dich wieder nach unten.

»LIES!« Ich bewege mich langsam in dir und deine Stimme klingt zittrig, als du anfängst zu lesen.

»*Der Roman stellt die Frage nach dem Verhältnis …* Oh Gott, Caden!«

Ich haue dir auf den Arsch. »›*Oh Gott, Caden*‹ steht da nicht, Alayna!«

Du stöhnst wieder. »*Von Liebe und Unterwerfung …* Gott! *… beziehungsweise der freiwilligen Aufgabe …*« Ich stoße hart in dich. »OH GOTT!«, schreist du erneut und ich lächle.

»Weiter!«

»*... Aufgabe des eigenen Willens*«, hauchst du atemlos.

»Mir gefällt das mit der Aufgabe des eigenen Willens«, wispere ich dir ins Ohr und ziehe mich wieder bis zu meiner Spitze aus dir zurück. »Weiter!« Dann schiebe ich mich bis zum Anschlag in dich.

»Fuuuuuck!«, keuchst du und willst mir wieder den Arsch entgegenrecken, aber ich haue drauf und bohre meine Finger in dein Fleisch. Du schreist.

»Weiter, sonst höre ich auf!«

»Bitte nicht!«, wimmerst du und ich lache in mich hinein.

»Also?«

Ich spüre ein Kribbeln in meiner Seite, was immer auftaucht, wenn mein Bruder in der Nähe ist. Das ist unsere Verbindung. Ich schaue mit einer erhobenen Braue über meine Schulter. Mein Bruder lehnt verschwitzt in Sportsachen im Türrahmen, wie ein Forscher, der in der Wüste ein Rudel Löwen beobachtet. Ich grinse ihn an und ficke dich härter. Er verdreht die Augen, bleibt aber stehen.

Ich wende mich dir zu und ziehe mich wieder aus dir raus. »Weiter, Alayna! Ich habe nicht den ganzen Tag Zeit.«

Du nickst hastig. Während du schwer atmest, suchst die Stelle, an der du warst, findest sie allerdings nicht und liest irgendwas vor.

»*Im Rahmen ihrer Erziehung wird sie gefesselt* ... Oh mein Gott, härter!«

Ich hebe eine Braue und ziehe mich aus dir zurück. »Du gibst mir keine Befehle, Alayna!«

»Sorry, mach weiter!«, rufst du heiser und gibst mir damit schon wieder einen Befehl.

»Soll ich aufhören?«, frage ich angepisst.

»NEIN!«

»Dann halt die Klappe und lies!«

»Ja«, hauchst du und ich zerre dein – sein – Shirt mit einem Ruck über deinen Rücken nach oben und streiche deine Wirbelsäule nach unten bis zu deinem Arsch, auf den ich wieder hart schlage.

Du schreist. Ich liebe das.

»... *gefesselt, ausgepeitscht und gelehrt* ... Scheiße, was machst du da?«, fragst du entzückt und der pure Genuss klingt in deiner Stimme nach.

»Ich ficke dich, Alayna. Weiter.«

Du stöhnst heiser und ich werde noch ein bisschen härter in dir. »... *jederzeit und für jeden ... Oh Gott ... sexuell ... Sex ... sexuell verfügbar zu sein!*« Atemlos lässt du die Stirn gegen das Buch sinken und kommst laut.

Und heftig.

Um meinen Schwanz herum.

Ich kann es kaum aushalten, lege den Kopf zurück, genieße deinen Orgasmus um mich und ficke dich hindurch.

Dann ziehe ich mich zurück und komme auf deinem Arsch. Ein kleines Zugeständnis an meinen Bruder, denn er hat mir verboten, *in* dir zu kommen, Alayna. Aber ich halte mich nur daran, weil ich weiß, dass er zusieht.

Dann stehe ich auf, ziehe meine Hose hoch und gehe. Du drehst dein Gesicht völlig ausgepowert in meine Richtung. »Wohin gehst du?«, fragst du sehnsüchtig und ich schaue dich irritiert an. Das hat dich nicht zu interessieren. Aber ich muss dir ja den Caden vorspielen, der übrigens immer noch in der Tür steht, aber so, dass du ihn nicht siehst. Er ist verschwitzt und ich gehe davon aus, dass er duschen will.

Also sage ich: »Duschen, Baby.« *Baby.* Ich hasse diese Pärchenkacke. Aber du darfst ja keinen Verdacht schöpfen.

Dann gehe ich selbstgefällig grinsend an meinem Bruder vorbei und sage mit meinen Augen: *Top das!*

Er lacht trocken auf und rammt mir leicht den Ellbogen in die Seite, bevor ich nach unten verschwinde. Ich liebe mein Leben, Alayna.

3. Gib dich völlig auf, Alayna

Caden

Als mein Bruder die Treppe nach unten nimmt und ich ihm nachschaue, gehe ich ihm hinterher und ins Badezimmer, wo ich meine Sportsachen ausziehe. Ich habe den Ständer meines Lebens, nur wegen dir, Alayna, aber ich ignoriere ihn vorerst. Das ist der Unterschied zwischen Carter und mir. Ich kann mich kontrollieren, er nicht.

Dann steige ich unter die ebenerdige Dusche und lasse das Wasser über meinen Körper laufen. Ich mag es, zuzusehen, wie du gefickt wirst. Mein Bruder würde uns beiden nie zusehen, dafür ist er viel zu besitzergreifend. Ihm ist klar, dass ich es tue, aber es zu wissen und zu sehen, ist ein Unterschied. Ich hingegen weiß, dass du mir gehörst, Alayna. Das kann auch sein Schwanz nicht ändern.

Wir teilen uns alles, seit wir kleine Scheißer waren, und ich liebe meinen Bruder und würde dich jederzeit für ihn aus meinem Leben schmeißen. Dasselbe würde er auch für mich tun. Nur so kann es zwischen uns klappen – unsere kleine Vereinbarung.

Das alles fing damals mit meiner ersten Freundin Paulina in der Highschool an. Sie war bei uns zu Hause. Unsere Eltern und unsere Schwester waren nicht da. Ich hab sie gefickt, da war ich fünfzehn, und auf der Couch liegen lassen, weil ich kurz ins Bad musste. Als ich zurückkam, hat Carter sich schon über sie hergemacht. Sie hat gedacht, er wäre ich, was ich richtig amüsant fand. Seitdem machen wir das ständig, beziehungsweise ich hole die Frauen und teile sie mit ihm. Ich bin drei Minuten älter als er und man kümmert sich doch um seinen kleinen Bruder. Carter ist genauso impulsiv und laut wie unser Vater. Er rastet ständig aus und er hat ein echtes Problem mit Frauen. Mit allen, außer Ava und Mom. Er behandelt sie wie Dreck und hat Angst davor, sich zu binden.

Ich hingegen bin mehr wie Keaton Rush, das sagt zumindest mein Vater ständig. Was auch immer er damit meinen mag.

Aber jetzt will ich dich auch ficken, denn deine kleine Lesung hat mich verdammt hart gemacht. Fast konnte ich fühlen, wie du dich um ihn herum angefühlt hast.

Ich steige aus der Dusche, wickle mir ein Handtuch um die Hüften, werfe einen kurzen Blick in den Spiegel und streiche mir durch das nasse, schwarze Haar. Es gibt wirklich keinen Unterschied an unserem Aussehen, bis auf ein Muttermal am Unterarm, aber darauf achtet niemand.

Wir sind gleich groß, ein Meter einundneunzig, haben beide den gleichen athletischen Körperbau und die gleichen breiten Schultern. Außerdem haben wir uns beide den Oberkörper mit fast identischen Maori-Tattoos, wie Dad sie hat, zugeklatscht. Jeder hat seine Geschichte erzählt, aber unsere Geschichte ist fast dieselbe. Deswegen gibt es nur sehr wenige Abweichungen, die auf den ersten Blick nicht auffallen. Wir haben beide die gleiche Augenform und die gleiche türkisblaue Farbe, worauf du total abfährst, Alayna, und die gleichen vollen Lippen. Wir tragen unseren Dreitagebart gleich, wir haben sogar identische Frisuren. Denn wir lieben es, die Leute zu ficken. Oft tragen wir sogar die gleichen Klamotten, obwohl sich unser Stil im Grunde unterscheidet. Carter fährt voll auf Schwarz ab und ist die zu Fleisch gewordene Abgefucktheit, während ich es mit hellen Oberteilen, Jeans und Chucks halte. Auch unsere Charaktere unterscheiden sich erheblich.

Während Carter impulsiv und das personifizierte Chaos ist, mag ich es zu hundert Prozent kontrolliert und alles nach Plan. So hab ich einige Male seinen Arsch gerettet, weil er sich immer von einer Scheiße in die nächste manövriert. Ich bin stets ruhig und gelassen und behalte alles im Blick. Aber wenn ich mal wütend werde, flippe ich richtig aus. Dann kann auch Dad mich nicht halten, obwohl es ihm eigentlich immer gelingt, weil er es von Carter schon gewohnt ist.

Ich beschließe, dich jetzt mit meiner Anwesenheit zu beehren, und gehe wieder nach oben. Meine Schwester hört peinlichen Teenie-Pop und springt in ihrem Zimmer rum. Sie ist echt hyperaktiv und eingesperrt in diesem

Haus, weshalb sie mir manchmal wirklich leidtut – mit Dad und Carter, den zwei irren Kontrollpitbulls, die über sie wachen.

Als ich ins Zimmer komme, liegst du total fertig auf dem Rücken, immer noch unten ohne, und alle Gliedmaßen von dir gestreckt. Du schwitzt, deine Haare kleben an deinen Armen und du starrst an die Decke, als könntest du nicht glauben, was soeben passiert ist.

Ich lasse das Handtuch fallen, gehe nackt an dir vorbei und beachte dich gar nicht. Stattdessen nehme ich mir eine Zigarette aus der Schachtel auf dem Nachttisch, die Carter liegenlassen hat, und mache mir eine an. Dann setze ich mich zu dir auf die Bettkante. Meine Augen fahren über deinen Körper. Das Shirt, was du von mir trägst, bedeckt dich gerade so, und du siehst mich ein bisschen panisch an, als du merkst, dass ich hart bin.

»Oh Gott, Caden! Schon wieder? Ich glaube, das überlebe ich nicht.« Nachdem Carter dich gestern auf der Party rangenommen hat, hatte ich dich über Nacht, und zwar die ganze Nacht. Ich mache keine halben Dinger. Eben war er wieder da, und jetzt bin ich dran.

Die Frau, die wir uns teilen, muss immer sehr ausdauernd sein. Und das bist du, nicht wahr, Babygirl? Du bist eine kleine Nymphe und sexsüchtig. Deswegen behalten wir dich auch so lange. Du bist interessant und langweilst uns nicht, was sonst immer sehr schnell passiert.

Ich ziehe an meiner Zigarette und schiebe mit meinem Zeigefinger das Shirt ein wenig nach oben. »Das sieht aber ganz anders aus, Alayna.« Ich fahre mit zwei Fingern zwischen deine gebräunten, straffen Schenkel und streiche deine Mitte hauchzart entlang. Ich mag es, dich langsam und bedacht mit federleichten Berührungen in den sprichwörtlichen Wahnsinn zu treiben, bis du weder ein noch aus weißt. Irgendwann habe ich dich so weit, dass ein Fingerschnippen reicht und du alles für mich tust, was ich will. Dass du kommst, ohne dass ich dich wirklich berührt habe. Dass ich dich umprogrammiert habe, wie ich es auch bei meinen Computern tue. Die Festplatte neu formatiert und auf meine Bedürfnisse eingerichtet. Ich habe schon damit angefangen und es wird nicht mehr lange dauern, bis der Prozess beendet ist.

Du stöhnst heiser, und ich weiß, warum du so klingst. Weil du eben geschrien hast wie eine kleine Nutte.

Deine kleinen Finger krallen sich in den Stoff meiner Bettwäsche und du lässt dein Becken träge kreisen. Ich liebe, wie das aussieht. Ich liebe es, dass du dich so leicht in die Lust fallen lassen kannst. Das ist für die meisten Frauen viel schwieriger. Auch wenn du fast totgefickt bist, du kannst immer noch ein bisschen mehr ertragen. Du hast immer Lust auf mich. Egal ob mein Bruder dich spankt oder ich dich mit kontrollierten Worten und Berührungen völlig in den Wahnsinn treibe.

»Was hast du mir da vorhin vorgelesen, Alayna?«, frage ich heiser und du atmest schwer.

»Lektüre fürs Studium.«

»Aha.« Ich streiche mit meinen Fingern herab und ziehe mit der anderen Hand an der Kippe. »Hat sich interessant angehört. Magst du das? Dich völlig aufzugeben? Kannst du dir das vorstellen? Und von anderen Männern völlig benutzt zu werden?«

Du stöhnst tief. Denn du liebst es, was ich mit dir mache, Alayna. Du hebst mir dein Becken weiter entgegen und ich drücke es nicht zurück, sondern schiebe zwei Finger langsam in dich. Dabei lege ich den Kopf schief und sauge die Lust auf, die sich auf deinem Gesicht ausbreitet. So fucking schön.

»Hast du dir schon mal vorgestellt, wie es wäre, von zwei Schwänzen gefickt zu werden?«

Du stöhnst lauter und deine Muskeln ziehen sich gierig zusammen. »Bitte, Caden!«

»Was denn? Ich dachte, du wärst so fertig.«

»Fick mich einfach!«

»So unersättlich, Alayna?« Ich ziehe die Finger zurück und stehe auf. Du gibst einen protestierenden Laut von dir, als ich zum Aschenbecher schlendere, extra zu dem auf der anderen Zimmerseite, und die Kippe ausmache. Aus meiner Kiste hole ich einen Plug, weil ich glaube, dass es langsam Zeit für die nächste Stufe wird. Dann gehe ich langsam wieder zu dir zurück, spreize deine Beine mit meinem Knie, beuge mich über dich und küsse dich tief. Deine Arme schlingen sich sofort um meinen noch feuchten Körper und du stöhnst in meinen Mund, als du meine Muskeln an dir spürst. Du bist bereits süchtig nach mir. Ich küsse mich an deinem Hals herab, beiße dir durch den Stoff meines Shirts in einen Nippel. Du quiekst auf, und ich schiebe es mit einer Hand nach oben, um mich auch deinem Bauch widmen zu können, bis dahin, wo du so feucht und bereit für mich bist. Ich streiche mit der Zunge hauchzart über deine sensible Haut und beobachte dabei dein Gesicht. Deine Augen werden dunkel, so verlangend, dein Atem geht schneller. Als ich den kühlen Analplug in deine Vagina tauche und ihn mit deiner Feuchtigkeit benetze, zuckst du zusammen und stöhnst dann lauter. Deine Hand krallt sich in mein feuchtes Haar und ich grinse ein bisschen teuflisch, während ich dich weiter mit federleichten gezielten Berührungen verwöhne. Ich halte dich am Abgrund, kurz vorm Kommen, streiche mit meiner Zunge gemächlich über deine Klitoris, während ich ihn langsam in deinen Hintern einführe. Du keuchst, reißt deine Augen auf und zuckst zurück, aber ich bleibe still und verwöhne dich geduldig weiter, bis du dich wieder entspannst und dich mir öffnest. Dann schiebe ich ihn mit einem Ruck ganz in dich, du hauchst schockiert meinen Namen und krallst deine Finger fester in mein Haar.

Ich grinse breiter, kreise weiterhin geduldig um deinen Kitzler, führe meine Finger vorn in dich ein und dann ficke ich dich abwechselnd mit dem Plug und meinen Fingern, bis du das ganze Haus zusammenbrüllst, Alayna, und man es bis nach draußen hören kann.

Bis du zitterst.

Bis du nicht mehr denken kannst.

Bis du völlig in deiner Lust zerlaufen bist.

Ich liebe das.

Kurz bevor du kommst, ziehe ich meine Finger zurück und schiebe stattdessen meinen Schwanz mit einer fließenden Bewegung in dich.

Fuck, das fühlt sich so gut an. Wie der Himmel.

Ja, du solltest dich bald daran gewöhnen, von zwei Männern gefickt zu werden.

Du weißt gar nicht, wie dir hier geschieht, und du umklammerst mich gierig.

Ich lasse dich heftig kommen, weil ich es so will, und explodiere tief in dir. Ich bin der Einzige, der in dir kommt, Alayna.

Denn du gehörst mir. Jetzt und für immer, Alayna.

4. Meine erste und letzte Warnung, Alayna

Carter

Ich sitze auf einem der ranzigen Sessel im Keller einer ranzigen Bude und bin so high, Alayna. Wir sind im Abfuckviertel der Stadt – dort, wo die Ratten wohnen – und wir fühlen uns hier wie zu Hause. Es ist dunkel und überall steht der Rauch dicht in der Luft. Musik dröhnt aus den knarrenden Boxen in den Ecken und leichte Beleuchtung zuckt bläulich durch die Rauchschwaden. Menschen mit Bechern voll Bier und anderem Scheiß sowie Joints und Pillen auf den Zungen. Vor mir auf dem Glastisch sind drei Lines gezogen und ich schaue einer Brünetten dabei zu, wie sie eine davon durch eine gerollte Dollarnote zieht, sich dann aufrichtet, blinzelt und sich über die Nasenspitze streicht. Als sie sieht, dass ich sie beobachte, versucht sie, mich lasziv anzulächeln. Ich ziehe reglos an meiner Tüte, lasse es aber zu, dass sie sich auf meinen Schoß setzt. Eigentlich habe ich keinen Blick für die Schlampe. Stattdessen sehe ich zu dir und Caden. Ihr steht an dem, was einer Bar gleicht, Alayna. Er sitzt auf dem Hocker und du stehst zwischen seinen Beinen, wie seine kleine Bitch. Du trägst einen roten, knappen Jumpsuit, mit sehr tiefem Ausschnitt, Alayna, und das gefällt mir nicht.

Du wiegst dich leicht zu der Musik und beugst dich mit geneigtem Kopf der Tüte entgegen, die Caden dir hinhält. Dann stößt du den Rauch in die Luft und bewegst dabei deinen kleinen, heißen Arsch, Alayna. Du weißt ganz genau, dass ich hier sitze, aber du weißt nicht, dass ich schon in dir war.

Mein Bruder lehnt sich zurück auf die Ellbogen und beobachtet mit blutunterlaufenen Augen, wie du dich für ihn rekelst. Das bläuliche Licht tanzt über deine langen, gebräunten Beine und über dein perfektes Gesicht.

Du drehst dich um und du reibst deinen Arsch an ihm, während die Brünette ihren Arsch an mir reibt. Wir sehen uns an. In deinem Blick liegt eine Herausforderung, die ich aber so nicht annehmen werde. Du versuchst so hart, mich dazu zu bringen, auf dich zu stehen, dabei hast du keine Ahnung, dass ich das eigentlich schon tue – vor allem, wenn du dich nackt unter mir windest und ich tief in dir bin.

Die Brünette auf meinem Schoß, die mit gespreizten Beinen immer noch auf mir sitzt, nimmt ein Tütchen, das auf dem Tisch liegt, und verteilt vorsichtig ein bisschen Koks auf der enormen Schwellung ihrer Brust. Dann drückt sie mein Gesicht an ihr Dekolleté und ich lecke die ganze Line mit der Zunge ab, wodurch meine Fresse sofort taub wird. Ich liebe dieses Gefühl, auch wenn es auf der Zunge widerlich schmeckt – der schnelle Effekt zählt, Alayna.

Mein Blick schweift wieder zu euch und ich merke, dass ich die Hände am Arsch der Tussi auf mir habe und meine Finger in den festen Stoff ihrer Jeans kralle.

Caden fragt mich mit seinen Augen, was zum Teufel ich da gerade tue.

Ich zucke mit den Schultern. *Was geht es dich an, Bro?*, erwidere ich mit meinem Blick. Das ist typisch zwischen uns. Wir reden nicht viel, wissen aber trotzdem immer, was der andere sagen will oder denkt. Das ist so ein Zwillingsding.

Er schüttelt den Kopf und widmet sich wieder dir. Heute Nacht wird er mich dich nicht ficken lassen, weil er weiß, dass die Drogen mich unberechenbar machen.

Ist mir egal. Dann halt nicht.

Ich schubse die Tussi von meinem Schoß, beachte ihr Schreien kaum, und schlendere mit einer Hand in der schwarzen Jeanstasche zu euch rüber. Denn ich langweile mich, und ich sollte mich niemals langweilen, wie mein Vater immer sagt. Sonst mache ich schlimme Sachen.

Viel zu eng schiebe ich mich an dir vorbei, sodass du kurz erstarrst, weil du nicht weißt, wer es ist, und zu Caden siehst. Du hast schon mal mitbekommen, was er mit einem Kerl gemacht hat, der dir unerlaubt zu nahe kam. Seitdem schiebst du ein bisschen Panik, wenn dich irgendwer einfach so berührt. Doch Caden verdreht die Augen und ich stelle mich zu euch. Sehr nahe an dich, Alayna, und ich lehne mich seitlich an die Bar und stütze meinen Ellbogen darauf ab – meine Schläfe auf meine Faust.

»Hi!«, sage ich gelangweilt. Deine Augen funkeln, als du mich ansiehst.

»Langweilst du dich?«, fragt Caden und dreht sich zu mir um.

Ich grinse. »Ja, ich langweile mich ziemlich, Bro.«

Er grinst ebenfalls und bestellt uns zwei Whisky. Meinen auf Eis, seinen nicht. Seinen pur und meinen mit Cola.

»Baby«, sagt er. *BABY*, das gefällt mir nicht. »Willst du nicht ein bisschen tanzen?« Ich liebe es, wie mein Bruder für mein Entertainment sorgt.

Der Song wechselt zu *The Hills* von Weekend. Ein weiterer meiner Lieblingssongs. Du, die es insgeheim liebt, wenn man ihr sagt, was sie zu tun hat, lächelst ihn an, ziehst noch mal an seiner Tüte und gehst dann zu den anderen Tanzenden. Dabei bist du so auffällig in deinem roten Fummel. Viele Augen heften sich sofort auf dich, doch Caden ist das scheißegal. Er genießt es sogar und hätte keine Probleme damit, dich hier vor den Augen aller von mir ficken zu lassen, weil er auf so was steht, solange er es unter Kontrolle hat.

Ich hasse so was, Alayna, denn ich teile nicht. Nur mit ihm. Und ich hasse es, dass diese Bastarde dich anschauen. Aber sie trauen sich nicht, auch nur einen Schritt in deine Richtung zu machen, weil sie wissen, mit wem du hier bist.

Und du weißt es auch.

Verdammt, du kannst dich bewegen.

Caden wirft mir einen Blick zu und ich erwidere ihn träge. Dann trinkt er und kurz darauf ich. Ich will dich packen und irgendwo ficken. Aber ich tue es nicht, weil es jetzt nicht geht und weil ich weiß, dass Caden es nicht will. *Du gehörst ihm.*

Du hebst die Arme, schließt die Augen und beißt auf deine Unterlippe. Dein Gesicht ist völlig selbstvergessen und du wirkst wie ein verruchter Engel in Rot. Die blauen Lichter zucken über dich. Du drehst dich und siehst über deine Schulter in unsere Richtung. Ich bin zu dicht, um rauszufinden, wen von uns du anschaust. Wir lehnen beide mit dem Rücken an der Theke, einen Whisky in der Hand. Er trägt Jeans und ein enges, weißes Shirt, während ich komplett in schwarz bin. Wir beobachten dich und du liebst das, Alayna. Du kleines, versautes Miststück. Dafür werde ich dir den Arsch versohlen.

»Aber nicht heute«, mahnt Caden neben mir. Ich hasse es, dass er immer weiß, was in meinem Kopf vorgeht. Aber wenigstens muss ich nicht antworten, weil er die Antwort schon kennt. Seine Regeln sind die einzigen, die ich akzeptiere. Alles andere geht mir am Arsch vorbei.

Ich würde so gern einfach zu dir gehen, dich meinen Ständer spüren lassen und deinen kleinen, heißen Körper an meinen pressen.

»Geh einfach, wenn du willst«, sagt Caden gelangweilt und macht eine ausladende Handbewegung – wie unsere Mom immer.

Das lasse ich mir nicht zweimal sagen, exe meinen Whisky, knalle das leere Glas auf den Tresen und hebe eine Braue in seine Richtung. »Sicher?«

Er lacht trocken. »Klar. Geh.«

Ich zucke mit den Schultern, *selbst schuld, Bro*. Dann steuere ich dich an wie ein Hai, der die Witterung aufgenommen hat, ohne zu verstecken, wer ich bin. Das erste Mal nicht in der Rolle von Caden, sondern als Carter. Und jetzt bin ich gespannt, wie du reagierst, und er sicher auch. Das macht er ständig, solche Tests.

Ich presse mich wie gestern an deinen Arsch und ziehe dich an den Hüften ruckartig an mich. Du erschrickst zuerst, dann schießt dein Blick zu meinem Bruder. Er lächelt dich nur an und signalisiert dir, dass es okay ist.

Ich weiß, was er tut. Das macht er immer so.

Er will, dass wir dich beide ficken. Bald. Und er bereitet dich darauf vor. Wahrscheinlich ist er auch dabei, deinen Arsch vorzubereiten, und das gefällt mir irgendwie nicht.

Dein Blick schießt über die Schulter irritiert zu mir. »Was wird das?«, fragst du spitz.

Und ich sage leise in dein Ohr: »Klappe halten und tanzen, Alayna.« Jetzt bist du total durcheinander. Erinnerst du dich etwa an heute Morgen, Alayna? Merkst du etwa was? Zeit würde es werden …

Aber du folgst und entspannst dich an meiner Brust, weil es das ist, was du immer tust. Mir folgen. Du bewegst deine Hüften und dein kleiner, heißer Arsch macht Dinge, die er jetzt hier nicht tun sollte. Ich liebe es, dass du bekifft bist und wahrscheinlich gerade denkst, dass dein Kopf dir einen Streich spielt, und der Alkohol tut den Rest. Ja, ich nutze es aus und führe eine Hand an dein Schlüsselbein, das freiliegt, und über die Kuhle dazwischen, wo ich deinen rasenden Puls spüren kann. Ich hebe meine Braue ein bisschen selbstgefällig. Mache ich dich nervös?

Mit der linken Hand ziehe ich dein Becken näher und du lässt den Kopf nach hinten fallen, sodass ich dein Profil im Blick habe – deine kleine spitze Nase und die hohen Wangenknochen. Deine vollen, rot geschminkten, schimmernden Lippen, die sich einen Spalt geöffnet haben, und deine langen Wimpern, die noch dichter wirken, weil du die Augen geschlossen hältst. Deine Haare sind ein lockiges Chaos, das über deine Wangen streicht und deine perfekten Brüste umspielt.

Ich gleite über deinen Hals, der so elegant ist, und dein Kinn, dann halte ich dich mit einer Hand an deinem Kiefer und drehe deinen Kopf zu mir. Deine Augen öffnen sich und funkeln so dunkel, als wärst du der Abgrund, der mich in sich zieht.

Fuck, ich sollte kein Koks mehr nehmen.

Dein Blick liegt auf meinen Lippen, aber die bekommst du jetzt nicht, Alayna. Du bist mit deinem Freund hier, schäm dich.

Ich streiche mit der Nasenspitze über deine Schläfe und rieche dein Parfüm und deinen eigenen so berauschenden Duft, während ich so hart an deinem Steißbein bin. Du schluckst und lässt es zu, dass ich mit einer Hand über deinen nackten Oberschenkel fahre und den Stoff deines Jumpsuits ein bisschen nach oben schiebe. Mit den Fingerspitzen gleite ich ein wenig darunter und merke, dass du kein Höschen trägst.

Du bist so ein Luder, Alayna.

Als ich an deiner Leiste entlangstreiche, stöhnst du und zerfließt unter meinen Händen, aber ich gebe dir nicht, was du jetzt willst.

Ich lasse meinen Blick zu meinem Bruder fahren und er schüttelt den Kopf, weshalb ich meine Finger wieder aus deiner Hose ziehe, auch wenn es mir nicht leichtfällt.

Ich drehe dich herum, sodass dein Gesicht mit zugewandt ist. Du schaust mit großen Augen zu mir auf und ich fahre mit den Handflächen die Konturen deiner Hüften nach, lege meine Hände auf deinen Arsch und ziehe dich mit einem Ruck an mich. Wie schon so oft, Alayna. Du stößt laut den Atem aus, die Handflächen an meine Brust gelehnt, und siehst mich wieder so irritiert an. Was ist los?

Ich weiß genau, was du dich fragst.

Aber ich werde dir darauf keine Antwort geben. Nicht jetzt.

Wir bewegen uns nicht mehr und stehen voreinander. Dein Körper presst sich an meinen und ich spüre jeden Atemzug, den du machst, als ich meine Hand ausstrecke und mit dem Daumen über deine Lippen fahre und ihn dir dann ein bisschen dazwischenschiebe. Deine Lider senken sich halb und du bist ein bisschen verwirrt, aber erregt. Ich sehe es in deinen funkelnden Augen. Caden wird den Sex seines Lebens mit dir heute Nacht haben.

Der Gedanke wirkt wie ein Eimer kaltes Wasser. Ich kann ihn gerade nicht abhaben, weshalb ich von dir zurücktrete.

Scheiße!

Du siehst mir in die Augen – so sehnsüchtig –, wie heute Morgen, als ich das Zimmer verlassen habe und du dachtest, ich wäre Caden.

Das dachtest du doch, oder?

Ich ziehe eine Augenbraue hoch und du tust es mir gleich.

Ich frage dich stumm, ob du weißt, was abgeht.

Du antwortest nicht, weder mit den Augen noch mit den Lippen.

Ich bin verwirrt und das war davor noch nie der Fall bei Cadens und meinen Spielen. Also lasse ich dich stehen und gehe.

Was soll das, Alayna?

* * *

Am nächsten Morgen sitzen wir alle wie Zombies am Tisch. Zumindest wir drei sehen so aus. Caden hat dich die ganze Nacht gevögelt. Ich habe es gehört, weil meine Garage praktisch unter seinem Fenster ist und er es gern offen lässt, wenn er dich nimmt. Demzufolge haben auch meine Eltern Ringe unter den Augen und Ava, die ihr Zimmer direkt unter Cadens und angrenzend an meine Garage hat. Sie wirkt ziemlich verstört, obwohl sie von uns schon einiges gewohnt sein müsste. Und Dad Caden schon tausendmal gesagt hat, er solle seine Schlampen leiser ficken. Caden ist es völlig egal, was Dad sagt. Der traut sich Dinge, die sogar ich mich nicht trauen würde.

Du, Alayna, bist auch heute da, was mich nicht mehr verwundert. Denn du bist sehr selten bei dir zu Hause. Du studierst mit uns an der gleichen Uni und schläfst fast jede

Nacht hier. Eigentlich bist du hier schon eingezogen und wäschst sogar deine Wäsche in unserer Maschine.

Meine Mom hat nichts gegen dich, ganz im Gegenteil. Ihr versteht euch ganz gut. Ava stalkt dich ein bisschen und versucht, dich mit spitzen Kommentaren zu provozieren und sich so zu kleiden und zu geben wie du. Sie hat einen kleinen Girl Crush auf dich, Alayna, aber das schaffst du bei jedem, nur wenn du den Raum betrittst, außer bei meinem Dad. Du strahlst so viel Leben aus, so viel Licht, aber ich weiß, dass du auch eine andere Seite hast.

Du trägst eine lockere Hose und ein eng anliegendes, schwarzes Top dazu. Deine Titten sind hochgepusht und an deinem Schlüsselbein liegt eine schmale, goldene Kette mit einem Unendlichkeitszeichen, meine Fresse diese gequirlte Scheiße hat doch jeder um den Hals hängen. Ich frage mich, ob Caden sie dir gekauft hat. Er macht so was manchmal. Seinen Bitches etwas Teures schenken. Ausgehen. Kinobesuche, bei denen er sie fingert oder sich einen blasen lässt. Alles schon erlebt. Live.

Die Ringe unter deinen Augen reichen förmlich über dein ganzes Gesicht und deine langen, frisch gewaschenen Haare hast du im Nacken mit einer Klammer gebändigt.

Müde lehnst du deine Schläfe an Cadens Schulter. Er trägt ein Muskelhemd und ich nur Trainingshosen, wie so oft. Mom sagt immer, ich sei, wie Dad in meinem Alter war. Caden wirkt mit sich und der letzten Nacht äußerst zufrieden, weil er es mag, wenn alles schön nach seinem Plan läuft und er seine regelmäßigen Orgasmen bekommt.

ICH bin nicht zufrieden, Alayna. Gar nicht.

Stattdessen muss ich ständig an die Scheiße gestern denken, und das gefällt mir nicht. Dass ich so viel an irgendeine Bitch denken muss, passt mir gar nicht.

»Ihr seht scheiße aus«, bemerkt mein Vater.

»Mason.« Mom verdreht die Augen und ist selbst noch ziemlich müde. Dad mag es nicht, wenn sie die Augen verdreht, und wirft ihr einen warnenden Seitenblick zu, worauf sie gleich noch mal die Augen verdreht.

Ich glaube, sie werden wieder in ihrem Keller landen, Alayna, und über den will ich nicht sprechen. Niemals.

Dad ist so genervt, weil wir später den Familienbesuch einläuten. Keiner von uns hat gepackt. Letzte Nacht haben wir alle gekifft und getrunken und sonst was gemacht. Dad schaut uns mit verengten Augen an.

»Du!«, sagt er knurrend zu Caden.

Der war gerade dabei, in seinem Kaffee zu rühren, und schaut auf. »Ich?«

»Wenn ich noch einmal wegen dir nicht schlafen kann, verfrachte ich euch zwei in den Keller. Dann könnt ihr euch dort austoben, und ich lasse euch nicht mehr raus.«

Du hast den Anstand, rot zu werden, Alayna, aber ich sehe auch, wie du dir mit aller Macht ein Grinsen verkneifst.

»Das würde mir gefallen, Dad«, antwortet Caden.

»Das denke ich mir, du Kröte«, knurrt Dad und Mom lächelt ein bisschen. Sie kann am besten mit mir umgehen, wenn ich meine Ausraster habe. Sie stellt sich immer dazwischen, bevor Dad mir eine reinhaut, weil das seine erste Lösungsstrategie bei Konflikten ist. Ich bin ihr Liebling, weil sie sagt, ich wäre genau wie Dad. Ava ist

Dads Liebling und Caden ist einfach Caden. Dämonen sind nie Lieblinge von irgendwem.

»Ich hab keinen Bock!« Ich stöhne voller Inbrunst und Mom kichert.

»Ach komm, Baby, es wird sicher total lustig. Dann kannst du dir anhören, was deine Cousine Neues auf der Geige gelernt hat.«

»Ich kann der arroganten Bitch die Geige mal sonst wo rein stecken«, murmle ich.

»Und dein Cousin Henry kann dir wieder von seinem neusten Survivaltraining erzählen!«

»Und Onkel Riley kann wieder in einer Tour eure Mutter angraben«, sagt Dad trocken. »Das wird ja so *lustig*. Buhu!«

»Du sollst dich nicht von der Laune deiner Kinder anstecken lassen, Mason! Denk an deine Mutter, sie hat uns schon so lange nicht gesehen!«

Dad hebt die Hände. »Weil Dad ja ständig mit ihr in die Karibik verschwindet.«

»Es ist nur ein Wochenende, Mason.«

»Also ich freu mich«, ruft Ava und strahlt zappelnd in die Runde.

Wir schauen sie alle total genervt an, und sie grinst noch ein bisschen breiter. »Ich geh packen, danke fürs Frühstück, Mom!« Damit springt sie nach dem letzten Bissen ihres French Toasts vom Stuhl und rennt in den Flur.

»Hey, du sollst den Tisch abräumen, Madame!«, ruft Mom, aber sie ist schon oben, und du räusperst dich.

»Ich kann Ihnen helfen, Mrs. Rush«, sagst du deutlich. Du hast keine Angst, dass Mom dich abweisen könnte. Weil das deine Persönlichkeit ist. Du weißt, dass Leute dich anziehend finden und dein Charisma sie einnimmt, sonst wärst du Caden gar nicht aufgefallen – und du magst und brauchst das.

»Oh, das ist so lieb, Alayna, gern.«

Dad mustert dich mit kaltem Blick – er ist der Einzige am Tisch, der es schafft, dich zurückzucken zu lassen. Er mag dich nicht. Aber mach dir keine Sorgen, Dad mag fast niemanden. Er mag ja nicht mal uns wirklich, zumindest kommt es mir manchmal so vor.

Ich stehe auf und bin immer noch stoned, weshalb ich leicht gegen Dad stolpere. »Oppssiii!«, sage ich. »Sorry, Dad.« Dabei grinse ich ihn übertrieben freundlich an und er verdreht die Augen.

»Kiff dir nicht das Hirn weg, Satansbrut.«

Ich zucke mit den Schultern und gehe Richtung Tür, die direkt in meine Garage führt. Aber kurz darauf höre ich deine Schritte hinter mir. Ich kenne alle Schritte im Haus, Alayna.

»Carter?«, fragst du. Scheiße, mein Name von deinen kleinen Blaselippen klingt ein bisschen heiß. Du hast ihn noch nie gestöhnt, weil du immer dachtest, ich wäre er.

Ich drehe mich zu meinem Bruder um, weil ich mit dir nicht rede, wenn er es nicht weiß. Denn ich versuche, Alayna, diese Scheiße hier fair zu halten, bevor alles schiefläuft, wie schon einmal. Caden wedelt gähnend mit der Hand und gibt mir sein Okay, und ich schaue dich an.

»WAS?«, blaffe ich und du zuckst ein bisschen.

»Sorry«, murmelst du beleidigt. »Ich wollte nur kurz was mit dir regeln.« Ich hasse dich, Alayna. Aus so vielen Gründen.

»Beeil dich, muss duschen«, sage ich gelangweilt.

Du siehst mich aus deinen großen, dunklen Augen an. Die Sonne scheint durch die Fenster in dein Gesicht, weshalb grüne Sprenkel darin tanzen. Deine reine Haut strahlt und deine vollen Lippen schimmern feucht, weil du mit der Zunge darübergefahren bist.

Fuck.

Wieso bist du so scheißheiß?

»Es ist wegen gestern!«, fängst du an und reckst das Kinn ein bisschen, weil du immer noch pissig deswegen bist, dass ich pissig bin, obwohl du kein Scheißrecht dazu hast, Alayna.

»Was war gestern?«, will ich genervt wissen.

»Auf der Party. Unser Tanz?«

Ich zucke mit den Schultern, als würde ich mich an nichts mehr erinnern. Du darfst nicht das Gefühl bekommen, dass ich mich auch nur im Geringsten für dich interessiere.

»Du weißt es nicht mehr? Deine Hand war in meiner Hose, Carter.« Du ziehst eine Braue hoch.

»Hä?«, frage ich genervt. »Ich hab mit irgendwelchen Schlampen getanzt, vielleicht warst du auch dabei, was weiß denn ich. Du bist die Bitch meines Bruders, was denkst du von mir?«

Deine Lippen spitzen sich und du verengst die Lider. »DU!« Du tippst mir auf die Brust, Alayna. »HAST!« Erneut tippst du, Alayna. »MICH!« SCHON WIEDER! »Gestern fast auf der Tanzfläche gefickt. Und ich will dir nur sagen, dass ich zu stoned und zu betrunken war, um zu checken, dass du nicht Caden bist, du Parasit!«

Dein Blick schweift zu Caden hinter dir, der die Augenbrauen belustigt nach oben gezogen hat, weil er genau weiß, wie ich normalerweise reagiere, wenn eine Frau so mit mir spricht, Alayna. Du hast meine Ausraster noch nie erlebt. Weil ich bisher ja noch nie wirklich ich sein konnte bei dir.

Oh mein Gott, du wirst später so leiden.

Aber jetzt kann ich mich gerade nicht zügeln. Es ist mir egal, dass mein Dad dasitzt und dein Macker und meine Mom. Keiner von ihnen kann dich vor mir retten, wenn du mein Monster weckst. Du rüttelst am Käfig, Alayna, und das darfst du nicht. Niemals.

Ich spüre selbst, wie die Wut heiß durch meine Adern schießt. Deine Augen werden groß, als ich dich am Oberarm packe und dich dicht an mich ziehe, sodass ich dir ins Ohr zischen kann.

»Das ist meine erste und letzte Warnung. Rede nie wieder so mit mir!« Meine Augen sind dabei an dir vorbei auf Caden gerichtet. Er macht nichts, weil er weiß, dass du selbst schuld bist. Er rettet dich nicht aus Situationen, in die du dich selbst reitest, Alayna.

»Carter!«, knurrt mein Vater durch zusammengebissene Zähne. »Lass sie los! Sofort!« Ich blähe die Nasenflügel auf. Dad ist leicht reizbar. Meine Hemmschwelle ist zwar höher, aber wenn ich ausraste, dann richtig. Bei ihm reicht manchmal nur ein Wort oder ein Blick, um ihn zum totalen Ausflippen zu bringen.

Ich schubse dich gegen die Wand und du keuchst schockiert, weil wahrscheinlich noch nie irgendjemand die kleine, süße Alayna so grob behandelt hat. Oh, wenn du nur wüsstest.

Dad steht direkt hinter dir und Mom schaut mich warnend an. Es ist *ihr* Blick, der mich schließlich dazu bringt, mich umzudrehen und in die Garage zu gehen.

5. Fuck, was war das gerade, Caden?

Alayna

Ich sitze auf der Rückbank von Carters BMW, der so alt ist, dass er schon wieder richtig klassisch wirkt. Er hat das Verdeck runtergelassen und meine Haare fliegen überall im Fahrtwind um mein Gesicht herum. Caden sitzt neben ihm und ich starre abwechselnd von einem Augenpaar zum anderen, denn sie beobachten mich.

Carter durch den Rückspiegel. Seine türkisblauen Augen sind so verdammt faszinierend, und die Blicke, die er damit ganz ohne Absicht so sinnlich wirken lässt, bringen mich manchmal ein bisschen durcheinander.

Caden sieht mich durch den Spiegel in der Sonnenblende an. Er hat die gleichen Augen, aber andere

Blicke. Seine sind beobachtend, geduldig und wachsam. Sie sehen direkt in mich hinein, durch alle Mauern und Schichten, durch jede Maske, die ich aufsetze. Carters Blicke hingegen sind anzüglich, provokant wie die Hölle und voller Feuer.

Ich fühle mich unsicher, und das ist keine Eigenschaft, die ich normalerweise nach außen trage. Zwar bin ich nicht die Selbstbewussteste, aber das zeige ich niemandem, stattdessen präsentiere ich mich immer aufgeschlossen und selbstsicher.

Wir fahren zu Cadens Familie und benutzen zwei Autos. Mason, Emilia und Ava fahren vor uns. Mason lässt es auf den Tod nicht zu, dass Carter überholt, und er drängelt seinen weißen Mustang die ganze Zeit auf und flucht vor sich hin.

Ich muss immer grinsen, wenn Carter flucht. Er trägt ein schwarzes, eng anliegendes Shirt mit V-Ausschnitt und seine tätowierten Arme schauen raus. Sein Bizeps ist so ausgeprägt, dass das Shirt darum spannt. Seine große Hand liegt locker auf dem Schalthebel. Ich sehe sie mit verengten Augen genauer an. Damit hat er mich gestern berührt – und zwar alles andere als jugendfrei. Und heute erinnert er sich an nichts mehr? Als er gestern auf der Tanzfläche an mich getreten ist und mich berührt hat, war es, als hätte er das schon so oft getan. Irgendwie vertraut. Dabei habe ich noch nie viel mit Carter zu tun gehabt. Er ist immer nur der abgefuckte Bruder, der mir nicht mal Hallo sagt und mir nichts als Verachtung entgegenbringt. Und als ich ihn heute Morgen angesprochen habe, hat er so getan, als wüsste er von nichts und wurde aggressiv. Wieder war der Griff um meinen Arm mir so vertraut, als hätte er mich schon tausendmal so angefasst.

Aber das kann doch nicht sein.

Durch den Rückspiegel schaut er mich an. Seine Augen verraten, dass er immer noch stoned ist. Er kann sie kaum offen halten. Ich fühle mich ertappt und schaue schnell weg, während ich mir das Haar aus dem Gesicht streiche.

Ich rutsche mit dem Hintern nach vorn, denn ich bin nicht angeschnallt. Keiner von ihnen hat das verlangt. Meine Hände fahren in Cadens Nacken. Er trägt ein hellgraues Shirt, das sich genauso eng um seinen Bizeps schmiegt. Es ist fast schon gruselig, wie ähnlich sie sich sehen. Da ist kein Unterschied. Nicht einmal in den Tattoos. Sie haben beide gebräunte Haut, definitiv von beiden Eltern geerbt. Ich habe noch nie so eine attraktive Familie gesehen. Das war am Anfang ehrlich gesagt ein bisschen einschüchternd.

Cadens und Carters Dad könnte genauso gut ein großer Bruder von Ihnen sein. Nur wenn man länger hinschaut, bemerkt man die Unterschiede, und sein Alter macht deutlich, dass er der Vater ist. Aber es ist trotzdem gruselig. Sogar die kleine Schwester Ava ist jetzt schon eine absolute Rakete. Und ich weiß, dass das noch Probleme geben wird bei solchen Brüdern.

Caden scheint immer total entspannt, was man von seinem Vater oder von Carter nicht behaupten kann.

Jetzt bin ich gespannt, wie der Rest der Familie ist. Ich selbst habe keine große Familie. Meine Eltern wohnen in der Nähe und ich habe keine Geschwister. Aber ich würde im Moment alles dafür tun, nicht nach Hause zu müssen, denn da wohne ich nur noch, weil das Geld für das

Wohnheim auf dem Campus nicht reicht. Dieses Studium zu finanzieren ist schon hart genug, auch mit zwei Jobs. An den Wochenenden kellnere ich abends in einem Club und in der Woche arbeite ich bei Bedarf in einem Café. So schaffe ich es knapp, über die Runden zu kommen. Im Moment habe ich eine Woche Urlaub, bevor ich wieder zur Arbeit muss.

Aber daran will ich jetzt nicht denken.

Carter greift nach seiner Sonnenbrille unter dem Radio und setzt sie sich auf, bevor er das nächste Lied drückt. Als die ersten Töne durch das Auto vibrieren, bin ich total verwirrt. Das ist das Lied, was ich angehört habe, als Caden reinkam und wir ziemlich heißen Sex hatten, bevor er duschen ging und wir es danach noch mal getrieben haben. Ich höre immer noch seine Stimme, die von hinten in mein Ohr raunt: *lies,* und mein Magen kribbelt heftig.

Ich bin atemlos und lehne mich verwirrt zurück, den Kopf schief gelegt, und schaue nach vorn. Carter sieht mich durch den Rückspiegel über den Rand seiner Sonnenbrille hinweg direkt an und zieht eine Augenbraue hoch.

Schockiert schweift mein Blick zu Caden, der mich ein bisschen heiß über seine Schulter hinweg anlächelt. Ich werde rot und denke mir, dass ich jetzt total durchdrehe. Aber das ist klar bei dem ganzen Testosteron und den Muskeln und den schönen Augen und Dreitagbärten und vollen Lippen und dieser Kleidung, der harten Kieferlinie und diesem DUFT! GOTT! UND WIE SIE REDEN!

Ich kriege Kopfweh und lehne mich nach hinten.

Caden schaut mich immer noch über die Schulter hinweg an, streckt seinen tätowierten, linken Arm nach hinten und legt mir seine große Hand auf mein nacktes Knie. Ein Stromstoß schießt durch meinen gesamten Körper – wie immer wenn Caden Rush mich berührt

Als ich wieder aufsehe, grinst Carter und zündet sich eine Zigarette an.

Mir wird ganz heiß und meine Kehle trocknet aus. Ich hab Kopfweh und gleichzeitig pocht es zwischen meinen Beinen, weil ich daran denken muss, was zu diesem Lied alles passiert ist. Bilder schießen durch meinen Kopf und ich spüre, wie er sich in mich schiebt und Caden mir ins Ohr knurrt: *Weiter, sonst höre ich auf!*

Ich werde den Text, den ich gelesen habe, nie wieder vergessen, und dieses Lied auch nicht.

I want to hold you close

Skin pressed against me tight

Lie still, and close your eyes, girl …

Ich spüre Cadens Hand, die mit einem Mal, als wäre es das Normalste der Welt, meine Knie mit zwei Fingern auseinanderdrückt. Dann fährt er mit diesen zwei Fingern meinen Innenschenkel entlang. Es ist ihm scheißegal, dass sein Bruder neben ihm sitzt und ich hinter ihnen in der Mitte, wo man alles sehr genau sehen kann, wenn man sich umdreht.

Ich überlege, Caden zu sagen, er solle aufhören, aber sein Blick hält mich davon ab. Das und seine Finger. Ich habe noch nie etwas so Intensives erlebt wie seine Berührungen. Und sei es nur mit der Fingerspitze. Es ist, als wären seine Hände magisch. Seine Hände machen süchtig. *Er* macht süchtig. Wie Heroin.

So lovely, it feels so right.
I Want to hold you close
Soft breasts, beating heart
As I whisper in your ear
I wanna fucking tear you apart.

FUCK!

Was macht er da? Und wieso halte ich ihn nicht auf, als er mein Höschen unter meinem dunkelgrünen Kleid zur Seite schiebt und mit seinen zwei Fingern langsam an mir entlangstreicht?

Ich atme zittrig aus, lasse meinen Kopf nach hinten fallen. Als ich wieder in den Rückspiegel sehe, merke ich, dass Carter mich anstarrt. Sein Blick schießt mir durch Haut und Knochen.

Ich stöhne laut auf und presse Caden mein Becken entgegen, während ich Carters Blick festhalte und Caden zwei Finger tief in mich schiebt. Keuchend sehe ich zu ihm. Caden grinst schamlos. Sie rauchen beide und einer beobachtet mich über den Spiegel und der andere über seine Schulter.

Die Atmosphäre ist auf einmal so anders. So düster und geladen. Sie verschlingt mich und ich bin ihr hilflos ausgeliefert. Ich kann nicht atmen. Es fühlt sich an, als hätten sich dunkle, graue Wolken vor die Sonne geschoben und es würde gleich beginnen, heftig und kalt zu regnen.

Caden bewegt seine Finger. Er weiß genau, wie er das machen muss. Ich habe noch nie einen Mann im Bett gehabt, der so genau wusste, wie er eine Frau zum Orgasmus bringen kann, und von dort zum nächsten und zum nächsten. Es ist der Wahnsinn.

Carter schiebt die Sonnenbrille hoch und sein Blick verdunkelt sich, je mehr ich mich der Lust ergebe, die sein Bruder mir bereitet.

Oh mein Gott, was passiert hier?

Caden stößt härter in mich und biegt seine Finger gekonnt in mir nach oben. Ich stöhne noch mal und noch mal. Und jedes Mal gebe ich ein »Oh Gott!« von mir, denn ich kann mich nicht mehr halten. Aber ich sehe noch, wie Carter seinem Bruder einen angepissten Blick zuwirft. Caden erwidert ihn gelassen, schüttelt den Kopf und dann lässt er mich kommen.

Mit einem heftigen Ruck, der mich nach vorn schleudert, als Caden seine Finger zurückzieht, hält Carter vor einem weißen, wunderschönen Haus. Direkt nach uns macht sein Vater eine Vollbremsung. Anscheinend hat Carter ihn doch irgendwie überholt.

Ich atme immer noch schwer und bin verschwitzt. Meine Haare sind ein einziges Chaos und ich kann nicht klar denken. Fuck! Was war das gerade?

6. Willkommen bei Familie Rush

Alayna

Ich sitze immer noch schwer atmend im Auto, als Caden mir grinsend die Tür öffnet. Die Zigarette hängt ihm im Mundwinkel. Er macht eine ausladende Handbewegung und ich rutsche außer mir und mit knallroten Wangen aus dem Wagen. Er greift schnell nach meinem Unterarm und hält mich, weil meine Beine nur noch aus Wackelpudding zu bestehen scheinen.

Carter nimmt mit angespanntem Kiefer die Koffer aus dem Kofferraum und knallt ihn laut zu.

Mason Rush knallt seine Tür genauso laut zu, als er aussteigt. »SCHEISSE, SPINNST DU?«, brüllt er gleich los. »DU BIST GEFAHREN WIE EIN BESOFFENER MIT 200 KM/H! IST DIR NOCH ZU HELFEN?«

Ich habe davon gar nichts mitbekommen, weil mein Herz auch auf 200 km/h beschleunigt hat und weil ich selbst im Rausch gefangen war.

Carter knirscht mit den Zähnen, packt die Koffer und stampft zur Haustür. Ich befürchte fast, dass er sie auftritt, aber er klingelt. Derweil schaue ich mich um. Eine große Trauerweide biegt sich tief bis zum Boden in den gepflegten Vorgarten und auf der Veranda wippt eine Hollywoodschaukel sanft im Wind vor und zurück.

Tatsächlich haben sich Wolken vor die Sonne geschoben. Das weiße Haus mit der makellosen Fassade strahlt praktisch in der Nachbarschaft.

Es ist unglaublich schön hier.

»Wieso ist der schon wieder so aggressiv, Emilia?«, fragt Mr. Rush zischend an seine schöne Frau gewandt, die gerade aus dem Auto steigt und mit Ava schimpft, weil sie zu laut und *wie eine Kuh* Kaugummi kaut.

Sie wirft genervt die Arme in die Luft. »*Dein* Sperma, nicht meins, Mason!« Ich muss lachen und schaue schnell weg, weil Mason Rush so genervt ist und ich jetzt besser nicht lachen sollte.

Emilia Rush ist eine der schönsten Frauen, die ich je gesehen habe. Ihr Gesicht ist so rein und makellos. Sie hat die gleichen Augen, die sie ihren Söhnen weitervererbt hat, und ist immer dezent gekleidet, nie zu viel Schmuck. Sie hat Stil und wirkt so elegant. Heute trägt sie ihr schwarzes Haar zu einem Dutt im Nacken geschlungen und hat sich weiße Shorts und ein lockeres, dunkelblaues Oberteil angezogen, das ihre gebräunte Haut hervorstechen lässt. Mason Rush daneben ist ein richtiger Fels. Er ist genauso maskulin und muskulös wie seine Söhne, hat auch Tätowierungen und trägt genau wie Carter schwarze Kleidung. Zusammen wirken die zwei wie Filmstars.

Und dann Ava Rush, die ihnen nörgelnd zur Tür folgt. Sie sieht ganz anders aus als die ganze Familie. Ihr Haar ist lang und goldblond. Caden hat mir mal erzählt, dass sie es nicht abschneiden darf, weil ihr Vater es verboten hat. Angeblich hasst er kurze Haare. Sie ist die Einzige, die die Augen ihres Vaters geerbt hat, von denen ich mich bis heute nicht entschieden habe, welche Farbe sie genau haben. Manchmal schimmern sie total dunkel, dann wieder grünlich und manchmal sogar blau.

Sie ist sehr schlank, hat aber schon Kurven an den richtigen Stellen und darf sich nie schminken oder zu kurze Sachen tragen oder nach acht am Abend rausgehen. *Sie tut mir ein bisschen leid,* denke ich schmunzelnd.

Ich frage mich, wieso und vor was ihre Eltern solche Angst haben, dass sie denken, sie derart einsperren zu müssen.

Caden wirft seinen Arm um meine Schultern und schnappt sich unsere Reisetaschen, die Carter einfach auf den Boden hat fallen lassen. Seinen eigenen Koffer hat er mitgenommen.

»Kommt ihr?«, fragt Mason genervt und Caden schiebt mich weiter über einen Kiesweg, die Treppe zur Veranda hoch, wo gerade die Tür aufgerissen wird.

»ENDLICH SEID IHR DA!«, ruft eine Frauenstimme, und als ich an Caden vorbeisehe, schüttle ich den Kopf. Ist in dieser Familie eigentlich irgendjemand nicht hübsch?

Die Frau, die uns aufgemacht hat, muss Olivia Rush sein, Mason Rushs Mom. Und sie ist der Hammer! Ich bin ein bisschen beeindruckt davon, wie man in dem Alter so schön aussehen kann. Ihre Haare sind wahrscheinlich gefärbt, aber in dem gleichen Goldblond, wie Ava es trägt. Sie fällt Carter um den Hals und er lässt es über sich ergehen. Ihre waldgrünen Augen suchen unsere kleine Gruppe ab. Erst denke ich, sie will ihren Sohn begrüßen, aber stattdessen zieht sie Emilia an sich und umarmt sie eine gefühlte Stunde, dann erst ihren Sohn.

Nach und nach verschwinden alle ins Haus und wir bleiben übrig.

»Hallo, schöne Frau«, schnurrt Caden und umarmt sie, wobei er sie ein bisschen hochhebt und sie fröhlich kichert. Dann stellt er sie wieder ab und deutet auf mich.

»Das ist Alayna, meine Freundin.«

Sie mustert mich einen Moment und lächelt dann, bevor sie mich in eine kurze Umarmung zieht und uns hineinbittet.

Wir folgen ihr ins Haus und ich bin ein bisschen überwältigt. Bei Caden und Carter zu Hause sieht es schon ziemlich modern aus. Aber das hier ist noch mal ein anderes Level und so klinisch sauber.

»Wow«, flüstere ich, während ich mir die Ballerinas abstreife und wir Olivia ins Hausinnere folgen wie eine kleine Entenfamilie.

Es herrscht das reine Chaos. Emilia und Mason diskutieren mit Carter, wer im Keller schlafen darf. Im Keller? Wieso sollte man das wollen?

Mason wird immer wütender. »Das ist mein Keller, du Scheißkröte!«, bellt er. Carter zischt irgendwas und ich schaue schnell weg, weil ich ihm wahrscheinlich nie wieder in die Augen sehen kann.

Olivia ist in der angrenzenden Küche und macht Kaffee. Von der Treppe ertönt eine dunkle Stimme, die mir eine Gänsehaut beschert.

»Oh nein«, sagt derjenige. »Sie sind da.«

Es muss Keaton Rush sein. Der Mann, von dem alle behaupten, dass Caden ihm von Wesen her so sehr ähnelt. Er sieht wahnsinnig gut aus, aber was habe ich anderes erwartet? Er hat dunkles, stellenweise graues Haar und man sieht, dass er in der Karibik war, denn seine Haut ist sonnengeküsst. Seine Augen sind wirklich eins zu eins die von Ava und von Mason Rush. Und sein Körper ist absolut trainiert und makellos. Er trägt weiße Chinos und ein dunkelblaues Poloshirt, das sich um seine Arme spannt.

Heilige Scheiße!

Also wenn Caden später auch so aussehen wird, muss *ich ihn* im Keller einsperren.

Keaton Rush kommt träge nach unten, fast schon genervt, wie Mason es immer ist und auch Carter, und schaut durch die Runde.

Zuerst nimmt er Carter ins Visier. »Deine Eltern schlafen im Keller, du Scheißkröte. Du kriegst die Couch!«

»Keaton, sei nett!«, ruft Olivia aus der Küche und ich frage mich, wie sie das hören konnte.

»Okay!«, sagt Carter gepresst und funkelt seinen Dad an, der ihn mit einer erhobenen Braue angrinst.

»Es ist eben mein Keller, Satansbrut.«

»Und meiner!«, gibt Emilia dazu.

»DU!« Er zeigt auf Ava. »Du schläfst in meinem Büro, und wehe, du fasst auch nur eine Schublade an. Dann hacke ich dir die Hand ab!« Ihre Augen werden riesengroß und Olivia funkelt Keaton wütend an, als sie zu Ava eilt.

»Komm, Schätzchen«, sagt sie. »Hilf mir in der Küche, hör nicht auf ihn!«

»Küche? Meine Mom macht da nie was.«

»AVA!«, zischt Emilia und ich presse die Lippen zusammen, weil das alles hier so lustig ist.

Aber Keaton Rush ist noch nicht fertig. Dabei steht er immer noch zwei Stufen über uns wie ein General. »DU!« Er schaut zu Caden.

Dieser bleibt unbeeindruckt im Gegensatz zu allen anderen, die er bis jetzt angesprochen hat. »Ja? Ich?«

Keaton muss das erste Mal ein bisschen lächeln und mir wird klar, dass er *sein* Liebling ist.

»Du schläfst im Gästezimmer«, sagt er fast schon weich und Mason verdreht die Augen.

Keaton nimmt die restlichen Stufen und wendet sich im Vorbeigehen über die Schulter an Mason. »Hör auf, die Augen zu verdrehen.« Dann setzt er seinen Weg fort. »Setzt euch!«

Vor uns bleibt er noch mal stehen und mustert mich sehr, sehr, sehr lange. Ich fühle mich, als würde er alles wissen, was ich je getan und gesagt habe. Alle halten die Luft an, sogar Caden.

Fuck, was wird das hier?

Mein Herz rast.

»Hallo, Alayna«, sagt er. »Fühl dich wie zu Hause.« Dann geht er weiter, um Emilia zu umarmen, und ich schaue ihm verwirrt nach.

»Hast du ihm gesagt, wie ich heiße?«, frage ich leise an Caden gewandt.

»Nein«, antwortet er. »Aber er weiß alles, gewöhn dich besser dran.«

Und mir wird schlecht.

7. Analysen des Keaton J. Rush

Alayna

Es ist Abend und das warme Licht über dem Esstisch scheint auf das prunkvolle Essen. Olivia scheint eine wunderbare Köchin zu sein. Die Stimmung ist locker, es ist laut, chaotisch und familiär warm. So was bin ich gar nicht gewohnt.

Ich rutsche auf dem Stuhl herum und Caden grinst jedes Mal, wenn er merkt, dass ich keine Position finde, die mir nicht wehtut. Er hatte ganz schön viel Druck aufgebaut und ihn vorhin im Gästezimmer ausgiebig entladen. Zweimal. Und diesmal habe ich mich zusammengerissen und war leise, weil er mir die Hand auf den Mund gedrückt hat, damit nicht jeder hört, was wir machen.

Caden sitzt neben mir und Carter auf meiner anderen Seite. Er sieht total stoned aus und riecht nach Weed und seinem Parfüm. Seine dunklen Haare fallen ihm in die Stirn und er schafft es kaum, seine Augen auf seinen gefüllten Teller zu richten. Sein Knie berührt meines, als wäre es ganz normal, und ich werde unruhig. Irgendwie fühlt sich alles komisch an, besonders seit der Sache vorhin im Auto und gestern in diesem Abfuckhaus.

Gegenüber von mir sitzt Keaton Rush mit seiner Frau und wirkt total entnervt. Heute Mittag noch waren seine Augen klar und er sah ausgeruht aus. Jetzt hat er eine tiefe Sorgenfalte auf der gerunzelten Stirn und macht den Eindruck, als würde er am liebsten aus dem nächsten Fenster springen. Olivia hingegen ist total glücklich und entspannt, während sie uns Kartoffeln auf die Teller verteilt und mit Ava plappert, die neben ihr sitzt und ihr hilft. Ich habe sie noch nie so freundlich und hilfsbereit erlebt. Normalerweise ist sie ein kleiner Dämon.

Mason und Emilia kommen erst jetzt aus dem Keller, Hand in Hand, und ihre Augen sind blutunterlaufen und glasig. Emilia kichert und ihre Haare sind ein Chaos.

Caden und Carter verziehen angewidert das Gesicht, und Caden sagt: »Nicht schon wieder. Nicht so offensichtlich, Dad!«

»Halt die Klappe, du Scheißkröte«, erwidert er gelangweilt und nimmt auf Keatons anderer Seite Platz, Emilia neben ihm, sodass sie zwischen Carter und Mason sitzt.

»Habt ihr gekifft?«, fragt Carter, der genauso aussieht wie die beiden. Emilia prustet los und kriegt keine Luft mehr vor Lachen.

»Oh mein Gott, das glaube ich jetzt nicht«, sagt Ava schockiert,

»Arbeitest du nicht beim FBI, DAD?«, fragt Carter. »Mom, jetzt mach deine Haare richtig. Ich mag das nicht, wie du gerade aussiehst!« Er wirkt so empört, und Emilia lacht immer weiter.

»Ja, da arbeite ich«, antwortet Mason emotionslos und stützt seine Wange an seiner Hand ab. »Aber manchmal darf ich machen, was ich will. Vor allem in meinem Keller.«

»Scheißkröte!«, murmelt Keaton. Carter, Caden, Ava und Mason sehen ihn alle fragend an. »Was?«

Keaton stutzt. »Ich hab den gemeint, aber ihr seid auch Scheißkröten«, murmelt er und deutet mit dem Daumen auf Mason.

»GUT! Da wir das jetzt alle geklärt haben«, meint Olivia, »können wir jetzt essen!«

»Ich verhungere, Mom«, murmelt Mason träge und Emilia fängt wieder schallend an zu lachen.

Ich massiere mir die Schläfe, weil ich total überfordert bin, aber ich finde es auch ziemlich amüsant. Vor allem, dass Mason und Emilia immer noch so ein glückliches Paar sind und sich auch die Zeit nehmen, miteinander irre Sachen zu machen, obwohl sie mittlerweile Eltern sind. Ich liebe so was und ich wünschte, meine Eltern wären auch manchmal ein bisschen so. Das, was ich hier erlebe, steht in so einem heftigen Gegensatz zu dem, wie ich aufgewachsen bin, dass es mich ein wenig verunsichert, aber mit Caden an meiner Seite fühle ich mich sicher.

Wir fangen an zu essen und es schmeckt köstlich. Olivia erkundigt sich nach Cadens und Carters Studium. Die ganze Zeit ist Carters Bein an meins gepresst und von der anderen Seite Cadens.

Ava erzählt von ihren guten Noten und Emilia schaut sie an, als wüsste sie genau, dass sie lügt, aber sie verrät sie nicht und lacht stattdessen immer wieder, wenn Mason irgendwas sagt. Auch, wenn es gar nicht lustig ist.

Carter ist total genervt von allem, schläft neben mir fast ein und Caden weiß immer, was er sagen und tun soll.

»Und du?«, fragt Keaton an mich gewandt und ich verschlucke mich fast an meiner Kartoffel. »Alayna, was machst du so?« Er lehnt sich zurück, trinkt von seinem Wasser und starrt mich an. Alle starren mich an.

»Ich studiere?«, sage ich kleinlaut, was eher wie eine Frage klingt.

»Also studierst du nun oder nicht?«, fragt er nach.

»Ja, ich studiere.« Ich straffe die Schultern und versuche, meine Unsicherheit abzuschütteln. Das ist jeden Tag eine neue Herausforderung, aber es gefällt mir, mich selbst herauszufordern. »Ich studiere Literatur, aber ich überlege, in Mediengestaltung zu wechseln. Wie Carter.«

»Literatur? Das ist ja schön«, sagt Olivia. »Ich liebe Bücher!«

»Ich auch«, ruft Emilia und Mason tätschelt ihren Arm.

»Ist okay, Baby.« Dann lacht sie wieder los und Keaton verdreht genervt die Augen und schaut mich wieder an.

»Wie alt bist du?«

»Neunzehn.«

»Wie heißen deine Eltern?«

»Äh, was?«, frage ich irritiert.

»Deine Eltern? Wie heißen sie, wo wohnen sie? Was machen sie beruflich?«

Scheiße, ich wusste nicht, dass ich hier bei einem Verhör bin.

»Meine Eltern heißen Georgina und Harry Hastings. Sie wohnen in der Nähe der Rushs und besitzen einen kleinen, überverschuldeten Drugstore. Mein Vater ist ein Trinker und meine Mutter macht für ihn die Beine breit. Sorry, Ava. Sonst noch was, Sir?«

Ich blinzele ihn an und weiß, dass er es als Herausforderung sieht, aber ich kann nicht aus meiner Haut. Bei meinen Eltern hört es bei mir auf.

Inzwischen lacht Emilia nicht mehr.

Carter starrt mich von der Seite an, ich sehe es im Augenwinkel. Caden hat den Arm über meine Stuhllehne gelegt, seine Fingerspitzen spielen mit meinen Haaren. Ich liebe es, wenn er das tut.

»Interessant«, sagt Keaton und isst eine Kartoffel. »Geschwister?«

»Ich hatte einen kleinen Bruder«, entgegne ich und behalte den Rest für mich. Ich will nicht über Jamies Tod reden, weil es das prägendste Ereignis in meinem Leben war und danach alles in die Brüche ging.

Keaton bohrt nicht, aber fragt weiter: »Arbeitest du?«

»Ich kellnere am Wochenende in einer Diskothek, da habe ich auch Caden kennengelernt, und unter der Woche bei Bedarf in einem Studentencafé am Campus, Sir.«

Ich esse auch eine Kartoffel und merke, dass mich nach wie vor alle anstarren, sämtliche Gespräche schon längst verstummt sind.

Cadens Finger wandern an meinen Nacken und seine Fingerspitzen streichen über die empfindliche Haut. Ein Befehl von ihm, mich zu entspannen, und mein Körper folgt automatisch.

»Und wie lange seid ihr zwei schon zusammen?«

»Einen Monat.«

Keaton schaut zu Caden und Caden zuckt mit den Schultern. Dann sieht er zu Carter, der ihn mit einem Was-willst-du-von-mir-Blick bedenkt.

Ich verstehe gar nichts, aber in dieser Familie wird nonverbale Kommunikation wohl großgeschrieben.

»Ein Monat …«, sagt Keaton langsam und isst noch eine Kartoffel. »Das ist nicht sehr lang.«

»Sie ist was Besonderes«, meint Caden locker. »Und außerdem ist es viel zu langweilig in diesem Kaff, wenn ich mein Mädchen nicht mitnehmen kann.«

Olivia macht verzückt »Ooooooh!« Und Mason schnaubt abfällig.

Keaton verzieht keine Miene. Als er von mir wegsieht, ist es, als würde ein Betonklotz von meinen Schultern fallen.

Er schaut Mason an, der mit müden Augen seinen Blick erwidert. »Was? Was willst du, Dad, was?«

Keaton isst eine weitere Kartoffel. »Und?«, fragt er ein bisschen lächelnd. »Wie ist das so mit zwei Söhnen, die von dir kommen, Mason?«

Er schaut seinen Vater gequält an. »Es tut mir alles so leid, Dad, was ich dir jemals angetan hab. Ich verstehe es erst jetzt.«

Keaton grinst jetzt zufrieden und isst ein bisschen Spargel. »Das nennt man dann wohl Karma.«

Und dann, mit einem Mal, ist die Anspannung verschwunden und alle lachen wieder und sind locker.

Alle, bis auf Carter.

Der starrt mich immer noch an.

8. Das kleine Schwarze für dich, Caden

Alayna

Gegen elf haben sich alle verteilt. Mason und Emilia sind im Keller und schlafen dort. Keaton und Olivia haben sich auch zurückgezogen. Ava ist im Büro und ich höre sie die ganze Zeit telefonieren. Sie nutzt es aus, dass ihr Vater beschäftigt damit ist, kinderfrei zu feiern. Caden hört sie auch, aber er sagt nichts. Caden sagt meistens nichts bei ihr, aber Carter ist ein wahrer Pitbull. Der läuft unter uns rum und flucht, wieso auch immer. Carter flucht eigentlich ständig.

Caden liegt auf dem Gästebett. Er ist oben ohne und hat seine Arme hinter dem Kopf angewinkelt. Er ist so unglaublich heiß und er weiß es genau. Während ich

Klamotten aus dem Koffer ziehe und mich nicht entscheiden kann, was ich anziehen soll, beobachtet er mich. Wir wollen noch ein bisschen weggehen, weil früh schlafen nicht unser Ding ist. Carter kommt mit. Wie so oft. Und ich hab ein komisches Gefühl dabei. Seit Neustem.

»Zieh dich aus«, sagt Caden träge und wedelt mit der Hand in der Luft.

Ich drehe den Kopf über die Schulter und ziehe einfach mein Kleid aus, sodass ich in meiner schwarzen Unterwäsche mit dem Rücken zu ihm stehe.

»Alles.«

Ich verdrehe lächelnd die Augen, rolle den Slip von meinen Hüften und öffne den BH.

»Ich liebe deinen Arsch«, sagt er rau und dann deutet er auf meinen Koffer. »Hast du das kleine Schwarze dabei?«

Das kleine Schwarze, wie Caden es nennt, ist knatschend eng, langärmlig, schulterfrei und betont meinen Hintern ziemlich enorm. Eigentlich ziehe ich das nicht so gern an, aber er liebt es an mir, und ich liebe es, wenn er mich begehrt und wie er mich dann anschaut.

»Ja, hab ich«, sage ich, bewege mich aber nicht.

»Zieh es an, Alayna«, fordert er ernst und hebt eine Braue. »Ohne Unterwäsche.«

Ich spiele sein Spiel mit, weil ich seine Spiele liebe. Ich liebe den Kick und den Reiz des Verbotenen. Und ich liebe es, wenn Caden so ist wie jetzt, so lässig und dominant.

Wortlos bücke ich mich und strecke ihm meinen nackten Arsch entgegen, wo immer noch ein Abdruck von seiner Hand gestern prangt. Es ist manchmal total komisch, wie er sich beim Sex verändern kann. Als hätte er zwei Seiten in sich. An einem Tag ist er total gelassen und langsam und so sinnlich und lässt sich Zeit. Am nächsten Tag fickt er mich so hart und tut mir regelrecht weh beim Sex.

So wie gestern, aber es hat mir gefallen. Ich liebe beides.

Ich nehme das Kleid aus dem Koffer und weiß, dass er von dem Anblick steinhart sein muss, aber er hat sich immer perfekt unter Kontrolle, und wenn Caden gerade keine Lust hat, dann kann ich tun, was ich will, er fasst mich nicht an und macht mich damit wahnsinnig.

Ich ziehe es über meinen Kopf und stecke mein Haar zurück, damit ich mich schminken kann.

»Übrigens«, sagt Caden und ich drehe mich noch mal zu ihm um. »Es war ein bisschen heiß, wie du die Befragung am Tisch gemeistert hast. Niemand redet so mit einem Keaton Rush. Jeder kuscht unter seinem Blick, wie bei meinem Dad, nur noch schlimmer.«

Ich zucke mit einer Schulter. »Er hat mich herausgefordert, und wenn ich herausgefordert werde, passiert so was.«

Er hebt eine Braue, aber er teilt seine Gedanken nicht mit mir. Das tut er selten. Er nickt zur Tür. »Mach dich fertig.« Ich greife nach meiner Schminktasche und gehe nach unten ins Bad, weil das obere inzwischen von Ava besetzt ist, die in der Badewanne liegt und zu Ariana-Grande-Songs vor sich hin trällert.

Es ist riesig und ich stelle meine Schminktasche auf die Waschmaschine und mache das Licht an dem großen Spiegel an. Mittlerweile sehe ich ausgeruhter aus. Bei mir scheint es fast so, als würde ich erst ab zwanzig Uhr richtig fit und wach werden.

Ich creme meine Haut ein und verteile Make-up darauf. Dann stelle ich mich auf die Zehenspitzen und beuge mich über das Marmorwaschbecken dem Spiegel entgegen und stütze mich mit einer Hand am Waschbeckenrand ab.

Vorsichtig ziehe ich meine Augenbrauen nach und beiße mir auf die Zungenspitze, weil das hier echte Feinarbeit ist, als die Tür hinter mir aufgeht. Ich kann mich nicht umdrehen, dafür bin ich zu konzentriert, aber ich sehe hinter mir im Spiegel, dass es Carter ist. Das erkenne ich nur daran, dass er eine andere Hose trägt als Caden und seine Augen heute extrem stoned sind.

Er stockt kurz und ich bemerke genau, wie sein Blick zu meinem Hintern wandert, der sich ihm in diesem Kleid förmlich entgegenstreckt. Mir wird brennend heiß, weil ich an seinen Blick im Auto denken muss, als er mich so intensiv gemustert hat bei dem, was Caden mit mir gemacht hat.

Schluckend sinke ich zurück auf die Fersen und greife nach meinem Eyeliner. Meine Fingerspitzen zittern ein bisschen, als er sich einfach hinter mich stellt, ohne mich zu berühren, und mein Atem stockt. Was zum Teufel?

Er greift an mir vorbei und schiebt sich dabei dicht an meiner Taille entlang. Ich beobachte seinen tätowierten Arm, als seine Hand nach dem Haargel und der Bürste auf dem Waschbeckenrand greift. Er ist mir so nahe, dass ich die Wärme seines Körpers spüre, und es ist schon wieder so komisch! Mein Körper reagiert auf ihn, aber wieso? Ich bin total verliebt in Caden und ich habe doch gar kein Interesse an Carter. Verdammt!

Er zieht seinen Arm zurück und ich beuge mich wieder auf Zehenspitzen dem Spiegel entgegen, um meinen Eyelinerstrich zu ziehen. Dabei zuckt mein Blick immer wieder zu seiner Reflexion und ich schaue zu, wie er immer noch hinter mir seine Haare in Ordnung bringt. Dabei runzelt er die Stirn und dreht seinen Kopf von links nach rechts, um alles zu begutachten und daran herumzuzupfen.

Mein Eyelinerstrich wird perfekt, was mich verwundert, weil ich aus irgendeinem Grund Herzrasen und schwitzige Finger habe. Schnell tusche ich mir die Wimpern und trage Rouge auf.

Es ist, als würde er sich extra Zeit lassen mit seinen Haaren, denn er steht immer noch da, als ich meinen dunkelroten Lippenstift aufgetragen habe. Ich ziehe die Klammer aus meinem Haar und trete einen Schritt zurück, weil ich mich anschauen will und meine Haare durchknete. Dabei pralle ich gegen seine Brust, aber er bleibt einfach stehen. Ich sehe uns im Spiegel und das Bild ist ein bisschen heiß.

Er trägt obenrum nichts außer seine Tattoos. Ich bin gerade einmal halb so breit wie er und reiche ihm ohne Schuhe gerade einmal bis zur Schulter. Meine taillenlangen balayagedunklen Haare, die an den Enden immer heller werden, sind überall auf meinen Armen und meiner Brust verteilt.

Sein schwarzes Haar ist immer noch nicht gebändigt, und er starrt mich mit seinen Feueraugen durch den

Spiegel an. Ich spüre seinen warmen Körper an meinem Rücken, so wie gestern, als er mit mir getanzt hat.

Fuck.

Ich atme zittrig durch und greife nach meinem Parfüm. Als ich mir das Haar aus dem Nacken streife, spüre ich seinen Atem dort. Schnell sprühe ich mir meinen Duft auf. Keine Ahnung, ob ich es mir einbilde, aber es ist, als würde er tief einatmen.

Dann drehe ich mich zu ihm um und stelle mich auf die Zehenspitzen. Er schaut mich misstrauisch an, als ich seine Haare in Ordnung bringe. Ich zupfe an den widerspenstigen Strähnen und sortiere sie, bis es hinten anliegt. Dann sinke ich zurück auf meine Fersen, grinse ihn halb an und gehe.

Und ich spüre seinen Blick in meinem Rücken.

9. Du bist ein böses Mädchen, Alayna

Carter

Heilige fucking Scheiße. Du bist so ein heißes Chaos, Alayna.

Du hast keine Ahnung, was es mich vorhin im Bad gekostet hat, nicht einfach deine Hüften zu packen, dein Kleid hochzureißen und deinen heißen, nackten Arsch zu versohlen, bevor ich ihn ficke.

Was war das für eine Nummer vorhin im Auto, Alayna? Ich bin fast wahnsinnig geworden, weil ich nur rechts ranfahren und dich spüren wollte. Dabei konnte ich mir genau vorstellen, wie feucht du um seine Finger herum wurdest und wie du dich zusammengezogen hast, als du kamst. So laut. So unbedacht, obwohl ich dabeisaß. *Böses*

Mädchen. Ich will dich an den Haaren packen, deine nackte Haut an meiner spüren und deine kleine, enge Pussy ficken, bis du ihn nicht mehr ranlassen kannst, weil du so fucking wund bist.

Er hat dich nach der Ankunft wieder gefickt. Ich hab es in deinen Augen gesehen und vor allem in seinen.

Ich will dich, aber ich darf im Moment nicht, Alayna. Und er weiß, wie verrückt mich das macht, nicht zu bekommen, was ich will.

Ich bin schon wieder total stoned, als wir in dem kleinen Club ankommen. Du trägst keine Unterwäsche und ich sehe deine kleinen, aufgerichteten Nippel, weil dir kalt ist, und die Konturen deines Hinterns. Nicht nur ich sehe das, und das mag ich nicht. Aber er gibt dir keine Jacke, weil er will, dass sie abstehen, und weil er will, dass andere dich angucken. Er steht so sehr darauf.

Aber ich nicht.

Ich hasse das.

Wenn dich jemand anmacht, muss ich dich leider ficken. Das weiß er.

Wir sind alle schwarz gekleidet, als hätten wir uns abgesprochen. Du trägst Heels, die deine Beine noch länger machen. Ich will, dass du sie anlässt, wenn ich dich später vögle, deine Beine über meine Schultern strecke und mich an den Absätzen festhalte. Heute werde ich extra kein Koks ziehen, bevor ich dich wieder nicht *anfassen* darf, weil ich *unberechenbar bin.* Laut Caden. Er will ja nicht, dass du kaputtgehst, nicht wahr?

Du fährst dir dauernd durch deine Haare, und immer, wenn du das tust, schweift eine Wolke deines Parfüms in meine Nase, und du riechst scheißgut.

Caden hat einen Arm um deine Schultern gelegt und ich laufe auf deiner anderen Seite. Am liebsten würde ich dich an den Haaren in irgendein Klo ziehen oder in eine Ecke, ist mir scheißegal, und wie ein Neandertaler über dich herfallen.

Der Club ist klein und dunkel. Er befindet sich Downtown, weil wir niemals, egal wo wir sind, in irgendwelchen Schickimickiläden Uptown feiern gehen. Hier ist es verraucht, verrucht und es stinkt nach Weed und Alkohol. Die Leute sind eng aneinandergepresst, blaue Scheinwerfer blitzen durch den Raum und überall steigen Rauchschwaden auf.

Die Frauen hier sind alle high oder auf Teilen und leicht zu haben. Die Typen sind hier zum Ficken und beobachten dich alle.

Ich starre sie alle zu Boden, während Caden sie einfach ignoriert. Es ist kein Platz mehr frei, und ich schaue Caden dabei zu, wie er dich an die Bar zieht, an den Hüften packt und dich einfach auf den Tresen setzt, wie auf einen fucking Präsentierteller.

Ich hasse das.

Mein Blick fragt ihn: *Echt jetzt?*

Und er antwortet laut: »Chill, Bro.« Ich blähe die Nasenflügel und beiße die Zähne zusammen. Mir passt das nicht. Du sitzt da, deine Nippel sind immer noch hart und du überschlägst die Beine, weil du keinen Slip trägst. Das habe ich vorhin schon gesehen.

Jeder schaut dich an und eigentlich darfst du hier noch gar nicht rein mit deinen süßen neunzehn Jahren.

Caden geht sich um einen Auftrag kümmern und sich mit Luca treffen. Er weiß, dass ich bei dir bin, sollte irgendwas sein. Ich mache mir einen Joint an, stehe vor dir, habe den Kopf schief gelegt und starre dich an.

Du starrst zurück. »Was?«, fragst du genervt.

Ich puste dir den Rauch ins Gesicht und du kneifst die Augen zusammen. »Hör auf damit, du Ekel!«, fährst du mich an.

Ich mache es gleich noch mal.

Und noch mal.

Und noch mal.

Bis du mir mit einem wütenden Funkeln in den Augen die Tüte aus den Fingern reißt und deine vollen, rot geschminkten Lippen um sie legst. Die Glut flammt auf, als du tief daran ziehst, ehe du mir den Rauch voll ins Gesicht bläst.

Ich zucke nicht mal mit der Wimper, trete an dich heran und schiebe deine Beine auseinander. Du lässt es zu, weil du eine kleine versaute Bitch bist.

Ich trete dazwischen, stütze mich mit einer Hand hinter dir am Tresen ab. Mein Gesicht schwebt vor deinem und deine Augen sind verwundert geweitet. Der Joint brennt zwischen deinen Fingern vor sich hin.

»Hast du immer noch nicht verstanden, dass du mich nicht abfucken sollst, Alayna?«

»Hast DU immer noch nicht verstanden, dass du mir nichts zu sagen hast, Carter?« Wieder ziehst du an der verdammten Tüte und bläst mir den verdammten Rauch ins Gesicht.

Ich packe dein Kinn hart mit drei Fingern und du keuchst auf. »Fick mich nicht, Alayna, bevor ich dich ficke.«

Du zuckst zusammen und dein Atem setzt aus. Ich starre auf deine Lippen und dann spüre ich auf einmal, wie du deine Waden um meine Beine schlingst und mich an dich ziehst. Direkt. An. Dich. Alayna.

Du bemerkst, dass ich hart bin, und dein Blick wird dunkler. Ich habe keine Ahnung, was zum FUCK gerade passiert.

Und ich halte immer noch dein Gesicht.

»Was wird das?«, frage ich ruhig.

Du bist mir so nahe, dass deine rot geschminkten Teufelslippen meine streifen, als du hauchst: »Fick *du* nicht mit mir, Carter, bevor *ich dich* ficke, und das wirst du nie wieder vergessen.« Damit lassen deine Beine mich los, du steckst mir den Joint zwischen die Lippen und stößt mich mit deinen hohen Schuhen von dir. Dann springst du von der Bar und willst davonstolzieren.

Aber nach so einer Ansage kannst du das vergessen. Ich stopfe den Joint in den Aschenbecher und gehe dir hinterher. Wütend. Mit geballten Fäusten. Wegen dem, was du dir gerade geleistet hast, bringe ich dich um, Alayna. So redet niemand mit mir und niemand stößt mich von sich, wenn ich das nicht will.

Ich habe schon meine Hand ausgestreckt und will dich packen, als du direkt in Caden rennst, der sich dir in den Weg schiebt. Er starrt mich warnend an und schüttelt den Kopf. Und das ist dein einziges Glück.

Du tanzt, Alayna, und ich bin immer noch geladen – aus so vielen Gründen. Caden und ich sitzen in einer Lounge, die frei geworden ist, und du schwingst die Hüften direkt vor uns. Gott, du liebst es, wenn wir dich anschauen, oder? Alle anderen konnten bis jetzt mit so viel geballter Rush-Energie nicht wirklich umgehen. Aber bei dir ist das anders, nicht wahr?

Du hast mich von dir gestoßen. Dafür werde ich dich bestrafen. Später. Wenn Caden nicht mehr dazwischenfunkt – wie gerade eben. Normalerweise ist es mir egal, wenn er das tut, aber dieses Mal war es mir nicht egal.

Er sitzt neben mir und starrt mich seit einer gefühlten Ewigkeit an, und ich starre dir auf den Arsch, der ihn im Moment gar nicht zu interessieren scheint. Du rekelst dich wie eine Katze in der Sonne und schaust uns über deine Schulter hinweg an.

»Was war das gerade, Carter?«, fragt Caden mich und ich drehe widerwillig den Kopf zu ihm und ziehe an meiner Kippe. Ich habe gerade keine Lust auf BRO-Gespräche.

»Was denn, Caden?«, erkundige ich mich gelangweilt.

»Das weißt du genau.«

Ich stöhne auf. »Sie hat mich provoziert.«

Er hat genau wie ich die Unterarme auf die Oberschenkel gestützt. »Ich habe dir gesagt, wie die Spielregeln sind, Carter. Du musst dich zusammenreißen.«

Ich verdrehe die Augen. »Ich hab deinem Püppchen doch kein Haar gekrümmt.«

Ich schaue dich an, Alayna. Jedes Mal, wenn ich das tue, fühle ich mich ein bisschen, als würde ich durchdrehen und die Kontrolle verlieren.

»Carter, du brauchst jetzt nicht mit irgendwelchen Ausflüchten zu kommen. Sie gehört mir, solange ich das will, und du kannst sie *haben*, wenn ich das will.«

Ruckartig drehe ich meinen Kopf und schaue Caden mit hochgezogenen Brauen an. »Fickst du gerade mit mir, Caden?« So eine Situation hatten wir noch nie, Alayna, was ist das?

»Ich erinnere dich nur an die Tatsachen, Carter. Damit du sie nicht vergisst. Wir wollen sie ja nicht verschrecken.«

Ich blähe die Nasenflügel und bin kurz davor, völlig auszuflippen. In dem Moment kommst du lachend angetorkelt und schmeißt dich auf seinen Schoß. Scheiße, du bist total hinüber, Alayna. Du küsst ihn und er küsst dich auch. Dabei starrt er mich an, so wie ich ihn. Ich glaube, wir stecken in der Scheiße. Deine Beine liegen seitlich über seinen und strecken sich mir entgegen, während du deine Arme um seinen Nacken geschlungen hast. Noch immer starrt er mich an, als er dein Haar so kräftig packt, dass du aufkeuchst.

Du lässt deine Hände an seine Wangen gleiten und hältst ihn fest. Sein Kiefer bewegt sich, als er dich immer tiefer küsst und eure Zungen umeinanderwirbeln. Ich halte mein Glas viel zu fest und exe es, ehe ich seins ebenfalls exe.

Ich drehe meinen Kopf hin und her und lasse ihn kreisen, weil ich viel zu angespannt bin. Er schiebt deine Beine auseinander, Alayna, sodass ich alles sehen kann, was ich schon seit zwei Tagen nicht mehr hatte. Du weißt, dass ich da bin und ungehinderten Blick auf dich habe. Kann es sein, dass du das willst?

Wie schon im Auto heute Vormittag?

Er umfängt deine kleine feuchte Pussy mit seiner Hand und du stöhnst und wirfst den Kopf zurück. Ich frage mich, wie betrunken du bist. Auf jeden Fall betrunken genug, um deine Beine vor mir zu spreizen und mir alles zu zeigen, mitten in einem Club, Alayna. Zwar in einer abgelegenen, dunklen Ecke, aber trotzdem. Wer etwas sehen will, sieht alles.

Genau das, was Caden liebt.

Er lässt mit den Lippen von dir ab, schaut mich an und zieht eine Augenbraue hoch und sagt mir stumm: *Jetzt darfst du.* Er ist so was von dabei, dich vorzubereiten, Alayna. Sehr bald werden es nicht mehr nur Finger sein und nicht mehr nur von einem von uns. So läuft das immer. Bis es zu langweilig wird und Caden jemand Neues finden muss.

Ich rutsche näher, Alayna. Was soll ich sagen? Diesem Angebot kann ich nicht widerstehen. Du siehst auf und in meine Richtung. Ich sehe in deinen Augen, wie stoned und betrunken du schon bist, aber genauso das Verlangen und leichte Verunsicherung. Caden packt dein Gesicht, um dich abzulenken, und küsst dich wieder. Dann nimmt er seine Hand von dir. Dafür streiche ich mit meiner deinen Oberschenkel nach oben. Du spreizt deine Beine noch ein bisschen mehr und reckst mir dein Becken voller Verlangen entgegen.

Oh Alayna, wolltest du das hier etwa schon länger mit mir tun?

Wenn du wüsstest, wie oft wir das hier schon getan haben.

Ich kenne deinen Körper mittlerweile in- und auswendig. Es ist meine Lieblingsbeschäftigung, mich damit zu befassen.

Ich drücke dein Becken wieder nach unten in seinen Schoß, weil ich es nicht mag, wenn du versuchst, den Ton anzugeben, und er stöhnt in deinen Mund, weil ich deinen kleinen knackigen Arsch auf seinen Schwanz gedrückt habe.

Dann lasse ich meine Hand weiter nach oben fahren und dringe direkt mit zwei Fingern, ohne zu zögern, in dich ein. Ich weiß, dass du bereit bist. Du stöhnst in seinen Mund und reibst dich auf seinem Schoß. Ich biege meine Finger in dir, beobachte, was ich tue, und stelle mir vor, was wir schon sehr bald noch mit dir machen werden und was für Töne du dann von dir geben wirst.

Ich versuche, die Diskussion mit Caden vorhin zu vergessen und konzentriere mich ganz darauf, dass wir dich bald so sehr ficken werden. Körperlich und vor allem psychisch.

Du willst dem Kuss entkommen, um zu schauen, was hier eigentlich gerade passiert, aber Caden lässt dich nicht, packt deine Haare und zwingt dich, weiter bei ihm zu bleiben. Er küsst dich noch drängender, sodass du fast durchdrehst. Du wühlst in seinem Haar. Dann schaut er mich auffordernd an und gibt mir zu verstehen, dass ich dich kommen lassen soll.

Ich bringe dich zum Höhepunkt. Du stöhnst an seinen Lippen so laut und zuckst um meine Finger herum.

Sobald der Orgasmus verklungen ist, ziehe ich mich wieder zurück, rutsche von dir und mache mir eine Kippe an, strecke die Arme auf die Sitzlehne und tue so, als hätte ich die ganze Zeit so dagesessen.

Caden lässt dich erst jetzt los, legt eine Hand an deinen Schenkel, während du dich irritiert und total verwirrt umschaust. Du siehst mich an und ich sehe dich mit einem Blick an, der dir sagt: *Was willst du von mir, Alayna?*

Du bist so durcheinander, ich liebe es.

Verwirrt krabbelst du von seinem Schoß auf den Sitz zwischen uns; deine Lippen beben und dein Atem geht hektisch. Dein Gesicht ist ganz rot.

»Hast du Durst?«, frage ich ein bisschen provokant. »Du wirkst so erhitzt, Alayna! Ist alles okay? Hast du zu viel getanzt?«

Caden streicht von hinten über deine Haare, packt die Spitzen und zieht dich zurück, sodass du in den weichen Polstern landest. Ich weiß, dass er gerade so scharf auf dich ist, dass er am liebsten jetzt und hier deinen Mund ficken würde. Aber das tut er nicht. Weil er sich kontrollieren kann.

»Caden?«, fragst du irritiert.

»Ja?«, antwortet er mit hochgezogenen Brauen.

Du beugst dich verschwörerisch in seine Richtung und denkst – typisch betrunken –, ich würde dich nicht hören, aber das tue ich. »Was war das?«, fragst du mit großen Augen.

»Was denn, Babygirl?«, will er skeptisch wissen.

Du deutest mit einem hektisch Finger zwischen uns hin und her und wirfst mir einen kurzen, misstrauischen Blick zu. »Das da!«

»Was meinst du denn?«, hakt er total irritiert nach. Er ist so ein verdammt guter Schauspieler!

»Aber du hast doch … und er hat doch … und ich … und wir … und Scheiße, Caden, was ist hier los?«

»Baby, ich glaube, wir sollten nach Hause fahren«, meint er ein bisschen besorgt. »Hast du zu viel getrunken?«

Ich lehne den Kopf zurück und mustere dich von der Seite. »Oder zu viel geraucht, Alayna?«

Du blinzelst angestrengt. »Ich bin verwirrt.«

»Offensichtlich«, sagt Caden nickend. »Gehen wir besser. Kommst du mit, oder bleibst du noch?«, fragt er mich und sieht aus, als würde er hoffen, dass ich noch bleibe.

»Ich komme mit«, erwidere ich lässig. »Es wird langsam Zeit, dass wir heimgehen.«

10. Carter oder Caden, das ist hier die Frage

Carter

Wann ist Caden denn endlich fertig mit dir, Alayna? Er fickt dich jetzt seit einer Stunde und ich weiß, dass er das extra macht. Wegen der Scheiße heute im Club, und er wird dich jetzt schachmatt ficken, damit du bei mir total müde sein wirst. Aber das ist egal, ich wecke dich dann wieder. Das hat bis jetzt immer geklappt, egal wie fertig du warst. Ich hab da meine Methoden, Alayna.

Ich liege auf der aufgeklappten Couch. Der Mond scheint ins Wohnzimmer und ich schaue direkt auf tausend Fotos von meinem Dad und meiner Mom und meinem Onkel Riley und uns als Kinder und Hochzeitsbilder. Das ist alles der totale Abturner, Alayna, deswegen muss ich einen anderen Ort finden, an dem ich dich ficken kann.

Es ist eine warme Sommernacht und das Fenster steht offen. Früher haben Caden und ich in solchen Nächten immer im Garten gezeltet. Wir kamen uns vor wie kleine Entdecker. Jetzt entdecken wir die Tiefen von Vaginas. Ich weiß, dass wir ein bisschen krank sind, Alayna, und skrupellos. Dass wir darauf scheißen, was wir mit der Psyche einer Person anrichten können, und dass wir schon einige Frauen und Mädchen auf der Highschool vernichtet haben sowie auf dem College. Wir haben sie regelrecht zerrissen, weil keine unseren Spielen mental auf Dauer standhalten kann.

Ja, wir haben viel Sex, aber das ist das Einzige, was uns beide bei Sinnen hält. Ich glaube, das haben wir von Dad. Wir sind eher sehr körperlich und reden nicht viel. Auf ganz unterschiedliche Arten sind wir zwei Krüppel, die ihre Gefühle nicht ausdrücken können. Und das hat nichts damit zu tun, dass wir in unserer Kindheit keine Liebe bekommen haben, oder dass sie grauenhaft und schrecklich war. In uns ist einfach etwas, was sehr mächtig ist und was wahrscheinlich der Fluch der Rushs ist. Sogar meine Schwester hat diese Ausraster ab und zu. Sie kann in einem Moment wie ein Flummi total glücklich überall rumhüpfen und im nächsten ein verletzendes, kleines und vor allem manipulierendes Monster sein.

Caden hat diese Aussetzer auch, aber auf eine andere Art als ich. Er wird dann unsagbar sadistisch und nicht einmal ich oder Dad können ihn aufhalten.

Und bei mir, Alayna, ist es am schlimmsten. Ich nehme auf nichts und niemanden Rücksicht, wenn es passiert. Das Wort *Kontrolle* ist mir dann fremd. Ich scheiße darauf, was Dad sagt oder Mom oder irgendwer. Der Einzige, auf den ich höre, ist Caden.

Nur ihm hast du es zu verdanken, dass heute im Club nichts Schlimmeres passiert ist, Alayna, aber ich weiß nicht, was geschehen wird, wenn du dich mir gegenüber noch mal so verhältst und er nicht da ist.

Mein Handy vibriert und ich öffne Cadens Nachricht. Das machen wir immer so, wenn er mit dir fertig ist.

Schwarze Boxershorts.

Kannst kommen, bin im Bad.

Ich ziehe eine schwarze Boxershorts aus meinem Koffer. Wir haben meistens die gleichen Sachen dabei, wenn wir gerade was am Laufen haben. Denn wir haben dieses Spiel über die letzten sechs Jahre perfektioniert, Alayna.

Wir sind wahre Meister darin. Bis auf das eine Mal, aber darüber rede ich nicht. Niemals. Und Caden auch nicht.

Ich wechsle meine Shorts, verwüste mein Haar ein bisschen, weil ich weiß, dass er dich gerade gefickt hat und ich zu ordentlich aussehe.

Dann gehe ich nach oben und sehe, dass im Bad Licht brennt. Ich klopfe zweimal an die Tür, damit er weiß, dass ich jetzt hier oben bin, und gehe zu dir.

Ich stoße die Tür auf. Du liegst auf dem Bauch und schläfst fast ein. Das Nachtlicht brennt, überall liegen eure Klamotten und es riecht nach Sex. Deine Haare kleben an deinem Rücken und deinen Armen und du schaust mit schweren Lidern zu mir auf.

»Komm ins Bett, Baby, lass uns schlafen«, sagst du rau und streckst die Hand nach mir aus. Oh Alayna, es wird jetzt nicht geschlafen.

»Ich brauche frische Luft, komm mit, BABY!« Ich hasse es, das vorzuspielen. Ich bin kein Caden, sondern ein fucking Carter.

»Was?«, fragst du kraftlos. Ich gehe zu dir rüber, weil ich keine Geduld für so eine Scheiße habe, und ziehe dich am Arm aus dem Bett.

Du keuchst schockiert. »Caden! Du hast mich gerade zerstört. Fünf Orgasmen! ICH KANN NICHT MEHR!«

»Das ist mir scheißegal, Alayna. Zieh dir was über, oder du gehst nackt!«

Du runzelst die Stirn. »Was ist los mit dir?«

Ich bin heute keine gute Caden-Imitation; ich bin so pissig auf dich, aber ich muss jetzt mein Bestes geben. »Carter hat mich heute total abgefuckt, Alayna. Sorry.«

»Oh, mich auch«, sagst du zickig und ziehst dir ein Shirt von ihm über und ein Höschen.

»Wieso hat er dich denn abgefuckt?«, frage ich und beherrsche mich, dich nicht am Nacken zu packen und rauszuschieben, damit es schneller geht. Ich hab keine Geduld für diese Scheiße.

»Weil er ein Mistkerl ist, Caden! Und ich will nie wieder Drogen oder Alkohol in seiner Nähe.«

»Wieso denn?«, frage ich, während wir die Treppe nach unten gehen.

»Weil ich heute echt was Krankes fantasiert hab.«

»Was denn?«, erkundige ich mich. Wir gehen an dem Sofa vorbei, auf dem Caden liegt und einen auf Carter macht.

»Boah, könnt ihr mal leiser laufen? Ich will schlafen, ihr Scheißparasiten«, murmelt er, und ich muss sagen, er ist wirklich perfekt. Ich könnte mich mit mir selbst verwechseln.

Hinter deinem Kopf zeige ich ihm das Zeichen für perfekt, indem ich mit Daumen und Zeigefinger einen Kreis bilde.

»Boah, Carter, du bist so ein Stinkstiefel! Wie wäre es mal mit Sex, damit du dich entspannst!«

»Fick dich, Alayna!«, grummelt er, aber ich sehe an seinen Schultern, die er jetzt zudeckt, dass er lacht. Auch ich muss mich zusammenreißen. Und Caden spielen.

»Reiß dich zusammen, Bro, und schlaf jetzt!«

Er hebt die Hand, als würde er salutieren, und lallt: »Ayyee Siirrr! Und jetzt verpisst euch, wohin auch immer ihr geht!«

»Scheiß auf ihn«, murmle ich in deine Richtung. »Baby.« Und dann halte ich dir die Haustür auf, wie CADEN es tun würde, weil ich ja so ein fucking Gentleman bin. Eigentlich, Alayna, würde ich jetzt vorgehen. Wenn die Tür vor deiner Nase zufällt, wärst du selbst schuld. Ich bin schließlich nicht dein fucking Daddy.

Die Luft draußen ist total angenehm und die Grillen zirpen. Ich greife dein Handgelenk und ziehe dich direkt unter die Trauerweide. Dann sehe ich, dass im Keller von Mom und Dad noch Licht brennt, Alayna, dabei ist es vier Uhr morgens. Ich höre sie dauernd kichern, weil das Fenster einen Spalt offen steht. Die beiden verhalten sich manchmal wirklich wie verdammte Teenies. Aber es ist mir egal, was sie da unten machen. Sobald wir vor dem Baumstamm stehen, packe ich dein Gesicht, küsse dich und drücke dich dagegen. Ich presse meinen Körper an dich, damit du meine ganze Präsenz spürst. Du keuchst gegen meine Lippen. »Caden?«, flüsterst du und schaust mir verwirrt in die Augen. Deine Finger fahren durch mein Haar. Ich mag das. Nicht. Genau genommen hasse ich es, also packe ich dein Handgelenk und drücke deine Hand wieder nach unten. Du kannst deinem FREUND durch die Haare fahren und mit so einer Zärtlichkeitsscheiße kommen, aber nicht mir.

»Was ist los mit dir?«, fragst du. Alayna, du bist heute sehr neugierig. Die letzten Male warst du das nicht. Da hast du mich dich einfach ficken lassen.

»Was soll mit mir sein, BABY?« Ich packe deine Oberschenkel und schiebe dich nach oben, wobei dein Rücken über die raue Rinde des Baumes kratzt.

»AU! Caden!«, empörst du dich.

»Ja? Alayna?«, frage ich und ziehe dein Oberteil über deinen Kopf. Ich habe es vermisst, deine Titten zu sehen.

»Fuck, Caden, du bist irgendwie komisch im Moment.« Oh, ich habe keine Lust auf dummes Gelaber, reiße deinen Slip zur Seite und gleite mit meinen Fingerspitzen über deine Pussy.

Du bist nass, Alayna.

Du liebst das hier.

Zittrig atmest du ein, und ich weiß, dass er dich wund gefickt hat, aber das hält mich nicht ab. Ganz im Gegenteil. Er weiß, dass ich das liebe. Ich stöhne, als du wimmerst, und hole meinen Schwanz aus der Shorts.

»Ich krieg einfach nur nicht genug von dir, BABY«, leier ich runter, wie Caden es tun würde, und gleite mit meiner

Spitze an dir entlang. »Und jetzt will ich dich ficken, also halt deine Klappe. Alles, was ich von dir hören will, ist dein Stöhnen, verstanden?«

»Oh mein Gott!«, wisperst du und krallst dich an meiner Schulter fest, als ich mich in dich schiebe. Du stöhnst auf und wirfst deinen Kopf zurück und ich weiß, dass es vor Schmerz und Entzückung ist. Fuck, Alayna, deine Pussy ist der verdammte Himmel.

Dein Slip stört mich und ich reiße ihn dir komplett vom Körper. Du keuchst erschrocken, und ich ficke dich hart und rücksichtslos und genieße die Laute, die du von dir gibst. Ich weiß, dass mein Bruder zusieht – das tut er oft –, weshalb ich wieder nicht in dir kommen kann. Das pisst mich gerade an, Alayna. Ich will dich tiefer, stelle dich auf die Beine und drehe dich herum. Am Nacken drücke ich dich nach vorn gegen den Baum. Deine Wange reibt jetzt an der rauen Rinde. Ich haue dir auf den Arsch, dann schiebe ich mich in dich und ficke dich ein paar Stöße lang, bis ich fast komme. Du reckst mir den Arsch entgegen und ich halte ihn mit meinen Händen nach unten gedrückt. Ich mag es nicht, wenn du versuchst, die Kontrolle zu übernehmen. Mit einer Hand umfasse ich deine Kehle und spüre dein Schlucken. Du erstarrst kurz. Ich beuge mich vor und frage: »Ist was, Alayna?«

Du schaust mich über deine Schulter hinweg an, direkt in meine Augen, und wisperst: »Carter?«

SCHEIßE, denke ich mir. Gerade hast du meinen Namen beim Sex gesagt. Ich erstarre auch und kann mit einem Mal nicht mehr atmen. Keine hat das jemals gemerkt, es sei denn, wir wollten es so. Jetzt weißt du es und unser Spiel ist aufgeflogen. Gleich wirst du mich anbrüllen und von dir stoßen, aber das tust du nicht. Denn du … du bist anders als die anderen. Du lehnst deinen Kopf nach hinten an meine Schulter und wisperst heiser: »Fick mich einfach weiter.«

Fuck!

Ich packe dich am Nacken, schiebe dich wieder nach vorn. Dann gibt es für mich kein Halten mehr und ich komme in dir. Weil du mir gehörst.

Alayna.

Als du auch gekommen bist, lehne ich atemlos meine Stirn an deinen Hinterkopf. In mir tobt ein einziges Chaos. Ich will nur, dass es nicht aufhört. Auch du rührst dich nicht. Mit mir immer noch in dir.

Es ist, als hättest du die Kontrolle übernommen, indem du meinen Namen gesagt hast. Ich ziehe mich langsam aus dir zurück und meine Boxershorts hoch. Du drehst dich um und lässt dich schwer atmend am Baum herab, bis du auf dem Boden sitzt. Dann tastest du nach deinem Shirt und schlüpfst hinein. Ich werfe im Augenwinkel einen kurzen Blick zum Fenster und sehe seinen Umriss. Dann gleitet mein Blick wieder zu dir. Wir sind ein bisschen durch die Blätter der Trauerweide verdeckt. Du siehst mich an. MICH.

Was sich wie eine Ewigkeit anfühlt.

Du schluckst.

»Carter?«, fragst du noch mal. Jetzt muss ich überlegen, Alayna, was ich tue.

»Wieso sagst du das die ganze Zeit?«, frage ich mit wild klopfendem Herzen und lasse mich direkt vor dir nieder. Ein warmer Wind weht durch dein schweißnasses Haar, und du verengst die Augen.

»Spiel nicht mit mir, Carter. Ich weiß, dass du es bist!«

Ich schnaube. »Willst du mit ihm ficken, oder wieso sagst du das die ganze Zeit? Willst du mich verarschen?«

»Wo und wann haben wir uns genau kennengelernt?«, fragst du noch ein bisschen atemlos.

»Im ›Blue Rabbit‹. Du hast gekellnert, schwarze Klamotten getragen und eine weiße Schürze. Deine Haare waren zusammengebunden, und ich habe mir vorgestellt, wie ich dich an ihnen nach unten ziehe und du mir einen bläst.« Ich weiß das, weil Caden mir einfach alles erzählt und wir uns abstimmen müssen. Wie gesagt, wir haben das in sechs Jahren perfektioniert.

»Wie hieß meine erste Katze?«

»Clyde, und ihr rechtes Ohr war abgebissen. Sie war eine Perserkatze, die keiner haben wollte.« Du schmollst ein bisschen, dann ziehst du die Augenbrauen hoch. Dein arrogantes Bitchface. Normalerweise würde ich dir jetzt eine schmieren, aber ich bin ja CADEN.

»Was hast du mir vorhin gerade im Gästezimmer noch ins Ohr geflüstert?« Du wirkst so siegessicher und ich bin am Arsch. Mir wird total heiß und ich muss raten. Ich mag es nicht, zu raten.

»Du gehörst mir«, sage ich, so locker wie möglich, und deine Schultern sacken herunter.

Bist du etwa enttäuscht, Alayna?

Fuck, ich bin so erleichtert, dass ich richtig geraten habe, Alayna.

Seit wann sagt er eigentlich so was zu dir?

»Es tut mir leid, Baby, aber mein Gehirn spinnt in letzter Zeit total. Außerdem guckt er mich immer so komisch an und eben warst du so grob. Dabei bist du das eigentlich nicht so sehr … und …«

»Schon gut, Baby«, sage ich gönnerhaft und streiche dir eine Strähne hinters Ohr. »Dein Arsch gehört trotzdem mir!«

11. Was machen wir jetzt, Caden?

Carter

Es ist fünf Uhr am Morgen, Alayna. Du schläfst total k. o. im Gästezimmer. Nicht einmal ein Erdbeben könnte dich wecken. Caden und ich sitzen auf der Hollywoodschaukel, wie so oft, und rauchen einen.

Er reicht mir den Joint und sagt: »Echt jetzt? Wirklich? Sie hat gedacht, du bist du?«

»Wenn ich es doch sage, BRO! Die hat mich einfach mit ihren Bambiaugen angeschaut und *Carter* gesagt.«

»Scheiße, sie ist schlauer, als ich dachte«, meint Caden.

»Hey, hast du ihr gesagt, dass sie dir gehört?«

»Ja, das sagt man doch so beim Ficken. Dein Arsch gehört mir, deine Pussy gehört mir. Ich ficke deinen Mund und so. Du weißt schon.«

Ich nicke zustimmend. »Ja, so was in der Art.«

»Ja, und was ist dann passiert?«, erkundigt er sich und nimmt die Tüte wieder.

»Dann habe ich sie einfach noch härter gefickt!«

»Du bist so blöd, Carter! Wenn sie schon Verdacht schöpft, warum fickst du sie dann noch härter?«

»Ich weiß nicht, ich habe mich kurz so frei gefühlt, Bro. Ich dachte, ich kann mit ihr machen, was ich will, weil ich dachte, sie weiß, wer ich bin.«

»Und dann?«, fragt er stirnrunzelnd und zieht.

»Dann hat sie sich umgedreht und sich an den Baum gesetzt und wieder gesagt: *CARTER?*« Ich mache deine Stimme total bescheuert nach. »Dann hat sie mich gefragt, *wo haben wir uns kennengelernt, wie hieß meine erste Muschi, was hast du eben beim Sex zu mir gesagt*.«

»Und das wusstest du?«

»*Du gehörst mir!* Das war jetzt nicht so schwer zu erraten bei dir!« Ich nehme den Joint und ziehe, aber er ist aus, also lege ich ihn zur Seite. »Sie hat sich dann aber entschuldigt und ich habe gesagt, *schon gut, Baby,* und so Haarzeugs gemacht. Also, wenn sie dich morgen drauf anspricht, du kannst einmal Wiedergutmachungssex bei ihr einlösen.«

»Cool.« Normalerweise ist Caden nicht so dicht, aber heute haben wir wirklich unsagbar viel geraucht und getrunken.

»Was machen wir jetzt?«, frage ich.

»Wir lassen es weiterlaufen. Das wird doch jetzt erst so wirklich interessant. Sei nicht so hart zu ihr, sonst merkt sie was.«

»Sei du doch einfach härter zu ihr. Sie ist heiß, wenn sie total einen auf unterwürfiges Kätzchen macht.«

»Das macht sie auch so, Bro.«

»Fick dich, Caden.« Wir trinken einen Schluck von unserem Bier. Auf einmal wird eine Tür geknallt und unheilvolle Schritte ertönen durch den Garten, bevor nackte Füße vor uns stehen bleiben. Wir kennen diese Füße sehr gut. Und auch die Boxershorts und den tätowierten Oberkörper und erst recht das vor Wut schäumende Gesicht.

»DAD!«, meine ich. »Willst du auch mal?« Ich gebe ihm die ausgegangene Tüte. »Brauchst nur ein Feuerzeug und dreimal ziehen.«

»Nein, mach die Scheiße weg, du Kröte, und guckt mich beide an!« Wir folgen, weil es einfach gesünder ist, zu tun, was er sagt, wenn Dad diesen Ton anschlägt.

»Hey, warte mal, wieso bist du überhaupt noch wach, Dad?«, fragt Caden total lebensmüde. Ich sehe ihn mit großen Augen bewundernd an.

»Ihr zwei! Hört jetzt auf damit!«

»Was'n?«

»Wir wollten nur die Sommernacht genießen und den Sonnenaufgang sehen. Schau, wie schön er ist, DAD.«

»Zwei Brüder. Ein Mädchen. Keine gute Konstellation!«

»WAS? Wovon redest du?«, frage ich total entspannt. »So was ist nie passiert!«

Caden schweigt.

»Weil ich meine Söhne sehr gut unterscheiden kann und genau weiß, wer gestern auf dem Dachboden war und gerade eben unter dem Baum.«

Wir schlucken beide. Ich schaue Caden an, damit er was sagt.

»Lass uns doch ein bisschen den Spaß, Dad«, meint Caden in perfektem Anwaltston und kriegt von Dad eine auf den Hinterkopf.

»Komm mir hier nicht so klugscheißerisch. Das ist kein Spaß. Das kann eine Familie ficken, und ich lasse nicht zu, dass ihr meine Familie fickt!«

»Wir hören dann auf, wenn sie anfängt, sich zu verlieben und die ganze Scheiße! Das machen wir immer«, sage ich und Dad schüttelt den Kopf.

»Dafür ist es schon zu spät. Sie ist schon verliebt. In beide.«

»Sie weiß noch nicht mal, dass wir es beide sind. Sie denkt, es ist nur Caden.«

»Wirklich? Carter?« Ich werfe wieder Caden einen Blick zu. Er trinkt nachdenklich von seinem Bier.

»Ich rede aus eigener Erfahrung«, sagt Dad jetzt. »Carter, such dir einfach deine Eigene, ihr müsst nicht alles teilen.«

»Das hat Mom uns doch beigebracht!«, antworte ich grinsend.

»Was meinst du damit, du redest aus eigener Erfahrung?«, will Caden wissen.

»Fragt Onkel Riley.«

»IIIIIIIH! Das ist ja ekelhaft! Onkel Riley hat dir die Frau weggenommen?«, frage ich ungläubig.

»Du Trottel, *ich* bin doch mit ihr zusammen.«

»Mom war mal mit Onkel Riley zusammen?«

»Japp.«

»Und dann?«, frage ich interessiert und zünde mir die Tüte neu an.

»Hab ich sie gefickt!« Dad nimmt sie mir ab und zieht selbst.

»Und dann?«

»Dann hat sie sich in mich verliebt. Aber auf jeden Fall sind Riley und ich bis heute nicht besonders gut aufeinander zu sprechen. Wollt ihr das?«

»Dad, wir sind die Oberbros.« Ich werfe Caden den Arm um die Schulter und er grinst besoffen. »Wir haben uns schon im Bauch von Mom den Platz geteilt, das ist ganz was anderes.«

»Das kann ganz böse schiefgehen bei euch beiden. Und es *wird* schiefgehen.«

»Lass das mal meine Sorge sein, Dad. Ich habe das unter Kontrolle«, sagt Caden.

Dad schnaubt. »Wenn es um Gefühle geht, kann man die Kontrolle sehr schnell verlieren, besonders wenn man so explosiv und impulsiv ist wie ihr beide. Ihr kommt aus meinen Elern, ich weiß, wovon ich rede, okay? Vertraut mir einfach einmal im Leben.«

»Also ich höre nicht auf, sie ist der Hammer. Sie macht Sachen, von denen ich bisher nur gehört habe«, meine ich und Caden nickt grinsend.

Dad schüttelt sich angewidert. »Ihr seid krank!«

»Willkommen bei den Rushs!«, sagt Caden.

»Baby, komm zurück! Ich hab gemacht, was du gesagt hast!«, ruft Mom in dem Moment aus dem Keller und wir sehen ihn beide mit hochgezogenen Augenbrauen an.

Er flüstert: »Fuck!« Und haut ab, und das Schlimmste? Er nimmt die Tüte mit.

* * *

Es sind locker über dreißig Grad und ich will in diesen Scheißpool im Garten. Ich sterbe, Alayna, und du sitzt mir gegenüber am Frühstückstisch und siehst mich nicht an. Du trägst ein leichtes, weißes Sommerkleid mit dünnen Trägern und hast deine Haare mit einer Klammer locker zusammengerafft. Dazu bist du ungeschminkt und gebräunt und todmüde. Wir haben es erst zehn. Caden und ich sind das schon gewohnt, wir schlafen nie viel. Aber du hast ja immer mit zwei Kerlen zu tun, auch noch mit solchen wie uns – und wenig Schlaf. Deine Augenbrauen sind zusammengezogen, du starrst auf deinen Teller. Ich sehe förmlich, wie es in deinem Kopf arbeitet. Und das ist so interessant. Caden sieht es auch und wirkt sehr zufrieden. Er mag Herausforderungen, Alayna, und du *bist* eine. Das hast du spätestens gestern bewiesen, aber Gott sei Dank konnte ich die Scheiße noch mal retten.

»Und was machen wir heute?«, fragt Mom, die selbst total fertig ist und Kopfschmerzen hat. Was sie nicht müde wird zu erwähnen.

»In den Keller gehen und schlafen.« Dad stöhnt träge.

»Jetzt seid ihr mal ein Wochenende hier und kackt so ab!«, schimpft die Übermom.

»Ich weiß, Mom«, antwortet Dad. »Aber ich bin so fuckmüde!«

»Riley kommt heute!«

»Oh Olivia, ich habe dir doch gesagt, dass du ihn nicht einladen sollst, wenn sie da sind!« Der Ton des Überdads ist ziemlich angepisst.

»Ich werde ihm schon nicht auf die Fresse hauen«, murmelt Dad.

»Das will ich ja wohl hoffen, Scheißkröte!«

Ava ist total munter und sitzt neben Dad. Sie sitzt immer neben Dad und wirkt heute total ausgeschlafen. »Also ich mag Onkel Riley voll gern!«

»Da bist du die Einzige!«, sagt Dad und funkelt Mom wütend an. Endlich verstehe ich die ganzen kryptischen Bemerkungen und Blicke all die Jahre. Und Caden auch. Wir nicken uns zu wie zwei Idioten, bei denen es nach Ewigkeiten Klick gemacht hat. Und du schaust zwischen uns hin und her, als hättest du wieder was verpasst, Alayna.

»Habt *ihr* denn wenigstens gut geschlafen?«, fragt die Übermom.

Wir beide murmeln irgendwas in unseren nicht vorhandenen Bart. »Hmhhh, jaaaa … also äääähhh … gib mir mal die Milch, Caden!«

»Hier bitte, Carter!«

Du zuckst zusammen, als sein Arm an dir vorbeizischt, und Dad murmelt was von »Vollidioten!«

Keaton, der Überdad, grinst schadenfroh und schmiert sich einen Toast mit Marmelade, während er von einem zum anderen schaut. »Ich bin ja so froh, dass deine Familie so intakt ist, Mason.«

Dad schaut ihn mit einem eindeutigen FICK-DICH-DAD-Blick an, den ich patentiert habe.

Es klingelt an der Tür und Dad stöhnt. »OH GOTT, nein, EMILIA!«

»Es wird alles gut!« Sie tätschelt seine Haare, als er den Kopf auf den Tisch fallen lässt. »Ich weiß, dein Leben ist nicht leicht, Baby. Du arbeitest hart und du hast Kinder, über die ich jetzt nicht reden will. Deine Tochter ist die totale Zicke ...«

»HEY«, ruft Ava.

»Klappe«, sagt Mom. »Und dein Vater ist total schadenfroh, weil du jetzt sein Los gezogen hast, aber trotzdem: Ich liebe dich.«

»Wow«, grummelt er unbeeindruckt, während alle aufstehen, außer Dad, Mom, Caden, du und ich.

Sie gibt ihm einen Klaps auf den Hinterkopf. »Ich gehe Riley begrüßen!«

Er packt sie am Handgelenk und zieht sie zurück auf ihren Stuhl. »Du bleibst jetzt hier, Emilia!«

Du siehst dir das alles mit hochgezogenen Augenbrauen an und erkennst die Parallelen. Wahrscheinlich weißt du jetzt, dass es nie besser werden wird. Dein Blick schweift zu mir. Und ich grinse breit. »Ist was?«

»Ja, ist was, Alayna?«, fragt Caden. »Nach gestern? Mit seinem Namen, du weißt schon?« Er sieht dir hart ins Gesicht und ich trinke schnell einen Schluck Kaffee, damit du mein Lachen nicht siehst. Er ist so gut! Noch besser als ich!

Du wirst knallrot und siehst ihn schuldbewusst an. »Es tut mir so leid, Baby.« Unter dem Tisch legst du deine Hand auf seinen Oberschenkel. »Ich war einfach total besoffen.«

»Wir reden später noch mal drüber, Alayna«, meint Caden unbeeindruckt und schiebt deine Hand weg, bevor er aufsteht und auch zur Tür geht.

»Was war denn mit meinem Namen?«, frage ich interessiert und schenke mir noch ein bisschen Orangensaft ein.

»Nichts, du *KRÖTE*«, zischst du mich an. Ich will dir den Arsch versohlen, direkt auf dem Esstisch, zwischen den Brötchen und dem O-Saft. Mit meinem Gürtel. Oder dem Pfannenwender, du darfst dann wählen.

Es poltert und man hört gefühlt einhunderttausend Stimmen. Dads Kopf liegt immer noch auf dem Tisch. Mom streichelt sein Haar und sagt ihm, dass alles gut wird, und ich frage: »Was ist denn mit Onkel Riley, Mom?«

Sie reißt die Augen auf und ihr Kopf schnellt zu mir herum.

»Ihr gebt immer so komisches Zeug von euch, ich versteh das nicht. Der ist doch voll nett, oder, Mom?«

»Halt die Klappe, Carter!«, brummt Dad und Mom schaut ihn mit verengten Augen an.

»Mason …«

»Was?«

»Hast du ihnen was erzählt?«

»Nein!«, knurrt er genervt.

»Mason!«

»Fuck, Baby, reiz mich nicht!« Sie will wieder total angepisst aufstehen und in den Flur gehen, aber er packt ihren Arm, ohne hinzusehen, und zieht sie erneut zurück auf den Stuhl. Du schaust wieder von Dad zu mir und ich grinse. Ja, Alayna. Genauso behandle ich dich auch immer.

Onkel Riley kommt rein mit seinen zwei Superkindern – er hat immer alles super im Griff. Selbst wenn seine Frau, so wie jetzt, bei irgendwelchen Hilfsprojekten sonst wo ist. Er wirkt wie immer. Gebügelt und gestriegelt und gepflegt und total entspannt. Natürlich schaut er sofort Mom an. Jetzt, da ich das alles weiß, möchte ich ihm eine in die Fresse hauen, wenn er das tut. Sie lächelt gezwungen. Dad sieht auf und schaut ihn warnend an, ohne ein Wort der Begrüßung zu sagen. In seinen Augen leuchtet eine Warnung: *Sprich meine Frau nicht an, oder du stirbst. Geh weiter!*

Wow, ich wüsste wirklich gern, was die alles erlebt haben, dass es so weit gekommen ist.

Onkel Riley verdreht die Augen. »Hi Carter!« Seine zwei perfekten Kinder stehen an seiner Seite. Henry ist in meinem Alter, während Susan zwei Jahre jünger ist. Sie sind beide blond, Alayna, und haben dunkle Augen. Damit sehen sie genauso verschissen perfekt aus wie Onkel Riley und seine perfekte Frau Tessa. Sie pissen mich an, allein wie sie schon dastehen, aber ich merke sehr wohl, dass Henry dich sofort abcheckt. Oh, das liegt wohl in den Genen, auf vergebene Frauen abzufahren. Gerade will ich aufstehen, und ihn ziemlich unsanft begrüßen, da kommt Caden rein und rempelt ihn im Vorbeigehen heftig mit der Schulter an, bevor er sich neben dich setzt und den Arm auf deine Lehne legt.

»Was geht ab, Loser?«, fragt er und isst noch eine Traube, bevor er erneut ansetzt: »Also das ist Alayna, meine Freundin. Schau sie nicht an, fass sie nicht an, halt Abstand, oder ich brech dir das Genick.« Henry zuckt zusammen, und du siehst Caden empört an, weil du so was eigentlich nicht von ihm kennst, aber er hat auch diese Seite. Und mit der ist absolut nicht zu spaßen.

»Caden?«

»Krieg deine Kröte in den Griff!«, sagt Riley zu Dad, aber der ignoriert ihn völlig, als wäre er nicht da.

»Mein Bruder hat dich was gefragt, Loser: Was geht ab?«, bohre ich weiter und dabei lasse ich einen Arm über meine Stuhllehne hängen. »Und *du* hast endlich Titten gekriegt, Susan, wurde mal Zeit mit neunzehn.« Mom lässt ihren Ellbogen auf den Tisch sinken und vergräbt ihr Gesicht in einer Hand, als alle anderen auch wieder zurückkommen und die Übermom trällert: »Es ist so schön, euch alle wiederzusehen. Ihr sitzt endlich wieder an meinem Tisch. Ich bin so happy.« Keaton merkt die Anspannung im Raum und schaut von einem zum anderen.

»Hast du deine Zunge verschluckt?«, frage ich jetzt Henry, der immer noch wie bestellt und nicht abgeholt vor dem Esstisch steht. Was für ein Idiot. Er hat dich angesehen, also wird er jetzt das ganze Wochenende leiden.

»Was willst du von mir?«, fragt er genervt und total arrogant, bevor er sich zwischen Ava und Mom setzt.

»Rück von meiner Schwester weg!«

»Was denkst du, sie ist meine Cousine. Bist du blöd?«

»Rück von meiner Schwester weg, ihr seid alle krank.«

»Also wir gehen jetzt«, sagt Keaton einfach, nimmt seine Frau und zieht sie die Treppe hoch. »Aber Keaton, ich wollte doch Kaffee …«

»Nein, geh jetzt!« Die Tür knallt oben zu. Du schaust von der Treppe zu mir und dann zu Caden, während er dich genauso ansieht wie ich.

Und wir beide denken: *Ja, es liegt in der Familie, du hast genau richtig gesehen.*

12. Carter schenkt dir nach, Alayna

Caden

Ich liebe Psychospiele, Alayna, und ich liebe es, wie verwirrend das alles jetzt schon ist. Du liegst am Pool, in deinem roten, sehr knappen Bikini, und Carter starrt dich an. Es ist ihm egal, ob ich es sehe oder nicht. Er denkt, du würdest ihm gehören, und ich habe ihm erzählt, ich hätte dir nur gesagt, dass du mir gehörst, weil man das beim Sex so sagt, aber das war eine Lüge. Du *gehörst* mir. Und das weißt du. Ich lasse ihn nur das denken, was ich will. Auch wenn er mein Bruder ist. Sonst funktioniert dieses Dreierding nicht, Alayna. Ich weiß, dass er ziemlich besitzergreifend werden kann, und es ist ein schmaler Grat, sein Monster nicht zu sehr herauszufordern.

Du hast ein Bein angewinkelt, eins ausgestreckt und lässt die Sonne auf deine Haut knallen. Du liebst das

Sonnen, du liebst die Wärme und das Licht. Du bist die strahlendste Person, der ich je begegnet bin. Als ich dich in der Bar gesehen habe, vor einem halben Jahr, wusste ich, dass ich dich haben musste. Ja, du hast mich erst vor ungefähr zwei Monaten bemerkt, aber ich habe dich schon so viel länger davor gesehen, Baby, und die Jagd begonnen.

Nach einer Woche wusste ich alles über deine Familie.

Nach zwei Wochen alles über deine Vorlieben.

Nach einem Monat kannte ich jede Freundin und jeden Freund, den du jemals gehabt hattest. Und du hattest viele Freundinnen, Alayna. Du gehst gern ins Kino und shoppen, du liebst Schmuck, weshalb ich dir eine Kette gekauft habe, die du immer trägst, und du gehst gern ins Schwimmbad und Eis essen. Zu Weihnachten backst du Plätzchen und bist für jede Sekunde dankbar, die du nicht im Haus deiner Eltern verbringen musst. Zwar tust du so, als hättest du das perfekte happy Leben, und musst auch alles auf Instagram posten, um das den Leuten zu beweisen. Aber du bist innerlich gebrochen und dein Leben ist alles andere als happy. Du spielst allen was vor, auch mir. Das meiste von dem, was du erzählst oder postest, ist nicht wahr oder aus alten Zeiten, als noch alles in deinem Leben normal gelaufen ist.

Das habe ich nach drei Monaten erfahren und es hat dich nur interessanter gemacht.

Du hast mir bis jetzt nichts davon erzählt, was mit deinem Bruder passiert ist und in welchen Umständen du aufgewachsen bist. Das habe ich allein rausgefunden. Ich habe da diese Computer und ich hacke gern, egal ob Technik oder Gehirne.

Ich weiß, dass du das letzte Mal, als Carter dich in meinem Zimmer gefickt hat, Musik auf meinem PC gehört hast. Mittlerweile habe ich das Passwort geändert, du darfst da nie wieder dran. Nie wieder. Beim nächsten Mal muss ich dich bestrafen, aber meine Bestrafungen sind nicht körperlicher Natur wie bei Carter. Meine sind schlimmer, weil sie deine Psyche ficken. Also mach so eine Scheiße nie wieder. Das war die erste und letzte Warnung, wie mein Bruder so gern sagt. Und *ich* spreche sie nicht laut aus, du solltest es selbst wissen.

Das Haus ist fast leer. Mom und Dad sind in ihrem Keller und Grams und der Überdad sind mit Ava shoppen gegangen, um ihr alles zu kaufen, was sie auch nur anschaut. Eigentlich lässt sich Keaton Rush nicht sonderlich leicht manipulieren, aber dieses kleine Biest hat ihn um den Finger gewickelt. Sie sieht schließlich aus wie seine Frau, als sie jung war.

Riley ist auch weg und hat Susan mitgenommen.

Henry ist dageblieben, und ich weiß genau, warum. Weil er auf dich steht. Gestern habe ich mit Absicht gesagt, dass du tabu bist, weil es das Ganze nur interessanter für ihn macht. Und ich liebe solche Spiele, Alayna.

Ich stehe in der Küche und schneide Zitronen, ohne meinen Blick von dir zu nehmen. Carter tut dasselbe. Er starrt dich unentwegt an. Die Tür steht offen, deswegen kann ich auch hören, dass Musik von deinem Handy spielt, weil du Musik liebst und sie überall dabeihaben willst.

Henry kommt jetzt runter, wie ein aufgeplusterter Gockel in seiner weißen Badehose. Kurzerhand nehme ich das Endstück der Zitrone und schmeiße sie ihm an den Kopf. Ich hasse ihn – und ich hasse nicht so schnell. Das ist ein Gefühl, das ich ungern zulasse, da es sonst für meine Umwelt sehr gefährlich werden könnte.

»Hey!« Der Idiot greift sich an den Hinterkopf und wirbelt zu mir herum.

»Ist was?«, frage ich und schneide weiter mit dem Riesenmesser, weswegen er ein bisschen bleich wird und nichts weiter sagt. Er geht nach draußen. Er will dich anvisieren und zu dir, stockt aber, als er merkt, dass Carter dort wie ein verdammter Pitbull sitzt und ihn sofort in Augenschein nimmt. Er kann uns nicht unterscheiden, vielleicht denkt er, dass ich gerade da draußen sitze. Man sieht, wie sein kleines Popelhirn arbeitet, als er meinen Bruder anschaut. Der macht es ihm nicht etwa leicht und sagt ihm, wer er ist, stattdessen fragt er wie ich eben: »Ist was?« Und Henry glotzt noch blöder.

Er schnaubt abfällig und springt mit einem Hecht ins Wasser. Ich wünschte, er würde sich den Kopf unten aufschlagen und sterben.

Du stützt dich auf die Ellbogen, Baby, und schaust Carter mit schief gelegtem Kopf an.

»Was ist dein Problem mit ihm?«, fragst du.

»Er macht dich an und du gehörst meinem Bruder. Ich mag das nicht.« Ich liebe meinen Bruder, er ist so loyal. Dabei fühle ich Liebe noch seltener als alles andere.

»Das ist doch nicht dein Problem!«

»Das *ist* mein Problem. Was redest du für eine Scheiße, Alayna?«

»Schmierst du mich ein?«, fragst du ihn und bringst ihn damit total aus dem Konzept. Ich grinse und lege den Kopf schief. Mir war klar, dass du für Spaß Sorgen wirst, Baby. Und mir war auch klar, dass du auf ihn stehen würdest. Das tun sie immer.

Carter überlegt und spielt unser Spiel weiter. »Sag mal, stehst du auf mich?«, fragt er total interessiert, als würde er nach dem Wetter fragen. »Die ganze Zeit redest du irgendwas davon, dass ich dich anmache oder was auch immer du dir für eine Scheiße zusammenträumst, und jetzt willst du, dass ich dich *einschmiere*? Deinen Körper berühre, mit meinen Händen?« Er hebt demonstrativ seine Hände. Ich grinse breiter – er ist so gut. Deine Psyche wird so gefickt sein, wenn wir mit dir fertig sind.

»Mein Gott, Carter ...« Ich bin gespannt, wie du dich da jetzt rausreden willst, Baby. Damit ich noch ein bisschen Salz in die Suppe schütten kann, gehe ich mit der Karaffe raus.

»Was geht, Baby? Worüber redet ihr?«, frage ich locker.

»Sie hat gerade gefragt, ob ich sie einschmieren kann«, informiert Carter mich trocken und ich schaue dich stirnrunzelnd an.

»Ehrlich, Alayna? Nach der Sache von gestern?« Du willst im Boden versinken und rutschst unruhig herum. Ich nehme den Blick nicht von dir und hebe eine Braue, weswegen du noch nervöser wirst. »Und?«

»Es ging nur um den Rücken, was ist das Scheißproblem? Ihr spinnt doch!« Baby, wenn du wüsstest, *wie sehr* wir spinnen.

»Wie auch immer.« Genervt seufzend zwinkere ich Carter zu, ohne dass du es siehst, und gehe wieder rein.

»Caden, warte.«

»Passt schon, Alayna! Sonn dich!«, knurre ich und verschwinde. Ich liebe es, wie ich dich gerade verunsichert habe, obwohl es mir scheißegal ist, ob er dich eincremt oder nicht. Solange ich die Kontrolle darüber habe, kann er mit dir machen, was er verdammt noch mal will.

»Dreh dich um und mach dein Ding auf!«, sagt Carter jetzt, als ich wieder auf meinem Beobachtungsposten bin.

»Mein Ding?«

»Das verknotete Ding da, deine Schnüre!«

»Ich komme dort nicht dran, Carter. Denk doch mal logisch.« Ich sehe, dass er dir eine auf den Arsch hauen will, weil du immer so aufmüpfig mit ihm redest. Das mag er gar nicht.

Er setzt sich neben dich, während du dich hinlegst und dir die Haare aus dem Nacken streichst. Du freust dich, weil du es gewohnt bist, dass ich dich massiere. Ich liebe es, dich zu verwöhnen, bis du dich stöhnend unter meinen Händen windest und es nicht mehr aushältst. Das wird es bei ihm nicht geben, Baby.

Grob zieht er den Bikini auf. Du schaust schon stirnrunzelnd zu ihm auf.

»Was?«, fährt er dich an.

»Gar nichts!« Du bettest deine Wange wieder auf die Liege und er verteilt die kalte Creme direkt auf deinem Rücken.

»Ah ... Carter!«

»WAS?«, fragt er noch aggressiver.

»Die ist kalt!«

»JA. Soll ich sie vorher in der Mikrowelle aufwärmen für dich, Prinzessin?« Ich liebe, wie er mit dir umgeht, Alayna.

»Creme mich einfach ein«, murmelst du genervt und das macht er, Alayna. Hart und grob lässt er seine Hände über deinen zierlichen Rücken kreisen und du keuchst vor Schmerzen auf.

»AUA, CARTER!« Weißt du denn nicht, dass du ihn damit nur noch mehr animierst? Ach nein, das weißt du nicht.

»Halt die Klappe, Alayna!« Er drückt noch mehr Creme aus der Tube, und zwar direkt auf deinen Arsch. Ich weiß, dass er die Scheiße genießen will, wenn er sie schon macht. Dann zieht er deinen Slip ruckartig nach oben, sodass deine Arschbacken freiliegen und du wieder aufquietschst.

»Was machst du?«, empörst du dich.

»Ich mache deine Träume wahr, wenigstens für zwei Minuten. Genieß es!« Damit klatscht er dir auf den Arsch und ich sehe, wie du dir auf die Lippe beißt, weil es dich anmacht. Ich mag das, Baby. Du sagst nichts mehr, dafür stehst du zu sehr auf das, was er gerade mit dir macht. Er knetet fest deinen Hintern und du stöhnst laut auf.

»Oh Gott, das tut gut!«

Sein Blick wird dunkler und ich sehe seine Gedanken wie immer in seinen Augen. Er würde sich jetzt gern von hinten in dich schieben, einfach so, vor diesem Schwachmaten im Pool, und ich wünschte, wir wären allein, als er den Blick hebt und mich ansieht. Ich schüttle kurz den Kopf, weil es jetzt noch nicht an der Zeit ist. Er beißt die Zähne zusammen, zieht sich aber zurück.

»Du musst meinen Bikini wieder zumachen!«, jammerst du mit geröteten Wangen und ein bisschen atemlos.

»Ich habe gesagt, ich creme dich ein, nicht *ich zieh dich wieder an*!«

Damit steht er auf und springt auch in den Pool, weil er sich abkühlen muss, während du mit offenem Bikinioberteil auf dem Bauch liegst und versuchst, ihn fluchend wieder zuzubekommen. Ich habe Lust auf dich gekriegt, also geh ich raus.

»Gott sei Dank, Caden, dein Bruder ist so ein Arsch!«

Ich hebe nur eine Augenbraue. »Was denn?«, frage ich und du stockst.

»Nur so. Kannst du meinen Bikini wieder zumachen?«

»Du bist ja eingecremt, Alayna«, stelle ich fest und ziehe das Bikinioberteil unter dir hervor.

»HEY!«, empörst du dich jetzt, aber ich halte ihn aus deiner Reichweite.

»Was denn? Ich dachte, du magst FKK?«

»Gib mir mein Oberteil wieder, Caden«, knurrst du und richtest dich auf, wobei du deine Brüste mit deinem Unterarm bedeckst.

»Wenn du deine Titten Henry zeigst.« Und das, Alayna, ist *meine* Art von Strafe.

»Was? Ich geh einfach rein, ihr seid doch Psychos.«

»Nein, du bleibst hier sitzen. Oder ich ziehe dir auch das Unterteil aus.« Du glaubst nicht, was ich gerade sage. Als Henry aus dem Wasser kommt, hebe ich eine Augenbraue. Du merkst, dass es mir wirklich ernst ist, und es macht dich heiß. So sehr habe ich meine dunkle Seite noch nie bei dir rausgelassen, weshalb du ein wenig unsicher wirst.

»Also?«

Du straffst dich und beißt dir auf die Unterlippe. Ich liebe es, wie unsicher du wirst. Das macht mich so hart. Du willst gerade die Arme von deinen hübschen kleinen Titten nehmen und sie Henry zeigen, der verwirrt auf uns zukommt und keine Ahnung hat, was los ist. Als Carter das Wasser verlässt, ihn von hinten am Nacken packt und in Richtung Haus schubst. »Was starrst du sie so an, du kleiner Wichser? Geh und hol Whisky, du Knecht!« Damit schubst er ihn ins Haus.

Ich sehe Carter mit hochgezogenen Brauen an, weil er meine Bestrafung kaputt gemacht hat, aber ich kann dich immer noch bestrafen, Baby.

»Mach den Arm runter, Alayna!«, fordere ich, und Carter, den du gerade ziemlich lange anglotzt, weil er aus dem Wasser gekommen ist und du ihn heiß findest, geht unbeeindruckt an uns vorbei, setzt sich auf eine Liege an deine andere Seite und macht sich eine Zigarette an.

»Caden!«, sagst du wieder vorwurfsvoll. Langsam pisst du mich an.

»Dein Slip wird gleich fliegen, Alayna, und du bleibst hier draußen, bis die ganze Familie wiederkommt. Nimm. Deinen. Arm. Runter.« Ich erhebe nicht die Stimme, ich flippe nicht aus, ich wende keine körperliche Gewalt an. Ich schaue dir nur ernst in die Augen. Du beißt die Zähne aufeinander und nimmst den Arm weg.

»Und jetzt?«, fragst du total aggressiv und streckst deine Titten raus.

Carter dreht träge den Kopf zu dir herum und sagt: »Nicht schlecht, Alayna. Eine glatte Zehn!« Dann schaut er wieder weg und zieht an der Kippe.

»Braves Mädchen«, lobe ich und lasse dich noch ein bisschen leiden, denn Henry kommt zurück und du verdeckst wieder deine Brüste mit deinem Arm, Alayna. Ich bin kein Mann leerer Worte.

Henry stellt den Whisky hin und drei Gläser. Er wusste von Anfang an, dass er nicht mittrinken darf, weil er schon seit Kindesbeinen an von uns getrimmt wird.

Carter sagt, ohne ihn anzusehen: »Und jetzt verpiss dich rein und komm nicht mehr raus.« Oh Carter. Manchmal verdirbt er mir den Spaß ein bisschen, aber das ist schon okay bei dir. Er weiß, dass ich wieder mal was mit dir vorhabe. Dabei will ich keinen ungebetenen Zuschauer. »Mach die Jalousien runter, Bitch«, ruft er noch und ich verdrehe die Augen.

Kurz darauf gehen die automatischen Jalousien runter.

»Du hast deine Brüste verdeckt, Alayna.« Ich schmeiße das Bikinioberteil über den Zaun zu den Nachbarn. »Das war's dann wohl!«

»CAAADEN!«, brüllst du total empört.

»Nimm den Arm runter! Ich habe das jetzt einmal zu oft gesagt und es nervt mich, Alayna. Steh auf!« Carter schaut dir mit dunklem Blick dabei zu und pustet den Rauch seiner Kippe in deine Richtung.

»Caden, was wird das?«

»Wenn du mir noch eine Frage stellst, Alayna, wirst du mit den Konsequenzen leben müssen.«

»Ich würd lieber aufstehen an deiner Stelle. Kein Spaß«, meint Carter gelangweilt und du erhebst dich trotzig. Ich liebe es, wenn du gehorchst.

Ich hake meine Finger in beide Seiten deines Slips und du fasst schnell danach. »Oh mein Gott, was machst du?«

»Du hast nicht gehört, Alayna!« Damit zerre ich ihn einfach runter. Du willst sterben, während Carter den Kopf schief legt und deinen Arsch abcheckt. Da ist noch sein Handabdruck von gestern, von dem du denkst, es wäre meiner.

Kurzerhand springst du in den Pool. Damit habe ich nicht gerechnet.

Ich sehe zu Carter, der träge grinst. »Dann hol sie wieder raus, Bro.« Ich schnaube, gehe dir hinterher und werfe dich über meine Schulter. Du kämpfst ein bisschen und bist nass. Ich bin hart. Carter wahrscheinlich auch, und das ist nicht gut für dich. Weil ich nicht weiß, was jetzt passieren wird. Dann trage ich dich raus und lasse dich unsanft auf die Liege fallen.

»Beweg dich noch einmal, und ich trage dich so zu den Nachbarn.« Ich mache das alles nur, weil ich weiß, dass du langsam bereit dafür wirst. Und weil du dich auch langsam damit abfindest, dass Carter immer dabei ist, wenn so was passiert.

Du starrst mich wütend an und bist knallrot, aber du bewegst dich nicht, weil du weißt, dass ich auch wirklich mache, was ich sage. Ich setze mich zu dir auf die Liege und Carter reicht dir ein Glas Whisky.

»Ich hasse Whisky«, motzt du.

»Trink!«, fordert Carter.

»Wieso redet der so mit mir, Caden?«

»Trink!«, sage ich. Du verdrehst die Augen und versuchst, deine Beine schützend nach oben zu ziehen. Ich packe deinen Unterschenkel und ziehe ihn wieder runter. Dann schiebe ich dein Knie zur Seite.

»Trink aus!« Du kippst den Drink runter und Carter schenkt sofort nach. Du trinkst auch den nächsten Shot.

»Wollt ihr nicht auch was?«, fragst du schon leicht lallend. Carter schenkt dir nach und ich fahre über deinen Innenschenkel.

Du windest dich leicht und unbehaglich. Es ist helllichter Tag, Carter füllt dein Glas erneut. Wir sind in keinem schummrigen Club und du bist nicht stockbesoffen und high. Aber ich sehe in deinen Augen, dass es dich anturnt, als ich weiter nach oben streiche.

Carter schenkt dir nach.

Langsam fällt jegliche Scham von dir und du blinzelst angestrengt, weil du schon verschwommen siehst. Carter macht eine Tüte an und reicht sie dir, während ich mit den Fingerspitzen am obersten Punkt deiner Innenschenkel entlangtänzle. Du ziehst am Joint und willst die Hemmungen verlieren, sonst würdest du das nicht machen. Morgen wirst du dir einreden, dass es nicht real war und dass du ein braves Mädchen bist. Aber das bist du nicht, Baby. Du bist ein ganz böses Mädchen. Und du genießt das hier aus vollen Zügen, doch deine Moralvorstellungen verbieten es dir, es auszuleben. Ich werde dir schon bald beibringen, dass Moral bei mir keine Bedeutung hat.

Du siehst mich schon ziemlich verklärt an und zeigst mit dem Daumen irgendwo hinter dich.

»Carter ist da, Caden.«

»Und ist das ein Problem für dich?«, frage ich und streiche über deinen Venushügel. Du erschauerst.

Du siehst zu Carter. »Ist das ein Problem für dich?«, fragt auch er und du siehst wieder zu mir und zuckst mit den Schultern, weil du nicht weißt, wie ich reagieren werde, wenn du zugibst, wie wenig das ein Problem für dich ist. Du bist so verunsichert, Babygirl, ich liebe es und lasse dich zappeln.

»Und?«, bohre ich nach und streiche an deiner perfekten Mitte entlang.

»Caden«, sagst du unbehaglich.

»Zieh am Joint!«, befehle ich. Du tust es, weil du tief in dir eine kleine devote Bitch bist.

»Also, ist das ein Problem für dich, wenn mein Bruder dabei zusehen wird, was auch immer ich mit dir mache?«

»Ist es ein Problem für dich, wenn es kein Problem für mich ist?«, lallst du mit gerunzelter Stirn. Oh Alayna, ich hab dich jetzt schon fast so weit. Nicht mehr lange, Babygirl.

»Das ist nicht die Frage, Alayna!« Carter schenkt dir nach. »Antworte einfach!«

»Nein«, hauchst du zittrig und ich schiebe zwei Finger in dich. Du stöhnst entfesselt auf und hebst dein Becken. Carter drückt es wieder runter und dein Kopf schießt zu ihm herum.

»Halt still, wenn mein Bruder dich anfasst«, sagt er ruhig. Jetzt sehe ich es in deinen Augen, Alayna. Du bist so verwirrt. Ich liebe es und stoße so hart in dich, dass du mich wieder anschaust.

»Alles okay, Alayna? Du siehst ein bisschen verwirrt aus«, stelle ich fest und biege meine Finger in dir, sodass ich diesen einen Punkt streife, der dich wahnsinnig macht. Du stöhnst und bist zu keinem Wort fähig. Ich nicke Carter zu und er beugt sich über dich. Er packt dein Kinn hart. Auch diese Berührung lässt dich innehalten, weil du sie schon tausendmal gefühlt hast, aber du bist viel zu stoned und betrunken, um das richtig wahrzunehmen. Kurz schaut er dir in die Augen und genießt das Chaos darin und die Faszination, wenn du ihn ansiehst. Dann küsst er dich. Jetzt fällt dir das erste Mal der Unterschied zwischen unseren Küssen auf. Du ziehst deinen Kopf kurz zurück und starrst ihn an.

»Ist was, Alayna?«, fragt er heiser. Du packst seine Haare und ziehst ihn wieder zu dir. Er nimmt deine Hand und knallt sie zurück auf die Liege. Er mag so was nicht.

In mir brodelt es ungewohnt, als du die Hand, die du erneut in sein Haar krallen wolltest, an seine nackte Brust legst. Du wirkst fast schon, als würdest du seit Wochen davon träumen, das zu tun, ohne zu wissen, dass du es schon machst. Ich ändere den Plan spontan und öffne meine Hose. Carter sieht mich mit einer hochgezogenen Augenbraue an, während er dich weiter küsst. Aber ich scheiß auf ihn, beuge mich über dich, drücke dein Knie nach oben und stoße mit einem Ruck bis zum Anschlag in dich. Du stöhnst und wirfst den Kopf zurück, unterbrichst den Kuss und siehst mich an. Dein Blick ist lustverschleiert und absolut nicht mehr klar.

Ich ficke dich sofort hart und nicke Carter wieder zu, der einen Blick zwischen deine Beine wirft, dann in meine Augen, die Nasenflügel bläht, sich aber schließlich wieder zu dir runterbeugt, dein Gesicht grob packt und dich erneut küsst. Und zwar heftig. Du stöhnst an seinen Lippen und hebst mir dein Becken entgegen. Carter drückt es runter, ohne hinzusehen.

Ich hasse das, Alayna. Dass er das einfach so macht. Deswegen greife ich unter deinen Arsch und hebe ihn wieder hoch. Er beißt in deine Unterlippe und du keuchst und ziehst dich um mich herum zusammen, während er seine Finger in deine Brust gräbt und du den Rücken durchbiegst.

Fuck, Alayna, ich komme gleich und du auch und ich lasse es geschehen. Du hauchst seinen Namen an seinen Lippen, als du durch *meinen* Schwanz deinen Höhepunkt erreichst. Er stöhnt tief auf und ich hoffe, mich verhört zu haben.

Aber ich weiß, dass es real ist. Somit wird es heute keinen Sex für Carter geben.

13. Du wirst mich nicht verlassen, Alayna

Caden

Du hast zwölf Stunden geschlafen, Alayna. Es ist acht Uhr morgens. Wir haben gestern schon einen pissigen Blick von meinem Vater geerntet, weil du total hinüber warst, den ganzen Alkohol ausgekotzt und dich ins Bett gelegt hast. Heute ist Sonntag und wir fahren wieder nach Hause. Momentan sind wir am Frühstückstisch und du bist topfit – kein Kater, kein gar nichts. Du sitzt neben mir und starrst stur auf deinen Teller. Deine Haare fallen dir ins Gesicht und du versuchst, mit dem klarzukommen, was du denkst, erlebt zu haben. Carter sitzt uns gegenüber und isst munter seinen Toast. Du hast ihn nicht einmal angesehen, als du hier runterkamst, aber mich ignorierst du auch schon den ganzen Morgen.

»Geht's dir besser, Alayna?«, fragt Dad. Du zuckst zusammen und hebst den Blick. Normalerweise bist du nicht so leicht zu erschrecken, aber deine Sinne sind in Alarmbereitschaft, weil ich neben dir sitze und du merkst, dass etwas nicht stimmt.

»Ja, mir geht's gut«, antwortest du mechanisch, aber ich sehe, dass es dir gar nicht gut geht. Mein Vater schaut angepisst von mir zu Carter und wieder zurück zu mir, weil er weiß, dass ich bei so einer Scheiße immer der Drahtzieher bin.

»Wir haben ein bisschen Poolparty gemacht und Whisky getrunken«, sage ich. »Alayna hat leicht übertrieben und ich habe sie ins Bett gesteckt. Das kann passieren.«

»Sie darf noch keinen Alkohol trinken, Caden!«, mahnt Dad.

»Mir geht's gut, ehrlich«, rufst du etwas lauter und trinkst einen großen Schluck Kaffee. Alle schauen dich zweifelnd an.

»Ich weiß gar nichts, ich bin irgendwann reingegangen, war zu heiß da draußen, und was die zwei gemacht haben, will ich gar nicht wissen«, bemerkt Carter trocken.

Dein Kopf schießt hoch und du siehst ihn mit verengten Augen an. Ich kann förmlich beobachten, wie die Rädchen in deinem Hirn sich drehen und die Bilder von gestern abspulen. Die Autofahrt heute wird garantiert lustig. Ich rutsche weiter nach unten und grinse.

»Du willst auch wirklich nicht wissen, was wir genau am Pool gemacht haben, Carter.« Ava gibt Kotzgeräusche von sich und Mom sagt: »Es reicht jetzt!«

»Jaja, schon gut!« Ich trinke noch einen Schluck Kaffee, weiß aber, dass Dad mich immer noch anstarrt, weil ihm klar ist, was ich tue und was Carter tut. Und weil er unsere Psychospielchen nicht gernhat. Ja, Danielle haben wir vielleicht in die Klapse gebracht, aber den anderen geht's doch bestens! Der soll mal nicht übertreiben! Die hatte schon davor ernsthafte psychische Probleme und war megalabil. Depressionen und den ganzen Scheiß. Aber Alayna, du, Baby, bist stark und wie für uns gemacht.

* * *

Das Verdeck ist heute zu, weil es leicht regnet, als wir nach Hause fahren. Dad hat das Gaspedal so durchgedrückt, dass Carter keine Chance hat, ihn einzuholen, und er probiert es auch gar nicht. Er hat es nicht eilig, nach Hause zu kommen. Du sitzt hinten, Alayna, direkt hinter Carter, und schmollst, während ihr beide immer wieder in den Rückspiegel seht.

»Ist was, Alayna?«, fragt Carter und reißt dich aus deinen Gedanken.

»Nein, ich hab Kopfweh«, gibst du zickig zurück und ich lasse grinsend den Hinterkopf gegen die Lehne fallen.

»Was ist denn los mit dir? Du bist so zickig heute. Nicht dass ich dich sonst sonderlich mag, aber heute bist du richtig ekelhaft«, sagt Carter.

»Wieso? Was sollte denn sein? Hast *du* eine Idee, Carter?« Oh, du bist gut, Alayna, aber nicht so gut wie wir.

»Hast du deine Tage oder was?«

»Das wüsstest du doch, oder?«, blaffst du.

»Was will die?«, fragt er an mich gewandt.

»Ich habe keine Ahnung. Was ist los mit dir, Baby?«

»Carter«, du sprichst ihn direkt an, »warst du nicht gestern mit uns am Pool?«

»Ja?«, sagt er, als wärst du ein bisschen blöd.

Du stemmst dich gegen seine Rückenlehne und schaust zwischen unseren Sitzen hervor in sein Gesicht. »Und hast du mir nicht den Rücken eingecremt und mein Bikinioberteil nicht mehr zugemacht?«

»Ja, ich bin doch nicht deine Amme oder wie man das nennt.«

»Ja, genau! Und dann haben wir Whisky getrunken, und Caden hat mich gezwungen, nackt zu sein.« Zum Ende hin wird deine Stimme immer unsicherer und du siehst mich an, weil du selbst hörst, wie abwegig das klingt.

»Ja … und wenn schon. Ich habe ein Glas mit euch getrunken, weil ihr das Zeug nur so in euch reingeschüttet habt, und dann habt ihr rumgemacht«, erklärt Carter.

»Ehrlich, Baby, was redest du da?«, frage ich und streiche dir die Haare hinters Ohr, damit ich dein Gesicht sehen kann. »Geht's dir gut?«

Du siehst mich jetzt wieder total verwirrt an. »Caden, du hast mich gestern gezwungen, nackt vor Carter auf der Liege zu liegen, und er hat mich geküsst. So, jetzt ist es raus! DU HAST MICH GEKÜSST!« Dein Kopf schießt zu ihm rüber und er wirkt leicht angespannt, weil normalerweise, Alayna, weiß man nach so einem Absturz, wie du ihn hattest, nicht so viel wie du.

»Ich soll dich geküsst haben? Du bist die Bitch von meinem Bruder. Ich sage es dir jetzt noch einmal. Du solltest dich dringend um dieses Mädchen kümmern, Caden!« Er sieht mich zweifelnd an.

»Das glaube ich auch!« Ich drehe mich halb zu dir nach hinten.

»Willst du mich eigentlich verarschen, Alayna? *Ich* habe dich gestern am Pool gefickt, Carter hat die Jalousien runtergemacht, damit er uns nicht sehen muss, und er war drin.«

»Aber das war doch Henry.«

»Henry? Der war mit den anderen weg. Was redest du, Alayna?« Du blinzelst verwirrt.

»Wir hatten Sex am Pool, Caden?«

»Jaaaaa …«

»Und Carter hat mir die ganze Zeit Drinks eingeschenkt und mir einen Joint in die Hand gedrückt.«

»Was? Ich war das, *Alayna*! Wir haben getrunken und eine Tüte zusammen geraucht und danach habe ich dich gefickt. Du hast es genossen und du bist gekommen und ich bin gekommen. In dir.« Carter spannt sich ein bisschen an, aber ich ignoriere ihn und sehe dich an wie ein kleines Kind, dem man die Welt erklärt.

»Wollt ihr mich eigentlich verarschen?« Tränen steigen in deine Augen und ich verdrehe meine innerlich.

»Baby.« Ich lasse meine Stimme weicher klingen. »Das sind der Alkohol und die Drogen, alles ist gut.« Ich nehme deine Hand und küsse deine Knöchel. Du drängst die Tränen zurück und siehst mich hilfesuchend an.

»Ich glaube, ich werde wahnsinnig, Caden.«

»Wirst du nicht. Da passe ich schon auf, und mit Zwillingen kann es schon manchmal verwirrend sein, dann das ganze Zeug, was wir die ganze Zeit in uns reinpumpen … Wir sollten vielleicht ein bisschen langsamer machen.«

Du nickst, aber entziehst mir deine Hand, lehnst dich zurück und starrst aus dem Fenster. Das ist okay, Alayna. Ich habe nicht gedacht, dass du das alles glauben würdest. Du wirst mich nicht verlassen, egal was ich tue, darauf kommt es an. Und was du dabei glaubst, ist mir eigentlich egal.

14. Drehe ich jetzt durch, Caden?

Alayna

Wir kommen endlich vor dem Haus der Familie Rush an und ich kann nicht schnell genug aus Carters BMW flüchten. Ich warte auch nicht, dass er den Kofferraum öffnet, sondern tue es selbst. Ihre Eltern und Ava sind bereits da. Ihr Auto steht in der Einfahrt und das Küchenfenster ist offen. Es ist so ein heißer Sommertag, aber ich friere innerlich. Wenn ich nur an die letzten zwei Tage denke, bekomme ich eine Gänsehaut, und zwar nicht von der angenehmen Sorte.

»Was machst du, Babygirl?«, ertönt Cadens Stimme hinter mir und ich zucke zusammen, weil er sich so angeschlichen hat. Mit einem Ruck ziehe ich meinen Koffer heraus und schultere meine Handtasche.

Ich schaffe es gar nicht richtig, ihn anzusehen. Als Carter ebenfalls aussteigt, fühle ich mich total eingeengt, klein und hilflos zwischen den beiden. Sie werfen einen Schatten auf mich und verdecken die Sonne. Dabei werde ich das Gefühl nicht los, nach allem, was in den letzten paar Tagen passiert ist, dass genau das ihre Natur ist.

»Du siehst so blass aus«, bemerkt Carter. »Musst du kotzen?« Er tritt einen Schritt zurück und ich ziehe meinen Koffer nach hinten.

»Alles gut«, sage ich knapp. »Ich hab eine Nachricht von meiner Mom bekommen und muss heim.«

»Wirklich?«, fragt Caden und schlägt den Kofferraum laut zu, nachdem Carter ihre Taschen rausgeholt hat. Dabei streift er meinen Arm und ich zucke wieder zurück. Ein unangenehmes Gefühl flutet mein Inneres und ich muss mich so sehr zusammenreißen, damit ich nicht rückwärts vor ihm zurückweiche. Stattdessen mache ich einen Schritt auf Caden zu und fühle mich, als würde ich mich einem hungrigen Löwen nähern.

Ich stelle mich auf die Zehenspitzen und küsse seinen Mundwinkel. »Ich melde mich dann, Baby.«

Ich will mich wieder lösen, aber er legt einen Arm um meine Taille, der mich wie ein Stahlträger an ihn presst. »Wie kommst du nach Hause, Alayna?«, fragt er fast schon warnend. Ich spüre, wie mein Herzschlag sich beschleunigt. Scheiße, ich muss hier weg.

»Alles okay da unten?«, donnert Mason Rushs Stimme durch den Vorgarten und Caden lässt mich los, sodass ich schnell etwas Abstand zwischen uns schaffen kann. Er sieht wütend aus. Ich hasse es, wenn Caden wütend ist!

»Alles gut, Dad«, sagt Carter total entspannt.

»Also ich wäre dann jetzt so weit, dass Sie mich nach Hause bringen, Mr. Rush, wenn das Angebot noch steht«, pokere ich drauflos.

Er verzieht keine Miene, seine undefinierbaren Augen wandern zu Caden, der den Blick emotionslos erwidert, und dann zu Carter, der grinst.

»Klar, Kleines. Komm!«

Ich bin so erleichtert, dass er auf mein Täuschungsmanöver eingestiegen ist und mich nicht auflaufen lassen hat. Ohne noch einmal zu den beiden zurückzusehen, folge ich ihm, und Mr. Rush meint über die Schulter:

»Sagt eurer Mom, dass ich in einer halben Stunde zurück bin.« Dabei klingt seine Stimme total gepresst, als würde er eher sagen wollen: *Ich bringe euch um, ihr Scheißkerle!*

Er hievt meinen Koffer nach hinten. Ich steige auf zittrigen Beinen in sein Auto und fühle mich erst sicher, als er den Motor startet. Wir rollen an ihnen vorbei. An beiden.

Caden lehnt lässig mit verschränkten Armen an Carters Auto und hat eine Braue erhoben und ein arrogantes kleines Lächeln auf den Lippen. Carter steht hinter ihm, mit einem Ellbogen locker auf den Kofferraum gestützt, die Hand ums Handgelenk des anderen Armes gelegt, und sieht genauso selbstsicher und abgefuckt aus wie sein Bruder. Und sie starren mich beide an. Ich weiß, dass ich in der Scheiße stecke.

Aber wie tief?

Keine Ahnung.

Als wir bei mir ankommen, schlucke ich. Eigentlich wollte ich nicht, dass irgendjemand von dieser Familie sieht, wo ich lebe und wo ich herkomme.

»Danke fürs Fahren«, murmle ich undeutlich und Mr. Rush verzieht keine Miene. Er lässt sich nicht anmerken, was er von dem Haus, vor dem wir stehen, hält. Und ich bin ihm dankbar dafür, dass er auch kein Mitleid zeigt, denn damit kann ich nicht umgehen.

»Wenn was ist, ruf mich oder Emilia an. Jederzeit. Du hast ja unsere Nummern.«

»Danke«, sage ich mit einem Kloß im Hals, weil noch nie jemand so ehrlich nett zu mir war. Alle anderen sind immer nur nett zu mir, wenn sie irgendwas von mir erwarten. Aber Mason Rush? Was kann er schon von mir erwarten? Ich habe nichts, was ich ihm geben könnte. Und trotzdem ist er so freundlich.

Ich nehme meinen Koffer aus dem Auto und Mr. Rush bleibt stehen, bis ich an der Tür bin. Er steht da auch noch, als meine Mom öffnet.

Alles hier ist so furchtbar heruntergekommen. Der Rasen vor dem alten Haus, das meine Eltern in besseren Zeiten gekauft haben, ist total überwuchert und stellenweise von der Sonne ausgeblichen. Wir haben keine hübsche Trauerweide und auch keine schnucklige Hollywoodschaukel und auch keinen weißen Gartenzaun, so wie die Rushs. Die Veranda ist total verwahrlost und man muss die dritte Stufe überspringen, weil sie morsch und eingefallen ist. Von der ehemaligen Lackierung der Brüstung ist nichts mehr übrig. Stellenweise sind die Holzlatten rausgebrochen und hängen leblos runter oder verteilen sich seit gefühlten Jahren im Garten. Keiner in unserer Familie hat auch nur einen jemals aufgehoben. Das Haus war mal weiß, nun ist es grau, schwarz und gelb. An manchen Stellen hat sich Schimmel ausgebreitet, was man auch riecht.

Das Fliegengitter vor mir hängt nur noch an einem Scharnier und das Glas der Haustür ist eingeschlagen und mit Pappe zugeklebt.

Meine Mom steht vor mir. Ihre dunkelbraunen Haare sind schulterlang, mit einer Klammer locker und unordentlich zusammengerafft, und an den Spitzen abgebrochen, weil sie sie seit Jahren nicht mehr pflegt. Sie hat die gleichen dunklen Augen wie ich, mit tiefen Schatten darunter und Tränensäcken. Ihre Haut ist fahl und blass, beinahe gräulich, weil sie so viel raucht und trinkt. Nicht so viel wie mein Dad, aber mehr als genug. Sie trägt ein formloses Shirt, das einmal weiß war und nun fleckig und verwaschen ist. Unsere Waschmaschine ist seit einer gefühlten Ewigkeit kaputt, und wenn ich etwas gewaschen haben will, muss ich es vier Blocks zum nächsten Waschsalon schleppen. Deshalb nutze ich es manchmal aus, dass ich bei Caden bin, um dort eine Ladung zu waschen, wenn seine Eltern arbeiten. Ich fühle mich immer so schlecht dabei, als würde ich was stehlen, aber Caden sagt, dass ich in dem Haus machen kann, was ich will. Er will einfach nur, dass es mir gut geht.

Kann ein solcher Mensch wirklich so böse sein, wie ich es seit gestern vermute?

Moms Beine sind von der Sonne schon ganz ledrig und sie hat eine Zigarette zwischen den Fingern, während sie in der Haustür lehnt.

Sie schaut an mir vorbei, direkt zu Masons weißem Mustang, und ich flüstere: »Er ist verheiratet, Mom, und hat drei Kinder!«

Sie schaut mich wieder an. Ich will, dass Mr. Rush endlich wegfährt. Mir ist das alles so peinlich. Sie pustet mir den Rauch der Zigarette ins Gesicht. Das tut sie immer und ich hasse das, deshalb bin ich innerlich so ausgeflippt, als Carter das in der Diskothek gemacht hat.

»Und? Du machst anscheinend auch die Beine für ihn breit, oder?« Ihre Stimme ist rauchig und müde. Immer müde.

»Nein, Mom. Er ist der Vater von meinem Freund. Kann ich jetzt rein?« Er steht immer noch da, ich spüre seine Blicke in meinem Rücken.

»Wieso? Du hast ja anscheinend jetzt eine neue Familie und ausgesorgt. Gut gemacht, Alayna. Du warst viel schlauer als ich.« Das alles sagt sie so emotionslos, wie Caden und Carter immer reden, nur mit einer leichten Spur von Aggression in ihrer Stimme, die sie immer begleitet. Sie flippt so schnell aus und dann schlägt sie mich auch. Natürlich hat sie nicht die erforderliche Kraft, mich wirklich ernsthaft zu verletzen. Zumindest seitdem ich älter bin. Aber wenn sie irgendwas zur Hilfe nimmt, kann es schon mal gefährlich werden. Zum Beispiel vor einem Monat, als sie den Schürhaken benutzt hat, der neben dem Kamin liegt, obwohl Letzterer seit guten fünf Jahren nicht mehr gebrannt hat. Und mein Dad? Dem ist das egal. Er ist nur noch eine Hülle seiner Selbst. Aber meine Mom flippt ständig aus. Und heute wird vielleicht wieder so ein Tag sein, weil ich so lange nicht da war und jetzt angeblich eine bessere Familie gefunden habe.

Caden kam mir immer vor wie der sichere Zufluchtsort vor all dem Wahnsinn hier. Und jetzt? Jetzt hat er meine Welt erschüttert und den Rettungsanker aus dem Wasser gezogen, in dem ich jetzt allein treibe.

»Mom, so ist das nicht. Lass mich jetzt bitte rein.« Gott, dass ich meine Mutter anbetteln muss, damit sie mich ins Haus lässt, ist irgendwie pervers. Ich würde meinen Kindern so was nie antun. Sie hat mich auch schon paarmal mitten in der Nacht rausgeschmissen. Das erste Mal war ich zwölf und hatte solche Angst. Ich habe heulend vor der Tür gesessen, denn überall waren Monster, die mich zu verschlingen drohten.

Meine Mutter ist eine Psychopathin.

Sie stöhnt auf und fasst sich an die Stirn. »Du machst mir Kopfschmerzen, Alayna. Geh!« Damit nickt sie ins Haus. Als ich an ihr vorbeigehe und ihren widerlichen, abgestandenen Schweißgeruch rieche, rempelt sie mich fest mit der Schulter an und ich torkele zur Seite.

Der Motor, den ich aufheulen höre, als die Tür schließt, zerreißt mich, und die Reifen quietschen, als Mr. Rush aggressiv davonfährt.

Fuck.

Meine Knie sind weich wie Butter, als ich durch den Flur gehe. Hier hängen uralte Bilder meiner Eltern, aber die Rahmen der Fotos sind verstaubt und schief. Damals, als meine Mom noch schön war und mein Bruder noch gelebt hat. Von ihm existiert kein Bild mehr. Mom hat sie alle weggelegt.

Die grüne Blumentapete, die an die Siebziger erinnert, blättert an den Ecken ab, die oberste Schublade der Kommode hängt kaputt nach vorn und überall liegen alte Schuhe im Weg. Es stinkt nach Zigaretten und abgestandener Luft. Bei den Rushs riecht es immer nach Blumen oder irgendwelchen Düften, die Mrs. Rush wieder durch das Haus gesprüht hat, weil die Jungs dort rauchen, obwohl sie es nicht dürfen.

Links von mir ist das Wohnzimmer. Das grüne Samtsofa ist schon uralt, vielleicht lebt darin auch Ungeziefer, man weiß es nicht, aber ich setze mich so selten wie möglich darauf. Außerdem staubt es richtiggehend, wenn man auf die Polster klopft.

Die Sonne fällt ins dunkle Haus und zeigt jede beschmierte Scheibe, alle Staubpartikel, die umherwirbeln, und die Spinnen, die sich in den Ecken ein Zuhause gebaut haben. Wir haben immer noch einen silbernen Röhrenfernseher, der praktisch vierundzwanzig Stunden am Tag läuft. Dad sitzt wie immer davor. Er trägt ein weißes, beflecktes Tanktop. Sein Bierbauch ist die letzten Jahre enorm geworden, weil er den ganzen Tag nichts anderes tut, als vor der Glotze zu hocken. Boxershorts und Socken komplettieren sein Erscheinungsbild. Ich sehe ihm gar nicht ähnlich, ich bin eher so der südländische Typ, im Gegensatz zu meinen Eltern. Mom meint, ich hätte das von meinem Opa, der angeblich aus Spanien stammt. Ich habe ihn nie kennengelernt. Die Haare meines Vaters sind stellenweise ausgefallen und seine grünen Augen, die früher immer gestrahlt haben, wenn er mich auf den Rücken genommen hat und lachend mit mir durch das Haus gesprungen ist, während Mom amüsiert mit meinem Bruder Essen gemacht hat, sind jetzt leer, blutunterlaufen und glasig. Er sieht nicht auf, als ich komme. Ihn interessiert einfach nichts mehr, stattdessen schaut er sich eine Werbesendung für Waschmittel an, als würde es dabei um sein Leben gehen und als gäbe es nichts Interessanteres auf der Welt.

Er hat die Lust am Leben verloren, als mein Bruder seines verlor. Und Mom auch. Aber Mom kompensiert das anders als er. Sie versucht, mit so vielen Männern wie möglich zu schlafen, weil sie dadurch denkt, wieder irgendwelche Gefühle erwecken zu können, die schon längst und für immer ausgerottet wurden. Sie scheint vor irgendwas auf der Flucht zu sein, sie ist getrieben.

Ich gehe an ihm vorbei und mache mir keine Mühe, ihn zu begrüßen oder die Schuhe auszuziehen, als ich die verstaubte Holztreppe nach oben gehe und meinen Koffer hinter mir herschleife.

Ich sehe noch, wie Mom ihre Zigarette in einem Blumentopf ausdrückt, in dem eine vertrocknete, bräunliche Palme steht. Dann setzt sie sich wieder zu Dad und fängt an zu motzen.

»Gott, Harry, sieh dich nur an! Den ganzen Tag sitzt du hier und säufst. Und du stinkst. Wann hast du das letzte Mal geduscht? Und …« Ich knalle meine Zimmertür hinter mir zu und verriegele sie, falls meine Mom wieder einen Wutanfall kriegt, den sie wieder an mir auslassen will. Dann lehne ich mich an die Tür und atme tief durch. Jetzt könnte ich bei Caden sein. Ich könnte mir die Sonne durch die großen Fenster ins Gesicht scheinen lassen. Ich könnte ihn anlächeln und er würde mich küssen. Ich könnte ihn riechen und mich in seine starken Arme schmiegen. Ich könnte sicher sein und behütet und ihn spüren und seine Stimme hören. Gott, ich liebe seine Stimme und ich vermisse sie schon jetzt.

Obwohl ich vorhin nicht schnell genug wegkommen konnte, vermisse ich sie alle schon jetzt. Sogar Ava mit ihrem Rumgezicke.

Aber es ist alles so furchtbar schiefgelaufen, dabei war so klar, dass ich nicht an einen ganz normalen Typen geraten konnte. Ich bin ja selbst total durch.

Ich schmeiße meine Handtasche auf das Einzelbett, das ich benutze, seit ich sechs war, und denke voller Sehnsucht an Cadens riesiges, weiches, duftendes, kuschliges Traumbett. Das Zimmer ist eigentlich ganz okay und nicht so klein, denn als Mom es für mich eingerichtet hat, waren wir noch eine ganz normale, sogar ziemlich glückliche Familie. Mein Bett steht direkt an der Wand, daneben ein hölzerner, kleiner Kleiderschrank, in dem meine ganzen Sachen rumliegen. Ich habe einen Schreibtisch mit Büchern, die sich seit der Junior High darauf stapeln, weil ich kein Regal besitze. Mein Computer ist prähistorisch und stürzt alle fünf Minuten ab. Aber das ist schon okay. Das ist besser als nichts.

Auch hier ist alles verstaubt. Manchmal versuche ich, was aus dem Chaos zu machen, aber das scheint fast unmöglich, und ich war auch jetzt wieder länger nicht hier.

Ich setze mich auf die Bettkante und schaue aus dem dreckigen, verschmierten Fenster. Wenn Mom ihre manischen Phasen hat, fängt sie an, unter Tränen und schluchzend das ganze Haus zu putzen. Dabei schmiert sie total rum und macht es dadurch nur schlimmer. Wenn sie dann wieder einen depressiven Schub hat, sitzt sie mit der Flasche in der Ecke. Und ihre Aggressionen sind der Normalzustand zwischen diesen beiden Phasen.

So war sie früher nicht. Erst seit Jamie, und ich habe die Hoffnung mit siebzehn langsam aufgegeben, dass es jemals besser wird. Damals habe ich noch versucht, alles zu tun, damit meine Eltern lachen und mich lieben und aufhören, mich zu ignorieren. Manchmal habe ich mir gewünscht, dass ich gestorben wäre und nicht Jamie, weil sie viel mehr an ihm gehangen hatten.

Das hat Mom mir dann auch ein paarmal im Streit gesagt.

Seitdem habe ich eine Mauer um mein Herz gebaut, an der alles abprallt, was sie sagt. Ich versuche einfach, mein Leben zu leben und mich auf die Zukunft zu konzentrieren.

Und ja, ich bin Hals über Kopf verliebt in Caden Rush. Deshalb werde ich jetzt darüber nachdenken, was da am Wochenende wirklich passiert ist.

Ich lasse mich auf den Rücken fallen und starre die schimmelpilzverseuchte Zimmerdecke an.

Komisch wurde es vor drei Tagen, als wir auf dieser Hausparty waren, wo Carter Koks gezogen hat – von den Titten irgendeiner billigen Schlampe. Am liebsten hätte ich sie von seinem Schoß gezerrt. Dabei weiß ich nicht mal, warum. Ich hatte nie viel mit Carter zu tun und trotzdem ist da was, wenn er an mir vorbeigeht oder mich auch nur ansieht. Dann prickelt meine Haut, mein Hals wird trocken und mein Herz schlägt schneller, obwohl er immer so scheiße zu mir ist. Und ich das gar nicht möchte!

Er hat auf dieser Hausparty mit mir getanzt und mich angefasst. Seine große Hand lag um meine Kehle, so, wie Caden das manchmal beim Sex mit mir macht. Und Caden hat zugesehen und den Kopf geschüttelt ... Dann war Carter plötzlich weg.

Carter hat dazu nur gesagt, er habe mit so vielen Tussis getanzt, das hätte ich mir nur eingebildet. Kann das sein? *Will* ich vielleicht unterbewusst, dass er mir Beachtung schenkt? Dass er auf mich steht? Dass er mich so anfasst?

Manchmal kommt es mir beim Sex mit Caden so vor, als besäße er zwei Persönlichkeiten. Den groben Dämon, dem es scheißegal ist, ob ich es genieße, und den hirnfickenden sexy Typen, der genau weiß, was ich brauche und was er macht und in welchem Winkel, damit ich multiple Orgasmen bekomme.

Das ist ein bisschen gruselig, aber auch heiß. Es ist absolut hirnwegfegend. Ich hätte nie gedacht, dass ein einziger Mann dazu fähig ist, mich so fühlen zu lassen. Mittlerweile bin ich regelrecht süchtig danach und spüre seine Abstinenz schon jetzt in jeder Faser.

Und als Carter mich auf der Tanzfläche so angefasst hat – zumindest in meinem Kopf –, wirkte es so vertraut. Es waren genau die Berührungen, die Caden mich beim Sex manchmal fühlen lässt. Vielleicht war das ja Caden und der an der Bar war Carter. Man kann sie schon leicht mal verwechseln.

Aber dann war da die Fahrt im Auto.

Und *das* habe ich mir sicher nicht eingebildet! Als Caden mich direkt vor seinem Bruder mit den Fingern zum Orgasmus gebracht hat und ich mich gar nicht mehr halten konnte und so laut war. Das schafft nur Caden Rush, weil er wirklich ein Gott ist im Bett.

Danach habe ich nie wieder darüber geredet, kein einziges Wort. Ich wollte es einfach nur verdrängen, weil es mir *so* peinlich war und immer noch ist. Gleichzeitig wollte ich es noch mal, weil es das Aufregendste war, was ich je erlebt hatte.

Diese Seite von mir sollte ein anderer jedoch eigentlich nicht sehen, denn sie gehört Caden und mir. Caden hat sie sozusagen zum Leben erweckt.

Und danach gab es diese komische Nacht im Club bei dem Familienbesuch – und ja, ich war echt hinüber. Erst hatte ich Streit mit Carter, bei dem ich dachte, er würde mich gleich umbringen. Trotzdem habe ich weitergemacht, weil das meine Natur ist. Ich kann meine Klappe nur sehr schwer halten. Dann hat Caden mich in der Lounge befummelt. Seine Hände waren in meinem Gesicht, als Carter rangerutscht ist, und während Caden mich geküsst hat, habe ich Carters Finger zwischen meinen Beinen gespürt.

Ich *weiß* das!

Und es war wieder so aufregend! Wenn man zwischen den beiden sitzt, ist es wie ein dunkler Sog, gegen den man sich nicht wehren kann.

Aber dann, nachdem ich gekommen war, saß Carter in der Ecke und hat seine Zigarette geraucht. Er hat nicht mal in unsere Richtung gesehen, sein Blick lag ausschließlich auf einer Blondine, die ihm schöne Augen gemacht hat.

Bin ich jetzt verrückt?

Habe ich mir das eingebildet?

Kann das Gehirn einem wirklich so viel vorspielen?

Und was war gestern am Pool? Das gibt mir am meisten zu denken, weil ich mir ganz sicher bin, dass ich mir Cadens Verhalten nicht eingebildet habe. Als er mich gezwungen hat, nackt zu sein. Die Härte in seinen Augen. Seine Forderungen. Seine Unnachgiebigkeit. Und als er mich einfach benutzt hat. Das ist eigentlich nicht Cadens Art. Trotzdem hat auch diese Seite – oder gerade jene – mich so angemacht, dass ich noch rot werde, wenn ich daran denke, und sich in meinem Bauch alles zusammenzieht.

Ich muss zugeben, dass es mir ein bisschen gefallen hat. Okay, ein bisschen ist untertrieben, denn ich war ziemlich angeturnt von Caden. Das hat mir am meisten Angst gemacht, weil ich in dem Moment eigentlich *alles* für ihn tun wollte.

ALLES.

Und hätte er gesagt ich soll mich vor einen fahrenden Zug schmeißen, hätte ich es wahrscheinlich auch getan.

Und was war das mit Carter überhaupt schon wieder?

Er hat mich doch *geküsst*. Ich kannte diese Lippen, und Caden hatte Sex mit mir. Vor seinem Bruder, der mein Becken immer wieder runtergedrückt hat.

Das macht Caden auch ziemlich oft beim Sex.

Habe ich mir das auch eingebildet? Henry hat Whisky gebracht, und Carter hat mir die ganze Zeit nachgeschenkt.

Aber als ich sie darauf angesprochen habe, wussten beide nicht, wovon ich rede und sahen wirklich verwirrt aus.

Werde ich jetzt auch so wahnsinnig wie meine Mom, die manchmal schwört, dass Jamie vor der Tür steht oder sie seine Stimme hört?

Liegt das in der Familie?

Und beim Sex unter der Trauerweide! Da hat Caden mir wieder so an den Hals gefasst. In dem Moment war ich mir sicher, dass es Carter ist.

Und als ich ihn angesprochen habe, hat er mich nur noch härter gefickt.

Wollte mich Caden mit dem harten Sex dafür bestrafen, dass ich den Namen seines Bruders gesagt habe, während er in mir war?

Oder … ich traue es mich nicht mal, zu denken … oder war es sein Bruder? Bei dem Gedanken zieht sich in meinem Unterleib alles zusammen und ich bin total verwirrt. Kann es sein, dass ich wirklich auch auf Carter stehe, obwohl ich total fasziniert und verliebt in Caden bin? Er ist der Wahnsinn! Und ich kriege Bauchkribbeln, allein wenn ich an ihn denke und an die Dinge, die er mit mir tut.

Aber nein, das kann nicht Carter gewesen sein. Er wusste ja sogar noch, was er vor einer halben Stunde beim Sex zu mir gesagt hat. Und da war ich mir hundertprozentig sicher, dass es Caden ist.

Himmel noch mal!

Mein Kopf tut weh.

Mein Handy vibriert. Ja, ich habe ein Smartphone – von meinem ersten Lohn gekauft. Es ist zwar gebraucht und ein uraltes Modell, aber es funktioniert und ich kann alle sozialen Medien benutzen.

Es ist Caden, und mir wird schlecht. Gleichzeitig rast mein Herz. Ich weiß gar nicht, was ich fühlen soll. Jetzt, mit etwas Abstand und wieder in dem dreckigen Loch, will ich nur noch zurück zu ihm und in seine starken Arme. Ob er nun Psychospiele mit mir spielt oder nicht. Bei ihm geht es mir gut und ich fühle mich so wohl und ausgeglichen. Ich liebe es, wie er mich liebt. Die letzten Tage muss ich aber trotzdem sacken lassen.

Gut zu Hause angekommen, Babygirl? Es ist, als würde ich seine heisere sexy Stimme hören, während ich die Nachricht lese. Ich bin noch hin- und hergerissen, was ich von alldem halten soll, deswegen antworte nur mit einem knappen:

Ja.

Und? Warum wollte deine Mom, dass du nach Hause kommst?

Ich starre die Worte an und mein Magen rumort etwas mehr. Ich wusste von Anfang an, dass Caden anders ist. Gerade das hat mich so sehr an ihm fasziniert. Aber diese befehlerische, unterschwellig wütende Art bemerke ich erst seit gestern. *Sie* setzt mich unter Druck. *Er* setzt mich unter Druck, obwohl er eigentlich nichts tut und mir eine ganz normale Frage stellt. Mein Herz schlägt noch schneller und mein Nacken wird schweißnass.

Sie hat sich nur Sorgen gemacht, weil ich so lange nicht da war.

Er schreibt sofort und ist auch die ganze Zeit online. Es kommt mir fast so vor, als würde er das demonstrativ machen, weil er auf meine Antworten wartet.

Gut. Dann schicke ich Carter, er soll dich abholen. Halbe Stunde. Nimm ein paar Klamotten mit.

Ich reiße die Augen auf. Keiner von ihnen darf jetzt hierherkommen. Weder der eine noch der andere. Ich bin total nervös, als ich schreibe:

NEIN! Das ist unbedacht, ich weiß, aber ich kann es nicht aufhalten.

Wieso nicht? Willst du mich nicht sehen? Das könnte jetzt total süß wirken, was er antwortet. Das Problem ist nur, seit ich ihn so am Pool erlebt habe, weiß ich, dass Caden Rush nicht süß ist, selbst wenn er so ist. Abgesehen vom Klang dieser Frage – so drohend und mahnend und auffordernd.

Doch! Immer! Aber das geht jetzt nicht. Eine Freundin von mir, du weißt schon, Julia, ich hab sie ewig nicht mehr gesehen und sie kommt gleich vorbei und besucht mich für ein paar Tage!

Er liest gerade offenbar und mein Herz rast so schnell, als oben drüber steht, dass er schreibt.

Ein paar Tage?

Es sind drei Worte, aber sie lassen mich fast hyperventilieren. Doch ich versuche, völlig normal zu antworten.

Ja, sie hat total Probleme zu Hause. Sei mir nicht böse. Ich melde mich, wenn sie weg ist, und rufe dich an. Okay?

Er reagiert sehr lange nicht, bleibt aber online.

Es ist nicht okay. Aber wenn du für eine Freundin da sein musst, versteh ich das. Ruf mich dann an.

Ich schreibe *Okay* und mache einen Herzsmiley, aber er geht aus dem Chat.

Und ich atme zittrig aus.

Gott!

Ich hätte ihm auch sagen können, dass ich ein paar Tage Zeit zum Nachdenken brauche. Caden ist eigentlich immer sehr verständnisvoll. Doch wenn ich falschliege, wäre das alles zu peinlich, und ich will nicht, dass er das mitbekommt und denkt, ich wäre total gestört.

Gerade als ich mein Handy checken will, höre ich die stampfenden, wütenden Schritte meiner Mutter die Treppe nach oben kommen und springe auf. Schnell verstecke ich mein Handy unter den losen Dielen unter meinem Teppich. Dort verstecke ich immer alles, was sie kaputt machen oder mir wegnehmen würde, wenn sie es sieht.

Sie klopft an meine Tür, als ich gerade den Teppich wieder drüberziehe.

»Ally!«, brüllt sie. »MACH DIE TÜR AUF!« Sie hämmert dagegen und rüttelt an der Klinke. Ich weiß, dass sie wieder auf Streit aus ist. »Lass es, Mom«, rufe ich. »Bitte!«

Sie hämmert weiter und dann droht sie, die Tür einzutreten, wenn ich jetzt nicht rauskomme.

Ich stöhne und öffne. Schon geht sie wütend auf mich los.

Gott. Ich hasse mein Leben.

15. Caden zählt bis drei

Alayna

Das laute Zuschlagen der Haustür reißt mich aus einem viel zu kurzen Schlaf und meine Träume haben meinen Kopf zusätzlich gefickt. Carter und Caden haben sich darin fröhlich abgewechselt und sich darüber amüsiert, wie dumm ich bin. Dann war plötzlich der eine der andere und der andere der eine, bis sie beide zu einer Person wurden, und ich kam gar nicht mehr klar.

Ich strecke mich langsam, die Augen noch geschlossen, und warte, dass sich Cadens warmer, harter Körper an mich schmiegt, wie er das die letzten Tage immer getan hat, weil ich eigentlich jeden Tag dort verbringe. Ich warte auf den Duft, der mich wie ein Schlag trifft und mir Bauchkribbeln beschert. Ich warte auf seine heisere Stimme, die mir ins Ohr raunt, dass er mich gleich ficken wird und dass ich leise sein soll, während ich ihn an meinem Hintern spüre.

Aber da ist nichts.

Kein Körper.

Kein Duft.

Keine Stimme.

Kein Caden.

Ich will mich zur Seite rollen, weil ich es von Cadens Bett gewohnt bin, sehr viel Platz zu haben, aber mit einem dumpfen Knall, der mich direkt in die Realität befördert, lande ich auf dem Boden und stöhne. Mein Gesicht presst sich direkt in den uralten Teppich, der nach Staub und Verwesung riecht, und mir kommt die Kotze hoch.

Ich stöhne erneut. »Fuck«, flüstere ich, bevor ich mich abstütze und aufstehe. Ich blinzle müde und reibe mir das Gesicht und zische auf, weil ich vergessen habe, dass mein Wangenknochen geprellt ist.

»Scheiße«, murmle ich und verlasse mein Zimmer, um ins nebenanliegende Bad zu gelangen. Sie ist gestern total ausgeflippt. Dad hat wie immer nicht auf sie reagiert, also kam sie hoch und hat ihren Frust bei mir entladen, wie so oft. Wobei sie mir vorgehalten hat, ich wäre keine Prinzessin, mich würde hier keiner retten, und ich solle nicht glauben, dass nur, weil ich mich ficken lasse, ich irgendjemandem jemals was bedeuten würde. Sie hat gesagt, ich solle mich nicht als was Besseres fühlen, und ich sei nur ein Loch von vielen.

Schlaftrunken torkle ich ins Badezimmer und ignoriere die gelbe Verfärbung des Waschbeckens und die stinkende Toilette. Gott, ich hasse es hier und denke voller Wehmut an die Whirlpoolfunktion der riesigen Badewanne im Stockwerk unter Cadens Zimmer. Und ich denke voller Wehmut an die ebenerdige, riesige Dusche, in der man sogar zu dritt Platz hätte, und an die Duschköpfe von allen Seiten und die Regenwaldfunktion. Ich denke vor allem an die Sauberkeit! Oh mein Gott, und dann der Duft von Frühstück und die zickende Ava, die rumbrüllt und rumhüpft wie ein Flummi, die aber ein total reines Herz hat – wie die ganze Familie. Ich denke an Mr. Mason Rush, der am Frühstückstisch sitzt und seine Frau die ganze Zeit beobachtet und ihr ab und zu einen Klaps auf den Hintern gibt, wenn seine Tochter nicht hinschaut. Seine Söhne sind ihm in der Hinsicht ziemlich egal. Ich denke an den total verkaterten Carter, der total grummelig mit verschränkten Armen und düsterem Blick, aus Augen, die er kaum offen halten kann, im grellen Sonnenschein sitzt und alles anmotzt, was ihm über den Weg läuft. Besonders mich.

Und an Caden, der neben mir sitzt und mir einen Arm über die Stuhllehne legt und mit meinen Haaren spielt. Ich denke an die Ruhe, die ich empfinde, wenn er da ist. Ich denke an Emilia, wenn sie mir frische, himmlisch duftende Pfannkuchen mit Schokoladensoße hinstellt und mich einfach nur warm anlächelt und mich fragt, wie ich geschlafen habe und was mein Plan für den restlichen Tag sei. Sie weiß sogar, wann ich arbeiten muss. Und ich denke an Cadens Belustigung, wenn ich meine ganzen Termine für den Tag durcheinanderschmeiße und er mir dann aufzählt, wann sie wirklich sind, weil er sich einfach alles merken kann und ich gar nichts. Weil ich das Chaos bin und er mein Ruhepol.

Ich schaue in den Spiegel und überlege, während ich meine Wange abtaste, wann meine Mutter mich das letzte Mal gefragt hat, wie ich geschlafen habe, und wann mein Dad sie das letzte Mal angelächelt hat. Ich kenne die Antwort und sie ist erschütternd.

Ich wasche vorsichtig mein Gesicht und putze meine Zähne, nachdem ich die Zahnbürste aus dem Kosmetikbeutel geholt habe, der im Koffer lag.

Fahrig binde ich mein Haar zusammen. Ich war eine gefühlte Ewigkeit nicht mehr beim Friseur. Meine Farbe ist einfach nur rausgewachsen, obwohl es aussieht, als wäre es Absicht – das so moderne Balayage. Aber eigentlich kann ich es mir nur nicht leisten, den Ansatz zu färben, und das schon seit über einem Jahr.

Tja, so kann man sich ein Balayage auch machen lassen. Man braucht nur Geduld und kein Geld. Voilà.

Schnell ziehe ich mir irgendwas aus dem Koffer über und werfe einen Blick auf mein Handy. Keine Nachrichten, keine Anrufe. Ich mag das nicht. Aber gut, er weiß ja, dass ich angeblich gerade Besuch habe und total beschäftigt bin in meinem perfekten Leben, was ich ihm vorspiele. Ich hoffe, sein Vater erzählt ihm nicht, wo er mich rausgelassen und wie anzüglich meine Mom ihn angeguckt hat.

Caden denkt, ich hätte viele Freunde. Er denkt, ich hätte ein ausgefülltes Leben und wäre dauernd shoppen und im Kino und Kaffeetrinken, aber die Bilder, die ich poste, damit die Leute das annehmen, sind entweder alt oder gegoogelt. Ich weiß, das ist armselig, aber ich möchte nicht, dass meine Mitstudenten und der Mann, in den ich total verschossen bin, mitbekommen, wie abgefuckt ich wirklich bin. Deshalb bin ich auch immer dabei, wenn Caden zu einer Party oder einfach irgendwo essen gehen will. Ich liebe es, mit ihm unterwegs zu sein, und wir sind so viel unterwegs. Carter ist sehr oft dabei und wir motzen uns die ganze Zeit gegenseitig an. Auch das liebe ich.

Ich verstecke mein Handy wieder unter den Dielen, denn sicher ist sicher, obwohl ich weiß, dass meine Mom nicht da ist. Nicht nur wegen der zuschlagenden Haustür – Dad verlässt das Haus nicht –, sondern auch wegen des billigen Parfümgeruchs, der in der Luft schwebt. Dad muss nicht raus, denn der Drugstore, von dem ich Mr. Keaton Rush erzählt habe, existiert schon lange nicht mehr. Er ist bankrottgegangen, also gebe ich das Geld, was übrig bleibt, wenn ich meine Studiengebühren bezahlt habe, meinen Eltern.

Mom ist wahrscheinlich wieder auf Ficktour. Wenn sie jemand Besseren findet als meinen Vater, ist sie weg, und er vegetiert vor sich hin. Ich habe Angst um ihn, aber wenn ich darüber nachdenke, mache ich mich selbst verrückt, und so verdränge ich es lieber die ganze Zeit.

Er sitzt wieder vor dem Fernseher. Mein Vater ist eigentlich ein attraktiver Mann, war er zumindest mal, bis alles auseinandergebrochen ist. Niemand ist mehr attraktiv, wenn er sich über Jahre gehen lässt. Sein dunkles Haar ist schütter und seine Augen sind immer glasig. Er hat so viele Falten bekommen, und seine einst so strammen, breiten Schultern sind nach vorn gesackt.

Ich gehe an ihm vorbei und begrüße ihn mit einem Kuss auf die Wange, aber er reagiert wie immer nicht. Meistens spare ich mir eine Begrüßung, weil es mich immer wieder

aufs Neue verletzt, dass er nicht reagiert. Da hilft keine Mauer dieser Welt ums Herz, und ist sie noch so hoch.
Ich beschließe, die Küche aufzuräumen und Frühstück zu machen. Aus den paar Lebensmitteln, die da sind und nicht verfault, mische ich ein Omelett. Während ich darauf warte, dass die Pfanne, die ich vorher noch mal abgespült habe, heiß wird, wasche ich das ganze Geschirr ab, weil es sich bis oben hin gestapelt hat. Dann bereite ich das Essen zu und wische den Tresen ab. Allerdings ist die Fettschicht so tief in die Fugen geraten, dass es wahrscheinlich nie wieder rausgehen wird. Irgendwann gebe ich auf und räume das saubere Geschirr in die dreckigen Schränke. Früher haben Bilder von Jamie und mir am Kühlschrank gehangen. Auf der Ablage stand immer frisch gepresster Orangensaft, weil Mom ständig wollte, dass wir uns mit Vitaminen vollpumpen, und jeden Samstag hat Dad irgendwas im Garten gemacht und an Autos gebastelt, während Jamie in der Garage gesessen hat, mit wippenden Beinen, und ihm zusah. Manchmal haben sie Football gespielt. Dad hat ihn immer gewinnen lassen, nur damit er sich freut. Und wenn Mom einkaufen gegangen ist, hat sie uns irgendwas mitgebracht. Jetzt bin ich froh, wenn sie ihr Höschen draußen anbehält.

Ich bringe meinem Vater einen Teller. Mir selbst ist der Appetit vergangen. Ich setze mich neben ihn. Er hat die Unterarme auf die Oberschenkel abgestützt und trägt immer noch dasselbe, was er gestern anhatte, den Blick starr auf den Fernseher gerichtet, in dem eine Doku über Fische läuft. Ich weiß, dass ihn das normalerweise einen Scheiß interessiert.

»Dad?«, frage ich leise, aber natürlich reagiert er nicht. »Ich hab dir Frühstück gemacht.« Wenn er nicht atmen würde und blinzeln, könnte man denken, er wäre tot. Vielleicht wäre das sogar eine Erlösung für ihn. Aber ich erinnere mich noch an seine strahlenden Augen und sein heimeliges Lachen, weshalb ich ihn nicht komplett aufgeben will, wie ich es bei meiner Mom schon getan habe.

»Hast du keinen Hunger?«, frage ich, stelle den Teller ab und fange an, die leeren Dosen einzusammeln. Hier drin riecht es nach Alkohol und Zigaretten. Das gab es früher bei uns nie. Meine Eltern haben nicht geraucht, Drogen konsumiert oder getrunken, nur manchmal bei irgendwelchen Footballspielen, auf die Dad uns mitschleppte, oder bei Feiern und Grillfesten mit Freunden – die sich mittlerweile alle von uns abgewandt haben, genau wie der Rest der Familie.

Ich gehe in die Küche, entsorge die leeren Dosen und komme mit einer Flasche Wasser zurück, die ich neben den Teller stelle. Dann setze ich mich wieder zu ihm.

»Du solltest wirklich mal was essen«, sage ich ernst. Endlich schaut er mich zumindest träge von der Seite an. Er hat tiefe Tränensäcke und seine Haut ist gräulich und eingefallen. Ich hasse es, ihn so sehen zu müssen.

Er begutachtet mich eine Weile und ich halte den Atem an, weil es solche Momente nur selten bei uns gibt. Dann streckt er einen Finger aus und seine raue Fingerspitze gleitet sanft über meinen geschwollenen Wangenknochen. Ich bekomme eine Gänsehaut und will am liebsten heulen und ihm um den Hals fallen, weil er mal irgendwas tut, irgendwie reagiert, und ich sehe einen kleinen Hauch von Schmerz in seinen grünen Augen und des Mannes, der er mal war.

Aber dann klingelt das Haustelefon und reißt ihn aus dem Moment. Er lässt seine Hand wieder sinken und schaut in den Fernseher, während ich den Kloß in meinem Hals herunterwürge. Ich lasse das Telefon klingeln, weil die Last auf meinen Schultern so schwer ist, dass ich mich gerade wie er fühle, und so, als könnte ich mich nie wieder erheben.

* * *

Als ich wieder hoch in mein Zimmer gehe, lasse ich die Tränen laufen. Ich hasse es, mich so machtlos zu fühlen. Dabei weiß ich, dass mein Dad da noch irgendwo drin ist. Ich war immer ein totales Papamädchen und bin nicht bereit, immer noch nicht, ihn gehen zu lassen.

Jetzt sitze ich hier auf meinem Bett, meine Haare hängen mir ins Gesicht und ich versuche, meinen Atem zu kontrollieren und den Kloß in meinem Hals loszuwerden. Gott, ich weiß, was ich gesagt habe, aber ich fühle mich gerade so allein und so hilflos, dass ich einfach seine Stimme hören muss. Schnell hole ich das Handy unter den Dielen hervor und entsperre es. Er hat immer noch nicht geschrieben und es ärgert mich, was natürlich total schwachsinnig ist. Ich meine, das ist, als würde man jemanden um eine Beziehungspause bitten, und sich dann aufregen, dass derjenige sich nicht meldet, und ihn tyrannisieren. Total unlogisch.

Trotzdem regt es mich auf, ehrlich!

Ich schreibe ihm: *Hey Baby, was machst du?* Er war zuletzt vor drei Minuten online, antwortet aber nicht sofort. Ich werde ein bisschen nervös und frage mich, was er macht und mit wem er geschrieben hat. Mit einer anderen? Die Frauen fliegen nur so auf ihn. Er könnte an jedem Finger zwei haben ... Vielleicht hat er auch sein Handy nicht gehört, also versuche ich es noch mal.

?

Drei Minuten später, die mir wie zwanzig vorkommen, antwortet er endlich. Es ist so erleichternd.

Bin drüben bei Carter. Was ist?

Mit gerunzelter Stirn überfliege ich die Nachricht ein paarmal und versuche, zwischen den Zeilen zu lesen und seine Stimmung zu erfassen. Schließlich frage ich ihn einfach geradeheraus, was ich ihn fragen will, weil ich innerlich zu aufgewühlt bin für irgendwelche Spielchen.

Bist du sauer auf mich?, will ich angepisst wissen und mache einen augenverdrehenden Smiley dazu.

Nein.

Ich schnaube und schmeiße mein Handy zur Seite. Dann halt nicht. Er bringt mich gerade auf hundertachtzig, weil er sich so komisch benimmt und ich zurzeit was anderes brauche. Ich fühle mich nicht gut. Ich vermisse ihn. Ich hasse meine Mutter. Ich habe Schmerzen und verabscheue mein Leben. Ich will einfach nur Zuwendung.

Er ruft mich an, und zwar über die Kamerafunktion. Ich nehme, ohne zu überlegen, ab. Sofort. Weil mein Herz rast und weil ich ihn brauche. Während die Kamera sich verbindet, lege ich meine Hand an die Wange, als würde ich mich auf meiner Handfläche abstützen wollen, damit er meine Prellung nicht sieht. Mir ist das einfach peinlich. Außerdem lehne ich den Rücken an die Wand, weil sie das Einzige ist, was hier nicht total runtergekommen aussieht.

Sein Gesicht erscheint auf dem kleinen Display. Er sieht so gut aus. So perfekt. Anscheinend ist er wirklich bei Carter, denn ich kenne den Raum nicht. Da war ich noch nie. Streng verboten, hat man mir gesagt. Wehe, ich wage mich jemals dorthin, ohne dass Caden es weiß. Cadens Haar liegt locker nach hinten an, ich höre Musik im Hintergrund. Marilyn Manson singt von seiner Dope Show und ich wette, die beiden machen ihre eigene. Ich vermisse sie … äh … *IHN*! CADEN!

Caden sieht wie immer unglaublich aus. Er ist natürlich unrasiert und zwischen seinen vollen Lippen qualmt eine Zigarette. Oben ohne liegt er auf einem Sofa und hat leicht gerötete Augen. Oh mein Gott! Einer seiner Arme ist hinter dem Kopf angewinkelt und ich höre Carters Stimme im Hintergrund, als er ruft: »Kein Camsex auf meiner Couch, BRO!«

»Halt's Maul, Carter«, antwortet Caden schleppend und sieht dann in die Kamera. Sein Blick haut mich natürlich sofort um. Ich liebe seine türkisblauen Augen und ich will mich jetzt auf ihn legen und ihn küssen und einfach vergessen und ihn spüren und mich verlieren.

»Ist Julia schon da?«, fragt er interessiert.

»Wer ist Julia?«, erkundigt sich Carter. Ich sehe ihn hinter Caden ebenfalls oberkörperfrei, wie er sich auf den Sessel fallen lässt und eine Tüte dreht.

Er schaut von seinen Händen auf. »Oh Alayna, du schon wieder«, sagt er gelangweilt, als wäre er genervt, dass er mein Gesicht schon wieder sehen muss. Selbst wenn ich gar nicht da bin. »Hi.«

Ich verdrehe genervt stöhnend die Augen. »Was?«, frage ich dann an Caden gewandt.

»Na«, sagt er. »Ob Julia schon da ist?«

»Caden, wer ist Julia?«, sage ich ein bisschen gereizt, weil ich es nicht mag, wenn er andere Frauennamen ausspricht. Gar nicht!

»Deine Freundin, die dich besuchen wollte, Baby«, murmelt er und streckt die Hand aus, um die Kippe, die er geraucht hat, auszumachen.

OH! Ich werde blass und meine Augen groß, als mir einfällt, was ich ihm für eine Lüge aufgetischt habe. Wieso habe ich ihm nicht einfach gesagt, was wirklich vor sich geht? Meine Ängste, die gestern noch so präsent waren, scheinen mir jetzt total verblasst.

»Ohhhh!«, rufe ich. »JULIA, NATÜRLICH!« Ich lasse meine Hand von der Wange zu meiner Stirn fahren und schlage mir dagegen. Und Carters Hände, die eben noch den Joint gedreht haben, halten inne. »Ja, die … also … äh, sie hat mir abgesagt. Sie kommt doch nicht. Dumm gelaufen!« Dann fällt mir auf, dass ich meine Wange zeige, also werfe ich schnell meine Haare darüber und tue so, als würde ich nur mit ihnen spielen wollen.

»Und sonst, was geht bei euch so?«, frage ich nervös, doch Caden ist starr geworden. Völlig starr.

Er bewegt sich nicht.

Carter nimmt ihm das Handy ab. »Was zum Teufel ist mit deinem Gesicht los?«, fragt er pissig. Seine Augen verdunkeln sich und seine Stirn liegt in Falten.

»Was geht's dich an, Carter? Gib mir Caden wieder!«

Carter wirft einen kurzen Blick in Cadens Richtung und schüttelt den Kopf. »Lieber nicht, Alayna.«

Ich hebe verständnislos die Schultern. »Was soll das jetzt?«

»Was ist mit deinem Gesicht?«, fragt er zischend.

»Woah, ich bin gegen die offene Kühlschranktür gerannt. Jetzt gibt mir CADEN, du Parasit!«

Caden nimmt ihm ziemlich schnell und ruckartig das Handy aus der Hand. Ich höre Carter noch fluchen und eine Tür zuknallen.

»Zeig mir dein Gesicht!«, sagt Caden ohne jegliche Betonung.

»Nein«, erwidere ich kleinlaut und bereue es, den Anruf überhaupt angenommen zu haben. Scheiße.

»Zeig mir dein Gesicht! Sofort, Alayna!«, fordert er mit Nachdruck und ich kann nicht mehr widersprechen. Ich stöhne genervt, streiche mir die Haare hinter das Ohr und schaue nach unten, weil ich dieses Mitleid, was jetzt folgen wird, nicht ertragen kann.

»Ich frage dich jetzt eine Sache, und du wirst mich nicht anlügen, Alayna. Wer war das?« Cadens Stimme ist kalt wie Eis. So habe ich sie noch nie gehört.

»Der Kühlschrank!«, rufe ich aus. »Habe ich doch schon gesagt!«

Caden setzt sich auf seinen vorherigen Platz, seine Schultermuskeln zucken unter den Tattoos. Er lässt den Kopf von links nach rechts kreisen und seinen Nacken knacken. Diese Bewegung habe ich sowohl bei ihm als auch bei Carter schon öfter gesehen. Ich glaube, sie machen das, um sich zu beruhigen, wenn sie etwas aufregt.

Das ist kein gutes Zeichen.

»Die Wahrheit, Alayna, sofort, sonst ziehe ich meine eigenen Schlüsse. Und die sind nicht schön.«

Ich lasse stöhnend den Kopf nach hinten fallen und verdrehe die Augen zur Decke, Marilyn Manson dröhnt immer noch im Hintergrund und ich befürchte, das macht Caden sowie auch Carter nur noch aggressiver – was auch immer Carter für ein Problem hat. Aber er hat ja immer ein Problem, besonders mit mir.

»Caden, ich glaube nicht, dass das jetzt eine gute Idee ist. Lassen wir das einfach. Ich wollte nur wissen, was du machst.«

»Alayna, ich zähle jetzt bis drei«, sagt er gepresst und kneift sich in die Nasenwurzel. Mein Herz rutscht in mein Höschen. »Und jeder, der mich kennt, weiß, dass er spätestens bei drei laufen muss!«

Fuck!

Er hat schon wieder den Ton drauf, den ich am Wochenende kennengelernt habe. Eine Gänsehaut fährt über meine Arme und ein Schauer erfasst meinen Rücken. Gleichzeitig rutsche ich auf meinem Bett herum, weil ich mich daran erinnere, wie er mich gehalten hat. Dieser Tonfall macht Dinge mit mir, über die ich nicht weiter nachdenken will, weil sie total irre sind.

Schweiß bricht aus jeder Einzelnen meiner Poren.

Er hebt den Zeigefinger und ich atme tief durch.

Dann folgt sein zweiter Finger und er zieht auffordernd eine Augenbraue hoch.

Ich kann nicht atmen, egal wie sehr ich es versuche.

Und aus mir schießt: »MEINE MOM!« Ich lasse die Schultern sinken. »Es war meine Mom!« Ich habe das noch nie jemandem erzählt und flüstere von mir selbst total schockiert: »Scheiße.«

Sein Gesicht zeigt keine Regung. »Du packst jetzt deine Tasche und schickst mir deine Adresse.«

»Caden!«

Er legt auf.

16. Deine andere Seite, Caden

Alayna

Ich stehe drei Minuten später mit einer gepackten Tasche vor der Tür, neben der zerstörten Hollywoodschaukel, weil ich Angst habe, dass Caden das Haus stürmt. Dad ist immer noch drin und hat seinen Blick nicht mal gehoben, als ich ging. Ich bin so froh, dass meine Mutter nicht da ist. Denn bei Cadens Gesichtsausdruck, als wir per Cam gesprochen haben, glaube ich, dass es ein böses Ende genommen hätte. Sogar ich habe ein bisschen Angst bekommen, obwohl ich weiß, dass er mir niemals was antun würde.

Er braucht keine zwanzig Minuten. Sein weißer BMW rast nach zwölf Minuten um die Ecke und bleibt mit quietschenden Reifen vor dem Haus stehen.

Er steigt aus, knallt die Tür hinter sich zu, und er ist eindeutig wütend. Dabei ist Caden nie wütend. Normalerweise ist er immer ruhig und total entspannt, weshalb das noch einschüchternder wirkt, wie er gerade guckt, seine Hände sich zu Fäusten ballen und wieder lockern, und wie die Sehnen an seinen tätowierten Unterarmen hervortreten.

Schnell umrunde ich den Wagen und stelle mich ihm in den Weg, direkt vor ihn, obwohl meine Knie total weich sind.

»Lass uns abhauen«, sage ich und lege meine Hände an seine angespannte Brust.

Er nimmt den Blick vom Haus und schaut runter auf meine Hände. »Du solltest mich jetzt nicht anfassen, Alayna«, erwidert er seelenruhig.

Sofort lasse ich meine Finger sinken und trete instinktiv einen Schritt zurück.

»Caden, sie ist nicht da. Fahren wir.«

Er macht es wieder. Lässt seinen Kopf von links nach rechts kreisen und seinen Nacken knacken. Dann setzt er sich auf den Fahrersitz und umfasst das Lenkrad mit beiden Händen. Er rührt sich keinen Millimeter, bis ich eingestiegen bin. Jeder in der Nachbarschaft schaut nach uns, nicht nur an den Fenstern, sondern auch beim Überqueren der Straße. Mit Sicherheit denken alle, dass ich mich durch die Gegend hure wie meine Mom.

Ich hasse es, wenn Menschen schlecht von mir denken.

Er gibt so heftig Gas, dass es mich in den weichen Ledersitz drückt, während er starr noch vorn sieht. Die Knöchel treten weiß hervor, weil er das Lenkrad so fest umklammert. Ich traue mich nicht, ein einziges Wort zu sagen, also betrachte ich das weiße Shirt, was sich straff über seinen angespannten Bizeps zieht.

Carters Garage steht offen, als wir ankommen und hinter seinem schwarzen Auto halten. Bevor ich aussteigen kann, ist Caden schon an meiner Seite, reißt die Tür auf und zerrt mich an meinem Arm raus. Ich stolpere, aber er zieht mich einfach weiter. An Carters Garage vorbei, wo ohrenbetäubend laute Musik aus den Boxen brüllt, während er mit verschränkten Armen und überkreuzten Knöcheln an der Wand lehnt und eine Zigarette raucht. Die Sonne scheint direkt auf seinen nackten, tätowierten Oberkörper, aber sein Gesicht liegt im Schatten des Garagentors. Eine dichte Rauchschwade zieht hervor, direkt in meine Richtung.

Er hebt die Augenbrauen, als wir an ihm vorbeistürmen, und ich sehe ihn verwirrt an. Ich habe Caden noch nie so erlebt.

Wir schaffen es ins Innere des Hauses.

Er drückt mich direkt im Flur gegen die Wand, packt mein Gesicht, dann sind seine Lippen auf meinen. Seine Hände nesteln an meinem schwarzen, knielangen Shirtkleid, was ich mir vorhin schnell übergeworfen habe. Er sieht mir so tief in die Augen, wie nur er es kann. Mit einem Ruck öffnet er mit der anderen Hand seine schwarze, lockere Hose, fasst mit einem Arm unter mich, hebt mich hoch, ehe er in mich stößt.

Einfach so.

Oh mein Gott!

Mit einem Stöhnen lasse ich meinen Kopf nach hinten fallen.

Das ist so gut. Ihn zu fühlen ist wie der Himmel auf Erden und ich kralle meine Hände in seine Schultern, stöhne seinen Namen, während er sein Gesicht an meiner Halsbeuge vergräbt.

Und ich kann endlich die ganze Scheiße vergessen, die mein Leben ist.

Ich kann endlich wieder atmen.

Ich kann mich endlich wieder fallen lassen – und ist der Abgrund noch so schwarz.

Gott, ich liebe Caden Rush.

* * *

Caden ist seit einer Stunde weg. Er verschwindet öfter mal und sagt mir nicht, wohin er geht – meistens nachts. Er hat mir unter das Kinn getippt und mich geküsst. Ich verharrte mit erhobenem Kinn, als er zurückgewichen ist, weil ich unbedingt mehr wollte, und er hat mir versprochen, dass es später mehr gibt.

Wir haben nicht viel geredet.

Aber er hat mich gehalten und mit seinem Körper vergessen lassen.

Ich liebe es, dass er mich nicht drängt, irgendwas zu erklären. Mir ist sowieso schon alles peinlich genug. Aber so ist Caden.

Außerdem hat er mich strikt angewiesen, hier oben zu bleiben und höchstens in die Küche zu gehen, wenn ich was essen will. Denn Carter schmeißt eine seiner legendären Garagenpartys und die sind tabu für mich.

Caden sagt, dass dort die krankeste Scheiße abgeht, und er nicht will, dass ich da allein rumrenne.

Mason, Ava und Emilia sind nicht da und kommen erst morgen wieder, was der Grund ist, wieso Carter überhaupt die Party schmeißt. Das macht er immer, wenn seine Eltern weg sind, und ich war noch nie dabei.

Nirvana dröhnt durch die ganze Straße und die Bässe vibrieren sogar in meinen Knochen wider, obwohl ich hier oben im Dachgeschoss bin. Carters Garage ist zwar schalldicht, aber nicht, wenn er das verdammte Tor offen lässt. Das Fenster ist geöffnet und ein warmer Sommerwind streicht über meinen Körper. Ich frage mich, wann Caden zurückkommt. Manchmal ist er eine Stunde weg und manchmal kommt er erst am Morgen, wenn ich noch schlafe. Manchmal hat er aufgeschrammte Knöchel, manchmal rote Flecken auf der Kleidung und manchmal ist er so abgefuckt, dass er mich einfach nur wortlos küsst und fickt, was sich irgendwie anfühlt, als würde ich ihm die Dämonen austreiben, die ihn verfolgen. Auch Carter habe ich schon ein paarmal nachts das Haus verlassen sehen und er kam morgens total fertig zurück, als die Sonne aufging, als wir alle schon am Frühstückstisch saßen.

Ich will keine von diesen kleinen, klammernden Zecken sein, deswegen sage ich nie was, wenn Caden geht. Hauptsache, er kommt nur immer wieder zu mir zurück. Außerdem weiß ich, dass er mich nicht betrügt, alles andere ist mir egal.

Ich liege auf dem Bett und habe mich auf den Bauch gerollt. Meine Füße hängen in der Luft und ich habe die Arme ausgestreckt, während ich der Musik lausche, die aus

Carters Garage hallt. Ich schließe die Augen und wünsche mir eine Tüte herbei, denn ich muss die ganze Zeit daran denken, dass Dad heute über meine Wange gestrichen hat und er kurz zu mir zurückkam. Und wie weh es getan hat, als er wieder ging.

Jetzt dröhnt Marilyn Manson zu mir rauf und erzählt was von süßen Träumen. Ich *wünschte*, ich wäre in einem Traum, weil die Realität scheiße ist. Manchmal überlege ich, wie ich überhaupt jemanden wie Caden anziehen konnte. Was er an mir findet. Auf den ersten Blick mag ich vielleicht hübsch aussehen, denn ich werde oft angesprochen. Ich bemerke auch die Blicke auf der Straße. Aber innerlich bin ich ein Wrack. Ich habe nichts zu bieten, bin also eigentlich nichts für Caden Rush. Zu ihm würde eine hübsche, wirklich starke Frau mit schwarzen langen Haaren und einem Jurastudium in der Tasche passen.

Trotzdem ist er noch da, und ich werde nie verstehen, warum.

Trotzdem hat er mich heute einfach geholt. Nicht einmal *das* hat ihn abgeschreckt, obwohl die meisten spätestens nach einem Blick auf mein Elternhaus das Weite gesucht hätten. Sie wären gerannt, ohne zurückzusehen. Vor mir sollte man auch rennen, denn ich bin ein Abgrund, und ich liebe es, Leute mit runterzuziehen, auch wenn ich es nicht bewusst tue.

Die Tür öffnet sich und Caden steht wieder vor mir. Er war jetzt eineinhalb Stunden weg, und ich bin so froh, dass er wieder da ist.

Er hat immer noch seine Sporttasche geschultert und trägt wie so oft ein weißes, eng anliegendes Shirt, das seine tätowierten, nackten Arme nicht verdeckt. Dazu eine dunkle Jeans, die tief auf seinen Hüften sitzt. Seine schwarzen Haare sind ein bisschen verschwitzt und zerzaust.

Seine türkisblauen Augen suchen mich in der Dunkelheit, und als sie mich erfassen, durchfährt mich ein Schauer.

»Hey«, sage ich, drehe mich um und setze mich an die Bettkante, die Hände unter meine Beine geklemmt, weil ich mich sonst auf ihn stürze. Wie er hier reinkommt, als würde ihm die Welt gehören, und meine Welt tut das vielleicht ein bisschen. Wie seine Aura sich über mir verbreitet, ohne dass er ein Wort gesagt hat, und wie er mich ansieht.

Ich liebe es, wenn er das tut.

Ich liebe es, wenn diese Seite in ihm die Oberhand gewinnt.

Ich hebe meine Brauen und er kommt auf mich zu, geht vor mir in die Knie und schaut zu mir auf. Seine Pupillen sind groß.

»Hast du was genommen?«, frage ich und streiche mit gespreizten Fingern durch sein Haar. Er nimmt mein Handgelenk, senkt es und haucht mir einen Kuss auf die Fingerknöchel.

»Ein bisschen«, gibt er zu und fährt mit seinen Fingerspitzen über meine geschwollene Wange. »Willst du auch was, Babygirl? Ich weiß, ich hab gesagt, die Partys sind tabu, aber ich hab Lust, dich da unten zu ficken.«

Meine Kehle wird trocken, als er mein Kinn zwischen seine großen, starken Finger nimmt und mir prüfend in die Augen sieht, die jetzt riesengroß sind.

»War Carter bei dir?«, fragt er mich misstrauisch.

»Er hasst mich, was sollte er bei mir wollen?«, erwidere ich verwirrt und er hebt träge eine Schulter.

»Dich auf seine Party locken vielleicht. Man weiß nie bei ihm.«

Ich verdrehe die Augen. »Ach bitte, er kann mich nirgendwo hinlocken, wo ich nicht hinwill.«

Er grinst mich an. »Das ist mein Mädchen.« Ich liebe es, dass er mich *sein Mädchen* nennt. »Gehen wir rüber und mischen die Stimmung ein bisschen auf. Was sagst du?«

Mein Herz rast, ich bin so aufgeregt, denn es wird das erste Mal sein, dass ich Carters heilige Hallen betrete.

»Denkst du nicht, dass Carter was dagegen haben könnte? Seine Garage ist doch eigentlich total tabu.«

»Das ist sie für dich auch. Ohne mich.«

»Was macht er da drin?«, frage ich mit gerunzelter Stirn. »Tiere häuten?«

Er tippt mir unter das Kinn, wie er es immer macht, und ich hänge schon wieder in der Luft und will ihn küssen, aber er tut mir den Gefallen nicht. Ich mag es ein bisschen, wenn er mich zappeln lässt. Das ist so spannend.

»Das siehst du dann, Baby.« Damit nimmt er meine Hand und zieht mich vom Bett. »Zieh dir was anderes an.«

Irgendwie habe ich keinen Antrieb, ihn zu fragen, warum. Er redet mit einer Stimme, die es mir fast schon unmöglich macht, zu widersprechen. Dabei liebe ich es so sehr, zu widersprechen.

»Das kleine Schwarze, was ich so an dir liebe«, sagt er nun und ich werde rot. Das letzte Mal, als ich dieses Kleid getragen habe, ist diese Sache in dem Club passiert.

»Ist was, Alayna?«, fragt er mich nun und sucht meinen Blick.

Den Kopf schüttelnd gehe ich zu dem Regal, was er mir frei gemacht hat. Ich spüre seinen Blick in meinem Rücken, als ich das Kleid heraussuche und mein jetziges einfach über den Kopf ziehe, sodass ich in Unterwäsche mit dem Rücken zu ihm stehe. In schwarzer Spitzenunterwäsche. Ich habe die Zeit genutzt, als er weg war, um mich frisch zu machen. Damit er was hat, worauf er sich bei seiner Rückkehr freuen kann. Er hat auch ein Selfie von mir in der Unterwäsche bekommen. Ich lächle ihn über meine Schulter hinweg an und ein Muskel an seiner Wange zuckt.

Dann ziehe ich mir das Kleid über und gehe zu ihm, damit er mir den Reißverschluss schließt. Seine Finger sind grob, als er ihn mit einem Ruck nach oben zieht und mir einen Klaps auf den Arsch gibt. Das tut er oft in letzter Zeit, und ich mag es.

Er packt meine Hand und zieht mich mit sich, wie heute Mittag.

Ich stolpere mehr hinter ihm her, als dass ich laufe, und wir durchqueren das Haus. Je näher wir kommen, desto lauter wird die Musik und desto mehr strömt der Geruch von Gras in meine Nase, sowie Zigaretten, Alkohol und Sex.

Ich erschauere. Meine Hand in seiner großen. Ich fühle mich mit einem Mal so ausgeliefert.

Als wir an der Tür ankommen, wirft er mir einen kurzen Blick über die Schulter zu. Ich bin barfuß, aber er sagt nichts dazu. Zudem glaube ich sowieso nicht, dass ich besonders lange angezogen bleibe. Mein Herz schlägt bis zum Hals. Vor der Tür bleibt er stehen, öffnet sie und wartet, dass ich von allein eintrete.

Als wolle er mir die Wahl lassen, jetzt umzudrehen und zurückzugehen.

Schnurstracks laufe ich an ihm vorbei. Mein neugieriges Wesen wurde mir schon oft zum Verhängnis.

Sobald ich einen Schritt in Carters Garage gemacht habe, scheint mich eine Schwärze zu verschlingen. Die Tür schließt sich hinter mir.

17. Vorsicht, Alayna

Carter

Du bist in meiner Garage, Alayna, und ich lasse dich so schnell nicht mehr raus.

Es war so leicht, dir den Caden vorzuspielen. Auch, wenn ich dafür mit dir Händchenhalten musste. Ich hasse diese Scheiße. Und ich musste sanft sein und Scheiße machen, die ich nie mache.

Jetzt stehst du neben mir. Deine Hand liegt wieder in meiner und deine großen, verwunderten Augen schweifen umher, Alayna. Über das Pärchen in der Ecke, das sich wild befummelt. Die Leute auf meiner Couch, die sich gegenseitig Pillen in die Münder schieben und Alkohol exen. Ein paar lachen, aber die meisten sind einfach nur total high und neben sich. Ein paar Bitches tanzen im Raum. Meine Beleuchtung ist dunkel und blau und strahlt über ihre Körper. Irgendwo habe ich vorhin eine in Unterwäsche rumlaufen sehen, bevor sie die dichten Rauchschwaden wieder verschlungen haben. Du hustest, als einer neben uns den Rauch in dein Gesicht pustet.

Gewöhn dich dran, Alayna.

Caden wird wahrscheinlich demnächst zurückkommen und er wird ausrasten, wenn er sein Bett leer vorfindet. Er hat mir keine Erlaubnis gegeben, das Cadenspiel zu spielen. Aber ich wusste, dass er weg ist und du da oben liegst und ich dich so leicht haben kann. So eine leichte Beute. Wer wäre so dumm, sie zurückzulassen und nicht anzugreifen? Sie nicht zu packen und zu verschlingen?

»WOW!«, sagst du mit großen Augen. Das Kleid schmiegt sich wie eine zweite Haut an deinen kurvigen Körper. Ich liebe deinen Körper. Er ist der absolute Oberhammer.

Du lässt deinen Blick über die sicherlich fünfzig Leute schweifen, die da sind. Manche sind auch vor der Garage, nur oben darf niemand hin. Das ist mein scheiß Fickbereich.

Ich liebe es, dass du hier bist.

Alle denken, ich sei Caden, weil ich Weiß trage. Das ist seine Farbe. Sie unterstützen meine Täuschung noch, indem sie mich mit seinem Namen begrüßen. Menschen sind so leicht zu beeinflussen, und die meisten wollen sogar beeinflusst werden. Sie sehen nur, was sie sehen *wollen*. Du auch, Alayna.

»Und wo ist Carter?«, fragst du interessiert.

»Ah, der fickt wahrscheinlich irgendwo irgendwelche Weiber … wie immer.«

Das gefällt dir nicht. Dein Gesicht verzieht sich und ich muss ein Grinsen unterdrücken. Du fühlst dich von mir angezogen, aber das würdest du nie zugeben. Wenn du wüsstest, wie oft du schon die Beine für mich breit gemacht hast, und dass du es gleich wieder tun wirst.

Ich führe dich an der Hand zur Sitzecke und schubse den Kerl, der auf meinem Sitzsack sitzt, einfach auf den Boden. Er sagt nichts, schließlich ist er nicht lebensmüde.

Ich lasse mich hineinfallen. Normalerweise würde ich dich auf den Boden platzieren, direkt vor mir, wie einen kleinen Hund. Aber ich bin ja *Caden*. Also ziehe ich dich auf meinen Schoß, obwohl dort sonst nie Weiber sitzen.

Du befindest dich seitlich auf mir und dein Arsch drückt sich auf meinen Schwanz. Deine nackten Beine presst du eng zusammen, weil das Kleid so kurz ist. Wäre ich wirklich Caden, würde ich sie jetzt auseinanderschieben, damit jeder dir unter das Kleid sehen kann, weil er darauf steht.

Aber ich bin ich und in der Hinsicht werde ich immer ich bleiben, deshalb bleiben deine Beine besser zu, bevor ich dir wehtun muss.

Ich lege eine Hand auf dein Knie und ziehe mit meinen Fingerspitzen gelangweilte Kreise darüber. Dein verwunderter Blick streift immer noch über die abgefuckten Leute und meine Garage. Das zieht dich an, oder, Alayna? Je abgefuckter, desto mehr zieht es dich in seinen Bann und desto wohler fühlst du dich.

Ich will dich ficken, seit ich dich heute Mittag gesehen habe.

Du drehst dein Gesicht in meine Richtung. Ich nehme die fertige Tüte, die ich mir vorhin gedreht habe, hinter meinem

Ohr hervor und zünde sie an. Der dichte Rauch strömt in dein Gesicht und ich wende meinen Kopf zur Seite, weil Caden so was nicht macht.

Die Leute werden immer higher und spinnen immer mehr rum, geben sich der Musik hin, schwingen ihre Ärsche, heben die Hände und befühlen sich. Es riecht nach Lust. Das wird heute noch ausarten. Ich liebe Partys, Alayna.

Du windest dich auf meinem Schoß, weil du das auch liebst.

Dann legst du eine Hand an mein Schlüsselbein und schaust mich mit erwartungsvollen Augen an. »Willst du nicht auch teilen, Caden?« Deine Stimme ist heiser und du beißt dir auf die volle Unterlippe. Ich halte dir den Joint an die Lippen und lasse dich ziehen. Du siehst mir dabei in die Augen. Ich liebe es, wenn du was zwischen den Lippen hast und daran saugst.

Als du den Rauch ausstößt, zieht er aus deinem geöffneten Mund und aus deiner Nase. Ich habe noch nie so was Heißes gesehen. Seufzend drehst du dich auf meinem Schoß, sodass dein Rücken an meiner Brust lehnt, und legst den Hinterkopf an meine Schulter. Fuck, Alayna, ich würde am liebsten einfach meine Hose aufmachen.

Offenbar willst du das auch, denn du bewegst dich schon wieder. Ich lege einen Arm um deine Taille, die Hand an deinen unteren Bauch gepresst, und rauche über deine Schulter hinweg. Du lässt die Musik in dich fließen, rekelst dich auf mir. Ich liebe es, dass du meine Musik liebst und dass du dich so fallen lässt und keine fucking Barbiepuppe bist.

Ich hasse Barbies, Alayna.

Ich mag die mysteriösen, dunklen, geheimnisvollen Tussis, die mit ihren Augen mehr sagen als mit ihrem Scheißmund. Der ist für andere Dinge da.

Ich presse meine Hand gegen dein Becken und halte dich somit davon ab, dich weiterzubewegen, weil ich weiß, dass dich das noch mehr anmacht, und weil ich nicht in meiner Scheißhose kommen will. Du drehst den Kopf zu mir und reckst deine Lippen meinen entgegen. Ich lasse dich noch mal ziehen, statt dich zu küssen, wie du es gern hättest. Denn ich will dich richtig geladen. Ich will, dass du die Kontrolle verlierst.

Etwas, was Caden noch nicht von dir hatte.

Ich ziehe ein durchsichtiges Tütchen aus meiner Hosentasche und du schaust mit großen Augen dabei zu, wie ich Koks auf meinen Daumenballen streue. Nur ein bisschen, ich will ja nicht, dass du total ausflippst bei deinem ersten Mal. Ja, es ist mit mir. Ja, Caden hat mir verboten, dir allein Drogen zu geben, wenn er nicht dabei ist. Und ja, ich ficke drauf.

Du siehst mir in die Augen. Unsicher. Fragend. Verwundert. Du hast so was noch nie gemacht – ich weiß es von Caden. Das Höchste war bei dir Gras und ab und zu eine Zigarette oder Alkohol, aber niemals was Chemisches.

Ich halte dir meine Hand hin und du zuckst mit den Schultern. Ich weiß, Alayna, dass in dir dieser abgefuckte Teil steckt, der mehr will. Und der neugierig ist auf alles. Der Teil, der dich früher oder später in die Dunkelheit schubsen wird.

Ich mag das.

Ich liebe die Dunkelheit.

Du hältst dir ein Nasenloch zu, beugst dich vor und ziehst dir die Scheiße rein.

Komplett.

Du verziehst dein Gesicht. Dann niest du so süß, dass ich fast kotzen muss, weil es so süß ist. Mit zwei Fingern reibst du über deine Nasenflügel und siehst mich an.

Ich ziehe fragend eine Braue hoch und du legst deinen kleinen Finger an mein Kinn, fährst über die Stoppeln an meinem Kiefer. Deine Augen folgen deiner Bewegung. Dann siehst du mir wieder in die Augen. Ganz lange. Forschend, Alayna. Im Zweifelsfall waren es immer die Drogen, wenn du dir wieder irgendwas *einbildest*.

Du beugst dich vor, und hältst immer noch mein Kinn zwischen den Fingern, bevor du mich einfach küsst.

Ich weiß, was du tust. Du erinnerst dich noch an die Poolsache und testest mich. Aber ich küsse dich nur dann wie ich, wenn ich will, dass du unsicher wirst. Jetzt will ich das nicht, deshalb küsse ich dich wie Caden. Ich habe es schon oft genug beobachtet und weiß genau, was er tut. Ich lasse eine Hand in dein Haar fahren, die andere, in der der Joint qualmt, lege ich auf deinen Arsch und strecke dir den Kopf entgegen.

Ich versuche, dir nicht in die Unterlippe zu beißen.

Ich versuche, dich nicht zu hart zu küssen.

Ich versuche, nicht an deinen Haaren zu ziehen.

Ich versuche, dich nicht am Nacken zu packen und dich nach oben zu schubsen und deine Hände runterzudrücken, weil sie immer noch in meinem Gesicht rumpatschen und mir durch die Haare fahren, Alayna. Du fährst mir durch die Haare!

Deine Zunge ist in meinem Mund. Normalerweise dränge ich sie immer zurück, aber das mache ich jetzt auch nicht. Noch nicht.

Du wirst immer heißer, besonders als dir das Koks zu Kopf steigt, und windest dich wieder umher. Um uns herum wird die Party immer ausgelassener. Die ersten Tussis haben keine Oberteile mehr an, und die zwei, die vorhin geknutscht haben, sind in einer Ecke, wo sie ihm einen runterholt.

Fuck, Alayna, ich halte es nicht mehr aus.

Mit einem Ruck schubse ich dich von meinem Schoß, stehe auf und packe dein Handgelenk. Es ist mir fuckegal, ob du gerade den Unterschied merkst.

Ich ziehe dich hinter mir her nach oben, dort, wo niemand hin darf.

Vor der Treppe liegen Scherben und ich hebe dich darüber, weil du barfuß bist und ich keinen Bock auf blutige Fußabdrücke habe. Ich öffne die Tür, stelle dich ab und schließe sie hinter uns. Du schaust mit großen Augen durch den Raum, als würden überall Farben tanzen und Engel fliegen.

Schwarze Holzdielen ziehen sich unter deinen Füßen entlang. Doch dafür hast du keinen Blick, stattdessen starrst du auf mein riesengroßes Bett in der Mitte des Zimmers. Darüber steht in Neonbuchstaben, die rot leuchten: **WHY DON'T WE FUCK RIGHT NOW?**

Du siehst mich an und beißt dir auf die Unterlippe.

»Was, wenn Carter kommt?«, fragst du schleppend, weil deine Zunge schon schwer ist.

»Scheiß auf Carter. Ich will dich jetzt in seinem Bett ficken.« Ich nicke in besagte Richtung, und du, Alayna, gehst langsam auf *mein* Bett zu. Wenn ich dich gleich da drin habe, werde ich Dinge mit dir tun, die du nie wieder vergisst. Und morgen kann Caden, wenn du Fragen hast und verwirrt bist, alles auf das Koks schieben.

Mit deinen Händen streifst du über die schwarze Überdecke und lässt deinen Oberkörper nach vorn fallen und über die Laken gleiten, Alayna. Dieses Kleid und dein Arsch machen mich verrückt. Sofern das bei mir noch möglich ist.

Du schaust mich über deine Schulter hinweg an und ich drehe den Schlüssel im Schloss.

Jetzt gehörst du mir.

»Zieh dein Kleid aus«, sage ich rau und gehe langsam auf das Bettende zu. Auf dem Weg streife ich mir das Shirt über den Kopf. Du tust sofort, was ich sage, und öffnest den Reißverschluss, bevor du es von deinem Körper schiebst.

»Das auch.« Ich nicke zu deiner Unterwäsche. Du siehst mir mit geöffneten Lippen in die Augen, während du den Slip über die Hüften rollst und dann deinen BH aufhakst.

Ich nehme mir ein paar Sekunden, um deine weiblichen, weichen Rundungen zu betrachten, deine aufgestellten Nippel und das perfekte Paradies zwischen deinen Beinen. Ich liebe deine Titten fast so sehr wie deinen Arsch, und Caden hat mir versprochen, dass ich der Erste darin sein werde.

Oh Alayna, du hast ja keine Ahnung, was wir noch mit dir vorhaben.

»Hinlegen«, sage ich jetzt und beobachte dich vom Bettende aus. Ich rage über dir auf und die Lichter von unten streifen immer wieder über die Fenster und schicken blaue Blitze über deine nackte Haut. Das rote Neonlicht umgibt dich ebenfalls. Die Musik dröhnt bis hierher und vibriert durch den Boden.

Du legst dich hin, auf den Rücken, die Ellbogen aufgestützt, und bleibst still, aber ich sehe das nervöse Zucken deines Beckens, weil du es nicht mehr aushältst.

Dein Blick ist verschleiert und du atmest schwer, und das nur, weil ich dich ansehe.

Heute kann ich mit dir machen, was ich will, weil mich niemand aufhalten kann und ich mich an keine beschissenen Regeln halten muss.

Ich breche sowieso schon genug.

Immer noch mit der Jeans auf den Hüften schiebe ich mit dem Knie deine Beine weiter auseinander und platziere mich dazwischen. Dein Blick haftet die ganze Zeit auf mir. Du weißt nicht, was jetzt passieren wird, weshalb du ganz aufgeregt bist. Gleichzeitig liebst du es. Ich weiß es, denn ich sehe es in deinen verklärten Augen.

»Du bist so ein böses Mädchen«, sage ich und nehme das Plastiktütchen wieder aus meiner Hosentasche. »Fickst einfach hier mit mir in seinem Bett. Schämst du dich nicht?« Du lächelst mich nur an, und zwar verrucht. Ich liebe es, wenn du so lächelst.

Langsam verteile ich eine Line auf deinem glatten, perfekten Venushügel und du keuchst auf.

»Oh, halt still, Alayna. Wenn auch nur *ein* Körnchen daneben geht, wird das hier nur mir Spaß machen.«

Du beißt dir auf die Unterlippe, hältst aber dein Becken still und schließt die Augen.

Ich nehme die Dollarnote, die ich auch schon benutzt habe, bevor du in meine Garage kamst, und rolle sie noch mal zusammen. Dann beuge ich mich über deine Pussy. Meine Haare streichen über deinen Bauch und ich sehe zu dir auf, während du meinen Blick erwiderst – stöhnend. Dein Becken, Alayna … Du kannst es gerade so kontrollieren, aber es zuckt ein bisschen, weil du mir unbedingt deine Pussy entgegenrecken willst wie ein kleines, gieriges Miststück. Gott, ich werde dich heute noch so ficken.

Ich ziehe die Line in mich, lasse den Kopf kurz nach hinten fallen und rolle ihn von links nach rechts. Meine Nase brennt, aber ich liebe es.

Du stöhnst *so* laut, als ich einfach so zwischen deinen Beinen abtauche und mit meiner Zunge von unten nach oben lecke. Ich sehe dich dabei wieder an und muss mir meinerseits echt ein Stöhnen verkneifen, als ich dich das erste Mal schmecke. *Fuck*.

Du keuchst. »Gott, Caden!« Ich hasse es, dass er die Anerkennung dafür kriegt, was ich hier gerade leiste. Ohne Scheiß, Alayna. Aber irgendwann wird sich das noch ändern.

Ich packe deine rechte Wade und ziehe sie grob über meine Schulter. Du krallst deine Hände in das Laken unter dir, weil dich anscheinend irgendwas davon abhält, in mein Haar zu greifen. Ich hasse es, Alayna, wenn du das machst. Und ich sehe, wie du deinen Kopf nach hinten fallen lässt, als ich mit der anderen Hand nach oben über deine perfekten Brüste streiche. Sie sind nicht nur eine Handvoll, sondern mehr. Und ich liebe es, sie zu kneten.

Du schreist verzückt auf.

Während ich meine Zunge immer wieder um deine Klitoris wandern lasse, fahre ich über deinen Oberschenkel nach unten, packe ihn, streiche deinen Innenschenkel entlang und lasse zwei Finger direkt in dich gleiten. Hart.

Du bäumst dich auf, woraufhin ich dich an der Brust wieder runterdrücke.

Du stöhnst lauter und windest dich, also fingere ich dich härter, damit du stillhältst.

Du bist total außer dir und, Baby, ich bin total außer *mir*. Weil ich spüre, wie das Kokain mir zu Kopf steigt. Deine Schreie sind zu viel für mich. Ich kann mich nicht länger beherrschen und spüre, wie das, was ich immer zu unterdrücken versuche, weil es sonst gefährlich wird, in mir aufsteigt. Wie es sich langsam durch meine Adern frisst wie flüssiges Gift. Wie es in mein Herz pumpt und mir direkt ins Hirn schießt.

Fuck, Alayna.

»Halt still!«, zische ich angepisst zwischen deinen Beinen und du senkst stöhnend deinen Körper wieder in die Matratze. Mit meinen Fingern ficke ich dich immer ungeduldiger und immer schneller. Du stöhnst immer lauter und lauter. Dann spüre ich, wie du dich um mich herum zusammenziehst, und lasse von dir ab.

Ich will in dir sein, wenn du kommst.

Du setzt dich empört auf, auf die Ellbogen gestützt, atemlos und verschwitzt, und zischst: »Caden!«

»Hinlegen!«, sage ich hart und du musterst mich total ungeduldig. Ich ziehe eine Augenbraue hoch, dann lässt du dich protestierend wieder auf den Rücken fallen. Langsam erhebe ich mich zwischen deinen Beinen und versuche wirklich, die Ruhe zu bewahren. Du, auf Drogen, nackt vor mir, in meinem Bett, stöhnend und dich windend, und das Koks in meiner Blutbahn, sind mehr, als ich ertragen kann, Alayna.

»Caden?«, fragst du heiser, als ich aufstehe, neben dem Bett zu dir runterschaue und meinen Gürtel öffne. Du siehst so heiß aus, wie du daliegst und es nicht erwarten kannst, dass ich in dir bin und dich ficke. Das hier wird kein Cadenfick, Alayna. Das hier wird ein Carterfick.

Ich ziehe langsam den Gürtel aus den Schlaufen, und du beobachtest mich dabei immer noch so verwundert über alles. Dein Atem, der sich gerade erst beruhigt hat, geht wieder schneller, wie das Heben und Senken deiner Brust beweist.

Willst du jetzt weglaufen, Alayna? Tja, nun ist es zu spät.

»Ich hab dir gesagt, du sollst stillhalten, Alayna. Wie oft habe ich dir das gesagt?« Ich lasse dir kurz Zeit, meine Worte zu verinnerlichen, und rolle in der Zeit den Gürtel um meine Finger. Du beißt dir auf die Unterlippe und deine Pupillen sind riesengroß, als du zu mir aufschaust.

»Keine Ahnung«, murmelst du locker. Oh Alayna, diese Lockerheit werde ich dir schon noch austreiben. Ich will, dass du zusammenzuckst, wenn du mich auch nur ansiehst und ich dir einen bestimmten Blick zuwerfe.

»Ich zeige dir jetzt, was passiert, wenn du in Zukunft nicht auf mich hörst.« Damit peitsche ich das Gürtelende leicht gegen deine Brüste. Du zuckst und schreist auf, aber die Lust in deinen Augen schießt in ungeahnte Höhen.

Ich wusste, dass du eine Masochistin bist.

»Umdrehen«, sage ich träge. Doch du bist viel zu langsam, Alayna, also lasse ich den Gürtel leicht gegen deine andere Brust knallen, direkt unterhalb deines Nippels.

Jetzt beeilst du dich keuchend, auf den Bauch zu kommen.

»Arsch hoch.«

Du hebst mir deinen Hintern entgegen. Ich liebe die Aussicht und greife kurz mit den Fingern dazwischen, reibe über deine feuchte Pussy, bevor ich den Gürtel unverhofft auf deinen kleinen Arsch sausen lasse.

Du schreist in die Kissen, reckst mir aber alles entgegen, was du hast. Und das ist eine Menge. Ich liebe deinen Arsch.

»Gefällt dir das?«, frage ich und du murmelst irgendwas Unverständliches. »Ich wollte das nicht, Alayna, aber du lässt mir keine andere Wahl«, lüge ich, denn ich wollte genau das. Schon die ganze Zeit.

Dann lege ich den Gürtel direkt auf deinen Rücken. »Wenn er runterfällt, während ich dich ficke, kriegst du damit weitere drei Schläge.« Er wird runterfallen, Alayna, aber das weiß nur ich. Ich öffne ruhig meine Hose und lasse dich eine Weile so knien. Du willst über die Schulter schauen, aber ich packe dein Haar und drücke dein Gesicht wieder in die Kissen.

»Bleib so!« Ich liebe es, zu beobachten, wie du meinen unmöglichen Befehlen zu folgen versuchst, packe dich an den Hüften und stoße hart und tief in dich, wobei ich dich noch weiter an mich heranziehe.

Du schreist auf und der Gürtel fällt runter. Ich ziehe mich aus dir zurück, worauf du genervt stöhnst.

»Ist was, Alayna?«, frage ich und du schüttelst den Kopf und beißt in ein Kissen, ich sehe es.

Du bekommst noch einen Schlag mit dem Gürtel und keuchst. Die anderen beiden hebe ich mir für später auf. Dann, wenn du es nicht erwartest. Ich will ja nicht, dass du unter mir wegbrichst, *Baby*.

Wieder schiebe ich mich tief in dich und erneut stöhnst du. »Oh mein Gott.«

Ich bewege mich in dir, während ich deine langen Haare um meine Faust wickle und deinen Körper an meinen ziehe, sodass du aufrecht vor mir kniest. Deine Lippen sind feucht, deine Augen geschlossen und Schweiß rinnt dir von der Schläfe. Das rote Licht meiner Neonschrift strahlt direkt auf deinen nassen Körper und ich liebe es, wie deine Brüste auf und ab wippen.

Meine Hand gleitet an deine Kehle und ich lege meine Finger fest darum. Ich liebe es, dass du so leicht zu zerstören wärst, wenn ich es nur wollte. Meine Hand passt einmal komplett um die Vorderseite deines schmalen Halses und du krallst dich in meinen Unterarm. Ich lasse dich, weil ich gerade drauf stehe, zu sehen, wie scharf du auf mich bist.

Ich liebe es, dass du die Kontrolle verlierst und keuchst: »Fick mich härter!«

Ich ziehe mich wieder aus dir zurück. »Was?«

Gequält stöhnst du auf und drängst mir deine Pussy wieder entgegen, an der immer noch mein Schwanz liegt. Ich reibe ihn ein paarmal an dir entlang, und du stöhnst schon wieder frustriert, weil ich so nahe bin und dir nicht gebe, was du brauchst.

»Sag mir niemals, was ich zu tun habe, Alayna!«, knurre ich in dein Ohr, packe deine Kehle fester und dränge mich mit einem harten Stoß bis zum Anschlag in dich.

Fuck.

Du bist meine persönliche fucking Hölle.

Du schreist. Du stöhnst. Du keuchst. Und als du brav genug bist, ficke ich dich härter.

Ich drücke dich am Nacken wieder nach unten, stütze mich auf dich und lasse los. Und ich glaube nicht, dass du nach heute Nacht noch zu irgendwas fähig sein wirst.

Ich mag das.

Sehr.

Dann ziehe ich mich aus dir zurück und greife nach dem Gürtel. Ich ignoriere deine protestierenden Laute und zerre dich an den Haaren nach vorn, wo ich deine Handgelenke mit dem Gürtel an das Bettgestell binde. Um ihn auch extra fest und eng zu ziehen, bohre ich gewaltsam ein neues Loch durch das Leder. Du hältst dich daran fest und dein Kopf sinkt nach vorn.

»Oh Gott!«, wisperst du empört, weil das nicht gerade gemütlich ist, aber das war auch nicht Sinn und Zweck der Sache. Über dir leuchten die Worte: **WHY DON'T WE FUCK RIGHT NOW?** Und sie schreien mir auch aus deinem Gesicht entgegen.

Ich trete wieder hinter dich und ziehe deinen Arsch zu mir heran. Du bist total gestreckt, krallst dich mit beiden Händen in das Leder des Gürtels und reckst mir deinen Arsch entgegen.

Ich haue noch mal drauf, dann tauche ich in dich ein. Tief.

Und du schreist. Laut.

Ich knie aufrecht hinter dir und meine Gestalt wirft einen Schatten auf deinen schmalen Rücken, als ich deine Wirbelsäule nachfahre. Du wirfst den Kopf zurück. Dein langes Haar verteilt sich auf deinem Rücken und ich packe es mit einer Hand und halte deinen Kopf zurückgezogen.

Fuck, ich liebe dieses Bild von dir, Alayna.

Und ich spüre, wie du dich um mich herum zusammenziehst. Als du kommst, lasse ich meinen Kopf zurückfallen.

»Scheiße«, flüsterst du und dann schreist du deinen Orgasmus raus.

Ich lasse dein Haar mit einem Ruck los und drücke deinen Kopf zwischen deine Schultern, bevor ich ebenfalls loslasse und tief in dir komme.

FUCK.

Ich liebe es, in dir zu kommen, aber Caden hat es mir verboten. Deshalb kann ich das nur machen, wenn er nicht zusieht. Heute weiß er ja noch nicht mal von dem, was hier passiert.

Schwer atmend und schweißgebadet ziehe ich mich aus dir zurück. Du atmest abgehackt, versuchst, was zu sehen, aber deine Position und die festgebundenen Hände machen es dir unmöglich. Ich schlendere zum Fensterbrett, wo ich mich hinsetze, um mir einen Joint zu drehen, während ich dich beobachte.

Wie du in meinem Bett kniest, während du dich nicht bewegen kannst und schwitzt und sicherlich Schmerzen hast. Baby, das ist das Beste, was ich seit Langem gesehen habe.

»Caden«, beschwerst du dich und hebst den Blick.

Ich ziehe tief an der Tüte und stoße den Rauch gen Decke. »Ja?«

»Willst du mich jetzt hier so hängen lassen?« Du wackelst mit deinem Hintern, Alayna, an dem allerhand Abdrücke vorhanden sind. Oh Gott, Baby, ich will dich schon wieder. Aber ich halte mich zurück und ziehe an der Tüte.

»Mal sehen«, antworte ich gelassen und ziehe ein Bein ans Fensterbrett.

Ich kann nur deine Augen sehen, Baby, weil nur die über deinen ausgestreckten Arm lugen. »Weissst du eigentlich, dass du der schönste Mann bis, den ich je gesehn hab?« Du lallst ein bisschen, Alayna, weil du so fertig bist, ich mag das. Es amüsiert mich. Du bist so verdammt heiß und süß in einem und hast das Potential, einen Mann süchtig zu machen.

»Gilt das dann auch für Carter?«, frage ich ruhig und sehe, wie deine Augen größer werden und herumhuschen.

»Na ja!«, sagst du dann. »Ihr seht halt genau gleich aus, Caden. Dafür kann ich nichts. Aba du hast ganz andere Blicke als Carta!«

»*Hab* ich das?«, frage ich amüsiert und ziehe wieder. »Wie schaut er dich denn an, im Gegensatz zu mir?«

»Da so«, erwiderst du und nickst in meine Richtung. »So, wie du da gerade machst.«

»Ich glaube, er will dich ficken, Alayna.« Du windest dich, Alayna. »Willst du das etwa auch?«

Du schüttelst den Kopf, ohne den Blick von mir zu nehmen.

»Was denkst du, wie es mit ihm wäre?«, frage ich, lasse die Tüte liegen und gehe auf dich zu. »Was denkst du, wie er dich ficken würde?«

»Caden!«, empörst du dich. »Was wird das denn schon wieder? Eins deiner Psychospiele?«

Ich haue dir auf den Arsch, einfach, weil ich es liebe. »Beantworte die Frage, Alayna.« Und du schreist auf und stöhnst in einem.

»Ich weiß es nicht, Baby«, antwortest du und ich werde ein bisschen härter.

»Denkst du …« Ich stelle mich hinter dich und fahre mit beiden Händen über deine geröteten Arschbacken und drücke meine Finger in dein Fleisch. »Würde er so was machen?«

Du stöhnst und dein Kopf sinkt zwischen deine Schultern. »Ja!«

»Hmmm«, mache ich und positioniere mich an deiner Pussy. Mit meiner Spitze fahre ich sie entlang und du wimmerst, Alayna. Ich könnte süchtig nach diesem Geräusch werden.

Vorsicht.

»Würde er so was machen?« Damit tauche ich hart und mit einem Stoß in dich.

Du schreist: »Ja!« Ich grinse ein bisschen und packe dich fester, sodass dein Fleisch zwischen meinen Fingern eingeklemmt wird.

»Fuck«, murmelst du und schmeißt deinen Kopf nach hinten. Deine langen Haare verteilen sich überall, aber ich lasse sie erst mal.

»Würde er …« Ich gleite mit meinem Daumen dein Steißbein hinab, direkt zwischen deine Arschbacken, und drücke die Spitze in deinen Hintereingang, während ich gleichzeitig meine Hüften vorschiebe. »So was machen?«

Du schreist. »OH MEIN GOTT! JA!«

Ich lache leise und lasse meinen Kopf zurückfallen, genieße, wie du dich um mich herum anfühlst. Genieße, wie du stöhnst, während ich dich langsam immer wieder ausfülle und immer schneller meinen Daumen in deinen Hintern schiebe. Baby, bald werde ich da noch mit was anderem drin sein.

Aber ich warte.

Ich muss.

Ich ziehe mich komplett aus dir zurück und stoße mehrmals hintereinander hart in dich. Du streckst mir deinen Arsch immer weiter entgegen, weil du immer mehr willst. Ich mag das nicht. Also drücke ich dich an deinem Steißbein wieder herunter und du murmelst irgendwas.

Dein Haar ist nass geschwitzt, ich wickle es mir um die Faust und ziehe deinen Kopf nach hinten. Dein Blick ist lustverschleiert, deine Augen glänzen und deine Pupillen sind immer noch riesig.

Scheiße.

Gerade überlege ich, ob ich als Nächstes deinen Mund ficken werde, als die Tür in den Angeln erzittert, weil jemand dagegenhämmert.

Und dieser Jemand ist sicherlich alles andere als amüsiert.

18. Sicher, dass dir das gefällt, Alayna?

Caden

Scheiße, Alayna. Ich glaube, ich war in meinem ganzen Leben noch nie so sauer.

Als ich in mein Zimmer komme und das Bett leer vorfinde, weiß ich es bereits. Hab ich dir nicht gesagt, du sollst verfickte Scheiße noch eins, hierbleiben? Denkst du nicht, dass ich meine Gründe habe, wenn ich dir so was verbiete? Ich bin kein Scheißtrottel, der Scheiße labert. Verfickte Scheiße! Ich knalle die Tür hinter mir zu, dabei mache ich das normalerweise nie. Alayna, ich bin der Kontrollierte von uns beiden. *Ich* bin derjenige, der sich beherrschen kann, und dass ich es gerade *nicht* kann, sollte dir zu denken geben. *Alayna.*

Fuck. Wieso fickst du mit mir?

Heute Mittag warst du noch das gebrochene, kleine Mädchen, um das ich mir Sorgen gemacht habe. Du bist so ein undankbares Miststück, Alayna.

Ich verwette meinen Arsch darauf, dass du total neugierig, wie du nun mal bist, da rübermarschiert bist – direkt in die Höhle des verdammten Löwen, der nur darauf wartete, dass du ihm in die Arme läufst.

Scheiße, Alayna.

Du hast keine Ahnung, zu was Carter fähig ist, besonders wenn ich nicht dabei bin, um ihn runterzubringen.

Ich laufe durchs Haus, reiße die Tür zur Garage so heftig auf, dass sie gegen die Wand knallt, und frage mich, an welchem Punkt des Abends *du* dich entschieden hast, hier herzukommen.

Fuck!

Es ist eine typische Carterparty. Alle ficken halb miteinander und sind stoned. Fuck, Alayna, wenn ich dich jetzt hier mit irgendeinem Wichser ficken oder rummachen sehe, brennt das Haus. Ich meine es ernst. Ich fackel es ab – und dich auch.

Fuck.

Ich packe einen Typen am Kragen. Er heißt Ryan und wohnt zwei Blocks weiter. Ein Muttersöhnchen, dessen Eltern getrennt sind. Er hat einen Hund namens FIFI, Alayna. Ich weiß alles über die Leute, die in unser Haus kommen, denn ich lasse keinen Hurensohn einfach so zu meiner Familie.

»Hast du Carter gesehen?«, frage ich angespannt und er kriegt große Augen.

»Neeee ... bis su nisch Carta? Keine Ahnung, Mann, aber einer von euch is da eben hochgegangen. Mit so 'ner heisen Bitsch. Da oben!« Er deutet in alle Richtungen, aber nicht dahin, wo Carters Schlafzimmer liegt, was er wohl meint. SCHEISSE, ALAYNA.

Ich stoße ihn mit einem Ruck von mir. Die Leute machen mir von allein Platz, als ich weitergehe. Das ist immer so und ich brauche jetzt auch niemanden, der sich mir todesmutig in den Weg stellt.

Ich nehme immer zwei Stufen auf einmal. In Carters Zimmer ist es dunkel. Nur das rote Neonfucklicht leuchtet unter dem Spalt der Tür hindurch.

Ich habe keine Geduld. Wenn du mit ihm da drin bist, denkst du wahrscheinlich, *ich* wäre Carter. Wahrscheinlich hat er dir erzählt, dass er ich ist. Wahrscheinlich hat er dir den perfekten Caden vorgespielt. Wahrscheinlich bist du drauf reingefallen. Und jetzt ist er da drin mit dir, oder? Also muss ich so tun, als würde es mich nicht interessieren, weil ich verfickte Scheiße noch mal ja *nicht* Caden bin, wie es aussieht. Ich hasse mein eigenes Spiel gerade, Alayna.

Er weiß genau, dass er dich ohne meine Zustimmung nicht ficken darf. Er weiß genau, dass du nicht ohne mich in diese Garage darfst. Er weiß genau, dass er nicht mit dir allein sein darf, wenn er mich vorher nicht fragt.

Scheiße.

Ich fahre mir durch das Haar und drehe meinen Kopf hin und her, um meinen Nacken knacken zu lassen, kann mich aber einfach nicht beruhigen, weshalb ich wie der

Wahnsinniger, als der ich mich gerade fühle, gegen die Tür hämmere.

Jetzt muss ich den fucking Carter spielen, oder alles war umsonst.

»MACH DIE TÜR AUF, DU PISSER!«, rufe ich und das meine ich auch so. Ganz ohne Schauspiel. »CADEN!« Scheiße, am liebsten würde ich dich an den Haaren da rauszerren.

Scheiße.

Scheiße.

SCHEIßE.

Zum Glück höre ich dein Stöhnen nicht. Aber wahrscheinlich ist einfach die Musik zu laut.

»Letzte Warnung, Caden! Sonst trete ich die Tür ein.« Genau so was würde mein Bruder jetzt sagen.

»Hau ab!«, ruft er zurück. Ich bin echt kurz davor, ihn umzubringen. Das erste Mal in meinem Leben!

»Drei …« Ich kann mich nicht zurückhalten, auch wenn das Runter- oder Hochzählen nur mein Ding ist und du mich vielleicht erkennst. Darauf lasse ich es jetzt ankommen.

»ZWEI, CADEN!«, presse ich hervor, doch er macht immer noch nicht auf.

»EINS, DU PISSER!« Ich trete die Tür mit einem kräftigen Stoß auf, unter dem meine Muskeln beben.

Sie bricht aus den Angeln.

Und da bist du.

Direkt in seiner Hölle.

Rot beleuchtet von den Neonlichtern.

Schweißnass.

Auf allen vieren.

GEFESSELT.

Er weiß, das darf er nicht. Niemals!

Er fickt dich weiter von hinten, als hätte er nicht gehört, dass ich reingekommen bin, Alayna. Du hingegen bemerkst mich tatsächlich nicht über die lauten Bässe und aufgrund deiner Ekstase. Stattdessen stöhnst du nur immer wieder und keuchst, er solle dich härter ficken. Er hat seine Faust in deinem Haar und grinst mich an, bevor er dich noch härter fickt, die Stirn an deinen Hinterkopf lehnt und erzittert, weil er kommt.

In dir!

»Gott, Caden, was war das?«, murmelst du erschöpft. Ich schüttle fassungslos den Kopf, weil ich nicht glauben kann, dass er das einfach ohne meine Erlaubnis gemacht hat. Und dann auch noch so dreist in dir gekommen ist.

Er hat heute Nacht fast gegen jede Regel verstoßen.

Fuck, ich habe seine Fucktür aufgetreten, aber du bemerkst mich immer noch nicht, ALAYNA!

SO SEHR hat er dich gerade mitgenommen.

»FUCK!«, rufe ich und funkle Carter mit allem an, was ich gerade empfinde, und er zuckt nur mit den Schultern. Dabei sollte er sich der Gefahr doch bewusst sein. Wie kann er so dreist vor mir stehen und mich anglotzen, obwohl er genau wissen müsste, dass seine kleine Fickhöhle jede Sekunde in Flammen aufgeht, wortwörtlich?

»Ach, Carter, jetzt beruhig dich. Wir sind ja schon fertig, Bro. Hast deine Fickhöhle wieder für dich.«

Dein Kopf schießt herum, Alayna, als er dich losmacht, und dein Mund klappt auf, als du mich siehst.

»Carter?«, fragst du unsicher mit vom Schreien heiserer Stimme. »Scheiße, Caden, gib mir mein Kleid!«, motzt du los und er reicht es dir, während er mich anlächelt. Du reißt es an dich. Ich stehe nur wie erstarrt da, denn ich weiß, dass ich mich jetzt zusammenreißen muss, damit du nicht merkst, dass *ich* Caden bin. Sonst ist unser Spiel vorbei und du bist weg, doch das will ich nicht.

Wenn ich mich bewege oder was sage, reißt der sowieso schon bis zum Bersten gespannte Geduldsfaden.

»Was machst du hier, Carter?«, fragst du lallend mit total großen Pupillen, Alayna.

»Das ist mein Zimmer«, presse ich zwischen zusammengebissenen Zähnen hervor.

»Sorry, Bro!« Carter hebt die Hände, bevor er seine Klamotten überstreift. Du ziehst dich auch an. *Scheiße.* »Wir sind schon weg!«

Ihr geht an mir vorbei, du voran. Deine Beine zittern und du bist immer noch außer Atem. Als du stolperst und fast hinfällst, fängt Carter dich am Arm ab.

Ich platze gleich, Alayna. Dabei bin ich nicht eifersüchtig. Ich teile dich schon lange mit ihm. Aber nicht so. Nicht auf diese Weise. Und nicht gegen meine Regeln.

Niemals gegen meine Regeln.

Erst recht nicht bei dir!

Du bleibst neben mir stehen und zeigst mir, wie sehr du Carter eigentlich hasst, denn du tätschelst meine Brust. Deine Augen sind so verdammt gerötet und unfokussiert. Das sieht nicht nach Gras aus, gar nicht, und ich weiß gerade nicht, wen von euch ich töten soll. Wieder ein erstes Mal.

Ich überlege ernsthaft, Carter zu töten.

»Na dann, CATA!«, lallst du. »Ich hoff, du kannst gut schlafen, weil wir habens wirklich in deinem ganzn Bett gemacht. Und es is voll vollgesaut!«

»Sorry, Bro!«, wiederholt Carter. Damit schiebt er dich weiter, bevor ich dich wirklich umbringe. Du bist schon eine Stufe nach unten gestiegen, da packe ich meinen Bruder am Arm, ohne hinzusehen, und zische ihm ins Ohr:

»Du hast drei Minuten, sie in mein Zimmer zu bringen und dich zu verpissen.« Dann lasse ich ihn los, und er ist schlau genug, nicht mit mir zu diskutieren.

***

Carter hat mir geschrieben, er hätte dir erzählt, dass er duschen gegangen ist, also gehe ich unter die Dusche, Alayna, und hoffe, dass du diesmal in meinem verfickten Zimmer bleibst. Das nächste Mal, wenn ich irgendwohin gehe, werde ich dich anketten und einschließen – ein klares Zeichen für Carter, dass er dich nicht mitzunehmen hat.

Scheiße, dieser Pisser hat nichts mit mir abgesprochen, sondern sich einfach in mein Zimmer begeben und unser Spiel ohne mich gespielt.

Ich mag es nicht, wenn er ohne mich spielt. Besonders wenn es um dich geht.

Das Wasser prasselt seit gefühlten zehn Minuten eiskalt auf mich herab, um die lodernd heiße Wut in mir abzukühlen, aber das klappt nicht besonders gut. Ich habe schon so oft zugesehen, wenn er dich gefickt hat, Alayna – ohne dass du wusstest, dass er nicht ich ist. Aber das war jetzt was anderes, und das weiß er. Er kennt mich genauso gut wie ich ihn. Genau genommen ist er der einzige Mensch, der mich wirklich kennt – und ich weiß, wieso er das gemacht hat.

Er rächt sich immer noch an mir, wegen dieser einen Sache vor eineinhalb Jahren, denn so, wie wir uns lieben, hassen wir uns auch. Er sieht, dass du mir was bedeutest, anders als die anderen Bitches, die ich zwischenzeitlich mitbrachte. Also tut er genau das, was ich auch getan habe. Mehrmals. Bei ihr.

Alayna, ich glaube, die Geschichte über *sie* wirst du nie erfahren. Das ist besser für uns alle.

»Scheiße«, flüstere ich und drehe den Kopf von links nach rechts, lasse das kalte Wasser in mein Gesicht prasseln, bis alles ganz taub ist. Dann entscheide ich mich, dass ich mich abgeregt habe, zumindest so weit, dass ich nicht rübergehe und Carter die Nase breche. Oder *dir* irgendwas antue, obwohl du nicht mal wusstest, dass er es ist. Hättest du es trotzdem gemacht, Alayna, wenn du es gewusst hättest? Hinter meinem Rücken und nicht vor meinen Augen. Denn *das* ist der Unterschied …

Ich wickle mir ein Handtuch um die Hüften, ignoriere, dass das ganze Haus mittlerweile nach Weed riecht, und gehe wieder nach oben.

Du bist ja so lustig, Baby. Hast dich ausgezogen und rekelst dich in meinem Bett hin und her.

Spürst du ihn noch in dir?

Genießt du die Nachwehen von deinem letzten Orgasmus, als er in dir gekommen ist und dir nicht in die Augen gesehen hat?

Er darf nicht in dir kommen, Alayna, das weiß er. Er darf es nicht.

Ich knalle die Tür zu, aber du zuckst nicht einmal zusammen. Du bist so high.

»Hallo«, sagst du und winkst mir mit den Fingerspitzen. Wortlos gehe ich rüber zum Schrank und fetze Boxershorts raus. Scheiße, ich bin immer noch so sauer. Gerade als ich sie über meine Hüften ziehe, schlingen sich deine Arme um meinen noch feuchten Bauch, und deine Titten pressen sich an meinen Rücken. Ich erstarre.

Ich will und werde jetzt nicht mit dir ficken, Alayna, weil ich nicht weiß, was ich dabei mit dir anstelle.

»Was machst du?«, fragst du, als wäre das nicht total offensichtlich. Ich löse einfach deine Arme und gehe zu meinem Bett, auf das ich mich fallen lasse und eine Tüte anzünde. Du stehst blinzelnd am Bettende und verstehst gerade die Welt nicht mehr.

»Caden? Was ist denn los?«

»Leg dich hin, Alayna!«, belle ich. »Und schlaf jetzt!«

»Hä, aber ich bin hellwach!« Du schmiegst dich an meine Seite und willst mich anmachen, Alayna. Deine Finger tänzeln über meine Brust. Du versuchst, deinen Fuß über mich zu schwingen, aber ich schiebe ihn mit meinem Knie wieder weg, sodass du in die Kissen fällst.

»Das versteh ich jetzt nicht, eben warst du doch noch so wild auf mich. Oh mein Gott, wie du mich angefasst hast. Was war das? Das war so anders, oder ist das nur, weil ich auf Drogen bin? Du hast Koks von meiner Pussy gezogen, das war ein bisschen heiß, Caden.« Du willst dich wieder an meine Seite drücken und ich schubse dich wieder. Der

Wichser hat dir Drogen gegeben, dabei habe ich ihm gesagt, dass er das nicht tun soll. Niemals ohne mich, weil ich weiß, dass er sich dann nicht kontrollieren kann.

Du drehst dich auf den Bauch und hebst deine Beine, lässt sie unbekümmert hin und her schwingen, stützt dein Kinn auf deine Handfläche und grinst mich an, Alayna. Erst jetzt bemerke ich, wie rot dein Arsch ist. Da sind Abdrücke von Händen und längliche, richtig üble Striemen.

Fuck. Ich ziehe heftiger an der Tüte.

»Ich wusste gar nicht, dass ich so drauf stehe, wenn du mir wehtust.« Du guckst mich an, als wäre ich dein verdammter verfickter Held des Jahres oder so. Deine Lippen sind geschwollen, deine Wange auch, von deiner Mom. Und deine nassen Haare kleben an deiner Haut. Du hast Abdrücke von einem Gürtel an deinen Handgelenken, den er wohl auch an deinem Hintern benutzt hat.

Regel Nummer eins: Er soll dir nicht wehtun, wenn ich es nicht kontrollieren kann.

Regel Nummer zwei: keine Drogen, wenn ich es nicht kontrollieren kann.

Regel Nummer drei: KEIN SEX, WENN ICH ES NICHT KONTROLLIEREN KANN!

Regel Nummer vier: Niemals in dir kommen. Niemals. Niemals. Niemals!

Das darf nur ich.

»Du stehst also drauf, wenn ich dir wehtue, Alayna?« Meine Stimme ist total hart.

»Ja, das war schon ziemlich heiß!« Du merkst gar nicht, wie sauer ich wirklich bin, denn du bist viel zu weit weg. Als ich dir mit voller Wucht auf den Arsch haue, schreist du und schaust mich total schockiert an.

»Ehrlich, Alayna? *Das* gefällt dir?« So ruhig, wie ich kann, sehe ich dich an. Du kicherst ein bisschen und wirst ganz rot.

»Jaaa, ich mag das«, gibst du zu und beißt dir auf die Unterlippe.

Ich klatsche noch mal auf dieselbe Stelle, fester, sodass es im Raum nachhallt und mir selbst wehtut. Du keuchst und sinkst mit dem Gesicht ins Kissen.

»Wirklich? *Das* gefällt dir, ja?« Du stöhnst und ich ziehe dich an den Haaren nach oben. Deine Augen sind groß.

»Vorsicht, was du dir wünschst, Alayna.« Ich drücke auf deine Kieferknochen und weiß, ich könnte dir jetzt den Kiefer brechen, wenn ich wollte, mit nur einer Hand.

»Caden, du tust mir weh!«, flüsterst du. Nun kicherst du nicht mehr.

»Jetzt gefällt es dir doch nicht mehr?«, frage ich. In deinen Augen flackert Unsicherheit und Tränen sammeln sich darin, worauf ich dich loslasse.

»Schlaf jetzt, Alayna!«

19. Caaaaaden, wo bist duuuuu?

Alayna

Ich schlafe noch halb und bin todmüde, als es durchs Haus brüllt: »MOM! DU BIST SO VERDAMMT UNFAIR, ICH HASSE DICH!«

Mason antwortet auch sehr laut: »Vorsicht, wie du mit ihr sprichst, Madame!« Eine Tür schlägt lautstark zu.

»NUR, WEIL DU EINE SCHEIẞJUGEND HATTEST, MUSS ICH NICHT AUCH EINE SCHEIẞJUGEND HABEN. DAS IST ÜBERHAUPT NICHT FAIR! ALLE GEHEN DAHIN! ALLE! ICH BIN IMMER DIE EINZIGE, DIE NICHTS DARF!«

»Wir haben jetzt drei Stunden lang auf der Autofahrt darüber diskutiert. Und mein letztes Wort ist NEIN. Ava. Soll ich es dir buchstabieren? Geh in dein Zimmer und denk darüber nach … was weiß ich, denk über *irgendwas* nach. Irgendwas Sinnvolles!« Schritte trampeln so laut nach oben, dass es in meinem Kopf nachhallt, und wieder schlägt eine Tür. Ich stöhne genervt. Sosehr ich diese Familie auch liebe, sie sind so laut und chaotisch.

»Mason!«, ruft Emilia durchs Haus. »Jetzt schau nach Carter. Es stinkt überall nach Gras, und wie sieht es hier eigentlich aus? Gib ihm eine Ohrfeige oder so! Dem ist doch nicht mehr zu helfen.«

»Scheißkröte!« Es schlägt wieder eine Tür zu, und jetzt bin ich wach. Stöhnend drehe ich mich auf den Rücken und zucke zusammen, weil mein Hintern brennt wie die Hölle. Genau wie meine Kopfhaut und meine Brüste. Ich trage ein großes Shirt von Caden. Allerdings erinnere ich mich nicht daran, dass ich es angezogen habe oder wie ich überhaupt in dieses Bett kam. Blinzelnd öffne ich die Augen. Draußen tobt ein richtiges Unwetter, wie ich direkt durch das Glasdach sehen kann. Regentropfen prasseln dagegen und die Bäume biegen sich heftig im Wind. Der Himmel ist grau und ich taste nach meinem Handy, das auf dem Nachttisch liegt. Es ist fünfzehn Uhr, der Tag praktisch schon fast vorbei, und ich frage mich, wie ich in meinen normalen Rhythmus zurückfinden soll, damit ich am Freitag arbeiten gehen kann. Ich bin so fertig und fühle mich, als hätte ich drei Nächte nicht geschlafen.

Was ist gestern nur passiert? Ich hatte Sex mit Caden in Carters Bett, war in seiner Garage, und er hat mir Drogen gegeben? Er hat mir mit einem Gürtel den Hintern versohlt und mich ans Bett gefesselt und unglaubliche Sachen zu mir gesagt, an die ich mich leider nicht mehr erinnern kann. Dann kam Carter und war stinksauer, und ach, ich weiß auch nicht. Ich weiß nur, dass der Sex episch war und dass ich das unbedingt noch mal will. Danach war Caden sauer, hat mir auf den Arsch gehauen und gesagt, ich solle schlafen, aber jetzt ist er nicht im Bett. Er ist sonst immer im Bett, wenn ich aufwache. Er liebt es, mir beim Aufwachen zuzusehen, wenn ich ganz verschlafen und kuschelbedürftig bin, und ist immer so verdammt sanft.

Doch heute ist er gar nichts. Denn er ist nicht da. Nicht anwesend, und das nervt mich. Total.

»BOAH … DAD, WAS SOLL DIE SCHEIßE?«, höre ich Carter unten. »Ich habe gerade mal drei Stunden geschlafen! Ich war bis Mittag wach!« Zumindest merke ich an seiner Wortwahl, dass er es ist, denn ihre Stimmen klingen genauso gleich, wie sie aussehen.

Wieso ist eigentlich Cadens Zimmertür offen?, frage ich mich. Die ist sonst immer zu. Hat er das mit Absicht gemacht?

»Caden?«, rufe ich halblaut. »Wo bist duuuu?« Aber er antwortet nicht.

»Schau mal, wie es hier aussieht, du Scheißkröte. Deine kleinen parasitären Freunde haben sich bis ins ganze Haus ausgebreitet! In deiner Garage ist es mir scheißegal, aber hier haben sie nichts zu suchen. *Hast du gekokst?*«

»Was?«

»Lass die Finger vom Koks, du Scheißkröte, du siehst aus wie eine Fliege oder wie ein Typ mit Untertellern als Augen.«

Scheiße, wenn ich das Wort *Koks* höre, muss ich daran denken, was Caden gestern gemacht hat.

»Carter, du kannst nicht jedes Mal, wenn wir eine Nacht weg sind, das ganze Haus auseinandernehmen. Das nächste Mal stelle ich dir einen Kühlschrank in die Garage und schließe hier alles ab!«, meint seine Mom streng.

Ich schlage die Decke zurück und stöhne. »AHHHHH!« Fuck, ich kann nicht mal richtig sitzen. »CADEN?«, wiederhole ich heulend. »Wo bist du?«

»WARST DU NOCH NIE JUNG, DAD?«, fragt Carter unten total gereizt. »Ava hat recht, nur weil eure Jugend scheiße war, muss unsere nicht scheiße sein!«

»*Caaaden?*«, rufe ich wieder.

»Scheiße, was ist denn?«, brüllt Carter zu mir hoch. »Er ist hier unten, Mann! Fuck, ich brauch Kaffee! *Irrenhaus!*«

»Mach dir deinen Scheißkaffee selbst, Scheißkröte!«

»Du bist wirklich eine Scheißkröte, Carter!«, setzt Emilia nach.

»Ja, immer ich. Ich weiß schon. Quak-Quak.«

Ich stehe endlich auf. Meine Beine tun so weh, meine Knie und mein Rücken, einfach alles. Oh mein Gott.

Ich fühle mich wie auf Wackelpudding, als ich in einen Slip und eine lockere Hose schlüpfe. Dann werfe ich einen kurzen Blick in den Spiegel, der in Cadens Schrank befestigt ist, und taste meine Wange ab. Sie ist immer noch blau verfärbt, aber nicht mehr so geschwollen. Dafür habe ich tiefe, dunkle Fingerabdrücke an meiner Kehle.

»Caden«, flüstere ich vorwurfsvoll. Während ich mit meinen Fingern über seine Abdrücke streiche, bemerke ich das Grinsen in meinem Gesicht, was der Spiegel offenbart. Scheiße, ich bin so krank. Aber der Sex gestern war einer der besten, den wir je hatten. Durch die Drogen habe ich alle Hemmungen verloren und es noch intensiver empfunden. Noch immer spüre ich ihn in mir und schließe kurz die Augen, als ich mich daran erinnere. Ich hätte nie gedacht, dass diese Art von Sex mir so gut gefallen und ich mich dabei so sicher fühlen würde, obwohl ich gefesselt und ihm so hilflos ausgeliefert war. Es schien, als könnte ich meine ganzen Schutzmechanismen und Mauern sinken lassen.

Unten donnert Mason: »Scheiße, wollt ihr mich eigentlich verarschen?«

Ich öffne die Lider und mache mir schnell mitten auf dem Kopf einen unordentlichen Dutt, den Caden immer liebevoll Vogelnest nennt, und gehe nach unten ins Bad, um meine Zähne zu putzen. Ich sehe scheiße aus. Unter meinen geröteten Augen sind tiefe Ringe, ich bin blass, meine Lippen sind trocken und geschwollen vom Knutschen, meine Schminke ist verschmiert, ich habe noch ein bisschen Make-up auf der Stirn und meine Pupillen sind nach wie vor etwas geweitet.

Ich sehe aus wie eine Drogenbitch.

Aber na ja, was soll's?

Und dann noch die Wange.

Als hätte mein Zuhälter mich geschlagen, weil ich letzte Nacht nicht genug verdient habe.

Ich spucke die Zahnpasta aus und wasche mir die Schminke vom Gesicht, bevor ich runtergehe. Ein weiterer Blick ist sinnlos und zieht mich nur runter. Ich glaube, ich war noch nie so abartig hässlich, und ich will nur noch duschen, aber erst muss ich schauen, wo Caden ist.

Ava demoliert ihr Zimmer. Ich höre sie zu Mädchenpunkrock rumkreischen und Sachen gehen zu Bruch, wie es hier üblich ist im Hause Rush.

Unten ist das blühende Leben und Stimmengewirr, was so gar nicht zu meiner Stimmung passt.

»Achtung, die Zuhälternutte kommt«, murmle ich trocken und leise vor mich hin. Ich fühle mich immer noch irgendwie ein bisschen nicht bei mir, als würden die Drogen noch etwas wirken, aber das ist doch jetzt zwölf Stunden her. Kann das sein? Ich muss mal schauen, wie Caden drauf ist, dann weiß ich, ob das die Nachwirkungen sind oder nicht.

Emilia ist fluchend dabei, das Haus aufzuräumen. Ich sehe jetzt erst das Ausmaß des Ganzen. Oh Gott, ich habe ja gar nicht mehr mitbekommen, dass es gestern alles noch dermaßen eskaliert ist. Gott sei Dank war ich oben bei Caden.

»CADEN!«, sage ich begeistert und merke selbst, wie meine Augen strahlen, als ich ihn endlich finde! Bei ihm wirken die Drogen mit Sicherheit nicht mehr, denn er sitzt da, starrt mich total unlustig an und hebt eine Braue. Seine Augen wirken klar und völlig normal, bis auf das eiskalte Funkeln in ihnen.

»Ich weiß, ich sehe scheiße aus. Schau mich nicht so an«, sage ich zu ihm, worauf sich seine andere Braue ebenfalls hebt. Jetzt sehen mich alle an.

Mason sitzt am Kopf des Tisches. Seine Augen weiten sich ungläubig, als er mich ansieht. Er blinzelt und seine Nasenflügel blähen sich, bevor er eine zweiten Blick riskiert.

»ICH WEIß, ICH SEHE SCHEIßE AUS!«, sage ich noch mal. Mason nimmt erst Caden und dann mich ins Visier.

»Was ist das, Alayna?«, fragt er gepresst und deutet auf meine Wange.

Ich taste danach. »Ach das, das war nicht Caden, keine Sorge. So was würde er nie tun, oder Baby?«, frage ich an ihn gewandt. Er starrt mich immer noch an, sagt aber nichts. Dann schaue ich in die Runde. »Das war meine Mutter – für alle, die mich sonst noch fragen wollen!«

»WAS?«, bellt Emilia hinter mir und ich zucke zusammen. Sie ist wie ein Ninja. Ich drehe mich zu ihr um und sie steht mit Schippe und Besen und eingesammelten Glasscherben vor mir. Ihre Augen verengen sich und mustern kritisch mein Gesicht. Dann will sie losmarschieren, doch Mason hält sie auf.

»Komm mit«, sagt er zu ihr und nimmt ihr die Schippe und den Besen ab, bevor er sie nach oben führt. »Wir müssen reden«, höre ich ihn noch sagen. Dann setze ich mich an den Tisch. Eine riesengroße McDonald's-Tüte steht in der Mitte, und erst jetzt bemerke ich Carter wirklich. Er schaufelt sich einen Cheeseburger nach dem anderen rein und ich schaue zu Caden.

»Was ist mit dem?«, frage ich an Caden gewandt, aber er antwortet mir nicht. Seine Augen fliegen über die Abdrücke an meinem Hals, die er gestern hinterlassen hat, und ich lächle ihn verführerisch an.

Carter sagt mit vollem Mund und Pommes in der Hand: »Wasch scholl mit mia schein?«

»Du bist SO eklig!«, antworte ich angewidert und merke, dass er auch scheiße aussieht. Seine Unterarme sind voller

Kratzer, als hätte er versucht, eine Katze vom Baum zu retten. Er ist für seine Verhältnisse blass und die Schatten unter seinen Augen sind gigantisch.

»Und du stinkst«, bellt er in meine Richtung.

»Wie bitte?«, frage ich wütend. »Caden, sag auch mal was!«

Ich ziehe die McDonald's-Tüte an mich, doch sie ist tatsächlich leer.

»CARTER! Sie ist leer!«, sage ich erschrocken. »Wie konntest du nur so egoistisch sein? Ich hab auch Hunger!«

»Du interessierst mich einen Scheiß, Alayna!«, fährt er mich an. Ich beschließe, dass ich das Recht auf Essen habe, beuge mich einfach über den Tisch und reiße ihm den angebissenen letzten Cheeseburger aus der Hand. Trotzig lehne ich mich zurück und beiße mit verengten Augen leidenschaftlich davon ab.

»HM, LECKER!«, erwidere ich.

Er sieht mich schockiert und mit offenem Mund an, die Hand immer noch erhoben. »Du Miststück«, sagt er ein bisschen bewundernd und ein bisschen *ver*wundert.

Ich grinse ihn an, beiße noch mal ab und kaue genüsslich.

Grummelnd schiebt er mir auch seine Pommes und seine Coke zu.

Ich hebe mein Kinn. »Besser ist es, Mr. Rush!«

Caden neben mir macht wieder das Nacken-Knack-Ding und sieht so angespannt aus. Ich weiß gar nicht, was er hat. Carters Blick gleitet zu ihm und er wirkt ein bisschen alarmiert. Während die zwei Brüder sich anstarren, ich mit großen Augen dabei zusehe und keine Ahnung habe, was hier los ist, poltert es auf der Treppe.

»DAS IST SO UNFAIR, EHRLICH. MOM, WO BIST DU?«, brüllt Ava. »SOGAR NATHALIE DARF DAHIN. NATHALIE, MOM! DIE IST IM KIRCHENCHOR! MOOOOOOM!«

Wir zucken alle drei zusammen und Carter murmelt: »Wer hat dieses Mädchen eigentlich gewollt?«, und schüttelt den Kopf. Scheiße, ich frage mich gerade dasselbe.

Und beiße wieder ab.

Dann sehe ich zu Caden und halte ihm eine Pommes hin. »Auch eine?«

Er dreht den Kopf zu mir. Seine Augen blitzen hart und wütend, dass es mich direkt in den Magen trifft. Er hat mich noch nie so angesehen. Ich schlucke und mir wird sofort schlecht.

»Bist du sauer auf mich?«, frage Ich kleinlaut.

Seine Kiefermuskulatur spielt und er starrt mich einen Moment an. Ich glaube, ich platze gleich vor Aufregung. Aber dann hebt er die Hand, nimmt mein Kinn und küsst mich endlich. Ich senke erleichtert die Schultern, denn ich hasse es, wenn jemand sauer auf mich ist. Vor allem er. Weil ich weiß, dass er eigentlich ein bisschen vernarrt in mich ist.

»MOOOOOOM!«, brüllt Ava wieder und Carter schreit:

»SIE IST IM BÜRO BEI DAD! ALTER! IHR NERVT ALLE SO!«

»Danke!«, trällert sie nach unten. Ich muss an Cadens Lippen lachen. Er zieht den Kopf zurück, schaut mich an und muss auch lachen. Dann tippt er mir unter das Kinn, und ich bin so froh, dass alles gut ist.

Ich kuschle mich an ihn, sobald er nicht mehr so abweisend ist, und esse meinen Burger auf. Seine Finger streichen über meinen Hals, die Stelle, die er gestern so fest gedrückt hat. Ich ziehe seinen Duft ein und schließe die Augen. Wäre ich eine Katze, würde ich jetzt schnurren.

Als er mir durch die Haare fährt, fühle ich mich wie im Himmel und gleichzeitig wie in der Hölle, weil mir alles wehtut. Trotzdem entspanne ich mich etwas und schiebe mich komplett auf den Stuhl, auf dessen Kante ich zuvor lediglich gesessen habe. Sofort zucke ich wieder hoch. Fuck, ich habe meinen Arsch vergessen!

Caden ist verwundert. »Ist was, Alayna?«

Bedeutungsvoll sehe ich ihn an. *Du weißt genau, was ist, Caden.*

Er bläht die Nasenflügel auf, und von oben brüllt es:

»NEIN, AVA, GEH JETZT IN DEIN ZIMMMEEEEERRR! UND WENN DU MICH DAS NOCH EINMAL FRAGST, DANN BLEIBST DU DEN GANZEN SOMMER ZU HAUSE!«

»ICH HASSE EUCH!«, schreit sie dramatisch durch das Haus, dann knallt wieder eine Tür.

»Brauchst du eine Schmerztablette oder irgendwas anderes?«, fragt Carter, als wäre er ein Apotheker. »Ich hab jede Menge Scheiß drüben. Brauchst du was, einfach fragen. Ich mach dir 'nen Sonderpreis, weil du meine Schwägerin in spe bist.«

»Carter«, knurrt Caden. »Lass das.«

»Oh, lass ihn doch spinnen«, sage ich zu Caden, denn ich bin immer noch so voller Endorphine, dann gebe ich ihm einen Kuss. *Lemon Tree* wird im Radio gespielt.

Ich nehme die McDonald's-Tüte, packe den ganzen Müll zusammen und tänzle in Richtung Müll. Auch wenn mir dabei alles wehtut, ich habe gute Laune und will das ausleben. Diese beiden Stinkstiefel sind so langweilig.

»*I wonder how … I wondeeeeeer whyyyyyy*«, singe ich los und lasse meinen Kopf von links nach rechts zum Takt schwingen. »*Yesterday you told me `bout the blue blue skyyyyyyyyy*«, gröle ich weiter und trete mit dem Fuß den Schrank wieder zu, in dem der Müll steht.

Dann tänzle ich zu den Gläsern. »Willst du auch was trinken?«, frage ich zum Takt der Musik an Caden gewandt. Er reißt sich zwar zusammen, aber er muss dennoch lachen, und das ist es mir wert.

»*And aaaaall that I can seeeeeee Dipdipdipdip …*« Ich lasse meinen Kopf wie eine Taube vor- und zurückrucken und schenke Orangensaft ein. »*And all that I can seeeeeeeeeee … Dipdipdipdip … Ist just another Lemon treeeeeeeee.*« Damit stelle ich Caden sein Glas in einer theatralischen Geste auf den Tisch.

Ich will wieder herumwirbeln, aber er packt mich am Arm und zieht mich auf seinen Schoß. Seine Arme liegen um meine Mitte und er schaut mir in meine glasigen Augen.

»Ich liebe es, wenn du so bist, Alayna«, sagt er, bevor er seinen Finger unter mein Kinn legt und seine weichen Lippen meine finden. Ich schlinge die Arme um seinen Nacken und überfalle ihn mit einer Intensität, die mich selbst verwundert.

Scheiße, ich kann nicht genug von ihm kriegen.

Auf einmal ertönt ein lautes Klirren, als ein Glas zu Bruch geht, und wir fahren erschrocken auseinander, gerade, als es so richtig schön und heiß wurde.

»Opppsi«, sagt Carter, ohne eine Miene zu verziehen. Cadens Glas liegt zersplittert auf dem Boden.

»Oh Carter!« Ich will aufstehen und es aufkehren, aber Caden hält mich fest.

»Er kann das selbst wegräumen.« Dann wendet er sich direkt an Carter. »Du weißt ja, wie man Scheiße beseitigt, die man selbst fabriziert hat. Oder Carter?« Ich spüre die Anspannung im Raum und die Wut zwischen den beiden, kann sie mir aber nicht erklären. Carter und Caden sind eigentlich immer das absolute Dream-Team. Ich habe noch nie erlebt, dass sie wirklich eine Meinungsverschiedenheit hatten.

Liegt es vielleicht daran, dass ich mit Caden in seinem Bett war? Das schlechte Gewissen überkommt mich.

»Du weißt auch sehr gut, wie man die Scheiße beseitigt, die *ich* fabriziert habe, oder Caden?«, fragt Carter.

»Was ist denn los mit euch?«, gehe ich genervt dazwischen, weil sie meine schöne Laune mit ihrer Stimmungsmiesmacherei zerstören. »Ihr macht meine Stimmung kaputt!«

Carter deutet mit einer ausladenden Handbewegung auf mich. »Siehst du, Caden, du machst ihre Stimmung kaputt.«

»Ich mache gleich noch was ganz anderes kaputt«, sagt er trocken.

Das nervt mich alles, vor allem weil es mir nicht gefällt, dass die beiden sich nicht verstehen. Das ist, als wäre irgendein Planet im Universum an falscher Stelle. Oder als gäbe es keine Schwerkraft mehr und alle würden durch die Gegend fliegen.

»Okay, das reicht«, singsange ich total unbeschwert und will aufstehen, aber Caden hält mich weiter auf seinen Schoß gepresst, als würde sonst jemand kommen und mich klauen. »Wenn ihr beide jetzt nicht normal werdet, fahre ich nach Hause, Caden.« Mein Blick ist in seine Augen gerichtet. Damit versuche ich ihm klarzumachen, dass ich es ernst meine. Obwohl zu Hause die Stimmung auch nicht besser ist.

Er bläht die Nasenflügel und atmet tief durch die Nase, aber er sagt nichts. Als ich Carters Stimme hinter mir höre, bin ich überrascht, denn er ist im Grunde nie der Vernünftigere. »Und Bro, fahren wir heute noch zum See?«

Caden knirscht mit den Zähnen und presst zwischen ihnen hervor. »Klar. BRO.«

Okay, das klingt jetzt nicht so versöhnlich, aber immerhin redet Caden wieder und sie unternehmen heute was zusammen, also kann ich einen Frauenabend mit Emilia machen. Wir könnten uns die Nägel lackieren und …

»Und du kommst natürlich mit«, bestimmt Caden und ich seufze.

Na gut.

Dann kein Frauenabend.

20. Drei Züge, Alayna

Alayna

Mir tut immer noch alles weh, aber ich wollte ja den Frieden und das habe ich jetzt davon. Gegen zehn am Abend sitzen wir in Carters Auto, das Verdeck ist unten und wir sind auf dem Weg zu der Party am See. Nichts Spektakuläres, aber für einen Sommerabend in der Woche genau richtig. Das Unwetter hat sich zum Glück verzogen und die Nacht ist warm und klar.

Carter fährt, Caden sitzt daneben, wieder mal, und ich hinten links, sodass ich Cadens Profil besser sehen kann. Ich muss daran denken, was das letzte Mal in diesem Auto passiert ist, und zupfe unruhig an meinem roten, luftigen Sommerkleid. Carter trägt Schwarz, obwohl es so heiß ist. Schwarze Chinos und darüber ein gleichfarbiges Shirt, das wie immer eng um seine Brust spannt. Sein linker tätowierter Ellbogen lehnt im offenen Fenster und er lenkt das Auto mit drei Fingern.

Caden ist komplett in Weiß gekleidet. Weiße Chinos und ein weißes, straff sitzendes Shirt mit V-Ausschnitt. Sein tätowierter Ellbogen lehnt auch im Fenster und der Fahrtwind weht beiden durch das schwarze Haar. So viel Perfektion auf einmal ist manchmal ein bisschen einschüchternd. Ab und zu muss ich daran denken, wie cool wir drei zusammen aussehen müssen, und heiß. Ich mit diesen zwei Männern, einer dunkel wie die Nacht und einer strahlend hell wie der Tag, wobei ich ahne, dass beide auch ihre anderen Seiten haben.

Ich schaue in den Rückspiegel und bemerke, dass Carter mich anguckt. Ich sehe nur seine türkisblauen Augen und den dichten, schwarzen Wimpernkranz drum herum.

Mein Blick schweift nach rechts zu Caden. Er sieht mich über die Schulter hinweg an – mit den gleichen Augen und den gleichen dichten Wimpern. Ich streiche mir das Haar zurück, sodass es locker und in Wellen über meine Schultern fällt.

Wieso fühle ich mich so unwohl und unruhig?

Caden streckt seine Hand nach hinten und legt sie auf mein Knie. Ich lege meine darüber und verwebe unsere Finger miteinander. Sofort beruhige ich mich etwas.

Carter fährt natürlich viel zu schnell. Die Musik ist so laut, dass wir kaum reden können, aber das müssen wir auch nicht. Ich genieße den Fahrtwind und das Gefühl der Freiheit, das ich nur mit Caden empfinde, weil ich immer neue Seiten an mir kennenlerne, die mir gefallen.

Als wir ankommen, brennen schon einige Lagerfeuer, Grüppchen sitzen um sie herum, aus den Boxen an der Strandbar dröhnt Musik und es wird Alkohol ausgeschenkt. Die Stadt glitzert auf der gegenüberliegenden Seite, über uns funkeln die Sterne. Es ist so warm und riecht nach Sommer. Ich liebe den Sommer und die Wärme.

Wir gehen auf eine Gruppe zu, die sich um eines der Lagerfeuer versammelt hat. Einige Gesichter kenne ich schon, aber ich kann mir die Namen so schwer merken. Carter und Caden werden von allen Seiten begrüßt und ange*brot*. Komische Handschläge werden ausgetauscht. Dabei lässt Caden meine Hand nie los. Das macht er nie, wenn wir unterwegs sind, oder nur sehr selten. Auf irgendeine Weise berührt er mich immer, und ich mag das.

Die Frauen in der Gruppe schauen die beiden an wie geifernde Hyänen. Mir fällt eine hübsche Schwarzhaarige auf, deren Blick starr wird, sobald Carter und Caden mit mir näherkommen. Sie will aufspringen, aber ihre Freundin hält sie zurück und redet auf sie ein. Die Brüder haben sie noch nicht bemerkt, da sie etwas abseits im Dunkeln sitzt, aber mein Radar ist immer auf die Frauen gerichtet, weil ich immer weiß, dass ich auf meinen Freund aufpassen muss.

»Was geht, Bro?«, ruft ein Typ namens Jonas und schlägt mit Carter ein. Caden zieht mich weiter, er hasst den Kerl. Wir setzen uns zu einer der Gruppen auf einen umgefallenen Baumstamm und Caden schaut nach Carter, der noch mit den anderen redet. Sie sind so beliebt. Oder es ist Angst. Aber keiner der Anwesenden stellt sich ihnen in den Weg, spricht sie dumm an oder schaut sie gar zu lange an. Oder mich. Man sieht richtig die Panik in den

Augen der Typen aufflackern, wenn ihr Blick mich aus Versehen streift.

Carter kommt zu uns und hat wie durch ein Wunder drei Bier dabei. Woher er die auch immer auf die Schnelle bekommen hat.

Er reicht uns jeweils eins, und wir stoßen an. Carter trinkt gerade, als hinter ihm eine zaghafte Stimme ertönt.

»Carter?« Wer auch immer sie ist, sie hat ihn gleich erkannt, und das macht mich ein bisschen eifersüchtig. Sogar ihre ältesten, längsten Freunde müssen ständig fragen, wer wer ist. Sogar ihre Mom verwechselt die Zwillinge.

Carter erstarrt und die Flasche bleibt in der Luft hängen, als ich sehe, wie jede Farbe aus seinem Gesicht weicht.

Caden zieht die Brauen hoch und spannt sich an, als Carter sich langsam umdreht. Innerhalb von fünf Sekunden hat er die kleine Schwarzhaarige am Arm gepackt und weggezogen.

»Wer war das?«, frage ich ein bisschen gepresst. Ich weiß auch nicht, warum. Vielleicht hat es mir nicht gefallen, wie vertraut sie seinen Namen ausgesprochen hat. Oder was nur dieses eine Wort mit seinem Gesicht gemacht hat.

Caden trinkt von seinem Bier und schaut ihnen nach. »Das ist Melissa«, sagt er und lockert wieder seinen Nacken. Ich sehe die zwei nicht mehr, sie sind in der Menge verschwunden.

»Waren die mal zusammen oder so?«, frage ich interessiert.

Jetzt schaut er mich mit seinem harten Blick an, der Stein schneiden könnte. »Wieso interessiert es dich, Alayna, mit wem Carter zusammen war?«

Abwehrend hebe ich die Hände. »Ich frage ja nur.«

Er zieht seine Finger von meinem Knie. »Vielleicht solltest du ihn einfach selbst fragen, wenn du was von ihm wissen willst, Alayna, über seine Exbeziehungen!«

»Wow, warum bist du so pissig? Ich hab eine ganz normale Frage gestellt, Caden. Du bist den ganzen Tag schon so angepisst. Was soll das? Seitdem ich die Augen geöffnet habe!«

Er sieht mich an, als wolle er so viel sagen, aber kein Wort verlässt seine Lippen. Ich verstehe ihn gerade gar nicht. Was ist nur los mit ihm? Wir hatten eine unglaubliche Nacht, viel Spaß, haben gelacht. Ich habe meine Bedenken hinter mir gelassen und mich stattdessen wieder voll und ganz auf ihn eingelassen. Und er? Er zickt rum, und ich weiß nicht mal, wieso!

»Bleib hier sitzen!«, knurrt er kaum beherrscht und steht mit einem Mal auf.

»WAS?« Er antwortet nicht und geht einfach davon. So was macht er eigentlich nicht.

»Fuck!«, zische ich und schaue ihm völlig fassungslos hinterher. »Was zum Teufel ist dein Scheißproblem?«, brülle ich ihm noch hinterher. Jeder fühlt sich angesprochen, nur er nicht. Er geht einfach weiter, ohne sich umzudrehen – und dann ist er aus meinem Blickfeld verschwunden.

Genervt wische ich mir übers Gesicht. So habe ich mir diesen Abend nicht vorgestellt. Viel lieber hätte ich mit

Emilia auf der Couch gelegen, mir die Nägel lackiert, über Frauensachen geredet und ganz viel gegessen … Aber jetzt? Jetzt sitze ich hier allein und Stinkstiefel eins und zwei sind weg. Natürlich werde ich *nicht* wie ein kleines Hündchen vor dem Supermarkt auf das Herrchen warten. Ich stehe auf, trinke mein Bier in einem Zug leer, obwohl ich Bier hasse, schmeiße die Flasche in eine der vorgesehenen Mülltonnen und stapfe los.

»So ein Mistkerl«, murmle ich vor mich hin. Was soll das überhaupt? Er hat gar keinen Grund, sauer auf mich zu sein, ich habe doch gar nichts gemacht.

An der Bar bestelle ich mir noch zwei Tequilas beim schnuckligen Kellner und exe beide. Ich brauche das jetzt! Betrunken zu sein! Obwohl ich mir nach dem letzten Mal geschworen habe, nie wieder so viel zu trinken. Egal. In meinem Alter wiederholt sich das jedes Wochenende. Ich versuche, mich zu lockern und nicht an Cadens Angepisstheit zu denken, wobei ich kläglich scheitere, und laufe zum Steg.

Carter steht mit der Schwarzhaarigen darunter. Ich betrachte das Bild von Weitem. Sie trägt einen Jeansrock und dazu ein enges schwarzes Oberteil mit langen Ärmeln, das sie in den Bund gesteckt hat und somit ihre perfekten Kurven hervorhebt. Ihr schwarzes Haar ist sehr lang und total glatt. Ihre Augen sind kaum geschminkt und dunkelblau wie das Meer. Sie hat ein sehr schmales Gesicht, beinahe zerbrechlich wie eine Puppe. Alles ist am richtigen Platz. Sie ist bildschön und sieht so gut aus neben Carter. Oh mein Gott. Sie ist einen halben Kopf kleiner als ich und muss richtig zu ihm aufschauen. Sie sieht ihn an, als wäre er ihr Gott. Ich schlucke.

Er wirkt gestresst, fährt sich immer wieder durch das Haar. In einer Hand brennt eine Zigarette und sie redet auf ihn ein. Ihr Gesicht wirkt verzweifelt und … glitzern da etwa Tränen in ihren Augen? Dann hebt sie eine kleine Hand und legt sie mit so einer Sehnsucht auf seine Wange, dass die Härchen auf meinen Armen sich aufstellen. Kurz lässt er es zu und ich glaube, seine Lider gleiten zu, bis er ihren Arm packt und ihn runterdrückt. Er sagt etwas zu ihr, geht etwas näher an sich heran … Dann schiebt sich irgendein betrunkener Typ in das Bild und lallt total bescheuert los.

»Hiiiiiii, bis su vom Himmel gefallen? Du siehst aus wie ein Engel!«

»Boah, geh mir aus dem Weg.« Ich versuche, an ihm vorbeizugehen, aber er packt mich einfach am Arm und zieht mich zurück.

»Jetzt warte doch mal, du Zickeeee!« Sein Bieratem betäubt mich fast und ich muss aufpassen, dass ich nicht würge.

»Verdammt, lass mich los oder ich trete dir in die Eier!«

»Kanns gern was anderes mit mein Eian machen, Baby!« Seine schmierigen Haare fallen ihm in die Stirn und er schielt fast, so besoffen ist er. Vielleicht sieht er gut aus, wenn er mal eine Dusche nimmt, aber im Moment ist er ziemlich eklig.

»Boah, du bist so eklig, geh mir aus dem Weg. Jetzt! Weißt du eigentlich, mit wem ich zusammen bin? Willst du *sterben*?«, frage ich ihn ernsthaft, denn der hat echt nicht alle Latten am Zaun.

»Wow, du hast einen Freund und er lässt dich allein rumlaufen. Würde ich aber nicht machen bei so einer Granate.«

»Sagt dir Caden Rush was?«, frage ich ihn. Er reißt die Augen auf und schielt im nächsten Moment gleich noch ein bisschen mehr, weil aus dem Nichts eine tätowierte Faust auftaucht, die ihm direkt mit voller Wucht ins Gesicht schlägt. Ich kann gerade so ausweichen, als Blut aus seiner Nase schießt. Dann ist da Carters Hand an meinem Arm – und diesmal zieht *er* mich davon.

»Scheiße, wieso läufst du hier allein rum?«, fragt er mich gereizt. »Wo ist Caden?«

»Er hat gesagt, ich soll irgendwo auf ihn warten, aber ganz im Ernst, erst zickt er mich an, dann lässt er mich da allein sitzen. Außerdem ist er voll sauer und all der Bullshit. Ich bleibe da nicht wie ein Hund sitzen. Sorry!« Ich nehme ihm sein Bier aus der Hand und trinke es selbst. »So ein Mistkerl«, fluche ich vor mich hin.

»Bist du angetrunken? Schon wieder? Hast du nichts gelernt?«

»Ach, lass mich in Ruhe, du Stinkstiefel, und lass mich los.« Er packt mich fester und zieht mich hinter sich her. Er geht mit mir auf den Steg. Die Schwarzhaarige ist weg.

Carter drückt mich an den Rand des Stegs herunter, damit ich mich setze, und lässt sich danebenfallen. Der Mond reflektiert sich im See und wir befinden uns etwas entfernt von den anderen Feiernden. Er nimmt mir das Bier ab und stellt es weg.

»Alles okay?«, frage ich ihn, weil er so verbissen nach vorn guckt und schweigt. Mir fällt auf, dass ich noch nie irgendwo einfach so mit Carter rumgesessen und ein normales Gespräch geführt habe. Es fühlt sich irgendwie komisch an, aber auch nicht fremd.

Er schnaubt abfällig. »Nichts ist okay, Alayna.«

»Wie meinst du das?«, frage ich ehrlich interessiert und bin ein bisschen verwundert, weil ich wirklich wissen will, was ihn beschäftigt, und zwar nicht aus Neugier oder um ihn dann damit zu reizen, sondern aus ehrlichem Interesse.

»Vergiss es einfach!« Er trinkt einen Schluck aus der fast leeren Flasche. Seine Augen wirken müde, als er über den See blickt. Direkt hinüber zu der funkelnden Stadt.

»Ist sie deine Ex?«, frage ich weiter. Er lacht ein bisschen und schüttelt den Kopf, bevor er mich ansieht, und zwar ernsthaft.

»Deine Neugier wird dir irgendwann zum Verhängnis werden, Alayna.«

»Das glaube ich nicht. Eine gesunde Portion Neugier hat noch niemandem geschadet.« Ich lasse meine Beine vor- und zurückwippen. Sein Blick liegt auf meinem Profil, was ein bisschen kribbelt.

»Was ist mit Caden?«, fragt er.

»Ach Caden, der zickt den ganzen Tag schon rum. Wir hatten *eigentlich* ... na ja, das geht dich nichts an.«

»Meinst du, dass ihr in meinem Zimmer gefickt habt? Ich denke schon, dass mich das was angeht. Meine Tür ist kaputt. Ich habe meine Tür kaputt gemacht, Alayna.«

»Du bist ja auch ein bisschen blöd. Hättest du noch drei Minuten gewartet, wären wir sowieso fertig gewesen.«

»Wären wir das?«

»Hä?«

»Nichts!«, knurrt er. »Ja, sie ist meine Ex, wenn du es genau wissen willst.«

»Du hattest eine Freundin? DU?«

»Ja, irgendwie schon.«

»Hast du sie geliebt?« Er antwortet nicht. »Liebst du sie noch?« Seine Kiefermuskulatur arbeitet und ich atme tief durch.

»Liebst du meinen Bruder?«, fragt er.

»Liebe entwickelt sich langsam, aber ich bin *verdammt* verliebt in ihn. Er ist sooooo männlich!« Ich merke schon wieder, wie dumm ich im Kopf werde, weil der letzte Tequila zu viel war. »Ich liebe es, wie er mich manchmal ansieht. Als wäre ich das Beste, was ihm seit Jahren passiert ist, und ich liebe es, wie er mich morgens aufweckt und wie er mich berührt, und wenn er mich anlächelt und wenn er mich einfach nur so perfekt fühlen lässt, obwohl ich das nicht bin. Ah, sorry, ich schweife ab.«

Intensiv starrt er mich an. »Wieso denkst du, du bist nicht perfekt?« Ich stocke und runzle die Stirn, denn ich denke ernsthaft darüber nach, weil mich noch nie jemand so direkt danach gefragt hat und ich mir diese Frage auch noch nie selbst gestellt habe.

»Da gibt es viele Gründe, Carter.« Ich schaue ihn mit schief gelegtem Kopf an und meine Haare fallen über eine Seite meiner Brust. Er streckt die Hand aus und berührt ganz sanft meine Haarspitzen. Ich halte den Atem an, weil ich nicht weiß, was das gerade ist. Was zum Teufel passiert hier eigentlich schon wieder?

»Ich finde, mein Bruder hätte es schon schlechter treffen können«, sagt er leise und ich schaue auf seine Finger und anschließend in seine türkisblauen, tiefen Augen. Er zieht die Hand zurück und trinkt noch einen Schluck Bier. Kurz schließt er die Lider und schüttelt seinen Kopf. Ich sehe wieder nach vorn auf das leise rauschende Wasser, um zu Atem zu kommen.

»Ich hatte auch mal einen Bruder«, höre ich mich auf einmal selbst sprechen, obwohl das so gar nicht geplant war. Carter spannt sich an.

»Was heißt, du hattest einen?«

»Wie würdest du dich fühlen, wenn du Caden verlieren würdest, Carter?« Erneut sehe ich ihn an und der Schmerz, der sich in seinen Augen ausbreitet, sagt mehr als tausend Worte.

»Ich würde auch sterben«, stellt er fest.

»Ich glaube, ich bin auch ein bisschen mit Jamie gestorben«, sage ich. Ich habe das noch nie so ausgesprochen. Er gibt mir sein Bier und hält meinen Blick fest.

»Was ist passiert?«

»Das Übliche, was eben so passiert im Leben. Es war ein Autounfall, es ist fünf Jahre her, aber kommt mir vor wie gestern. Meine Familie ist daran kaputt gegangen. Meine Mom hurt sich durch Amerika und hat Depressionen. Sie hört seine Stimme und ist total schizophren geworden. Sie hat Verfolgungswahn. Und mein Dad ist nur noch eine leere Hülle und reagiert auf gar nichts mehr. Er fehlt mir so sehr.« Das Brennen in meinen Augen kündigt die ersten Tränen an und ich sehe von Carter weg. Mein Haar lasse ich zwischen uns wie einen Vorhang fallen, hinter dem ich all meine Schwäche verstecken kann. »Er ist da und doch nicht da.« Als Carter meine Haare hinters Ohr schiebt, fühlt sich das irgendwie gut an. Er nimmt den Vorhang wie ein Tuch von meiner Seele.

»Dad hasst sich und Mom hasst mich«, erzähle ich weiter. Ein paar Tränen lösen sich und laufen heiß über meine Wangen. Ich sehe ihn nicht an, kralle die Hände unter mir in den Steg, den Blick auf das schwarze Wasser gerichtet, das genau so tief und dunkel ist wie mein Inneres. »Er hat sich von mir beim Fahren ablenken lassen. Es ging so schnell, eine Sekunde entschied über den Untergang von vier Menschen ... Alle haben mit Verletzungen überlebt, nur Jamie nicht. Er war auf der Stelle tot.« Jetzt laufen noch mehr Tränen und ich würge den Schluchzer, der sich meine Kehle hochkämpfen will, mit aller Kraft nach unten. Ich hasse Weinen, besonders vor anderen.

»Ah fuck«, zischt Carter und seine Stimme ist voller Emotionen. Ich wische mir über die Nase und straffe mich.

»Das ist Vergangenheit und ich habe mir geschworen, mir davon nicht auch das Leben kaputt machen zu lassen wie meine Eltern.«

»Deswegen versuchst du jedem Moment etwas Schönes abzugewinnen?«, fragt er leicht verwaschen und zündet sich eine Zigarette an. Ich sehe ihn verwundert von der Seite an. Wie kommt er darauf? Ist es wirklich so?

»Was meinst du?«, erkundige ich mich und er verdreht etwas genervt seine Augen.

»Ich meine damit, dass du jeden Raum, den du betrittst, mit einer ganzen fucking Wagenladung Sonnenschein füllst.« Ich kann ihn nur mit offenem Mund anstarren.

Gänsehaut schießt meinen Körper regelrecht nach oben und unten. »Bild dir nichts drauf ein, Alayna, sieh mich nicht an wie einen fucking Märchenprinzen.« Er wirkt SO genervt.

»Tschuldigung«, murmle ich und sehe von ihm weg. »Ich wollte dich nicht nerven. Ausnahmsweise.«

»Und ich wollte nicht fies sein. Ausnahmsweise.«

»Hast du was dabei?«

»Was? Ich kann dir nicht schon wieder ...« Er verstummt.

»Schon wieder? Was meinst du damit?«

»Ich kann dir nicht schon wieder was geben, du bist noch von gestern total hinüber, wegen der Sache mit Caden. Glaub nicht, dass ich das heute Morgen nicht bemerkt habe.« Als ich daran zurückdenke, muss ich ein bisschen lachen.

»Jetzt komm schon, Carter, rück's raus.«

»Nein, Mann, der killt mich.«

»Er wird's nicht erfahren. Hier sind so viele Leute, das kann mir jeder gegeben haben. Gib jetzt.«

»Nein, Alayna.« Er wirkt belustigt.

»Carter«, sage ich im inbrünstigen Lehrerton, und er reißt die Augen auf.

»Alayna, was denn?«

»Bitte?« Ich lege meinen Kopf schief und schenke ihm meinen krassesten Bambiblick, den ich jemals zustande gebracht habe.

Er lächelt. »Drei Züge!«, meint er und holt sein Etui für genau diese Anlässe, das immer prall gefüllt ist, heraus. Ich schaue ihm dabei zu, wie er sich den kleinen Joint zwischen die vollen Lippen steckt und tief daran zieht, als er ihn anzündet. Die Glut knistert. Er lässt den Rauch durch Nase und Mund in die Nacht entweichen und hält mir dann den Joint hin.

»Geht doch«, sage ich und ziehe.

»Denkst du nicht, dass Caden dich sucht? *Ich* denke schon«, fragt Carter immer noch locker und ein bisschen fasziniert. Ich stoße den Rauch aus, lasse mich rückwärts auf den Steg fallen, um mir den dichten Sternenhimmel über uns anzusehen. Ich liebe es. Über dem See sieht man die Sterne immer so deutlich, ganz im Gegensatz dazu, wenn man in der Stadt ist.

»Er hätte mich da nicht sitzen lassen sollen, dann müsste er mich jetzt auch nicht suchen.«

Carter legt sich neben mich auf den Rücken. Ich ziehe noch mal, bevor ich ihm die Tüte wieder reiche, und er es mir nachtut.

»Caden hat für alles seinen Grund, Alayna.«

»Er teilt seine Gründe aber sehr selten mit mir.«

»Er teilt seine Gründe mit keinem.«

»Auch nicht mit dir?«

»Mit mir muss er sie nicht teilen. Ich kenne sie. Ich kenne ihn wie mich selbst, und ich weiß, dass er gerade durchdreht. Also werden wir diese Tüte jetzt rauchen und dann zu ihm gehen, okay?«

»Fragst du mich gerade echt mal um Erlaubnis wegen irgendwas und zerrst mich nicht nur durch die Gegend?« Ich sehe ihn zweifelnd an.

»Ich bin nur viel zu stoned, um dich durch die Gegend zu zerren. Sollte ich das versuchen, landen wir im See.«

»Und dann?«

»Dann sind meine Joints nass.«

»Und dann?«

»Dann bist *du* nass und deine Kleidung klebt an dir und so Zeug.«

»Und dann?« Meine Stimme wird immer leiser.

»Dann kann ich mich nicht mehr zurückhalten!«

Er dreht mir den Kopf zu, unsere Schultern berühren sich fast und ich habe keine Ahnung, was hier gerade passiert. Mit einem Mal habe ich das irre Bild vor Augen, wie ich mich einfach über ihn beuge und küsse. Hier und jetzt. Auf diesem Steg. Das Bedürfnis, es zu tun, wird immer stärker. Er zieht mich magisch an, genauso wie der Ausdruck in seinen Augen gerade.

»Alayna, nicht«, wispert er und das Bild verpufft im Nachthimmel wie der Rauch.

Aber er starrt mich immer noch an und ich ihn. Er sieht auf meine Lippen und ich glaube, er hat dasselbe Bild im Kopf. Dann richtet er sich auf. Seine Augen werden dunkler und mein Herz schlägt schneller, als er sich über mich beugt, so langsam, der Blick so durchdringend. Er kommt immer näher und ich rühre mich nicht, weil ich unbedingt wissen will, was gleich passiert.

»Carter!« Cadens ruhige Stimme erklingt direkt über uns. »Nein.«

21. Wenn du mich hältst, Caden

Alayna

Scheiße!

Ich habe keine Ahnung, wie ich in diese Situation geraten bin, aber als ich Caden höre, erstarre ich und blinzle einfach nur Carter an, während er über meinen Kopf hinweg zu Caden sieht.

»Alayna, steh auf!« Ich tu es sofort, weil ich keinen klaren Gedanken fassen kann. Als ich mich umdrehe, steht er da, angespannt am ganzen Körper, die Hände zu Fäusten geballt. Der Blick tödlich.

»Ich habe dir verdammt noch mal gesagt, du sollst da sitzen bleiben und auf mich warten.« Ich spüre, dass Carter hinter mir auch aufsteht.

»Ich wollte mir nur was zu trinken holen!«

»Unter Carter?«

»Wir haben uns nur unterhalten.«

»Sah aber gerade nicht so aus.« Seine Stimme ist hart und abweisend.

Fuck, was ist da gerade passiert?

Carter ist total angespannt, tritt aber nicht zwischen uns.

»Komm hierher«, fordert Caden und ich gehorche, auch wenn meine Beine weich werden. Er nimmt mein Kinn zwischen seine Finger und zieht meinen Kopf nach oben. »Hast du schon wieder geraucht?« Er muss eigentlich nicht fragen, er sieht und riecht es. »Fuck, Alayna, willst du mich eigentlich verarschen? Soll ich dich gleich in seine Garage bringen, dann kann er dich noch schnell ficken?«

»Scheiße, Caden, beruhig dich mal! Da war nichts! Carter, sag ihm, dass da nichts war.«

Doch Carter sagt nichts.

»Caden, schau mich an«, meine ich, denn wie er seinen Bruder ansieht, macht mir Angst. Sein Blick schießt wieder zu mir. »Ich will ihn nicht. Ich will dich. Immer nur dich. Du warst weg und ich war sauer und Carter hat einen Typen umgehauen, der mich angemacht hat. Er hat mich eigentlich nur von der Party wegziehen wollen, solange du nicht da bist. Deswegen saßen wir hier und haben geredet, und ja, ich habe ein paarmal gezogen«. Er sieht Carter an und bläht die Nasenflügel. Ich nehme sein Kinn. »Schau mich an! Ich wollte das, weil ich gerade eine Scheißscheiße durchmache und ich einfach mal nicht daran denken wollte.« Jetzt scheint er mich das erste Mal wieder richtig wahrzunehmen. »Ich war durcheinander und bin betrunken und high und ich will jetzt einfach nur mit dir nach Hause. Bitte.« Caden schaut noch mal zu seinem Bruder, aber sein

Blick gleitet sofort wieder zu mir. »Es wirst immer nur du sein«, flüstere ich, lege eine Hand auf seine Brust und spüre sein Herz rasen, als ich auf die Zehenspitzen gehe und meine Lippen sanft auf seine drücke. »Ich liebe dich!«, flüstere ich an seinem Mund, weil es mich in diesem Moment geradewegs überkommt und es auf meiner Zunge liegt. Als müsste ich sterben, wenn ich ihm die Worte nicht sage.

Weil ich es so stark fühle, wie niemals zuvor.

Jetzt sieht er mich wirklich an.

»Was hast du da gerade gesagt?«, fragt er rau. Ich werde knallrot und blicke nach unten. Das habe ich noch nie zu irgendwem gesagt, aber bei ihm fühlt es sich richtig an. Das erste Mal im Leben.

»Ich liebe dich, Caden Rush.«

»Fuck«, flucht er leise, greift in meine Haare und küsst mich. Seine Lippen sind wie ein Sturm, dem ich erliege, der alles wegfegt und mich noch mehr durcheinanderbringt, als ich es sowieso schon bin. Er zieht mich an sich und sein heißer Atem bricht sich an meinen Lippen. Er hat getrunken und ich rieche ihn, seinen Duft, der so unverwechselbar ist und mich schon von der ersten Minute so magisch angezogen hat.

»Lass mich nie wieder irgendwo allein sitzen«, wispere ich an seinem Mund, packe ihn und küsse ihn wieder heiß und leidenschaftlich, weil ich mich einfach nicht beherrschen kann, wenn Caden seine Lippen auf mir hat.

Als wir uns nach einer gefühlten Ewigkeit voneinander lösen und beide total atemlos und angeturnt sind, drehe ich mich um. Ich bin nicht verwundert, den Steg leer vorzufinden. Carter ist weg.

***

Wir sitzen in einem Taxi, weil Carter nicht mehr auffindbar war, auch nicht, als Caden ihm geschrieben und ihn angerufen hat. Sein Auto steht noch da, also wird er sicher mit irgendeiner Tussi heimgehen und sie ficken. In der Garage. Vielleicht *Melissa*.

Ich habe dem Taxifahrer meine Adresse genannt und Caden schaut mich mit gerunzelter Stirn an. »Ist das nicht dein Zuhause?«

»Ich will dir was zeigen«, meine ich und hebe seinen Arm, damit ich mich darunter lehnen und an ihn kuscheln kann. Ich habe keine Ahnung, was da soeben zwischen Carter und mir war, aber das lag sicher nur am Joint und dem Alkohol. Und dem normalen Gespräch. Ein normales Gespräch mit Carter Rush kann einen schon mal ein bisschen verwirren.

Caden spielt mit meinen Haaren, was ich liebe. »Was willst du mir zeigen?«

»Ich habe dir ja eben gesagt, dass ich zurzeit ein bisschen was durchmache, und ich will dir einfach nur was zeigen, weil ich dich liebe.« Ich kann es nicht oft genug sagen. »Und alles mit dir teilen will und weil ich dir vertraue.«

Er schaut ein bisschen gequält aus und sagt: »Du solltest mir nicht trauen, Alayna.«

»Was?«

Er umfasst mein Gesicht und streicht mit dem Daumen über meine Unterlippe. In seinen Augen liegt etwas Undefinierbares, als er sagt: »Ich bin ein Bastard.«

»Das bist du nicht, Caden.«

Er schnaubt: »Du hast keine Ahnung, wie ich sein kann.«

»So wie am Pool?«

»Alayna, Baby, da war ich noch nett.«

»Egal, ich will alle deine Seiten kennenlernen und komme mit jeder klar, das kannst du mir glauben. Hast du doch gestern Nacht gesehen. Es ist mir egal, wie du bist.«

»Das meine ich nicht!«, knurrt er gepresst und fährt mit den Fingerspitzen über meinen Hals, wo immer noch die überschminkten Abdrücke seiner Finger zu sehen sind. Ich schlucke unter seiner Hand und fühle mich, als würde er mir ein bisschen die Luft zum Atmen nehmen.

»Was meinst du dann?« Irgendwie hat sich die Stimmung zwischen uns gewandelt und ich bin wie gebannt.

»Wenn du Glück hast, wirst du das nie herausfinden.« Ich runzle die Stirn. Das Taxi bleibt stehen, was gut ist, weil ich kurz vorm Ersticken bin. Mit Caden Rush ist es immer extrem. Bei ihm gibt es kein Normal. Extreme Lust, extreme Schmerzen, extremes Glück, extremer Fall, extreme Ektase, extreme Unsicherheit, extreme Liebe, extremer Hass, extreme Freude und extreme Angst.

Caden bezahlt den Taxifahrer und wir steigen aus. Wir stehen direkt vor meinem Zuhause und er nimmt meine Hand. Mit ihm zusammen wirkt alles ein bisschen anders. Alle Lichter sind ausgeschaltet, bis auf den flackernden

Fernseher im Wohnzimmer. Der ist ja immer an, wahrscheinlich schläft Dad aber schon.

»Komm«, sage ich und ziehe ihn sanft hinter mir her. Er folgt mir. Und ich mag es, wenn er das tut. Mit ihm in meinem Rücken fühle ich mich so sicher. Wir schreiten durch das überwucherte Gras. »Vorsicht, die mittlere Stufe ist kaputt«, flüstere ich und er hebt mich einfach drüber, als würde ich nichts wiegen. Dann sind wir an der Tür und ich versuche, leise aufzusperren. Ich hoffe so sehr, dass meine Mom nicht da ist, aber irgendwie wünsche ich mir auch, sie wäre es.

»Früher«, sage ich, und schaue Caden über die Schulter hinweg an. »War der Rasen hier vorn immer gemäht, unser Gartenzaun war weiß und auf der Hollywoodschaukel saß ich manchmal stundenlang. Meine Mom hatte immer Blumen auf der Veranda, aber sie konnte sie nicht pflegen und sie sind nach zwei Wochen eingegangen. Dann hat sie neue gekauft, weil sie irre ist. Aber sie hat immer versucht, das Haus schönzuhalten. Die Fassade war mal strahlend weiß. Ich weiß noch, wie oft Dad sie immer wieder neu gestrichen hat. Wir hatten diese süßen weißen Vorhänge an den Fenstern, jetzt kann man nicht mal mehr hindurchsehen, weil sie so schmutzig sind.« Er hört sich alles an und folgt mit dem Blick meinen Erzählungen, als würde er es sich vorstellen können. »Komm!«

Ich öffne die Tür. »Früher sind hier ständig Menschen ein und aus gegangen. Nachbarn, Freunde und Familie. Wir hatten andauernd Besuch. Es war so ein lebendiger, lauter Ort, aber das kennst du ja von daheim, nur ohne den Besuch.« Ich grinse, was er erwidert.

Als wir eintreten, entdecke ich rechts in der vermoderten Küche schon wieder einen Stapel dreckiges Geschirr. Dabei habe ich gestern Morgen erst abgespült.

»Meine Mom stand hier früher stundenlang und hat immer neue Rezepte und Kuchen ausprobiert. Es war immer sehr sauber und klinisch rein, weil sie dreimal die Woche Großputz gemacht hat, und wenn Jamie mit schmutzigen Schuhen durch das Haus gerannt ist, hat sie ihn immer mit dem Besen wieder raus in den Garten gejagt.«

»Jamie ist dein kleiner Bruder«, stellt er fest. Ich schließe kurz die Augen und nicke. Mehr kann ich dazu gerade nicht sagen.

Ich ziehe ihn hinter mir her und wir gehen am Wohnzimmer vorbei, wo der Fernseher läuft und gefühlt tausend Bierdosen umherliegen. Es läuft eine Dauerwerbesendung und man sieht meinen Vater unter einer Decke auf der Couch. Tief schlafend. »Er schläft immer hier, seit fünf Jahren. Früher saßen wir sonntags zusammen und haben uns irgendwelche Shows angeguckt, aber seit es passiert ist, gibt es so was nicht mehr. Der Kamin wird nicht mehr angezündet, es gibt keine Familienessen, keine Gespräche, keine Liebe.«

Wir gehen weiter in Richtung Treppe, wo Bilder hängen, aber kein einziges mehr von Jamie, weil keiner hier seinen Anblick ertragen kann. Die Rahmen sind alle verstaubt, immer noch. »Mom hat früher immer total gern fotografiert, wie deine Mutter. Aber du kannst dir vorstellen, wann sie wohl damit aufgehört hat. *Scht* … diese Stufe hier knarzt total laut.« Wir übersteigen sie und gehen weiter nach oben. Ich atme tief durch, bevor wir mein Zimmer betreten und ich das Licht anknipse. Caden wirkt hier so deplatziert, aber er scheint sich nicht unwohl zu fühlen.

»Das ist nicht mal ein Viertel von deinem Zimmer, aber hier lebe ich, seit ich denken kann, und das Bett habe ich, seitdem ich sechs war. Mein Dad wollte mir ein größeres kaufen, als ich älter wurde, aber dann ging unser Drugstore langsam bankrott. Ich weiß, ich habe euch was anderes erzählt, aber es war mir einfach so schrecklich unangenehm und peinlich.«

Er nimmt auch meine andere Hand und küsst mein Handgelenk.

»Vor mir muss dir niemals irgendwas peinlich sein, Alayna.« Ich gehe kurz auf die Zehenspitzen und küsse ihn. Dabei halten wir uns an den Händen. Ich liebe es, Cadens große starke Finger um meine zu fühlen.

Dann drehe ich mich zu dem Teppich und ziehe ihn beiseite. Ich löse die lockere Bodendiele und hole den Karton heraus.

»Hier verstecke ich alles, was mir wichtig ist, weil Mom es mir sonst wegnimmt.« Er presst die Zähne aufeinander, sagt aber nichts, und wir setzen uns mit der Kiste aufs Bett.

Den Deckel habe ich schon so lange nicht mehr geöffnet, aber jetzt mache ich es. Jamie hatte die Kiste in der ersten Klasse in Handarbeit aus einem Schuhkarton kreiert und so sieht sie auch aus. Da sind alle Fotos drin, die ich retten konnte. Sein Lieblingslegospielzeug und ein kleiner Teddy, den er auf den Tod verteidigt hat, nachdem Dad ihn auf dem Jahrmarkt für ihn geschossen hatte.

Eine kaum lesbare Klassenarbeit von ihm, die ein Rezept enthält, das er Mom zum Muttertag zubereiten wollte. Außerdem Fotos von mir und meinen alten Freunden, bevor mein Leben den Bach runterging. Und Bilder von meinem ersten und einzigen Freund, ein Freundschaftsarmband, das meine damalige beste Freundin mir in der neunten Klasse geschenkt hat. Ich zeige ihm alles und erzähle ihm was dazu.

Bei dem Bild von meinem Ex wirkt er nicht amüsiert, aber er hält sich zurück.

Cadens Fingerspitzen streichen über meinen Handrücken, als ich die Fotos vor ihm ausbreite. Mein Blick ist nach unten gerichtet und er legt seinen Finger auf die Ablichtungen, auf denen ich lache oder Grimassen ziehe, den Arm um Jamie geworfen habe oder er mich auf die Wange küsst und ich die Augen verdrehe. Sanft gleiten seine Finger darüber – fast ehrfürchtig – und dann tippt er mir unter das Kinn und zwingt mich, den Blick zu heben.

Ich sehe in seine ehrlichen, tiefen Augen und er flüstert: »Ich liebe dich auch, Alayna, und ich habe noch nie eine Frau wirklich geliebt.«

Mein Herz setzt einen Schlag aus. Auf einmal tut nichts mehr weh, als wäre ich für magische zehn Sekunden völlig geheilt. Ich spüre nur das Blut durch meine Adern rauschen, meinen heißen Atem, der abgehackt meinen Lippen entweicht, und muss mich zusammenreißen, nicht loszuheulen, weil ich diese Worte so lange nicht mehr gehört und so lange schon niemandem mehr so viel bedeutet habe.

Wir sitzen in meinem verkommenen Zimmer, die Deckenleuchte flackert, alles ist so schmutzig und verbraucht, aber es scheint, als würde das alles verblassen, weil er hier vor mir sitzt – so perfekt, so richtig, egal an welchem Ort. Hauptsache an meiner Seite.

Seine Worte bedeuten mir alles. Caden legt seine Fingerspitzen unter mein Kinn und zieht mich näher. Manchmal fühle ich mich, als wäre er ein Magnet, als hätte ich keine Wahl. Mit einer sanften Berührung schafft er es, dass ich ihm folge, wohin auch immer er mich leiten will.

Unsere Lippen berühren sich federleicht, als wäre es unser erster Kuss, dabei war dieser nicht so sanft und gleichzeitig dermaßen intensiv – zwischen uns die Bilder meiner Vergangenheit und vor mir etwas, was sich wie meine Zukunft anfühlt.

So richtig wie schon lange nichts mehr.

So unwiderruflich wie dass die Sonne am nächsten Tag aufgeht.

Wie vorherbestimmt.

Keine Ahnung, was es ist, aber es überwältigt mich.

Caden drängt mich mit seinem Körper nach hinten auf die harte Matratze und ich folge wieder wie an unsichtbaren Fäden, ohne dass er viel Kraft aufwenden muss. Als er meinen Hals küsst, stöhne ich auf und beuge meinen Rücken durch.

Sein Atem ist heiß an meiner Haut und ein bisschen schneller. Er küsst sich an meiner Kehle herab bis zu meinem Dekolleté und zieht mit einer leichten Bewegung den Reißverschluss an der Seite meines roten Kleides auf. Mit zwei Fingerspitzen fährt er die Haut an meiner Taille nach, die er eben entblößt hat. Ich seufze, weil sich das so gut anfühlt. Dann schiebt er mir mit seinem Mittelfinger die Träger von den Schultern und ich hebe meinen Hintern, als er das Kleid von meinem Körper streift und ich in Unterwäsche vor ihm liege.

Ich sehe nur seine dunklen Haare, als er den Kopf weiter nach unten führt und über meinen Bauch mit den Lippen nach unten gleitet. Seine tätowierten Arme sind links und rechts neben meinem Körper abgestützt und angespannt. Ich streiche mit beiden Händen über seine vom Shirt verdeckten breiten Schultern und seine muskulösen gebräunten Oberarme.

Ungeduldig zerre ich an dem Stoff. Er versteht, was ich will, und zieht sich das Shirt mit einer Hand über den Kopf. Seufzend befühle ich seine weiche Haut und die steinharten Muskeln darunter, die immer wieder spielen und zucken. Ich fühle mich immer, als wäre ich wie eine Ertrinkende, die den ersten Schluck Wasser trinkt, wenn ich Cadens Haut berühre.

Seine Zunge fährt den Rand meines Slips entlang und mein Becken zuckt ihm entgegen. Ich versuche, es krampfhaft unten zu halten, weil ich mich daran erinnere, wie er es gestern immer wieder runtergedrückt hat und ich mich nicht bewegen sollte. Gerade jetzt will ich keine Strafen. Nicht hier und nicht jetzt. Ich will einfach nur ihn.

Pur.

Er sieht zu mir auf, packt meine Kniekehlen und zieht mich an den Rand des Bettes, nachdem er sich auf den Boden zwischen meine Beine gekniet hat. Der Anblick ist total betörend. Und seine türkisen Augen glühen so intensiv. Er schiebt eine Hand unter meinen Arsch, als er bemerkt, wie ich krampfhaft versuche, mein Becken stillzuhalten, und hebt ihn fast schon demonstrativ hoch, bevor er sich vorbeugt und über mein Höschen hauchzart mit seiner Nasenspitze fährt. Wie kann er mich in einer Nacht so grob und hart und schmerzhaft anfassen und mich in der nächsten mit so leichten Berührungen zum Fliegen bringen?

Dieser Mann ist der absolute Wahnsinn und ich bin ihm völlig verfallen.

Mit der freien Hand greift er nach dem Bund meines Höschens und streift es mir in Zeitlupe ab. Ich zucke zusammen, als seine Fingerknöchel meinen Venushügel streifen. Dann beugt er sich wieder vor und verteilt hauchzarte Küsse von meinem Bauchnabel bis ganz nach unten. Ich bäume mich auf, doch er lässt mich und stöhnt, weil ihm das so gefällt, direkt an mir.

Seine heiße Zungenspitze streicht über meine Mitte, und wieder muss ich stöhnen, weil sich das so unglaublich anfühlt – so anders als gestern. Gestern war ich in höchster Ekstase und heute bringt er mich stufenweise, aber mit so heftiger Intensität an den absoluten Rand des Wahnsinns.

Ich zerfließe unter seinen wissenden Händen und Lippen.

Er lässt sich Zeit mit jedem einzelnen Zungenstreich, sodass ich jede Bewegung bis tief in meinen Bauch spüre. Irgendwann kann ich mich nicht mehr beherrschen, mein Oberkörper schießt hoch, in eine aufrechte Position, und ich greife in sein Haar und drücke ihm mein Becken entgegen. Mein Kopf fällt in Verzückung nach hinten und er stöhnt wieder, direkt an mir, als ich mich winde und Schweißperlen auf meinem Körper glitzern.

Ich spüre, wie es mich überwältigt, und presse meine Lippen zusammen, um nicht zu schreien. Auf keinen Fall will ich das Monster nebenan wecken, falls es da ist.

Seine Hände halten mich fest an den Oberschenkeln, und er lässt mich nicht los, bis auch die letzte Welle meines Orgasmus über mich hinweggeschwappt ist. Er verlängert ihn mit ein paar Zungenstreichen, bis ich nicht mehr atmen kann und darum flehe, dass es aufhört.

Erst als ich erschöpft in den Kissen liege, küsst er sich wieder nach oben – über meinen Bauch, meine noch bekleideten Brüste. Er schiebt seine Hand an meinen Rücken, um den BH aufzuschnippen. Sanft zieht er die Träger nach unten und schmeißt ihn achtlos weg.

Caden kommt an meinem Gesicht an und lehnt seine Stirn an meine – die Hände neben meinem Kopf aufgestützt. Ich fahre mit den Handflächen von seinen Unterarmen bis an seine Schultern. Wir halten die Augen geschlossen und atmen uns gegenseitig ein. Ich spüre seinen Körper an meinem, aber nicht sein volles Gewicht, und streiche seinen perfekten Rücken mit den Fingerspitzen nach, wobei ihm leicht der Atem stockt.

»Fuck«, flüstert er.

»Ich weiß«, erwidere ich ebenso leise, weil das gerade alles so intensiv ist, wie ich es noch nie erlebt habe.

Mit einer Hand greift er zwischen uns und öffnet seine Hose. Ich schiebe sie mitsamt den Boxershorts mit den Füßen von seinem Arsch, seinen Beinen, bis sie auf dem Boden landet und wir beide ganz nackt sind.

Er hat so einen perfekten Körper. Jeder Muskel ist an genau der richtigen Stelle und seine Haut makellos. Die flackernde Deckenbeleuchtung sendet ihre gelblichen Strahlen über seine Gestalt.

Ich schlinge meine Beine um seine Hüften, weil ich ihn spüren will, und er drückt seine Hüften millimeterweise nach vorn. Schon als ich nur seine Spitze in mir spüre, explodiere ich fast.

Er lässt sich auf die Unterarme sinken, sodass seine Brust meine berührt. Damit sind wir uns noch näher, und er bedeckt mich komplett. Seine Hände graben sich links und rechts in mein Haar; seine Stirn liegt immer noch an meiner.

Mit den Fingernägeln kralle ich mich in seinen Rücken, als er seine Hüften nach vorn drückt und sich ganz in mich schiebt.

Oh mein Gott!

So nahe war ich noch niemals einem Menschen.

Ich spüre seinen Herzschlag an meinem Körper, höre seinen Atem, fühle seine Bewegungen – jede einzelne. Er murmelt irgendwas, was ich nicht verstehe, küsst mich und stöhnt in meinen Mund, und ich stöhne auch, weil sich das alles so gut anfühlt.

Ich hauche seinen Namen und er vergräbt sein Gesicht an meiner Halsbeuge, sodass sein Atem sich dort an meiner Haut bricht und ich mich wie Wackelpudding fühle. Seine Stöße sind gezielt und langsam, als hätten wir alle Zeit der Welt. So genüsslich und sinnlich. Gar nicht so wie gestern, als es ihm nicht schnell genug gehen konnte, weil er scheinbar noch so viel mit mir vorhatte, bevor Carter ins Zimmer kam.

Ich lege meine Arme um ihn und halte ihn, so fest ich kann, weil ich das Gefühl habe, er braucht das ebenfalls. Auch wenn ich nicht so viel Kraft habe, wie es benötigt, um ihn zu halten, gebe ich ihm alles, was ich habe.

Alles und noch viel mehr.

Er kann es haben.

Und er gibt mir nicht mal ein Viertel von dem, was er wirklich hat, weil er mich sonst zerbrechen würde. Das weiß ich.

Ich vertraue ihm, dass das niemals passieren wird.

Gänsehaut wandert über meinen Körper. Ich habe mich noch nie so geborgen und geliebt gefühlt. Vielmehr habe ich vergessen, wie es ist, diese Art von Zuwendung zu bekommen. Dann überwältigt mich alles. Diese ganzen Gefühle. Er. Die Erinnerungen. Die Bilder auf dem Boden. Wir. Unsere Körper. Dieses Zimmer. Die Kraft seiner Umarmung. Und wie es sich anfühlt, von Caden Rush zusammengehalten zu werden.

Tränen treten in meine Augen, obwohl ich so oft versuche, genau das zu vermeiden. Weinen. Schwäche zeigen. Aber ich kann es nicht kontrollieren. Nicht jetzt. Und irgendwie will ich es auch nicht, als sie überlaufen und heiß an meinen Schläfen hinabrinnen.

Er zieht den Kopf zurück, als er die Feuchtigkeit an seiner Wange spürt, und schaut mich prüfend an. Seine Hüfte bewegt sich nicht länger, während er mit den Daumen meine Wangen trocknet.

Dann beugt er sich vor und küsst mich sanft. Seine Lippen sind wie der Himmel – so weich und richtig auf meinen – und ich kann mich gar nicht mehr halten. Zittrig atme ich ein und versuche immer wieder, die Schluchzer herunterzuwürgen. Er küsst meine Kehle, die sich so verknotet anfühlt, und fängt wieder an, sich zu bewegen.

Wir stöhnen beide auf und ich glaube, ich zerreiße innerlich wegen all der Gefühle, die aus mir herausfließen. Direkt in ihn. Und er saugt alles auf. Er heilt mich. Gleichzeitig spüre ich, dass mein Körper jeden Moment explodieren wird. Das ist ein irres Gefühl. Und er spürt es auch, denn er drückt sich tief in mich, senkt den Kopf wieder an meine Stirn und stößt noch ein letztes Mal zu. Ich kralle mich in sein Haar, als wir gleichzeitig kommen, dann absolut still sind und einfach daliegen.

Ich glaube, es ist eine kleine Ewigkeit, bevor er uns herumdreht und ich auf ihm bin. Mein Gesicht an seiner feuchten Brust, die sich noch heftig hebt und senkt; mein Ohr an seinem Herzen, das rasend pulsiert.

Er hält mich und küsst mich auf den Kopf.

Und so bleiben wir, ohne ein Wort zu sagen, bis die Sonne aufgeht.

Und wenn es nach mir ginge würde ich hier einfach bis an mein Lebensende liegen bleiben – und einfach glücklich sein.

22. Lauf, Melissa!

Carter

Ich habe die ganze Nacht nicht geschlafen, Alayna, weil ich deine Worte nicht vergessen kann. Du hast gesagt, dass du ihn liebst, und in deinen Augen sah ich, dass es die Wahrheit war. Es pisst mich mehr an, als ich je für möglich gehalten hätte. Wann habe ich angefangen, dich gernzuhaben, und zwar so sehr? Wann habe ich angefangen, es zu genießen, wenn du lachst? Und süchtig nach deinem Stöhnen zu werden? Wann habe ich angefangen, mich daran zu stören, dass du seinen Namen stöhnst und nicht meinen?

Wann hat es angefangen, dass mir schlecht wird, wenn ich dich mit ihm weggehen sehe?

Die Sonne ist unter- und wieder aufgegangen. Ich weiß nicht, wie lange ich schon hier oben in meiner Garage in dem Bett liege, in dem ich dich hatte. Es hat meine Welt ein bisschen in eine andere Bahn gelenkt.

Jetzt bin ich hier, Alayna, doch es sind nicht deine Haare, die sich auf dem Kissen neben mir verteilen. Es ist nicht dein heißer Atem, der meinen Arm streift, weil du so tief schläfst. Und es sind nicht deine pechschwarzen Wimpern, die kleine Schatten unter deine geschlossenen Augen werfen. Es sind auch nicht deine vollen Lippen, die einen Spalt offen stehen, noch geschwollen von meinen Küssen.

Es bist nicht du.

Es ist SIE.

Keine Ahnung, wie das passiert ist. Ich wollte Melissa nie wieder in dieses Haus bringen und ihr das nie wieder antun. Mit allem, was ich hatte und aufbringen konnte, habe ich versucht, sie fernzuhalten. Eineinhalb Jahre lang hat es geklappt, und dann wurde die Sucht wieder zu stark für sie. Wie schon so oft. Sie rennt in ihr Verderben, wie die Motte um die Flamme fliegt.

Ich dachte, ich hätte sie schon so sehr verbrannt, aber hier ist sie – wie ein Phoenix aus der Asche gestiegen und noch schöner als jemals zuvor.

Als du gestern mit Caden abgehauen bist, habe ich sie gesucht. Das war ein Fehler, ich weiß es, aber ich habe sie trotzdem mit hierhergenommen. Ich habe ihr trotzdem den Rock von den Hüften gezogen. Ich habe sie trotzdem in meine Matratze gepresst. Ich habe sie trotzdem an Stellen geküsst, an denen ich dich vorgestern noch geküsst hatte. Und ich habe sie heute Nacht gehalten. Dabei mache ich so eine Scheiße normalerweise nicht.

Fuck.

Ich fahre mir über das Gesicht, höre, wie neben mir im Haus alles zum Leben erwacht. Aber ihr seid nicht da. Ihr seid die ganze Nacht nicht heimgekommen. Wo bist du, Alayna? Hat er dich jetzt vor mir versteckt, als er gemerkt hat, was gestern auf dem Steg fast passiert wäre? Als ich mich fast vergessen hätte. Ich weiß, wie Caden darüber denkt, wenn sich irgendwo Gefühle anbahnen, die nicht da sein sollten. Du warst als sein kleines Püppchen gedacht, das er sowieso nicht liebt, weil er es nicht kann, während ich dich ab und zu mal habe, um meinen Druck abzubauen. Doch als er gesehen hat, dass ich dich vorgestern ohne sein Wissen gewissermaßen gestohlen habe, ganz zu schweigen von dem Moment, als *du mich* küssen wolltest, hat das alles verändert. Weil du offen gezeigt hast, dass du dich zu mir hingezogen fühlst – mehr als das.

Sie blinzelt, Alayna. Ihr Atem wird unregelmäßiger, und als sie die Lider aufschlägt, ist es wie eine Naturgewalt. Ihre dunkelblauen Augen sehen mich zuerst verwirrt an, dann beginnt sie zu begreifen, wo sie ist, und sie werden warm. Sie streckt eine Hand aus und legt sie dorthin, wo mein Herz schlägt. Eigentlich sollte ich sie jetzt runterdrücken, weil ich so was nicht mag. Aber Melissa war schon immer eine Ausnahme.

Sie sieht mich an, als wäre ich ihre ganze Welt, und ich sehe sie an.

»Hey«, flüstert sie.

»Hi«, sage ich rau.

Ich weiß, dass sie mich liebt, das wird sie immer tun. Es war schon immer so. Aber am Ende habe ich sie weggescheucht, denn alles andere hätte sie zerbrochen. Sie ist sowieso nicht besonders stark und ihre Liebe für mich macht sie nur noch schwächer. So ist das, Alayna, ich zehre die Leute aus, die mir was bedeuten. Ich bin ein Dämon direkt aus der Hölle, und kein Engel sollte jemals einen Dämon lieben.

Melissa streicht mit der kleinen Hand über meine Brust, wo auch sie verewigt ist. Das ist der kleine Unterschied in Cadens und meinen Tätowierungen. Er hat sie anders gesehen als ich, daher ist diese kleine Stelle an unserer Brust unterschiedlich tätowiert, denn in meinen Augen war sie immer etwas ganz anderes als in seinen.

Sie rückt näher und ich spüre ihren warmen, schmalen Körper an meiner Seite.

»Wer ist sie?«, fragt sie leise und schaut mir eindringlich in die Augen.

»Wer?«

»Die Kleine von gestern, wegen der du mich unter dem Steg stehen lassen hast.«

Ich muss schlucken, Alayna, und spiele es runter. »Sie ist die Bitch von Caden.«

Sie stützt sich auf den Ellbogen und zieht die Decke über ihre Brust. Ihr Blick ist so scheu und so zerbrechlich, als könnte ein Wort sie zerschmettern.

»Und deine auch?«

Ich zucke mit den Schultern. Sie weiß, wie es ist.

»Wieso fragst du?«

Sie senkt den Blick und starrt auf mein Kinn. »Das ist anders, oder?«

»Was ist anders?«

»Wie du sie ansiehst. Ich habe gesehen, wie ihr auf dem Steg saßt. Ist es wie bei uns damals?«

Ich hebe meine Brauen und versuche, ihre Worte an mir abprallen zu lassen. »Oh Melissa, das hoffe ich nicht«, sage ich leise. Wir sehen uns in die Augen und da ist so viel. Ich erinnere mich an jeden Moment mit ihr. An jedes Mal, als sie so verschüchtert am Esstisch bei uns saß, und all die Male, als ich meine Garage demoliert habe, weil sie oben bei Caden war. Er wusste, dass sie mich liebt, und er wusste auch, dass ich etwas für sie empfinde, deshalb hat er sie erst recht nicht mehr zu mir gelassen. Ich erinnere mich an jedes Mal, wenn sie dann nachts trotzdem vor mir stand, und ich erinnere mich an all die bestrafenden Psychospiele, die Caden dann mit ihr gespielt hat. Ich erinnere mich daran, wie er ihr Stück für Stück die Seele ausgesaugt hat. Und wie hilflos ich dabei war. Ich erinnere mich daran, wie ich sie nicht schützen konnte und mir schließlich nur eine Wahl blieb.

Sie fährt mir durchs Haar. Das ist der Grund, warum ich es hasse, wenn du das machst, Alayna. »Du hast mir so gefehlt«, sagt sie leise. »Ich wollte seit Monaten schon zu dir zurück, aber ich konnte nicht. Ich …«

»Ich weiß«, unterbreche ich sie. »Sprich nicht darüber.«

»Carter, vielleicht jetzt, wo er jemand anderen hat, vielleicht können wir jetzt …«

»Nein«, unterbreche ich sie erneut. »Können wir nicht. Ich tue dir das nie wieder an, Baby.«

»Ich sterbe ohne dich«, sagt sie und Tränen glitzern in ihren Augen.

»Fuck, Baby, bitte nicht.« Ich hebe die Hand und streiche die Tränen mit den Fingerspitzen von ihrer reinen Haut.

»Ich liebe dich«, flüstert sie. »Das hat nie aufgehört.« Die Tränen laufen ein bisschen mehr. Ich atme tief durch und versuche zu ignorieren, was mit mir passiert, als sie das sagt.

»Was liebst du an mir bitte?«, frage ich ungläubig und nehme ihr Kinn zwischen meine Finger. »Ich hab dich benutzt, Melissa. Ich hab mit dir gespielt. Mein Bruder hat dich mit mir geteilt.«

Sie schüttelt stürmisch den Kopf und lange, pechschwarze Haarsträhnen verfangen sich in ihren langen Wimpern. »Das ist mir egal. Ich kenne dein Herz und ich liebe dich, egal was vorher war. Egal wie wenig du es am Anfang ernst mit mir gemeint hast. Ich konnte nach dir nicht einmal mit jemandem ausgehen. Ich habe immer gesagt, ich wäre vergeben. Dich gestern zu sehen hat meine Welt erschüttert, Carter. Bitte schick mich jetzt nicht weg.«

Ich packe ihre Hände an den Gelenken und nehme sie aus meinem Haar. Langsam werde ich sauer. »Scheiße, Melissa, du hast dich fast umgebracht wegen uns. Wegen mir. Und ich konnte nichts dagegen tun.«

»Das warst nicht du!« Sie zieht ihre kleinen Arme aus meinem Griff, aber nur, weil ich sie lasse. »Das war er! Er hat mich manipuliert. Carter, er konnte nie damit umgehen, dass ich dich liebe. Und das, obwohl er nicht mal was für mich empfunden hat. Er wollte mich nur ficken und besitzen.«

Ich drehe meinen Kopf von links nach rechts und lasse meinen Nacken knacken. Sofort hat sie ihre Hände an meinen Wangen.

»Nicht«, sagt sie heiser. »Reg dich nicht auf.«

»Hör einfach auf mich zu lieben«, erwidere ich und starre in ihre meeresblauen, reinen Augen. So aufrichtig. So ehrlich. So glitzernd, weil dauernd neue Tränen in sie treten. Und ich hasse es, wenn sie weint, Alayna. Genauso wie ich es hasse, wenn du weinst. Vor allem, weil du immer versuchst, es zu verstecken. Wie gestern.

Sie lacht trocken und streicht meine Lippen nach. »Wie könnte ich jemanden wie dich jemals vergessen, Carter?« Fuck, ich verstehe echt nicht, was sie in mir sieht. Das habe ich nie verstanden.

»Ich wünschte, ich hätte dich gestern einfach in Ruhe gelassen«, sage ich, ziehe ihre Hand an meinen Mund und küsse ihr Handgelenk. Bei ihr fällt es mir so leicht, Alayna. Aber ich werde das nie wieder bei einer anderen Frau zulassen. Ich werde nie wieder jemanden, der mir auch nur ein bisschen was bedeutet, an mich ranlassen, denn Ich zerstöre nur. Caden gibt ihnen den Rest und übrig bleibt eine gebrochene Seele. Wir sind nicht für so was gemacht. Es ist wie ein Fluch, alles kaputt zu machen, was gut ist. Alles zu beschmutzen, was rein ist.

»Ich bin froh, dass du mich mitgenommen hast«, erwidert sie. »Und ich würde immer wieder mit dir gehen.« Ich sehe das unendliche Vertrauen in ihren Augen.

»Du bist so dumm, Baby«, sage ich weich und sie lächelt.

»Das hast du mir schon öfter gesagt. Mit dir bin ich gern dumm.«

Ich weiß, dass ich sie fortschicken sollte, Alayna. Aber ich tue es nicht. Ich denke nicht mal dran. Dafür habe ich keine Kraft. Das erste Mal hat mich schon all meine Kraft gekostet.

»Liebst du mich denn nicht mehr?«, fragt sie jetzt und sieht mich eindringlich an.

Ich lege den Kopf zur Seite und streiche eine lange, glänzende Strähne aus ihrem Gesicht. Sie ist so schön, dass es fast wehtut. »Mehr, als gut für uns beide ist.« Das Problem mit ihr ist, dass ich sie nie vergessen konnte, weil sie die Erste war, die mich auf diese Weise angesehen hat. Aber jetzt bist da du, Alayna. Du hattest gestern auch diesen einen Blick, der Melissa fast alles gekostet hat. Und ich hatte wirklich kurz Angst, dass Caden dich jetzt umbringt, aber anscheinend kannst du gut mit ihm umgehen. Ich war dann überflüssig.

Sie sieht aus, als hätte sie seit Jahren darauf gewartet, das zu hören, denn ich habe es ihr nie gesagt, damit sie geht und sich nicht noch mehr an mich bindet.

Wieder treten Tränen in ihre Augen und wieder wische ich sie weg.

»Sag es mir«, bittet sie mit erstickter Stimme.

»Ich liebe dich, Melissa.«

Sie krabbelt auf mich und küsst mich, dann reden wir nicht mehr mit Worten.

* * *

Caden und du seid noch nicht da, deshalb ziehen wir uns irgendwann gegen neun an und gehen ins Haus. Sie hat Hunger, mir ist schlecht. Aber sie wirkt auf mich, als wäre es das erste Mal seit Langem, dass sie wieder Appetit hat und so nehme ich alles, was wir haben, aus dem Kühlschrank und staple es auf den Tisch.

Das Haus ist leer, Dad und Mom sind arbeiten und Ava schläft noch. Die Küche ist sonnengeflutet und das Bild, wie sie hier wieder sitzt, in meinem Shirt nach all der Zeit, ist so fucking vertraut. Früher habe ich ihr immer mitten in der Nacht Sandwiches gemacht, weil sie nach dem Rauchen ständig so einen Heißhunger bekommen hatte. Heute würde ich ihr nicht mal mehr eine Tüte an die Lippen halten.

Ihre Haare glänzen im Sonnenlicht und sie nippt an dem Kaffee, den ich ihr zubereitet habe. Wir sind beide scheißmüde, aber an Schlaf ist nicht zu denken, weil die Emotionen zu wild durcheinanderwirbeln.

Ich setze mich zu ihr, mache ihr wie früher ein fettes Sandwich, genau so, wie sie es liebt. Sie lächelt, weil ich mich daran erinnere, und ich sehe ihr dabei zu, wie sie es verschlingt und ihre Wangen aufplustert, weil sie alles in sich stopft.

Wie lang hast du nicht gegessen, Baby?, denke ich mir. Die Frage beantwortet sich mir selbst, als ich an ihren nackten Körper denke. An die Schlüsselbeinknochen, die hervorstehen, und die spitzen Beckenknochen, dort, wo einmal sanfte Rundungen waren, und an ihre schmalen Schultern. Sie ist zu einem Nichts verkommen.

Wir reden nicht, wir haben nie viel geredet. Es ist, als würden wir uns mit Blicken alles sagen. Ihr Blick ist warm und vertraut; sie lässt mich nicht aus den Augen und ich sie auch nicht.

Scheiße, Alayna.

Als sie fertig ist, lassen wir alles so stehen und bleiben sitzen. Sie lehnt sich an meine Schulter und ich lege den Arm um ihren Rücken, rieche an ihrem Haar. Es riecht immer noch wie damals. Ihre Nasenspitze streicht über meinen Hals und eine Gänsehaut überkommt mich. Die Sonne scheint uns an und wärmt uns von außen, genau wie ihre Berührung mich von innen wärmt und zum Leben erweckt. Nach so langer Zeit der Kälte.

Wir sitzen eine gefühlte Ewigkeit so da, als sich auf einmal die Tür öffnet. Ich zucke zusammen, weil ich so abgelenkt war von dem Moment. Ihr beiden kommt rein, wie ich von hier aus sehen kann.

Du siehst so glücklich aus, Alayna. Deine Augen strahlen und deine Haare fallen in wilden Wellen über deine Schultern. Du trägst ein weißes Trägertop und eine eng anliegende Jeans, die sich um deine langen Beine schmiegt. Du siehst so perfekt aus. Caden betritt hinter dir das Haus. Immer noch in seinen weißen Sachen von gestern, und auch er wirkt zuerst ein bisschen anders.

»Oh mein Gott, hast du den Typen gesehen, der war doch total irre, wie er da mit seinem Fahrrad einfach nicht von der Straße wollte. Du bist fast durchgedreht!« Du lachst und Caden verdreht belustigt die Augen. Melissa neben mir wird stocksteif und atmet nicht mehr.

»Atme, Baby«, flüstere ich in ihr Haar und sie drückt sich so eng an mich, als würde sie sich in mir verkriechen wollen.

Caden wird zuerst auf uns aufmerksam. Er schaut Melissa an. Bei einer falschen Bewegung springe ich über den Tisch und schlage ihn zu Brei.

Du hörst abrupt auf zu reden, als du seinem Blick folgst und er auf uns hängen bleibt. Auf meinem Arm um sie. Wie sie sich an mich schmiegt und ich bereit bin, diesmal für sie zu töten. Du nimmst einen zittrigen, tiefen Atemzug, den ich nicht nachvollziehen kann, und schaust zu Caden.

Er lässt seinen Nacken knacken. Melissa will aufspringen und laufen, wie damals, als ich sie dazu gezwungen habe. Aber ich halte sie noch fester und spüre, wie heiß ihr Körper plötzlich wird.

Jetzt zieht Caden eine Braue hoch, kommt langsam näher, und ich spanne mich an. Du folgst unsicher und verstehst gar nichts mehr, aber sagst kein Wort.

»Oh, Melissa«, sagt er gespielt überrascht. »Du bist wieder da.«

Sie schluckt und ich blähe die Nasenflügel auf. »Caden«, knurre ich warnend und spreche mit meinen Augen weiter. *Lass es.*

Ich hätte es besser wissen sollen, denn es reizt ihn nur noch mehr.

Er fragt mich wortlos: *Wirklich*?, und setzt sich uns genau gegenüber. Ohne den Blick von uns zu nehmen, streckt er die Hand nach dir aus. Und wieder folgst du, als wäre er ein Magnetfeld, das dich anzieht, und nimmst neben ihm Platz.

Deine Augen flackern unsicher, meine sind wachsam und Cadens amüsiert.

Fuck.

Ich kann das nicht noch mal zulassen.

Melissa ist mit allem, was sie hat, an mich gepresst. Sogar ihre nackten Füße hat sie zwischen meine deponiert.

»Das ist Alayna«, sagt Caden gelangweilt und deutet mit einer trägen Handbewegung in deine Richtung. »Meine Freundin.«

Melissa erwidert nichts.

»Das ist Melissa, Carters Ex, oder Carter? Hab ich was verpasst, Bro?«

Als Caden ihren Namen sagt, zuckt sie zusammen, und ich halte sie noch ein bisschen fester. Sie drückt ihr Gesicht an mich und verbirgt es. *Scheiße, Baby, du bist so im Arsch,* denke ich.

»Hi!«, sagst du zögernd. Melissa wirft dir einen Blick zu, der dich warnen soll, dass du neben dem Teufel persönlich sitzt, und schaut ungläubig auf eure Hände, die auf dem Tisch verschlungen sind, bevor du dann seinen Arm nimmst, ihn um deine Schultern legst und dich an ihn schmiegst. Du bist so verdammt eifersüchtig auf alles und jeden in seiner Nähe, nicht wahr?

Caden grinst lässig. »Also? Habe ich jetzt was verpasst? Seid ihr wieder happy together? Habt ihr alles hinter euch gelassen? Ich meine, *alles*? Das ist ja bewundernswert.«

Nun lasse *ich* meinen Nacken knacken und Melissa reagiert sofort, weil sie weiß, dass das jetzt böse enden kann. Sie kennt mich so gut. Zu gut.

»Carter«, haucht sie zittrig. Mein Blick schießt zu ihr und ihren riesigen, wunderschönen, verstörten Augen, die mich mit ihrer Sanftheit im festen Griff halten. Wir starren uns an, was sich wie eine Ewigkeit anfühlt.

»Nicht, Baby. Bitte.« Sie legt ihre Finger an meine Kieferlinie, streicht sanft darüber und schafft es, dass ich so schnell unten bin, wie ich oben war.

»Melissa«, sagt Caden schon wieder ganz lässig. Sie schluckt und spannt sich an, ihre Augen sind Hilfe suchend in meine gerichtet. »Bring mir ein Glas Wasser.« Sie will tatsächlich sofort aufspringen und es tun, weil Cadens Manipulation und die Angst vor ihm immer noch bei ihr wirkt.

FUCK! Ich packe sie am Arm, damit sie nicht auf den Gedanken kommt, ihm jetzt Wasser zu bringen.

»Ich bringe dich jetzt heim, Baby«, sage ich rau, nehme ihr Kinn und hauche ihr einen Kuss auf die Lippen. Ich habe noch nie jemanden so sanft geküsst, wie ich es bei ihr tue.

Caden klatscht in die Hände. »Herzlichen Glückwunsch«, ruft er sarkastisch an Melissa gewandt, die unter seinem Klatschen zusammenzuckt, weil sie sich unter Garantie daran erinnert, dass er damals immer bis drei gezählt hat und jedes Zählen von einem Klatscher auf ihren Arsch begleitet wurde, bevor er sie laufen lassen hat, um sie anschließend wieder einzufangen.

Ich hoffe, dass er das niemals mit dir tun wird, Alayna.

»Lass uns gehen. Sofort!«, fleht sie hektisch, denn dieser Psychobro, den ich habe, hat sie so konditioniert, dass das Klatschen sie zum Weglaufen animiert.

Du schaust total verstört zwischen uns allen hin und her. In deiner heilen Sonnenscheinwelt hast du keine Ahnung, was hier los ist.

»Schön, dass du wieder da bist, Melissa!«, raunt Caden, als ich sie packe und mit ihr aufstehe. »Lauf nicht so schnell, sonst stolperst du noch!«, ruft er ihr hinterher.

23. Die Definition von Glück, Alayna

Alayna

Ich beobachte Caden, während Musik in seinem Zimmer läuft, wie er sich gerade umzieht und tut, als wäre da unten eben nichts passiert.

Aber da ist was passiert. Vieles nonverbal, dennoch deutlich genug, dass ich kaum atmen konnte. Wie dieses Mädchen – und ja, es *war* ein Mädchen, ein kleines, verängstigtes Mädchen – ihn angesehen hat und Caden sie angesehen hat, bescherte mir eine Gänsehaut. Er hat gesagt, er sei ein Bastard, und ich frage mich, ob sie diese Seite von ihm vielleicht kennengelernt hat, und wenn ja, wieso? Sie ist doch Carters Ex! Was haben die beiden zusammen erlebt?

Wie Carter sie angesehen hat und wie er sie gehalten hat, wie sanft er war! Das hätte ich ihm niemals zugetraut. Er war wie ein Löwe, der bereit ist, jeden Moment anzugreifen, sollte sein Gegner näher kommen. Dabei wusste ich nicht mal, dass die beiden Gegner sind. Ich verstehe gar nichts mehr. Die Liebe zwischen Caden und Carter ist eigentlich klar, beinahe greifbar und so echt. Aber in den letzten Tagen geraten sie immer wieder aneinander. Sie sind dabei wirklich wie zwei Löwen, die versuchen, die Stärken und Schwächen des Gegners einzuschätzen.

Ich trinke einen Schluck von meiner Dosencoke und ziehe meine Beine auf Cadens Bett in einen Schneidersitz. Mittlerweile hat er sich umgezogen und dreht sich zu mir um.

»Ist was, Alayna?«, fragt er mich, wie er und Carter es ständig tun.

Ich schüttle den Kopf, lasse ihn aber nicht aus den Augen. Irgendwie bin ich ein bisschen misstrauisch und auch ein bisschen durcheinander und ein bisschen angepisst.

Ich wusste ja nicht, wie wichtig *Melissa* für Carter ist. Ich wusste ja nicht, dass er dazu fähig ist, jemanden so anzusehen und jemanden so zu berühren. Und dann bin ich angepisst auf mich selbst, weil ich angepisst bin. Was stimmt nicht mir?

Was stimmt nicht mit ihm? Haben wir uns nicht gestern fast geküsst? Oder habe ich mir da mal wieder was eingebildet?

Und was war das gerade zwischen Caden und ihr?

»Du siehst so verwirrt aus, Baby. Ist alles in Ordnung?« Ich nicke. Caden öffnet sein Fenster einen Spalt und macht sich eine Kippe an.

Aber nichts ist in Ordnung. Ich bin auf so vielen Ebenen durcheinander. Wegen Carter und mir. Wegen Melissa und Carter. Wegen Caden und Melissa. Wegen allem.

Ich hasse es, wenn ich durcheinander bin und meine Gedanken nicht ordnen kann.

Caden setzt sich neben mich, ein Knie angewinkelt und die Zigarette im Mundwinkel. Er tippt mein Kinn hoch. »Sag mir, was los ist, Alayna.«

Ich trinke noch einen Schluck Coke und lege den Kopf schief. »Was ist das mit Melissa, Caden?« Ja, mittlerweile denke ich mir, dass das der Grund war, warum er so allergisch auf meine einfache Frage reagierte, was es mit Carter und Melissa auf sich hat.

»Was meinst du, Baby?«

»Was ich meine? Sie ist fast schreiend weggelaufen oder aus dem Fenster gesprungen, als du reinkamst. Sie ist fast in Carter *reingekrochen*!«

»Stört dich das? Dass sie sich so nahe waren?«

JA!, denke ich, *so was von!* Stattdessen antworte ich: »Das meine ich nicht. Ich meine, dass du ihr wirklich Angst gemacht hast. Was war da los? Du warst doch gar nicht mit ihr zusammen, oder? Und jetzt sei ehrlich zu mir, Caden. Bitte.« Mir wird schlecht. Ich habe das Gefühl, dass mir nicht gefallen wird, was er zu sagen hat.

Er lässt sich auf den Rücken fallen und sieht mich träge von der Seite an, während er seine Zigarette raucht. »Sie war meine Freundin.« Es gefällt mir gar nicht, wohin das geht, und dass Caden sie schon mal angefasst hat. GAR NICHT! »Carter hat sie mir weggenommen. Sie hat sich für ihn entschieden. Ich bin ausgeflippt, hab sie ein bisschen fertiggemacht, und Carter hat sie weggeschickt, bevor ich sie noch umbringe. Noch Fragen?« Er sagt das alles so nüchtern, als würde er mir erzählen, was seine Lieblingsband ist, und ich spüre, wie mein Herz einen Schlag aussetzt und ich zittere.

What the fuck ist jetzt wieder los?

Umbringen?

Sagt er die Wahrheit?

Meint er das ernst?

»Und wie lange ging das zwischen euch?«, frage ich. »Wie lange hat sie dich mit Carter betrogen?« Jetzt verstehe ich, warum er so allergisch darauf reagiert, wenn ich mit Carter allein bin.

»Alayna, ich lasse mich jetzt nicht von dir verhören. Verstanden?«

Ich runzle die Stirn. Das hier ist gar nicht der Caden von letzter Nacht. Das ist dann wohl seine andere Seite, die mich ans Bett gefesselt und mir am Pool die Befehle gegeben hat.

»Aber findest du nicht, dass du so was mit mir teilen solltest, Caden? Ich meine … ich bin doch deine Freundin.«

Er zieht eine Braue. »Das tut nichts zur Sache.«

»Aber …«

»Ich zähle bis drei und dann hörst du damit auf, Alayna. Okay? Sonst weiß ich nicht, wie ich reagiere. Ich hab dir gesagt, ich bin ein Wichser. Kitzle diese Seite nicht hervor. Eins.«

»Caden …«

»Zwei, Alayna.«

»Ich …«

»Drei.«

Aus irgendeinem Grund klappe ich sofort meine Lippen aufeinander. Scheiße, er ist wie ein Zauberkünstler.

Er richtet sich auf, und ich weiche zurück in die Kissen, sodass er über mir aufragt.

»Gutes Mädchen«, flüstert er und beugt sich über mich, um die Kippe auszumachen. Dann verlagert er sein Gewicht komplett auf meinen Körper. »Ich mag es, wenn du auf mich hörst«, flüstert er an meinem Mund und schiebt seine Hand zwischen uns direkt in meine Hose. Fast bei der ersten Berührung seiner Finger explodiere ich. Was tut er nur mit mir? Und wie?

Ich schlucke, als er mich hart küsst und ich in seinem Haar wühle.

Fuck, Caden, denke ich. *Du wirst mein Tod sein.*

* * *

Carter

Ich habe das Radio angemacht, weil die ganze harte Scheiße von meinem Handy nichts ist für diesen Moment. Melissa schaltet durch die Sender, bis ein mir bekannter Song, den ich niemals allein hören würde, das Auto flutet. Ich weiß ganz genau, was sie mir damit sagen will, und ich hasse es, dass ich Auto fahren muss, weil ich sie nicht ansehen kann. Wir sind fast da und mir ist klar, dass ich sie gleich gehen lassen und sie irgendwie dazu bringen muss, nicht wieder zurückzukommen.

Ich muss sie wieder von mir stoßen, Alayna, denn ich habe Cadens Blick gesehen. Er hat wieder Lust auf dieses kranke Spiel bekommen. Vielleicht will er es jetzt mit euch beiden spielen und ihr vormachen, er wäre ich, während ich so tun soll, als wäre ich er. Er weiß, dass ich anders nicht an dich rankomme, es aber so sehr will. Es ist eine neue Herausforderung für ihn, zu erfahren, ob du es erkennen würdest, nach allem, was passiert ist.

»Carter?«, höre ich ihre Stimme neben mir und merke, dass ich ganz automatisch vor ihrem Haus stehen geblieben bin – wie früher, wenn ich sie am nächsten Morgen nach Hause gebracht habe.

Ich drehe mich zu ihr um. Das Lied läuft immer noch und sie trägt die Sachen von gestern. Ihre Haare fallen über ihre Wangen und ich balle die Hände zu Fäusten, damit ich sie ihr nicht zurückstreiche. Fuck, Alayna. Alles ist so beschissen auf einmal.

Sie schaut mich aus großen Augen an. Ich sehe zurück und weiß, mit ihr könnte ich alles haben, was der Durchschnittsbürger sich so wünscht. Eine Hochzeit, ein Haus, ein Kind, einen Hund und wahnsinnigen Sex bis zum Ende meines Lebens.

Aber das ist nicht, was ich will. Ich will sie auch nicht kaputt machen.

Und doch ist das alles genau das, was sie verdient hat, nur nicht das, was ich mir vorstelle.

Ich werde ihr nie geben können, was sie braucht. Weder mit noch ohne Caden. Dabei hat sie so viel mehr verdient als mich.

Außerdem kann ich sie nicht noch mal durch diese Hölle schicken, durch die wir sie gejagt haben.

»Carter?«, fragt sie noch mal. Ihre Stimme klingt so unsicher wie früher, wenn sie nicht wusste, ob ich Caden oder Carter bin.

Ich nehme ihre Hand, weil ich mich nicht zurückhalten kann, und sie sieht auf unsere Finger. Ihre kleinen, die neben meinen geradezu zerbrechlich wirken. So, wie ich sie gebrochen habe. Ihr ganzes Leben und ihr glückliches Wesen ruiniert. Ich habe das getan. Nicht Caden. Ich habe sie ausgesaugt.

Und Caden macht das alles auch nicht besser.

»Oh nein«, flüstert sie und legt den Kopf schief. »Du willst es wieder tun, oder?«

Ich atme tief durch. Sie hat Tränen in den Augen, bevor ich was gesagt habe, weil sie mich kennt und weiß, was jetzt kommt.

»Es ist besser so für dich, Melissa«, erwidere ich. »Du hast doch gerade gesehen, wie er geschaut hat. Für ihn ist das noch nicht zu Ende, und du weißt, dass ich am Ende immer zu ihm halte. Ich beschütze dich, aber wenn ich mich entscheiden muss, wird es immer er sein.«

Sie beißt sich auf die Unterlippe und sieht mich durch diese endlos blauen Augen an. »Ich schaffe das nicht noch mal, Carter. Renn diesmal mit mir weg. Bitte. Wir könnten so glücklich sein.«

Ich lache trocken. »Ich bin nicht dafür gemacht, jemanden glücklich zu machen oder vor irgendwas davonzurennen, Melissa.« Außerdem kann ich nur an dich denken, Alayna. Wenn ich mit ihr gehe, sehe ich dich nie wieder.

»*Ich* war glücklich mit dir«, sagt sie überzeugt.

Ich hebe eine Braue. »Wirklich? Wann denn? Als ich mich als Caden ausgegeben und dich gefickt habe? Oder als ich dich über Nacht und den ganzen Tag in meiner Garage eingesperrt habe, um dich zu bestrafen, dass du bei ihm warst? Oder warst du glücklich mit mir, als ich vor deinen Augen eine andere gefickt habe, nur weil ich ein bisschen mit dir spielen wollte? Oder warst du etwa glücklich, als Caden und ich dich zu zweit auf einmal hatten? Oder als ich gemerkt habe, was du mir bedeutest und dich dann hab sitzen lassen, weil ich mich immer für meinen Bruder entscheiden werde? Sag es mir. Wann?«

Sie sieht mir immer noch ununterbrochen in die Augen. Immer noch mit so viel Liebe und Vertrauen. »Ich war glücklich, jedes einzelne Mal, wenn du mich angelächelt hast. Wenn du heimlich meine Hand genommen und meine Knöchel geküsst hast. Jedes Mal, wenn dein Mund mir gesagt hat, dass ich dir nichts bedeute, und ich in deinen Augen gesehen habe, dass das nicht stimmt. Ich war glücklich, jedes Mal, wenn du so getan hast, als wärst du Caden, und ich dich jedes Mal von Anfang an durchschaut und dieses Spiel mitgespielt habe, weil ich wusste, dass ich dich sonst gar nicht mehr für mich habe.«

»Was?«, frage ich, weil ich denke, mich verhört zu haben.

Sie schnallt sich ab, Alayna. Sie setzt sich auf mich, Alayna, so, wie du es auch getan hast, in dieser einen Nacht. Und sie greift in meine Haare, während ich meine Lider kurz schließe.

»Ich habe es immer gewusst, Carter. Ein Blick hat gereicht und ich wusste, dass du es bist, weil ich dir von Anfang an verfallen war, auch wenn ich zuerst Caden kennengelernt habe.«

Fuck. Ich kann nur perplex den Kopf schütteln.

»Ich habe nie was gesagt, weil ich dir nahe sein wollte, und weil ich wusste, dass Caden da nicht mitmachen wird. Er liebt es, jemanden unter Kontrolle zu halten, doch über Gefühle *hat* er keine Kontrolle. Es warst immer du, von Anfang an.« Fuck, Alayna, das sind fast genau die Worte, die du gestern zu Caden gesagt hast. Und das fickt mich ein bisschen.

Ich streiche ihr das Haar zurück und muss schlucken, weil ich nie gedacht hätte, dass sie Bescheid wusste. Sie hat sich nie etwas anmerken lassen, hat alles über sich ergehen lassen, nur um mir nahe zu sein. Vielleicht ist sie stärker, als ich dachte.

»Sie weiß es auch«, sagt sie jetzt, während sie weiter durch mein Haar fährt.

»Wen meinst du?«, frage ich vorsichtig. Sie lächelt mich mit hochgezogenen Brauen an, als wüsste ich genau, wen sie meint.

»Alayna«, erwidert sie und es ist wie ein Blitzschlag in meinem Kopf. »Sie weiß es tief in sich, aber sie gibt es nicht zu, weil sie sich nicht so entscheiden kann, wie ich es von Anfang an konnte. Du liebst sie, Carter.« Was? WAS?

Was redet sie, Alayna? Das ist doch Bullshit. »Und du willst es genauso wenig zugeben, wie du es bei mir wolltest. Siehst du es nicht? Die Geschichte wiederholt sich, Carter. Ich weiß nur nicht, wem diesmal das Herz gebrochen wird. Aber ich weiß, dass du mich auch noch liebst, und solange das so ist, kannst du mich nicht wieder von dir treiben. Ich bin einmal gegangen und ich kann das nicht noch mal.«

Fuck.

Ich erinnere mich noch genau, dass wir ausgemacht haben, durchzubrennen. Einfach weg, irgendwo neu anfangen. Zusammen. Scheiß drauf, ob wir Geld hatten. Und ich erinnere mich noch daran, dass ich zu diesem Flughafen gefahren bin, während Caden mich mit diesen ganzen Nachrichten bombardiert hat, die ich alle ignoriert habe. Als ich sie dann gesehen habe, auf ihrem Koffer sitzend, auf mich wartend, wusste ich, das ist die eine Frau, die bis an ihr Lebensende sitzen und auf mich warten würde. Und in dem Moment wusste ich, dass ich sie gehen lassen und ihr Herz brechen muss, damit sie nie wieder in dieses Irrenhaus zurückkommt.

Wir wollten weg, weil sie vorher versucht hat, sich das Leben zu nehmen. Caden hat ihre Psyche so hart gefickt als Bestrafung für unser geheimes Spiel.

»Ich frage dich nicht, ob du das noch mal kannst, Melissa. *Ich* kann das nicht noch mal. Ich kann diese Scheiße nicht noch mal durchmachen.«

»Oh Carter«, sagt sie und schüttelt mitleidig den Kopf. »Du machst es doch schon durch. Du bist wieder an dem Punkt. Und wenn dein Bruder sie bekommen kann, dann können wir beide …«

»Er wird es niemals sein lassen, Melissa. Du bist die eine Frau, die ihm am Ende entwischt ist. Du hast dich für mich entschieden und er wird immer danach trachten, dich kontrollieren zu können.«

Sie schüttelt den Kopf. »Es ist mir egal, was er macht. Ich will einfach bei dir sein.«

Fuck.

Ich lehne den Hinterkopf an den Sitz und fahre über ihre Oberschenkel. »Wenn du mich liebst, lass mich gehen, Melissa. Das ist das einzig Gesunde für uns beide.«

Sie schließt die Augen und schüttelt erneut den Kopf.

»Melissa, sieh mich an.«

Sie presst die Lider fester zusammen und schüttelt den Kopf noch heftiger.

»Baby.« Ich lege meine Hand an ihre Wange und weiß, dass ihre Augen tränennass sein werden, wenn sie sie jetzt öffnet. »Lass mich gehen und werde glücklich. Wenn du mich liebst, dann tu das für mich.«

Sie presst ihre Lippen zusammen und krallt sich in mein Shirt, als würde sie mich noch fester halten wollen. Dann beugt sie sich vor und vergräbt ihr Gesicht an meinem Hals, schüttelt ununterbrochen den Kopf. Ich kann nicht anders, als ebenfalls meine Augen zu schließen, während ich ihren Hinterkopf umfasse. Scheiße, mir kommen auch die Tränen.

»Ich würde alles für dich machen«, flüstert sie an meinem Hals. »Aber das kann ich nicht, Carter. Niemals. Es tut mir leid. Ohne dich werde ich nicht glücklich und ich kann dich niemals gehen lassen.«

Blicklos schaue ich nach vorn. Meine Stimme ist hohl, als ich wieder spreche. »Und wenn ich dir sage, dass ich sie wirklich liebe?«

»Auch dann nicht. Niemals wieder.«

24. Wie Männer das lösen, Alayna

Carter

Als ich wieder zu Hause bin, fühle ich mich so leer. Ich setze mich auf die Verandastufen und überblicke den gepflegten Vorgarten, die Nachbarhäuser, und atme die frische, saubere Luft ein. Autos fahren in unregelmäßigen Abständen vorbei, nebenan spielen diese Rotzkinder Seilspringen. Es ist fast idyllisch. Ich werde so was nie wollen. Es ist nichts, was mich anzieht oder was ich anstrebe. Das Studium mache ich auch nur, weil ich *irgendwas* machen musste, da Dad mir in den Ohren lag. Dann habe ich aber erfahren, dass er selbst erst total spät studiert hat, weil er rumpennern musste, laut dem Überdad.

Jetzt sitze ich hier und spüre Melissa noch in jeder einzelnen Faser. Ich weiß, dass es noch nicht vorbei ist. Es braucht mehr, um sie von mir zu stoßen. Genau wie beim letzten Mal. Ich bin immer noch geflasht von dem, was sie gesagt hat. Dass sie von Anfang an wusste, dass wir ein Spiel spielten, und dass ich nicht Caden bin, wenn ich zu ihr kam. Dass sie das mitgemacht hat, weil sie intelligent genug war, gleich zu checken, dass Caden uns beide sonst nicht mehr in einem Raum miteinander allein gelassen hätte, lässt mich sie noch ein bisschen mehr lieben. Ich hatte keine Ahnung, dass ich lieben kann. Das habe ich erst gelernt, als ich Melissa damals im Krankenhaus besucht habe. Sie hat nach allem, was zwischen uns passiert ist, und nach der harten Manipulation von Caden, versucht, sich umzubringen, und ich war bei ihr. Die ganze Nacht, den ganzen Morgen, so lange, bis ihre Eltern kamen und mich rausgeschmissen haben, weil sie der Meinung waren, ich sei nicht gut für ihre Tochter. Tja, am Ende hatten sie recht.

Ich habe Melissa Dinge angetan, die du dir nicht einmal vorstellen kannst, Alayna. Schläge mit dem Gürtel auf den Arsch? Das ist lächerlich dagegen.

Doch sie blieb.

Caden hat sie manipuliert und ihre Psyche gefickt.

Doch sie blieb.

Es ist so viel passiert, aber jetzt ist sie wieder da und ich weiß nicht mehr, was ich fühlen soll.

Ich höre, wie die Tür sich öffnet und wieder schließt. Komischerweise weiß ich, auch ohne mich umzudrehen, dass du es bist. Du setzt dich einfach zu mir, wie wir gestern auf dem Steg gesessen haben. Ich drehe mich nicht um, aber ich rieche dein Parfüm und Caden an dir. Es kotzt mich an.

Ich sehe deine Jeanshose im Augenwinkel. Deine Haare streifen bei einem leichten Wind meinen Arm und ich ziehe ihn zurück, weil du wie Gift bist, Alayna. Das Problem mit dir ist, dass ich genau weiß, dass es mich ficken wird, wenn ich noch einmal zulasse, dass du mich so ansiehst wie gestern und heute Morgen, als du mit ihm in die Küche kamst.

Du machst eine Zigarette an, Alayna, und reichst sie mir wortlos. Als ich sie nehme, berühren sich unsere Fingerspitzen und du ziehst deine Hand zurück, als hätte ich dir einen Stromschlag verpasst.

»Wo ist Caden?«, frage ich. Meine Unterarme sind auf meine Oberschenkel gestützt, während mein Blick auf dem gegenüberliegenden Haus haftet.

»Oben.« Deine Stimme klingt so angespannt.

»Und du darfst hier mit mir sitzen? Bist du dir da sicher?« Jetzt schaue ich dich doch an. Dein Gesicht ist rein und deine Lippen gerötet. Ich sehe in deinen tiefen, dunklen Augen, dass er dich eben gefickt hat, und kann mit der Wut in meinem Bauch nicht umgehen, also schlucke ich sie runter.

»Ich wollte mir nur was zu trinken holen, da hab ich dich gesehen.«

Ich überlege, Alayna, ob Melissa recht hat und du wirklich irgendwas weißt oder ahnst und dich nur nicht entscheiden kannst. Oder geht sie einfach zu sehr von sich aus?

»Sie ist hübsch«, sagst du einen Moment später und hast deine Hände zwischen deine Knie geklemmt. Was ist los? Vertraust du dir selbst nicht? Willst du mich etwa so berühren, wie sie es getan hat? Das wirst du nie dürfen, Alayna.

»Ich weiß«, erwidere ich.

»Und, seid ihr wieder zusammen?«

»Keine Ahnung.« Ich zucke mit den Schultern und ziehe an meiner Zigarette, die du mir angemacht hast.

»Caden hat mir erzählt, was passiert ist.«

Ich lache trocken. »Wirklich? Hat er das? Was hat er denn erzählt?« Sicher nicht die Wahrheit, sonst wärst du nicht mehr hier. Du bist nicht Melissa. Du bleibst nicht, wenn du das rauskriegst.

»Er hat mir erzählt, dass er mit ihr zusammen war und du sie ihm weggenommen hast. Er hat gesagt, dass sie sich in dich verliebt und für dich entschieden hat, und am Ende war er so wütend, dass er sich nicht mehr beherrschen konnte und ein paar fiese Dinge getan hat, weshalb sie jetzt so verschreckt ist.«

Ich kann mein Schnauben kaum unterdrücken. Er hat die Wahrheit gut verdreht, um mich jetzt als Wichser darzustellen, sodass du einen gesunden Hass auf mich entwickeln kannst. Das ist Caden, wie er leibt und lebt.

»Und du, Alayna?«, frage ich, schaue dir in die Augen und sehe, dass dein Atem kurz stockt, weshalb auch immer. »Was denkst du darüber?«

»Ich weiß es nicht«, gibst du schulterzuckend zu. »Ich glaube ihm. Wieso sollte er mich belügen?«

»Na ja«, sage ich träge. »Meinst du nicht, ich hätte dich ihm auch schon weggenommen, wenn das stimmen würde?«

Deine Augen werden groß, deine Wangen ein bisschen rot. Alayna, hast du eine Ahnung, wie süß du gerade bist?

»Wieso solltest du mich wegnehmen wollen?«, fragst du und streckst deine nackten Füße. Deine Zehennägel sind schwarz lackiert, genau wie deine Fingernägel.

Ich zucke nur mit den Schultern und du erwartest anscheinend auch keine weitere Antwort. Wir sitzen einige Zeit lang und schweigen. Es fühlt sich nicht schlecht an. Doch dann fällt mit einem Mal die Tür hinter uns ins Schloss. Du erschreckst dich und ich weiß, dass er das mit Absicht gemacht hat.

Ich schaue über meine Schulter und treffe auf den angepissten Blick meines Bruders. Er lehnt im Türrahmen, die Arme vor der Brust verschränkt, und du springst auf, als er eine Braue hochzieht.

»Ich hab nur kurz mit deinem Bruder gequatscht«, erklärst du eilig und klopfst den Dreck von deiner Jeans. Ich muss mich zwingen, dir nicht auf den Arsch zu schauen, weil ich deinen Arsch liebe und ihn noch unter meinen Fingerspitzen spüren kann.

Fuck.

Caden sagt nichts, als du an ihm vorbei- und hineingehst. »Wir müssen reden«, meint er zu mir. Ich stehe auf und nicke zur Garage.

Und er folgt mir.

* * *

Wir sitzen in meiner Garage. Das Tor steht wie meistens offen. Caden hockt auf meiner Couch, wo er immer sitzt, die Beine auf den Tisch gestreckt. Ich fläze in meinem

Sitzsack und drehe einen Joint – wie so oft. Musik dröhnt wie immer aus meinen Boxen. Ich habe keine Sekunde geschlafen, wie fast immer, und Caden wahrscheinlich auch nicht, weil er ja die ganze Nacht mit dir zusammen war, Alayna. Wer weiß, was ihr gemacht habt.

Er trägt kein Shirt, genauso wenig wie ich. Die warme Sommerluft zieht nur so in mein immer noch total verdrecktes Loch. Ich sollte dringend die Reste der Party wegputzen oder so tun, als wäre ich Caden, und dich manipulieren, damit du es machst. Nackt.

»Melissa also, hm?«, fragt Caden lässig und ich mache die Tüte an.

»Alayna also, hm?«

Wir starren uns einen Moment an. Die Rauchwolke, die ich ausstoße, umwabert uns.

»Sie hat gesagt, sie liebt mich«, erzählt Caden.

»Melissa hat das Gleiche gesagt«, erwidere ich. Wir nehmen keine Sekunde den Blick voneinander, während ich ihm die Tüte reiche.

Er hält sie zwischen Zeigefinger und Daumen, als er sie langsam an seine Lippen führt.

»Süß.«

»Ebenso.«

Wir sind total emotionslos und innerlich nur angepisst. Das passiert bei uns selten. Das letzte Mal war es wegen Melissa. Ich habe drei Monate nicht mit ihm geredet, bis Dad auf den Tisch gehauen und Caden eine neue Tussi angeschleppt hat – als Friedensangebot. Dann war alles wieder gut.

»Und?«, fragt er jetzt.

»Nichts, und bei dir?«

»Nichts.«

»Super.«

Er nickt. »Super.« Und gibt mir die Tüte wieder.

Ich ziehe tief daran. »Also? Große Liebe, hm?«

Er zuckt mit den Schultern. »Und bei dir?«

Ich zucke mit den Schultern.

»Ich glaube, ich liebe sie auch«, sagt Caden jetzt. Eine Drohung funkelt in seinen Augen.

Ich lache total breit auf und hab Schwierigkeiten, meine Lider offenzuhalten. »Du? Lieben? Sicher, dass du das nicht mit Geilsein verwechselst?«

»Nope. Ich denke nicht.«

»Hm«, mache ich. »Glaubst du, sie liebt dich noch, wenn sie alles weiß? Denn Melissa tut das.«

Jetzt lacht er. »Melissa ist ein Hündchen. Melissa tut alles, das weißt du doch, Bro. Sie hat keine Grenzen.«

Ich lasse meinen Nacken knacken und ziehe noch zweimal hintereinander tief am Joint, sodass er an den Seiten durch meinen harten Griff eingedrückt wird.

»Tja, Alayna ist kein Hündchen. Sie ist eine Löwin, und mit der spielt man nicht einfach ungestraft. Sie greift an, wenn ihr was nicht passt.«

Caden hebt schmunzelnd eine Braue und nimmt mir den Joint aus der Hand. »Drohst du mir, Carter?«

»Kommt es dir so vor?«

Er lacht wieder. »Willst du es ihr sagen, Carter?«

Ich zucke mit den Schultern.

Jetzt grinst er richtig. »Und riskieren, dass sie geht, Carter? Würdest du das aushalten?« Scheiße nein, Alayna, würde ich nicht, und er weiß das. Ich bin nicht der Einzige, der im jeweils anderen lesen kann.

»Melissa hin oder her, Carter. Du willst Alayna, ich sehe es in deinen Augen, wenn sie an dir vorbeigeht. Oder bei dir sitzt oder dich anlächelt. Ist doch so, oder?«

Ich sage nichts, weil das jetzt sehr, sehr dumm wäre.

»Tja, dann sollten wir wohl überlegen, wie wir mit dieser Situation jetzt umgehen, Carter.«

»Sollten wir das?«, frage ich und nehme die Tüte zurück. »Oder hast du schon einen Plan, Caden?«

Er lässt sich tiefer in meine Couch sinken und umgreift seine Faust, um seine Knöchel knacken zu lassen. Dann seinen Nacken, als würde er gleich in einen Kampf ziehen. Falls er mir eine reinhauen will, hat er heute gute Chancen. Ich bin schon wieder so high und so müde.

»Natürlich habe ich einen Plan. Oder soll ich mich darauf verlassen, dass *du* uns einen machst?«

»Was auch immer«, murmle ich und weiß, dass mir nicht gefallen wird, was gleich kommt.

»Du hast sie fast geküsst, Carter. Das gefällt mir nicht.«

»Ich habe nicht erwartet, dass dir das gefällt.«

Er hebt eine Braue. »Du hast das Spiel ohne mich gespielt. Und hast sie in deine Scheißhöhle gebracht und gefesselt. Du bist in ihr gekommen. Und du hast sie geschlagen und ihr Drogen gegeben. Was soll ich davon halten, Carter?« Die Ruhe, mit der er das ausspricht, ist ein Zeichen dafür, wie stark es in ihm tobt.

Aber ich bin so high, dass mich das nicht interessiert. »Nun, aber als sie geschrien und gebettelt hat, hat es nicht so ausgesehen, als hätte ihr das nicht gefallen – alles, was ich in dieser Nacht mit ihr gemacht hab. Hat sie dir erzählt, was ich mit ihrem Arsch angestellt hab?«

»Scheiße, Carter, provozierst du mich?«, fragt er gepresst und seine Muskeln zucken. Ich glaube, ich provoziere ihn wirklich. Vielleicht will ich ja, dass er ausrastet. Vielleicht brauche ich das. Vielleicht ist diese Scheiße dann vorbei.

»Keine Ahnung, Bro. *Fühlst* du dich provoziert?«

Mit einem Mal ist er bei mir, packt mich am Nacken, wie Dad es immer tut, und zieht mich auf die Beine. Oh Mann, er ist immer so unentspannt. Ich mag das nicht, Alayna.

Er presst mich gegen die Wand, doch ich habe kein Bock, mich zu wehren. Soll er mir doch eine verpassen, dafür, dass ich dich gefickt habe, wie du es wolltest, Alayna. Ich würde es jederzeit wieder tun. Oder er soll mir eine dafür verpassen, dass ich Melissa damals habe gehen lassen, obwohl er das nicht wollte. Und dass ich die Spielregeln geändert habe.

Soll er doch, verdammte Scheiße noch eins.

»Jetzt hör mir gut zu, du Scheißer«, zischt er mir zu und seine Augen funkeln so irre. Wie immer, wenn er ausflippt. Das passiert nicht oft. Normalerweise bin ich derjenige, der die Beherrschung verliert. Aber mit Caden ist dann auch nicht zu spaßen.

»Du fickst sie nicht mehr, ohne dass ich es weiß. Du guckst sie nicht an, wenn ich es nicht weiß. Du redest nicht mit ihr, wenn ich nichts davon weiß, und du fasst schon gar nicht ihren Arsch noch mal an, wenn ich nichts davon weiß. Hast du mich verstanden? Halt dich an die Scheißregeln,

Carter, sonst nehme ich die Jagd auf deine kleine Melissa wieder auf. Klar so weit?«

Fuck, Alayna, was soll ich jetzt mit ihm machen? Ihm eine reinhauen? Ich wünschte, ich könnte so gut manipulieren wie er. Dann würde ich ihn jetzt zerficken.

»Ich weiß, dass Alayna dir was bedeutet, und nur meiner Liebe zu dir hast du es zu verdanken, dass du sie überhaupt noch haben darfst. Aber halt dich an die Scheißregeln.« Damit lässt er mich los. Ich rolle den Nacken, damit ich nicht auf ihn losgehe. Selbst das Weed hilft nicht. Er hat mich ein bisschen sauer gemacht, Alayna. Ich mag es nicht, sauer zu werden. Dann bin ich nicht mehr ich.

Caden steht jetzt vor mir und mustert mich. Dann dreht er sich um und setzt sich wieder auf meine Couch. In aller Seelenruhe nimmt er sich eine Zigarette aus der Schachtel und will sie sich gerade anmachen, als ihm etwas einfällt.

»Obwohl …«, meint er und ich runzle die Stirn. »Wo bleibt eigentlich der Spaß bei den ganzen Regeln? Vielleicht ficke ich Melissa einfach noch mal, um der guten alten Zeiten willen. Oder ich involviere sie in unser kleines Spiel. Zähle bis drei, damit sie nackt sein und in meinem Bett liegen muss. Oder enthalte sie dir vor, bis ich glaube, dass du wieder verdient hast, einen wegzustecken. Oder was ich noch besser finde – ich mache einfach Alayna zu einer Melissa. Wie findest du das? So gebrochen. So traurig. So schüchtern und so devot. Bis sie mich langweilt«, sagt er in einer Arschruhe, während er die Kippe nachdenklich zwischen seinen Fingern hin und her dreht.

Ich kann mich nicht mehr halten und stürme auf ihn los, aber das wusste er natürlich. Er lässt sich von mir eine verpassen, weil er das manchmal auch braucht. Dann grinst er mit Blut auf den Zähnen, weil seine Lippe aufgeplatzt ist, spuckt es aus, steht auf, und schließlich lösen wir diese Scheiße hier wie echte Männer.

25. Nur, weil ich es will, Alayna

Caden

Wir sind außer Atem, weil wir gleich viel Kraft haben, uns gegenseitig in- und auswendig kennen und immer den Schlag des anderen vorhersehen können, aber trotzdem zulassen, dass wir uns gegenseitig auf die Fresse hauen.

Jetzt liegen wir beide keuchend auf dem Boden, verschwitzt und kaputt und blutend. Oh Gott, das fühlt sich so gut an. Manchmal brauchen wir das, und bevor wir das an wem anders auslassen und ihn ernsthaft verletzen, haben wir irgendwann damit begonnen, es aneinander auszulassen.

Carter hat sich zu seinem Etui vorgetastet und macht eine Tüte an. Ich drehe meinen Kopf schwerfällig in seine Richtung. Er schaut mich an, während er den Rauch ausstößt. Wir grinsen und er gibt mir die Tüte.

»Sorry wegen der Fickgeschichte da oben, Bro«, sagt Carter und deutet träge zu seinem Schlafzimmer, wo immer noch die Tür aus den Angeln hängt.

»Kein Thema.« Ich ziehe tief am Joint, aber ich weiß, dass das noch nicht gegessen ist. Eigentlich, Alayna, will ich dich nicht mehr teilen, andererseits weiß ich nicht, wie es sonst gehen soll, weil es immer so war. Und weil ich merke, dass ihm mehr an dir liegt, als er zugeben will. Ich kann ihm das nicht nehmen, und solange du es nicht rausfindest, lasse ich es laufen, aber mit härteren Regeln, Alayna. Er darf dich nicht mehr einfach so entführen und schon gar nicht irgendwelche Dinge mit dir tun, die er mit mir nicht abspricht. Ich weiß, wie das alles klingt. Krank. Aber ich habe nie behauptet, dass ich normal bin. Ich habe dich sogar gewarnt, denn ich weiß schon jetzt, dass ich niemals damit aufhören kann, meine Scheißpsychospiele mit dir zu spielen. Doch ich will dich nicht brechen, Babygirl. Niemals. Nicht dich. Das habe ich Carter nur gesagt, um ihn zu provozieren. Diese Entladung war dringend nötig, auf beiden Seiten.

Du hast behauptet, dass du mich liebst. Das reicht mir, um zu wissen, dass du mir gehörst. Es hat mich zwar ziemlich schockiert und kurz aus der Bahn geworfen, weil so ein Wesen wie du so jemanden wie mich nicht lieben sollte, aber es gibt mir auch Sicherheit. Und als ich dann bei dir zu Hause war und du mich in deine Welt gelassen hast, da wusste ich, dass ich dich auch liebe – was auch immer Liebe für mich bedeutet. Das, was ich für dich empfinde, habe ich noch nie empfunden. Und das macht mir eine Fuckingangst, weil es etwas zu verlieren gibt, wenn du von dem Spiel erfährst. Weil ich dich nicht zu weit treiben darf. Oftmals verwischen bei mir die Grenzen, wenn ich mich zu sehr gehen lasse. Es ist nicht leicht, das Monster in mir zu bändigen. Für dich werde ich es das erste Mal in meinem Leben versuchen. Ich kann aber für nichts garantieren. Die Monster in Carter und mir sind zwei verschiedene. Meines ist manipulativ, es dringt in deine Psyche und frisst dich von innen heraus auf. Es will immer mehr und mehr und verschlingt alles von dir, bis von deinem wahren Wesen nichts mehr übrig ist. Und Carters Monster? Das frisst dich von außen. Es verletzt dich, denn es liebt den Schmerz und die rohe Gewalt. Wenn er sein Monster rauslässt, verwischen auch bei ihm die Grenzen, wie du sicher schon ansatzweise gespürt hast, den Malen an deinem Körper nach zu urteilen.

Dabei war er da noch nett, Alayna, weil er wusste, dass ich ihn ansonsten umbringe.

Ich habe Angst, dass er dich zerstört, und er hat Angst, dass ich es tue. Eins ist klar, einem der Monster wirst du erliegen, denn du bist nicht stark genug für zwei davon.

Melissa war es auch nicht. Und jetzt sieh sie dir an. Sie ist nicht einmal mehr ansatzweise die, die sie einmal war.

Sie hat ein intaktes Familienhaus und ist mit viel Liebe großgezogen worden. Als ich sie kennengelernt habe, war sie gerade fertig mit der Highschool und hat in einem Drugstore vor mir in der Schlange gestanden, während sie mit ihrem damaligen Lover am Telefon gestritten hat. Ich habe ihr einen Moment zugehört, es war interessant. Dann hat sie sich umgedreht und gefragt, wieso ich sie so dumm anglotze. Ich habe nur ihre Augen gesehen, diesen Kampfgeist darin, und mein Monster wollte spielen.

Also habe ich sie angelächelt und ihr gesagt, sie wäre witzig, wenn sie ausflippt. Sie hat schnaubend die Augen verdreht. *Was auch immer, Penner*, hat sie vor sich hin gemurmelt, sich wieder umgedreht und weiter mit ihrem Freund am Telefon geschimpft. Beim Zahlen habe ich den Namen auf ihrer Bankkarte gesehen. Melissa Portman. Ich habe mir auch ihr Autokennzeichen gemerkt und dann einen kleinen Ausflug zum FBI-Computer meines Dads in seinem Arbeitszimmer gemacht. Natürlich kenne ich das Passwort. Es ist das Geburtsdatum unserer Mom.

Zwei Monate später gehörte sie mir, aber ich habe von Anfang gemerkt, dass sie Verdacht schöpfte. Es war mir egal, ich fand es nur umso interessanter. Bis sie sich in Carter verliebt hat. Dann fing das Rumgeschleiche an und das Geturtel hinter meinem Rücken. Carter hat sich immer weiter von mir distanziert und wurde pissiger, wenn ich sie ihm verwehrt habe, was die Strafe für das Rumgeschleiche war. Sie langweilte mich, Alayna. Sie versuchte, mich zu ficken, also fickte ich sie zurück, und zwar psychisch. Ich habe alles langsam aufgebaut. Kleine Demütigungen. Kleine Beweise dafür, was passiert, wenn sie nicht auf mich hört. Ich habe sie das Fürchten gelehrt, Stück für Stück. Gleichzeitig ihren Körper abhängig von meinen Berührungen gemacht. Ich habe ihrem Körper beigebracht, sich nach jeder noch so kleinen Berührung von mir zu verzehren und mir stumm zu gehorchen, ohne dass sie auch nur ein bisschen was gemerkt hat. Ich habe ihr beigebracht, wegzulaufen, wenn ich dreimal klatsche, und zurückzukommen, wenn ich sie rufe.

Am Ende war sie am Ende. Carter hat mir gesagt, ich solle es lassen. Ich habe den Schmerz in seinen Augen gesehen, als Melissa dachte, sie wäre paranoid, und sich deswegen das Leben nehmen wollte.

Erst dann habe ich aufgehört.

Aber als er mit ihr durchbrennen wollte, wurde es mir zu viel. Ich wusste, dass er auf dem Weg zu ihr war, und habe ihn angerufen, aber nicht erwartet, dass er rangeht. Er sollte nur meinen Namen auf seinem Display sehen. Das reicht manchmal schon. Denn ich weiß, obwohl ich es nie drauf angelegt habe, dass mein Bruder genauso auf mich konditioniert ist.

Er kam zurück und hat sie stehen lassen.

Und jetzt ist sie wieder da, Alayna, und drängt sich zwischen uns. Zwischen Carter und mich. Was soll ich davon halten?

Blut ist dicker als Wasser, deshalb hoffe ich, Baby, für dich, dass du nie mit mir fickst, wie sie es getan hat.

Niemals.

***

Wir liegen immer noch auf dem Boden, hören Musik, rauchen und regen uns nicht, als *du* reinkommst, Alayna. Du lässt vor Schock deine Handtasche fallen, die du dabeihast, weil du kurz im Drugstore warst, um Frauenzeugs zu kaufen. Du weißt, dass ich hier bin, nur deswegen kommst du hier rein.

»OH MEIN GOTT!«, schreist du auf, als du uns blutüberströmt auf dem Boden liegen siehst, mit aufgeplatzten Lippen und Augenbrauen und dem ein oder anderen Veilchen. »OH MEIN GOTT, CADEN!« Du hastest direkt auf *Carter* zu und sinkst neben ihm dramatisch in die Knie.

Mit geschlossenen Augen und vor Schmerz verzogenem Gesicht deutet er mit dem Daumen zu mir. »Das ist Caden!«

»OH!«, rufst du. »Sorry.« Nein, Babygirl, es ist gut, dass du uns nicht unterscheiden kannst.

Du krabbelst direkt zu mir, über ein paar Flaschen und Asche. »Caden, alles okay? Oh Gott!« Ich wette, dieser Wichser denkt jetzt daran, wie oft du unter ihm *Oh Gott* geschrien hast. Ich habe es gehört, Alayna, das machst du immer.

Deine Hände schweben unbeholfen über meinem Gesicht und meiner Brust. Du weißt gar nicht, was du anfassen oder tun sollst.

»Ist alles okay, Baby?«

Ich schaue dich träge an und Carter pustet den Rauch in unsere Richtung. »Wie sieht es denn aus, *Baby*?«

Dann packe ich dich mit meinen aufgeplatzten Fingern am Nacken und ziehe dich zu mir runter, um deine Lippen zu küssen. Ich weiß, ich schmecke nach Blut, aber es ist mir fuckegal. Du küsst mich vorsichtig, weil du Angst hast, mir wehzutun. Oh Baby, so leicht kann man mir nicht wehtun.

Du ziehst deinen Kopf zurück und musterst mich besorgt. »Was soll ich tun?«, fragst du unsicher. Dabei bist du *nie* unsicher, aber ich mag, wenn du so bist. Wie ein verlorenes Bambi. Vielleicht sollte ich mir öfter von ihm aufs Maul geben lassen.

Du hast mein Blut an deiner Unterlippe und ich verwische es mit dem Daumen.

»Leg dich hin, Babygirl«, fordere ich.

Du lässt dich zwischen uns fallen und so liegen wir da, während du von einem zum anderen siehst. Zwischen uns zu sein, gefällt dir, oder?

Ich strecke den Arm über dich. Carter folgt wortlos und gibt mir den Joint.

»Rauch!«, sage ich und halte ihn dir hin.

»Was?«, fragst du verwirrt lachend.

»Wir feiern hier eine Party, Alayna!«

Du ziehst ungläubig am Joint. »So sieht das bei euch aus, wenn ihr eine Party feiert?«

»Das ist eine Privatparty«, lässt Carter dich von der anderen Seite nickend wissen. »Nur private Gäste haben Zutritt.«

»Ihr seid doch schon wieder total hinüber!«, sagst du und ziehst wieder. »Ich war doch nur eine Stunde weg.«

»Ah, Alayna, bei uns kann in einer Stunde viel passieren, du hast ja keine Ahnung«, meine ich und drehe mich auf die Seite zu dir. »Rauch!«, weise ich dich an und du ziehst sofort. Ich küsse deinen Hals und sehe über dein Gesicht hinweg zu Carter.

Er versteht mich wie immer, steht auf und macht mit einem Ruck das Tor zu, dass es quietscht. Mit einem Mal ist es stockdunkel in der Garage.

Du zuckst zusammen.

»Schhhh«, hauche ich und lege meine Finger auf deine Lippen.

Ganz sanft, kaum spürbar, tippe ich dein Knie an. Du stöhnst und lässt es sofort zur Seite fallen, weil du auch schon darauf getrimmt bist, dich meiner Körpersprache anzupassen – zu tun, was ich verlange und scharf zu werden, wenn ich es will.

Ich spüre, dass Carter auf deiner anderen Seite liegt, aber er berührt dich noch nicht. Die Glut seines Joints flackert immer wieder in der Dunkelheit und der Rauch strömt in deine Richtung. Ich sage nichts und lasse ihn.

Ich öffne deine Jeans und ziehe ein bisschen am Saum, was du sofort richtig verstehst. Du streifst sie einfach so von deinen Beinen. Nur, weil ich das so will. Er darf dich heute anfassen, aber nicht ficken. Bis er dich allein haben darf, dauert es noch ein bisschen. Er soll jetzt spüren, was er die nächsten Tage nicht bekommt.

Ich drücke dein Knie gegen ihn und er legt seine Hand an deinen Innenschenkel, denn er weiß, was ich ihm erlaube. Ich nehme ihm den Joint ab und lasse ihn ein bisschen machen. Meine Augen haben sich an die Dunkelheit gewöhnt. Ich sehe eure Schatten und wie du den Rücken durchbiegst, als er mit seiner Hand an deiner Pussy ankommt. Du gibst ein Stöhnen von dir und ich packe dein Handgelenk, lege deine Finger über die Beule in meiner Jeans. Ich drücke meinen Schwanz gegen deine Handfläche und du stöhnst wieder. Deine Finger sind gierig, Alayna, und können es nicht erwarten, dass ich meine Hose aufknöpfe. Du fasst darunter und jetzt muss *ich* mir ein Stöhnen verkneifen, als du meinen Schwanz umfasst und anfängst ihn zu massieren. Dein Becken hält still, weil er es mit einer Hand nach unten drückt, während er zwischen deinen Beinen ist.

Das, was du mit deinen Fingern tust, ist so gut.

Ich stöhne, beuge mich über dich und küsse dich. Dann schiebe ich Carters Hand von deinem Becken, damit du dich bewegen kannst. Du bäumst dich wild auf und windest dich. An deinem Stöhnen höre ich, dass du kurz davor bist, zu kommen, also gebe ich Carter ein Zeichen, dass er aufhören soll.

Er tut es, aber ich höre sein Zähneknirschen. Kurzerhand packe ich dich an der Schulter und rolle dich herum auf den Bauch, um ihn zusehen zu lassen – sofern es bei der Dunkelheit und dem wenigen Licht, was oben durch die Gardinen scheint, möglich ist. Ich schiebe mich über dich und presse meinen Unterkörper an deinen Arsch. Du stöhnst meinen Namen und windest dich und kannst es nicht mehr erwarten.

Ich weiche zurück, sodass ich aufrecht vor dir knie. Mit einem Finger an deiner Hüfte bedeute ich dir, auf alle viere zu gehen. Du stemmst dich hoch, während ich meinen Schwanz halte. Ich ziehe dich etwas weiter zurück, sodass du mich in dir aufnimmst. Du stöhnst hingerissen und wirfst den Kopf zurück, als ich dich ganz ausfülle. Das zweite Mal heute.

Ich lasse meinen Nacken knacken und gebe dir mit einer leichten Berührung meiner Finger gegen deine Leiste zu verstehen, dass du dich selbst bewegen sollst. Du flippst fast aus.

Carter steht auf und geht.

Das ist okay. Er hat verstanden, was ich ihm damit klarmachen wollte.

Ein wenig genieße ich deine Bewegungen und deine Laute. Wie du dir nimmst, was du brauchst.

Dann packe ich deine Haare und ficke dich so hart, bis wie beide kommen.

26. Was ist Wahnsinn, Alayna?

Caden

Wir sitzen beim Abendessen und Carter ist echt angepisst, Alayna. Er hat wohl nicht erwartet, wie gefügig du schon bist. Das gefällt ihm nicht, aber das ist mir egal.

Er sitzt uns gegenüber und versucht, das Brennen seiner aufgerissenen Lippe zu ignorieren, als er das Zitronenwasser trinkt, was Mom auf den Tisch gestellt hat. Dad parkt gerade sein Auto, wie ich höre, und ich mache mich jetzt schon auf eine Diskussion gefasst. Mom hat nur eine genervte Miene gezogen, als sie unsere zerschlagenen Gesichter gesehen hat, und eine wegwerfende Handbewegung gemacht. Ava sitzt wie ein kleiner, schmollender Gnom am Tisch, viel zu ichbezogen, um irgendwas zu merken, und verweigert jegliches Gespräch, was keinen von uns stört. Ganz im Gegenteil.

Sie darf dies nicht und das nicht ... Das langweilt mich. Statt zu diskutieren, sollte sie sich heimliche Wege suchen, wie sie hier nachts rauskommt. Das haben Carter und ich schließlich auch gemacht und da waren wir erst zwölf.

Du bist wieder mal total verwirrt, Babygirl, weil Carter da war, als wir angefangen haben, und weg war, als wir aufgehört haben. Ich habe dir gesagt, dass er das Garagentor hinter sich zugemacht hat, um uns unsere Privatsphäre zu lassen. Dennoch sehe ich, wie du ins Grübeln gerätst, weil so viele Hände da waren. Du bist unsicher, willst mich aber auf keinen Fall anpissen, indem du mir wieder sagst, dass du denkst, mein Bruder hätte dich befummelt.

»Ah, wie seht ihr denn aus?«, brummt Dad genervt, als er reinkommt und unsere Gesichter sieht.

»Wir hatten was zu besprechen, Dad«, sage ich. »Du weißt doch, wie das ist.«

Sein Blick fliegt zu dir, und als er sieht, dass du nur noch eine gelb verfärbte Wange hast und sonst nichts, wirkt er ein bisschen beruhigt und lässt sich schwer auf seinen Stuhl plumpsen.

Mom will an ihm vorbei, um die Lasagne, die Dad gar nicht mag, auf den Tisch zu stellen, da packt er sie am Unterarm, wie er es immer macht, und zieht sie einfach auf seinen Schoß. Bevor es einen Unfall gibt, nimmt Carter ihr schnell die Lasagne ab.

Sie kichert, als er sagt: »Begrüßt du mich jetzt nicht mehr, Baby?« Und gibt ihm einen echt widerlichen Kuss.

Ava macht Kotzgeräusche, dann fällt ihr plötzlich wieder ein, dass sie ja schmollt, und verstummt. Mom will aufstehen, aber er zieht sie schon wieder zurück. »Ich bestimme, wann du gehst, Emilia.«

»Oha, ihr seid so widerlich«, lässt Carter die beiden wissen und starrt die Lasagne gierig an. Er hat Hunger und ist genervt.

»Schnauze«, knurrt Dad in seine Richtung. »Du Parasit.«

Alayna, ich glaube, das hat er bei dir gehört. Carters Blick verdunkelt sich wie eine Gewitterwolke, die sich vor die Sonne schiebt. Er starrt dich wütend an, Baby. Dann wird sein Blick von der Lasagne abgelenkt, die ich jetzt zu mir ziehe, und anfange, sie in aller Seelenruhe in Portionen zu teilen.

Carter bläht die Nasenflügel, weil er weiß, wieso ich das so langsam tue, während Dad Mom wieder auf ihren Stuhl lässt.

»Und? Wie war euer Tag so?«, fragt Mom, schaut Carter und mich gar nicht erst an, weil man uns wohl ansieht, wie unser Tag war. Ihr Blick gleitet zu dir.

Ich lasse das Essen in Ruhe, weil ich dir aufmerksam zuhören will, Alayna, behalte die Lasagne aber bei mir, ohne sie zurück in die Mitte zu schieben. Sie steht zwischen uns beiden. Carter bläht die Nasenflügel schon wieder und starrt mich an.

»Oh«, sagst du nachdenklich. »Ich war eigentlich nur bei Caden oben und habe gelesen. Größtenteils.« Du wirst knallrot, Baby, und ich lege dir ein Stück Lasagne auf den Teller, weil mir die Antwort gefällt.

Dad stöhnt angeekelt. »Gelesen, alles klar, Alayna. Ich lese auch sehr viel, wenn Emilia ...«

»MASON!« Sie rammt meinem Dad den Ellbogen in die Rippen, er zuckt nicht mal.

Jetzt tische ich mir ein Stück Lasagne auf. Carters Finger trommeln auf dem Tisch und du starrst sie an, Alayna. Wie sie in einem gleichmäßig Rhythmus immer wieder auf die Tischplatte prallen. Zeigefinger, Mittelfinger, Zeigefinger. Ja, genau diese zwei Finger waren noch vor einer Stunde in dir, Baby.

»Ist was, Alayna?«, frage ich und du zuckst zusammen.

»Caden! Hör auf, deinen Bruder anzupissen, und gibt ihm die Scheißlasagne, bevor er den Tisch umschmeißt!«, blafft Dad und ich grinse, bevor ich ihm die Auflaufform hinschiebe. »Scheiße! Ich komme heim und schon pisst ihr mich an.« Dad schüttelt den Kopf.

»Also, Alayna?«, hake ich nach. »Ist was?«

»Nein, Caden!«, antwortest du mit einem oberzickigen Blick. »Es ist nichts, wieso fragst du mich das immer?«

»Wow«, macht Carter und tischt sich ebenfalls was auf. Endlich. »Ist wirklich nichts, Alayna?«

»Heilige Scheiße«, flüsterst du. Dad ist so genervt wie noch nie.

»Übrigens, heute war Melissa hier«, posaune ich raus. Ich liebe meinen Bruder, aber ich muss ihn noch ein bisschen bestrafen. Damit bin ich noch nicht fertig.

Der lässt geschlagen seine Stirn gegen seine Hand fallen. Er weiß schon, warum ich das mache, aber du nicht, Alayna. Du bist ein bisschen empört, dass ich meinen Bruder so einfach verrate, und Dad spannt sich am ganzen Körper an. »Also das heißt, sie war gestern Nacht da. Die ganze Nacht. Bei Carter natürlich.« Mom legt ihre Hand auf

Dads Arm, während ich einen Bissen Lasagne nehme. Du stupst mich unter dem Tisch an.

»Caden«, flüsterst du, eine Hand auf meinem Schenkel. Dir ist instinktiv klar, dass meine Eltern davon nichts wissen sollen, obwohl ich so was nie erwähnt habe. So schlau, Babygirl. Ich liebe das.

»Und wo ist sie jetzt?«, fragt Dad.

»ZU HAUSE!«, sagt Carter und starrt mich angepisst an. *Muss das sein, Bro?,* sagt sein Blick.

»Melissa war da?«, erkundigt sich Ava, die es nie lange aushält, zu schmollen.

»Japp.« Ich nehme einen weiteren Bissen von der Lasagne und deine Hand von meinem Schenkel. Du hast mir nicht zu sagen, was ich erzähle oder nicht.

»Ihhh ... was habt ihr gemacht?«

»Blumen gepflückt, Ava!«, ruft Carter sarkastisch und schiebt seinen Teller weg. Ihm ist wohl der Hunger vergangen. Armer, kleiner Carter.

»Verdammte Scheiße, ich habe euch beiden gesagt, dass sie tabu ist, nach der Scheiße, die passiert ist«, knurrt Dad. Du hörst aufmerksam zu, Alayna, während du deine Lasagne isst. Denn du denkst, dass ich lüge, und ja, ich lüge auch, oder ich habe die Wahrheit so verdreht, dass sie für mich passt. Das mache ich gern. Ich bin kein Fan von Lügen.

»Sie war ja nur die eine Nacht da, Dad. Es war ein Ausrutscher. Ich war scheiße drauf und sie war auf dieser Party und ich habe sie scheißlange nicht gesehen.«

Emilia seufzt. »Du bist nicht gut für sie.« Mason wirft Mom einen Blick unter erhobenen Augenbrauen zu, doch sie drückt sein Gesicht einfach weg, damit er sie nicht anschaut. Kopfschüttelnd isst er noch einen Bissen und nimmt meinen Bruder dann todernst ins Visier: »Nicht noch mal, Carter, ich meine es ernst. Lass sie endlich in Ruhe.«

»Das war der Plan, Dad!« Carter zieht wieder die Lasagne an sich und isst weiter, weil er Essen einfach liebt.

Kauend überlege ich, denn das reicht mir noch nicht. Carter sieht es in meinen Augen und schüttelt panisch den Kopf. Aber ich will mich jetzt nicht bremsen, also lehne ich mich zurück, schmeiße einen Arm um deine Schulter und spiele mit deinen Haaren. »Vielleicht sollte ich Melissa auch mal einen Besuch abstatten und mit ihr darüber reden, was damals war. Nur damit wir alle wirklich abschließen können.« Carter explodiert fast und seine Nasenflügel blähen sich, während dein Kopf zu mir herumfährt und du fragst: »Wie bitte?«

»Na ja, sie ist auch meine Ex, bevor Carter sie mir weggenommen hat, wie du ja weißt.«

»Das wirst du nicht tun, Caden«, sagt Dad streng.

»Wieso nicht? Nach der langen Zeit kann man sich doch mal normal unterhalten, oder?«

»Nein! Kann man nicht«, knurrt Carter.

»Du klingst so angepisst, Bro. Dabei sollte ich das doch sein. Ach ja, stimmt, ihr liebt euch ja so unsterblich, hab ich fast vergessen, aber keine Sorge, ich habe ja jetzt eine Freundin.«

Alayna, du rückst von mir ab und schiebst meine Hand von deiner Schulter.

ALAYNA!

Das solltest du nie tun.

Ich schaue dich an, und als ich wieder meinen Arm um dich lege, rührst du dich nicht mehr.

»SCHEIßE!«, ruft Ava. »Du hast es schon wieder gemacht! Caden, du bist so ein kranker Psycho!«

»AVA!«, mahnt Mom und ich grinse meine Schwester an. Sie weiß ganz genau, was ich hier tue, denn sie ist reifer, als die meisten denken, und spielt schon mit den großen Jungs, wovon keiner hier eine Ahnung hat – außer mir. Weil ich über meine Familie alles weiß.

»Was meinst du, Ava?«, frage ich interessiert. »Willst du mir vielleicht ans Bein pissen, *Ava*?« Es ist so still am Tisch geworden, ich liebe es. Ich habe gerade alle so gut unter Kontrolle. Sogar meine Eltern sind leise.

»Und was wäre wenn? Willst du auf mich losgehen wie auf Carter? Mach doch, BRO!«, provoziert sie mich. Sie ist so süß.

»Wie läuft's eigentlich beim Cheerleadertraining?«, frage ich, weil sie dort seit einem halben Jahr nicht mehr hingeht. Wenn sie behauptet, sie gehe zum Training, trifft sie sich mit ihrem Macker, der sie auch entjungfert hat. Nur als kleine Randinformation.

Sie wird blass, ich grinse breit. »Gut, warum?«, antwortet sie kleinlaut.

»Scheiße, Emilia, wir haben einen Dämon auf die Welt gebracht.« Dad stopft sich die Lasagne rein und sieht mich wie ein wissenschaftliches Objekt total fasziniert an. Ich merke, dass du ein bisschen verunsichert bist, und sehe dich wieder an, nachdem ich einen Bissen genommen habe.

»Was denkt ihr eigentlich? Wann fängt *fremdgehen* an? Schon ab einem Blick oder ab einem Kuss? Mom, was sagst du dazu?«

»OHHH«, sagt sie. »Frag mich so was nicht!« Mom und Dad schauen betreten auf ihre Teller. Ich weiß alles über ihre Vergangenheit und wer wem fremdgegangen ist. Einander, dem Partner, miteinander, es war ein lustiges Gewurstel. Noch lustiger als bei uns gerade, wenn das überhaupt möglich ist.

»Was sagst du dazu, Baby?« Du starrst auf deinen Teller und wirst rot. Carter mahlt mit den Zähnen.

»Scheiße, Caden, lass das«, brummt er. Doch ich denke gar nicht mal dran, ich habe so viel Spaß. Endlich kann ich mal alle für die Scheiße, die sie verzapfen, bestrafen. Ava für ihr vorlautes Mundwerk. Carter dafür, dass er dich hinter meinem Rücken gefickt hat, und dich, weil du dich von ihm hättest küssen lassen. Ich liebe dich, Alayna, aber ich kann damit nur fertig werden, wenn ich dich auf meine eigene Art und Weise maßregle, sonst werde ich für immer eifersüchtig bleiben, und das ist nicht gut für dich.

»Und?« Du schaust auf, stur in meine Augen.

»Weiß ich nicht. Sag du es mir, Caden, was ist deine Definition von Betrug? Und wo fängt für dich Wahnsinn an?« Carter verschluckt sich an seinem Bissen. Du schaust mich immer noch herausfordernd an. Ich lächle, denn ich mag das, Alayna. Das hätte ich gar nicht gedacht.

»Meine Definition von Betrug ist, wenn die Person, die mit mir in einer festen Beziehung ist, anderen Männern schöne Augen macht, sie küsst und an sie denkt. Sich einbildet, sie wären da, obwohl sie es gar nicht sind. In

Momenten, wo man definitiv mit der Person allein ist. Wahnsinn fängt für mich an, wenn genau das passiert, was ich gerade gesagt habe. Alayna. Und du? Was sagst du dazu?«

Du blinzelst, Baby.

Dad schiebt seinen Stuhl zurück, der laut über den Boden quietscht. Wir schauen uns immer noch in die Augen, obwohl ich weiß, was jetzt kommen wird. Aber das war es mir wert.

»Mitkommen. Jetzt!« Er dreht sich um und marschiert hoch. Mir ist klar, dass ich gemeint bin. Wieder mal. Ich folge ihm, ohne einen Blick zurück, und merke, dass du mir immer noch schockiert hinterhersiehst.

27. Fucking-Titanic-Pärchen, Alayna

Carter

Scheiße, Alayna. Du bist rausgestürmt und ich habe die Tränen in deinen Augen gesehen, die du immer zu verstecken versuchst, aber ich bin dir nicht gefolgt, weil meine Mom mir ein Kopfschütteln zugeworfen hat. Es war nicht leicht, aber jetzt bin ich in meiner Garage und versuche zu verdauen, was für eine Scheiße mein Bruder da eben verzapft hat. Ich weiß schon, wieso der Scheißarsch das tut. Er *bestraft* mich, Alayna. Für den Kuss, der nicht mal stattgefunden hat, und für diese Fickerei da oben. Ich würde es immer wieder tun und immer wieder mit seinen Strafen leben. Obwohl es schon echt beschissen ist, wenn er dich zum Heulen bringt. Das gefällt mir nicht, Alayna.

Aber wie ich sehe, hat er dich schon wieder um seinen Scheißfinger gewickelt. Denn da steht ihr auf der Veranda wie das Scheißtitanic-Pärchen. Ich verstehe immer noch nicht, wieso der DiCaprio-Typ sich nicht einfach auf dem Scheißholz auf sie draufgelegt hat, dieser Pisser, dann hätte er sie noch bis an sein Lebensende vögeln können.

Scheiße, ich bin so breit und muss sogar ein bisschen über meine Gedanken lachen, obwohl ihr da steht und er dir die Haare aus dem Gesicht streicht, während du dich an ihn schmiegst und all das Drama. Gott, ich kotze gleich und ich bin so fucking müde, aber ich kann jetzt nicht schlafen. Denn er *tröstet* dich. Caden hat wieder was kaputt gemacht, damit er es wie ein Held reparieren kann. Und ich habe genau gesehen, wie sehr er dich schon unter Kontrolle hat, Alayna. Wie schnell er seine Ketten um dich gelegt hat.

Ich glaube, ich muss eine Party feiern. Hier sieht es noch von der letzten aus wie in einem Affenarsch. Ich bin so genervt. Und durcheinander. Wegen Melissa und wegen dir und meinem Bruder, also mache ich mir gleich noch eine Tüte an und genieße das Brennen in meiner Kehle. Das ist der gute Stoff, den ich mir nur reinziehe, wenn ich richtig durch sein will. Gott, und das will ich. Ich habe keinen Bock, nachzudenken. Und an dein Scheißstöhnen, als er sich von hinten in dich geschoben hat, dieser kleine …

NEIN, er *hat* sich ja gar nicht in dich geschoben, das musstest du ja selbst tun. Du hast gestöhnt und ich musste gehen. Ich mag es nicht, wenn du für ihn stöhnst. Heute Abend hole ich Melissa her, es ist mir scheißegal.

Ich muss dich aus meinem System ficken, kiffen, koksen, mir scheißegal, irgendwie muss das aufhören, Alayna. Zwar weiß ich nicht, was es ist, aber es muss schnell aufhören, sonst fängt es erst *richtig* an.

Meine Eltern werden es hassen, wenn ich wieder eine Party gebe, aber das juckt mich nicht. Sie hören doch eh nichts durch die Garage, da ich alles schalldicht isoliert habe, und wenn die Tore zu sind, ist alles ruhig. Obwohl ich sie lieber offen lasse. Damit sie sich nicht aufregen, mache ich es heute zu und schließe auch die Tür ab. Es soll ja niemand mehr *Moms Klo* beschmutzen und ankotzen und den Kühlschrank leerräumen und Bierflaschen in die Waschmaschine schmeißen und Schuhe ins Waschbecken legen, Avas BHs klauen, um sie um den Kopf zu ziehen. Okay, es ist das letzte Mal ein bisschen ausgeartet, ich gebe es ja zu.

Aber diesmal wird das nicht passieren.

* * *

Drei Stunden später artet es aus.

Die Bässe dröhnen durch meine Boxen. Die Beleuchtung ist an und blaue Lichtstrahlen zucken über die Leute, die da sind. Ich bin so breit, Alayna, immer noch, und kann nicht mehr klar sehen. Mein Kopf ist so schwer. Ich hänge in meinem Sitzsack und Emma (oder wie sie auch immer heißt) auf meinem Oberschenkel. Sie trägt ein eng anliegendes, silbernes Paillettenkleid, das im richtigen Licht funkelt. Nein, ich habe Melissa *nicht* angerufen – nicht in der Stimmung, in der ich mich befinde, und am besten nie wieder. Sie hat die Scheiße nicht verdient, aber Emma habe ich angerufen. Ich habe sie schon ein paarmal gebumst, denn sie ist heiß. Sie hat den Kopf auf meine Schulter gelehnt, wie du es getan hast, als ich hier als Caden saß, während ich mit ihren glatten Haaren spiele. Ich bin ein Bastard und werde dafür in der Hölle landen. Deswegen stelle ich sicher, die Fahrt dahin zu genießen. Ja, Alayna, das bin ich in Action. Du solltest dich echt von mir fernhalten, wenn ich aufdrehe. Aber was macht *er*? Er betritt meine Scheißgarage und hat dich dabei. Ich weiß, wieso der Pisser das tut. Die Strafscheiße geht in die nächste Runde. Ich beiße meine Zähne aufeinander. Du hast hier nichts verloren, Alayna, nicht jetzt. Mein Monster war noch nie so präsent.

Du siehst scheißgut aus. Du trägst ein weißes Kleid, das lange Ärmel hat und locker bis unter deinen Arsch gleitet. Deine Haare sind zusammengebunden und du bist geschminkt, Alayna. Deine Lippen sind tiefrot und deine Augen schwarz betont. Du schaust suchend durch die Menge und findest mich in der gleichen Position, wie du hier angeblich mit ihm saßt. Deine Augen werden ein bisschen groß, als du Emma entdeckst. Ich streiche mit einer Hand über ihren nackten Oberschenkel, während ich dich nicht aus den Augen lasse. Das alles pisst mich so unsagbar an, Alayna, und ich werde sehr bald explodieren. Ich glaube, darauf legt es der Penner an, denn er setzt sich uns genau gegenüber, indem er einen anderen nur anschaut und der ihm Platz macht.

»Baby, hol uns was zu trinken«, sagt Caden zu dir, damit ich sehe, wie tief dein Rückenausschnitt ist, und der ist wirklich verdammt tief. Du folgst der Anweisung meines Bruders einfach so, egal was er verlangt. Merkst du das eigentlich, Alayna? Ich habe Lust, ein bisschen zu spielen, also nehme ich Emmas Kinn, ziehe ihren Kopf zu mir und küsse sie. Das ist, was du siehst, als du zurückkommst, Alayna. Ich schaue dich über ihren Kopf hinweg an, denn ich will wissen, was es in dir auslöst, mich mit einer anderen Frau zu sehen. Zu sehen, wie ich mit ihr etwas mache, was ich mit dir tausendmal gemacht habe. Und herauszufinden, ob du auch nur den Hauch einer Ahnung hast, dass ich all diese Sachen mit dir gemacht habe. Ich liebe es, wie deine Augen sich verengen und mich für circa drei Sekunden anfunkeln. Drei Sekunden zu lang, Alayna, denn Caden sieht alles. Auch eine halbe Sekunde. Er reißt dir das Bier aus der Hand. »Setz dich, Alayna, auf den Boden.« Er lässt dich auf dem Boden sitzen und du tust es, Alayna. Das ist sogar für *mich* neu. Normalerweise würde er dich nicht auf dem Boden sitzen lassen. Nicht dich. Jetzt behandelt er dich so, wie ich dich behandeln würde, wenn du mir gehören würdest. Ich ziehe Emmas Haar nach hinten, damit sie sich von mir löst, und reiche den Joint meinem Bruder, direkt an dir vorbei.

Du funkelst mich an und trinkst aggressiv von deinem Bier: »Ist was, Alayna?«, frage ich.

Du verdrehst stöhnend die Augen. »Werdet ihr jemals aufhören, mich das zu fragen?«

»Macht dich das nervös, Alayna?«, will Caden wissen.

»Du sitzt auf dem Boden, Alayna, red nicht so viel. Es hat bestimmt einen Grund, dass du da sitzt.«

Caden spielt mit deinem Haar, als wärst du sein Hündchen. Er hat eine kranke Art, zu lieben, Alayna, genau wie ich.

»Ich sitze hier nur, weil der Boden kühl und mir heiß ist«, zickst du und trinkst noch mal einen Schluck.

»Setz dich wieder auf die Couch, Alayna«, meint Caden gelangweilt. Du sitzt schneller auf der Couch, als du es realisieren kannst. Deine Augen blinzeln verwundert und du fragst dich, wann es passiert ist, dass Caden dich genauso programmiert hat, wie er dich haben will. Tja. Das tut er seit dem ersten Tag, Alayna, das ist seine Art der *Liebe*. Er denkt, er wüsste am besten, was gut für dich ist, und wenn du nach seiner Pfeife tanzt, bist du sicher und all der Scheiß. Außerdem geht ihm einfach einer dabei ab, wenn er Leute manipulieren kann und die Macht über sie hat. Er gibt mir wieder die Tüte, ohne dich ziehen zu lassen, denn er bestraft dich immer noch, und der Drei-Sekunden-Blick vorhin spielt bestimmt auch eine Rolle.

»Darf ich auch mal ziehen?«, fragst du. Anstatt dich anzusehen, schaue ich Caden fragend an. Er schüttelt den Kopf.

Also sage ich: »Nein, Alayna« und ziehe selbst. Ja, er ist wirklich sauer auf dich.

»Willst du ziehen, Babe?«, frage ich Emma.

Sie zuckt mit den Schultern und ich halte ihr den Joint an die Lippen. Als sie zieht, sehe ich dich an. *Merkst du was?*

Du wirst wieder wütend und trinkst von deinem Bier.

Caden nickt in meine Richtung und ich weiß, dass er sich langweilt, also lasse ich mir was einfallen, weil er im Moment nichts machen kann. Er ist ja mit dir *zusammen*. Ihr seid so ein süßes *Titanic-Pärchen,* aber ich bin nicht süß. Also schubse ich Emma von meinem Schoß und zerre sie dann hoch in mein Schlafzimmer. Ich weiß, dass du mir gerade wieder mit gerunzelter Stirn hinterherschaust, weil du dich daran erinnerst, dass ich das Gleiche auch mit dir gemacht habe. Und jetzt wird es erst richtig lustig, Alayna. Pass gut auf.

28. Sag es, Alayna

Alayna

Ist da Carter gerade wirklich mit dieser billigen Barbie hochgegangen? Ich hätte nicht gedacht, dass er auf diesen Typ Frau steht. Nichts an ihr ist schön. Sie ist einfach nur total dicht und ihre Brüste sind riesig und ihre Haare weißblond. Zehntausendmal aufgehellt und an den Spitzen kaputt. Und überhaupt … Was sollte das? Was sollte sein permanenter Blick zu mir? Und seine spitzen Bemerkungen?

Und was war das heute hier in der Garage? Erst komme ich vom Einkaufen und finde die beiden halb tot geprügelt auf dem Boden liegend und lachend vor … das sind echt solche zwei Chaoten. Und im nächsten Moment ist es dunkel. Caden befummelt mich und irgendwie wird dann wieder alles so komisch. Ich traue mich fast gar nicht, darüber nachzudenken, weil ich sowieso schon das Gefühl habe, den Verstand zu verlieren. Aber war Carter nicht gerade auf der anderen Seite und hat einen Joint neben mir geraucht? Die Glut hat aufgeflackert in der Dunkelheit und seine Hände waren zwischen meinen Beinen, oder? Ich will das Caden erst gar nicht fragen, weil er sowieso so mies drauf ist und die ganze Zeit denkt, ich würde auf Carter stehen. Ständig habe ich das Gefühl, Carter wäre dabei, aber wahrscheinlich werde ich wieder ein wenig wahnsinnig. Vielleicht wünsche ich es mir ja nur? Aber wieso sollte ich das? Ja, wir haben uns am See ganz nett unterhalten und da war dieser komische Moment zwischen uns. Ich habe mir vorgestellt, wie es wäre, wenn er mich küssen würde, aber ich stehe doch nicht wirklich auf ihn, oder? Und wieso zum Teufel noch mal bin ich so wütend, dass er da hochmarschiert ist? Wieso wollte ich ihn am Esstisch verteidigen, als Caden erzählt hat, dass Melissa da war. Betrüge ich Caden wirklich schon? Ich will ihn nicht betrügen, er ist perfekt. Wieso sollte ich das wollen? Wobei er im Moment ein bisschen komisch ist. Er hat mich gerade auf dem Boden sitzen lassen. Wieso habe ich das überhaupt gemacht? Was ist nur los mit mir? Wieso bin ich schon wieder so verwirrt? Er muss nur einen bestimmten Blick in meine Richtung werfen oder mich leicht berühren, sofort weiß ich, was er will, und tue es auch noch – als hätte ich keine eigene Meinung mehr. Das bin doch nicht ich.

»Alayna …« Caden sitzt neben mir und streicht mit seinen Fingerspitzen über meinen Unterarm. Die erste sanfte Berührung seit Längerem, und es tut gut. So unsagbar gut. »Geh hoch zu Carter, Baby, und bleib drei Minuten in der Tür stehen, danach komm zu mir und hol dir deine Belohnung ab.«

»WAS?«, frage ich ihn verwirrt.

Er beugt sich vor und streicht mit seinen Lippen zart über meinen Kiefer. Ich spüre, wie ein kleiner Orgasmus durch meinen Körper rauscht, was zum Teufel? Bevor er in mein Ohr haucht: »Geh!«

»Ja, okay, wenn's sein muss«, brumme ich augenverdrehend, spüre aber gleichzeitig ein aufgeregtes Kribbeln in meinem Bauch. Ich mag es, wenn Caden diesen Ton anschlägt. Er tut nie was ohne Grund und meistens ist das Folgende total heiß, wenn er so mit mir redet. Außerdem will ich auch gucken, was Carter da oben macht. Es kommt mir also gerade recht.

Ich gehe zielstrebig nach oben.

Ich zittere nicht.

Ich zögere nicht.

Ich gehe *zielstrebig nach oben.*

Ich wundere mich über mich selbst, aber ich tue es trotzdem.

Ich denke daran zurück, dass ich erst vor ein paar Tagen hochgegangen bin und was wir dann gemacht haben …

Die Tür steht einen Spalt offen und ich tippe sie mit den Fingerspitzen auf. Ich spüre Cadens Blick in meinem Rücken, als ich eintrete und im Türrahmen stehen bleibe. Auch wenn ich wollte, ich könnte keinen Schritt weitermachen. Es ist, als hätte mein Hirn mir eine Sperre auferlegt, dass ich genau hier verharren muss.

Die roten Neonlichter über seinem Bett leuchten.

Auf ihren Körper.

Der genauso mit einem Gürtel an das Bettgestell gekettet ist, wie ich es war. Den Hintern rausgestreckt. Carter steht hinter ihr, hält sie an den Hüften und fickt sie einfach. Er trägt nur noch seine Jeans, die er vorn geöffnet hat. Sie hingegen ist nackt. Schweiß läuft über seine Muskeln, während er gelangweilt zu mir sieht, und ich kann nur dastehen und starren.

»Du bist so ein böses Mädchen, stehst hier einfach und schaust mir dabei zu, wie ich sie ficke. Schämst du dich nicht?«, fragt er und stößt härter in sie. Ich höre mit einem Mal, wie genau dieselbe Stimme zu mir sagt: »*Du bist so ein böses Mädchen. Fickst einfach hier mit mir in seinem Bett. Schämst du dich nicht?*«

Meine Knie werden weich und ich halte mich an der Türklinke fest, weil sie drohen nachzugeben.

»Fuck, Carter?«, vergewissere ich mich. Nicht, dass sie getauscht haben und mich gerade verarschen. In dem Moment, als er mich anlächelt und ihr auf den Arsch haut, drohe ich innerlich zu zerreißen.

»Eins …«, höre ich, wie Caden in meinen Nacken haucht.

»Zwei …« Er nimmt meine Hand von der Türklinke und umfängt mich mit einem Arm.

»Drei.« Damit schließt er Carters Tür. »Deine Zeit ist vorbei, Alayna!« Ich drehe mich zu ihm um. Die blauen Lichter tanzen über sein Gesicht und hüllen ihn in gruslige Schatten. Es ist zu viel für meinen Verstand, um es zu begreifen.

»Caden?«

Er legt den Kopf schief. »Was ist los, Alayna?«

»Was ist das hier für eine kranke Scheiße?«, frage ich, obwohl ich es innerlich eigentlich schon weiß.

»Hat es dich angemacht, ihn ficken zu sehen, so, wie ich dich gefickt habe?«, meint er emotionslos.

Jetzt bin ich total verwirrt. Immer, wenn ich glaube, ich weiß, was los ist, kommt wieder so was und ich weiß gar nichts mehr.

»Caden, ich weiß nicht …« Ich bin mir unschlüssig wegen des Ganzen und mein Kopf dreht sich. Mir ist ein bisschen schlecht. »Können wir einfach wieder zu dir gehen, bitte?«

»Klar, Baby!« Er lässt mich vorgehen. Ich komme mir ein bisschen so vor, als wäre ich aus einem Traum aufgewacht und müsste die Realität jetzt langsam erfassen. Wir verlassen Carters Garage und betreten das Haus, wo es so ruhig und dunkel ist. Wenn das Garagentor geschlossen ist, hört man von drüben praktisch nichts. Ich will nach dem Lichtschalter tasten, aber Caden sagt: »Nein!« Also lasse ich die Hand wieder stirnrunzelnd sinken. Er ist ganz dicht hinter mir, aber berührt mich nicht. Irgendwie fühle ich mich, als würde er mich jagen. Ich beschleunige meine Schritte. Es ist so still, dass ich aus den Schlafzimmern sogar die regelmäßigen Atemgeräusche hören kann. Irgendjemand schnarcht und ich glaube, es ist seine Mom. Sie schnarcht öfter mal. Ab und zu hört das Schnarchen auf, weil sein Dad ihr sicher einen Tritt gibt.

Wir erreichen die Treppe. »Bleib stehen«, fordert Caden und ich fühle mich wie ein Roboter, dessen Knöpfe gedrückt werden, denn ich bleibe wirklich stehen. In meinem Kopf ist ein Widerstand, der es mir verweigert, weiterzulaufen, selbst wenn ich es wollte. Wie vorhin schon. »Wir spielen jetzt ein Spiel, Alayna. Ich liebe Spiele«, haucht Caden. »Ich zähle bis drei und bei drei musst du laufen. Verstehst du das?« Ich nicke.

»Eins!« Meine Muskeln spannen sich an.

»Zwei!«, haucht er und dann noch leiser: »Drei!« Ich stolpere fast über meine eigenen Füße, als ich die Treppe nach oben in die erste Etage laufe. Dabei halte ich mich am Geländer fest. Der Mond wirft gruslige Schatten ins Haus und ich sehe an der Wand seinen näherkommen.

»Stop«, sagt er ganz ruhig und ich bleibe atemlos stehen. Mein Herz rast. Als er wieder hinter mir ist, erschauere ich, allein von seiner Präsenz.

»Eins!« Erneut spannen sich meine Muskeln an.

»Zwei!«

»Drei!« Ich laufe wieder los, direkt nach oben in sein Zimmer, und springe auf sein Bett. Was zum Teufel?

Er kommt mir hinterhergeschlendert, schließt die Tür hinter uns und lehnt sich an. Betrachtet mich, während ich atemlos in seinem Bett sitze.

»Braves Mädchen!« Wieso schlägt mein Herz jetzt schneller, als hätte er gesagt, er wolle mich heiraten. »Jetzt zieh dich aus!« Ich ziehe mir das Kleid vom Körper, während er zu seinem Schreibtisch schlendert und Musik anmacht. »Steh auf, Alayna.« Dann stellt er sich hinter mich, öffnet meinen BH und lässt ihn zu Boden gleiten. Hauchzart streicht er mit den Fingerknöcheln über meinen Arm.

»Ich liebe dich«, wispert er direkt an meinem Nacken und meine Lider gleiten zu. Ich würde alles dafür tun, damit er mir das sagt. Es bedeutet mir die Welt.

Und so tue ich jetzt auch alles Weitere, was er von mir verlangt, ohne dass ich darüber nachdenke, was heute Abend überhaupt passiert ist.

Ich tue alles. Alles, was Caden will.

* * *

Ich bin total außer Atem und liege auf meinem Bauch. Das Gesicht der Wand zugewendet. Der Mond scheint so hell ins Zimmer, dass es schon fast wie Tag wirkt. Ich bin völlig außer Puste, fertig und müde – körperlich. Aber mein Gehirn gibt keine Ruhe.

Ich kann Carters Anblick nicht vergessen und was er zu mir gesagt hat. Und das schlechte Gefühl in meinem Magen. Ich kann nicht vergessen, dass Caden mir die ganze Zeit Befehle gibt, weswegen ich mich gar nicht mehr wie ich selbst fühle und nur noch tue, was er verlangt. Und das, ohne es zu wollen. Es passiert einfach. Er liegt neben mir und ich weiß, dass er nicht schläft. Ich spüre, wie er an meinem Haar spielt, meinen Rücken auf und ab fährt – mit diesen Händen, die mich mit der hauchzartesten Berührung so intensive Sachen spüren lassen. Auch jetzt. Ich stelle mich schlafend und ich hoffe, dass er es mir abkauft, weil man Caden nicht so leicht täuschen kann.

»Worüber zerbrichst du dir den Kopf, Alayna?«, fragt er wie immer ganz ruhig. Und ich denke: *Mist, hat nicht so gut geklappt*. Ich seufze und drehe mich zu ihm um, sehe in sein verheerend hübsches Gesicht.

»Manipulierst du mich, Caden?«

»Ja«, sagt er ruhig. Ich stocke, weil ich nicht mit so einer direkten Antwort gerechnet habe. Keine Reue, keine Lüge, kein Rausreden, kein gar nichts. Er hat einfach Ja gesagt, und ich weiß nicht, wie ich damit umgehen soll.

»Ich habe dir gesagt, ich bin ein Bastard, Alayna, und ich habe eine zweite Seite. Die ist nicht nett und süß.«

»Ich dachte nicht, dass du es so gemeint hast.«

Seine Augen sind ehrlich und er fährt mir durch das Haar, lässt es bis in die Längen durch seine gespreizten Finger gleiten.

»Ich liebe dich und du gehörst mir. Nicht nur dein Körper. Vor allem deine Seele, dein Geist – alles. Und dass du mir gesagt hast, dass du mich liebst, könnte dein größter Fehler gewesen sein.« Ich bin sprachlos. Es ist alles schön und gut. *Ich liebe dich, du gehörst mir, dein Arsch gehört mir.* Aber jetzt gerade fühlt es sich niederschmetternd an, wie ruhig und direkt er mir das mitteilt.

»Du bist der erste Mensch, dem ich das ins Gesicht gesagt habe, Caden.«

»Ich weiß.«

»Woher?«

»Ich weiß alles über dich, Alayna.« Irgendwie befürchte ich, dass er das ernst meint. Als er sich auf mich rollt – nackt, hart und warm –, spüre ich ihn zwischen meinen Beinen, und er presst mich tief in die Matratze, weil er sein Gewicht nicht auffängt. Mit seiner Spitze taucht ein bisschen in mich ein.

»Hast du jetzt Angst, Babygirl?«, fragt er und drückt sich mit seiner gesamten Länge komplett in mich. Ich stöhne und bäume den Oberkörper auf. »Es ist mir egal, wenn du Angst hast. Ich mag das sogar ...« Er streicht mit seinen Lippen über meinen Hals und stößt noch mal in mich. »Du gehörst mir und du kannst es nicht mehr ändern.« Wieder versenkt er sich tief in mich und ich kralle die Hände in seinen Rücken.

»Sag, dass du mir gehörst, Alayna.« Er bleibt still, stützt sich auf seinen Armen ab und sieht mich an. Jeder Muskel seines tätowierten Oberkörpers gespannt. Und es kommt aus meinem Mund, ohne dass ich es kontrollieren kann oder will.

»Ich gehöre dir, Caden.«

Wieder schiebt er sich in mich und ich stöhne lauter.

»Sag, dass du mich liebst.«

»Ich liebe dich, Caden!« Diesmal stößt er noch tiefer zu und ich schreie auf.

»Sag, dass du alles für mich tun wirst.«

»Ich werde alles für dich tun, Caden.« Wieder belohnt er mich mit einem tiefgehenden Stoß. Schweiß glänzt auf seinen Muskeln und auch mir wird heiß.

»Sag, dass du nicht weglaufen wirst, egal was passiert.« Ich stocke kurz, aber als er sich ganz aus mir zieht, wimmere ich, denn ich kann es nicht ertragen, ohne ihn zu sein. Nie wieder.

»Ich werde nicht weglaufen.«

»Niemals, Alayna!«

»Niemals!«

»Egal was passiert!«

»Egal was passiert. Jetzt fick mich endlich wieder!« Als er erneut in mich stößt, komme ich einfach, weil er das wollte.

29. Verdien es dir, Alayna

Alayna

Es ist fünf Uhr zweiundfünfzig und ich schlafe immer noch nicht. Die Sonne geht auf. Ich höre unter mir bei Mason und Emilia den Wecker klingeln. Caden ist im Tiefschlaf. Er sieht so friedlich aus, wenn er schläft. So gar nicht manipulativ und psycho. Als könnte ihn kein Wässerchen trüben. Er atmet regelmäßig und seine muskulöse Brust hebt und senkt sich. Sein Gesicht ist entspannt. Er liegt auf dem Rücken, das Gesicht zur Seite gedreht. Es scheint, als wäre er ein anderer Mensch, wenn er schläft.

Ich höre, wie Mason laut und genervt stöhnt. »Scheiße …« Seine Schritte, als er ins Bad torkelt und eine Tür knallt. Die nächsten zwanzig Minuten liege ich da und lausche, wie jeder sich fertig macht. Außer uns, die Semester- und Schulferien haben. Ava schläft auch noch. Die Einzigen, die wach sind, obwohl sie nicht aufstehen müssten, sind wahrscheinlich Carter und ich. Es ist hell und schon jetzt so heiß. Ich konnte meine Gedanken über Nacht einfach nicht abstellen. Immer wieder habe ich mich dasselbe gefragt.

Kann es sein, dass ich mehrmals mit Carter Sex hatte, obwohl ich dachte, es wäre Caden?

Kann es sein, dass sie ein Spiel mit mir spielen?

Dass Caden mich auch in dieser Hinsicht manipuliert?

Scheiße, wenn es so ist, weiß ich nicht, was ich machen soll.

Meine Augen brennen und ich stehe auf, als ich höre, dass alle gegangen sind. Caden wird sofort wach und packt meinen Arm, als ich das Bett noch nicht mal halb verlassen habe.

»Wohin gehst du?«, fragt er total verpennt.

»Auf die Toilette. Schlaf weiter, Baby.«

Ich fühle mich so leer und gleichzeitig rast mein Herz; ich kann es nicht zuordnen. Er lässt mich los und brummt irgendwas vor sich hin.

Ich muss rausfinden, was los ist, und mir fällt momentan nur ein Weg ein. Also ziehe ich mir was an – ein Shirt von Caden und einen Slip. Er mag es nicht, wenn ich angezogen schlafe, er will immer, dass ich zugänglich für ihn bin. Dann gehe ich die Treppe runter, und zwar nicht zu leise, damit er keinen Verdacht schöpft. Mein Herz schlägt mir bis zum Hals, als ich durch das Haus laufe und unten geradewegs diese eine Tür ansteuere … Ich weiß, meine Idee ist ziemlich radikal, aber ich komme mir vor wie eine Maus in der Falle.

Sie ist nicht verschlossen, wie ich feststelle, als ich die Klinke runterdrücke. Es ist ruhig, nicht einmal die Musik läuft noch. Irgendwie fühle ich mich wie in einem Albtraum und es gibt nur einen Weg, aufzuwachen.

Unten sieht es katastrophal aus, aber dafür habe ich nicht wirklich einen Blick. Ich nehme gleich die Wendeltreppe hoch und betrete dann sein Schlafzimmer. Keine Ahnung, was ich erwartet habe … Vielleicht, dass er hier mit fünf Frauen auf einmal fickt oder sonst was macht. Doch er liegt in seinem Bett und schläft – allein. Ich sehe ihn das erste Mal schlafen. Das verstört mich mehr als jeder andere Anblick. Er sieht ganz anders aus als Caden – beim Schlafen. Das schockiert mich dermaßen, dass ich erst mal stehen bleibe und ihn anstarre. Seine weiche Haut, die Tattoos auf seinen Armen und dem Oberkörper, der nur bis zur Taille von einer dünnen Decke bedeckt ist. Er liegt auf dem Rücken, quer übers Bett, nicht so wie Caden, der immer auf seiner Seite bleibt. Ein Arm hängt raus, der andere liegt über seinem Kopf. Er ist verdammt schön – auf eine andere Art, obwohl er genauso aussieht wie Caden.

»Carter, wir müssen reden!«, donnere ich drauflos, weil ich so ein warmes Gefühl in mir habe, das weg muss.

Er öffnet ein Auge. »Fuck, was willst du hier?«

»Wir müssen reden!«, wiederhole ich und gehe auf ihn zu.

Er öffnet auch das andere Auge – alarmiert und angespannt. »Weiß Caden, dass du hier bist?«

Vor dem Bett bleibe ich stehen. »Ich muss jetzt was ausprobieren, okay?«, sage ich schnell, bevor mich der Mut verlässt.

»Fuck, was willst du ausprobieren?« Er wirkt nicht glücklich und total verpennt. Das ist ein bisschen süß.

»Du musst aber mitmachen, das ist was Wichtige an der Sache.«

»Scheiße, Alayna, bist du auf Drogen oder so?« Er liegt da direkt unter diesem **WHY DON'T WE FUCK RIGHT NOW?**-Schild und mein Körper fragt sich dasselbe. Scheiße, wieso reagiert er gerade so extrem?

»Ich bin nicht auf Drogen … ich … ach …« Dann setze ich mich einfach auf ihn und küsse ihn. Er erstarrt, als ich sein stoppliges Gesicht umfasse und meine Lippen auf seine presse. Es vergehen sicherlich gefühlte Stunden, in denen er sich nicht bewegt und ich meine Lippen leicht über seine streichen lasse.

Dann murmelt er: »Fuck!« Seine Arme umfangen mich, seine Fingerspitzen bohren sich in meinen Hintern und sein Mund erwacht zum Leben. Er küsst mich mit einem tiefen, heiseren Stöhnen und ich weiß es sofort …

Er ist es.

Ich hatte recht.

Ich weiß, wer er ist.

Sie haben mit mir gespielt.

Und ich bin Carter Rush total verfallen.

Genau wie Caden Rush.

Mit einem Mal gibt es kein Halten mehr, weil mein Körper brennt und sich an all die Dinge erinnert, die er mit mir gemacht hat. Schon in der ersten Nacht, als er dachte, ich wäre zu besoffen und würde mich nicht mehr daran erinnern, und an viele weitere Situationen. Er berührt die leichten Male, die noch von den Gürtelhieben stammen. Ich wimmere in seinen Mund, weil mein Körper sich daran erinnert, was er erst vor ein paar Tagen in diesem Bett mit mir gemacht hat. Plötzlich bin ich mir so sicher, dass er es war und nicht Caden.

Er schmeckt so vertraut und ich frage mich, wie ich die ganze Zeit so blind und dumm sein konnte, dass ich mit zwei verschiedenen Männern geschlafen habe. Und *wie* verschieden sie sind. Ich musste es nur einmal mit allen Sinnen wahrnehmen. Wie oft haben sie mich wohl verarscht, als ich betrunken oder stoned war. Dabei dachte ich, ich wäre wahnsinnig! Der Gedanke schießt in meinen Kopf wie ein Blitz. Ich will mich von ihm losmachen, aber er lässt das nicht zu. Stattdessen wirbelt er mich herum und im nächsten Moment liege ich unter ihm, in seinem Bett. Er ist nackt und sein Blick brennt sich geradezu in meinen, als er knurrt: »Ich hab doch gesagt, das war ein Fehler.« Dann küsst er mich noch mal und ich bin verloren.

Und gleichzeitig so wütend.

Ich hebe meine Hand und verpasse ihm eine Ohrfeige, doch er reagiert gar nicht und küsst mich einfach weiter. »CARTER!«, keuche ich. Er löst sich von mir und starrt mich atemlos an. »Geh runter von mir, Carter!« Er hadert mit sich und lässt seinen Nacken knacken. »Ich muss jetzt zu Caden, Carter, geh runter!« Es verlangt mir alles ab, so ruhig zu bleiben und ihn nicht anzubrüllen.

»Fick dich, Alayna!«, zischt er in mein Gesicht. Da sind so viele Emotionen in seinen Augen, die bei seinem Bruder nie existieren. Dann schwingt er sich von mir und lässt sich neben mich aufs Bett fallen. »Verschwinde, bevor es zu spät ist«, blafft er mich an und ich mache, dass ich davonkomme.

Mein Herz rast, als ich ins Haus verschwinde, die Tür schließe und mich anlehne. Mit geschlossenen Augen und schwerem Atem fasse ich mir an die Brust, worunter mein Herz beinahe zerspringt.

Scheiße!

Was soll ich jetzt nur tun?

Eigentlich wollte ich nur testen, ob ich einen Unterschied bemerke. Ob sie mir was vorspielen. Und jetzt bin ich total verwirrt, noch verwirrter als jemals zuvor, weil es mehr war als nur ein Kuss. Weil meine Emotionen beinahe übersprudeln. Was ich für Caden empfinde, mein schlechtes Gewissen, was ich für Carter empfinde. Seit wann empfinde ich überhaupt was für ihn? Was spielen die zwei für eine kranke Scheiße mit mir? Wann war wer wer? Und habe ich überhaupt recht mit meiner Vermutung, oder spinne ich schon wieder total rum? Was soll ich davon halten, dass Caden zugegeben hat, dass er mich manipuliert? Dass er gesagt hat, ich dürfte niemals weglaufen? Egal was passiert? Was meinte er damit? Etwa *das*? Dass das Spiel auffliegen könnte und ich dann *weglaufe*? Wirklich weglaufe?

Auf einmal wird die Tür hinter mir mit voller Wucht aufgestoßen und ich kann einen Schrei gerade so unterdrücken, als ich nach vorn stolpere. Ich keuche und werde schon am Oberarm gepackt und gegen die Wand gedrückt.

Carter hält sich den Zeigefinger vor die Lippen, damit ich keinen Ton von mir gebe, beugt sich vor und wispert in mein Ohr: »Caden darf nicht erfahren, dass du es weißt.«

Ich will was sagen, aber er legt mir den Finger auf die Lippen und schüttelt den Kopf.

In dem Moment höre ich Cadens Stimme durch das Haus trällern und meine großen Augen liegen auf Carter, der mich warnend anschaut.

»Eins, Alayna!«

Carter lässt mich los.

»Zwei, Alayna, wo auch immer du bist.«

Scheiße, meine Muskeln spannen sich schon wieder an und Carter deutet mir mit dem Kopf, dass ich gehen soll.

»Drei, Alayna!«

»Scheiße«, fluche ich, drehe mich um und sprinte die Treppe nach oben.

Als ich keuchend bei Caden ankomme, hämmert mein Herz und mein Schädel dröhnt. Er liegt im Bett, wird von der Sonne angestrahlt, ein Arm hinter dem Kopf, die Decke bis zur Leiste runtergerutscht.

»Wo warst du, Alayna?«, fragt er ruhig. Eine Gänsehaut zieht sich über meine Arme. Ich schlucke und weiß, dass ich nicht lügen sollte, weil er es sowieso rausfindet. Meine Hände sind schweißnass und eigentlich will ich mich gar nicht zu ihm legen, aber er hebt seinen Zeigefinger und lockt mich zu sich. Wieder bewegen sich meine Beine, als hätte er mich mit einem Zauber belegt. Mein Körper bereitet sich sofort auf ihn vor und Erregung schießt in mir hoch.

What the fuck?

Ich setze mich auf die Bettkante und drehe ihm den Rücken zu, den Blick auf die Tapete gerichtet.

»Also?«

»Ich …«

»Nicht lügen, Alayna. Vorsicht«, sagt er leise warnend und streicht mit einem Finger unter mein Shirt meinen Rücken entlang. Mein Kopf fällt zurück und ich beiße mir auf die Unterlippe. Verdammt, wie hat er das nur angestellt? War das die ganze Zeit so? Und wieso will ich ihn so sehr, obwohl ich gerade erfahren habe, dass er mich verarscht und irgendwelche kranken Spielchen mit mir spielt? Wie schafft er es, meinen Kopf komplett auszuschalten und meine Knie weich zu machen und meinen Herzschlag auf eine ungesunde Frequenz steigen zu lassen?

»Ich war bei Carter.«

Sein Finger stockt nicht mal. Er streicht weiter hoch über meine Wirbelsäule.

»Und was wolltest du bei Carter?«

Wieder muss ich schlucken. »Ich wollte mit ihm reden.« Das war eine Lüge und ich hoffe so sehr, dass er es nicht bemerkt.

Sein Finger stockt und mein Herzschlag setzt einige Sekunden aus.

»Und was wolltest du mit ihm bereden, Alayna?« Seine Stimme wird härter und ich kriege schwerer Luft.

Das ist seine Poolstimme. Die Stimme, die mir unter die Haut geht und meine Überlebensinstinkte weckt.

»Das von gestern ist mir nicht aus dem Kopf gegangen. Das, was er mit dieser Frau gemacht hat, und ich … keine

Ahnung. Ich war verwirrt, weil du und ich das Gleiche gemacht haben. Ich meine *genau das Gleiche.* Und ich musste einfach wissen …«

»Was musstest du wissen?«

Sein Finger streicht nicht mehr, er tippt auf meinen Rücken. Dreimal. Ich erschauere und versuche, mich ihm zu entziehen, aber ich kann nicht.

»Ich wollte wissen, ob er du ist … manchmal«, platzt es aus mir heraus. Ich kann nicht lügen, selbst, wenn ich will.

»Und? Was denkst du?«

»Ich bin verwirrt.« Ich halte mich so nahe an die Wahrheit wie möglich, ohne zu verraten, dass ich es schon weiß.

»Und was hat er gesagt?«

»Dass ich spinne und was ich von ihm will und dass ich abhauen soll. Sofort.«

»Hmmm …« Sein Finger streicht wieder bis in meinen Nacken. Caden richtet sich auf und beginnt, meinen Hals zu küssen, und ich schließe geschlagen die Augen. Ich habe keine Chance gegen ihn. Seine Hand wandert jetzt zu meiner Seite nach vorn und umfasst meine Brust.

»Auf was für Ideen kommst du nur immer, Babygirl?«, fragt er heiser. Ich liebe diese Stimme viel zu sehr, als gut für mich ist. Seine Finger streichen zwischen meine Beine und in mein Höschen. Eigentlich wollte ich jetzt gehen, aber ich schaffe es gerade nicht. »Man könnte fast meinen, du willst, dass es so ist, so oft, wie du darüber redest. Willst du das, Alayna?« Zart gleitet er mit dem Zeigefinger über meinen Kitzler. »Dass mein Bruder dich fickt?« Ich recke ihm stöhnend mein Becken entgegen.

»Das war wohl ein Ja, oder, Baby?« Ich könnte nicht Nein sagen, selbst wenn ich wollte. Tief in mir will ich das auch nicht. Scheiße, ich bin im Arsch.

»Ich könnte mir überlegen, dir diesen Wunsch zu erfüllen.« Mit zwei Fingern dringt er so tief, wie es in meiner sitzenden Position geht, in mich ein. »Aber das müsstest du dir verdienen. Ich meine, es ist nicht so leicht, die Frau, die man liebt, mit jemandem zu teilen.«

Ich greife von hinten nach seinem Nacken und ziehe ihn an meinen Hals. Er erfüllt mir den Wunsch und lässt seine Lippen zart über die Haut gleiten.

»Willst du es dir verdienen, Alayna?«

Ich nicke mechanisch. Eigentlich will gerade nur noch kommen, dabei ist es mir egal, was ich dafür tun muss.

»Dann werden wir mal sehen, was sich machen lässt.« Damit zieht er seine Finger aus mir zurück und drückt mich auf den Rücken.

Und ja, ich wollte gehen, aber ich bleibe noch ganze vier Stunden. In keiner einzigen davon gelingt mir ein klarer Gedanke.

30. Lauf, wenn du noch kannst, Alayna

Alayna

Ich habe mich angezogen. Caden liegt im Bett und sieht mir dabei zu, wie ich in meinen Schuh steige.

Ich drehe mich zu ihm um. »Ich bin dann bald wieder da.«

»Ich weiß«, sagt er, ohne sich zu bewegen.

»Es ist nur, weil ich nach meinem Dad schauen muss. Außerdem muss ich heute Abend wieder arbeiten und meine ganzen Sachen sind zu Hause, die ich für die Bar brauche. Und ich kann Dad nicht so lange mit dieser Furie alleine lassen, das habe ich in den letzten Wochen zu oft getan. Das verstehst du doch, oder?«

Er liegt total gelassen da, nickt zustimmend, leicht belustigt und gelangweilt, während ich ihm alles aufzähle. »Natürlich, Baby.« Als er *Baby* sagt, zieht sich etwas in mir zusammen.

»Meld dich heute Abend um zehn.«

Ich höre mich wie eine Fremde »Okay« erwidern. Dann gehe ich wie ferngesteuert zu ihm, beuge mich hinunter und küsse ihn drei Mal.

»Geh jetzt«, sagt er und ich verlasse sein Zimmer.

Die Treppe nach unten steige ich auf wackligen Beinen. Mit rasendem Herzen. Mit schweißnassen Fingern. Und einem Kopf voller wirrer Gedanken. Ich brauche unbedingt ein paar Stunden oder Tage, um runterzukommen und zu verstehen, was hier passiert.

Ich renne direkt in Mason Rushs Brust und pralle zurück. Er hält mich am Arm.

»Wow«, sagt er verwundert. »Da hat es aber jemand eilig.« Als er jedoch meinen apathischen Blick sieht und das Chaos in meinen Augen, spannt er sich sofort an und wird ernst.

»Können Sie mich nach Hause fahren?«, frage ich leer.

Er antwortet gar nicht, sondern zieht mich am Arm hinaus und ruft über die Schulter: »EMILIA, RUF DAD AN! SOFORT! DU WEISST, WARUM!«

Dann knallt er die Tür hinter uns zu und bringt mich zu seinem Wagen. Er verfrachtet mich höchstpersönlich auf den Beifahrersitz, schmeißt meine Taschen in den Kofferraum und setzt sich neben mich.

»Scheiße«, flucht er, während er den Motor startet und meine Augen zum geöffneten Garagentor schweifen. Carter lehnt in lockeren Hosen am Eingang, die Arme vor der Brust verschränkt, und schüttelt warnend den Kopf, als er mich ansieht. Als wolle er mir sagen, dass ich bloß nicht wieder zurückkommen soll.

Fuck.

Ich schaue von ihm weg und blinzele. Dann fährt Mr. Rush los, rollt langsam die Einfahrt entlang. Mein Blick schweift automatisch nach rechts sowie nach oben zur Glasfront von Cadens Schlafzimmer. Natürlich steht er da. Und lächelt wie der Teufel persönlich.

Ich glaube, ich habe das Ausmaß der Scheiße, in der ich stecke, noch nicht erfasst.

Als sie aus meinem Sichtfeld verschwinden, atme ich laut aus und lehne den Kopf geschlagen nach hinten. Wortlos hält Mr. Rush mir seine geöffnete Zigarettenschachtel hin. Ich nehme mit zittrigen Fingern eine heraus. Er gibt mir Feuer und zündet sich dann selbst eine an. Sein Blick ist nach vorn gerichtet und er lehnt den Kopf genau wie ich nach hinten.

»Eigentlich darf ich hier drin nicht rauchen. Emilia flippt dann immer aus. Aber ich glaube, jetzt ist der Zeitpunkt für eine Ausnahme.«

Ich mustere ihn von der Seite. Er sieht so angespannt aus. Die Wut, die Carter oft ausstrahlt, finde ich jetzt auch bei ihm wieder.

»Ich bewundere Sie für die Ehe, die sie führen«, sage ich und frage mich, ob ich jemals das Glück haben werde, jemanden zu finden, der so mit mir umgeht wie Mason mit Emilia.

Er lacht wirklich überrascht auf. »Was bewunderst du daran, Alayna? Wir sind alle total kaputt. Nicht, dass ich ein Problem damit hätte, ich kenne es nur so, weil ich selbst nicht ganz normal bin. Aber wir sind sicherlich nicht zu bewundern.«

»Wie Sie Ihre Frau behandeln, ist zu bewundern.«

Jetzt lacht er erst richtig los und kriegt sich gar nicht mehr ein. Mir fällt ein, wie er sie vor Kurzem am Tisch so grob gezwungen hat, sitzen zu bleiben. Anscheinend habe ich da einiges übersehen. Wie ich so vieles übersehen habe.

Ich lache einfach mit, weil es so guttut, die Anspannung wegzulachen.

»Emilia hat mit mir einiges durchgemacht, und damit meine ich Sachen, die andere Paare niemals so leicht weggesteckt und nach denen sie sich getrennt hätten.«

»Wirklich?«, frage ich interessiert. »Was denn?«

»Wenn ich jetzt damit anfange, was wir uns alles angetan haben, bevor wir uns füreinander öffnen konnten, sitzen wir noch in einer Woche hier.«

»Hmmm«, mache ich nachdenklich und ziehe an meiner Zigarette.

Er atmet tief durch und wird schlagartig ernst. »Du bist erst neunzehn. Du hast noch dein ganzes Leben vor dir. Du bist intelligent, hübsch und selbstbewusst. Und du solltest das mit Caden und Carter …« Ich verschlucke mich an dem Rauch und huste wie eine Irre. Als ich mich beruhigt habe, spricht er weiter: »… ganz schnell beenden.«

Meine Augen werden riesig und ich mustere ihn perplex. »Carter? Was meinen Sie mit Carter?«

Er wirft mir einen vielsagenden Blick zu und ich spüre, wie mein Herz wieder zu rasen beginnt.

»Alayna, ernsthaft. Das sind keine guten Jungs. Sie sind *meine* Jungs, ich weiß, wovon ich rede, denn das, was ich mal war, sind sie in doppelter Form. Und das kann keine Frau ertragen. Ist sie auch noch so stark.« Dass er das über seine eigenen Kinder sagt, schockiert mich. Dass Caden und Carter ein bisschen abgefuckt sind, wusste ich vom ersten Moment an, aber dass er mich warnt, macht alles ein bisschen schlimmer.

»Caden ist ein manipulativer Wichser wie mein Dad. Ich liebe meinen Vater mehr als alles andere und ich liebe meine Söhne mehr als mein eigenes Leben. Aber es wäre besser, wenn sie für immer Singles bleiben. Caden hat die Fähigkeit, dich so tief in sein Spinnennetz zu ziehen und dich einzuwickeln, dass du am Ende nicht mal mehr weiß, wie du heißt. Wenn er dir einredet, du heißt jetzt Marie, dann glaubst du das. Und Carter? Carter ist ein explosiver, ungeduldiger, lauter, aggressiver, reizbarer Vulkan. Der nie schläft! Und die zwei zusammen, Alayna, hinterlassen nichts als Verwüstung.«

Er hält an einer roten Ampel und ich bin atemlos. »Das war schon so, als sie noch klein waren. Caden hat immer die größte Scheiße gebaut. Er hat alle Mädchen in der ersten Klasse dazu gebracht, sich die Haare abzuschneiden. Er hat die Jungs, die er nicht mochte, in der zweiten Klasse so lange manipuliert, bis sie sich gegenseitig die Gesichter blutig geschlagen haben, wegen Dingen, die sie gar nicht gemacht haben. In der Junior High hat er sämtliche Lehrer erpresst, damit er und Carter gute

Noten bekamen. Er hatte Informationen über deren Leben, von denen ich bis heute nicht weiß, woher er sie hatte. In der Highschool hat er ein Mädchen dazu gebracht, ihre Jungfräulichkeit der kompletten Footballmannschaft der Schule zu schenken, dabei hat er nicht mal selbst mitgemacht, sondern einfach nur zugeschaut. Carter war der Erste, der sie haben durfte, dann der Rest. Er hat für seinen Bruder immer alles getan. Er hat ihn aus jeder Scheiße rausgeholt und Carter war immer in sehr viel Scheiße drin.«

Er hält kurz inne und ich bin total sprachlos. Das deckt sich genau mit dem, was ich in letzter Zeit beobachtet habe. Als Melissa aufstehen wollte, um ihm das Wasser zu bringen, obwohl sie solche Angst vor ihm zu haben schien. Und wie mein Körper auf ihn reagiert, obwohl mein Geist das nicht will. Wie sein Hochzählen meine Beine in Bewegung setzt. Wie das Wort *Baby* von seinen Lippen Lustschauer durch meinen Körper rieseln lässt und ich am liebsten dafür sterben würde, zu hören, dass er mich liebt. Als hätte er mich programmiert. Weswegen ich jetzt auf der Flucht vor ihm bin.

»Und Carter«, fährt Mason fort. »Denk nicht, dass Carter harmlos ist. Carter ist wie ich früher, nur ein bisschen schlimmer, und ich dachte nicht, dass das möglich wäre. Er nimmt Drogen, trinkt, er flippt ständig wegen jedem Scheiß aus und kennt dabei keine Grenzen. Er kennt keinen Anstand. Keine Moral. Kein Benehmen. Es ist ihm einfach alles egal. Und wenn er was für sich beansprucht, dreht er erst richtig durch und steigert sich in jede Scheiße rein, wird total paranoid und besitzergreifend. So wie ich früher. Er will absichtlich verletzen und er ist ein Sadist. Er hat früher schon die schrägsten Sachen auf dem Schulhof getrieben. Es ist, als würde er sich absichtlich in Scheiße reiten. Drogen kaufen, wo es jeder sehen kann. Vergebene Mädchen vor ihren Freunden abschleppen, nur, damit er die Typen dann zusammenschlagen kann, wenn sie ihre Freundinnen verteidigen wollen. Er duldet es nicht, wenn man ihm Widerworte gibt. Er duldet nicht, wenn man ihn schief anschaut oder eine andere Meinung hat als er oder sich über ihn stellt. Er kann es nicht ertragen, nicht das Alphatier zu sein. Sogar ich muss meinen Platz bei ihm immer wieder deutlich machen und verteidigen. Das alles gilt aber nicht für Caden. Bei ihm ist Carter ganz anders. Er kann sich ihm unterordnen und hat überhaupt kein Problem damit. Weil er ihn genauso in seinem Netz gefangen hält. Und zusammen, Alayna, kannst du dir vielleicht vorstellen, was sie bereit sind, zu tun. Du solltest nie vergessen, dass sie für den jeweils anderen sterben würden, ohne mit der Wimper zu zucken, und *das* kann gefährlich werden. Carter wirkt nach außen hin im Gegensatz zu Caden einigermaßen harmlos, aber wenn er sein inneres Monster nicht in Zaum halten kann, dann solltest du auch vor ihm weglaufen. So weit und schnell du kannst.«

Was soll das alles heißen? Es ist, als würde ich Carters Lippen noch auf meinen spüren, und egal wie stoned ich bin, eigentlich weiß ich meistens noch sehr genau, was ich getan habe. Aber in den letzten Wochen scheint mein Hirn verrücktzuspielen.

War das Caden?

Hat er mich manipuliert?

Spielt er mit mir?

Was passiert hier?

Bin ich schon in seinem Netz gefangen?

»Ich dachte immer, ich wäre die Dunkelheit und würde Emilia nicht guttun und würde sie verschlingen und in den Abgrund ziehen. Aber weißt du, seit die beiden geboren sind, weiß ich erst richtig, was Dunkelheit bedeutet und was es heißt, in einen Abgrund gezogen zu werden.«

Ich schlucke und mein Magen ist so verkrampft, dass ich kaum atmen kann.

»Was soll ich jetzt machen?«, frage ich unsicher.

»Lauf, wenn du noch kannst!«

31. Die Erleuchtung, Alayna

Carter

Die Musik ballert durch meine Boxen, und du bist weg, Alayna.

Ich liege auf meinem Sofa, die Beine ausgestreckt und rauche einen, weil ich so scheißaufgewühlt bin. Was zur Hölle ist da gerade passiert? Was hast du dir dabei gedacht? WO BIST DU? Und wieso hast du dich von Dad wegfahren lassen? Scheiße. Ich will nicht, dass du wieder herkommst. Du kleines Miststück machst nichts als Ärger. Aber andererseits, auch wenn ich dich am liebsten so weit wie möglich von hier wegschubsen würde, will ich dich wieder hierherziehen. Und das ist *mein* Problem, Alayna. Ich schubse und zerre zurück, wie ich es brauche. Ich lasse gehen und dann fessle ich wieder und ficke. Ich kann nicht anders. Und ich verletze mit Absicht, egal ob körperlich oder seelisch.

Ich ziehe tief an der Tüte und der Rauch strömt aus meiner Garage. Die Nachbarn hassen uns, aber niemand traut sich zu klingeln und sich zu beschweren. Schon allein wegen Dad.

Fuck, Alayna. Ich wusste genau, dass du was ahnst. Gestern habe ich auch noch diese Scheiße zu dir gesagt, als du reinkamst, während ich diese Bitch gefickt habe. Ich wollte dir unbedingt beweisen, dass es *mein* Schwanz war, der in dir war. Jetzt hast du es gecheckt und bist weg. Caden wird jede Minute hier reinstürmen und mit seinem Fuckingverhör beginnen.

Fuck!

Ich bin so abgefuckt und gleichzeitig so ernüchtert. Und es fickt mich noch mehr, dass es mir so schwerfällt, dich einfach ziehen zu lassen. Du bist nur eine Bitch von vielen. Aber dann fallen mir Melissas Worte wieder ein – Melissa an sich fällt mir wieder ein und mir wird schlecht. Ich weiß noch genau, wie fertig sie nach uns war und wie fertig Caden sie gemacht hat. Obwohl ich das gesehen habe, war ich zu egoistisch, sie gehen zu lassen, bis zu dem Punkt, an dem sie sich fast umgebracht hat. Dann wollte ich mit ihr abhauen, aber der Gedanke an Caden hat mich nicht gelassen.

Scheiße, Alayna. Ich glaube, die Geschichte wiederholt sich, und ich rate dir wirklich davon ab, dich in mich zu verlieben, weil das kein gutes Ende nimmt. Das hat es noch nie.

Wie ich bereits geahnt habe, wird meine Tür aufgerissen. Ich hätte an meinen Fingern abzählen können, wie viele Sekunden es dauert, bis er hier reinkommt.

»Was geht, Bro?«, frage ich, ohne aufzusehen.

Er schiebt meine Beine vom Sitz und nimmt neben mir Platz. Nicht cool. Ich setze mich auf und lege meine Füße auf den Tisch. Er ist neben mir und sieht nicht glücklich aus, aber das tut er nie. Ich auch nicht, ich weiß schon.

Mit zwei Fingern halte ich den Joint in die Höhe und frage interessiert: »Willst du?«

Er kneift die Augen zusammen und zerrt ihn mir aus der Hand, bevor er selbst dran zieht. Meine Augen werden immer größer, weil er zieht und zieht und zieht und zieht … und noch mehr zieht.

»Fuck, Bro, mach langsam. Das ist feinste Spitzenscheiße und du rauchst das gerade in einem Zug auf!«

Er stößt langsam den Rauch aus, der uns dicht umwabert. Der Geruch brennt in meiner Nase. *Ich glaube, ich habe noch nie einen Menschen so lange an einer Tüte ziehen sehen, Bro.* Sie ist ganz heiß geraucht und ich nehme sie zurück, bevor alles weg ist.

»*Alter*«, sage ich empört.

»Was wollte Alayna bei dir?«, versucht er, total ernst auf seine Cadenart zu fragen, aber seine Lider sind schon schwer und seine Aussprache ist schleppend. Ich mag es, wenn er prall ist. Dann denkt er nicht mehr so viel nach und vor allem analysiert und manipuliert er nicht so viel.

»Ach, die übliche Alaynascheiße halt«, lüge ich los, denn, Alayna, ich habe keine Ahnung, was du ihm erzählt hast. Das kann jetzt böse enden. Wenn er erfährt, dass wir irgendwas hinter seinem Fuckingrücken machen, wird er zum absoluten Oberdämon.

»Was hat sie gesagt, Carter?«, bohrt er natürlich nach, weil er fucking Caden ist. Fuck.

»Das Übliche, du kennst sie doch. ›Bist du er, warst du er, vögelst du mich, vögelst du mich nicht? Warst du gestern in der *Garage*?‹ So lauter Scheiße, ich war total stoned und unvorbereitet auf diesen Scheiß, Bro.«

»Was hast du gesagt?« Er lehnt den Kopf zurück und dreht ihn zu mir. Ein Zeichen, dass er langsam in seinen Highmodus kommt. Gott sei Dank, ich ziehe einmal und gebe ihm den Joint wieder, damit er noch higher wird.

»Carter!«, sagt er drohend, nimmt aber die Tüte entgegen. »Hör auf, mich wie deine kleinen Schlampen high zu machen«, knurrt er und zieht.

»Na ja, das Übliche. ›Verpiss dich, Alayna. Laber keine Scheiße, Alayna. Du bist wohl gestört, Alayna. Ich glaube, du wirst verrückt, Alayna. Geh in die Psychiatrie, Alayna.‹ Bla, bla, bla.«

»Wirklich?«, fragt er, zieht die Brauen hoch und sieht total lustig aus, weil er die Augen nicht aufkriegt. Ich muss lachen und er auch ein bisschen.

»Ja, Bro. Wirklich. Voll. Ich schwör's, Bro. Aber krieg die Bitch in den Griff, sie …« Ich wedle mit meinem Finger vor seinem Gesicht herum und er folgt der Bewegung irritiert mit dem Kopf.

»Ich weiß!«, ruft er und macht große Augen, als hätte er eine Erleuchtung. »Sie ist schlau, oder?«

Ich nicke langsam, als würde ich die Erleuchtung auch sehen. »Wir müssen echt aufpassen, wenn wir das Spiel weiterspielen wollen, Bro! Weil *die* ist echt sooooo krass!«

»Ich will weiterspielen!«, sagt er langsam, als hätte ich ihm angedroht, ihm sein Auto wegzunehmen. »Aber das Problem ist, ich liebe sie, Bro!«

»Das ist ein Problem, wenn du es zu einem Problem machst, Mann.«

Er sieht sinnierend an die Decke, als wäre die Erleuchtung neuerdings dort. »Ich will sie nicht so abfucken wie deine kleine, hübsche, schwarzhaarige Puppe da! Oder *Daniiieeeellllleee*!« Er sagt den Namen, als wäre er eine ansteckende Krankheit. Und zum Schluss hat Caden sie auch so behandelt, als wäre sie eine ansteckende Krankheit, die er nicht mehr losgeworden ist.

»Aber?«, frage ich interessiert.

»Aber ich komme nicht aus meiner Haut, Bro. Ich liebe es, sie zu manipulieren. Es macht mir so viel Spaß. Gerade bei ihr macht es mich so an, wenn sie mich mit ihren großen Augen ansieht und so verletzlich fragt, ob sie jetzt den Verstand verliert, und dabei so scharf auf mich ist. Ich liebe es. Ich muss nur mit dem Finger schnippen, und sie macht, was ich will. Ich muss sie nur ansehen, und sie macht es. Ich muss nur dran denken, dass sie mir den Schwanz lutschen soll, und sie kniet vor mir. Ich musste mich nicht mal groß anstrengen, sie ist einfach so. Sie *will* das.«

Fuck, Alayna, er hat dich so weit. Wie ein Irrer ziehe ich bei jedem Satz von ihm erneut an dem Joint, der total heiß glüht, weil ich das sonst nicht ertrage.

»Ich muss nur eine bestimmte Stelle an ihrem Körper berühren und sie kann nicht mehr lügen. Ich muss nur *Baby* sagen, und sie wird so feucht. Ein Antippen reicht, und sie hat sich ausgezogen, die Beine gespreizt und ist bereit für alles, was ich auch immer mit ihr tun will.«

Mein Herz rast, Alayna. Mir ist heiß und ich sehe all diese Sachen, die er gerade beschrieben hat, bildlich vor meinen Augen. Wie dieser Dämon über dir steht, er sich in deine Seele gefressen hat und sie mit nur einer einzigen Bewegung zerquetschen könnte. Und das Schlimme? Ich sage nichts. Weil ich nicht kann. Alayna, ich würde gern etwas sagen wie*: Lassen wir sie in Ruhe, hör auf, Bro. Suchen wir uns eine neue Bitch, Bro. Sie ist doch schon langweilig*. Aber ich tu es nicht.

Erstens weil ich dich selbst noch will.

Und zweitens weil Caden mich auf diese eine Art ansieht, die es mir unmöglich macht, irgendwas zu sagen.

»Ich gebe ihr drei Tage«, meint Caden jetzt. »Dann lasse ich sie zurückkommen.«

Denn das ist Caden.

Er entscheidet ab jetzt alles.

Er lässt dich nur so weit und lange laufen, wie er es für richtig hält.

Ich mache eine neue Tüte an, weil ich sonst ausflippen würde, und das will niemand. Mom ist drüben und macht Essen. Außerdem läuft Ava hier irgendwo. Da will ich nicht ausflippen.

Wirklich nicht.

Das will niemand.

* * *

Eine Stunde später sind wir beide so stoned, dass wir gar nicht mehr wissen, wer du bist, Alayna. Caden liegt mit dem Arsch so weit an der Kante meiner Couch, dass er droht runterzufallen. Ein Arm liegt über der Rückenlehne und einer über der Armlehne. Ich habe mich auf meinen Sitzsack geworfen und bin so tief versunken, dass ich wahrscheinlich nie wieder rauskomme. Ich werde mich seitlich runterrollen müssen, wenn ich zum Pissen muss oder so.

»Woaaaaaahhh!«, ruft Caden, aber er rührt sich nicht. »Stell dir mal vor, wir nehmen den ganzen Leuten die Post weg und lesen sie. Allen Leuten in der Straße, dann könnten wir sie alle erpressen! Oder wir hacken ihre E-Mails, obwoooooohl …« Jetzt runzelt er die Stirn. »Ich mich gerade nicht mal mehr an mein Passwort vom PC erinnern kann, Bro.«

»Boah, du bist ja irre«, nuschle ich. »Ich steh doch jetzt nicht auf, bist du wahnsinnig?«

»Ist dir eigentlich mal aufgefallen, dass wir so geile Sachen machen können, weil wir genau gleich aussehen?«, meint Caden jetzt und ich kneife die Augen zusammen.

»Meinst du, zum Beispiel, eine Tussi ficken und so tun, als wäre man der andere?«

Er reißt die Augen auf, als wäre das *die* Idee. »JAAAAAAAA! Das machen wir!«

»Alayna? Melissa? Danielle? Rebecca? Aaliyah? Cynthia? Loona?«

»OH LOOOONAAAA!«, sagt er ein bisschen ängstlich. »Die war krass. Die war ein bisschen aggressiv am

Schluss!« Dann lachen wir, weil wir beide an diesen Gartenzwerg denken, der Caden verprügeln wollte.

Wir steigern uns total rein und Caden fällt von der Couch. Er liegt wie eine Schildkröte auf dem Rücken und kommt nicht mehr hoch, während er lacht und sich den Bauch hält. Ich kann mich auch nicht mehr beherrschen. Fuck, das tut so gut nach der ganzen Manipulations- und Fickscheiße und so.

»Wir sind immer viel zu ernst. Wir sollten das Leben mal lustiger sehen! Und wenn ich aus diesem Sitzsack irgendwann mal rauskomme, Bro, nehmen wir uns die Briefkästen vor! Dann machen wir sie so richtig leer!«

»Woaaahhh, warte, Bro, ich helf dir!«, ruft Caden und rollt sich herum, sodass er auf dem Bauch liegt. Er robbt sich über den Boden zu mir wie ein Soldat im Krieg. Als ich ihn sehe, muss ich wieder lachen, und er auch. Dann liegt er da und lacht, und ich liege da und lache.

»DU BIST SO WEIT WEG, CARTAAAAAAAAA«, beschwert er sich.

Halbherzig feuere ich ihn an. »Du schaffst das, Mann!«

Dann wird meine Tür aufgerissen und Caden erschreckt sich so sehr, dass er hochschießt und sich den Kopf am Couchtisch anhaut. Ich kriege keine Luft mehr vor Lachen. Es interessiert mich nicht mal, dass jemand, ohne zu klopfen, hier reinkommt. Das darf eigentlich nur Caden.

Er hält sich den Kopf, lacht und lässt sich auf das Sofa fallen.

»Das hat wehgetan, BROOOO!«

»Und es wird gleich noch viel mehr wehtun, du Scheißkröte!«, donnert es hinter uns. Fuck, es ist Dad – und wir sind im Arsch. Gleich ist es nicht mehr lustig.

Ohhhh … er steht über uns und sagt irgendwas von *Alayna* und *Melissa*, *Danielle* und *Schnauze voll* und *Bootcamp*.

Dann fange ich wieder an zu lachen. »Boooooootycaaaaaaamp, Caden!« Er kichert wie ein Mädchen und Dad gibt mir eine auf den Hinterkopf. Es geht weiter mit *Antarktis* und *Eisbären* und *zerfleischen,* und ich weiß nicht, ob er das wirklich sagt oder mein Gehirn sich das einbildet.

Ja, dann brüllt er Caden an, worauf er meint, dass alles ganz anders ist als bei den anderen und er sie liebt. Bis Dad die Ansage macht, dass er morgen Abend um sechs bei dem Überdad sein muss und der mit ihm reden will.

Daraufhin werden wir beide blass und hören auf zu lachen, weil der Überdad der Einzige ist, der Caden wirklich einschüchtern kann, und mich auch.

Ich kann nur hoffen, nicht mitzumüssen, weshalb ich mich ganz klein mache und dankbar für diesen Sitzsack bin, mit dem ich versuche, eins zu werden.

»Du wirst nicht mehr lachen, wenn du bei meinem Vater bist, Scheißkröte!«, donnert Dad in Cadens Richtung. Dann fährt er zu mir herum und zeigt mit dem Zeigefinger in mein Gesicht. Ich zucke zurück, obwohl er total weit weg ist. »Und du! Du bist auch bald dran.« Scheiße, das klingt, als würde Dad mich umbringen wollen. Manchmal traue ich ihm das auch zu.

»Dad, bitte nicht!«, rufe ich. »Nicht der Überdad!«

»Fickt euch«, flüstert er. »Und werdet nüchtern, ihr Scheißkerle.« Damit dreht er sich um, geht und lässt die Tür offen.

»Er ist so uncool«, sage ich zu Caden.

Caden nickt. »Voll.« Und wir starren uns leidend und nickend an.

Scheiße, Alayna, ich bin so im Arsch.

32. Das erste Mal mit dir

Carter

Ich liege auf dem Boden meiner Garage zwischen gefühlt einer Million Briefen von irgendwelchen Nachbarn. Die Sonne geht unter, mein Tor steht offen und warme Sommerabendluft strömt rein. Ich lasse meine Hände durch die Briefe gleiten wie durch Wellen im Meer. Caden pennt auf meiner Couch – einen Brief im Gesicht, den er eben noch gelesen hat.

Ich werde langsam wieder normal, was ich hasse – das Runterkommen und in der Realität aufprallen. In einer Realität, in der du nicht mehr hier bist und ich dich in Ruhe lassen sollte, mich aber nicht dazu äußern werde, wenn Caden dich holt.

Scheiße, du weißt es, Alayna. Wie du mich angesehen hast, wie du mich geküsst hast … Es war das erste Mal, dass ich dich als ich selbst geküsst habe. Dabei war ich so verpennt. Zumindest war es das erste Mal, dass du bei klarem Verstand warst und dich noch daran erinnerst.

Du hast dich selbst dafür entschieden, zu mir zu kommen – in mein Bett. Und du hast mich geküsst. Es war der Hammer. Wenn es dir nur darum gegangen wäre, *etwas auszuprobieren*, wärst du eigentlich nach den ersten paar Sekunden von mir runtergegangen. Aber sobald du gemerkt hast, dass ich es die ganze Zeit gewesen war, ging es erst los, und die Leidenschaft hat uns beide überrumpelt. Wir konnten uns nicht mehr zurückhalten, weil du mich brauchst und ich nie genug von dir bekommen werde.

Das weiß ich seit dem ersten Moment, als ich deine Lippen geküsst habe. Und jetzt gestehe ich es mir ein.

Alayna, ich habe keine Ahnung, wann es angefangen hat, so zu werden, wie es jetzt ist, aber ich glaube, es war schon nach dem ersten Mal, als ich dich hatte – so fucking tief –, dabei war das eher ein Versehen.

Caden konnte dich nicht von deiner Arbeit abholen und mein Auto war in der Werkstatt, also habe ich seins genommen und bin zu deinem Club gefahren. Ins *Blue Rabbit*. Als ich dort ankam, warst du total hinüber und betrunken. Du hast gelallt und bist umgefallen, hast mir durch die Haare verwuschelt und mich zur Begrüßung geküsst, weil du dachtest, ich sei Caden.

Doch dann hast du gestockt, bist zurückgewichen und hast gemurmelt: »Du bist nicht Caden. Du bist Carter.«

Ich habe nichts gesagt und dich noch mal geküsst, weil ich Lust darauf hatte, und weil ich tue, worauf ich Lust habe. Das ist ja das Problem.

Deine Fuckinglippen waren so fucking gut. Ich habe dich ins Auto gebracht, eher getragen, während du die ganze Zeit von einem *Jamie* gesprochen hast – dein toter Bruder, wie ich jetzt weiß. Als wir dann im Wagen saßen, hast du einfach angefangen zu heulen. Und ich hasse heulende Frauen. Ich bin kein Tröster und In-den-Arm-Nehmer, ich bin ein Ficker und Bestrafer. Verdammt, ich wollte dir den Arsch versohlen, damit du aufhörst. Und du hast geschluchzt, dass du heute Nacht nicht nach Hause willst und ich es stoppen soll. Dann hast du dich auf meinen Schoß gesetzt, und fuck, Alayna, du hattest ein Kleid an. Ich wollte dich von mir stoßen, aber du hast mich wieder geküsst – heulend – und gefleht: »Bitte mach es weg, Carter«, ehe du meine Hose geöffnet hast. Bevor ich wusste, wie mir geschah, war ich tief in dir. So. Verdammt. Tief.

Und es war besiegelt.

Denn diesmal hat nicht Caden bestimmt, wann ich dich zum ersten Mal ficke, sondern du. Du hast mir ein bisschen das Hirn weggeblasen, so, wie du es immer tust. Ich sehe noch bis heute, wie du dich auf mir bewegt hast und wie ich dich vergessen ließ, was auch immer dein Problem war. Deine Wangen noch feucht von den Tränen, dein Blick so rau und gebrochen und so verdammt faszinierend in einem.

Ich musste mich nicht dazu zwingen, dir nicht wehzutun, weil du schon diesen Schmerz im Blick hattest. Und ich habe das geliebt. Dann hast du dich wieder vorgebeugt und wir haben uns geküsst. Du hast *meinen* Namen gestöhnt und schließlich sind wir gekommen.

Danach bist du von mir runter gekrabbelt und fast sofort eingepennt, während ich dich nur angestarrt und mich gefragt habe, was das gerade war, und dass ich es wieder will.

Aus irgendeinem Grund habe ich es Caden nie erzählt, obwohl ich ihm sonst alles erzähle. Das war unser kleines Geheimnis, und du wusstest, dass ich ich war.

Damals warst du gerade mal eine Woche mit ihm zusammen. Zum Glück konntest du dich am nächsten Tag sowieso an gar nichts mehr erinnern. Das hat mich zwar ein bisschen angepisst, aber ich habe nichts gesagt, bis heute nicht.

Manchmal, wenn du mich so komisch ansiehst, glaube ich, dass du schon die ganze Zeit weißt, was für ein Spiel wir spielen, doch dann denke ich wieder, dass du keine Ahnung hast.

Aber jetzt ist es sicher und jetzt ändert sich alles. Und ich kann es nicht erwarten. Denn wenn er sagt, dass du ihm gehörst, dann stimmt das nicht.

Du gehörst mir, Alayna, und wir wissen es beide seit jenem Abend.

* * *

Alayna

An Jamies Todestag war ich ihm das erste Mal nahe.

Carter.

Nein, ich habe es nicht vergessen. Nein, ich hatte am nächsten Tag keinen Blackout, weil mir so was nur sehr selten passiert.

Und ja, ich habe ihn einfach gebraucht.

Irgendwas ist zwischen uns, was ich nicht greifen kann, was mich aber seit dem ersten Mal, als ich ihn vor einem Jahr in der Uni gesehen habe, anzieht. Natürlich waren die Rush-Brüder bekannt. Das sind sie nach wie vor. Man kennt sie überall und sie fallen auch auf einem Campus mit Tausenden von Studenten auf. Jede meiner Mitstudentinnen hätte alles dafür getan, nur einmal im Bett zwischen ihnen zu landen, denn was man so hört, ist legendär, und dann hat Caden mich einfach in der Bar angesprochen. Ab dem Zeitpunkt war ich nie wieder dieselbe.

Carter konnte ich nie wirklich von Caden unterscheiden, aber jetzt im Nachhinein, nachdem ich es mir eingestanden habe und er es mir bestätigt hat, fallen mir all die Momente wieder auf.

Es ist tausendmal passiert, aber erst letzte Woche haben sich die Einzelheiten und Unterschiede herauskristallisiert. Mir fällt auf, dass ich bisher einfach blind war oder blind sein wollte, weil mir unterbewusst klar war, dass alles endet, wenn ich es herausfinde. Zumindest verlangt die Logik, ich sollte sie beide zum Teufel schicken. Aber ich will nicht, dass es endet.

Ich liege auf meinem kleinen Bett, auf dem ich noch vor Kurzem mit Caden gelegen habe. Das Bett, auf dem er so sanft zu mir war und mir das erste Mal gesagt hat, dass er mich liebt. Und auf dem ich so eine starke Verbindung zu ihm gespürt habe wie noch nie zu einem Menschen davor. Jetzt muss ich all seine Worte infrage stellen. Die Momente donnern nur so auf mich ein und mein Gehirn lässt mich keine Sekunde in Ruhe, dabei müsste ich wenigstens zwei oder drei Stunden schlafen, weil ich heute Abend arbeiten muss.

So viele Unterschiede, und doch habe ich die Augen verschlossen. Jetzt fühle ich mich so dumm, denn eigentlich sind sie grundverschieden.

Caden ist immer ein bisschen herablassend, doch zu hundert Prozent beim Sex darauf bedacht, dass ich komme und meine geheimsten Fantasien erfüllt werden.

Carter ist grob und rücksichtslos und angepisst. Immer angepisst. Er kneift und beißt mich, fesselt und schlägt mich, während von Caden eine hauchzarte Berührung reicht, um mich in ein wimmerndes Häufchen Lust zu verwandeln.

Caden schmunzelt eigentlich immer nur, aber wenn er lacht, dann ist es bei ihm sehr melodisch. Carter hingegen lacht immer freudlos, trocken und hart.

Caden hat diesen Blick von oben herab, der einen in die Knie zwingen kann, als wüsste er alles von einem und als würde er bis auf den Grund deiner Seele blicken können. Carters Blick ist immer ein bisschen anzüglich und abcheckend. Ein bisschen so, als würde er nur darüber nachdenken, wie man unter der Kleidung aussieht.

Cadens Finger sind unendlich geduldig und auf den Punkt genau. Carters Finger jedoch sind zielstrebig und hart. Seine Küsse sind fordernd, brennend und voller Emotionen, weil er ein sehr emotionaler Mensch ist.

Cadens Küsse sind so intensiv und schaffen es, mein Hirn mit nur ein paar Streichen seiner Zunge komplett auszuschalten.

Carter steht total auf meinen Arsch.

Caden wiederum ist total verrückt nach meinem Gesicht und jedem Zentimeter meiner Haut.

Caden tippt mein Kinn immer an und Carter packt mich am Hals.

Caden lotst mich sanft in die Kissen wie an unsichtbaren Fäden, Carter nimmt mich, schmeißt mich hinein und fällt über mich her.

So viele Unterschiede und ich bin einfach so mitgeschwommen, habe mir die ganze Zeit eingeredet, es handle sich um Caden und seine vielen Seiten, weil sonst alles viel zu kompliziert geworden wäre, und ich mir hätte eingestehen müssen, dass ich Caden tatsächlich betrüge.

Fuck.

Sie haben mich die ganze Zeit für dumm verkauft. Ich kann Caden nicht mal darauf ansprechen, denn es würde nichts bringen. Er würde das nicht mal als seinen Fehler sehen oder Reue zeigen, so gut kenne ich ihn mittlerweile. Außerdem weiß ich nicht, was dann passieren würde. Carter hat mich nicht ohne Grund gewarnt, nichts zu sagen.

Ich bin einerseits so wütend, weil ich mich echt benutzt fühle. Egal wie schön der Sex war und wie sehr ich ihn genossen habe, ich wurde nicht gefragt, und das ist nicht fair. Jedes Mal das ganze Weed und der Alkohol, jedes Mal diese Vertuschungen und Lügen. Sie haben mir eingeredet, ich wäre verrückt. Ich habe mich selbst so unter Druck gesetzt, zu mir zu kommen, und habe an meinem Verstand gezweifelt, nur weil Caden mich manipuliert hat, was er auch noch, ohne mit der Wimper zu zucken, zugegeben hat.

Beinahe erstaunt stelle ich fest, dass ich sauer bin. Richtig sauer. Dass ich am liebsten hinfahren und zuerst dem einen und dann dem anderen eine schmieren würde, dass ich sie gern anbrüllen und sie fragen würde, was sie sich verdammt noch mal gedacht haben. Haben sie das Gleiche mit dieser Melissa gemacht?

Ich würde so gern irgendwas tun, aber ich fühle mich taub und meine Beine sind so schwer. Mein Atem kommt so langsam und mein Hirn ist wie im Leerlauf.

Also liege ich einfach hier und starre an die brüchige Decke. Keine Ahnung, wie das weitergehen und wie ich es hinkriegen soll, ohne Caden merken zu lassen, dass ich was weiß. Verdammt, ich hab mir mit Caden eine Zukunft ausgemalt. Ich habe wirklich gedacht, er ist der Eine. Habe mich ihm völlig hingegeben. Ich habe ihm meine größten Geheimnisse verraten, ihm meine Seele offenbart und wir haben uns hier in diesem Bett geliebt.

Als ich daran denke, wie er mich da angeschaut und geküsst hat und ich mir vorstelle, dass das alles nur eine schöne Lüge war, brennen meine Augen. War wirklich alles nur eine Lüge? Geht es ihm nur um das Spiel und vielleicht gar nicht um mich?

Ich denke daran, wie Caden und ich uns kennengelernt haben.

Wie er einfach eines Abends im Club, in dem ich arbeite, vor mir stand, nach wochenlangem Augengeficke, das mich schon so geladen hat. Wenn ich mich jetzt daran erinnere, wollte er es wahrscheinlich genauso. Dass ich mich nach ihm verzehre, noch bevor er ein Wort zu mir gesagt hat, und so süchtig nach ihm werde, wie ich es jetzt bin.

»Ich werde dich jetzt ficken«, hat er gesagt, meine Hand genommen und mich nach unten in den Getränkeraum geführt. Das war so aufregend und ich wollte es unbedingt. Diesem schönen, riesigen Mann, über den ich so viel gehört hatte, folgen. Am Anfang wusste ich gar nicht, welcher der Brüder er ist, aber es war mir auch egal.

Dann, als ich mit ihm in dieser Kammer war, er mich auf die Kisten gesetzt, mein Kinn nach oben getippt hat und ich in diese Augen geschaut habe, wusste ich, dass ich verloren bin.

Er hat mich hypnotisiert, meinen Blick nicht losgelassen, dabei bin ich kein In-die-Augen-Starrer beim Sex, ich mag das gar nicht. Eigentlich schließe ich immer meine Augen und genieße einfach, denn es geht niemanden was an, was dabei in mir vorgeht. Aber er hat mich nicht gelassen. Sein Blick hat mich nicht gelassen, als er sich langsam in mich schob und mich seine gesamte Länge spüren ließ.

Mit ihm zu kommen, war das Intensivste, was ich bisher erlebt habe. Und da wusste ich, ich bin ihm verfallen. Zu hundert Prozent.

Jetzt liege ich hier und fühle mich, als wäre meine Welt ins Wanken geraten. Gestern noch schien es, als würde mich Caden aus der Scheiße hier retten, und heute sieht es wieder einmal so aus, als müsste ich mich selbst um meinen Scheiß kümmern. Wie soll ich ihm noch vertrauen oder ihm irgendwas glauben? Woher soll ich wissen, ob ich von mir aus handle, oder ob er wieder meine Fäden zieht?

Und Carter? Was wird eigentlich aus ihm und mir? Gibt es überhaupt ein Er und Ich? Empfindet er das gleiche Verwirrende, was ich empfinde? Oder ist es nur der Sex, der ihn so leidenschaftlich handeln lässt, wie so oft?

Gott, ich weiß es nicht, aber das werde ich jetzt auch nicht erfahren. Mittlerweile ist es eine Minute nach zehn. Es kommt mir vor, als hätte ich eine innere Uhr. Ich habe nicht vergessen, dass ich ihn anrufen sollte, und ich besitze nicht mal die Macht, es nicht zu tun und zu schmollen.

Ich nehme mein Handy, als hätte man mich programmiert, und gehe meine Liste durch. Er ist ziemlich weit oben. Sein Profilbild zu sehen weckt wieder diese widersprüchlichen Gefühle in mir – und die Wut. Ich bin so sauer. Aber ich darf es mir jetzt nicht anmerken lassen.

Wieso eigentlich nicht?

Er nimmt nach dem dritten Klingeln ab. Irgendwie wurde ich von Tuten zu Tuten nervöser. Es ist, als hätte er bis drei gezählt. Meine Beine zucken beim letzten Freizeichen, aber ich bleibe liegen, denn er geht ran.

»Eineinhalb Minuten nach zehn, Alayna.«

Scheiße, denke ich und schlucke, beobachte die Spinne bei mir im Zimmer, die die Decke entlangkrabbelt und in den nächsten Schlitz verschwindet.

»Tut mir leid. Ich habe die Zeit vergessen.«

»Was machst du?«, fragt er ruhig, ein bisschen träger als sonst, als hätte er gerade geschlafen. Ich höre Carter im Hintergrund husten und irgendwas von *Fuckbriefen* murmeln.

»Ich liege auf meinem Bett«, lasse ich ihn wissen. Ich hätte ihm gern gesagt, dass ich irgendwas total Aufregendes mache, aber ich kriege es nicht hin, ihn anzulügen. »Und du?«, erkundige ich mich kleinlaut und frage mich, warum ich so eingeschüchtert bin.

»Ahhh«, stöhnt er und bei diesem Stöhnen kribbelt es in mir. Er weiß genau, was er tut. »Ich liege auf Carters Couch und frage mich, wieso du gerade nicht auf meinem Schwanz sitzt.«

Verdutzt reiße ich die Augen auf, weil ich mit so was gar nicht gerechnet habe. Mit so einer Aussage, so lässig ausgesprochen. Ich bin verwirrt und scharf in einem. Und ich habe diese Bilder vor Augen, die ich wahrscheinlich nie wieder loswerde.

Ich will zu ihm. Sofort.

Scheiße, ich bin im Arsch.

»Aber ich bin die nächsten zwei Tage weg, Baby.«

Ich erschauere und schüttele den Kopf. Wieso bin ich jetzt bitte enttäuscht? Ich bin doch wütend! Oder war es bis eben noch. STIMMT! ICH WAR WÜTEND! Wieso kann ich nicht einfach weiter wütend sein?

»Wo denn?«, frage ich verwundert und er seufzt.

»Ich bin weg, Alayna, es ist halt so. Ich komme am Sonntag wieder, wir sehen uns Montag in der Uni.«

»Scheiße«, flüstere ich.

»Ist was, Alayna?«

Ich schüttle den Kopf. »Ich habe nur nicht damit gerechnet, dass du so lange weg bist ...« FUCK, was läuft nur falsch bei mir? Ich bin wirklich eine dumme Tussi, die sich total abhängig von einem Mann gemacht hat. Dabei wollte ich das nie! Aber als meine Mom noch normal war, hat sie gesagt, dass man immer das anzieht, was man auf gar keinen Fall will.

Und hier habe ich es im Doppelpack.

»Wieso denn, Babygirl?«, fragt er jetzt. »Du wolltest dich doch um deinen Vater kümmern oder so. Du wärst doch eh nicht hier gewesen, oder?«

»Nein«, sage ich ausweichend und fahre mir durch das Haar. Was ist hier nur los? Ich verstehe mich selbst nicht mehr.

»Dann ist doch alles super, und in der Zeit, in der ich weg bin, kann ich mir überlegen, wie du es verdienen kannst, dass dein innigster Wunsch wahr wird. Wie klingt das?«

Ich weiß nicht, wovon er redet, und ich würde gerade so gern mit Carter in seiner Garage sitzen und was rauchen, damit das Chaos in meinem Kopf endet. Ich bin gar nicht mehr bei mir.

»Was meinst du?«, frage ich irritiert.

»Sag du es mir am Montag, Babe. Bis um neun vor der Uni.«

Damit hat er einfach aufgelegt und ich starre mein Handy an.

Was?

Ich bin immer noch wie betäubt und weiß nicht, was ich von alldem halten soll, als mein Handy eine neue Nachricht ankündigt, die ich sofort und automatisch öffne. Ich lasse ihn nicht mehr warten, seit über drei Wochen.

Ich werde dich vermissen, steht da, und ehe ich mich versehe, tippe ich:

Ich dich auch.

Und das Schlimme daran? Es ist wahr.

33. Wie eine kleine Ameise, Alayna

Carter

Du bist so heiß, wenn du Menschen bedienst, Alayna. Hast du eigentlich eine Ahnung davon?

Caden ist weg. Es ist der letzte Samstag, bevor die Uni anfängt. Er hat keine Ahnung, dass ich hier bin, und wird es auch nicht erfahren, denn er ist bei dem Überdad, und ich will gar nicht wissen, was er da durchmacht. Ich bin einfach hergekommen, weil ich wissen will, was du gerade tust. Und wie viele Schwänze dich anmachen. Ich mag es nicht, wie sie dich angucken.

Das *Blue Rabbit* ist nicht mein Lieblingsort. Hier sind so viele Idioten, so viele Jurastudenten und Möchtegernoberfickerprollos, angehende Ärzte und Dummschwätzer. Ich sitze an der Bar und ein Kumpel von mir ist gerade irgendwo mit einer Blondine zugange. Es ist okay, ich brauche keinen, der mir die Hand hält. Davon abgesehen stehe ich nicht auf blond.

Ich trinke Bier, was deine Kollegin, die mir die ganze Zeit schöne Augen macht, mir gegeben hat. Du bist gerade nach hinten verschwunden, um dich fertig zu machen. Als du rauskommst, wirkst du gestresst. Du hast keinen Bock auf das hier, du wärst viel lieber bei uns und würdest es mit einem von uns treiben. Ich würde dich ans Bett fesseln und Dinge mit dir tun, von denen du noch in zwanzig Jahren träumst.

Ich lasse meinen Nacken knacken und beobachte dich. Jetzt weiß ich, warum Caden das so liebt. Menschen zu beobachten, kann sehr aufschlussreich sein. Du trägst enge, dunkle Röhrenjeans, und dein Arsch darin, Alayna, lässt mich durchdrehen. Deine weißen, halbhohen Chucks sind versifft und das weiße Top mit dünnen Trägern ist enger und tiefer ausgeschnitten, als ich es dich je anziehen lassen würde. Die Schwellung deiner großen Brüste schaut oben heraus und deine weiche Haut glänzt unter dem schummrigen Licht. Deine langen Haare hast du locker hochgesteckt, aber sie fallen strähnchenweise aus der Frisur, über deinen Nacken und deine Schultern. Und deine schmale Taille wird noch durch die Schürze betont, die du dir umbindest. Deine Lippen sind leicht geschminkt, Alayna, das sehe ich sofort. Wieso ist das so, *Alayna*? Das gefällt mir nicht. Die Wimpern deiner großen, braungrünen Augen sind mit irgendwelchem Zeug beschmiert, sodass sie noch größer wirken. Ich stelle mir vor, wie du vor mir kniest und mich mit diesen verdammten Augen anschaust, während ich in deinem Mund bin und meine Hand in deinem Haar.

Das tun die anderen Wichser sicher auch. Und ich wette, du riechst wie die verdammte Hölle. Weil du das bist: meine Scheißhölle.

Du straffst dich, tauschst dich kurz mit deiner Kollegin aus, dann bewegst du deinen knackigen Arsch ein bisschen zur Musik, drehst dich um, um nach einem frischen Glas zu greifen, und siehst mich grinsend an der Bar sitzen.

Du erstarrst, Alayna. Angst blitzt in deinen Augen auf. Du machst mich hart, Baby. Pass auf, wie du mich ansiehst.

Dann rauschst du um den Tresen herum, direkt auf mich zu. Mir ist klar, dass du weißt, dass ich nicht Caden bin, denn so würdest du dich nie trauen, auf ihn zuzumarschieren, wie du es gerade bei mir tust. Die Hände zu Fäusten geballt, zugekniffene Augen, fehlt nur noch der Dampf, der aus deinen Nasenlöchern kommt.

Du bleibst vor mir stehen, und weil ich auf dem Hocker sitze, habe ich einen echt grandiosen Ausblick, Baby. Seit wann bist du eigentlich *Baby* in meinem Kopf?

Du packst mein Kinn, Alayna, und drückst meinen Kopf nach oben, damit ich in deine Augen schaue. Bist du jetzt Caden oder was?

»Carter«, donnerst du, und oh, ich mag das, Alayna. Du wirst diesen Namen in Zukunft noch sehr oft stöhnen, auch wenn ich es eigentlich verhindern wollte. Aber ich kann nicht. Und ich will auch nicht, wenn ich ehrlich bin.

»Alayna.« Du schluckst, als ich meine Augen weicher werden lasse, und schüttelst den Kopf, als würdest zu dir finden wollen.

»Was machst du hier?«, fragst du sauer. Ich nehme deinen Unterarm und ziehe dich zwischen meine Beine. Fuck, Baby, das fühlt sich so gut an, wenn du mir so nahe bist.

»Ich wollte sehen, was du so machst, wenn du nicht bei uns bist.«

Du bleibst stehen, *versuchst* nicht mal, mir zu entkommen. Nur sehr halbherzig stößt du gegen meine Brust und murmelst was von »Lass mich los«, dabei schaust du mir nicht in die Augen. Deine Wangen werden rot und dein Puls flattert, Alayna. Wieso flattert dein Puls?

»Schön«, sagst du gepresst und suchst wieder den Blickkontakt zu mir. »Dann hast du es ja jetzt gesehen, bye!«

»Was ist los, Baby? So zickig heute? Das letzte Mal in meinem Bett warst du nicht so zickig.« Meine Hände wandern an deinen Arsch. Ich packe dich fest und ziehe dich ruckartig enger an mich.

Du keuchst und blinzelst verwirrt. »Carter, bitte nicht.«

»Bitte nicht was?« Ich streiche mit meiner Nasenspitze über deine Schläfe und rieche an dir. »Was ist?«

»Tu das nicht. Ich bin sauer auf euch«, sagst du schwach.

»Aber es war immer so schön, wenn wir es getan haben. Findest du nicht, Alayna? Was war eigentlich dein Favorit? In meinem Zimmer, als der Gürtel auf deinen Arsch traf? Unter dem Baum, als die raue Rinde über deinen Rücken rieb? Oder im Bett meines Bruders, als du mir vorlesen musstest?«

Du seufzt frustriert und sinkst ein wenig an meine Brust. Ich wusste, dass du das schon so lange machen wolltest. An meine Brust sinken.

Deine Nasenspitze gleitet über meinen Hals, Alayna, und du seufzt sehnsüchtig. Was ist mit dir? Hältst du es etwa nicht mehr aus, zu schmollen? Oder bist du jetzt wie entfesselt, weil du weißt, was abgeht und der Kuss heute Morgen dir die Augen geöffnet hat?

»Komm mit mir nach Hause«, sage ich in dein Haar. Deine Finger krallen sich in mein Shirt auf Bauchhöhe. Ich spüre deine Fingernägel durch den Stoff über meine Haut kratzen – ich liebe es und werde noch härter, als ich es sowieso schon bin.

»Du hast mich verarscht«, murmelst du. Dein heißer Atem bricht sich an meiner Haut.

»Und du hast es geliebt«, murmle ich genauso rau zurück und packe deinen Kiefer, damit du mich wieder ansiehst. Deine Augen sind verklärt und deine Lippen recken sich mir fast schon entgegen. Du bist so sexy, Alayna.

»Nein«, hauchst du. »Ihr habt mich benutzt.«

Ich lasse meine gespreizten Finger an deiner Kopfhaut entlangfahren und ziehe ein bisschen an deinem Haar, um dich daran zu erinnern, wie es mit mir ist.

»Und du hast es geliebt, benutzt zu werden. Wieso hast du Caden nichts gesagt, wenn du es beenden willst?«

Du beißt dir auf die Unterlippe und dein Blick liegt auf meinen Lippen. Du willst, dass ich dich küsse. Aber erst muss dir klar werden, wie sehr du mich willst, Alayna.

»Ich liebe ihn.«

Ich schaue dich unbeeindruckt an, nehme deine Hand und lege sie mir an die Brust. Deine Augen gleiten an die Stelle und dann wieder in meine.

»Du liebst ihn nur, weil er will, dass du ihn liebst.«

Du schüttelst den Kopf. »Das stimmt nicht.«

»Alayna, er ist mein Zwillingsbruder. Sei nicht dumm.«

Du atmest tief durch und siehst aus, als würdest du in eine Schlacht ziehen. »Das bin ich nicht und deswegen hört das jetzt auf zwischen uns. Du wirst mich nicht mehr abfangen, mich nicht anrufen, mich nicht versuchen zu küssen, und mich nie wieder in deinem Bett sehen, Carter.« Du entziehst dich meinem Griff und ich lasse dich. »Du hast meine Gefühle verletzt, verstehst du das eigentlich? Du hast mich so verarscht. Du hattest Sex mit mir und hast dich als Caden ausgegeben, das ist pervers! Du hast mich angelogen und mich fühlen lassen, als würde ich den Verstand verlieren. Du hast versucht, mich zu brechen!«

»Was?«, frage ich ungläubig auflachend. »Alayna, ist dir aufgefallen, dass du alles tust, was Caden will? Selbst jetzt, in diesem Spiel, suchst du die Schuld nicht bei ihm. Und das nur, weil er das so will, verstehst du das nicht?«

Du ziehst die Brauen nach oben. »Doch, ich sehe die Schuld auch bei ihm. Soll ich ihn jetzt ansprechen? Wollen wir das beenden, Carter, wirklich? Wollen wir alle Zelte abbrechen? Soll ich einfach sagen, ›es ist aus‹ und verschwinden und nie wieder zu euch kommen?«

Ich mahle mit den Zähnen, Alayna. Mir gefällt nicht, was du da sagst.

»Ich werde ihn nicht darauf ansprechen, erst mal nicht. Weil ich *ihn* nicht verlieren will, aber dieses kranke Spiel findet hier ein Ende!« Du bist süß, wenn du versuchst, Regeln aufzustellen, Alayna, aber die Regeln existieren schon länger, als du in unserem Leben bist. Du bist nur ein kleines Kätzchen, das versucht, gegen einen ausgewachsenen Löwen zu kämpfen.

»Dieses Spiel ist dann zu Ende, wenn Caden will, dass es zu Ende ist, Alayna. Das wirst du schon noch merken.«

Deine geschwungenen Brauen ziehen sich zusammen und du funkelst mich an. »Ich glaube, ich kann auch noch selber ganz gut Entscheidungen treffen, keine Sorge!«

Wie kann man nur so stur sein und mich so schnell erst scharf, dann superwütend machen? Du musst aufpassen, Alayna. Aber das wirst du schon noch lernen.

»Du kannst selbst entscheiden, ja? Schauen wir mal, wie du selbst entscheiden kannst! EINS!« Deine Augen werden groß, ich lege den Kopf schief. »ZWEI!« Du hältst den Atem an und ballst die Hände zu Fäusten. »DREI, ALAYNA!« Du zuckst zurück, doch ich packe deinen Arm und ziehe dich wieder zu mir.

»Hast du *das* jetzt selbst entschieden?«, frage ich an deinem Ohr. Du schnaubst und zitterst ein bisschen. Ich benutze die Knöpfe, die Caden dir eingepflanzt hat, nur selten, nur wenn es wirklich sein muss.

»Lass mich einfach in Ruhe, Carter.«

Wieder lasse ich den Nacken knacken. »Du sagst mir nicht, was ich zu tun habe, Alayna. Hör auf damit.«

Du versuchst, dich von mir loszumachen. »Ich werde nicht damit aufhören, Carter, verdammte Scheiße noch eins!«

»Vorsicht, Alayna, du willst nicht, dass ich wütend werde, vertrau mir.«

»Ach fick dich, was willst du denn mit mir machen, wenn du wütend wirst, hä?« Du bist total außer dir und lässt alles an mir aus, Alayna. Das mag ich gar nicht.

Mir reicht es. Ich stehe auf und überrage dich. Du machst einen Schritt zurück. Vergessen, wie groß ich bin, oder was?

»Geh!«, knurre ich.

»Wohin?«, fragst du verwirrt.

Dann packe ich dich am Nacken und schiebe dich einfach vor mir her durch die Menge nach hinten, dorthin, wo NUR FÜR PERSONAL draufsteht, reiße die Tür auf und knalle dich mit dem Gesicht und deiner Vorderseite gegen die Wand.

Du keuchst. »Carter!« Ich mag es, wenn du das tust.

»Ich werde dir jetzt mal meine Regeln aufstellen, Alayna. Sieh mich nie wieder so an, wie du es gerade getan hast. Sag mir nie wieder, was ich zu tun habe. Verbiete mir nie wieder, dich anzufassen! Weil ich dann grundsätzlich jedes Mal genau das Gegenteil davon tun werde, was du verlangst. Sprich nie wieder so mit mir, und, ganz wichtig: Fick nicht mit mir – auf welche Art auch immer. *Ich* ficke!«

Ich lasse dich los und du fährst sofort zu mir herum. »Du bist doch irre«, flüsterst du erstickt.

»Falsch, Baby. Du bist irre.« Ich sehe, wie du keuchend atmest und dein Brustkorb sich hektisch hebt und senkt. Du wirkst verwirrt, Alayna. So verwirrt.

»Scheiße, Carter.«

»Ich sag dir jetzt, wie das läuft, Alayna. Du sagst Caden nichts. Du kommst zu uns und findest einen Weg, dass ich dich ficken kann, wann auch immer ich will. Weil ich weiß, dass es auch das ist, was du willst.« Mit meinem Körper dränge ich dich wieder gegen die Wand und sorge dafür, dass du mich komplett spürst. Du schluckst und starrst auf meine Brust.

»Verstanden, Alayna?«

Du verengst die Augen und wirst wahrscheinlich rein aus Prinzip nicht antworten, aber das ist okay, denn in deinen Augen sehe ich schon die Kapitulation.

»Du kannst Caden die starke Frau vorspielen, aber ich sehe in deinen Augen, dass du das gar nicht bist, und er weiß das auch. Egal was du uns vorzumachen versuchst, im Endeffekt bist du so zerbrechlich.« Ich tänzle mit Zeigefinger und Mittelfinger über die Seite deines Halses. »Wie. Eine. Kleine. Ameise.«

Du atmest tief aus und kneifst die Augen zusammen. »Geh weg«, hauchst du zittrig. »Bitte.«

»Das ist das erste und letzte Mal, dass ich auf dich höre. Das nächste Mal, *Baby,* werde ich das nicht tun.«

Damit lasse ich dich los und gehe.

34. Worum es wirklich geht, Alayna

Caden

Ich parke in der Einfahrt dieser perfekten Vorstadt, vor diesem perfekten Haus und hinter dem perfekten weißen Gartenzaun. Mittlerweile ist fünf vor halb sieben, als ich ankomme, denn ich habe mir Zeit gelassen. Er wollte, dass ich um sechs auftauche, genau deshalb habe ich es nicht gemacht. Ich bin nicht wie ihr alle, Alayna, *ich* bin der, der sagt, was abgeht. Nicht der, der sich fügt oder kuscht. Auch nicht vor dem Überdad, selbst wenn ich ein bisschen kleine Eier kriege, als ich den Motor abstelle. Keaton Rush ist eben Keaton Rush. Er besaß schon in unserer Kindheit seine Methoden, und wenn Dad keinen Bock mehr auf uns hatte und nicht mehr mit uns klarkam, hat er uns hierher geschickt. Ich möchte nicht darüber reden, was in diesem Haus passiert ist.

Eine Kippe hängt mir im Mundwinkel, als ich aussteige, gelangweilt seufze und meine Tür zuknalle, damit auch jeder hört, dass ich da bin. Es geht nichts über einen großen Auftritt. Das habe ich wohl von meinem Vater.

Es gefällt mir nicht, jetzt von dir getrennt zu sein, ausgerechnet jetzt, denn es ist so viel passiert zwischen uns, Alayna.

Ich habe dich seit dem ersten Tag, an dem du mein Elternhaus betreten hast, manipuliert und mir alles an dir so zurechtgerückt, wie es mir passt. Du bist mein Meisterwerk, abgesehen von der Tatsache, dass du mich immer noch anlügst. Ich habe gemerkt, dass du gelogen hast. Zwar weiß ich nicht, *was* bei Carter passiert ist, als du dich rausgeschlichen hast, aber du hast gelogen, und ich hasse es, belogen zu werden. Ich habe jedoch Geduld und warte den richtigen Zeitpunkt ab, um dich dafür zu bestrafen. Du hast zugegeben, dass du auf Carter stehst, Alayna, doch das wusste ich schon länger. Schon so viel länger als du. Das ist okay, Baby. Aber sollte ich rausfinden, dass du irgendwas tust, von dem ich nichts weiß, ist es nicht mehr okay, und sei es nur eine Berührung seiner Schulter. Du warst die letzten Tage angespannt, weil du langsam merkst, dass etwas nicht stimmt, aber es ist zu spät, um wegzulaufen. Der größte Teil von dir gehört schon mir. An dem Rest arbeite ich noch. Wobei ich mir überlege, dir nicht alles zu nehmen, nicht wie bei den anderen. Da gibt es diesen Teil von dir, den ich dazu viel zu sehr vergöttere, den ich nicht brechen will. Der bleiben soll, wie er ist.

Es ist ein bisschen wie bei dem Bau eines Hauses – bei einem Altbau. Man renoviert die Räume, die einem nicht gefallen, und richtet sie sich ein, wie man es mag. Den Charme des Hauses erhält man. Du hast deinen Charme, Baby. Das muss ich zugeben, und ich mag das.

Ich werde euch beide noch weiter bestrafen, Alayna, mir reicht es noch nicht. Jetzt erst recht, weil du mich angelogen hast. Ob Carter zu mir ehrlich war, weiß ich ehrlich gesagt noch nicht. Carter ist der einzige kleine Pisser, bei dem ich manchmal Probleme habe, ihn zu durchschauen, und der Einzige, in dessen Haus ich so wenig rumpfusche wie möglich, weil ich ihn wirklich liebe.

Natürlich kann ich immer kalkulieren, was er als Nächstes tut, so wie er bei mir. Natürlich kennen wir uns so gut, dass wir wissen, was der andere denkt. Aber wenn wir es drauf anlegen, schaffen wir es, unsere Gedanken vor dem anderen zu verbergen. Ich hoffe wirklich für dich, dass du ihn nicht so weit getrieben hast, *das* zu tun. Es würde mich sehr unglücklich machen. Und niemand will, dass ich unglücklich bin. Vertrau mir.

Melissa hat mich sehr unglücklich gemacht – dann habe *ich sie* sehr unglücklich gemacht.

Ich drücke die Klingel, obwohl ich weiß, dass *er* weiß, dass ich da bin. Dennoch wird er mich bestrafen, indem er mich mindestens vier Minuten hier stehen lässt. Es ist heiß und ich bin genervt, aber ich warte. Es dauert tatsächlich genau drei Minuten und fünfundvierzig Sekunden, bevor ich Schritte auf der anderen Seite der Tür höre. Und ich weiß, dass es seine Schritte sind. Er macht die Tür auf und lehnt vor mir wie ein Fuckingmafiaboss, und er wird irgendwie auch immer so behandelt.

Egal ob innerhalb der Familie oder außerhalb.

»Keaton«, grüße ich ihn knapp, weil ich das Wort *Opa* lächerlich für ihn finde. Er sieht nicht so aus und er ist auch ganz sicher nicht so ein zitternder, weißhaariger, faltiger kleiner Gnom. Außerdem hasst er es, *Grandpa* genannt zu werden. Überdad akzeptiert er mit einem Augenrollen, Keaton hingegen mag er, und ich muss heute dafür sorgen, dass er mich mag, denn er sieht ziemlich angepisst aus.

»Du bist fünfundzwanzig Minuten zu spät. Ich mag keine Verspätungen, Caden.«

»War im Stau«, lüge ich und will mich mit der Kippe an ihm vorbeischieben. Er packt mich an der Schulter und nickt zu der Zigarette.

Seufzend schnippe ich sie hinter mich und er lässt mich eintreten.

»Küche. Setzen.« Hach, ich liebe es, wie warmherzig ich hier immer empfangen werde, ehrlich. Ich schlendere in die Küche und setze mich an den Tisch. »Schuhe aus.« Ich stehe auf und gehe noch mal in den Flur und ziehe meine Schuhe aus. Ihr versteht, woher ich meine Psychospiele habe? »Setzen!«

»Ich hab Durst.«

»Pech gehabt. Verdien es dir.«

Er setzt sich mir gegenüber. Das Haus ist so sauber, ganz anders als daheim. Wir leben im Chaos, überall liegen dreckige Socken und Avas Haargummis mit drum gerollten Haaren. Überhaupt sind ihre Haare im ganzen Haus verstreut, ihre Schönheitsartikel und Gesichtsmasken.

Dazwischen Moms Fotosachen und Dads Knarren. Also das ist wirklich kein Ort für Kinder oder so.

Er starrt mich an, Alayna, mit diesen fucking Gruselaugen, an denen man nie ablesen kann, was gerade dahinter vorgeht. Ich habe mein Leben lang versucht, diesen Blick zu perfektionieren, aber ich bin noch nicht so weit. Ich muss noch so viel von ihm lernen. Er ist ein Gott in meinen Augen. Nur deswegen bin ich hier. Ich halte seinem Blick stand. Ava schafft es genau fünf Sekunden, Carter eine Minute. Mir gelingt es, solange er mich auch herausfordern will, genau wie Dad. Dad scheißt sich gar nichts, weil er schon alles durch hat mit diesem Mann.

Er legt erst den einen Ellbogen, dann den anderen Ellbogen auf den Tisch und verschränkt die Arme, lehnt sich vor und neigt den Kopf zur Seite, mustert mich noch eingehender. Ich bin versucht, die Pose nachzuahmen, bleibe aber wie zuvor sitzen, auch wenn ich gern meinen Nacken knacken würde, weil er mich nervös macht. Ich hasse es, nervös zu sein, aber ich lasse es mir nicht anmerken.

»Wenn du mit ihr fertig bist, wird nichts mehr von ihr übrig sein, was du an ihr *angeblich* liebst«, fällt er nun mit der Tür ins Haus, aber es war mir sowieso klar, dass er sofort auf den Punkt kommt. Er führt nie Small Talk.

Ich lege meinen Kopf auf die gleiche Seite wie er. »Ich liebe es, wenn nichts mehr von ihnen übrig ist.« Ich lasse den Kopf wieder auf die andere Seite fallen. »Ich liebe es, wenn ich Angst in ihren Augen sehe.« Ich stütze mein Kinn auf eine Hand. »Und ich liebe es, wenn ich nur mit dem Finger schnippen muss, damit sie ihr Kleid auszieht. Ich glaube nicht, dass es meine angebliche Liebe verringert, es macht sie nur noch stärker.«

»Du legst es also drauf an, sie kaputt zu machen?«

»Hmmmm ... vielleicht. Ich weiß es noch nicht. Aber ich liebe dieses Spiel. Wie verwirrt sie mich anschaut, weil sie nicht weiß, ob ich Caden bin oder Carter, und sie mich fragt, ob sie den Verstand verliert, weil eben noch zwei von mir da waren und dann plötzlich nur noch einer, als das Licht ausging. Das ist so amüsant.« Ich beuge mich vor. »Gibs doch zu, wenn du in meinem Alter dieselbe Möglichkeit gehabt hättest, was hättest du dann gemacht?«

»Dasselbe wie du«, sagt er knallhart.

»Ich wusste, dass du mich verstehst. Du bist der Einzige, der genauso ist wie ich.«

»Ich will dir was erzählen. Weißt du, was dein Vater deiner Mom alles angetan hat?« Oh nein, Märchenstunde.

»Ich bin ganz Ohr.«

»Ich weiß nicht, welche Geschichte ich zuerst erzählen soll, vielleicht die, als er sie in unser Wohnzimmer gekettet hat, um sie für irgendwas, was sie getan hat, zu bestrafen?«

»WAS?« Ich verziehe mein Gesicht.

»Oder dass er ihr eine verpasst hat, weil er sich nicht beherrschen konnte. Dass er sie terrorisiert hat, ihre Privatsphäre missachtet hat, mit anderen Frauen vor ihr geschlafen hat ...«

Fuck ... Was? Das hätte ich niemals gedacht. Mom und Dad wirken wie das typisch amerikanische Bilderbuchpärchen. Auch wenn ich ihre Geschichte kenne, diese kleinen Details wusste ich nicht. Nur dass es einige Betrügereien und Kämpfe umeinander gab.

»Dass er sie eingesperrt hat, dass sie nicht mal auf die Toilette gehen konnte, ohne dass er in der Nähe war …«

Ich verziehe immer mehr mein Gesicht.

»Dass er sie kontrolliert und manipuliert hat und gesagt hat, er würde sie umbringen, wenn sie es wagt, ihn zu verlassen. Dass er sie immer wieder zurückgeholt hat, obwohl es ihr ohne ihn besser ging. Dass er es nicht ertragen konnte, wenn sie ohne ihn glücklich war. Dass er sie gedemütigt, unterdrückt und wie Scheiße behandelt hat. Einfach, wie man keine Frau jemals behandeln sollte.«

Ich schlucke. Das gefällt mir nicht, weil ich meine Mutter abgöttisch liebe. Ich will Dad eine reinhauen, jetzt noch.

»Das gefällt dir nicht, oder Caden?« Meine Hände sind zu Fäusten geballt und ich lasse meinen Nacken knacken. Es ist offensichtlich, ich muss nicht antworten.

»Weil du deine Mutter liebst. Oder?« Er zieht eine Braue hoch. Ich weiß, worauf er hinauswill.

»Trotzdem ist Mom jetzt noch bei ihm.«

»Sie ist bei ihm, weil sie eine Wandlung durchgemacht und *er* das akzeptiert hat, weil sie so zu sich selber finden konnte und genug Stärke entwickelt hat, um sich dann klar und bewusst für deinen Vater zu entscheiden. Er hat ihr diesen Raum zum ersten Mal eingestanden, erst dann wurden die beiden das, was sie heute sind. Hast du eine Ahnung, wie sehr deine Mutter darunter leidet, was du machst? Jetzt, nachdem du weißt, was sie selbst durchgemacht hat? Hast du eine Ahnung, wie tief es sie trifft? Ihr zwei wart für sie der absolute Lichtblick für die

Zukunft. Ihr wart ihre kleinen Engel und jetzt seid ihr geradewegs aus der Hölle spaziert, um ihr das Leben schwer zu machen.« Ich verstehe, was er mir sagen will, und ja, es tut mir ein bisschen weh. Es gefällt mir nicht, das meiner Mutter anzutun. Ich muss einfach in Zukunft aufpassen, dass sie weniger mitbekommt.

»Ich bin süchtig nach ihr. Ich bin besessen von ihr. Ich muss alles über sie wissen, ich muss ihre Nachrichten lesen, ich muss immer sehen, was sie macht. Ich habe nur Zugriff auf ihr Handy und auf ihre Daten, was sie bisher erlebt hat, aber ich überlege, Kameras in ihrem Haus anzubringen. Sie hat eine Scheißfamilie, ich sollte kontrollieren, ob es ihr da gut geht.«

Er schüttelt den Kopf und sein Mundwinkel zuckt ein bisschen. Lacht er etwa?

»Ich will dir was zeigen, Caden. Bleib hier.« Dann geht er und ich bleibe sitzen. Ich bin ein bisschen genervt, weil er mir immer noch nichts zu trinken angeboten hat.

Vor mir landet ein schwarzes Notizbuch, total zerfleddert und zerlesen.

»Dein Vater hat es auch gelesen, als es an der Zeit war. Jetzt bist du dran.« Stirnrunzelnd sehe ich das Teil an.

»Was ist das?«

»Das wirst du schon sehen.« Er drückt es mir gemeinsam mit einer eiskalten Dose Coke in die Hand. Meine Belohnung, dass ich ehrlich war und mich darauf eingelassen habe.

»Geh in den Keller und bleib da, bis du es gelesen hast. Olivia bringt dir später Essen, und jetzt nerv mich nicht mehr.«

»Ich fand es auch sehr schön, mit dir zu reden.«

Damit drehe ich mich und schlendere pfeifend in den Keller.

***

Ich liege im Keller, der einmal meinem Vater gehört hat, auf einem Bett aus Paletten und der kuschligsten Matratze, die die Welt je gesehen hat. Es fällt noch ein bisschen Tageslicht in den Raum. Ansonsten umhüllt mich Dunkelheit. Ich muss sagen: Ich liebe es. Ich könnte mir so viele lustige Dinge hier vorstellen. Es ist, als würde ich hier eine komische Art von Energie fühlen – von Düsternis und Schmerz und Tränen. Mit meinem Zeigefinger streiche ich über das schwarze Bettzeug neben mir und stelle mir vor, es wäre dein Rücken. Wusstest du, Alayna, dass starke Verbindungen auch über Tausende von Kilometern anhalten und man die Energie zu anderen rüberschicken kann? Du kennst es ja sicher, wenn du gerade an jemanden denkst und derjenige in dem Moment anruft. Vielleicht erschauerst du gerade und denkst an mich.

Das tust du ganz sicher. Ständig. Weil ich es so will.

Ich habe dieses verstörende Tagebuch gelesen. Das Einzige, was ich jetzt noch tun will, ist, dich in einen Keller zu sperren und dich mit Kameras zu beobachten. Es ist wie der Himmel. Keaton Rush ist ein Genie.

Es war so inspirierend. Er wollte ja, dass ich was draus lerne, und das habe ich, nur nicht das, was er wollte.

Er wollte, dass ich erkenne, dass ich dich gar nicht wirklich liebe und nur besessen von dir bin. Von deiner Unterwürfigkeit, und wie ich dich brechen und formen kann, kaputt machen und neu zusammensetzen, wie es mir gefällt, Alayna. Er wollte, dass ich danach denke: *Oh, ich liebe sie so sehr, ich kann ihr das nicht mehr antun. Ich muss sie freigeben* … FALSCH, ALAYNA.

Liebe bedeutet einzig und allein völlige Hingabe.

Du hast gesagt, du liebst mich.

Also musst du dich mir zu hundert Prozent hingeben, Babygirl.

Ganz einfach.

Ich stehe auf und schlendere durch das Schlafzimmer, um mir eine Zigarette anzuzünden. Man riecht, dass hier drin immer geraucht wurde. Und zwar viel Gras. Ich habe keines dabei, aber ich brauche das auch nicht wie Carter. Während ich durch den Keller gehe, streiche ich mit meinem Zeigefinger an der Wand entlang und nehme alles in mich auf, was da ist.

Dieser Ort ist wirklich inspirierend.

Ich habe so viele neue Ideen, was ich noch alles mit dir machen kann.

Wie ich dich noch ficken kann – und damit meine ich nicht nur körperlich. Ich schlendere weiter in den Wohnraum, wo eine Couch und ein Sessel um einen Couchtisch herum stehen, und lasse mich in den weichen Sessel sinken. Ich rutsche mit dem Arsch bis an die Kante und ziehe tief an der Zigarette. Während ich meinen Kopf nach hinten fallen lasse, lasse ich den Rauch langsam meinen Lippen entweichen und schaue an die schwarze Decke.

Nein, Alayna, ich werde dich nie freigeben.

Ich kann nicht, ich will nicht, ich werde nicht.

Stattdessen wirst du mich erst noch richtig kennenlernen. Ich musste mich so lange zurückhalten, bis ich sicher sein konnte, dass du nicht mehr die Flucht ergreifst. Jetzt bin ich mir sicher.

Jetzt kann ich dir zeigen, wer ich wirklich bin.

Und wir werden sehen, wie sehr *du* mich liebst.

Denn in Wahrheit …

Geht es hier …

Nur darum.

Epilog

Alayna

Caden hat sich das ganze Wochenende nicht gemeldet. Ich habe es zu Hause verbracht und versucht, mich auf meinen Vater zu konzentrieren, der allerdings keine Änderung zeigt. Meine Mom war nicht da, zum Glück. Das hätte ich nicht auch noch ertragen. Nach Carters Überfall in der Bar bin ich noch verwirrter. Das scheint Dauerzustand zu sein. Hin- und hergerissen zwischen Logik und Herz. Wenn ich auf mein Herz hören würde, hätte ich Caden schon längst angerufen, oder ich wäre einfach zu ihm gefahren und hätte auf ihn gewartet. Wenn ich auf meine Logik hören würde, würde ich ihm sagen, was für ein Arschloch er ist, weil er mir das alles angetan hat, weil er mich entwürdigt hat und den ganzen Mist, den emanzipierte, tolle Frauen so von sich geben. Und ich dachte, ich wäre so. Ich war immer stolz darauf, mir nie was sagen und mich nicht manipulieren zu lassen, und dass mir niemand blöd kommen konnte.

Und jetzt ...?

Sitze ich im Bus. Es ist Montagmorgen und ich schaue ununterbrochen auf mein Handy. Ich versuche, es zu hypnotisieren und ihm meine Gedanken zuzusenden – irgendwie –, damit er sich meldet und süß zu mir ist und ich ihm verzeihen kann. Andererseits habe ich mich doch schon längst entschieden, sonst hätte ich ihm schon eine Ansage gemacht, die er verdient hat, und hätte sogar seinen Vater oder seine Mutter mit einbezogen und mich bei ihnen ausgeheult. Dann hätte ich einen würdevollen, total coolen Abgang hingelegt wie eine Diva und sie hätten mir beide mit offenem Mund und sabbernd hinterhergestarrt. Caden hätte gesehen, was er verliert. Er wäre mir hinterhergelaufen, hätte mich herumgewirbelt und mir gesagt, wie sehr er mich liebt und dass er ohne mich nicht leben kann, dass diese Psychospiele aufhören und er sich jetzt ändern wird, weil ich die Frau bin, mit deren Hilfe er das schafft. Carter hätte sich entschuldigt und uns seinen Segen gegeben. Er hätte mich zum Altar geführt und an Caden übergeben. Dann wären alle glücklich und wir hätten drei Kinder und ein Haus am See. Und einen Hund. Und eine Katze. Und einen Pool. Und ein Poolhaus.

Ich schaue aus dem Fenster auf die windige Stadt. Heute ist der erste September und ich trage eine dünne Jeansjacke über meinem Kleid, weil es bereits kühler ist. Die kalte Jahreszeit kommt, und ich gestehe mir ein, dass ich sie im Bett auf einem Dachboden in ganz bestimmten

Armen verbringen will. Ich weiß nicht, wohin das führen soll. Und ich weiß nicht, ob wir jemals eine Lösung dafür finden, oder ob ich Caden jemals sagen werde, dass mir bewusst ist, dass er mit mir Psychospiele spielt. Keine Ahnung. Aber ich weiß, dass mein Herz mich mit aller Kraft zu ihm zieht.

Als der Bus bimmelt und ich vor der Uni ankomme, erfasst mich ein Schauer.

Er ist wieder da.

Ich spüre es.

Meine Knie fangen beinahe augenblicklich an zu zittern. Ich halte mich mit aller Kraft an meiner großen Tasche fest, als würde sie mir den Halt geben, den ich brauche. Mein Herz rast und mir wird ganz warm, als ich aufstehe, um auszusteigen. Ich bin wie paralysiert und total zielstrebig, remple die Leute um mich herum an, weil ich einen Tunnelblick habe und es mit einem Mal nicht mehr erwarten kann. Es ist, als hätte er eine unsichtbare Leine an mir befestigt, mit der er mich immer näher zieht.

Ich folge ihr bis zum Parkplatz, weil ich weiß, dass er dort sein wird. Vorbei an den ganzen Mitstudenten, die mich grüßen; vorbei an den Professoren, die müde ihren Kaffee trinken; vorbei an den Autoreihen, bis ich den strahlend weißen BMW sehe und mein Herz einen Ruck macht. Das Dach ist geschlossen, und in dem Moment, als ich davor stehen bleibe, gehen die Lichter des Wagens aus, weil der Motor abgestellt wird.

Ich zähle *drei Sekunden,* bis die Türen sich öffnen und sie – einer besser aussehend als der andere – aus dem

Auto steigen. Sie knallen die Türen gleichzeitig zu und drehen sich gleichzeitig zu mir um.

Caden in einem weißen, langärmligen, eng anliegenden Oberteil und dunklen Jeans.

Carter in einem schwarzen, langärmligen, eng anliegenden Oberteil, das sich straff über seine Brust zieht, und einer schwarzen Jeans.

Mein Gott.

Die beiden werden mein Untergang sein.

Ich kann nicht mehr atmen, als sie auf mich zuschlendern, im Gleichschritt, einer rechts, einer links. Je näher sie kommen, desto verrückter spielt alles in mir, desto mehr kribbelt jede einzelne Faser. Gänsehautschauer rieseln über meinen Körper. Mein Hals ist ganz trocken und ich muss aufpassen, dass ich meine Tasche nicht fallen lasse und auf sie zusprinte.

Und dann, als hätte Caden an der Leine geruckt, schaue ich hoch in seine Augen, dieses verheerend schöne Gesicht, das mich so teuflisch anlächelt.

Im gleichen Moment tippt er mir unters Kinn, um meinen Mund zu schließen, der offen steht, während Carter von hinten in mein Ohr haucht: »Ist was, Alayna?«

ENDE

Garden
of DEVIL

Prolog

Ich würde dir gern sagen, dass es besser wird, aber das wird es nicht, Alayna.
Ich bin kein guter Junge. Ich bin der Teufel in Person.
Wir kommen beide direkt aus der Hölle und haben dich mit uns in den Abgrund gezogen.
Mein Monster will dich für sich beanspruchen. Du gehörst mir, doch er wird das niemals zulassen.
Deine Zeit ist abgelaufen, Alayna.
Er kommt!
Lauf!

1. Regeländerung, Caden

Alayna

Ich sitze zwischen Caden und Carter.

Irgendwann im Laufe der letzten Wochen hat sich die Sitzordnung geändert. Carter befindet sich nicht mehr mir gegenüber, sondern direkt neben mir. Zwischen den beiden zu sein, ist, als hätte man zwei Atomreaktoren neben sich, die einen total mit Radioaktivität verglühen und nicht mehr klar denken lassen.

Und Caden weiß das natürlich. Weil Caden alles weiß.

Ich bin wieder da und habe das Gefühl, dass ich hier nie wieder wegkomme.

Erstens wird er mich nicht weglassen.

Zweitens will ich nicht weg.

Mason – Caden und Carters Vater, den ich mittlerweile duze – ist gar nicht erfreut darüber, dass ich wieder hier bin, nach all seinen Warnungen und Prophezeiungen über seine dämonischen Söhne. Irgendwie hat das nichts gebracht, irgendwie zieht es mich an, dass sie so kaputt sind. Ich schaue zu Caden und er erwidert meinen Blick breit grinsend. Sofort ist mir klar, dass er schon wieder irgendwas vorhat – und es gefällt mir nicht. Genauso, wie ich sofort kribblig werde. Scheiße!

Ava erzählt gerade von irgendeiner blöden Kuh aus ihrer Schule, die sie nervt. Ihre Mom Emilia tut alles dafür, interessiert zu wirken, hört ihr aber eigentlich gar nicht zu. Carter neben mir bemerkt das Grinsen seines Bruders, und als ich ihn anschaue, grinst er genauso.

Scheiße!

Habe ich schon mal erwähnt, dass ich echt in der Scheiße stecke? Aber dass diese Scheiße das Heißeste ist, was ich je erlebt habe? Und dass ich süchtig danach bin und dass ich hier nie wieder wegwill?

Oh Gott, ich bin genauso abgefuckt wie sie. Jetzt ist es raus.

Ich bin gerade dabei, mein Rinderfilet zu schneiden, als ich Cadens Hand direkt zwischen meinen Beinen spüre. Kein vorsichtiges Raufstreichen, kein Rantasten, er ist direkt da, wo er sein will, weil es ihm gehört. Ich zucke so zusammen, dass ich mir das Knie an der Tischplatte stoße und aufschreie.

»Ist was, Alayna?«, fragt Carter natürlich und ich schüttle mit zusammenpressten Lippen den Kopf.

»Siehst ein bisschen rot aus, Babygirl. Sicher, dass nichts ist?«, erkundigt sich Caden von der anderen Seite und drückt mit den Fingern auf die Naht meiner Jeans, sodass sie an mir und meinen pochenden Stellen reibt. Das ist Caden: Ein Griff, und ich bin total erregt und kurz vor dem Orgasmus. Er braucht nie lange. Während er sich vorbeugt, um mit der linken Hand nach dem Ketchup zu greifen, und mit seinem Arm unsere Gesichter verdeckt, wispert er mir ins Ohr: »Halt still und sei leise, Alayna, sonst lasse ich dich eine Woche nicht kommen.« Schließlich nimmt er das Ketchup und lehnt sich wieder zurück, als wäre nichts geschehen. Ich platze gleich und weiß, dass Carter ganz genau mitbekommt, was abgeht. Damit seine Eltern nicht auf uns aufmerksam werden, beiße ich die Zähne zusammen, als Caden beginnt, langsam rauf und runter zu streichen, während er mit der anderen Hand locker isst.

»Schmeckt's dir nicht, Alayna?«, fragt Carter.

»Oh nein, ist das nicht richtig durch? Zeig her!«, meint Emilia, will aufstehen und meinen Teller nehmen, aber ich fuchtele mit Gabel und Messer in der Luft herum.

»Nein, nein, nein, alles gut, alles ist perfekt. Total perfekt!«

Emilia sieht mich mit gerunzelter Stirn. »Okay.«

Mason verengt die Lider.

Ava plappert weiter über die blöde Kuh.

Caden fragt mich: »Sollen wir jetzt für deine nächste Prüfung lernen, Baby?« Er reibt ein wenig intensiver und der feste Stoff der Jeans drückt sich immer mehr gegen meine pochende Mitte, die übersensibel reagiert.

»JAAAAA«, stöhne ich fast und versuche mit aller Kraft, meinen Hintern nicht vom Stuhl zu heben. »Bitte.«

»Du bist ja euphorisch beim Lernen«, stellt Carter fest und Mason meint:

»Das würde dir auch nicht schaden, Carter!«

»Ach, wir lassen ihn einfach mit uns lernen, oder Baby?« Caden klingt, wie er immer klingt. Leicht gelangweilt, total lässig und überheblich.

Und ich weiß genau, wie er das meint.

Ich nicke, weil ich keine andere Wahl habe.

»Was?«

»Ja, Caden«, presse ich zwischen den Zähnen hervor.

»Und was musst du noch mal lernen?« Cadens herausragende Eigenschaft ist, nie lockerzulassen, egal um was es geht. Ich habe nach einiger Überlegung mein Hauptfach gewechselt – von Literatur zu Mediendesign.

»Irgendwas mit Illustration«, keuche ich fast, während mein Herz immer schneller schlägt und mein Becken zuckt. Carter drückt es runter und isst mit der anderen Hand weiter, ohne mich anzusehen. Mittlerweile weiß ich ja, dass er das die ganze Zeit gemacht hat, als die beiden mir vorgespielt haben, Carter wäre Caden. Ich zweifle nicht mehr an meinem Verstand. Auch wenn Caden immer noch nichts davon ahnt, dass ich von ihrem Spiel weiß. Das ist Carters und mein Geheimnis und wird es auch noch bleiben.

»Soll ich dir helfen?«, fragt Carter und es klingt echt anzüglich, aber das ist ganz normal. Die beiden lieben es, mich als Spielball zu benutzen.

»Keine Ahnung«, hauche ich und zucke zweimal mit der linken Schulter, ohne zu wissen, wieso.

»Geht's dir nicht gut, Alayna?«, fragt Ava. »Du siehst ein bisschen komisch aus, fast so, als wenn …« Sie verstummt, als Caden sie ansieht, und verdreht die Augen.

»Mir geht's toll!«, sage ich aggressiver als geplant. »Alles. Ist. So. Toll.« Bei jedem Wort ruckt mein Becken hoch, das Carter wieder unterdrückt und dabei weiterisst.

»Okay«, zickt Ava und schaut wieder kopfschüttelnd auf ihren Teller.

»Ich brauch ein Bier!«, meint Mason und steht mit erhobenen Brauen auf, wobei er was von »Scheißkröten« und »dummes Mädchen« murmelt. Ich kann ihm nicht widersprechen. Zu gern würde ich einfach mein Gesicht an Cadens Schulter vergraben, weil ich fühle, dass ich tatsächlich jeden Moment mitten beim Abendessen mit der Familie komme, aber er hat gesagt, ich soll stillhalten. Zudem muss ich mein Gesicht irgendwie beherrschen, was gar nicht so leicht ist. Caden weiß das natürlich und er liebt es, also reibt er noch ein bisschen fester. Ich blähe die Nasenflügel und wappne mich mit der Gabel in der linken und dem Messer in der rechten Hand für die große Welle. Dann passiert es: Ich presse die Lippen, so fest es geht, aufeinander, räuspere mich dazu stöhnend und täusche dann am höchsten Punkt der Welle eine Hustenattacke vor. Carter kriegt sich kaum ein vor Lachen und Caden fragt: »Brauchst du was zu trinken, Baby? Hast du dich verschluckt?« Als wäre nichts passiert. Er ist wirklich die Ausgeburt des Teufels. Der Teufel kommt übrigens gerade mit einem Bier zurück an den Tisch.

»Ja, gern«, sage ich schwer atmend und nicke wie verrückt.

»Ava, Wasser!«, befiehlt Caden.

»Boah«, stöhnt sie genervt. »Mom, er soll sich sein Wasser selbst holen. Er sitzt viel näher dran als ich.«

Caden starrt sie an, hebt wortlos, sodass sein Vater es nicht sieht, den Zeigefinger und formt mit den Lippen das Wort: »EINS!« Ich zucke zusammen, auch wenn es gar nicht an mich gerichtet ist.

Ava springt sofort auf und sprintet fast zum Wasser.

»Fuck«, flüstert sie.

»Keine Schimpfworte, Madame«, meint ihre Mom und ihr Dad flüstert ihr zu:

»Das sagt die Richtige, Baby.«

»Scheiße, Mason, kannst du vielleicht mal zu mir halten? Die wären alle nicht so, wie sie sind, wenn du und ich an einem Strang ziehen würden!«

»Du kannst ja mal gern an was anderem ziehen, Emilia.« Mason grinst seine Frau breit an.

»BOAH, DAD!«, ruft Carter mit Riesenaugen und Mason schaut die Zwillinge gelangweilt an.

»Ihr zwei solltet mal lieber die Klappe halten. Ich habe Augen im Kopf, also einfach leise sein.« Ich will im Erdboden versinken und lehne meinen Kopf auf meine Handballen, Messer und Gabel nach wie vor umklammert.

»Ist was, Alayna?«, fragt Emilia und ich stöhne auf.

»Nein, nein, es ist nichts, wirklich gar nichts. Ich bin nur so müde!«

»Du solltest dich hinlegen. Geh doch hoch zu Caden und ruh dich aus. Es ist für euch drei sicher ungewohnt, so früh aufzustehen nach den Semesterferien.« Ich springe sofort auf.

»Ja, das ist so eine gute Idee, Emilia. Danke fürs Essen!« Ich stelle meinen Teller weg und vermeide es, zu Caden zu sehen, aber er packt mich am Unterarm.

»Wohin gehst du denn, Babygirl?«, fragt er ohne große Betonung, und ich erstarre. Sein Daumen streichelt meinen Unterarm. »Geh nach oben, hol deinen Laptop und sei in zehn Minuten in Carters Garage.« Damit lässt er mich los und ich gehe, um genau das zu tun, was er gesagt hat.

Scheiße.

Ich bin echt im Arsch.

* * *

Als ich oben ankomme und meine Laptoptasche suche, muss ich mich kurz setzen. Meine Beine sind immer noch zittrig und mein Puls rast noch ein bisschen. Was ist da schon wieder passiert? Wieso macht er das immer und verwirrt mich so? Er testet immer meine Beherrschung und wie viel ich bereit bin, für ihn zu tun und über mich ergehen zu lassen. Dabei hat er keinerlei Skrupel.

Keine Ahnung, wie es passiert ist, dass ich wieder bei ihm bin. Eigentlich wollte ich mich wirklich fernhalten, weil ich weiß, dass es nicht gesund für mich ist, hier zu sein. Aber ich bin wie eine Drogensüchtige, und Caden Rush ist meine Droge. Ich habe es genau zwei Tage ohne ihn ausgehalten. Das ist so jämmerlich. Ganz zu schweigen von der Tatsache, dass dieser ganze Mist mit Carter noch ungeklärt im Raum steht. Eben hat er mich angefasst. Wieder. Das erste Mal, seit er bei mir in der Bar war, denn ansonsten ignoriert er mich meistens, wahrscheinlich, weil ich ihm gesagt habe, er solle mich in Ruhe lassen. Das ist auch richtig so, schließlich bin ich in einer Beziehung. Mit seinem Bruder! Das ist so pervers!

Trotzdem hat er mich vor Caden einfach berührt. Bedeutet das, dass Caden was weiß? Bedeutet das, dass er glaubt, ich wüsste von dem Spiel? Oder bedeutet das einfach nur, dass sie immer noch spielen, nur offensichtlicher, weil Caden die zweite Runde eingeläutet hat? Und wie viele Runden gibt es noch?

Aber ich sehne mich nach ihm. Ich bin so im Arsch. Und so schwach. Und so bescheuert. Ich weiß.

Ich habe von der verbotenen Frucht genascht wie Eva im Paradies. Dabei ist das Paradies eigentlich die heißeste Hölle, die die Menschheit je gesehen hat. Ja, ich gebe es zu. Ich scheiße gerade auf meinen Stolz. Auf meine Würde. Darauf, dass ich total verarscht wurde. Und ja, es brodelt noch in mir. Aber im Moment fühle ich mich nicht stark genug, Caden zu widerstehen. Keine Ahnung, wie es eines Tages aussehen wird, aber daran will ich noch nicht denken. Außerdem lebe ich nur einmal, und da sind diese zwei total heißen Kerle, die diese total heißen, abgefahrenen Dinge mit mir machen. Ganz ehrlich, wer würde da Nein sagen?

Ich merke, dass ich schon zu lange hier sitze und meine zehn Minuten um sind.

Fuck.

Caden hasst es, wenn ich zu spät komme, aber vielleicht will ich ihn ja auch ein bisschen reizen, weil er so heiß ist, wenn er wütend wird.

Jetzt, da ich langsam anfange, sein Spiel zu durchschauen, macht es mir sogar ein bisschen Spaß. Nichtsdestotrotz hatte ich seit einer Woche, also seit ich zurück bin, keinen Sex mit Carter, stattdessen zeigt er mir, was ich nicht haben kann. Kommt aus der Dusche mit einem Handtuch um die Hüften, direkt aus seiner Garage, der Hölle, in die Küche. Was will er hier in einem Handtuch? Mit seinem feuchten Körper. Und er ist tätowiert, nur mal so nebenbei. Am ganzen Oberkörper, genau wie Caden auch.

Manchmal streift er im Vorbeigehen meinen Arsch, oder er streckt sich so, dass sein Shirt nach oben rutscht und einen Streifen seiner perfekten Haut freilegt. Manchmal berührt er unter dem Tisch flüchtig meinen Oberschenkel oder presst sich an mich, um an den Küchenschrank zu kommen. Ganz zufällig genau an den, wo ich stehe. Bei Partys lässt er die Tür offen, damit ich sehe, was er macht. Und er macht keine netten Dinge mit keinen netten Frauen.

Er ist auch ein Dämon.

Scheiße, ich muss jetzt wirklich runter, bevor ich es übertreibe, Caden zu reizen.

Ich packe meine Laptoptasche, schultere sie und springe immer zwei Stufen auf einmal nach unten, vorbei an der Küche, wo Emilia mir verwirrt hinterherschaut, weil ich es so eilig habe, und am Wohnzimmer, wo Mason sitzt und irgendwas an seinem Laptop macht.

Schnell öffne ich die Verbindungstür zur Garage und trete ein. Natürlich schließe ich sie hinter mir, denn sonst flippt Carter wieder aus.

Ein genervtes Stöhnen ertönt. »Wann lernst du endlich zu klopfen?«, fragt Carter und ich sehe die beiden auf ihren Stammplätzen. Carter in seinem Sitzsack. Er trägt schwarze, tief sitzende Jeans und obenrum nichts. Wie so oft, selbst jetzt im September, wenn es sich langsam abkühlt. Seine dunklen Haare sind verstrubbelt und seine türkisblauen Augen zeigen, dass er stoned ist. Wie immer. Er hält eine Tüte zwischen den Fingern. Neben ihm auf dem Boden stapeln sich Bücher, die total neu aussehen. Wahrscheinlich weil er sie nie aufschlägt.

Caden liegt quer wie ein verdammtes Supermodel auf dem Sofa, mit zurückgekämmten Haaren. Er trägt auch nur eine Jeans. Weil die beiden mich fertigmachen wollen. Er scrollt auf seinem Tablet. Jetzt frage ich mich, wie ich sie jemals verwechseln konnte. Allerdings haben sie es darauf angelegt, denn sie wissen alles vom jeweils anderen und können sich gegenseitig perfekt imitieren.

»Zwölf Minuten, Alayna«, sagt Caden, ohne mich anzusehen. »Was soll ich nur mit dir machen? Wir arbeiten doch gerade darauf hin, dass *du* bekommst, was du willst. Deine große Belohnung. So funktioniert das nicht, Alayna. Setz dich auf den Boden. Hier.« Er zeigt zwischen sich und Carter auf den Boden. Ich weiß genau, was er meint: Sex mit Carter. Weil er gemerkt hat, dass ich total auf ihn stehe. Aber ich weiß, dass ich schon Sex mit ihm hatte. Das weiß Caden auch, nur hat er keine Ahnung, dass ich es weiß. Und das ist eine kleine Genugtuung und fühlt sich an, als hätte ich die Regeln geändert.

»Sorry, Baby«, singsange ich und lasse mich fröhlich auf den Boden plumpsen. Direkt zwischen die beiden. Es ärgert mich, dass alle mit mir spielen und mich hier verrückt machen mit ihren freien Oberkörpern und all dem Alayna-du-bist-zu-spät-Zeug. Was würden sie wohl sagen, wenn *ich* oberkörperfrei hier rumlaufen würde?

Gleiches Recht für alle!

Ich bemerke, dass Caden mich beobachtet. »Was geht in deinem Kopf vor, Alayna?«, fragt er leicht warnend.

Carter pustet mir den Rauch ins Gesicht, ich hasse das. Er bestraft mich, weil ich nicht mit ihm reden oder sonst was machen wollte, und Caden bestraft mich immer noch wegen dieser Sache am Steg und allem.

Ich will auch mal jemanden bestrafen. Vielleicht sollte ich das mal tun. Aber nicht jetzt. Jetzt will ich provozieren und sehen, wie lange Carter mich noch ignorieren kann und wo Cadens reizbare Grenze liegt.

»Ach«, seufze ich und strecke mich. »Ich dachte nur gerade, wie heiß es hier drin ist. Findest du nicht auch, Baby?« Ich benutze die Stimmlage, die er immer beim Sex anschlägt, wenn er mir sagt, was ich tun soll. Er weiß das und schaut mich belustigt und ein bisschen angeturnt an. Sein Blick fordert mich auf, weiterzumachen, nur damit er sehen kann, wie weit ich gehe.

»Wirklich heiß, Carter. Du solltest nachschauen, ob deine Heizung kaputt ist.« Carter ist angespannt und seine Kiefer sind aufeinandergepresst. Er weiß auch, was ich tue. Ich liebe es, in welche Richtung sich das Spiel gerade entwickelt. Sein Bruder ist hier, deshalb kann er sich unter keinen Umständen einfach auf mich stürzen.

Ich packe den Saum meines luftigen, dunkelgrünen Oberteils und ziehe es mit einem Ruck über meinen Kopf. Es ist so befreiend, außerdem haben die beiden sowieso schon alles von mir gesehen. Jetzt sitze ich in einem sehr engen, schwarzen, tief ausgeschnittenen Top vor ihnen und weiß, dass der Push-up-BH, den ich trage, die Schwellung meiner Brüste hervorhebt und die beiden total auf meine

Rundungen abfahren. HA, SCHLUCKT DAS! Mr. Beleidigt und Mr. Bestrafung!

Carter zündet sich seinen nächsten Joint an, dreht die Schultern vor und zurück, lässt den Kopf hin und her rollen. Ich weiß, dass er das immer macht, wenn er versucht, nicht auszuflippen. Das Nackenknacken ist ihr Beruhigungsding, bei beiden.

Caden hingegen hat sich zurückgelehnt, einen Arm über die Couchlehne geworfen und ist mit seinem Hintern weiter nach vorn gerutscht. Seine Augen fordern mich immer noch auf: *Mach nur weiter, Babygirl.*

Beiläufig ziehe ich den Haargummi aus meinem Haar. »Also, wollen wir dann lernen?«

Carter wirft mir einen Todesblick zu und ich strahle ihn an. »Ist was, Carter?«

Caden hinter mir lacht. Ich liebe es, weil er es viel zu selten macht. Dafür würde ich alles tun.

»Nein, *Alayna*!«, blafft Carter und betont meinen Namen, als würde es sich dabei um eine schlimme Krankheit handeln, was mich nur noch mehr belustigt.

Ich schmeiße mein Haar nach hinten und krabble auf ihn zu, bevor ich die Ellbogen auf den niedrigen Tisch stütze und mein Kinn auf meine beiden Handballen bette. Ich weiß genau, was gerade mit meinen Brüsten passiert. Carter kann, obwohl sein Bruder dabei ist, seine Augen nicht davon abhalten, genau dorthin zu wandern und darauf zu starren.

»Also, Carter«, sage ich wie ein kleines Dummchen. »Du wolltest mir irgendwas erklären mit Illustrationen.« Er schluckt und sein Blick fordert: *Hör auf, Alayna.* Aber ich denke ja gar nicht dran, stattdessen setze ich noch einen drauf, denn ich weiß jetzt, wann ich mit wem geschlafen habe, und das macht die Sache nur noch interessanter.

»Also, ich könnte dir was vorlesen. Soll ich?« Seine Augen weiten sich. Er schaut zu Caden und seine Zähne mahlen. Hinter mir rieche ich, dass Caden sich einen Joint angezündet hat, um die Show zu genießen.

Auf allen vieren biege ich mich direkt an Carters Beinen vorbei, sodass mein Hintern in die Luft ragt, praktisch vor ihm, in einer engen Jeans. Er müsste nur die Hand ausstrecken …

Ich greife nach einem Buch und lasse mich zurück auf den Hintern plumpsen.

»Ich würde sagen, Baby«, meint Caden hinter mir wieder mit seiner kaum interessierten Art, als würde er über was total Langweiliges sprechen, »Carter fragt dich erst mal aus. Bei jeder falschen Antwort ziehst du ein Kleidungsstück aus. Bei jeder richtigen wir. Wie findest du das?«

Über meine Schulter hinweg sehe ich ihn an. Gibt er mir gerade einen Freifahrtsschein, mit seinem Bruder rumzumachen? Und fragt mich allen Ernstes, wie es finde, dass er bereit ist, mich immer noch zu teilen, obwohl er mich *liebt*?

Ich schiebe den Gedanken von mir. Das hier macht mir zu viel Spaß. Zwar bedeutet es wieder eine schlaflose Nacht, aber das nehme ich in Kauf. Ich habe schon beim Essen geahnt, worauf das hier hinauslaufen wird, sonst hätte Caden nicht zugelassen, dass Carter mich am Tisch berührt, auch wenn er nur mein Becken runtergedrückt hat.

»Und?«, fragt Caden.

Ich nicke nur und sage: »Wie du willst, Baby.«

2. Gott, Carter!

Alayna

»Also, Carter? Ich warte auf deine Frage.« Ich schenke ihm mein schönstes, laszivstes Lächeln, was er noch nie bekommen hat, zumindest nicht als Carter.

Aggressiv schlägt er eines seiner Bücher von seiner Anfangszeit auf und lehnt sich in seinem Sitzsack zurück. Caden fährt mit seinen Fingerspitzen über meinen Nacken, nachdem er mein Haar nach vorn gestrichen hat, und ich erzittere kurz, was Carter mit einem genervten Augenbrauenhochziehen kommentiert.

Caden hält mir einmal kurz die Tüte an die Lippen und ich weiß, dass er es mir schwermachen will, die Fragen zu beantworten. Dass es der Einstieg ist in irgendwas, was ich selbst noch nicht wirklich fassen kann. Aber es ist das erste

Mal, dass ich mich wissentlich und selbst dazu entscheide, das Spiel mitzuspielen.

»Alayna!«, bellt Carter. Ich zucke zusammen und sehe ihn an.

»Ja, Sir?«, frage ich spitz und lächelnd. Er mahlt mit den Zähnen.

»Was ist Paleoart?«, will er angepisst wissen. Als ich meinen Rücken an Cadens Beine lehne und mich strecke, fährt sein Blick über meinen Oberkörper und zu der Hand, mit der Caden mir hauchzart über das Schlüsselbein streicht.

Ich frage mit meinen Augen: *Stört dich das?*

Und er erwidert mit seinen: *Fick dich Alayna!*

Dann rattere ich die Antwort, die ich natürlich kenne, weil Caden sie mir schon eingefickt hat, runter.

»Gutes Mädchen«, sagt Caden und ich strahle ihn an. »Wer soll was ausziehen, er oder ich? Du darfst ehrlich sein.«

Immer noch lächelnd lasse ich meinen Blick von ihm zu Carter schweifen und hebe leicht die Hand, um mit dem Zeigefinger auf ihn zu zeigen.

»Du«, sage ich erfreut.

»Socken zählen nicht, Bro«, meint Caden.

»Wollt ihr mich eigentlich abfucken?«, fragt Carter total genervt und wir grinsen beide wie Honigkuchenpferde. »Scheiß drauf.« Carter steht auf, reißt den Gürtel der Jeans auf, zieht ihn aus den Schlaufen und knallt ihn direkt vor mein Gesicht auf den Tisch. Sein Blick dabei ist fast warnend.

Dann reißt er sich die Hose auf. Ich bin ein bisschen enttäuscht, denn ich weiß, dass er nur sehr selten Boxershorts trägt, wie ich anhand all der Situationen zwischen uns mitbekommen habe. Wieso also hat er ausgerechnet heute welche an? Aber vielleicht zählt das nur im Sommer.

Ich schmolle, als er die Jeans in mein Gesicht schmeißt, wie er mir immer den Rauch ins Gesicht pustet. In aller Seelenruhe falte ich sie zusammen und lege sie neben die Bücher. Ich bin ja kein Arsch, so wie andere hier.

»Nächste Frage«, sagt Carter, nachdem er sich wieder gesetzt und den Joint aus dem Aschenbecher genommen hat. Den dritten. Er ist ganz schon angespannt. Wieso nur? Vielleicht sollte ich ihn mal fragen, *ob irgendwas ist*?

»Diesmal suche ich das Thema aus, Alayna. Nicht du.«

»Okay.« Ich zucke mit den Schultern und nicke zustimmend. »Ich vertrau dir. Du wirst mich schon nicht verarschen, *oder?*«

»Sicher nicht, Alayna. Warum sollte ich so was tun?«, fragt er, ohne eine Miene zu verziehen.

»Schön.« Ich strahle ihn an.

»Ja, schön! Was sind Digital Natives? Offizielle Definition und eine Erklärung am Beispiel.« Er klingt so angespannt. *Ich glaube, er braucht mal eine Massage oder so*, denke ich belustigt.

Ich grinse und sehe ihm dabei zu, wie er den Rauch ausstößt und den Nacken rollt. Caden hält mir noch mal den Joint an die Lippen.

»Ich habe keine verfickte Ahnung, Carter«, sage ich überdeutlich und forme dabei jedes Wort mit meinen Lippen sehr genau, was er sehr genau *verfolgt*. Ich mag es, dass ich ein bisschen Macht hab. Endlich mal. Ansonsten fühle ich mich die meiste Zeit wie ein Hase in der Falle.

»Ach«, seufzt Carter. »Ich könnte es dir erklären, aber ich habe keine Lust. Zieh dich aus. Ich entscheide. Das da!« Er zeigt auf mein Top. Ich schaue erst zu Caden. Der ist total amüsiert über das alles und macht eine ausladende Handbewegung.

Na dann!

Es ist ja nicht so, als hätte irgendjemand hier irgendwas vom anderen noch nicht gesehen. Ich recke mein Gesicht noch mal der qualmenden Tüte entgegen, die Caden mir auch noch mal an die Lippen hält. Dann stoße ich den Rauch langsam und genüsslich in Carters Gesicht, damit er mal sieht, wie er sich die ganze Zeit benimmt. Thema reizen und so. Wer sagt, dass ich das nicht auch kann?

Ich nehme den Stoff des Tops auf jeder Seite zwischen zwei Finger und rolle ihn langsam, *sehr langsam* nach oben, bis mein Bauch freiliegt. Dann zucke ich mit den Schultern und reiße mir den Rest runter. Tja, jetzt sind es nur noch meine Jeans, mein BH und mein Höschen.

Ich seufze theatralisch. »Wenn du fertig damit bist, mir auf die Brüste zu starren, willst du mir eine neue Frage stellen, Carter?«

Er sieht langsam in meine Augen, dann legt er den Kopf schief. Irgendwie rutscht mein Herz ein bisschen tiefer, als ich seinen Blick bemerkte. Er schaut auf einmal ein bisschen ernst aus. Ich ahne nichts Gutes, denn ich kenne diesen Blick schon aus dem Bett, wenn ich was gemacht habe, was ihm nicht gefallen hat.

»Okay«, sagt er dann ruhig. Zu ruhig. »Anscheinend willst du spielen, Alayna. Hier ist meine Frage für dich: Willst du mich provozieren?«

Ich tippe mit beiden Händen gegen meine Brust und schaue verwundert hinter mich, zur anderen Seite, zu Caden und dann wieder zu Carter. »*Ich*?«

»Ja, du.«

»Ich? Nein, wieso sollte ich so was tun? Ich wollte hier echt nur lernen.«

Er lässt seinen Nacken knacken. Caden fährt mit seinen Fingerknöcheln über meine Schulter und ich entspanne mich beinahe augenblicklich, als er die Seite meines Halses nach oben streicht.

»Ich weiß nicht.« Dann wendet er den Blick zu Caden und fragt ihn: »Wieso sollte sie so was tun? Hast *du* eine Ahnung?«

»Ich weiß nicht. Vielleicht ist sie einfach ein ziemlich ungezogenes Mädchen.«

Ich erschauere. Was wird das hier? Das war doch mein Spiel. Sie haben es einfach wieder an sich gerissen und mir weggenommen. Das ist so unfair.

Caden schnippt die BH-Träger von meinen Schultern und ich quietsche auf. Er senkt seinen Kopf an meine Wange, schiebt mein Haar zurück. Ich schließe sofort meine Lider, als ich seinen Atem an meiner erhitzten Haut spüre.

»Du hast das jetzt angefangen, Alayna. Schaffst du es auch, es durchzuziehen«, fragt er mir heiserer Stimme. Es ist *die* Stimme. Sie schießt sofort in mein Höschen.

Ich atme keuchend aus und recke ihm meinen Hals entgegen, woraufhin seine Lippen federleicht darüber streichen.

»Ich weiß nicht …«, erwidere ich benommen.

»Willst du es probieren?« Gott, seine Stimme, sie ist so verführerisch. Wie der Teufel persönlich, der versucht, mich zu etwas sehr Verbotenem zu überreden.

»Ja«, höre ich mich sagen, ohne auch nur eine Sekunde darüber nachgedacht zu haben. Keine Ahnung, worauf ich mich hier einlasse, aber ich glaube, es wird ein bisschen gefährlich, doch ich mag es.

Als hätte er nur darauf gewartet, dass ich das sage, öffnet er meinen BH. Carter hat einen direkten Blick auf meine Brüste, als der Stoff zu Boden geht.

Ich weiß, dass er sie schon öfter gesehen hat. Aber Caden hat keine Ahnung, dass ich das weiß, und ich habe keinen blassen Schimmer, wie ich reagieren soll. Soll ich beschämt sein? Nervös?

Ich traue mich gar nicht, die Augen zu öffnen, aber dann murmelt er an meinem Kiefer: »Mach die Augen auf.«

Schluckend gehorche ich und treffe direkt auf Carters Blick. Er ist so angespannt und seine Kiefermuskulatur spielt, genau wie der Muskel in seiner Wange. Ich weiß, dass er kurz davor ist, komplett auszurasten. Er hat die Hände in den schwarzen Stoff seines Sitzsacks gekrallt. In seine Augen spiegeln sich Wut und Qual in einem wider.

Fuck.

Carter und ich haben ein Geheimnis, was Caden niemals erfahren darf. Ich will nicht wissen, was passiert, wenn er herausfindet, dass Carter darüber Bescheid wusste, dass ich das Spiel schon länger durchschaut habe und wir jetzt eigentlich Caden verarschen, denn ihn verarscht man einfach nicht.

»Ist was, Alayna?«, fragt Caden, während seine Fingerspitzen von meinen Schlüsselbeinknochen nach unten zwischen meine Brüste gleiten. Diese hauchzarten Berührungen machen mich ganz verrückt. Ich würde am liebsten seine Hand packen und sie direkt und fest dahin führen, wo ich ihn gerade so sehr will. Wie heute Nachmittag in der Toilette der Uni, als wir einen kurzen Quickie hatten, der meine Welt erschüttert hat.

»Nein, nichts«, hauche ich zittrig und recke mich unauffällig seinen Fingern entgegen.

Er gleitet mit seiner Hand meinen Arm herab und streift meine Handfläche, was mich dazu bringt, langsam aufzustehen. Als würde er mich an unsichtbaren Fäden nach oben ziehen. Dann lehnt er sich zurück und nickt neben sich. Ich nehme Platz. Sanft streicht er von einer Schulter über meine Brust zur anderen und ich lasse mich mit dem Kopf in seinen Schoß fallen, sodass ich in sein Gesicht aufblicken kann.

Er hat den linken Arm auf die Rückenlehne gestreckt und der rechte liegt auf der Armlehne. Er sieht mich einfach an, fast schon interessiert und forschend. Wieso schaut er so? Ich hoffe, er interpretiert die Panik in meinem Blick nicht richtig, sonst sind wir alle gefickt.

»So, Alayna«, sagt er nun und ich hänge an seinen Lippen. »Was jetzt? Es ist dein Spiel. Sag mir, was du willst. Du kannst alles haben. Ohne Grenzen. Du warst in letzter Zeit ein sehr braves Mädchen.«

Oh Gott, was er da sagt, lässt mich tatsächlich Stolz fühlen. Ich bin wirklich so was von im Arsch und absolut nicht normal im Kopf. Aber ich kann ihm einfach nicht widerstehen. Und ich will es auch nicht, sonst hätte ich es geschafft.

»Was meinst du?«, frage ich verwirrt und reibe meine Beine aneinander. Sein Blick gleitet einmal kurz zu Carter. Er macht irgendwas mit seinen Augen, was ich nicht verstehe, dann schaut er wieder zu mir.

Mit einem Mal spüre ich, wie mir die Jeans aufgerissen und dann grob von den Beinen gezerrt wird. »Er meint damit, was zur Hölle du fucking noch mal willst, ALAYNA!«, zischt Carter wütend. Ich zucke zusammen, als ich diese Stimme höre und meine Beine auf einmal nackt sind. Mit großen Augen schaue ich zu ihm auf. Er steht neben dem Sofa in seinen Shorts, was mir natürlich auch direkt den Anblick des Jahres beschert. Carter hat meine Show anscheinend sehr gut gefallen.

»Also?«, fragt Caden geduldig und fängt an, mit meinen Haaren zu spielen, als wären wir gerade im Kino und würden uns einen Film anschauen.

Carters blitzende Augen warnen mich, bloß mitzuspielen, weil wir sonst beide ein Problem mit Caden haben. Ich würde es nicht mal lassen, wenn ich könnte.

»ALSO?!«, will er nun total ungeduldig wissen.

»Was soll ich jetzt sagen?«, frage ich an Caden gewandt. »Soll ich etwa …« Mit dem Finger deute ich auf Carter.

Cadens Finger fährt meine Kieferlinie entlang. »Babygirl, was du willst. Dir stehen alle Türen offen. Und ich bin bei dir. Sag es einfach. Was willst du?« Gott, ich liebe es, wenn er mich Babygirl nennt!

»Das kann ich nicht, Caden«, antworte ich kopfschüttelnd, weil ich einfach nicht weiß, was die richtige Reaktion wäre. Ablehnen? Zustimmen? Sex fordern? Auf ihn klettern und ihn vernaschen? Oder einfach hochrennen, weil ich überfordert bin?

»Soll ich entscheiden?«, fragt er mit einer erhobenen Braue. Ich sehe aus dem Augenwinkel, dass Carter sich anspannt wie ein Raubtier, das gleich springt, und mein Herzschlag setzt kurz aus.

»Ja«, hauche ich erleichtert, weil ich ihm vertraue und nicht weiß, was ich tun soll.

»So viel Vertrauen, Baby«, sagt er sanft und fährt über meine geöffneten, feuchten Lippen. »Ich mag das. Und es ist gut, wenn ich was mag. Ich glaube, es wird Zeit für deine Belohnung.«

Meine Augen werden groß und mir wird ein bisschen schlecht.

»Fick ihn, Alayna«, sagt er gerade heraus und total unbeeindruckt. »Jetzt.«

»Caden«, erwidere ich mahnend. Wird er sich das jetzt wirklich antun wollen? Er will, dass ich mit seinem Bruder schlafe? Freiwillig? Und dabei zusehen? Was zur Hölle?

»Jetzt!«, wiederholt er mit dieser einen Stimme und drückt mich mit seinem Knie an meinem Rücken nach oben. Ich bin atemlos und total durcheinander, schon wieder, und wünschte, ich wäre einen Tag nicht durcheinander.

Carter kommt mir entgegen und packt mich am Ellbogen. Er ist so wütend auf mich, dass es in meinem Bauch kribbelt. Was ist nur los mit mir? Ich fühle mich, als wäre ich dauerhaft auf Drogen, seit ich die beiden kenne, seit Caden in mein Leben kam.

Carter schaut Caden über die Schulter an und sie führen eine nonverbale, mir nicht verständliche Kommunikation.

Dann sagt Caden laut: »Wo du willst, Bro.«

Carter zuckt mit den Schultern und zieht mich so hektisch nach oben, dass ich über meine eigenen Füße stolpere. Ich spüre, dass Caden uns folgt.

Was zur Hölle passiert hier gerade?

Wir wollten doch nur lernen!

Wird das jetzt das erste Mal, dass ich offiziell mit Carter schlafe? Während alle Parteien davon wissen und Caden zuschaut? Was soll das eigentlich? Das fühlt sich so falsch an, aber gleichzeitig erregt mich die Vorstellung. Das Kribbeln in meinem Körper hört gar nicht mehr auf. Verdammt! Der Typ hat mich total manipuliert. Doch ich muss zugeben, dass es mir gefällt, nicht selbst denken und Entscheidungen treffen zu müssen.

Carter reißt seine Tür auf, lässt sie offen, dann schmeißt er mich aufs Bett und fetzt mir den Slip runter. Wie ein Raubtier steht er am unteren Bettende und seine Augen haben sich verdunkelt. Er ragt über mir wie ein Fels und lässt seinen Kopf von links nach rechts rollen. Die Abendsonne strahlt ihn an, lässt seine Haut schimmern. Jeder Muskel seines Körpers ist angespannt.

Ich bin atemlos, keuche fast und sehe Caden wie einen Schatten an uns vorbeischlendern, bevor er sich auf das

Fensterbrett setzt, wo Carter gesessen hat, als ich hier angekettet auf ihn warten musste.

Caden zündet sich eine an, streckt die Beine von sich und wartet. Er wirkt, als würde er sich einen idyllischen Sonnenuntergang ansehen. Mein Blick schießt wieder zu Carter. Der sieht aus, als würde er überlegen, was er als Erstes mit mir machen soll.

Dann packt er mich an einem Arm und dreht mich mit einem Ruck auf den Bauch. Ich quietsche auf und motze los: »Kannst du auch ein bisschen sanfter sein?« Das hätte ich auch gesagt, wenn ich wirklich keine Ahnung hätte, was hier abgeht. Aber ich muss vor Caden so tun als ob, auch wenn ich im Moment total angeturnt bin. Als Antwort klatscht Carter mir fest auf den Arsch und ich vergrabe mein Gesicht in seinem Kissen, was so sehr nach ihm riecht.

Darauf zieht er meinen Arsch mit einem Ruck nach oben. Ich keuche auf und recke mich ihm verlangend entgegen. Dagegen kann ich nichts tun, egal wie das gerade auf Caden wirkt. Ich brauche ihn jetzt.

Carter gräbt seine Hände in meine Arschbacken und knetet sie. Ich stöhne in sein Kissen.

»Oh, du willst das hier so sehr, oder?«, fragt Carter dunkel. »Sag es, Alayna. Ich will es hören. Und sag es laut.«

»Ja, fuck, verdammt, ich will das hier so sehr! Jetzt tu es endlich, Carter!«

Er streicht über meinen Hintern, dann schiebt er seine Hüften nach vorn und ist mit einem Ruck bis zum Anschlag in mir. Er muss wohl selbst sehr ungeduldig gewesen sein, denn sonst hätte er meine Aufforderung, es endlich zu tun, ignoriert. Das hat er mir ja in der Bar klargemacht.

»Scheiße«, keuche ich rau und denke mir: *Ich habe das so vermisst.* Weil der Sex mit Carter ganz anders ist. Viel roher und animalischer und so richtig zum Wutablassen. Genau das Richtige momentan.

Er zieht sich aus mir zurück und drückt sich wieder mit aller Kraft in mich, sodass ich nach vorn rucke.

»Scheiße«, zische ich erneut und versuche, ihm meinen Arsch entgegenzustrecken, aber er presst mich nur mit seinen Hüften wieder ruckartig nach vorn. Ich will, dass er mich anfasst, und greife nach hinten, suche nach seiner Hand, bekomme aber nur einen Klaps auf die Finger, sodass ich sie wieder senke.

»FUCK, Carter!«, rufe ich, als er diesen Punkt in mir streift und sich alles in mir zusammenzieht.

Er packt mich fest an der Taille, seine Fingerspitzen graben sich so tief in meine Haut, dass es ein bisschen wehtut, aber es ist ein guter Schmerz. Dann greift er mein Haar und zieht meinen Kopf nach hinten.

»Genieße es nicht zu sehr, Alayna«, zischt er mir ins Ohr. Ich kann mein Stöhnen bei seiner Stimme nicht aufhalten. »Sonst flippt er aus.«

Ich liebe Caden, wirklich, aber ich kann mich nicht zurückhalten. Carters Stimme und sein Atem, der sich an meiner Haut bricht, machen es nur noch schlimmer.

»Fuck«, flüstert er und greift nach meinem Unterarm, den er mir auf den Rücken dreht. Ich bin nur noch auf einen Ellbogen gestützt. Meine Haare fallen mir ins Gesicht. Ich will nicht, dass es aufhört, niemals. Es fühlt sich so unsagbar gut an.

Er drückt mein Handgelenk so fest zusammen, dass ich kurz wimmere. Da höre ich Cadens harte Stimme.

»Lass das, Carter.« Seine Finger um meinen Arm zucken, als würde er sich schwertun, mich loszulassen, aber im Endeffekt tut er es. Ich mag es, wenn er so ist und sich nicht unter Kontrolle hat.

Er berührt meinen Rücken, gleitet mit seiner Hand von meinem Steißbein nach oben. Meine ganze Haut brennt. Mir ist so warm und der Schweiß verteilt sich auf seiner feinen Bettwäsche, die so wahnsinnig gut riecht.

Dann fasst er mir in den Nacken und presst mein Gesicht tiefer ins Kissen, bevor er sich erneut über mich beugt, sodass ich seine Brust an meinem Rücken spüre, während er sich ruckartig und ziemlich konstant in mir bewegt.

Jetzt flüstert er wieder und alles in mir zieht sich zusammen. »Oh Alayna, warte ab, was ich alles mit dir tue, wenn wir allein sind.«

Stöhnend werfe ich den Kopf zurück und seine Finger drücken gegen meine Muskeln. *Ich kann es kaum erwarten*, denke ich. Mir ist klar, dass ich das hier zu sehr liebe und es falsch ist. Aber warum lässt Caden mich auch vor ihm Sex mit Carter haben? Er muss doch wissen, dass es mir jedes Mal gefallen hat, als sie noch ihr Spiel gespielt haben. Was hat er erwartet?

Seine Bewegungen werden schneller. Ich wage einen Blick über meine Schulter und sterbe fast. Er hält mich wieder an meinem Hintern, den Kopf hat er nach hinten gelegt und seine Kieferlinie ist angespannt. Seine Brust glänzt feucht und ich sehe die Muskeln an seinen Oberarmen spielen – wie sich anspannen. Ich liebe es und will hineinbeißen. Ich will mich auf ihn stürzen und in sein Haar fassen und seinen Kopf direkt zwischen meine Beine drücken.

Gooott.

»Fuck, Carter«, knurre ich, als ich spüre, wie meine Muskeln anfangen, sich um ihn herum zusammenzuziehen und er sich immer wieder ein paar Sekunden in mich gedrückt hält. Das ist der Wahnsinn! Ich will mehr davon. Mehr, mehr, mehr!

Ein Erzittern geht durch meinen Körper und mein Herz rast, als in meinem Bauch eine Explosion stattfindet, die bis in meinen kleinen Zeh prickelt. Er schaut mich an und ich schaue ihn an. Oh mein Gott. Er öffnet seine Lippen einen Spalt und ein heiseres, tiefes Stöhnen bricht hervor. Ich glaube, ich habe meinen Namen gehört, aber ich bin zu sehr in meinem Orgasmus gefangen, dass ich nicht sicher bin.

»Nicht!«, sagt Caden und Carter zieht sich im letzten Moment zurück und kommt auf meinem Arsch.

Scheiße.

Ich will, dass er atemlos auf mir zusammenbricht und wir einen Moment so verweilen, aber ich weiß, dass das nicht geht. Nicht so. Langsam drehe ich meinen Kopf zu Caden.

3. Sie gehört mir, Carter

Caden

Oh, Alayna, da hat sich ja eine ganze Menge Lust in dir angestaut – auf meinen Bruder, der sich gerade die Boxershorts wieder anzieht. Deine Augen sind so ängstlich, als du mich anschaust. Frisch gefickt. Die Haare schweißnass in deinem Gesicht klebend, der Arsch immer noch oben. Ich könnte gerade weitermachen, wenn ich wollte. Tatsächlich überlege ich kurz, aber ich bin ein bisschen zu wütend und glaube, ich würde dich kaputt machen. Deswegen lasse ich es. Carter sieht mir nicht in die Augen, er atmet immer noch schwer. Schweiß glänzt auf seinem Körper und in seinem Haar, läuft ihm die Schläfen runter. Er hat sich so sehr zurückgehalten, Alayna. Weißt du, warum ich dir das erlaubt habe, *Alayna*? Dachtest du wirklich, ich belohne dich damit, dass du mit meinem Bruder ficken darfst? Oh nein, ich wollte sehen, was da zwischen euch läuft. Es ist nämlich unschwer zu erkennen, *dass* da was läuft. Und es war sehr aufschlussreich.

»Geh duschen!«, sage ich zu dir. Du rollst dich auf den Rücken und zittrig vom Bett. Du weißt genau, du solltest mich jetzt nicht ansprechen. Ich habe diesen Blick, oder? Ja, ich kann ihn gerade auch nicht unterdrücken, sosehr ich es auch will. Du hebst deinen Slip auf und gehst ins Badezimmer – schlau genug, die Tür hinter dir abzuschließen. Erst als ich das Wasser rauschen höre, drehe ich mich zu Carter. Er macht gerade sein Bett, als könnte ihn kein Wässerchen trüben, legt sich darauf, zieht die Nachttischschublade auf und holt sich Kippen raus. Dann zündet er sich eine an.

»WAS? Caden? WAS?«, fährt er mich an.

»Wie lange läuft das schon?«, frage ich.

»Was zur Hölle meinst du?« Seine Stimme ist noch heiser. Er ist noch im Sexmodus und würde dich unter der Dusche weiterficken, wenn er könnte, und danach und weiter und noch weiter und noch weiter.

Ich sitze nach wie vor auf dem Fensterbrett. Carter liegt seitlich, einen Arm über den Kopf geschwungen, die Zigarette locker zwischen den Fingern, ein Bein angewinkelt.

»Du fickst sie doch hinter meinem Rücken, oder Carter?«, frage ich so ruhig, wie es geht.

»Nope. Nicht ein einziges Mal«, sagt er wie aus der Pistole geschossen und zieht lässig an seiner Zigarette, aber er wirkt ein bisschen zu lässig, zu bemüht darum, lässig zu sein. Ich lege den Kopf schief.

»Was habt ihr gemacht, als Alayna an dem Morgen bei dir war?«

»Nur geredet, Bro.« Er sieht mich an, bemüht, *nicht* wegzusehen.

»Soll ich euch beide gleichzeitig ausfragen?«, frage ich und achte sehr genau auf jede noch so kleine Regung. Carter im Gegenzug achtet sehr genau darauf, sich *nicht* zu regen.

»Mach doch.« Er zuckt mit den Schultern und ascht auf den Boden.

»Gut. Dann warten wir.« Ich spüre förmlich, wie sein Herz rast, während du duschst. Alayna, wenn ich dabei bin und es erlaube, kannst du tun, was du willst. Aber sollte ich erfahren, dass da was hinter meinem Rücken gelaufen ist oder noch läuft, dann weiß ich nicht, was ich tue. Und eigentlich weiß ich immer, was ich tue.

Du duschst sehr lange und ausgiebig. Carter zündet sich die nächste Zigarette an und wir starren uns die ganze Zeit an.

Ich weiß nicht, ob ich es ihm verzeihen kann, wenn er mich angelogen hat. Wir sagen uns alles, wir teilen alles … Das Wasser geht aus.

Ich seufze vorfreudig und Carter presst die Zähne aufeinander.

Du kommst raus, Alayna, hast ein schwarzes Handtuch um deine Brüste und eins um deinen Kopf gewickelt. Dabei siehst du so frisch und sauber aus, ganz im Gegensatz dazu, was ihr gerade getan habt. Mitten im Raum bleibst du stehen, weil du die Anspannung spürst, und schaust langsam von mir zu Carter und wieder zurück zu mir.

»Was ist los?«, fragst du vorsichtig.

»Hinsetzen!« Ich deute aufs Bett zu Carter. Da fühlst du dich ja so wohl, Alayna. Du lässt dich widerspruchslos zu ihm sinken. Er liegt hinter dir, ganz nah, aber er berührt dich nicht. Ich sehe einen Muskel an seinem Hals zucken und weiß, was er jetzt eigentlich gern tun würde und mit aller Macht unterdrückt.

Ihr wirkt wie zwei Schüler, die wissen, dass sie Scheiße gebaut haben. Das belustigt mich ein bisschen.

»Also … ich wollte noch mal mit euch reden, über das, was letzte Woche passiert ist. Du weißt schon, Alayna, als du hier warst und zu mir gesagt hast, du musst aufs Klo. Wenn nicht alle Toiletten im Haus besetzt waren und du deswegen hier warst, dann erzähle es mir doch bitte jetzt noch einmal. Was ist da passiert?« Du bist nicht so gut wie Carter, gar nicht, Baby. Du wirst blass und verkneifst dir gerade krampfhaft, zu ihm zu sehen, und du schluckst. Ist deine Kehle ein bisschen trocken, Alayna? Tja, da musst du jetzt durch. Hoffen wir, dass du kein Miststück warst.

»Ich habe dir doch gesagt, wieso ich hier war«, murmelst du unsicher und sitzt so gerade, als hättest du einen Stock im Rücken.

»Ich würde es gern noch mal hören«, berichte ich gelangweilt und hole mir noch eine Zigarette aus der Schachtel.

»Ich wollte mit ihm über …«

»Stopp«, unterbreche ich dich ruhig und sehe dann zu meinem Bruder.

»Über was wollte sie mit dir reden?«

Sein Augenlid zuckt und er bemüht sich, besonders ruhig zu sprechen, weil er ansonsten ausflippt, Alayna. »Caden, hör auf, Psychospiele mit uns zu spielen«, sagt er ernst. Ich möchte gern lachen. Er macht also gern bei den Spielen mit, bei denen er dich ficken darf, aber ansonsten soll ich aufhören?

»Ich will nur wissen, worüber du mit meiner Freundin geredet hast, *Bro.*«

»Und ich hab dir das schon gesagt, *Bro.*«

»Je länger ihr um den heißen Brei herumredet, desto schlimmer wird es. Also noch mal, worüber habt ihr geredet? Carter.«

Er stöhnt genervt auf. »Das habe ich dir doch gesagt, die übliche Alaynascheiße.«

Ich wende mich wieder an dich. »Alayna, was ist die übliche Alaynascheiße?«

»Keine Ahnung«, erwiderst du total zickig. Ich mag es nicht, wenn du zickig bist, Babygirl. Mit einer hochgezogenen Augenbraue sehe ich an und warte, bis du antwortest. Allerdings klingt es eher wie eine Frage. »Ich wollte wissen, ob er mich manchmal als du fickt?«

»Und Carter, tust du das?«, wende ich mich jetzt an meinen Bruder.

»Nein, Bro«, sagt er total angepisst und gelangweilt, mit einer Warnung in der Stimme.

»Okay. Dann gibt es ja keinen Grund mehr für alleinige Ausflüge hierher. Alles klar so weit?« Ich mustere dich stechend und lasse dich ein bisschen mein Monster sehen, weil ich in dieser Hinsicht keinen Spaß verstehe. Du wirst noch ein bisschen bleicher und nickst, bevor du total verschreckt nach unten blickst.

Ich springe mit Elan vom Fensterbrett. »Okay, dann hätten wir ja so weit alles geregelt. Du hattest deinen Fick mit ihm, ich hatte ein hübsches Gespräch. Jetzt geh runter und zieh dich an.« Du schießt hoch und rennst fast an mir vorbei. Ich sehe Carter an, sobald wir allein sind, und sage todernst, denn so ernst habe ich es bis jetzt bei keiner gemeint: »Sie gehört mir.«

»Fuck you, Bro, *du* wolltest, dass ich sie ficke.«

»Merk es dir einfach für die nächsten Male, *Bro*, wenn du ihr sagst, dass sie es nicht so sehr genießen soll.« Damit drehe ich mich um und gehe dir hinterher.

Babygirl. Ich bin echt wütend.

***

Ich rauche einen ganzen Joint und inhaliere ihn wie ein Verrückter, bevor ich zu dir hochgehe. Es mag vielleicht sein, dass ihr nicht hinter meinem Rücken miteinander gefickt habt, aber irgendwas *ist* da gelaufen, und das gefällt mir nicht.

Mom und Dad sind im Keller und ficken sich gegenseitig lautstark die Seelen aus dem Leib. Ich schlendere erst mal in die Küche, nehme eine Flasche Orangensaft und gehe dann weiter hoch. Ava telefoniert gerade heimlich mit ihrem Macker, ich höre sie schluchzen. So dramatisch, dieses Teenieleben. Dann lasse ich noch mal meinen Nacken knacken und betrete meine persönliche Bühne für Inszenierungen jeder Art, auf der du im Bett sitzt wie ein kleines verängstigtes Mädchen, mich sofort mit großen, schuldbewussten Augen ansiehst und auf deiner Unterlippe rumkaust. Deine Haare sind noch nass und du trägst die Sachen von vorhin. Dein Blick folgt mir angespannt, als ich zu meinem Computer gehe und Musik anmache. Ich mag es, wenn du so verunsichert bist, Alayna, also lasse ich dich noch ein bisschen im Dunkeln tappen, hole mir in aller Seelenruhe frische Kleidung aus dem Schrank und gehe dann wieder nach unten, um zu duschen. Ich habe dir nicht gesagt, was du tun sollst, und hoffe, du bleibst auf deinem Arsch sitzen.

Zehn Minuten lang lasse ich mir eiskaltes Wasser über den Körper laufen, bis alles taub ist und ich tiefer atmen kann. Ich weiß nicht, was es war, aber irgendwas war heute anders als sonst. Ihr habt schon so oft miteinander gefickt, und ich habe jedes einzelne Mal davon auch genossen, aber heute hat es mich nicht so angeturnt wie sonst. Heute hat es mich fast gestört. Und das war noch nie der Fall. Eben *weil* da was zwischen euch war, was ich nicht zuordnen und nicht kontrollieren kann.

Ist es wie bei Melissa damals? Nur dass ich Melissa nicht geliebt habe. Dich liebe ich. Keine Ahnung, wozu ich fähig bin, wenn es um dich geht.

Es fühlt sich an, als würde mir das Spiel entgleiten, wenn ich euch betrachte. Ich entscheide mich dazu, die Zügel einfach wieder fester in die Hand zu nehmen und euch so lange zu bestrafen, bis es mir besser geht.

Nach diesem Entschluss kann ich die ganze Scheiße von mir waschen und komme viel entspannter aus der Dusche, als ich reingestiegen bin. Ich schlinge mir ein weißes Handtuch um die Hüften und gehe wieder nach oben.

Du warst brav, Baby, denn hast dich keinen Zentimeter gerührt.

Als ich reinkomme, siehst du direkt auf und musterst mich prüfend, als würdest du befürchten, dass jetzt eine Bombe hochgeht. Alayna, es braucht schon mehr, um mich hochgehen zu lassen, aber wenn das jemals passiert, solltest du am besten schon lange davor weg sein.

Schnell steige ich in Shorts, ein weißes T-Shirt und graue Jogginghosen, dann nehme ich meine Kippenschachtel und lege mich neben dich. Du siehst mich natürlich immer noch verunsichert an, also frage ich: »Ist was, Alayna?«, und zünde mir eine Zigarette an.

»Bist du sauer auf mich, Caden?«, willst du mit dünner Stimme wissen. Sie ist noch ein bisschen angekratzt, weil du so rumgebrüllt hast.

»Wieso sollte ich sauer auf dich sein, Alayna? Ich wollte das doch.« Ich ziehe genüsslich an meiner Kippe und bin froh, dass ich meine Contenance zurückhabe.

»Du wirkst so wütend.«

Ich lache auf. »Du hast mich noch nicht wütend gesehen, Alayna. Das hier ist nicht mal ein Prozent von meiner Wut.«

Du schluckst. »Du hasst mich.«

»Ich liebe dich, Babygirl.« Du erzitterst, als ich das sage, und wirkst, als hätte man dir eine Last von den Schultern genommen. Am liebsten würdest du dich an mich kuscheln und wissen, dass alles wieder gut ist, dass ich in dir keine kleine Hure sehe. Aber Alayna, das will ich dir gerade nicht geben. Denn du *bist* eine Hure, Baby.

Und ich mag das nicht.

»Also ist das okay für dich, was da vorhin passiert ist?«

»Willst du jetzt einen Freifahrtsschein fürs nächste Mal?« Ich liebe es, wie die Röte in deine Wangen schießt und du dich schämst. Du solltest dich auch schämen, Alayna.

»Nein, das will ich nicht.« Du siehst mir bei dieser Lüge nicht in die Augen und ich lasse meinen Kopf hin und her kreisen. Dieses Gespräch ist gerade nicht gut für dich. Es könnte etwas gefährlich werden, deswegen sage ich: »Du solltest jetzt schlafen, Alayna, geh und zieh dich um.«

»Aber Caden, wenn du es nicht gesagt hättest, dann wäre das nie ...«

»ALAYNA«, knurre ich durch zusammengepresste Zähne. Du verstummst sofort und atmest tief durch. Dann stehst du auf und huschst zum Schrank. Ich sehe dir heute nicht beim Umziehen zu, ich warte nicht mal auf dich, bis du im Bett bist. Stattdessen knipse ich einfach das Licht aus und drehe dir den Rücken zu.

Du sollst fühlen, was du getan hast.

4. Dunkelheit und Licht, Alayna

Carter

Alayna, ich fühle mich wie ausgekotzt, als ihr weg seid. Ich kann nicht sitzen, ich kann nicht denken, am liebsten würde ich euch hinterher und nachschauen, ob alles okay ist. Dass er es nicht rauslässt. Dass dir nichts passiert.

Fuck.

Wir waren so dumm, Alayna. Wir haben einfach alles rausgelassen, weil wir es nicht mehr zurückhalten konnten. Ich habe es versucht, ehrlich, wirklich versucht, aber dann musstest du ja meinen Namen stöhnen. Von da an ging bei mir gar nichts mehr. Nach dem ersten Mal im Auto, an dass du dich nicht mehr erinnern kannst, hast du mich immer nur als Caden gehabt. Ich habe dir jedes Mal was vorgespielt und musste darauf achten, wie ich dich anfasse, dass ich nicht zu sehr ich bin, aber jetzt brauchte ich auf nichts achten und es hat mich einfach überkommen.

Fuck.

Und dich auch, Alayna. Das ist nicht gut. Ich hätte nicht gedacht, dass du *so* lustvoll reagieren würdest.

Scheiße, Alayna.

Ich setze mich auf mein Bett, lehne die Unterarme auf die Oberschenkel und fahre mit meinen Händen durch mein Haar. Fuck! Fuck! Fuck! Was ist da gerade passiert? Vorhin warst du so sexy und hast es richtig darauf angelegt. Du hast uns beide provoziert. Und Caden tut nichts ohne Grund. Ich wusste, worauf das hinausläuft, und wir haben es so verkackt, Alayna. Er hat gehört, was ich zu dir gesagt habe. Und er hat sicher auch gehört, als ich dir erzählt habe, dass du abwarten sollst, was ich beim nächsten Mal alles mit dir mache. Jetzt hoffe ich, dass er da oben nicht ausflippt, denn das würdest du nicht ertragen, Alayna.

Ich glaube, dass ich langsam den Verstand verliere mit diesen ganzen Spielen und dir und deinem Scheißlächeln und deiner Scheißstimme und wie du mich ansiehst. Du fickst mich, Alayna. Das ist für uns beide nicht gut. Du darfst dich nicht in mich verlieben, wirklich nicht. Er wird dich umbringen und deine Psyche in Einzelteile zerschlagen, wenn das passiert und sich somit noch mal wiederholt. Er wird uns weiter testen, von Prüfung zu Prüfung prügeln. Er wird uns quälen und foltern und nur darauf lauern, dass wir einen falschen Schritt machen. Ich weiß nicht, ob du dem standhalten kannst. Ich kann es ja kaum.

Keine Ahnung, was ich mache, wenn er dir wehtut.

»Fuck«, fluche ich leise. Ich muss mich ablenken, sonst stürme ich sein Schlafzimmer. Ich muss mich abregen, denn seit ich dich gespürt habe, bin ich auf hundertachtzig. Mein ganzer Körper steht noch unter Strom und ich könnte etwas kaputt schlagen, weil ich so scheißfrustriert bin. Das war nicht genug. Und doch zu viel.

Du bist seit etwas mehr als einer Woche wieder hier. Fuck, Alayna, was tust du hier überhaupt? Ich wollte dich zwar nicht gehen lassen, aber wenn du hier bist, passt es mir auch nicht. Mein Vorhaben, dich konsequent zu ignorieren, klappte auch nicht durchgehend, und heute habe ich vollends versagt. Denn ich konnte es mir nicht nehmen lassen, dir zu zeigen, was du verpasst, und musste dir das, was zwischen uns ist, ein bisschen präsentieren. Ich musste diesen Glanz in deinen Augen sehen. Wahrscheinlich bin ich leicht süchtig danach, wenn du mich mit diesem einen Blick ansiehst.

Ich gehe duschen und wasche dich von meinem Körper, genauso, wie ich direkt, nachdem du weg warst, die Bettwäsche abgezogen habe, weil alles nach dir riecht und mich das wahnsinnig macht.

Ich dusche schnell und versuche dabei, nicht zu sehr daran zu denken, dass du eben auch in dieser Dusche standest und ich am liebsten zu dir reingekommen wäre und deine Wange gegen die kalten, nassen Fliesen gedrückt hätte.

Okay, Carter, das reicht jetzt. Komm runter. Sie ist auch nur eine Bitch, nichts weiter!

Ich verlasse das Bad, ziehe mir schnell schwarze Jeans, einen dünnen, schwarzen Pullover und meine schwarze

Jeansjacke über, schlüpfe in dunkle Chucks und packe meine Sachen in die Hosentaschen, bevor ich so schnell wie möglich meine Garage verlasse.

Gerade ziehe ich das Tor runter und schließe ab, als ich Cadens Stimme höre. Ich habe ihn schon beim Rausgehen gespürt, aber ignoriert.

»Wohin geht's denn, Bro?«, fragt er gar nicht begeistert.

Ich atme tief und genervt durch und drehe mich zu ihm um. Er hat geduscht, wahrscheinlich um sich abzuregen. Das macht er immer, und zwar eiskalt. Seine Arme sind vor der Brust verschränkt und er lehnt lässig am Zaun der Veranda.

»Heute kommt eine neue Lieferung, Caden, das weißt du doch«, sage ich emotionslos und ziehe meine Autoschlüssel aus der Hosentasche.

Er schaut mich eine Weile an. Mir ist klar, dass er weiß, was ich vorhabe. Weil wir einfach diese irre Verbindung haben, Alayna. Genauso wie ich vorhin seine Wut gespürt habe, als ich dir sagte, du solltest es nicht zu sehr genießen. Er stand kurz davor, sein Monster rauszulassen. Und er hat auch sehr gut wahrgenommen, was in mir vorging.

»Kommst du danach wieder nach Hause?«, fragt er mit einer erhobenen Braue. Er weiß schon, dass ich genau das nicht vorhatte, und ich weiß, wieso ihm das so viel ausmacht. Er ist mein Kopf, Alayna, aber ich bin sein Herz. Ohne mich ist er genauso gefickt wie ich ohne ihn.

»Ich weiß es nicht«, antworte ich und will zu meinem Auto gehen. Es ist so krank, Alayna. Ich wette, er ist nur aufgewacht – und ich sehe, dass er schon geschlafen hat –, weil ich beschlossen habe, das Haus zu verlassen.

»Pass auf dich auf«, sagt er mit einer Stimme, die du nie von ihm hören wirst. Die niemand von ihm bekommt, nicht mal unsere Eltern.

Ich drehe den Kopf über die Schulter und grinse ein bisschen. »Immer, Bro«, erwidere ich und er lächelt auch ein wenig. Dann steige ich ins Auto und fühle mich irgendwie beschissen. Erst als er aus dem Rückspiegel verschwunden ist, beruhige ich mich etwas und kann wieder atmen.

Ich weiß, ich habe meinen Kopf zu Hause gelassen. Somit hat er kein Herz mehr, und das ist gar nicht gut. Für niemanden.

* * *

Wie immer ist nicht besonders viel los um diese Uhrzeit. Ich bin hier an einem verlassenen Parkplatz, die Straßenlaternen sind größtenteils eingeschlagen, sodass es viele dunkle Ecken gibt. Der schwarze Mercedes wartet bereits im Schatten und gibt mir Lichthupe, als ich auf den Parkplatz biege. Meistens kenne ich die Leute nicht, mit denen ich mich treffe. Es geht nur darum, den Koffer entgegenzunehmen und ihn so schnell und sicher wie möglich, von A nach B zu bringen. Manchmal sind es auch zwei oder drei Koffer, manchmal sind Drogen darin, manchmal Waffen oder andere Dinge, von denen mein Bruder und ich gar nicht wissen wollen, worum es sich handelt.

Caden und ich machen diese Art von Jobs seit sieben Jahren und der *Boss* liebt es, dass wir Zwillinge sind. Der *Boss* ist ein Mafiaboss. Er setzt uns nicht nur bei Transporten ein, manchmal auch einfach nur, um seinen Willen durchzusetzen, um eine Bar aufzumischen, Geld einzutreiben, all diese Dinge, die Ratten eben so tun. Dass Caden so manipulativ ist und ich skrupellos, spielt ihm in die Hände. So kamen wir an diese Art von Jobs.

Wir waren in einem Club von dem wir nicht wussten, dass er dem *Boss* gehört. Wir haben damals ein bisschen die Leute aufgemischt, wie wir das halt so tun, wenn uns langweilig ist. Dann wurden wir von einem seiner Männer angesprochen, er hieß John, ob wir Lust auf Arbeit hätten. Tja, auf diese Art von Arbeit hatten wir tatsächlich Lust. Sie ist perfekt zum Dampfablassen und wir kriegen noch Geld dafür. Und zwar jede Menge Geld.

Heute ist es ein Koffer, den ich in die Southside der Stadt bringen muss, wo sich die Clubs vom *Boss* befinden. Wenn die Konkurrenz von seinen Lieferungen Wind bekommt, könnte es sein, dass sie versuchen, irgendeine Scheiße abzuziehen. Es ist nicht ungefährlich, weil der *Boss* einer der Top Ten Gangster Chicagos ist und mein Dad natürlich auch an der Ermittlung beteiligt ist. Schließlich hat er keine unerhebliche Stelle beim FBI inne. Auch das weiß der *Boss,* was er gern ausnutzt.

Ich nehme die Zigarette aus dem Mundwinkel und schnippe sie auf die Motorhaube des Mercedes. Wer auch immer da drin ist, wird das nicht mögen. Aber heute bin ich auf Stress aus und muss mich abreagieren. Hätte ich mich an dir abreagiert, wärst du jetzt kaputt. Dann hätte Caden mich kaputt gemacht und dann wären wir alle kaputt.

Die zwei Gorillas, die aussteigen, sind das übliche hässliche Geschau und denken, nur, weil sie breit wie Schränke sind, kann niemand ihnen ans Bein pissen. Ja, der *Boss* wird nicht amüsiert sein, wenn ich jetzt hier meinen Spaß habe, aber verdammt, das Leben wäre sonst so langweilig.

»Und ihr seid also A-Hörnchen und B-Hörnchen«, begrüße ich sie fröhlich. Sie sehen mich emotionslos an.

»Geld her, Hübschling«, sagt der Linke, der den Koffer bereits in der Hand hält.

»Ihr wisst schon, wie es heißt: je größer die Muskeln, desto kleiner der Penis?« B-Hörnchen ist nicht amüsiert, sein Auge zuckt, er würde mich am liebsten ungespitzt in den Boden rammen, aber A-Hörnchen wirft ihm einen Blick zu und er hält sich zurück. A-Hörnchen ist wie Caden, also wende ich mich an B-Hörnchen. Er ist leichter zu provozieren, denn er tickt wie ich, und ich *will* provozieren, Alayna. Ich will so richtig die Fresse poliert bekommen. Vielleicht wehre ich mich ein bisschen, wenn ich Lust habe.

»Deine Mutter also …«, sage ich zu ihm und sein Auge zuckt stärker. »Sie war ganz schön heiß, als ich sie in den Arsch gefickt habe, Bro. Aber Jungfrau war sie nicht mehr.« Er geht auf mich los und verpasst mir einen Hieb, von dem mein Kopf fast abfliegt. Reflexartig hebe ich meinen Arm, um den nächsten Schlag abzuwehren, und boxe ihm in die Seite. Dreimal, bis er aufstöhnt, und Rippen brechen. Ich habe noch nicht genug. Von hinten kommt A-Hörnchen angeflogen und will mich umnieten. Ich gehe einen Schritt zur Seite, packe seinen Arm und nutze seine Schwungkraft, um ihn an mir vorbeiziehen zu lassen und ihm in den Arsch zu treten, sodass er in den Dreck fällt. Dad hat früher mit Caden und mir sehr viel trainiert. Boxen, Muay Thai, Kickboxen, all der Shit. Bis heute trainieren Caden und ich zusammen. Ich bin ihn als Gegner gewöhnt, und er ist wirklich der härteste Gegner, den man haben kann, aber ich erlaube B-Hörnchen noch einen Schlag, weil ich das brauche. Unter der Wucht der riesigen Faust platzt meine Augenbraue auf und Blut spritzt über den Boden.

So gut.

Ich knocke ihn mit einem gezielten Schlag aus, den Dad mir schon mit zwölf beigebracht hat. Der andere versucht es nicht mehr.

Ich nehme den Koffer und schmeiße das Bündel Scheine in den Dreck, dann drehe ich mich um, zünde mir eine Kippe an und gehe wieder zum Auto.

Das war gut.

Aber immer noch nicht genug.

* * *

Nachdem ich die Lieferung bei einem der Hintermänner des *Bosses* namens Luca abgegeben habe und er mein ramponiertes Gesicht kritisch begutachtet hat, weil er weiß, dass das Folgen haben wird, fahre ich wie automatisch zu ihrem Haus, Alayna.

Ich kann mich einfach nicht mehr fernhalten.

Es ist alles so abgefuckt und irgendwie brauche ich gerade ein bisschen Ruhe und Frieden. Melissa war schon immer die eine Person, bei der ich mich fallen lassen und

Energie tanken konnte. Sie hat sich öfter gemeldet, seitdem ich sie letztens nach Hause gebracht habe, aber jedes Mal habe ich mich gezwungen, sie nicht zurückzurufen oder zu schreiben und nicht darauf zu reagieren, wenn sie mit dem Auto an meinem Haus vorbeifuhr. Ich wollte doch nur, dass sie sich fernhält, aber siehst du, Alayna? Das ist das Problem mit mir. Ich will für jeden das Beste und gebe es ihm gleichzeitig nicht.

Deshalb parke ich mein Auto vor Melissas Haus. Alle Lampen sind aus, bis auf ihres oben. Dort brennt immer Licht. Sie weiß, dass ich die Nächte ständig wach bin, und hofft darauf, dass ich vorbeikomme. Ich atme tief durch. Das Blut an meiner Augenbraue ist getrocknet und klebt an meiner Wange. Meine Fingerknöchel sind aufgeplatzt und brennen, aber es ist mir scheißegal. Ich brauche den Schmerz. Ich habe ihn immer gebraucht und an Melissa weitergeben, was sie Stück für Stück kaputt gemacht hat – auf meine Weise.

Ich steige aus und schnippe meine Zigarette weg. In dem Moment tritt sie ans Fenster, weil sie mich immer schon gespürt hat. Sie weiß immer, wenn ich da bin. Aber vielleicht steht sie da auch nächtelang und wartet auf mich. Sie schiebt den durchsichtigen Vorhang zur Seite und legt ihre Fingerspitzen an die Scheibe, als könnte sie nicht glauben, dass ich da bin. Aber ich bin wie ein Krebsgeschwür, Alayna, ich komme immer wieder zurück, wenn man es am wenigsten erwartet und gebrauchen kann. Wir sehen uns gefühlte Stunden an. Ich auf der Straße vor ihrem Haus, blutverschmiert, und sie da oben, in einem leichten weißen Nachthemd und mit ihren endlos langen, pechschwarzen Haaren.

Scheiße.

Ich frage mich, ob das mit ihr und mir so eine Scheiße wird, die nie endet, was das mit dir ist und was ich hier überhaupt mache. Aber ich will plötzlich nichts mehr als da hochgehen, meinen Kopf in ihrem Schoß vergraben und ihre Fingerspitzen in meinen Haaren spüren.

Wir setzen uns gleichzeitig in Bewegung.

Mein Herz schlägt mit jedem Schritt ein bisschen schneller, heilt ein bisschen mehr, dreht ein bisschen mehr durch. Sie reißt die Haustür in dem Moment auf, als ich vor ihr stehe. Atemlos starrt sie zu mir auf, ihre dunkelblauen Augen wirken so müde – so müde, wie ich mich fühle. Sie begutachtet mein Gesicht und ihre Fingerspitzen zucken. Ich weiß, dass sie mich sofort verarzten, sich um mich kümmern und mit Liebe überhäufen will. Als ich sie anschaue, bemerke ich, wie verloren sie wirkt, und frage mich, ob sie jemals anders ausgesehen hat. So strahlend und glücklich wie du ganz am Anfang. Ich frage mich, ob du irgendwann auch mal wie Melissa enden wirst und ob ich das zulassen kann.

»Du bist hier«, flüstert sie und ich kann der Anziehungskraft nicht mehr widerstehen. Es ist, als würde sie mich rund um die Uhr rufen, also gebe ich einfach nach, weil mir die Kraft fehlt. Ich nehme ihr kleines Gesicht in meine Hände, drücke meine Lippen auf ihre und kicke die Tür hinter mir zu.

Ich bin die Dunkelheit. Sie ist mein Licht. Und ich brauche das jetzt.

5. Ich bin in der Stimmung für ein bisschen Chaos, Alayna

Alayna

Carter ist jetzt zwei Tage weg und ich muss sagen, er fehlt im ganzen Haus. Es ist so leer ohne ihn. Keine dummen Sprüche, kein Angestarre, keine Provokationen, keine Partys, kein Grasgeruch … Es ist unheimlich still. Das gibt mir die Gelegenheit, nachzudenken. Unter anderem über das, was vor zwei Tagen passiert ist, worüber ich immer noch nicht hinweg bin. Ich habe mich so gehen lassen und weiß, das war ein Riesenfehler. Caden wird mich bis an mein Lebensende bestrafen, zumindest ist er seitdem eiskalt zu mir. Zwar sagt er, dass er mich liebt, aber in seinen Augen steht, dass er mich für eine Nutte hält, und so fühle ich mich auch. Ich hätte das Ganze einfach nicht beginnen oder wenigstens nicht so sehr genießen sollen. Aber als Carter in mir war, war es wie eine Explosion, sie hat alles mitgerissen. Als könnte ich endlich alles rauslassen, müsste mich nicht verstellen, nicht nachdenken, nicht überlegen, einfach nur loslassen.

Es war der Wahnsinn und ich spüre ihn nach wie vor. Wie er seine Hände in mein Fleisch krallt und sein Atem sich an meiner Haut bricht, wie er mein Haar zurückzieht und mir sagt, was er noch alles mit mir vorhat, wenn wir allein sind.

Das ist nicht gut, denn es kommt mir so vor, als ob Caden eine direkte Verbindung zu meinem Hirn hätte und als würde er das alles auch wissen.

Es ist ebenso wenig hilfreich, dass ich mich die ganze Zeit darum sorge, wo Carter steckt. Und dass ich ihm gestern geschrieben habe, total banal: *Hey, deine Mom macht sich Sorgen um dich. Wo bist du?*

Irgendwie habe ich das Gefühl, dass Caden dies alles weiß, denn als ich danach wieder ins Zimmer kam und er rauchend auf seinem Bett lag, war da dieser Blick, in dem stand: *Willst du mir nicht was sagen, Alayna?*

Scheiße.

Langsam frage ich mich, ob er meine Nachrichten lesen kann oder mein Handy anderweitig überprüft … Jetzt gerade spüre ich, dass er mich ansieht, denn meine ganze rechte Seite prickelt. Schon seit drei Tagen hat er mich nicht mehr angefasst, weder beim Schlafen noch irgendwie sexuell – keine flüchtige Berührung beim Vorbeigehen. Nichts. Ich hasse das! Ich starre die ganze Zeit nur seine Hände an und würde sie am liebsten nehmen und auf mich drücken, damit ich weiß, dass alles gut ist, denn das ist es nur, wenn er mich berührt. Seit zwei Nächten befiehlt er mir, mich anzuziehen, wenn ich ins Bett gehe – zuvor wollte er mich immer nackt. Für ihn gilt das offenbar auch, denn es gibt kaum noch eine Gelegenheit, ihn unbekleidet zu sehen. Er weckt mich nicht mehr sexy, indem er sich einfach in mich schiebt oder ich als Erstes seine Lippen zwischen meinen Beinen spüre. Er drückt mich nicht mehr gegen Wände und flüstert mir nicht mehr ins Ohr, was er später mit mir vorhat, um mich anschließend zu fragen, was ich davon halte. Keine heißen Quickies in der Uni oder unter der Dusche oder irgendwelche verführerisch perversen Sachen am Esstisch. *Gar nichts.*

»Vielleicht solltest du die Augen aufmachen, wenn du schon seit zehn Minuten wach bist, Alayna. Oder wem versuchst du hier was vorzuspielen?« Ich stöhne auf und rekle mich. Dann grinse ich, weil heute ein neuer Tag ist und Caden vielleicht endlich wieder zu meinem Caden wird.

»Was wird das, Alayna? Willst du mich anmachen?«, fragt er gelangweilt. Ich stocke und seufze genervt. Ein neuer Tag, aber kein alter Caden. Ich verdrehe die Augen, wobei ich mir sicher bin, dass er mich nicht sieht, und setze mich neben ihm auf. Er lehnt mit dem Rücken am Bettgestell und hebt eine Braue, als ich ihn anschaue.

»Caden …«, sage ich total quengelig und nehme seine Hand, aber er zieht sie zurück. Seine Augen sind so ausdruckslos und auch ein bisschen gruslig.

»Was, Alayna? Was willst du von mir?«, fragt er arrogant.

Seit Carter weg ist, ist er noch emotionsloser und kälter, als ich ihn kenne. Es ist, als hätte Carter Cadens Menschlichkeit mitgenommen, als er ging. Oder ist er einfach nur sauer und deswegen so komisch? Wo steckt Carter überhaupt so lange? Er kann mich doch nicht hier die ganze Zeit allein lassen!

»Nichts. Alles gut«, sage ich tonlos und schaue nach unten. Kein Kinn antippen, kein: *Alayna, Baby, ist was?* Er lässt mich einfach aufstehen und ich husche nach unten ins Bad.

Das ist doch scheiße!

***

Caden

Du sitzt neben mir am Frühstückstisch, Alayna, und ich langweile mich. So sehr. Mein Bruder ist weg, ich mag das nicht. Es nervt mich, dass er weggeht und so lange wegbleibt. Wobei ich mir schon denken kann, wo er ist. Wir können uns schlagen, streiten, anpissen, aber sobald wir länger als zwei Tage voneinander getrennt sind, und dann auch noch in dieser Stimmung, in der wir uns gerade befinden, geht alles immer ein bisschen schief.

Bei ihm und auch bei mir.

Ich bin ein brodelndes Fass, leicht reizbar und gleichzeitig gefühllos, darauf aus, jemandem wehzutun. Am liebsten dir, Alayna. Ich muss mich ständig davon abhalten, die Dinge, die ich mir so vorstelle, wirklich zu tun, weil du noch nicht bereit dafür bist. Vielleicht wirst du es auch nie sein.

Heute ist Samstag, das heißt, alle sitzen hier und spüren, welche Energie ich versprühe. Keiner spricht. Ava ist total ängstlich und hat sich hinter ihren Haaren versteckt, weil sie weiß, wozu ich fähig bin, wenn ich so drauf bin. Sie musste es am eigenen Leib erfahren – mehrfach. Mom schaut immer wieder panisch in meine Richtung und bedeutungsvoll zu Dad. Mein Vater starrt mich die ganze Zeit an, Alayna. Er hat Angst, dass ich gleich aufspringe und Amok laufe und alle erschieße, was auch passieren könnte, wenn es noch länger dauert, dass Carter weg ist. Du streichst Butter auf dein Toast und das Schaben zerrt an meinen Nerven, Alayna.

»Kannst du das nicht leiser machen?«, blaffe ich dich an, dabei blaffe ich dich niemals an. Nie. Du erstarrst mitten in der Bewegung und legst das Messer weg. Ich lasse meinen Nacken knacken, aber nicht mal das hilft.

»Caden, reiß dich zusammen«, fordert Dad mahnend. Seine Stimme ist angespannt.

»Zusammenreißen langweilt mich, Dad. Ich bin in der Stimmung für ein bisschen Chaos.« Mom zieht zischend die Luft ein, Ava ruft mit schreckgeweiteten Augen: »Ich bin fertig, danke Mom, ich liebe dich!« und rennt in ihr Zimmer wie eine Verrückte. Du schaust ihr irritiert nach. Sie ist viel schlauer als du, Alayna, denn sie weiß, wann sie laufen muss, auch ohne, dass ich zähle.

»Oh Baby, bitte«, sagt Mom. »Es ist so ein schöner Tag. Mach das jetzt nicht.« *Gott, sei froh, dass ich dich liebe*, denke ich und schaue wieder dich an. Du reißt die Salamipackung auf.

»Scheiße, Alayna, hör einfach auf zu essen!«

»CADEN«, knurrt Dad. »Lass sie in Ruhe!« Sein Ton ist tief und warnend und reizt mich noch mehr. Alles außer meine Mom reizen mich gerade.

»Passt schon, Mason, ich habe gar keinen Hunger.« Du knallst die Salamipackung auf den Tisch und ich beiße die Zähne zusammen. Die Uhr tickt so scheißlaut. Wieso haben wir eine Scheißuhr in der Küche? Wer braucht so was? Als ob nicht jeder ein verdammtes Handy in der Tasche hat, worauf er schauen kann, um die verdammte Uhrzeit zu erfahren. Im Herd ist doch auch eine.

Ich lehne mich zurück, strecke die Arme über den Kopf, lasse meine Finger knacken und rolle den Kopf von links nach rechts. Mein Körper erzittert, als ich ihn bis in die Zehenspitzen strecke.

»Caden?«, fragst du vorsichtig.

»Lass es, Alayna«, fordert Dad. »Sprich ihn nicht an.« In seiner Stimme ist der Alarm zu hören. Wenigstens einer, der nicht total dumm ist. Ich lasse meinen Blick über Mom schweifen, weiter zu Dad und dann wieder zu dir. Alle sehen mich so panisch an. Ich mag das. Die Welt ist wie ein riesengroßer Spielplatz für mich. Ihr seid alle so leicht zu beeinflussen, ihr kleinen Marionetten.

Ich seufze laut. »Alayna, mach mir einen Kaffee«, meine ich gelangweilt. Ich will deinen Arsch anschauen. Dein Stuhl schabt über den Boden, als du aufstehst, und ich mahle mit den Zähnen. Du hast Shorts an. Dad mahlt auch mit den Zähnen, als er mich anschaut. Das Dröhnen der Kaffeemaschine lässt mich fast aus der Haut fahren. Du willst wie immer einen Löffel Zucker reintun, aber ich sage: »Stopp«, und du hältst inne.

»Keinen Zucker, Alayna.« Du runzelst die Stirn, weil ich sonst immer Zucker nehme. »*Carter* trinkt seinen Kaffee mit Zucker, nicht ich«, lüge ich, einfach, um dich ein bisschen durcheinanderzubringen.

»Milch?«, fragst du mich total unsicher.

»Ja, Alayna. Milch. Ich will Milch.«

»Caden!«, warnt Dad. Ich höre an seiner Stimme, dass er kurz davor ist, mich am Kragen gegen die Wand zu drücken und mir eine reinzuhauen. Vielleicht ist es ja genau das, was ich brauche.

»Mehr. Mehr ... mehr«, sage ich, während du die Milch in meinen Kaffee schüttest. »Ach fuck, Alayna, das ist viel zu viel!«, blaffe ich dich an. »Trink ihn.«

Deine Augen werden groß, Alayna, und deine Hände zittern.

Dad steht auf und nimmt dir den Kaffee ab, dann starrt er mich an. Ein Muskel an seiner Wange zuckt verdächtig. »Caden. Hör. Jetzt. Auf.«

»Dad ...«, meine ich gelangweilt, aber mit einem warnenden Unterton. »Misch dich jetzt lieber nicht ein.«

»Du sagst mir in meinem Haus nicht, wo ich mich einzumischen habe, Scheißkröte.« Er steht mit dem Rücken zu dir, zwischen uns. Das hasse ich, also erhebe ich mich langsam. Dad spannt seine Muskeln an, in dem Moment schiebt sich Mom vor ihn und ich stocke.

So eine Spielverderberin.

»Caden, lass es jetzt.« Sie legt mir eine Hand auf die angespannte Brust und ich spüre, wie das Blut durch meine Adern rauscht. »Ich ruf ihn an ... er kommt sicher nach Hause.« Ich sehe meine Mutter an und überlege, ob ich sie verletzen soll, damit sie mich in Ruhe lässt, doch Dad knurrt: »Denk nicht mal dran, sonst brech ich dir das Genick.«

Ich hebe die Hände. »Alles mit der Ruhe, Leute. Ich wollte nur ein bisschen spielen.« Keiner sieht hier aus, als wäre er ruhig, dann drehe ich mich um und schlendere in die Garage. Über meine Schulter rufe ich nur: »Eins …« und höre, wie du mir hinterherrennst.

Du kommst völlig außer Atem ein paar Sekunden nach mir an, da habe ich mich schon auf die Couch gesetzt und mir eine Tüte angezündet, die Carter immer in der Schublade unter seinem Fernseher bereithält, fertiggerollt und in Reserve hat.

Du bist so bleich und verängstigt – das langweilt mich.

»Ich habe Carter fünfzehn Mal angerufen und er ist nicht rangegangen. Ich frage mich, ob er rangeht, wenn *du* anrufst. Du kommunizierst doch so gern mit ihm.« Ja, Alayna, ich weiß, dass du ihm gestern geschrieben hast.

Die Nachrichten davor waren immer harmlos: *Hast du Caden gesehen? Ich erreiche ihn nicht. Kann mich einer von euch abholen? Wo seid ihr? Ich finde euch nicht mehr. Sag Caden, ich bin sauer.*

Und seine Antworten waren immer kurz angebunden: *Fick dich, Alayna. Lass mich, Alayna. Mach deinen Alaynascheiß woanders, Alayna. Nein, Alayna. Nein, Alayna. Nein, Alayna. Sag's ihm selber, Alayna. Ich bin zu dicht für den Scheiß, Alayna.*

Aber gestern hast du ihn gefragt, wo er ist. Die Häkchen wurden schnell blau, aber er hat dir nicht geantwortet. Danach warst du ganz traurig, Alayna.

»Willst du wissen, wo er ist, Alayna?« Du schluckst, stehst immer noch an der Tür, als würdest du überlegen, ob du weglaufen solltest. Jetzt ist es viel zu spät, Baby.

Du bist manchmal ein bisschen witzig.

»Setz dich auf seinen Sitzsack.« Du kommst rüber und lässt dich fallen, deine Hände zittern immer noch.

»Er ist sicher bei Melissa. Wahrscheinlich hat er sie schon in alle Körperöffnungen gefickt, die die kleine Schlampe hat. Ich muss sagen, das war etwas, was sie echt gut konnte. Ficken. Sie hat diese irren Sachen mit ihrer kleinen Pussy gemacht, Alayna, das solltest du auch lernen. Wusstest du, dass wir sie auch zu zweit hatten, auf einmal? Danach ist alles eskaliert, sie wollte damals nur noch zu Carter. Carter. Carter. Carter«, erzähle ich freimütig und schaue mir meine frisch geschnittenen Nägel vermeintlich interessiert an.

»Wieso bist du so fies, Caden?«, fragst du zittrig.

»Wieso, Alayna? Verletzt es dich, dass er seinen Schwanz vermutlich gerade in einer anderen hat?« Tränen steigen in deine Augen. Du versuchst, sie wegzublinzeln, weil du es hasst, vor anderen zu weinen. Oh, ich werde dich noch so zum Weinen vor mir bringen, Alayna. Und zum Betteln und zum Flehen und zum Schluchzen.

»Nein, aber es verletzt mich, dass du mir erzählst, wie gut sie sich angefühlt hat, Caden.«

»Ach so. Ich soll zugucken, wie sehr du es genießt, wenn mein Bruder dich fickt, aber wenn ich dir einfach mal erzählen will, wie eine andere Pussy sich anfühlt, die nicht deine ist, dann ist es ein riesengroßes Drama, Alayna. Ich kann dir auch Fotos zeigen, ich hab sie noch. Ich habe für jede einen Ordner.«

»Nein, danke«, antwortest du gepresst.

»Vielleicht schon.« Ich lege meine Beine auf den Couchtisch und ziehe tief an meinem Joint. »Komm her, Alayna.« Ich hole mein Handy raus.

»Caden, du *wolltest*, dass ich mit ihm schlafe. Wieso machst du mir jetzt solche Vorwürfe? Bitte hör auf damit.«

»Oh, Alayna, weißt du, das Problem ist ...« Ich seufze. »Du solltest dich niemals zwischen meinen Bruder und mich stellen und einem von uns zu schöne Augen machen, denn wenn wir einander verlieren, verliert der eine seinen Kopf und wird wahnsinnig, während der andere sein Herz verliert und nichts mehr fühlt. Willst du, dass ich nichts fühle, Alayna? Willst du das? Dass ich immer so bin wie jetzt? Und das ist nicht mal ansatzweise alles, was ich dir hier zeige. Lass ihn noch eine Woche abwesend sein und ich habe euch alle abgemurkst.« Deine Augen werden *riesig*. Du bist immer noch nicht hergekommen, Alayna. »Also? Kommst du jetzt her, oder soll ich zäh...« Bevor ich den Satz zu Ende sprechen kann, sitzt du neben mir. Ich weiß, was für psychischen Druck es dir macht, wenn ich anfange zu zählen, und ich liebe es. Ich liebe psychischen Druck.

Ich mache es mir in der Couch gemütlich und lege einen Arm über die Lehne hinter dich, aber ohne dich zu berühren, weil ich dich nicht berühren werde. Das ist deine Strafe, Alayna.

Ich gebe dir mein Handy und deine Finger zittern noch mehr. »Der Code ist Carters und mein Geburtsdatum. Weißt du das?« Du nickst leicht und gibst *3110* ein.

Halloween, wir sind wirklich die Brut Satans, Alayna. Was soll ich sagen?

Mein Bildschirm erwacht zum Leben. Ich habe einen schwarzen Hintergrund gewählt, Carter hingegen hatte immer Melissa als Hintergrund, bis sie sich getrennt haben. Er ist ja auch so ein kleines Gefühlsduselchen.

»Also, Alayna. Öffne meine Galerie.«

»Ich will das nicht tun, Caden.«

»Okay. Dann erzähl ich dir halt, wie es war, und wie oft wir es genau dort gemacht haben, wo du gerade sitzt, oder wo du mit Carter gefickt hast, wo du jede Nacht schläfst und isst …«

»Okay, ich öffne sie ja schon.« Dabei rutschst du unruhig auf dem Sofa rum, weil du dir vorstellst, wie ich Melissa ficke. Das gefällt mir, Alayna. Ehrlich. Du bist so schön krank.

»Du musst zu dem Ordner M.« Du stockst mit dem Daumen über dem Ordner A.

»Ja, da sind deine Bilder drin, Alayna. Aber die kennst du ja schon, zumindest einige davon. Jetzt geh zu M.« Meine Stimme wird härter und du tippst auf den Ordner.

»Oh, und bevor du eines der Bilder öffnest, öffne meine Hose, Baby.« Du siehst mich verwirrt an. Ich liebe es, Alayna. Du bist immer so verwirrt, als würde ich chinesisch sprechen. Ich ziehe eine Augenbraue hoch, als du nicht gleich reagierst, und nehme dir das Handy freundlicherweise ab. Dann sage ich: »Aufmachen!«, und du folgst mit bebenden Fingern. Natürlich tust du das, weil ich es ja auch so will.

»Das ist so krank, Caden.«

»Oh nein, Babygirl, du bist krank, weil du immer noch da bist. Schon seit fast acht Wochen lässt du dir das gefallen, was hier passiert. *Du* bist krank. Nicht ich. Ich spiele nur gern.« Du schluckst und ich weiß, dass du überlegst, ob ich recht habe. Ja, Alayna, ich *habe* recht. Ich habe immer recht.

»Hol ihn raus und wichs ihn, und wehe, ich komme.«

Du siehst mich zweifelnd an, aber fängst an, deine Hand zu bewegen. »Oh, das fühlt sich gut an, Baby. Ich habe fast vergessen, wie du dich anfühlst. Jetzt öffne den Ordner M, Alayna.«

Zaghaft tippst du auf den Ordner, und da ist sie. In aller ihrer Pracht. Sie war schon wirklich eine Bombe. Ich werde noch härter, als ich sie sehe, was du unter deinen Fingern spürst und schluckst. Du beißt die Zähne zusammen, Alayna, weil du immer noch die starke Frau spielen willst. Ich frage mich, wann diese Fassade endlich bei dir bricht und du heulend vor mir in die Knie sinkst, weil sie das immer tun. *Oh, Caden, bitte hör auf damit. Oh, Caden, bitte verlass mich nicht. Oh, Caden, bitte mach mit mir, was du willst, aber geh nicht, Caden. Oh, Caden, ich liebe Carter, bitte lass mich gehen …*

»Fuck«, fluche ich leise. Das ist nicht gut, Alayna. Du solltest dich mehr anstrengen.

»Also, Alayna, hier sehen wir Melissa verschlafen in *meinem* Bett liegend, wie sie in meine Richtung lächelt. Ihre schwarzen Haare sind überall verteilt. Das ist ein bisschen heiß. Oder, Baby?« Du beißt dir auf die Unterlippe, deine Nasenflügel sind gebläht, und ich glaube, du denkst darüber nach, mir wehzutun, denn deine Finger zucken.

»Aaaah … wir wollen ja nicht, dass es einen Unfall gibt, oder Alayna?« Du lockerst deinen Griff wieder. »Und hier sehen wir Carter und Melissa, wie sie auf der Verandatreppe sitzen … Habt ihr da nicht letztens auch gesessen? Ist das nicht süß, wie sie ihren Kopf an seine Schulter lehnt, als wäre er ihr großer Retter? Dabei weiß sie doch so gut wie ich, dass Carter sie in meine Richtung schubst und ich sie dann in den Abgrund stoße. Das nächste Bild ist besonders schön. Scroll nur, fühl dich wie daheim.«

Es zeigt Melissa und mich, während sie mich in meinem Zimmer reitet. Meine Hände liegen an ihrem Hintern.

»Das ist irgendwie künstlerisch, oder was sagst du dazu als Profi?«

»Ich werde dich umbringen, Caden. Wieso tust du mir das an?«

»Ich will meine Vergangenheit mit dir teilen, ist das verboten? Das machen Paare doch so.«

Du schließt die Augen, atmest tief durch und schluckst deutlich den Kloß in deinem Hals runter. Du hast solche Angst, vor mir zu weinen, weil ich gerade in einer Stimmung bin, in der ich all deine Schwächen gegen dich verwenden werde. Wie jetzt zum Beispiel deine Eifersucht, sie ist übermäßig groß. Du hast da echt ein Problem. Vielleicht solltest du mal mit irgendjemandem darüber reden, der wirklich Ahnung hat, oder ich sollte einfach eine direkt vor deinen Augen vögeln. Das wirkt bekanntlich Wunder.

In den meisten Fällen, wie ich erst vor Kurzem in einem kleinen, schwarzen Büchlein gelesen habe. Es war so inspirierend.

»Und das Bild ist eins meiner Lieblingsbilder, da sind wir endlich mal zu dritt drauf. Schau. Vergrößer es mal ein bisschen.«

»Caden, bitte ... nein ...« Du willst dein Gesicht an mir verstecken, doch ich schiebe dich weg. Berühr mich nicht, Alayna, das ist nicht gut.

»Jetzt schau es dir an, es ist *echt* schön. Also hier hätten wir Carters Schwanz in ihrem Arsch ... Das war, bevor er die große Liebe in ihr gefunden hat. Wirst du da gerade rot, Alayna, gefällt dir das? Wichs weiter. Er liebt Ärsche, wie du ja wahrscheinlich bei eurem letzten Fick schon gemerkt hast.«

»Ich hab es verstanden, Caden. Es war scheiße.«

»Oh, nein, nein, Alayna, du verstehst gar nichts, überhaupt nichts. Aber das ist nicht schlimm, Baby. Du wirst noch verstehen. Willst du auch mal, dass wir das mit dir machen?«

»Ganz sicher nicht.«

»Wieso klingst du denn so zickig, Baby? Was ist denn los?« Deine Unterlippe bebt, Alayna, und du hast aufgehört zu wichsen, schon vor einer Ewigkeit. Ich packe meinen Schwanz ein. »Jetzt habe ich richtig Lust, einen Film mit dir zu schauen, einfach nur ganz gemütlich mit meiner Freundin einen Film anschauen.«

»Caden, bitte, es reicht jetzt.«

»Er wird dich so inspirieren, jetzt schau und lerne, Alayna. Man muss immer offen für Neues sein.« Ich nehme dir das Handy aus der Hand und gehe auf meine Filmsammlung – natürlich selbst gedreht. »Ich habe so viele Videos von Melissa, Alayna.« Spontan entscheide ich mich für eins, worauf sie nur mein Bruder fickt, ohne mich. Ich will dein Gesicht dabei sehen; ich will sehen, ob es dir wehtut, dir das anzuschauen. Wenn ja, haben wir ein Problem, und ich kann endlich meinen ganzen Frust entladen. Wenn nein, hast du Glück.

»So, jetzt sehen wir ein Video von Carter und Melissa und ich schaue dir dabei zu, wie du es anschaust, um herauszufinden, was es in dir bewirkt. Achte auf dein Gesicht, Alayna. Es könnte deine wahren Gefühle preisgeben, und das willst du ja nicht.«

Du schluckst.

»Für jedes Wegsehen denke ich mir eine neue Strafe für dich aus. Wie findest du das, Alayna?«

»Ich finde das scheiße, Caden.«

»Eigentlich ist es mir auch egal«, erwidere ich und drücke auf *Play*. Ich habe extra eine softe Version gewählt, in der sie hier auf der Couch sind. Darin zieht er sie langsam aus, während Melissa sein Gesicht hält und sie sich sooo lange und sooo innig küssen. Dann kreist sie langsam ihre Hüften auf ihm und er hält ihr Gesicht, um ihr dauernd in die Augen zu schauen. In ihre dummen blauen Augen.

Du starrst es erstaunt an, weil es so intensiv ist und kein Durcheinandergeficke. Und weil du diese Seite von ihm nicht kennst. Ich lege den Kopf schief und beobachte dich eingehend. Das macht dich nervös. Du würdest mir gern einen Blick zuwerfen, um einschätzen zu können, was ich gerade denke – als ob du das jemals könntest –, aber du starrst weiterhin starr auf den Bildschirm. Wie schade, Alayna, ich hätte dich so gern bestraft, aber mir fällt schon noch ein anderer Grund ein.

»Und?« Du zuckst zusammen, als ich dich anspreche. »Wie findest du es? Sieht man nicht die Liebe zwischen den beiden? So intensiv und echt. Kein Rein-raus-fick-mich-härter-Gelaber, keine Worte, keine Schläge, kein Würgen. Das ist es, wie Liebe bei ihm aussieht. Alles andere hat für ihn keine Bedeutung und wird es auch nie haben.« Ich betrachte dich, Alayna. »Baby, werden gerade deine Augen feucht? Das ist nicht gut, Alayna.« Ich spanne mich an.

»Meine Augen werden feucht, weil du hier so was mit mir abziehst und mich so quälst. Ich dachte, du liebst mich, Caden. Was ist nur los mit dir?« Jetzt explodierst du, nimmst mein Handy und wirfst es einfach weg, Alayna. Das ist nicht gut und nicht sehr höflich. Du starrst mich schwer atmend an und ich sehe in deinen Augen den Schmerz und die WUT und die Enttäuschung, weil du so was von mir nicht gedacht hättest.

»Ist das hier deine Wichserseite? Hast du das gemeint? Oder willst du mich gerade mit aller Macht vertreiben?« Du bist so süß, Alayna, wenn du denkst, dass du noch eine Wahl hast.

Ich sehe dich nur an und sage: »Heb es auf.« In deinen Augen steht ganz klar: *Fick dich!,* trotzdem hebst du das Handy auf. »Gib es mir.« Du knallst es in meine Hand und bist so kurz davor zu heulen. »Was mache ich jetzt mit dir, Alayna? Du warst kein braves Mädchen. Vielleicht sollten wir mal einen Vierer machen, damit du siehst, wie sich ein braves Mädchen wirklich verhält. Also live. Melissa würde sicher mitmachen, denn sie tut alles für uns, ohne Grenzen, ohne nachzudenken, ohne zu zicken. Sie sagt immer nur: *Ja, Carter! Ja, Caden! Okay, Carter! Ich tu alles, was du willst, Caden!* Doch du … das gefällt mir nicht, Alayna.«

Du schluckst. »Ich bin keine Puppe, Caden … und wenn du Melissa unbedingt willst, dann geh doch zu ihr.«

»Wirklich? *Das* würdest du mir erlauben? Du hast kein Problem damit? Baby, du bist wirklich der Hammer.«

»Boah, ich geh jetzt, Caden! Ich halte es keine Sekunde länger mehr mit dir aus, du Psycho.« Du willst gehen, Alayna. Ich betrachte meine Nägel, während du zum Garagentor stolzierst. Deine Schultern beben, weil du so kurz davor bist zu heulen. Nicht mehr lange, bis ich dich breche.

»Stehen bleiben«, sage ich in der Stimmlage, die in deinem Hirn bewirkt, dass du erstarrst. Du bleibst wie erfroren stehen und ballst deine Hände zu Fäusten, weil dir das so gar nicht passt. »Umdrehen!«, fordere ich gelangweilt. Du drehst dich um. In deinen Augen funkelt das erste Mal der blanke Hass, und ich mag das nicht, Alayna. Ich weiß, dass das jetzt ein bisschen vorschnell war, und unter normalen Umständen hätte ich dir das nicht angetan, aber ich fühle mich nicht gut, wenn Carter weg ist.

»Komm wieder her.« Du kommst mit zusammengepressten Lippen und bleibst neben mir stehen. »Zieh dich aus«, sage ich gelangweilt. »Du bist immer so ungehorsam, Alayna, ich mag das nicht.« Aber wenigstens fängst du an, dich auszuziehen, und als du nackt vor mir stehst, schaust du mich abwartend an. Du bist angeturnt, Alayna. Weil ich dich *ansehe*.

»Ich werde dich jetzt nicht ficken, Babygirl. *Das* musst du dir erst wieder verdienen. Meine Berührungen gibt es nicht umsonst. Geh nach oben, leg dich auf Carters Bett und warte da, bis ich dich wieder raushole.«

»Caden!«

»Ahhh … aber du hast dich doch da so wohl gefühlt! Ich könnte mir Schlimmeres vorstellen. Dann kannst du wieder an seiner *Bettwäsche* riechen.« Du atmest scharf ein. Alayna, ich mag es, dich zu ertappen.

»Eins …« Du gehst. »Lass die Tür offen! Und wenn du im Bett liegst, beweg dich nicht!« Das sage ich mit *DER S*timme. Die Stimme, die dein ganzes Gehirn lahmlegt, dann verschwinde ich und sperre hinter mir ab.

6. Wie die verfluchte Sonne, Alayna

Carter

Sie liegt in meinen Armen, Alayna. Seit zwei Tagen. Heute ist der dritte Tag. Wir haben uns in ihrem Zimmer eingesperrt. Ihre Eltern haben mein Auto vor dem Haus gesehen, sie klopfen immer wieder und drohen, sie würden mich rausschmeißen und sie solle rauskommen. Aber Melissa schickt sie weg, immer wieder.

Ihr Kopf liegt auf meiner Brust und ich fahre mit meinen gespreizten Fingern durch ihre langen glatten Haare. Ich dachte, wenn ich sie wiedersehe, das erste Mal nach vielen Jahren, hätte sie sich total verändert – wie ihr Frauen das macht, nach einer Trennung, mit eurem Haarschnitt und all dem Scheiß. Aber nicht sie. Sie sieht immer noch genauso aus wie damals. Als wäre kein einziger Tag vergangen. Sie traut sich nicht zu schlafen, weil sie Angst hat, dass ich dann wieder weg bin, wenn sie aufwacht. Aber momentan habe ich keinen großen Drang, hier je wieder zu verschwinden. Sie sieht mich mit ihren großen, tiefen Augen an und fährt über meine aufgerissene Lippe.

»Ich wünschte, du würdest endlich damit aufhören. Es tut dir nicht gut.«

»Oh, Melissa, mir tut so vieles nicht gut. Ich kann nicht damit aufhören.« Ich nehme ihren Finger und küsse ihn. Ihre Lider gleiten zu. Ich habe keine Ahnung, welche Tageszeit ist, denn die Jalousien sind ununterbrochen geschlossen. Wir leben in unserer schlaflosen Dunkelheit. Haben Sex, starren uns an, haben Sex, starren uns an, haben Sex … und genießen einfach das, was wir vom anderen aufsaugen können. Was Melissa wohl von mir aufsaugt? Ich bestehe eigentlich nur aus Schmerz, Wut und Zerstörung. Sie krabbelt auf meinen Schoß und sitzt auf mir wie eine Göttin. Die Haare fallen über ihre kleinen perfekten Brüste und ich bin wieder bereit, sobald sie ihren Hintern hebt und mich langsam in sich aufnimmt. Sie zischt, weil sie wund ist, und ich werde noch härter. Ich sehe ihr unter halb geschlossenen Lidern dabei zu, wie ihr schmaler Körper sich auf mir bewegt, wie sie sich mir total ergibt, obwohl sie gerade die Macht hat. Scheiße, ich bin jedes Mal bereit, zu kommen, sobald ich mich in sie schiebe. Sie lässt ihre Handflächen über meine Brust gleiten und ihr Oberkörper fällt nach vorn, fällt auf mich. Ihre Haare hüllen uns ein. Meine Arme umfangen sie sofort, weil es immer so war und wahrscheinlich immer so sein wird. Sobald sie meine Kraft spürt, erschauert sie, und ihre Lippen finden meine, ohne sie zu suchen.

Ich streiche über ihren nackten Rücken und würde mich am liebsten für alles entschuldigen, was ich ihr angetan habe, dass ich sie benutzt habe und sie wegen mir geweint hat – so oft. Damals hat es mich kalt gelassen. Ich würde ihr gern sagen, dass ich mich ändere, dass es besser wird. Ich würde ihr gern sagen, dass ich sie so lieben kann, wie sie mich liebt, und dass sie es verdient. Aber mein Mund bleibt verschlossen. Ich weiß, ich kann hier nicht mehr sehr viel länger bleiben, denn ich bin eine eitrige Wunde, und jedes Mal, wenn sie mich wiedersieht, reißt sie wieder auf.

»Oh nein, Carter …«, flüstert sie. »Mach das jetzt nicht.«

Ich schiebe ihre Haare aus dem Gesicht und sie schmiegt sich meiner Berührung entgegen. Es schockt mich jedes Mal aufs Neue, wie schön sie ist.

Sie kann in mir lesen wie in einem Buch, und das können nicht viele. Deshalb weiß sie, dass ich mich wieder darauf vorbereite, zu gehen.

»Nein«, flüstert sie wieder. Aber, Alayna, du bist mit ihm allein und er dreht durch ohne mich. Ich dachte, ich könnte nur an mich denken und drauf scheißen, aber das kann ich eben nicht.

»Carter?«, fragt sie zittrig und ich drücke sie an meinen Oberkörper und umfange sie fester. Sie klammert sich an mich, als sie kommt, dann hebe ich sie von mir und sehe sie an.

»Ich muss gehen, Melissa. Das weißt du.«

Sie streicht durch mein Haar. »Ich kann mit dir kommen. Ich kann das.« Ihre Augen sind so voller Vertrauen und

Zuversicht, aber ich denke nur an ihren Blick, als Caden letztens reinkam. Diesen Blick habe ich schon viel zu lange ertragen.

»Nein, Baby, das kann ich dir nicht wieder antun.« Ich drücke sie zurück in die Laken und schiebe mich langsam wieder in sie. Sie wirft den Kopf zurück und stöhnt. Ich lasse meine Stirn an ihr Schlüsselbein sinken, atme ihren Duft ein, während sie sich in meine Oberarme krallt und ihr Gesicht in meinem Haar vergräbt. Dann ziehe ich mich aus ihr zurück. »Ich will dich nie wieder so leiden sehen«, flüstere ich an ihrer Haut und tauche wieder in sie ein.

»Ich kann nicht atmen ohne dich, Carter.« Ich lache leise an ihrer Haut und lasse meine Hüften wieder nach vorn gleiten. Sie stöhnt erneut.

»Bitte …«, fleht sie.

»Nein«, hauche ich.

Dann lasse ich mich treiben, aber langsam und nicht hart, nicht wütend, nicht ungeduldig, weil ich weiß, es ist das letzte Mal. Und sie kann sich gerade so die Tränen verkneifen.

»Geh nicht«, haucht sie, als ich in ihr komme, weil ich es nicht mehr zurückhalten kann. Ich bleibe noch in ihr, presse meine Stirn an ihre und schließe die Lider. Ihr heißer Atem bricht sich an meiner Wange und ihre Tränen laufen über. Sie hält sich an meinen Armen so fest, nicht gewillt, mich jemals wieder loszulassen, und ich frage mich, wie oft ich ihr das noch antun muss und werde. Wie oft ich das noch kann.

»Baby, lass mich los«, fordere ich und sie weint heftiger.

»Nein!«, schluchzt sie. Ihre Tränen zerreißen mich innerlich.

»Lass mich los, Melissa.« Ich könnte mich auch einfach losreißen, aber das will ich ihr noch weniger antun. »Lass mich los und steh nicht mehr an diesem Fenster.«

»Ich halte das nicht noch mal so lange ohne dich aus, bitte, Carter. Ich kann das. Ich schaffe das, nimm mich mit! Ich habe keine Angst vor ihm, solange du bei mir bist.«

»Oh, Baby, du solltest aber Angst haben.« Ich küsse ihre geschwollenen Lippen, und als ich mich aus ihr zurückziehe, bleibt ein Teil von mir in ihr. »Lass mich jetzt los, Melissa. Für mich. Bitte.« Sie atmet zittrig ein, schließt die Lider und ihre Arme fallen leblos zur Seite. Ich stehe auf. Es ist eins der schwersten Dinge, die ich je getan habe.

»Scheiße«, fluche ich leise und streiche mir durch die Haare.

Sie liegt auf dem Bett und weint. »Carter, du musst das nicht tun.« Sie klammert sich an ein Kissen. Ich sage nichts mehr und ziehe mich an, weil jedes weitere Wort mich immer mehr zerreißen würde. »CARTER!« Ich kneife die Augen zusammen, reibe mir darüber und schlüpfe in meine Hose, die, seit ich hier bin, auf dem Boden liegt.

»Carter, bitte sieh mich an.«

»Ich kann nicht«, sage ich. Fuck auf meine Socken. Ich steige so in meine Schuhe und suche meine Jacke, während die Frau, die ich liebe, auseinanderbricht.

Ich höre ihre Schritte hinter mir. »Carter!« Ihre Stimme ist rau und ihre Fingerspitzen berühren meine Schulterblätter. Scheiße, meine Selbstbeherrschung hängt am seidenen

Faden. Genau in dem Moment klingelt mein Handy. Schon wieder. Ich habe es die letzten Tage ignoriert, aber ich habe das Gefühl, dass ich das jetzt nicht tun sollte. Weil ich spüre, dass zu Hause etwas nicht stimmt. Es ist Mom, und als hätte man mich aus einer Trance geholt, schaffe ich es endlich, zu gehen. Melissas Hand sinkt von meinem Körper, als ich die Tür aufschließe.

»Carter«, haucht sie und ich ziehe die Tür hinter mir zu.

Ihre Eltern schlafen schon, deswegen flüstere ich, als ich den Anruf entgegennehme: »Ja?«

»Baby, ich weiß, wo du bist, und dass du das gerade brauchst«, fängt Mom an. Ich höre sofort die Panik in ihrer Stimme. »Aber du musst jetzt nach Hause kommen, Carter. Dein Bruder verliert sich absolut und Alayna …«

»Bin in zwanzig Minuten da, Mom. Halt dich jetzt einfach von ihm fern!«

»Okay!«, erwidert sie brüchig.

»Und Mom! Halt Dad von ihm fern!« Denn ich weiß noch, was letztes Mal passiert ist. Schon lege ich auf, reibe mir die Nasenwurzel und laufe die Treppe nach unten.

Ich muss hier raus, weil mich alles zurück in dieses Zimmer zieht und weil ich spüre, dass es Caden nicht gut geht, und weil ich nicht weiß, was mit dir ist, Alayna, und weil ich Angst um meine Mom habe und weil ich glaube, Dad bringt ihn dieses Mal um. Und wenn das passiert, sterbe ich auch.

Fuck, Caden, hör auf, was auch immer du gerade tust. Ich komme nach Hause!, schreibe ich ihm.

Ich setze mich ins Auto und mache mir eine Zigarette an. Drei Minuten nehme ich mir. Die magische Drei, um kurz zu mir kommen. Ich habe sie noch überall auf mir und ich kann noch ihren Duft riechen und ihre Stimme hören und wie sie geweint hat.

»FUCK!« Ich haue aufs Lenkrad.

7. Alayna, langweile mich nicht

Caden

Alayna, ich habe immer noch Lust, mit dir zu spielen, aber ich muss sagen, als ich in meinem Zimmer bin, mich umziehe und mein Handy vibriert, komme ich kurz ins Stocken. Mein Bruder schreibt, ich solle aufhören, was auch immer ich tue, und er sei gleich da. Aber ich kann jetzt auch nicht aus meiner Haut, Alayna, verstehst du? Ich bin total in meinem Psychomodus gefangen; ich bin total drauf aus, zu vernichten, zu verletzen und zu verwirren.

Mein Vater stürmt in mein Zimmer, als ich in Boxershorts dastehe.

»Wo ist Alayna?«, bellt er los und ich stöhne genervt.

»Ich hab sie in den Keller gesperrt, Dad«, sage ich sarkastisch. Seine Augen verengen sich und er mustert mich prüfend.

»Caden, wo ist Alayna?«

»In der Garage. Sie chillt, Dad. Und ich ziehe mich jetzt um und gehe da auch wieder hin, alles ist gut. Ich werde nicht übertreiben.«

»Deine Mutter und ich müssen weg.« Oh, Alayna, das gefällt mir. Wir haben dann das ganze Haus für uns. Ich unterdrücke ein Nackenknacken und gehe gelassen zu meinem Schrank.

»Dad, bitte mach dir keine Sorgen. Ich weiß, wo die Grenzen sind, und ich weiß, dass ich beim letzten Mal übertrieben habe. So was wird nie wieder passieren, ich schwöre es.«

Er mustert mich immer noch so prüfend, dann geht er einen Schritt auf mich zu und sagt: »Übertrittst du die Scheißgrenze, dann sperre ich *dich* mal in den Keller.«

»Mach ich nicht, Dad.« Ich klinge ja so vernünftig, Alayna, ich würde mir sogar selbst glauben, wenn ich nicht in meinem Hirn wäre.

»Carter kommt auch gleich«, erwidert er. »Deine Mom hat mit ihm gesprochen.«

»Ich weiß, er hat sich schon bei mir gemeldet, deswegen warte ich mit Alayna in der Garage auf ihn. Dann können wir zusammen chillen.« *Und lustige Sachen machen.*

»Scheiße …«, flucht Dad. Er wirkt nicht überzeugt.

»MASON! KOMM JETZT!«, ruft Mom und ich grinse Dad an.

»FUCK!« Er dreht sich um und stürmt angepisst davon, Alayna. Am liebsten hätte er mich wieder mit seinen Handschellen irgendwo festgekettet, wie damals, als ich *angeblich* außer Kontrolle war. So ein Bullshit, ich war noch nie richtig außer Kontrolle, sonst würde dieses Haus nicht mehr stehen. Aber die Idee mit den Handschellen ist gut. Ich fahre damit fort, mich anzuziehen: schwarze Jeans, schwarze Chucks, schwarzes Shirt, weil wir heute so *abwechslungsreich* sind. So ist mein Bruder eben. Er mag keine Veränderungen. Ich stelle mich vor den Spiegel und fahre mir so oft durch das Haar, bis es von allen Seiten absteht und vom Sex zerzaust aussieht. Alayna, ich bin ja nicht blöd. Ich nehme sogar das Parfum meiner Schwester, sprühe es durch den Raum und laufe einmal hindurch, damit ich nach einer anderen Frau rieche. Dann beiße ich mir ein bisschen auf die Lippen, damit sie auch schön geschwollen aussehen, weil er wahrscheinlich die ganze Nacht Melissa geküsst hat.

Schließlich seufze ich zufrieden, schaue mich noch mal im Spiegel an und laufe los. Direkt in meine kleine Schwester rein, die versucht, sich aus ihrem Zimmer zu schleichen.

»CARTER? OH!« Sie tritt einen Schritt zurück und präsentiert mir damit ungewollt ihr ganzes Stylingprogramm: Push-up-BH und Lolita-Lippenstift und süßen Locken. Mom und Dad haben vor einer Minute das Haus verlassen und schon versucht sie, sich wegzuschleichen. Das ist so dumm. Man wartet mindestens eine halbe Stunde.

Ich lege den Kopf schief. »Na, kleines Vögelchen? Am Ausfliegen?« Sie versucht, mit schreckgeweiteten Augen an mir vorbeizukommen, aber an mir führt kein Weg vorbei, wenn ich das nicht will. Ich baue mich ein bisschen vor ihr auf, denn ich liebe diese Panik in ihrem Blick, momentan ernähre ich mich davon.

»Oh bitte, Caden, lass mich einfach nur durch. Du lässt mich doch sonst immer alles machen, was ich will.«

»Ich bin aber nicht in Stimmung, irgendjemanden irgendetwas machen zu lassen, was er will, Ava. Wohin willst du denn?« Ich lehne mich entspannt mit verschränkten Armen ans Geländer und sie stöhnt genervt auf.

»Bitte.«

»Ich habe dich doch nur was gefragt. Darf ich mich nicht mit meiner kleinen Schwester unterhalten?«

»Ich treffe mich mit meiner Freundin Annette.«

»Du hast keine Freundin Annette.«

»Scheiße, du STALKER!«

»Zweiter Versuch. Du weißt, bei mir gibt es nur drei.«

»Oh mein Gott, okay, ich treffe mich mit einem Typen. Bitte sag es nicht Dad. Caden, bitte.«

»Hatte ich nicht vor.«

»Kann ich jetzt gehen?«

»Ich würde ihn auch mal gern kennenlernen, Ava.« Sie wird blass wie die Wand.

»Caden, bitte nicht schon wieder.« Sie denkt wahrscheinlich daran zurück, was Carter mit ihrem letzten Lover gemacht hat, nachdem ich ihm davon erzählt hatte.

»Was bist du dafür bereit zu tun, dass ich es nicht erzähle?«

»Alles!«

»Dann sorg dafür, dass Alayna deine Freundin wird und dir alles erzählt. ALLES!«

Sie sieht mich mit offenem Mund an. »Caden, das ist doch selbst für dich …« Ich nehme mein Handy und tue so, als würde ich Dad anrufen oder Carter. Es ist beides gleich schlimm.

»Ja, ja, ja, ich mach es, du verdammter Psycho. Aber gib mir Zeit! So eine Freundschaft, in der man sich Geheimnisse erzählt, dauert.«

»Du hast eine Woche, sonst erzähle ich es entweder Carter oder Dad.« Damit lasse ich sie stehen. Sie schreit hinter mir frustriert und stampft mit dem Fuß auf. Ich muss zugeben, sie ist so süß, wenn sie pissig ist.

»Und warum siehst du überhaupt aus wie Carter?«, ruft sie mir nach, aber da bin ich schon unten im Flur. Ich liebe es, wenn ich geniale Spontaneinfälle habe.

Bevor ich die Garagentür aufschließe, lasse ich meinen Nacken knacken. Ich bewege mich sehr leise, denn ich will nicht, dass du mich hörst, Alayna. In der Hinsicht bin ich nicht so wie du. Laut, stürmisch und auffällig. Das wird noch dein Tod sein.

Aber im letzten Moment überlege ich mir, dass ich ja gar nicht ich bin, sondern Carter. Das zeigt schon, wie durcheinander ich bin … Doch diesen Fehler kann ich noch ausbügeln, also lasse ich die Tür laut hinter mir zuknallen und fluche: »FUCK!« Genauso, wie es mein Bruder machen würde, wenn er total bekifft nach drei Tagen heimkommt. Ich marschiere durch den Raum, zünde mir erst mal einen Joint an, trample dann die Treppe hoch und reiße die Tür auf.

»FUCK!«, rufe ich, als ich dich auf seinem Bett sehe. Immer noch nackt, Alayna. Du liegst auf dem Rücken und siehst mich schockiert an.

»SCHEIßE!«, zischst du, setzt dich auf und ziehst dir schnell eine Decke über den Körper. »Carter!«

»Sorry, Alayna, dass ich in mein Schlafzimmer komme.«

»Scheiße!«

»Was zur verfickten Hölle tust du hier? Soll das wie beim letzten Mal laufen, als du bei mir warst, um mich zu terrorisieren?«, frage ich angepisst.

»Boah, das beim letzten Mal war ... WAS MACHST DU HIER ÜBERHAUPT, CARTER!«

»Ich wohne hier! WAS MACHST DU BITTE IN MEINEM BETT, ALAYNA! UND WIESO BIST DU NACKT? WAS SOLL DAS? FUCK!« Du wirst rot. Was ist neben Scham noch in deinen Augen, Alayna? Ist das etwa Verlangen?

»Caden hat gesagt, ich soll hier nackt liegen, verdammt! Gib mir irgendwas zum Anziehen!«

»Nein! Sicher nicht. Wenn mein Bruder gesagt hat, du sollst hier nackt liegen, Alayna ...« Ich ziehe tief an dem Joint und lehne mich an die Wand. Du krabbelst mit der Decke an den Rand des Bettes und musterst mich genauer. Die Augen zusammengekniffen. Ich muss sagen, ich kriege kurz Angst, Alayna. Bist du wirklich schon so gut geworden?

»Warst du bei Melissa?«, fragst du. »Du riechst total nach Frau, Carter.«

Ich grinse träge. »Was geht es dich an?«

»Ich frag ja nur. Kann ich vielleicht was zum Anziehen haben?«

»Nein.«

»Und was dann, Carter?«

»Du bleibst hier so liegen, bis mein Bruder kommt.«

Du schnaubst. »Fuck, ich weiß gar nicht, wer von euch kranker ist.«

»Und trotzdem bist du noch da«, stelle ich halb als ich und halb als Carter fest.

»Das verstehst du nicht.«

»Erleuchte mich doch.«

Du ziehst die Augenbrauen hoch, Alayna. Ich schlendere lässig an dir vorbei zum Fensterbrett, wo Carter immer sitzt und wo auch ich das letzte Mal gesessen habe, und rauche aus dem Fenster. »Das muss ich mit dir nicht besprechen, Carter.«

»Musst du nicht? Wieso kamst du dann um sechs Uhr in mein Scheißzimmer und hast mich so überfallen?« Du wirst rot, Alayna, und du siehst nach unten. Für ein Gespräch würdest du dich wohl kaum so schämen.

»Es war nur ein Kuss, Carter, und nur, weil ich gedacht habe, dass ihr dieses Spiel spielt und …« Du stockst, schaust langsam wieder in meine Augen und legst den Kopf schief, um mich prüfend zu mustern.

»Was glotzt du mich jetzt so an?«, frage ich entnervt. »Ich scheiße auf deinen Kuss und auf alles andere auch!« Dabei versuche ich mit aller Macht, das Monster zurückzuhalten, das gerade erfahren hat, dass du meinen Bruder geküsst hast. Hinter meinem Rücken. Alayna.

Aber diese Chance ist zu verlockend. Ich muss wissen, ob du es noch mal tun würdest. Also stehe ich auf, schlendere total im Carterstyle zu dir rüber, gehe vor dir in die Hocke und lasse dich direkt in meine Augen starren, damit du dich überzeugst, dass ich nicht Caden bin. Das schaffe ich, Alayna. Das habe ich immer geschafft.

»Du sitzt in meinem Bett, Alayna, nackt. Nach dem letzten Mal. Weißt du noch, was ich zu dir gesagt habe? Was ich noch alles mit dir machen werde, wenn wir allein sind?« Du schluckst, ich packe fest deinen Kiefer, so wie er. Deine Lippen öffnen sich sofort mit einem leisen Keuchen. »Es ist jetzt Zeit dafür, dir das zu zeigen!« Damit stehe ich auf und presse dich auf das Bett nach hinten. »Du wirst heute noch schreien, Alayna … meinen Namen, *Alayna*!«, wispere ich in dein Ohr, während ich eine Hand um deine Kehle schließe. Dann küsse ich dich.

Ich küsse dich so, wie Carter küsst, und überlege mir dabei, wie weit du noch gehen wirst und ob du mir gleich einen lutschen wirst, wenn ich das will. Du kleines Miststück. Ich weiß nicht, wie das jetzt für dich endet, Alayna. Ich packe deinen Hals fester und fahre mit dem Daumen über deine Kehle. Du stöhnst, presst dich mir in einem Moment entgegen und im nächsten schiebst du dich von mir.

»Carter, nicht!«, sagst du atemlos und schaust mit deinen großen Augen voller Lust und gleichzeitiger Abneigung zu mir hoch. Ich lasse meinen Nacken knacken und atme durch die Nase ein, zeige dir mein Caden-Lächeln. Dein Ausdruck von Lust und Bestimmtheit fällt in sich zusammen wie ein Kartenhaus im Wind.

Du weißt sofort, dass ich es bin, als ich mich an dein Ohr beuge und wispere: »Durchgefallen, Babygirl.«

***

Alayna, du durftest dich wieder anziehen. Dann habe ich Carters Bett gemacht und sein Zimmer gelüftet. Jetzt liege ich auf der Couch und du musst vor mir auf dem Boden sitzen. Du weißt, wieso, Alayna. Du warst kein braves Mädchen. Du entwickelst dich zu einer waschechten Schlampe. Ich mag das nicht. Deine ganzen Ausflüchte konnten mich auch nicht besänftigen, ganz im Gegenteil, sie haben mich nur noch rasender gemacht. Und wenn Carter nicht bald kommt, weiß ich nicht, was passiert.

Ich lasse meinen Nacken knacken und den Rauch gen Decke strömen. Du sitzt da und starrst Löcher in mein Profil. Als wir beide Carters Auto vorfahren hören, spannen sich deine Schultern an. Schlägt dein Herz jetzt schneller, Alayna? Musst du daran denken, wie ihr euch geküsst habt und wie er dich vor drei Tagen gefickt hat?

Erleichterung flutet mich, als seine Autotür zuschlägt und etwas von dieser Anspannung von mir abfällt. Er kommt gehetzt in die Garage. Sein Blick landet sofort auf mir. Ich hebe die Hand und winke ihm, dann fällt mir auf, wie er aussieht.

Scheiße!

Ich bin mit einem Mal auf den Beinen und bei ihm.

»Was ist das?« Er hat ein Veilchen, eine aufgeplatzte Augenbraue und eine aufgeplatzte Lippe und wirkt alles andere als amüsiert, als er dich auf dem Boden sieht. Total verstört und am Boden. Versucht ihr gerade, euch nonverbal zu verständigen?

»Das ist nichts, Bro. Was ist bei dir los?«, fragt er angespannt und ich zucke mit den Schultern.

»Nichts Besonderes, wieso?« Sein Blick gleitet wieder zu dir, Alayna.

»Oh, das … vergiss es. Steh auf, Alayna. Setz dich auf den Sessel.« Motzig lässt du dich in den Sessel fallen. Ich mag es nicht, dass du motzig bist, Alayna. Du hast überhaupt keinen Grund dazu.

»Wo warst du?«, frage ich meinen Bruder, während er sich in seinen Sitzsack fallen lässt und sich müde über sein Gesicht fährt. Er sieht so fertig aus.

»Ich war weg.«

»Weg also. Warst du bei Miss Blue Eyes? Alayna kennt sie jetzt übrigens auch besser, nicht wahr, Baby?«

Alarmiert weiten sich seine Augen. »Wie meinst du das, Caden?«

»Erzähle es ihm doch mal, Alayna.« Du starrst mich mit verengten Lidern an. »Ich habe gesagt: sprich.«

Du stöhnst genervt. »Caden hat mir ganz lustige Bilder und Videos von euch gezeigt – sehr aufschlussreich, sehr lehrreich –, und er hat mir erzählt, wie gut sie sich anfühlt und dass ich noch so viel von ihr lernen kann. Zufrieden?«

Carter starrt mich mit aufgerissenen Augen an. »Du hast *was*?«

»Ach komm, es war doch witzig. Du hattest so viel Spaß, Alayna, als du … du weißt schon, was du gemacht hast.«

Du wirst rot, aber das kaufe ich dir nicht ab. Nie wieder.

»Scheiße, Bro, diesmal hat's dich wohl wirklich erwischt«, murmelt Carter. »Hier zieh.« Ich nehme die Tüte, die er sich eben angemacht hat, und ziehe. Wir rauchen ein paar Sekunden im Einklang. In dir brodelt es, weil ich ja so gemein war.

»Ich habe ihm gesagt, dass wir uns geküsst haben!«

Carter verschluckt sich an seinem letzten Zug. »Was?«, keucht er hustend. Mir ist das Grinsen vergangen.

»Alayna, ich habe dir nicht erlaubt, zu sprechen oder gar, so etwas auszuplappern. Das war doch unser Geheimnis. Dürfen wir nicht auch Geheimnisse haben wie du und Carter? Du bist so eine Spaßbremse.«

Carter hustet immer noch. »Scheiße, Caden, ich bin drei Tage weg und du walzt hier alles platt. Was ist hier los?«

»Ich war noch nett, Carter.«

»Fuck, Bro!« Carter lässt seinen Kopf kreisen. »Dieser Fuckkuss …«

»Ja, Carter?«

»Der war ein Test von ihr und ich war am Pennen, Bro. Sie hat mich geweckt, weil sie unbedingt was testen musste.«

»Und was hat sie rausgefunden?«

»Nichts.«

»Alayna, was hast du rausgefunden? Erzähl! Mein Bruder kann mich so gut anlügen, aber du nicht. Nicht du. Niemals du.«

»Ich hab rausgefunden, dass du nicht Carter bist und Carter nicht du. Das ist alles.« Du siehst mich superruhig an.

Ich entscheide, dass ich auch was testen will: »Okay, ich habe jetzt Lust auf ein Spiel …«

Carter stöhnt auf, denn er ist gerade mal vier Minuten hier.

»Oh bitte, Caden, es reicht für heute. Ich habe meine Lektion gelernt«, sagst du.

»Das glaube ich nicht. Also wir machen es jetzt so. Du, Alayna, kriegst die Augen verbunden. Du stehst ja auf so einen Scheiß, wie ich mitbekommen habe. Und wir werden dich küssen. Dann musst du rausfinden, wer wer ist. Wie findest du das?« Du siehst mich total genervt an.

»Caden, können wir nicht einfach hochgehen, bitte? Ich kann nicht mehr. Mein Kopf tut weh.«

»Aber wir fangen doch gerade erst an, Alayna. Wir müssen uns doch richtig kennenlernen. Alle drei, denn anscheinend sind wir hier nicht in einer Zweierbeziehung. Hast du das gewusst, Alayna? Und weißt du, wer dafür verantwortlich ist?« Ich tippe mit meinem Zeigefinger hart gegen deinen Brustkorb. »DU!«

»Caden!«, knurrt Carter. »Bitte lass die Scheiße. Ich habe drei Tage nicht geschlafen.«

»Hättest du sie halt nicht so viel gefickt. Du weißt doch, wie Melissas Pussy sich anfühlt. Was soll die Scheiße? Als wäre es das erste Mal gewesen, dass du bei ihr warst oder in ihr oder auf ihr.«

»Sprich nicht so über sie.« Carter sieht mich durchdringend an und ich hebe entschuldigend die Hände.

»Okay, Bro, sorry. Ich weiß, sie ist deine Herzensdame. Willst du meine auch kennenlernen? Ach, hast du ja schon. *Jetzt* sind wir quitt. Du warst in ihr. Ich war in ihr … alles gut.«

»Caden, du hast den Verstand verloren, als ich weg war, Bro. Geh mal wieder schlafen!«

»Nach dem kleinen Test, versprochen. Ich werde dann auch wieder ganz lieb zu Alayna sein. Was sagst du dazu?«

Carter bedenkt mich mit einem Todesblick. »Fangen wir an!«, sagt er und lässt den Kopf nach hinten fallen.

»Carter, gib mir dein T-Shirt. Du magst es doch, wie er riecht, Alayna. Er ist nur jetzt ein bisschen stinkig von Melissa, aber sonst ist alles gut.«

Carter stöhnt total genervt und theatralisch, zieht aber seinen Pullover aus und sein Shirt, das er mir reicht. Er weiß genau, dass er besser tut, was ich sage, wenn ich so bin. Ich muss erst runterkommen und noch habe ich keine Lust dazu.

Ich binde es dir um deine Augen. »Willst du einmal tief daran riechen, Alayna, so wie du deine Nase in seine Bettdecke gesteckt hast? Jaja, mein Bruder weiß, was der Masse gefällt und was die Schlampen lieben, und das trägt er auch.« Du atmest schon ein bisschen schneller, Alayna, dabei fängt es doch gerade erst an.

»Steh auf«, fordere ich gelangweilt. Deine Brust hebt und senkt sich unregelmäßig. »Jetzt mach lieber keinen Fehler, Baby. Du weißt ja, wie Carter letztens erst zu dir gesagt hat, ich bin *total geladen und flippe bald aus …*«

»Scheiße«, flucht Carter und wir wechseln zu nonverbaler Kommunikation.

Ich nicke und Carter erhebt sich total genervt und macht Musik an.

»Wir wollen ja nicht, dass du unsere Schritte oder irgendwas anderes hörst, um uns zu unterscheiden. Das Spiel soll ja spannend bleiben «, sage ich laut von hinten in dein Ohr und du erschreckst dich. Carter kommt zurück und umkreist uns. Jeder Muskel ist gespannt. Ich mache eine ausladende Handbewegung und er verdreht die Augen, als er sich direkt vor dich stellt, ohne dich anzufassen. Aber ich sehe, wie du auf ihn reagierst, wie du dich ihm entgegenstreckst.

Carter schluckt und sieht von dir zu mir. Er ist so angespannt, Alayna. Seine Lippen senken sich an deine und streichen leicht über deinen Mund. Er traut sich nicht, Alayna, und will nichts falsch machen. Wahrscheinlich schmeckt er noch Melissa auf seiner Zunge. Ich gebe ihm mit meinem Blick zu verstehen, dass er verdammte Scheiße noch eins richtig mitmachen soll, und seine Nasenflügel blähen sich, weil er mir eine reinhauen will. Aber er weiß, dass ich nur darauf warte, dass so was passiert. Deswegen tut er es nicht.

Er neigt sich dir mehr entgegen und drückt seine Lippen auf deine. Du reißt dich zusammen, Alayna. Ich achte genau darauf, was da passiert. Carter ist nicht richtig bei der Sache, er ist zerstreut, so wie immer, wenn er Melissa soeben noch gefickt hat. Vermutlich war das vor nicht einmal einer halben Stunde. Nicht einmal du kannst sie aus seinem Kopf bekommen, du Miststück. Er zieht sich mit einem Mal zurück, sodass du in der Luft hängen bleibst und keuchend ausatmest.

»Wer war das, Alayna?«

»Carter«, antwortest du sofort und ich sehe förmlich, wie dein Herz rast. Ich sehe ihn an, während er total lässig zur Couch schlendert, sich seine Tüte aus dem Aschenbecher nimmt und sie neu an macht. Er ist so angepisst. Mir gefällt das.

»Sie ist echt gut, Bro«, sage ich. »Sie hat dich sofort erkannt, als wärst *du* ihr Freund. Wie findest du das, Carter?«

»Das ist mir so scheißegal, Bro.«

»Vielleicht sollten wir das Spiel vertiefen?« Du runzelst die Stirn, Alayna. Die Idee gefällt dir wohl nicht, oder vielleicht sogar zu sehr und du hast Angst, es vor mir zu zeigen.

»Bro, mach es dir nicht so bequem, komm her!«

»Scheiße, Caden, ich muss schlafen. Ich bin tot.«

»Oh nein, nein, du willst das hier. Glaub mir. Du willst das hier so sehr.« Carter atmet tief durch, steht dann grummelnd auf und kommt zu uns rüber.

»WAS?«, blafft er mich an. Ich kommuniziere nonverbal mit ihm, dass er dir die Hose ausziehen soll. Er hat keine Lust darauf, Alayna. Du würdest weinend weglaufen, wenn du gerade sehen könntest, wie er dich gerade anschaut. Vielleicht sollte ich dir die Augenbinde doch abnehmen

Er reißt deinen Knopf auf, den Reißverschluss und zerrt sie so grob von deinen Beinen, dass du fast umfällst, und ich dich festhalte. Dann rupft er dir noch das Shirt vom Oberkörper und du stehst nur noch in Unterwäsche da.

»Caden, bitte!« Du bedeckst dich mit den Händen, als würde das was bringen. Du fühlst dich unwohl, aber das ist jetzt etwas, was uns beide anmacht, Alayna. Dein Unwohlsein.

»Klappe halten! Du langweilst mich. Du solltest mich niemals langweilen, Babygirl. Alles muss ich dir tausendmal erklären. Du hältst deine Klappe nicht, langsam wird es echt NERVIG und anstrengend.« Du beißt die Zähne zusammen. Und Carters gleichgültiger Gesichtsausdruck ändert sich, als er dich genauer betrachtet – nur in deiner Unterwäsche. Seine Augen streichen über deinen Körper, als wären es seine Hände.

»Scheint, als hättest du jetzt doch Lust auf das Spiel. Wie schön, Bro. Mal sehen, Alayna, ob du erkennst, wer dich berührt.« Du beißt dir auf die Unterlippe und Carter schnippt die BH-Träger von deinen Schultern. Du atmest mit einem Stoß aus und ich schnippe deinen BH auf.

»Na?«

Du fasst dir an die Schulter. »Carter.« Dann tippst du an deinen Rücken und sagst: »Caden.«

»WOW. Zehn Punkte für dich, Alayna. Ich werde wieder normal und total liebevoll zu dir sein, wenn du heute alles richtig machst. Wie findest du das?«

»Was auch immer, Caden«, erwiderst du geschlagen. Ich deute Carter, mit dir zu tun, was auch immer er will. Ahh … jetzt ist die Lust da, wie schön. Sonst hätte es ja nur halb so viel Spaß gemacht. Dann packt er grob deinen Kiefer und küsst dich. Du bist so irritiert, weil ich dir eben vorgespielt habe, dass *ich* Carter bin. Ich grinse breit, denn ich liebe es, wenn du verwirrt bist, Baby. Da komme ich fast in meine Hose.

Ich mag es nicht, wie intensiv euer Kuss wird und als er eine Hand um deine Taille legt, dich mit einem Arm umfängt und an seinen Körper drückt. Also schnippe ich ihm gegen die Schulter und er wirft mir einen Blick zu, während ihr euch weiterküsst. Er weiß, was ich will, pausiert euren Kuss, um seine Stirn an deine zu lehnen und mit dem Daumen über deine Lippe zu streichen. Währenddessen umrunde ich dich. Er lässt die Hand wieder sinken, ein paar Sekunden verharrt er an deinen Lippen und rückt dann vorsichtig zur Seite, um mit mir zu tauschen. Ich setze genau da an, wo er aufgehört hat, lege einen Arm um deine Taille, presse dich wieder hart an meinen Körper und küsse dich. Ich küsse dich so verdammt tief und intensiv, wie Carter es eben getan hat, und entlocke dir ein Stöhnen. Dann weiche ich ruckartig zurück und du hauchst: »Carter …«

»Das gibt wohl keine Belohnung, Alayna«, sage ich direkt an deinem Mund. Ich seufze. »Vielleicht sollten wir etwas anderes ausprobieren. Küssen langweilt mich.« Mit den Fingerspitzen tänzle ich von einer Schulter über dein Schlüsselbein zur anderen Schulter. Du zerfließt förmlich, deine Beine geben nach, weil du weißt, wie du zu reagieren hast, wenn ich dich so berühre. Carter packt dich schnell am Arm.

»Caden«, hauchst du atemlos und ein bisschen hoffnungsvoll, weil du denkst, ich komme wieder zurück zu dir.

»Braves Mädchen«, flüstere ich direkt an deinem Mund. Ich fahre von dort geradewegs in dein Höschen und entlocke dir ein tiefes Stöhnen. Oh ja, Baby, nach all den Tagen ist es das erste Mal, dass ich dich wieder berühre. Du reagierst genauso, wie ich mir das vorgestellt habe. Mit dem Mittelfinger gleite ich über deine erhitzte Mitte und du tastest mit den Händen nach mir, aber ich gebe Carter ein Zeichen und er drückt sie runter. Ich will nicht von dir angefasst werden.

»Was willst du, Alayna?«, frage ich an deinem Ohr. Ich glaube, du hast mittlerweile begriffen, dass das eine gefährliche Frage ist.

»Ich will mit dir nach oben gehen«, sagst du sofort voller Sehnsucht.

»Tja. Das steht nicht zur Auswahl, Baby.« Ich ziehe meine Hand aus deinem Höschen, fahre mit ihr nach hinten und fasse fest nach dem Bund des Stoffes, den ich heftig nach oben reiße, direkt zwischen deine Arschbacken. Du schreist vor Schmerz auf. Carter hinter mir lässt den Nacken knacken.

»Carter!«, zischst du. Du bist so verwirrt, Baby, und ich werde immer härter.

»Nein!«

»Scheiße!«

Macht dir das etwa Spaß, Alayna?

Jetzt reiße ich dir das Höschen runter und gebe Carter mit einem Blick zu verstehen, was er tun soll. Er geht um dich herum, sodass dein Rücken an seiner Brust lehnt, packt dich an der Taille und lässt sich mit dir zusammen auf den Boden sinken. Mit dem Rücken lehnt er an der Couch, die Beine auseinander, du dazwischen. Ich sehe, wie dein Kopf sich zur Seite neigt, als er seine Lippen von der Kuhle hinter deinem Ohr bis zu deinem Schlüsselbein fahren lässt, während seine Hände sich in dein Fleisch krallen. Du winkelst ein Bein an und rekelst dich an seinem Rücken vor Verzückung. Hach, ihr seid so süß, ihr zwei …

»Caden?«, fragst du fast hoffnungsvoll. Er ist so sanft. Das kennst du nicht von ihm. Das ist er sonst auch nur mit Melissa.

»Nope«, flüstert er in dein Ohr.

»Fuck«, murmelst du zerstreut. Er fährt mit seinen Händen deinen Körper nach oben und legt sie auf deine Brüste, die er fest drückt.

»Ich bin Carter!«

»Pass auf, dass du es nicht zu sehr genießt, Baby. Ich könnte sonst ausflippen«, bohre Ich und du hältst den Atem an, weil dir klar wird, dass ich euch vor drei Tagen gehört habe. Ich gehe vor dir in die Hocke und streiche mit einer Fingerspitze zwischen deinen Brüsten entlang, ungefähr auf der Höhe, wo deine Lungen sich befinden, und hauche: »Atme!«

Du streckst die Hände nach mir aus und ich schüttle den Kopf. »Ah, ah. Das hast du nicht verdient, Baby.« Ich stehe wieder auf, trete vor dein Gesicht und öffne meine Hose. Carter sieht mich an, als hätte ich sie nicht alle. *Oh, Bro, wie oft haben wir das schon gemacht?*

Du hältst die Luft an, als du meinen Gürtel klimpern hörst und ich dir einfach meinen Schwanz in den Mund schiebe, weil du das verdient hast, Alayna. Denn du hast so viel gelogen, irgendjemand sollte dir den Mund stopfen. Du versuchst, mich von dir wegzudrücken, weil ich so tief in deinem Rachen bin, aber ich halte deinen Kopf fest und Carter fährt mit seinen Fingern über deinen Bauch nach unten, zwischen deine Beine. Schon bald höre ich dich stöhnen, es vibriert um meinen Schwanz. Ich muss sagen, *das* kannst du besser als Melissa.

Carter gefällt das alles gar nicht. Er ist so angepisst, während er dich fingert, überhaupt nicht entspannt. Wie soll da irgendeine gute Energie auf dich übergehen? Aber du lässt dich überhaupt nicht stressen. Deine Zunge wirbelt um mich herum, du stöhnst und saugst. Du musst wirklich *so dankbar* sein, überhaupt irgendwas von mir zu spüren, nach all den Tagen der Enthaltsamkeit. Nicht mal Carter war da, und du konntest nicht heimlich in sein Zimmer krabbeln um ihn zu küssen. Habe ich schon mal erwähnt, dass ich echt nachtragend bin, Alayna? Jetzt weißt du es. Ich ziehe meine Hüften zurück und stoße tief in deinen Mund. Du atmest hektisch durch die Nase und bist kurz davor, zu kommen, aber Carter zieht seine Hand zurück, weil er mich kennt und weiß, dass ich nicht will, dass du Spaß hast.

Du gibst einen protestierenden Laut von dir, also schiebe ich mich noch ein bisschen tiefer in deinen Mund. Ich liebe es, deine Kehle zu ficken, Alayna. Du würgst ab und zu und machst mich damit nur noch mehr an. Ich schaue runter zu Carter, der noch angepisster hinter dir lehnt, und komme in deinem Mund, weil du mir gehörst. Und weil ich dich anspritzen kann, wo auch immer ich will.

Mit einem Ruck lasse ich deinen Kopf los und trete von dir weg. In aller Ruhe schließe ich meine Hose.

»Das Spiel hast du verloren, Alayna«, teile ich dir hart mit, dann ziehe ich dich von ihm weg und verfrachte dich nackt, wie du bist, auf die Couch. Ich ziehe das Shirt von deinen Augen und du blinzelst gegen die plötzliche Helligkeit an.

»Du hast dich scheiße benommen, Alayna. Du hast mich angelogen, du stehst auf meinen Bruder, hast ihn hinter meinem Rücken geküsst und was weiß ich nicht noch alles. Aber ich werde es rausfinden. Du kannst uns nicht mal voneinander unterscheiden, Baby, so viel bedeute ich dir. So definierst du Liebe? Ich behandle dich ab jetzt einfach so, wie du es verdienst, bis du dich meiner Liebe als würdig erweist.« Ich trete zurück. »Mach mit ihr, was du willst. Du hast zweieinhalb Stunden Zeit. Ich habe ein Footballspiel.«

»Caden, warte!«, rufst du schockiert, als ich zur Tür gehe.

»Alayna, bitte, langweile mich nicht!«

Damit öffne ich sie, gehe hindurch und schließe sie mit einem sanften Klacken.

8. Sag meinen Namen, Alayna

Carter

Ich bin gerade mal seit einer halben Stunde daheim und schon total angepisst. Du sitzt immer noch auf meiner Couch wie ein kleines Häufchen Elend und ich hebe dein Oberteil, deinen BH und alles, was hier von dir rumliegt, auf, bevor ich es dir zuschmeiße.

»Anziehen!« Ich kann dich hier momentan nicht so nackt ertragen. Du ziehst dich an, siehst mir dabei aber nicht in die Augen. Sobald du fertig bist, öffne ich das Garagentor, damit Licht und Luft reinkommt. Ich hoffe, dass mein Kopf sich endlich ein bisschen klären wird.

Als ich mich wieder zu dir umdrehe, sitzt du immer noch auf dem Sofa, den Ellbogen auf die Lehne und den Kopf gegen die Hand gestützt. Scheiße, Alayna, ich kann dich nicht so traurig sehen, obwohl ich das normalerweise echt mag, wenn Frauen traurig sind. Es macht mich an.

»Hey«, sage ich in einem total dämlichen Versuch, irgendwie Mitgefühl auszudrücken. Da mir nichts anderes einfällt, baue ich dir eine kleine Tüte und gebe sie dir.

»Carter, Drogen sind nicht für alles die Lösung«, erwiderst du, nimmst sie aber mit einem kleinen Lächeln.

»Aber Gras macht vieles erträglicher, wenn man es nicht schafft, die Dinge selbst zu regeln.« Ich setze mich in meinen Sitzsack und wir zünden beide gleichzeitig unsere Joints an. Du inhalierst tief und ein bisschen zittrig. »Wie schlimm war es?«, frage ich.

»Geht schon.« Ah ja, du willst wieder die Starke spielen, Alayna.

»Wenn es gegangen wäre, hätte mich Mom nicht angerufen. Weißt du … er ist nicht immer so.« Du schaust auf. Deine Augen sind heute mehr grün als braun, weil du geweint hast. Dann kommt die grüne Färbung mehr durch.

»Er war ein Monster, Carter.«

Ich lasse meinen Kopf nach hinten fallen. »Jeder hat sein eigenes Monster in sich, und unsere sind sehr speziell.«

»Ich habe ihn gar nicht wiedererkannt. Das war nicht der Caden, in den ich mich verliebt habe.«

»Caden hat viele Gesichter. Du hast dich in sein normalstes verliebt.«

»Und du?«, fragst du. »Du sagst immer, du wärst so schlimm, aber du scheinst mir gar nicht so.«

»Denkst du, ich habe mir selbst aufs Maul gehauen?«, erwidere ich und deute auf mein Veilchen.

»Was ist passiert?« Du legst die Tüte weg, weil du schon ziemlich prall wirkst und entspannter. Mit der Fernbedienung schalte ich die Musik weiter, die ich vorhin angemacht habe, und sehe dich an, Alayna. The Weeknd, *The Birds Part One* läuft.

Du bist so anders als Melissa. Sie stürzt sich gleich auf mich, wenn ich verletzt bin, und will sich um mich kümmern und sich sorgen. Du sprichst mich nicht mal auf meine Wunden an, weil du merkst, dass das eine Sache ist, die keinen anderen was angeht.

»Das Übliche. Typen haben genervt.« Du musterst mich endlos lange. Dein Gesicht wird immer nachdenklicher, dann zwirbelst du eine lange Haarsträhne um deinen Finger und schaust mir die ganze Zeit in die Augen. Ich kann den Blick nicht abwenden, ob ich will oder nicht. Du bist fucking hypnotisierend, selbst wenn ich bis gerade eben nur *sie* im Kopf hatte. *Fuck!*

Und du gerade den Schwanz meines Bruders im Mund hattest. Vor meinen Augen. Ich lasse meinen Kopf kreisen.

»An was denkst du gerade?«, fragst du sofort.

»Wieso?«

»Weil du angespannt bist.«

»Wie kommst du auf den Bullshit, Alayna?«

»Ich kenne dich einfach mittlerweile, Carter.« Oh, wieso liebe ich es so sehr, wenn du meinen Namen sagst? Ich bin regelrecht besessen danach, meinen Namen von deinen Lippen zu hören.

»Du kennst nicht mal fünfzig Prozent von mir Ba… Alayna.« Du wirst rot, als du merkst, was für ein Wort mir fast entglitten wäre. *Fuck.*

»Und woran *hast* du gerade gedacht? An Melissa?«

Ich muss grinsen. »Würde es dich stören?«

»Ja«, sagst du und fegst mir damit einfach so mal den Kopf weg.

»*Was*, Alayna?«

»Es ist, wie es ist, und ich weiß nicht, wieso das so ist. Ich weiß auch nicht, seit wann das so ist, aber es stört mich.« Du siehst mich nicht an.

»Scheiße, Alayna, mach nicht den Fehler, den sie gemacht hat. Verlieb dich bloß nicht in mich.« Du schluckst und nestelst an deinen Fingern.

»Alayna. Schau mich an.« Du schüttelst den Kopf.

FUCK.

Was passiert hier schon wieder?

Wieso kribbelt alles in mir und wieso will ich gerade zu dir rübergehen und dafür sorgen, dass du mich anschaust, und noch andere Dinge mit dir tun?

»Ich will nicht und ich kann nicht.« Ich lege auch meinen Joint weg. Schwerfällig stehe ich auf und sinke vor dir in die Knie. Ich suche deinen Blick mit meinen Augen. »Alayna«, meine ich ernst und bin mit einem Mal hellwach, obwohl ich so lange nicht geschlafen habe. »Sag mir, dass du nichts für mich empfindest.« Du schluckst schon wieder, Alayna. Als du langsam nach oben siehst und dein Blick auf meinen trifft, ist da so viel, dass es mich fast erschlägt.

Scheiße, wer hat dir beigebracht, so zu gucken, *Baby*?

»Ich kann nicht, Carter.« Deine Stimme ist leise, heiser und schwach. Mein Magen verkrampft sich, weil ich an diesem Punkt schon mal war. In der gleichen Garage mit einer anderen Frau.

»Scheiße. Ich dachte, du liebst ihn. Ich dachte, diesmal bin ich auf der sicheren Seite.«

»Ich *liebe* ihn auch!«, sagst du sofort kämpferisch.

»Wow, zieh die Krallen ein, Kätzchen.«

»Aber da ist was zwischen uns. Merkst du das nicht? So, nun ist es raus, und jetzt?«

»Jetzt kann ich dich nie wieder ficken, Alayna.« Deine Augen werden riesig und ängstlich. Du bist total empört. Wieso bist du jetzt empört, Alayna? Fuck.

»Wieso hast du mir das gesagt?«

»Ich hab ja noch gar nichts gesagt.«

»Scheiße!« Ich packe dein Gesicht mit beiden Händen und zwinge dich, mich anzusehen. »Alayna, hör mir zu. Du darfst nichts für mich fühlen und du musst dich auf Caden konzentrieren. Verstehst du das?« Anstatt mir zu antworten, küsst du mich, Alayna. Mit einem Mal hast du mir deine Lippen *aufgezwängt*. Deine kleinen Arme liegen um meinen Nacken, und ich stöhne in den Kuss, weil du dich einfach zu gut anfühlst. Ich ziehe dich am Arsch auf mich drauf und lasse mich auf den Boden sinken. Deine Hände fahren von meinem Nacken in mein Haar und ich packe dir an den Arsch, was dir ein lautes »CARTER« entlockt. Dein Kuss ist so voller Emotionen, und auch in mir explodiert irgendetwas, was nicht gut ist. Gar nicht gut.

Scheiße, Alayna.

An deinen Unterarmen drücke ich dich von mir weg, aber du sitzt immer noch auf meinem Schoß. Deine Lippen sind geschwollen, dein Gesicht gerötet und diese Augen, fuck, sie werden irgendwann mein Untergang sein. Du bist atemlos, genau wie ich. In diesem Moment bist du so fuckingschön. Du kommst wieder näher und ich weiche nicht zurück, als du mich noch mal küsst. Tiefer. Sinnlicher.

»Scheiße, Baby!«, sage ich und lehne meine Stirn an deine. Ich spüre deinen hektischen Atem an meiner Haut, und du flüsterst: »Ich weiß, *Baby.*«

Du fährst mit deinen Fingerspitzen von hinten über meinen nackten Rücken und drückst über meine Muskeln. Ich befühle dich und lasse meine Hände hinten in dein Oberteil gleiten, unter deinen BH-Verschluss. Immer wieder streifen deine Lippen meine flüchtig.

»Ich kann nicht darauf verzichten, Carter. Ich weiß, wie egoistisch das aussieht. Ich kann nicht auf dich verzichten und auch nicht auf ihn.«

Scheiße! Ich weiß, dass das noch Riesenprobleme geben wird, aber gerade jetzt bin ich genauso egoistisch. Weil *du* im Moment mir gehörst. Das erste Mal wirklich. Ich habe dich noch nie so angefasst wie jetzt und noch nie so angesehen. Du mich übrigens auch nicht. Es ist, als hätte jemand eine Trennwand zwischen uns fortgenommen, und ich will mehr davon. Ich will alles, weil ich ein gieriger, kleiner Bastard bin und das schon immer mein Problem war. Deine Lippen fangen an, über meine Kieferlinie zu wandern. Ich schmeiße meinen Kopf zurück an die Couch und lasse dich einfach. Du bewegst deine Hüften vor und zurück – und das ist so gefährlich. Dein Mund gleitet über meinen Hals und du nimmst meine Unterarme und führst meine Hände nach unten an deinen Arsch, weil du es liebst, wenn ich dich so berühre.

»Carter«, wisperst du heiser, als könntest du nicht genug davon bekommen, meinen Namen zu sagen, zu stöhnen.

Ich kralle meine Finger in deinen Arsch und presse dich eng an mich.

»Fuck!«, stöhnst du und ich grinse ein bisschen, weil ich weiß, dass ich dich so leicht kommen lassen könnte. Aber ich werde dich jetzt nicht ficken, Baby, es wäre nicht richtig. Ich frage mich, seit wann mich das interessiert. Nicht einmal bei Melissa war das so. Deine Haare kitzeln an meinem Oberkörper, als du dich wieder nach oben küsst und meine Lippen suchst. Ich lasse meine Zunge in deinen Mund gleiten und du krallst beide Hände in mein Haar. Eigentlich mag ich keine Hände in meinen Haaren, aber gerade fühlt es sich zu gut an. Ich lasse meine Fingerspitzen unter den Saum deiner Shorts gleiten, geradewegs in dein Höschen. Du streckst mir deinen Hintern entgegen und meine Finger wandern weiter, fast bis dahin, wo du so feucht bist.

»Gott!«, stöhnst du und wirfst deinen Kopf zurück. Dein Becken ruckt mir entgegen und ich necke dich mit meinen Fingerspitzen an deinem Eingang, bis du dich windest und dein ganzes Gesicht gerötet ist. Du stöhnst mit zurückgeworfenem Kopf. »Carter, bitte!« Deine Haarspitzen streifen meine Handgelenke und ich dringe mit einer Fingerspitze ein bisschen in dich ein. Du schreist spitz und ich weiß, dass du dir am liebsten die Kleidung vom Leib reißen und über mich herfallen würdest.

Ich liebe es, wenn du dich so auf mir windest. Ausnahmsweise habe ich mal nicht das Bedürfnis, dich ruhig zu halten. Du beugst dich vor und beißt mir ein bisschen in die Unterlippe. Dein Atem geht schon hektisch und auch meiner ist alles andere als entspannt. Die Musik im Hintergrund vermischt sich mit unserem Keuchen. Wir sehen uns in die Augen und fuck, Baby … ich sterbe ein bisschen.

»Carter?« Ich erstarre auf der Stelle, als ich *ihre* Stimme höre. So zaghaft und trotzdem wie eine eiskalte Dusche. Auch du kriegst große Augen und bewegst dich nicht mehr.

»Fuck«, flüstere ich und ziehe die Finger sofort zurück.

Ich schaue nach rechts, und da steht sie. Melissa. Ich fühle mich wie der größte Bastard dieser Welt, obwohl wir nicht zusammen sind. Du springst von mir runter. Auch ich stehe auf – immer noch atemlos, immer noch hart in meiner Jeans – und fahre mir durch das Haar.

»Was tust du hier?«, belle ich Melissa an. Sie weicht vor mir zurück. Tränen sammeln sich in ihren Augen, und fuck, wenn ich etwas nicht ertragen kann, dann das.

»Ich bin drüben«, murmelst du, ohne einen von uns weiter anzusehen, und huschst davon. Das gefällt mir nicht, Alayna. Ich war noch nicht fertig mit dir. Das war das erste Mal, dass ich mehr als eine halbe Stunde mit dir hatte, und dann …

»Ich hätte nicht herkommen sollen«, sagt Melissa ohne Vorwurf, einfach nur verletzt. »Es tut mir leid, ich gehe wieder …« Sie ist total durch den Wind, also ergreife ich ihren Unterarm, weil ich sie unmöglich so gehen lassen kann.

»Melissa, warte …« Ich will noch was sagen, aber was?

»Was, Carter?« Uhhh, sie zickt mich an und die Tränen laufen über. »Ich liebe dich mehr als mein eigenes Leben. Ich liebe dich so sehr, dass ich in dieses Dämonenhaus zurückkomme, wo ich nur schlechte Erfahrungen gemacht habe. Noch vor zwei Stunden hast du mir erzählt, wie sehr du es hasst, dich von mir zu trennen. Okay, ich wusste, dass da was läuft, aber ich wusste nicht, dass es so intensiv ist. Also sorry für die Störung!« Sie will sich von mir lösen, aber das fühlt sich nicht richtig an.

»Melissa«, sage ich leise. »Lass uns reden.« Scheiße, warum mache ich das? Jetzt wäre der perfekte Zeitpunkt für sie, zu sehen, was für ein Arsch ich bin und endlich das Weite zu suchen! Aber ich werde das niemals zulassen, Alayna, das ist mein Schwachpunkt. Genau das wird mich irgendwann noch richtig in die Scheiße reiten.

Und so, wie es aussieht, dich auch.

9. Als du du wurdest, Carter

Alayna

Oh mein Gott.

Ich sitze auf der Hollywoodschaukel und die Sonne scheint mir auf die Beine. Bald wird der kühle Herbst anbrechen und ich genieße noch die letzten Strahlen. Zumindest versuche ich es, während ich mich mit einer Hand an dem Seil festhalte und den Kopf daran lehne. Ich fühle mich so scheiße – schon wieder.

Noch keine zwei Wochen bin ich wieder hier und schon geht alles drunter und drüber.

Ich höre sie in der Garage *reden* und es pisst mich so an. Melissas Auftauchen war wie ein Schlag ins Gesicht. In ihren großen Bambiaugen standen Tränen, und Carters Blick war voller Panik, weil er sie jetzt verlieren könnte. Ich hasse es, wenn ich an seine Augen zurückdenke, als er sie gesehen hat. Wieso wünscht sich ein Teil von mir, er würde *mich* so ansehen?

Wie ist das überhaupt passiert?

Der ganze Morgen und Vormittag, alles, was heute war …

Caden, die letzten Tage …

Er war wie ausgewechselt, so gemein und fies und sadistisch. Trotzdem bin ich nicht weggelaufen. Er hat recht. Ich bin wahnsinnig, weil ich noch da bin.

»Baby«, höre ich Carter sagen und mein Magen dreht sich um. Ich will nicht, dass er so was zu ihr sagt. *Baby* ist für ihn was Besonderes. Er hat eben mich noch so genannt. Das erste Mal wirklich als Carter und jetzt sagt er es zu ihr. »Scheiße, was machst du überhaupt hier?«

»Carter, ich konnte dich einfach nicht gehen lassen. Und ich habe gesehen, dass du nicht gehen *wolltest*. Trotzdem bist du gegangen, so wie du immer wieder gehst und mich zurücklässt. Aber dieses Mal konnte ich es nicht so hinnehmen. Scheiße Carter, ich liebe dich einfach. Ich wusste, dass du was mit ihr hast und ihr dieses kranke Spiel spielt, aber wie du sie angesehen hast … Vielleicht habe ich dich einfach verloren.«

»Nein, hast du nicht.« Ich schließe bei seinen Worten die Augen. Wobei es mich wirklich verwundert, dass jemand anderem aufgefallen ist, dass angeblich irgendwas zwischen uns ist. Und das, obwohl ich selbst nicht weiß, was es genau ist.

Wir sind so im Arsch.

Wir alle.

Melissa anscheinend eingeschlossen, denn sie sagt:

»Fuck, Carter, wieso tust du das mit mir?«

»Ich kann dich nicht gehen lassen, Melissa. Ich hab's versucht.«

»Ich will auch nicht gehen.«

»Aber du kannst auch nicht hierbleiben!«

»Lass es mich versuchen, Carter.« Jetzt berührt sie ihn sicher, denn ihre Stimme ist weicher und voller Sehnsucht. Sie hatte ihn drei Tage und drei Nächte, wonach sehnt sie sich denn? Er war nicht hier, weil er bei ihr war. Er war nicht bei mir, weil er bei *ihr* war, während ich hier die Hölle auf Erden mit Psychobruder Nummer eins hatte.

Wieso sitze ich hier eigentlich noch und gebe mir das?

Das ist wieder meine Neugier und irgend so eine kranke, masochistische Ader von mir.

»Ich habe keine Angst vor ihm, du bist bei mir.«

»Und du glaubst, *ich* werde aufpassen, dass dir nichts passiert? Ich?« Ich schnaube. »Du weißt, wie das zwischen Caden und mir ist, Melissa.«

»Gut! Dann geh ich jetzt.«

»Nein! FUCK!«

Ich lasse meinen Kopf nach vorn fallen.

»Baby, bleib einfach bei mir.«

»Carter, weißt du eigentlich, dass du dieser Frau schon total verfallen bist?« Mein Kopf schießt wieder hoch. »Soll ich gegen *sie* konkurrieren? Sorry, das schaffe ich nicht.«

»Sie ist nur die Bitch von meinem Bruder.« *Aua.* »Und sie war nur bei mir, weil wir spielen. Beruhige dich, Baby. Du weißt, welchen Stellenwert du für mich hast. Keine andere kommt je an dich ran.« Oh mein Gott, was machen denn schon wieder Tränen in meinen Augen?

»Carter, ich kann noch eher deinen Bruder händeln, als noch einmal zu sehen, dass du sie so anguckst.«

»Werde ich nicht. Kein Problem, Baby. Komm mit mir nach oben und lass uns schlafen. Ich will dich einfach nur halten und dich an meinem Körper spüren.« Sie muss wahrscheinlich Ja gesagt haben, denn ich höre nichts mehr, was mein Herz noch ein bisschen mehr brechen kann. Seufzend streiche ich mir über das Gesicht, das komischerweise tatsächlich tränennass ist. Als ich wieder hochsehe, steht Carter am Garagentor und will es gerade schließen. Wir schauen uns über die Einfahrt hinweg eine gefühlte Ewigkeit in die Augen. Die Tränen laufen, ich kann nichts dagegen tun, während wir uns nonverbal unterhalten.

Ich sage: *Du bist so ein Arschloch.*

Er erwidert: *Ich weiß.*

Dann zieht er das Tor mit einem Ruck nach unten und es ist, als hätte er die Barriere zwischen uns wieder aufgebaut.

Scheiße, das tut so weh.

Ich frage mich, wann ich mich so sehr in dich verliebt habe, Carter Rush.

Und mit einem schockierten Keuchen merke ich, dass heute der Tag ist, an dem du in meinem Kopf zu *Du* geworden bist, weil du mir unter die Haut gegangen bist.

Fuck.

* * *

Jetzt bist du da drin mit einer anderen Frau, während ich hier draußen allein sitze und vorbeifahrenden Autos von Familien nachstarre, die ihre Samstagseinkäufe gemacht haben. Sie alle schauen düster in Richtung des Hauses, in dem ihr lebt. Ihr habt nicht sehr viele Fans hier. Denn ihr seid das einzige Chaos in einer Straße voller Perfektion. Doch ich liebe es. Ich liebe deine Familie, Carter. Und Caden liebe ich auch, aber das, was er heute mit mir gemacht hat, war mehr, als ich bereit bin, aus Liebe mit mir tun zu lassen. Er hat mich vor deine Füße geschmissen, als wäre ich ein Gegenstand, und ist gegangen. Er hat Spiele mit mir gespielt, die wirklich krank sind. Ich weiß, dass er seinen Verstand verliert, wenn du nicht da bist, aber du kannst nicht immer da sein. Soll das immer so sein, wenn du mehr als zwei Tage weg bist? Soll ich ewig diese komische Dreiersache mit euch spielen? Und soll ich für immer auf ein Fingerschnippen von ihm reagieren, ohne dass ich es will, weil er mich so programmiert hat?

Er hat gesagt, dass er mich liebt, aber ich frage mich langsam, ob er das wirklich tut, oder ob er mir das nur eingeredet hat. Ich weiß nicht, ob ich mit dem, was er *sein Monster* nennt, klarkomme. Wahrscheinlich eher nicht. Nur in einem bin ich mir sicher, ich muss mich von ihm distanzieren, egal wie stark das ist, was ich für ihn empfinde.

Der weiße Mustang deines Vaters biegt in die Einfahrt und ich zwinge ein Lächeln auf meine Lippen, als deine Eltern mich ansehen. Ich bin nicht sehr überzeugend und merke selbst, dass mein Lächeln nichts weiter als eine erzwungene Grimasse ist.

Sie steigen aus und dein Dad nimmt mehrere Tüten aus dem Kofferraum.

»Ist das Melissa Schwarzlöckchens Auto, das in der Auffahrt steht?«, fragt er deine Mom und sie stöhnt auf. »JAAA. Mason, bitte, wieso erschießt du sie nicht einfach?«

»Baby …« Er ist schockiert und weiß nicht, was er sagen soll, aber er ist auch ein bisschen fasziniert und angeturnt, wie man deutlich aus seiner Stimme und seinem Gesichtsausdruck entnehmen kann.

»Wie kann man nur so oft in sein Verderben rennen?«, schimpft sie. Mason schaut sie noch verstörter an. »*Wir* waren was anderes. Wir waren besonders! Wir waren Mason und Emilia und sie sind Dumm und Dümmer!«

Ich muss ein bisschen grinsen, weil sie den Nagel auf den Kopf trifft. Dann wendet sie sich mir zu, mit einer Tüte unter dem Arm.

»*Du!* Siehst unglücklich aus«, stellt sie wie Sherlock Holmes fest.

»Ich bin superglücklich«, erwidere ich total sarkastisch. Meinen Augen sieht man, glaube ich, an, dass ich noch ein bisschen stoned bin von den paar Zügen, die ich vorhin bei dir geraucht habe. Mal von der Heulerei abgesehen.

»Mitkommen!«

»Wow …« Sie hat den Kommandoton wohl an euch vererbt.

»Scheißkröte!«, schimpft Mason vor sich hin und schlägt den Kofferraum zu. »Wo ist Caden, Alayna?«

»Footballspiel, hat er, soweit ich weiß, gesagt.«

»Okay.« Er sieht mich prüfend an. »Alles klar?«

Ich nicke, obwohl gar nichts klar ist. Zu gern wüsste ich, was gerade in der Garage passiert. Es ist ja alles *schalldicht.* Ich hasse meine Neugier.

»ALAYNA!«, ruft Emilia. Ich springe auf und gehe schnell hinein.

»Wo ist Ava?«, fragt Mason.

»Keine Ahnung!« Ich folge ihr ins Schlafzimmer.

»Baby, bitte räum den Einkauf aus, ich liebe dich!« Schnell knallt sie die Tür hinter uns zu und ich höre deinen Dad noch total genervt stöhnen.

Das Schlafzimmer ist ein Chaos. Das Bett ist riesengroß – zwei Meter zwanzig mal zwei Meter zwanzig – und sieht superweich aus – mit Matratzen, die dicker sind als mein gesamtes Bett mit Gestell. *Das ist ganz schön groß,* denke ich und will eigentlich gar nicht wissen, was hier drin passiert. Darüber hängt eine große, runde Lampe. Der Kleiderschrank ist verspiegelt, die Hälfte der Klamotten hängt halb draußen. Auf dem aufgeklappten Bügelbrett stehen drei Körbe gewaschener Wäsche.

»Scheiße, ich hasse Wäsche! Sie sind alle schon so alt, warum muss ich überhaupt noch waschen? Setz dich irgendwo hin!« Ich setze mich zaghaft auf das unterste Ende des Bettes, weil sich das nicht richtig anfühlt. Sie kippt das Fenster, bevor sie versucht, die Wäsche irgendwie zu sortieren.

»Also, was ist hier los?« Gestresst klemmt sie sich das schwarze Haar hinters Ohr, aber wegen ihres Stufenschnitts fällt es immer wieder nach vorn. Eure Mutter hat euch so viel Äußerliches mitgegeben, ich wünschte, es wäre auch noch ein bisschen mehr von ihrem Charakter in euch. Vor allem in Caden.

»Es ist alles super«, lüge ich aus Gewohnheit und sie verdreht die Augen.

»Ich erzähle dir jetzt eine kleine Geschichte über eine junge Frau. Sie hat sich da in diesen düsteren, total abgefuckten, kiffenden, kalten Kerl verliebt. Hals über Kopf. Doch eigentlich war sie mit seinem Bruder zusammen. Und der düstere, kalte, kiffende Kerl hat sie auch geliebt, aber es war leichter für ihn, sie zu hassen, weil sie nicht ihm gehört hat. Er hat ihr all diese schrecklichen Dinge angetan, die ein Mann, der liebt, angeblich nicht tut, und sie hat alles mitgemacht, bis zu dem Punkt, als er sie betrogen hat … und sie daran zerbrach. Dann hat ein sehr weiser Mann gesagt: ›Mädchen, lauf!‹ Und sie ist gelaufen. Endlich. Weit weg, aber das Schicksal war noch nicht fertig mit ihnen und hat sie wieder zusammengeführt. Doch erst, als sie stark genug dafür war. Stark genug für ihn. Und das hat Jahre gedauert.« Sie legt ein Shirt beiseite. »Und jetzt sag ich *dir*, du solltest laufen.«

Ich schlucke hart.

»Das waren du und Mason, oder?« Ich denke daran, was er mir während der Autofahrt erzählt hat.

»Japp.«

»Du kommst mir nicht wie eine Frau vor, die irgendwas gegen ihren Willen mit sich machen lässt.«

Sie lacht auf und faltet ein weißes T-Shirt. Cadens T-Shirt. »Oh, Alayna, Menschen ändern sich und wachsen und finden ihren Weg … Caden und Carter haben den beide noch nicht gefunden. Sieh dir an, was mit Melissa passiert ist. Das, was du in ihr siehst, war ich. Ziemlich genau das, und Carter ist wie sein Vater.«

Es tut weh, das zu hören.

»Denkst du, sie werden für immer zusammen sein?«, frage ich nachdenklich.

»Ich weiß es nicht, aber du bist doch mit Caden zusammen.«

»Ja, bin ich. Ich liebe ihn, wir sind zusammen, aber ich weiß nicht, ob ich dem noch weiter standhalten kann.« Ich nestle nervös an meinem Shirt und sie seufzt schwer.

»Caden war schon als kleines Kind ein Dämon. Du hast keine Ahnung, was wir mit ihm durchgemacht haben ...« *Ich glaube, ich will's gar nicht wissen,* denke ich. »Aber wenn er älter wird und lernt, damit umzugehen, dann wird er wie mein Schwiegervater, und der ist einer der besten Männer, die ich kenne. Er braucht nur Zeit, um mit seinen inneren Dämonen fertigzuwerden, und das sind eine Menge. Ich habe gesehen, wie er die letzten Tage drauf war, und kann mir vorstellen, wie er dich behandelt hat. Alayna. Das hast du nicht verdient.«

Ich seufze schwer, weil ich das eigentlich weiß. Aber zu wissen, was gut für einen ist, und danach zu handeln, sind zwei verschiedene Dinge und oftmals gar nicht so leicht.

»Und ich weiß, dass du ihn liebst, sonst wärst du nicht hier, aber du musst ihm zeigen, dass er seine Dämonen nicht an dir auslassen darf.«

»Wie? Ich fühle mich ihm gegenüber so machtlos, und immer, wenn ich weg bin, treiben mich meine Beine und alles wieder hierher. Es ist, als wäre ich süchtig oder auch besessen.«

»Du bist auch besessen, und wenn ich das richtig erfasst habe, dann von beiden.« Ich reiße die Augen auf. »Aber lass dir eins gesagt sein: Caden wird dich, solange er nicht an sich selbst gewachsen ist, manipulieren, dich beeinflussen, dich runterziehen, und alles, was er an Frust hat, an dir auslassen. Carter hingegen ist ein Gefühlsjunkie, der sich von jeder Person, die er kennt und liebt, das nimmt, was er braucht. Deshalb hat er Melissa nach all den Jahren noch immer nicht gehen lassen. Er ist wie ein Vampir, der dich deiner Lebensfreude beraubt. Wenn du gehen willst, wird er dich nicht gehen lassen. Stattdessen wird er dich runterziehen, und wenn er ausrastet, wirst du die volle Ladung abkriegen, weil du ihm am nächsten stehst. Und das willst du nicht, Alayna. Glaub mir. So oder so hast du hier keine guten Chancen, zu erblühen, zu wachsen und glücklich zu sein.«

Das ist niederschmetternd. Einerseits bin ich froh, dass sie so ehrlich zu mir ist, andererseits kann ich ihre Worte kaum ertragen. Schon wieder steigen mir Tränen in die Augen, wenn ich mir vorstelle, diesem Haus den Rücken zu kehren und nie wiederzukommen. Ich kann die Vorstellung nicht ertragen, euch nie wiederzusehen. Weder den einen noch den anderen.

»Das ist mir egal«, sage ich, worauf sie erwidert:

»Ich weiß.«

10. Das Bro-Ding, Alayna

Alayna

Ich liege auf der Couch in eurem Wohnzimmer. Emilia hat mir frisches Bettzeug mitgegeben und mich mitleidig angelächelt, weil ich es nicht hier rausschaffe. Andererseits hat sie gesagt, sie könne es verstehen. Wenn nicht sie, wer dann? Cadens Footballspiel war sicherlich schon gegen fünf zu Ende, aber er ist immer noch nicht da. Also liege ich hier allein in der Dunkelheit, lausche den Autos, die draußen vorbeifahren, und denke über alles nach, was hier so passiert und wie ich mich dabei fühle, komme aber zu keinem Schluss. Ich bin jemandem in die Falle getappt, der die ganze Zeit nur Spiele mit mir spielt, und habe ihm mein Herz geschenkt. Noch immer weiß ich nicht, was ich davon halten soll, dass er mit dir so lange getauscht hat. Und hinter meinem Rücken die Fäden gezogen hat. Doch ich habe mich jetzt entschieden, hierzubleiben. Keine Ahnung, ob ich mit dieser Seite umgehen kann, die Caden besitzt. Aber ich habe mich unsterblich in seine *andere* Seite verliebt, die Seite, die bei mir im Bett lag und mich im Arm gehalten hat, als es mir am schlechtesten ging.

Irgendwann werde ich es herausfinden. Ich lausche die ganze Zeit, ob ich etwas aus der Garage höre, aber da drin ist es wie ausgestorben. Nicht mal zum Essen kommt ihr raus. Das Garagentor hat sich auch nicht mehr geöffnet, seit du es so demonstrativ geschlossen hast. Ich habe schon verstanden, Carter, du liebst sie und ich bin nur *die Bitch deines Bruders*. Ansage angekommen. Wieso kann ich dann trotzdem an nichts anderes denken als an deine Lippen heute Nachmittag, an die Art, wie du mich angesehen und berührt hast? Und was ich von dir gespürt habe … Dabei ging es nicht um Sex, Carter. Da war so was wie eine kleine Verbindung zwischen uns, die nur wir verstehen.

Scheinwerfer fluten das Wohnzimmer und ich spüre, wie mein Herzschlag aussetzt. Er ist wieder zurück und ich kneife schnell die Augen zusammen. Ich will nicht nachdenken oder darüber reden, was passiert ist. Ich will, dass er denkt, dass ich schlafe, damit er mich nicht manipuliert, mich konfrontiert oder komische Sachen sagt, die mich noch mehr verwirren. Seine Autotür knallt und die Haustür öffnet und schließt sich leise. Das Haus ist so still und ich höre kaum seine Schritte, während er sich durch die Dunkelheit bewegt und kein Licht anmacht. Mein Herz schlägt immer schneller, weil ich ihn spüre, als er vorbeigeht, die Treppe nach oben nimmt und dann in sein

Zimmer verschwindet. Jetzt wird er sehen, dass das Bett leer ist. Wahrscheinlich wird er sich denken, dass ich bei dir oder zu Hause bin. Und es wird ihm egal sein, weil ihm alles egal ist. Ich ziehe die Beine unter der Decke näher an und versuche, mich irgendwie zu trösten und mir einzureden, dass ich nicht schwach und dumm bin. Dass es von Stärke zeugt, dass ich hier bin, weil ich mich allem stelle und nicht weglaufe. So wie Melissa. *MELISSA*. Wer heißt überhaupt Melissa?

Als langsame, zögernde Schritte auf der Treppe erklingen, runzle ich verwirrt die Stirn. Caden zögert nie. Ich höre, wie er immer näher kommt und dann am Sofa stockt. Mit einem Auge bemerke ich seine Silhouette und vernehme sein erleichtertes Aufatmen. Eine Gänsehaut rieselt über meinen Körper.

Caden Rush hatte Angst, dass ich weg bin, Carter.

Ich höre, wie er sich die Jeans abstreift, und spanne mich an, weil ich nicht weiß, in welcher Stimmung er ist. Scheiße, mein Puls erschlägt mich fast, andererseits ist da noch so viel mehr, was nichts mit Angst und Unsicherheit zu tun hat. Dann tut er etwas, was ich mir nie hätte träumen lassen. Er legt sich ganz sanft zu mir, schmiegt seine Brust an meinen Rücken und seine Beine an meine. Sein Arm umfängt mich fest und zieht mich an seinen Körper. Unter seinen Fingern muss er meinen rasenden Herzschlag spüren. Scheiße. Als ich an seinen Körper sinke, so groß und warm, rollt eine Welle der Erleichterung und Entspannung über mich. Er riecht ein bisschen nach Alkohol, das tut Caden sonst nicht oft, und er vergräbt seine Nase in meinem Haar. Dann haucht er: »Es tut mir leid.«

Seine Stimme hört sich so anders an, ein wenig heiser, aber nicht absichtlich sexy.

So, als würde er das wirklich ernst meinen und Reue empfinden. Dabei dachte ich, er wäre nicht dazu fähig.

Ich nehme seine Hand, verschränke unsere Finger miteinander und dann schlafen wir einfach ein.

***

Carter

Fuck. Ich habe es schon wieder getan. Ich habe sie schon wieder festgehalten. Gestern von mir gestoßen. Heute festgehalten. Was ist nur falsch mit mir? Das wäre die perfekte Chance für sie gewesen. Sie war so wild entschlossen, als sie mich mit dir gesehen hat, Baby, doch ich konnte diese Entschlossenheit nicht ertragen. Das kann ich nie. Ich brauche sie noch. Ich brauche ihre total hingebungsvolle Liebe, und wie sie mich ansieht und vergöttert. Ich brauche alles, was sie mir gibt. Aber ich will auch haben, was du bereit bist, mir zu geben. Jetzt bin ich total durcheinander, Alayna.

Es ist zu früh, um an einem Sonntag aufzustehen, aber ich habe genug geschlafen. Außerdem habe ich Durst nach dem ganzen Gekiffe.

Es ist um neun und Melissa schläft so tief, wie sie das nur mit mir kann. Ihre Hand liegt immer irgendwo an mir und klammert sich automatisch an mir fest.

»Ich bin gleich wieder da, Baby«, flüstere ich ihr zu und sie lässt mich seufzend los. Ihre Haare sind überall verteilt, während sie in einem dünnen Tanktop von mir auf dem Bauch liegt. Sie öffnet eines ihrer Augen, um mich kurz abzuchecken. Ich zwinkere ihr zu, worauf sie wie ein Atomkraftwerk strahlt. Das habe ich schon lange nicht mehr gesehen. Dann dreht sie sich seufzend um und kuschelt sich tiefer in die Kissen. Ich ziehe mir eine lockere Jogginghose über, wasche mir im Bad kurz das Gesicht und putze mir die Zähne, ehe ich barfuß das Schlafzimmer verlasse. Ich schließe sogar hinter mir ab, weil ich Caden nicht traue, wenn er die Witterung aufnimmt. Auf dem Weg zum Haus kicke ich eine Pizzaschachtel von der letzten Party zur Seite. Es ist totenstill. Ich hasse es, wenn Mom und Dad länger schlafen als ich, denn das bedeutet nichts Gutes. Es bedeutet, sie waren lange wach, was ekelhaft ist. Weil sie immer komische Dinge tun, wenn sie zu lange auf sind. Meine kleine Schwester habe ich gestern den ganzen Tag nicht gesehen. Eigentlich sollte ich mal abchecken, was sie gerade so treibt, aber ich bin so abgelenkt.

Ich umrunde den Küchentresen und will zum Kühlschrank gehen, als ich erstarre.

Alayna, ist das dein Ernst?

Mein Blick ist so fest auf euch beide geheftet, dass ich ihn sicherlich nie wieder woandershin richten kann. Ihr schlaft total einträchtig. Dein Rücken ist vertrauensvoll an seine Brust geschmiegt und sein Arm hält dich fest. Ich mag das nicht. Seine Jeans liegt neben euch auf dem Boden und deine Haare sind überall in seinem Gesicht. Du bewegst dich ab und zu und stöhnst leise im Schlaf. Ich hasse das, Alayna. An was denkst du gerade? Von wem träumst du da? Gestern hast du mich noch überfallen und mir gestanden, dass du was für mich empfindest, und jetzt schläfst du in seinen Armen, als wäre es nie passiert. Ich hasse dich gerade, Alayna.

Aber du mich wahrscheinlich auch, nachdem du unser Gespräch gestern gehört hast. Das war extra für dich. Ich hoffe, du hast gecheckt, was für einer ich bin, und bleibst bei deinem Superman – der gestern noch so abgefuckte Sachen mit dir getan hat und dich hat tun lassen. Aber schön, dass du bereit bist, ihm so schnell zu verzeihen und dass du so ein starkes Rückgrat hast.

Ich weiß, dass mein Bruder wach ist, denn er schläft nie so fest, dass er jemanden im Raum nicht hören würde. Während ich eine Flasche Wasser aus dem Kühlschrank nehme, sagt er auch schon: »Guten Morgen, Bro.«

»Was auch immer.« Es klingt wie ein Fluch.

Caden richtet sich vorsichtig auf. Es ist, als würde der Teufel aus seinem Grab steigen. Er sieht dich kurz an. Du drehst dich auf den Rücken und machst dich noch breiter. Er lächelt, Alayna, und zwar *wirklich*. Scheiße, Alayna. Das ist gruslig, ich habe ihn noch nie eine Frau so anlächeln sehen. Und es beschert mir ein echt ungutes Gefühl im Magen, weil mir mit einem Schlag klar wird, dass er *wirklich* was für dich empfindet.

Fuck.

Kann es noch abgedrehter kommen?

Er streicht dir so behutsam eine Strähne aus dem Gesicht, als hätte er vergessen, dass ich da bin. Dann sieht er zu mir, ein bisschen erschrocken, und ich stehe nur da und starre genauso erschrocken zurück.

»Fuck, Bro«, meine ich verwundert und er zuckt geschlagen mit den Schultern.

»Sie ist eben was Besonderes.« Damit springt er über die Lehne und kommt zu mir. Er nimmt mir das Wasser ab und trinkt selbst davon.

Erst jetzt fällt mir auf, dass seine Nase an einer Seite blau verfärbt ist.

»Harte Nacht gehabt, Bro?«, frage ich.

»Der *Boss* war ein bisschen pissig, Carter.«

»Fuck!«, sage ich. »Was war los?« Obwohl ich es schon ahne.

»Ach, du hast anscheinend die Mutter von irgendwelchen ziemlich üblen Mafia-Typen beleidigt und sie dachten, ich wäre du, als ich gestern in den Club kam, aber das passt schon. Jetzt ist es vorbei.« Ich vergesse manchmal, dass ich meinen Bruder echt liebe, und wie viel er bereit ist, für mich und die, die er wirklich liebt, zu tun. Ganz ohne eine Gegenleistung zu fordern oder weiter darüber nachzudenken. Genauso abgefuckt und bösartig, wie er ist, genauso gut ist er auch. Das lässt er nur sehr wenige sehen. Aber gestern hat er es zu weit getrieben, was er mit mir selten tut. Sehr selten. Er hat genau gewusst, wie es mir ging, trotzdem hat er mich immer weiter getrieben.

Ich sehe ihn an und sage mit meinen Augen, dass er so eine Scheiße nie wieder mit mir abziehen soll, und er antwortet laut: »Es tut mir leid, Bro. Du weißt doch, wie ich ohne dich bin.« Oh ja, das weiß ich.

Ich boxe ihm spielerisch gegen die Schulter. »Ach. Schon gut, Bro. Andersrum ist es auch nicht gerade toll.« Alayna, wahrscheinlich würde ich ihm auch verzeihen, wenn er unsere Mutter umbringen würde, weil ich den Scheißer einfach mehr liebe als mich selbst, und er mich.

Er wuschelt durch meine Haare – ich hasse das – und meint: »Halt's Maul, Bro.« Wir lachen ein bisschen und sind froh, dass die Anspannung von uns abfällt, als du dich räusperst. Wieso, Alayna, wieso räusperst du dich jetzt?

Wir beide schauen zu dir. Du sitzt da wie ein Uhu, mit total zerzausten Haaren und riesigen Augen, weil du uns so locker und gefühlsduselig noch nie erlebt hast. Das ist unser Bro-Ding und das bleibt nur unter Bros. Wieso bist du denn jetzt wach?

»Ich gehe mal Zähne putzen«, sagst du total verwirrt und stehst auf. Ich muss aufpassen, dass ich deinen Arsch nicht abchecke. Wenn wir schon bei Ärschen sind … ich bin ja auch einer.

»Hey«, wende ich mich an Caden.

Er mustert mich einen Moment. »Ohhh … es ist der Melissablick. Was ist los?«

Ich stöhnte genervt. »Sie ist bei mir und ich werde sie jetzt zum Frühstück holen. Kannst du dich zusammenreißen?«

Er hebt abwehrend die Hände. »Das weiß ich nicht, Bro. Sie zu sehen macht Sachen in meinem Kopf. Pass einfach auf sie auf.«

Oh Mann, er macht es einem so schwer, ihn zu lieben, Alayna. Wieso kann er denn jetzt nicht einfach *Ja, okay* sagen?

»Gut«, brumme ich wieder angepisst und marschiere mit der Flasche, die er halb leer gesoffen hat, in die Garage. Ich muss jetzt Melissa darauf vorbereiten, dass sie gleich dem Dämon gegenübersitzen wird.

11. Mason im Kriegsmodus

Alayna

Ich bin immer noch ein bisschen angespannt, als ich vom Zähneputzen runterkomme, weil ich nicht weiß, wie Caden heute drauf ist. Aber er steht ganz entspannt in der Küche und trinkt Kaffee. Die Sonne scheint auf seinen perfekten Körper. Er trägt ein weißes Shirt und hat sich seine Jeans von gestern wieder angezogen. Moment, hat er einen Bluterguss im Gesicht? Er sieht genauso schlimm aus wie du. Nur, dass es bei dir schon wieder ein bisschen abheilt. Oben höre ich die Toilettenspülung, Masons Fluchen, die Dusche, Masons Fluchen, Avas Gemotze und wieder Masons Fluchen. Ich muss grinsen, irgendwie mag ich das. Caden lächelt und zieht eine Augenbraue hoch.

»Was tust du hier noch, Alayna?«

»Was?«

»Ich meine nach gestern, wieso bist du nicht weggelaufen?« Er sieht ein bisschen fertig aus und verkatert. Ich bin *vercartert,* aber daran will ich jetzt nicht denken.

Ohne zu zögern, trete ich auf ihn zu und sage: »Ich kann nicht.« Als er mich auf die Anrichte hebt und sich zwischen meine Beine stellt, erschrecke ich. Mit seiner Nase streicht er über mein Schlüsselbein, aber ich muss jetzt bei klarem Verstand bleiben, wenigstens kurz, also schiebe ich ihn mit den Händen an seiner Brust zurück. Seine Augen lassen mich schon nicht klar denken, aber seine Lippen noch weniger.

»MASON!«, brüllt es von oben, gerade, als er was sagen will. Er verdreht die Augen.

»Alayna … was gestern passiert ist, tut mir leid. Ich weiß, ich habe dich über deine Grenzen getrieben und dich wie ein Stück Scheiße zur Seite geschmissen, als ich gegangen bin … Sieh mich an.« Er tippt mein Kinn an. »Und ich kann dir nicht sagen, dass ich das nicht noch mal tun werde.« Damit habe ich jetzt nicht gerechnet, aber seine Augen sind so ehrlich und strahlend, dass ich weiter zuhöre. »Ich werde es höchstwahrscheinlich noch mal tun, weil das die Art ist, wie ich meine Dinge seit Jahren regle. Und weil ich auf meine Art bestrafe, wenn ich mit etwas nicht klarkomme. Und Baby, ich komme nicht damit klar, wie du ihn ansiehst, doch ich bin selbst schuld daran. Wahrscheinlich komme ich *damit* am allerwenigsten klar. Vielleicht sollte ich dich nach Hause fahren und dich nie wiedersehen. Aber Alayna, ich kann das nicht, genauso wenig, wie du gehen kannst. Wir beide stecken schon zu tief in diesem Tsunami und jetzt müssen wir uns einfach mitreißen lassen. Schaffst du das?«

Ich schlucke und hebe meine Hände zaghaft an seinen Nacken. »Ich hab keine verdammte Ahnung, Caden, weil ich mir nicht vorstellen kann, was noch auf mich zukommt, aber ich liebe dich.«

»Ich liebe dich auch.« Seine Stimme ist ungewohnt emotional.

»Scheiße«, flüstere ich. Aber ich weiß, dass ich es liebe, in diesem Tsunami zu stecken, weil mein Leben vorher nur ein treibender Fluss war.

In dem Moment kommt Ava runtergepoltert. »BOAAAAH«, schreit sie. »Ehrlich jetzt, wir kochen dort. Geh runter, Alayna.« Sie hat den gleichen Boss-Ton wie ihre Brüder. Caden ist es egal, denn er grinst mich an, was ich erwidere. Jetzt bin ich es, die sich vorbeugt und ihm einen Kuss gibt. Als sich unserer Lippen berühren, weiß ich, dass ich noch einiges auf mich nehmen werde, um diesen Mund weiterhin auf mir zu spüren. Sehr viel.

Ava gibt Kotzgeräusche von sich und Caden löst sich schließlich angepisst von mir und sieht sie an. »Und? Wie war's gestern?« Und da ist sie wieder, diese unterschwellige Drohung in seiner Stimme, die Ava sofort verstummen lässt. »Denk an unsere Abmachung!«, meint er noch und seine kleine Schwester wird blass. Dann packt er mich mit beiden Armen unter dem Hintern und trägt mich hoch.

Um mir den restlichen Verstand aus dem Schädel zu vögeln, wie nur er es kann.

***

Frühstück im Hause Rush ist immer sehr aufregend. Heute sind wir zu siebt, Carter, denn du hast deine Freundin dabei. Sie sitzt mir gegenüber. Direkt. War es Absicht, Carter? Wenn ja, dann kann ich nicht behaupten, dass es mir gefällt. Sie wirkt mit dem Ablauf so vertraut, dass sie Emilia beim Frühstückmachen geholfen und Mason die Zeitung gebracht hat. Fast hätte sie meinem Freund noch Kaffee eingeschenkt. Sie weiß genauestens darüber Bescheid, in welche Schule Ava geht, und hat sie nach ihren Noten gefragt. Ava hängt an ihren Lippen, weil sie sie so vergöttert. Oh Carter, ich mag das alles gar nicht.

Sie trägt ein weißes Outfit. Ihre gebräunte Haut sieht so weich aus und ihre langen glatten schwarzen Haare hat sie natürlich offen gelassen, wahrscheinlich, weil du es an ihr liebst, Carter, oder? Sie ist so fuckinghübsch. Ich hasse das. Immer wieder lächelt sie dich schüchtern an, während du ihr zuzwinkerst. Mir hast du noch nie zugezwinkert. Deine Eltern sind gar nicht glücklich darüber, was du wieder mit ihr abziehst, aber sie behandeln sie gut und mögen sie offenbar sehr gern. Und das MAG ICH AUCH NICHT.

Ich sitze neben Caden. Er hat den Arm lässig über meine Stuhllehne gelegt und spielt mit meinen Haaren. Es fühlt sich zwischen uns wieder einigermaßen normal an und ich werde daran arbeiten, zu verdrängen, zu vergessen, was gestern für ein Scheißtag war. Melissa meidet jeden Blick zu Caden. Ich muss unbedingt rausfinden, was da passiert ist. Sie ist viel tougher als beim letzten Mal. Mit deiner Hand auf ihrem Knie unter dem Tisch fühlt sie sich sicher genug, um nicht wegzurennen, aber vielleicht liegt es auch daran, dass Caden sich zurückhält, denn bisher hat er noch kein Wort an sie gerichtet. Wer weiß?

»Und?«, fragt Mason. »Habt ihr jetzt beide auf die Fresse bekommen und seid wieder unten?« Er schaut gespielt interessiert, während er mit dem Messer die Butter aufstreicht, von einem zum anderen. Ihr murmelt beide was vor euch hin, was ich nicht verstehen kann, und Emilia verdreht die Augen.

Oh, Mason ist in Kriegslaune. Jetzt schaut er Ava an. »Und du? Wo warst du gestern den ganzen Tag? *Ohne dein Handy.*« Ava hat die Augen ihres Vaters, aber sie hat nicht seine Blicke. Unsicher reißt sie die Lider auf.

»Ähhhh … ich war unterweeeegs mit …« Sie beißt in ihren Toast und die nächsten Worte gehen in hektischem Gekaue unter.

»Wie bitte?«, fragt Mason hartnäckig und isst geduldig einen Bissen von seinem French Toast.

»Wolltest du dich nicht mit Annie treffen?«, rettet Caden sie.

»JA, ANNIE!«

»Ich hab sie hingefahren, Dad. Alles okay.« Caden rührt seelenruhig in seinem Kaffee, während ich Melissa beobachte. Wenn Caden spricht, erschauert sie leicht.

Ich weiß ganz genau, dass Caden Ava gestern nirgendwohin gefahren hat, aber ich behalte es für mich. Caden wird schon seine Gründe haben, so wie er anscheinend für alles einen Grund hat.

»Und Melissa, du bist auch wieder bei uns?« Mason holt anscheinend wirklich zum Rundumschlag aus. Sie räuspert sich und nickt.

»Lass sie, Dad«, fordert Carter.

»Ich will mich nur unterhalten.« Wenn er so ist, sehe ich Caden in ihm. Ich runzle die Stirn und schaue zu Caden. Er grinst mich offen an, weil er meine Gedanken kennt, während er weiter mit meinen Haaren spielt.

»Und, wie geht's deinen Eltern? Wissen sie, dass du hier bist? Sie mochten ja den Umgang, den du hier gepflegt hast, nicht sonderlich, was ich ja wirklich verstehe und begrüße.«

»Sie haben keine Ahnung, wo ich bin. Ich habe ihnen gesagt, dass ich für ein paar Tage weg sein werde, aber sie wissen, dass ich wieder mit Carter …« Sie schaut dich unsicher an, Carter. Sag jetzt nichts Falsches, *Carter*!

»Zusammen ist«, beendest du den Satz, fühlst dich aber nicht wirklich wohl dabei, was ich dir deutlich ansehen kann.

Caden grinst breiter. »Ach, wie schön«, erwidert er sarkastisch und isst eine Cocktailtomate. Melissa zuckt zusammen. *Oh Mann …*

»Und du, Caden, was geht bei euch eigentlich ab?« Mason deutet mit der Gabel auf uns beide. »Diese kranke Scheiße wirst du hier an diesem Esstisch nicht mehr abziehen. Du kannst dich ja wohl für zwanzig Minuten zusammenreißen.«

»Okay, Dad. Sorry«, meint Caden ungerührt und isst noch eine Tomate.

Jetzt mischt sich auch Emilia ein. »Du siehst nicht sehr reumütig aus!«

»Er ist ein Psychopath, die besitzen keine Reue, Baby«, erklärt Mason nüchtern.

»Nenn mein Kind nicht Psychopath, Mason.«

»Du nennst mich auch immer so, dabei bin ich nichts gegen DAS.« Mason deutet mit seinem Messer auf den strahlenden Caden.

Emilia lehnt sich zurück und mustert Mason lange. »Es war Sommer vor ungefähr zwanzig Jahren, Mason. Wir saßen am Tisch deiner Eltern, ich mit Riley und du allein, und du sagtest zu mir aus dem Nichts: ›Bring mir ein Glas Wasser, Emilia.‹ Ich bin aufgestanden, automatisch, und habe erst gemerkt, was ich da tue, als mich alle angestarrt haben, inklusive Riley. Mason. Schon vergessen?«

»Fuck, du bist ein Elefant. Das ist hundert Jahre her«, murmelt er kleinlaut.

»Und trotzdem geschehen. Also sei ruhig, Caden wird es nie wieder tun, oder Caden?« Flehentlich und verzweifelt sieht sie den total entspannten Caden an.

»Klar, Mom«, beruhigt er sie halbherzig und sie lässt ihre Stirn an Masons Schulter fallen, wie sie es so oft tut, wenn sie verzweifelt ist.

Er streicht ihr über den Kopf und sagt: »Alles wird gut, wenn sie ausgezogen sind, Baby.«

»Ich liebe meine Garage, Dad. Ich will da nicht raus«, empörst du dich sofort.

»Siehst du, er will da nicht raus«, jammert Emilia und deutet auf dich. »Wir werden nie wieder einen Dachboden für Krimskrams oder eine Garage für unser Auto haben, Mason.«

»Du hast ja mich«, sagt er aufmunternd.

»Oh Gott, das wird ja immer schlimmer«, murmelt sie. Dann beugt Mason sich an ihr Ohr und flüstert was, während du eine Cherrytomate nach ihnen wirfst und rufst: »Nicht am Tisch, ihr zwei notgeilen Teenager.«

»Ihr seid so eklig«, meint Ava. Melissa schaut dich grinsend an und sagt: »Hier hat sich ja gar nichts verändert.«

Dann, Carter, *klemmst du ihr eine Haarsträhne hinters Ohr* und ich lege den Kopf schief, als ich mir das ansehe.

»Ich weiß, Babe.« Du umfasst ihr Kinn und küsst sie.

»Soll ich euch allen vielleicht ein Hotelzimmer buchen?«, fragt Ava gereizt. Du nimmst, ohne den Kuss zu unterbrechen, eine Cocktailtomate und wirfst sie nach ihr. Ich hasse *Cocktailtomaten*, Emilia hasst sie auch, und ich hasse es, als Melissa ihre kleine Hand an deine stopplige Wange legt und mit den Fingerspitzen zart darüber streicht.

Caden tupft sich den Mund mit einer Serviette ab. Ich weiß, dass es in seinem Kopf schon wieder arbeitet.

»Und Melissa?«, fragt er mit einer Stimme, die ich nicht kenne. Vielleicht ist es die Stimme für den *Ordner M*. Er streicht beruhigend mit seinen Fingerspitzen über meine Schulter, als sie fast schon panisch den Kuss unterbricht, und sich zwingt, in Cadens Richtung zu blicken. Man sieht richtig den Widerstand in ihrem Gesicht.

»CADEN«, knurrst du, doch er lässt sich davon nicht abhalten.

»Ich wollte nur fragen, wie es in ihrem Job läuft. Du arbeitest doch neben dem Studium noch bei Mister Browns Coffeeshop?«

Mit zusammengepressten Lippen nickt sie. Caden rutscht weiter auf seinem Stuhl runter. »Und? Magst du den

Job noch?« Seine Stimme, sie macht sogar mit *mir* komische Sachen, obwohl er nicht mal mit mir redet.

»Ja«, haucht sie fast, was keiner außer uns vieren mitbekommt, weil Ava Mason und Emilia anbettelt, heute Abend auf diese Party gehen zu dürfen.

»CADEN«, warnst du noch mal. Ich will auch, dass du jemanden wegen mir so warnst und mich beschützt. Wem auch immer.

Dein Arm liegt um ihre Stuhllehne, wie Cadens Arm um meine. Du schiebst ihren Stuhl näher.

»Beruhige dich, Carter, ich tu doch gar nichts. Ich wollte mich nur unterhalten.« Du wirfst ihm einen Ich-weiß-genau-was-du-da-tust-Blick zu und ich frage mich, ob ich gerade das erste Mal eine eurer geheimen Konversationen entziffern konnte, weil Caden so aussieht, als würde er sagen: *Komm runter, BRO.*

»Und was ist mit diesem Tony, der so auf dich stand? Arbeitet der da noch?« Sie wirft dir einen Blick zu. Du hast dich angespannt, Carter.

»Nein«, antwortet sie wieder so zaghaft. Ich sehe, wie unwohl sie sich fühlt und gleichzeitig, wie sie an Cadens Lippen hängt.

»Hast du dich nicht mit ihm getroffen, nachdem du uns hier den Rücken zugekehrt hast, für immer?«

Du spannst dich noch mehr an, Carter.

»Ich hab gedacht, ich hätte euch eine Woche danach zusammen im Park gesehen, dort, wo du arbeitest. Ich wollte dich das die ganze Zeit schon fragen, das interessiert mich wirklich.« Sie wird blass und du, Carter, kippst gleich vom Stuhl, weil du so steif bist vor Anspannung.

»Da war nichts«, nuschelt sie panisch. »Wir sind nur befreundet.«

»Echt? Hat gar nicht so ausgesehen.« Sie windet sich unbehaglich und ich weiß nicht, ob ich es feiern oder Mitleid haben soll.

»Das war … einfach nur …«

»Ja? Melissa?«

Ich werde fast schon *eifersüchtig*, so sehr ist Caden gerade auf sie fixiert. Er will eine Rechtfertigung von ihr, und das gefällt mir gar nicht.

»Was geht es dich eigentlich an?«, frage ich und sein Blick schießt zu mir. »Ich meine, sie ist Carters Ex-Freundin und es geht dich nichts an, mit wem sie sich trifft, oder Baby?« Caden schaut mich erst an, als hätte er sich verhört, dann merkt er, dass ich eifersüchtig bin, was er liebt. Er lächelt mich an und streicht mit einem Zeigefinger an meinem Kiefer entlang. Verdammt, ich liebe es, wenn er mir seine volle Aufmerksamkeit schenkt.

»Du hast recht, Babe. Es geht mich nichts an und eigentlich interessiert es mich auch nicht«, sagt er locker und wendet sich wieder seinem Essen zu, als wäre nichts geschehen.

Melissas Mund steht offen und sie starrt mich mit geweiteten Augen an. Sogar Emilia sieht ein bisschen verwundert aus und ich glaube, selbst Mason hat gerade ein bisschen Respekt vor mir.

Und du, Carter, du versteckst dein Lächeln hinter einer geballten Faust.

Kann es sein, dass ich langsam lerne, mit diesem Teufel umzugehen?

***

Im Hause Rush gibt es sonntags eine Regel. Wir müssen für ein paar Minuten so tun, als wären wir eine Happy Family. Dabei macht Emilia für ihre Schwiegermutter ganz viele Fotos in dem Versuch, eine *Zuckerwattefamilie* zu zeigen.

Ihr beiden seid alles andere als amüsiert, doch das seid ihr nie, außer ihr führt morgendliche Gespräche in der Küche. Du sitzt, eine Schläfe auf eine Faust gestützt, in einem Sessel und Melissa thront auf deinem *Schoß* – wie eine verdammte Königin.

Caden und ich sind auf der Couch. Meine Beine über seine Schenkel gelegt. Mason ist total genervt und sitzt auf dem anderen Sessel. Ava auf seiner Lehne. Sie schauen sich beide etwas auf dem Handy an, während Emilia hektisch herumläuft und versucht, die Unordnung zur Seite zu schieben, damit es fürs Foto passt und es total familiär aussieht.

Im Fernsehen läuft irgendein Film, den keiner wirklich anschaut, weil jeder mit was anderem beschäftigt ist. Caden spielt mit meinen nackten Beinen, weswegen ich nicht klar denken kann. Ich will nach oben mit ihm, das heute Morgen hat nicht gereicht. Lange nicht. Ich bin es gewohnt, mit Caden Marathonsex zu haben. Mit dem kleinen Quickie hat er mir lediglich den Mund wässrig gemacht – und das weiß er auch. Es ist so heftig, dass hier vier Leute sitzen, die ziemlich krasse Sachen miteinander gemacht haben, was schon ein wenig komisch ist. Fast jeder weiß, wie der andere nackt aussieht, und wenn ich daran denke, was gestern in der Garage war, bevor Caden gegangen ist, will ich mich in mir selbst verkriechen und keinen hier anschauen. Besonders, wenn ich an die Fotos von Caden denke, aus dem *Ordner M.*

»Ist was, Alayna?«, fragt Caden und meine Augen huschen von Melissas perfektem Profil zu ihm.

»JA.« Ich schaue ihn bedeutungsvoll an und er grinst entspannt.

»Ich mag *Ordner A* am meisten, ich habe dich angelogen, Baby. Sie können dir alle nicht das Wasser reichen«, sagt er leise, aber du hörst es und wirfst uns einen verstörten Blick zu. Es macht mich sauer, dass er wieder davon anfängt. Ich will gar nicht an all die Bilder denken, die er mir gestern gezeigt hat. An ihn und sie und dich und sie.

Diese Person, die da so wunderhübsch auf dir sitzt und *soooo* verdammt gut zu dir passt.

Du spielst mit ihren Fingern, während du mit der anderen Hand in deinem Handy scrollst. Sie hat den Kopf an deine Brust gebettet, kuschelt sich immer förmlich in dich rein, wie in ein Kissen, und ich frage mich, ob du mir das jemals erlauben würdest.

»So, jetzt alle einmal glücklich aussehen, bitte!« Emilia steht vor uns mit ihrem Smartphone in der Hand.

Alle schauen weiter auf ihr Handy, bis auf Melissa und ich.

»Woah, jetzt lächelt, ihr Scheißfratzen, bevor ich euch die Handys um die Ohren schlage«, schimpft Mason, schaut aber selbst in sein Handy.

Du gibst ein genervtes Stöhnen von dir und Melissa fährt dir durch die Haare. Caden lässt seinen Kopf an die Lehne sinken und verzieht keine Miene. Emilia macht ihr Foto und ist glücklich.

»Ja, das war's auch schon. Jetzt verpisst euch alle. War ja wohl nicht so schwer.«

Du und Melissa erhebt euch sofort. »Bis auf Nimmerwiedersehen«, sagst du und nimmst ihre Hand, als wüsste sie sonst nicht, wo sie hinmuss. *Sie ist ja so hilfsbedürftig und schwach.*

Widerstandslos folgt sie dir. Caden steht auch auf und ich freue mich, weil wir jetzt sicher nach oben gehen und ich mich auf ihn stürzen und all die Dinge mit ihm tun kann, aber er hat andere Pläne.

Er wendet sich nicht der Treppe zu, sondern biegt in Richtung Garage ab. Ich bleibe wie angewurzelt stehen.

»Caden?«

»Jaaa?«

»Wollten wir nicht hoch, Baby?«, frage ich kleinlaut und deute unsicher zur Treppe.

»Oh Alayna, ich habe ein bisschen Lust zu spielen, und du spielst jetzt mit mir, komm!« Damit zieht er mich einfach weiter. Oh nein. Direkt zu euch.

12. Ich mag Konkurrenzkämpfe um mich, Alayna

Carter

Ich bin mit Melissa wieder nach oben gegangen. Wir liegen im Bett. Ich habe den Fernseher eingeschaltet, sie hat Ihre Hose ausgezogen und liegt auf meiner Brust. Meine Finger fahren über ihren Rücken, unter ihr Shirt, und ich schnippe beiläufig den BH auf.

»Heeey!«, motzt sie leise, aber lächelnd.

»Ich mag keine Kleidung im Bett, Baby. Das weißt du doch.« Ich will mich gerade auf sie stürzen, als ein mir allzu bekanntes Klopfzeichen all meine Alarmglocken aufschrillen lässt.

»NEIN«, stöhne ich, da geht die Tür schon auf. »NEIN«, stöhne ich noch mal, als Caden breit grinsend hereinmarschiert. Du kommst natürlich hinter ihm her, wie der kleine Hund, der du bist. Melissa fummelt schnell unter dem Shirt an ihrem Rücken rum, um den BH wieder zu schließen. Ich nehme ihre Hand weg.

»Das bleibt so, Baby.« Sie wird ganz rot, als sie sich aufsetzt und die Decke über ihren Körper zieht.

»Was wollt ihr?«

»Einen rauchen, Bro.« Caden kennt das Wort Privatsphäre nicht, denn er legt sich quer ans untere Bettende, während Melissa ganz hochkrabbelt, bis sie auf den Kissen sitzt.

»Setz dich, Baby«, meint Caden zu dir, während du total unschlüssig und unsicher dastehst und am liebsten weglaufen würdest.

»Oh nein, *Baby*, setz dich nicht«, erwidere ich. »Wir hatten gerade was vor, verpisst euch!«

»Was denn?« Caden ist total interessiert und rollt den Joint zwischen seinen Fingern. Ich schaue zu Melissa und sage ihr: »Sorry.« Sie hat die Lippen zusammengekniffen und ich klemme eine Hand unter die Decke zwischen ihre Schenkel, damit sie spürt, dass ich bei ihr bin.

Das magst du gar nicht, Alayna. Du verschränkst schnaubend die Arme vor der Brust und weigerst dich, dich zu uns aufs Bett zu setzen. Ich muss fast ein bisschen grinsen.

Caden dreht den Kopf zu dir und sein Ton ist ein bisschen stechender. »Setz dich, Alayna.« Du setzt dich auf Melissas Seite, ganz unten an die Ecke, wo Cadens Füße sind. Wie treffend.

»Und jetzt? Wird das ein Gangbang?«, frage ich genervt.

Melissa zuckt zusammen, weil sie wirklich Angst vor genau so was hat. Sie kennt Caden.

»Habt ihr Lust?«, will Caden wissen und du funkelst ihn wütend an, während er sich die Tüte anzündet.

»Auf keinen Fall!«, sagst du zu ihm.

»Oh Baby, da ist nur *eine* neue Person dabei und sie ist weiblich. Die anderen kennst du doch schon.«

»Caden, fang nicht wieder an!«, mahnst du ihn jetzt.

»Sorry.« Er wirkt sogar, als ob es ihm leidtut, und gibt dir die Tüte.

Stöhnend lasse ich meinen Kopf nach hinten fallen, weil ich genau weiß, was er hier schon wieder tut. Verdammt, warum hat keiner diesen Dämon zurück in die Gebärmutter meiner Mom gestopft, als er rauswollte? Melissa platzt fast vor Anspannung. Es ist was anderes, am Esstisch zu sitzen, oder hier allein in einem Bett zu sein. Deswegen drehe ich mich ein bisschen und ziehe sie an meine Brust. Sie kuschelt sich sofort ein und du, Alayna, verdrehst die Augen.

Du hast auch keine Ahnung, was sie durchgemacht hat, Alayna, und wenn du weiter so die Augen verdrehst, werde ich pissig. Das siehst du auch an meinem Blick. Du ziehst an der Tüte wie ein Weltmeister, weil du sauer bist, dabei solltest du wissen, dass Caden dich nie ohne Grund rauchen lässt.

Melissa weiß das auch. Sie fasst kein Zeug mehr an seit der Zeit bei uns.

Aber du? Es kommt mir so vor, als würdest du gar nichts dazulernen wollen, als würdest du gern von ihm manipuliert und zu seinem Spielball gemacht werden. Als würdest du gern mit uns zweien ficken. Und als würdest du es lieben, die Kontrolle an ihn abzugeben. Sonst wärst du schon weg.

»Also? Was machen wir vier Hübschen jetzt?«, fragt er gespielt nachdenklich und nimmt dir die Tüte wieder aus der Hand. Seine Augen huschen zu Melissa. Alayna, ich mag das nicht. Sie ist immer noch auf ihn gepolt, so verstrickt, weil Caden sie damals so programmiert hat, und er hat einen Scheiß getan, um das Ganze irgendwie rückgängig zu machen oder so. »Auch mal?«, fragt er sie strahlend und hält ihr den Joint hin.

Melissa schluckt.

»Scheiße, Bro, lass das«, knurre ich und ziehe sie enger an mich. Sie braucht das, Alayna. Hör auf, sie so scheiße anzuschauen.

Caden klemmt sich den Joint in den Mundwinkel und hebt abwehrend die Hände. »Ich wollte nur nett sein.« Ich weiß, was mein Bruder unter *nett* versteht.

»Ihr könntet zum Beispiel endlich das Schlafzimmer verlassen«, schlage ich genervt vor. »Das wäre nett.«

»Bro, du bist doch gerade erst zurück«, sagt Caden verständnislos. »Ich will auch mal Zeit mit meinem Bruder verbringen.« Er zieht, legt sich auf den Rücken und streckt sich wie ein Löwe in der Sonne. Was ich noch weniger mag als all das hier, ist, wie du den Streifen nackter Haut an seinem Bauch betrachtest, der freigelegt wird, weil sein Shirt nach oben rutscht. Deine Finger zucken, Alayna.

Offenbar reicht es dir, denn du sagst: »Hey, Baby«, mit dieser Stimme, mit der du sonst ausdrückst, dass ich dich härter ficken soll.

Er hebt rauchend den Blick, ein Arm hinter dem Kopf verschränkt. »Ja, Alayna?«

»Wie wäre es, wenn wir zwei nach oben gehen?« Deine Stimme wird leiser, weil du eigentlich nicht willst, dass wir das hören. Andererseits willst du es doch.

»Und dann?«, fragt er gelangweilt, als würde er erwarten, dass du ihm jetzt einen besseren Vorschlag machst als das, was er vorhat. Mir gefällt nicht, was er vorhat. Und wie er Melissa ansieht.

»Dann darfst du mit mir diese eine Sache machen. Du weißt schon, Baby.« Deine Stimme ist heiser und du wirst ein bisschen rot. Ich ziehe die Brauen nach oben. Welche Sache, verdammte Scheiße, Alayna? Meinst du etwa deinen Arsch? Den hat er mir versprochen und der gehört auch mir.

Alarmglocken schrillen in meinem Kopf. Ich würde mich am liebsten dazwischenwerfen.

Caden stützt sich auf die Ellbogen. »Wirklich?«, fragt er mit verengten Lidern. »Ich weiß doch, dass du das hasst.«

Du zuckst lässig mit einer Schulter. »Ich hasse nichts, was du mit mir machst.«

Ich drehe durch, Alayna. Was wird das? Ich klammere mich ein bisschen zu fest in Melissas Haut, weil ich meine Hände sonst um deinen Hals lege und dich umbringe. Was redest du da? WELCHE SACHE?

Er scheint abzuwägen, welche Vorstellung ihm besser gefällt, und lässt seinen Blick langsam von dir zu uns schweifen. Zur Auswahl stehen: ihr zwei da oben mit geöffnetem Fenster, damit ich alles höre, und dein kleiner Arsch oder was auch immer die SACHE ist. Oder Melissa mit ihren Psychospielen an den Rand des Wahnsinns treiben und sie ein bisschen ficken, während du zusiehst, um dich immer noch zu bestrafen, für das, was zwischen uns lief.

Fuck, ich hasse beide Optionen.

Warum konntest du auch den Mund nicht halten und hast ihm von all den Sachen erzählt wie – zum Beispiel unserem Kuss? Was meinst du eigentlich, was mit dir passiert, wenn er erfährt, dass du vom Spiel weißt? Schon die ganze Zeit.

Scheiße, Alayna, du liebst die Gefahr, oder?

Caden seufzt, dann steht er langsam auf, schlendert zu meinem Fenster, öffnet es und schmeißt den Rest des Joints raus in Moms Garten. Dafür werde ICH den Anschiss bekommen. Er liebt die Bühne und wie wir ihn alle anstarren mit leichten Beklemmungen.

Wieder seufzt er theatralisch. Melissa in meinen Armen sieht man fast gar nicht mehr, weil sie sich so verkrochen hat. »Ach, Melissa.« Sie zuckt zusammen. »Ich glaube, unser Date muss warten. Das hier ist einfach viel zu besonders.« Dann packt er dich an einem Arm und zieht dich auf die Beine. Du schaust noch flüchtig über die Schulter, bevor sich die Tür hinter euch schließt.

Fuck, Alayna.

* * *

Wir sitzen alle in meinem Auto. Es hat sich irgendwie so ergeben, Alayna. Okay, mit irgendwie so ergeben meine ich, dass es Cadens Plan war und er alles daransetzt, seine Pläne umzusetzen.

Wir fahren zu einer Party. Wir. Das sind Caden, ich, du, MELISSA – und als Krönung meine kleine Schwester AVA! Was soll das? Ich habe keine Lust, die ganze Zeit irgendwelche Schwänze von ihr fernzuhalten, aber Caden hat für sie gebürgt und Dad hat sie uns *anvertraut*. Das ist scheiße. Wieso er das getan hat? Keine Ahnung. Die meisten seiner Züge sind mir einfach zu undurchsichtig. Außerdem bin ich viel zu dicht, um darüber nachzudenken.

Caden trägt das Gleiche wie ich. Mir ist schon klar, worauf das hinausläuft. Er will spielen. Wir haben beide eine schwarze Jeans an, die an den Knien eingerissen ist. Einen eng anliegenden, schwarzen und dünnen Pullover und eine schwarze Lederjacke dazu. Seine schwarzen Boots hat er sogar genauso geschnürt wie ich. Seine Haare fallen ihm genauso in die Stirn wie meine. Er trägt sogar den gleichen fucking Dreitagebart, Alayna.

Und wir riechen gleich.

Ich habe versucht, Melissa dazu zu bringen, daheimzubleiben, weil sie weiß, dass Partys mit Caden meistens nur für ihn lustig sind und alle anderen den Kürzeren ziehen. Aber sie wollte mit, weil du mitkommst und sie bemerkt, wie du mich ansiehst, auch jetzt.

Du sitzt hinter Caden, Baby, und trägst die engste Jeans, die es auf der Welt gibt und die deinen Arsch so fucking prall aussehen lässt – was er ja auch wirklich ist, wie ich aus eigener Erfahrung weiß. In die Hose hast du ein dünnes, hautenges, rotes, langärmliges Oberteil gesteckt, dessen Schultern frei sind. Du trägst die Kette, die du von meinem BRUDER hast. Deine Haare sind seitlich gescheitelt und fallen in weichen, großen Wellen bis zu deiner Taille. Deine Wimpern sind heute so lang und deine Lippen so blowjobrot. Dazu eine Lederjacke und Heels, Alayna. Ich hasse und liebe es gleichermaßen. In dem Moment, als du mit meinem Bruder aus dem Haus kamst, habe ich einen Harten gekriegt. Du siehst heute so heiß aus und die Blicke unter deinen langen, dichten Wimpern sind anzüglich und provokant.

Melissa, die hinter mir sitzt, am weitesten von Caden entfernt wie möglich, sieht mich mit ihren dunkelblauen Augen immer wieder durch den Spiegel an. Sie ist so fucking hübsch, Alayna. Sie hat sich leicht geschminkt, nicht so sehr wie du, trägt nur beigefarbenen Lippenstift und hat irgendwas mit ihren Wimpern gemacht. Ihre langen, glatten Haare sind in der Mitte gescheitelt und fallen wie Seide herab. Sie hat dunkle, enge Jeans, ein dunkelblaues, enges Oberteil mit V-Ausschnitt mit weiten Ärmeln und Heels an. Und das nur, weil sie dich im Haus gehört hat. Sie hasst es, mit dir zu konkurrieren, aber ich liebe es, wenn zwei Frauen wegen mir die Krallen ausfahren.

Meine Schwester sitzt in eurer Mitte in ihrem schwarzen, einfachen Kleid und den wilden Locken, die Melissa ihr gemacht hat. Sie freut sich, dass sie sich heute mal offiziell schminken durfte, was mir gar nicht passt, weil sie wie zweiundzwanzig aussieht und nicht wie siebzehn. Jedoch wirkt sie zwischen euch etwas angespannt. Aber ich weiß, welche Energien sie von beiden Seiten abkriegt.

»Und, Alayna? Warst du schon mal im *Ribbon*?«, fragt Melissa jetzt und lässt den Kopf, der an der Sitzlehne liegt, langsam in deine Richtung schweifen. Das ist eine Geste, die sie sich von Caden abgeguckt hat.

Ich mustere sie ein bisschen verwundert durch den Rückspiegel und frage mich, ob das die gleiche Person ist, die vorhin fast in mich hineingekrochen ist.

»Nein, ich bin nicht so der Partytyp. Ich brauche das nicht. Wenn, dann gehe ich mit Caden und Carter.« Du lächelst sie an, Alayna, und ich schaue zu Caden rüber, der belustigt grinst. Denn *das* ist seine Vorstellung von Spaß. Er gibt mir ein Zeichen, die Klappe zu halten.

»Echt?«, fragt Melissa, als würde sie wirklich Caden imitieren. Das macht mir ein bisschen Angst, Alayna. Gleichzeitig finde ich es heiß, weil sie normalerweise nicht der Typ Frau ist, der so selbstbewusst ist, besonders wenn mein Bruder dabei ist. Ich frage mich, ob er was damit zu tun hat. »In deinem Instagramprofil sah das irgendwie anders aus.«

Du legst den Kopf schief, wie ich es immer tue, Baby. Mir gefällt, was hier passiert und ich drehe die Musik runter, um euch besser hören zu können.

»Du hast dir mein Instagramprofil angesehen, Melissa?«, fragst du verwirrt. »Wieso denn?«

»Ach«, seufzt Melissa und mir fallen fast die Augen aus dem Kopf, weil sie genau wie Caden klingt. »Ich muss doch wissen, wer sich bei meiner Familie rumtreibt.«

Alayna, du rollst den Kopf von links nach rechts und schüttelst dich kurz. »Deine Familie?«

»Ja, du weißt ja sicher, wie lange ich hier war, oder? Und ich hatte immer Kontakt zu Emilia. Sie hat mich auf dem Laufenden gehalten, gefragt, wie es mir geht, und hat mir erzählt, wie es meinen Jungs geht. Das Übliche halt.« Melissa macht eine wegwerfende Handbewegung.

Alayna, du brodelst. Du bist wie ich, du kannst dich nicht gut beherrschen. Melissa konnte schon immer besser schlucken als austeilen.

»Deine Jungs?«, fragst du mit hochgezogenen Brauen, als hättest du dich verhört. Ava schaut die ganze Zeit von einer zur anderen und rutscht immer weiter in ihrem Sitz nach unten. »Das hat sich aber vorgestern bei Carter in der Garage anders angefühlt.«

Wenn es Melissa was ausmacht, was sie da hört, dann weiß sie es zu verbergen. »Ich kenne das Spiel von den ganzen Spielen, die die beiden spielen. Ich hab das schon alles durch und … Hat er dir schon die Ordner gezeigt?«

Du wirst ein bisschen blass, Baby.

»Hat er dich schon getestet? Und dir erzählt, wie es mit den anderen war? Hatte er schon vor deinen Augen mit einer anderen Sex? Caden ist heiß, wenn er mit anderen Frauen schläft. Vielleicht sollte ich es dir mit ihm vorführen«, sinniert sie. Ich glaube, mich verhört zu haben, und funkle Melissa über den Rückspiegel an.

Du bist kurz vorm Platzen, Alayna. Deine Haut ist wirklich weiß wie eine Wand und dein Blick gleitet unsicher zu Caden. Das gefällt dir nicht. Nichts davon.

»Es reicht!«, donnere ich. Melissa kennt die Stimme und zuckt sofort zurück. Du hingegen schaust mich erschrocken an, weil du das Vergnügen noch nicht hattest. Sei froh. Ich bin echt verwundert über Melissa und schaue zweifelnd zu meinem Bruder. Der amüsiert sich immer noch, also denke ich, dass er definitiv was damit zu tun hat, wie Melissa heute drauf ist. Er muss nur mit dem Finger schnippen und seine abgerichteten Hündchen verhalten sich genauso, wie er es will. Bei dir hat er es noch nicht so extrem gemacht, bei ihr schon längst.

»Schon okay, Carter. Es ist gut, wenn man den wahren Charakter von einem Menschen kennenlernt.« Du musterst Melissa abfällig. »Caden wird niemals vor meinen Augen eine andere ficken, weil ich genug für ihn bin.«

Melissa schnaubt. »Das glaube ich dir.«

»Boaaaah«, ruft Ava und schmeißt ihre Arme in die Luft. »Könnt ihr das jetzt mal lassen, ihr Tussis? Nicht mal ich bin so schlimm.« *Wo sie recht hat,* denke ich genervt. Wir kommen Gott sei Dank an, ehe ihr euch an die Kehle geht oder das Gesicht zerkratzt.

Ava springt, noch bevor du richtig ausgestiegen bist, heraus und atmet tief die frische Luft ein. Caden will dir aus dem Auto helfen, aber du nimmst seine Hand nicht. Das gefällt ihm nicht, Alayna, sei vorsichtig. Du bewegst dich immer noch auf dünnem Eis bei ihm.

Fuck.

Schon gibt er mir ein Zeichen und ich weiß, wir sind im Arsch.

Wieder mal.

13. Nur ein Spiel, Alayna

Carter

Du, Ava und Caden seid auf dem Weg zum Eingang. Ich ziehe Melissa am Arm zurück und deute Caden, dass wir nachkommen. Sie fährt zu mir herum, die Augen schuldbewusst und ihre Haare fallen ihr ins Gesicht.

Ich drücke sie an das Auto und sie schaut mit großen Augen zu mir auf.

»Was sollte die Scheiße gerade?«, frage ich und weiß, was sie in meinem Gesicht sieht.

Sie schluckt. »Ich weiß es nicht, Carter.« Und versucht, mir auszuweichen. Scheiße, ich mag es nicht, wenn sie sich mir entziehen will, also packe ich ihr Gesicht am Kiefer und zwinge sie dazu, mich wieder anzusehen.

»Was war das gerade, Melissa, habe ich gefragt.«

Sie schließt kurz die Augen und atmet tief durch. Dann sieht sie mich wieder an. »Ich mag sie nicht, Carter. Darf ich nicht mein Revier verteidigen? Sie hat doch Caden, was will sie von dir?«

»Davon rede ich nicht, Melissa«, sage ich ernst. Ich hasse es, mit ihr zu streiten, weil sie kein ebenbürtiger Gegner ist. Sie ist zerbrechlich. Ständig muss ich aufpassen, dass ich sie nicht zu sehr verletze. Nicht so wie bei dir.

»Was meinst du dann?«

»Du hast dich verhalten wie Caden. Du hast sogar vorgeschlagen, mit ihm zu ficken, Melissa. Was war das? Soll ich dich kurz zu ihm schicken, damit er dich schnell durchnehmen kann?« Die Wut in meiner Stimme ist kaum zu überhören. Sie reißt die Augen auf.

»NEIN! Ich weiß auch nicht, ich war einfach … keine Ahnung.«

»Melissa«, erwidere ich ernst. »Wenn du hier bist, um mich zu verarschen, verpiss dich!« Ich hätte das zwar nie gedacht, aber ihr Verhalten gibt mir zu denken, Alayna. Keine Ahnung, was das ist. Früher war sie nicht so und hätte niemals so was von sich gegeben.

Tränen treten in ihre Augen. Ich hasse es. Es tut mir weh. »Ich würde dich niemals verarschen, Carter. Ich liebe dich.« Ich lasse den Nacken knacken und blähe die Nasenflügel. Sie weiß, was es mit mir macht, wenn sie das sagt.

»Okay, Caden hat mich vorhin zur Seite genommen.«

Gepresst atme ich durch die Nase und habe Mühe, nicht gegen irgendwas zu treten oder zu boxen. »Was wollte er?«

Sie seufzt trocken. »Er wollte mich nur warnen, dass Alayna versuchen wird, dich mir auszuspannen, und er hat dieses Ding gemacht, du weißt schon …« Wirr wedelt sie vor ihrem Gesicht herum. »Mit meinem Kinn und meinen Haaren. Du weißt, wie das ist, wenn er das macht, und was das in mir bewirkt. Was er schon damals in mir aktiviert hat.«

Fuck.

Ich habe nicht gedacht, dass es noch so stark ist, Alayna, und ich hasse es, was er tut. Er will Streit anzetteln, weil er sich langweilt. Dabei ist ihm scheißegal, wem dabei wehgetan wird. Das ist wieder so ein Moment, in dem ich vergesse, wie sehr ich ihn liebe. Am liebsten würde ich hineingehen und sein Gesicht zu Brei verarbeiten.

»Scheiße«, sage ich leise und lasse sie los.

Sie kommt mir sofort wieder entgegen und nimmt meine Hand. »Das wird schon irgendwann aufhören, Carter. Ich bin nur wegen dir hier. Der Rest interessiert mich nicht, solange sie die Finger von dir lässt.«

Ich fahre mir durch das Haar und kralle meine Finger kurz hinein, zähle bis zehn, damit ich nicht ausraste, und konzentriere mich auf Melissas Hand in meiner. Das macht es eigentlich immer sehr schnell besser.

Ich atme tief durch und sehe dann zu ihr. »Okay«, sage ich leer und blicke sie auch so an.

Sie schluckt und zieht mich sanft zum Eingang, hinter den ihr schon verschwunden seid.

Ich folge ihr wie in Trance und weiß nicht, wohin das alles führen soll.

Wir gehen an der Schlange und am Securitymann vorbei. Durch unseren *Job* stehen uns in sämtlichen Clubs im Süden der Stadt alle Türen offen, und wir kennen Leute, die was zu sagen haben. Melissa weiß das alles. Du nicht, Alayna, und ich will auch nicht, dass du es erfährst. Aus dieser Scheiße will ich dich so weit wie möglich raushalten, und Caden auch.

Der Club ist ein altes Fabrikgebäude, das umgebaut wurde. Überall schwirren bunte Scheinwerferlichter und Lasereffekte durch den Raum. Rauch wird von verschiedenen Nebelmaschinen in die tanzende Menge gepumpt, der Bass dröhnt tief aus den Boxen. Alle sind auf irgendwas drauf und eskalieren. Dabei ist es erst elf Uhr. Caden hat Dad erzählt, wir würden nur ein Bier trinken, bevor der Sommer sich endgültig verabschiedet. Ava natürlich nicht, das ist klar.

Es sind so viele Leute da, aber ich brauche mich nicht nach meinem Bruder umzuschauen, denn ich weiß immer, wo er ist. Ich folge meinem inneren Band zu ihm und finde euch an der Bar.

Ava steht neben euch und sieht sich alles mit großen Augen und offenem Mund an, während ich Ausschau nach irgendwelchen Typen halte, die sie anglotzen, aber in unserer Nähe traut sich das wohl keiner der Idioten. Du tanzt, Baby, natürlich in der Nähe, immer schön an der imaginären Leine, und lässt dich ausgelassen zur Musik treiben. Caden lehnt mit den Ellbogen an der Bar. Er beobachtet dich und sein scheißdreckiges Grinsen lässt mich wieder auf hundertachtzig hochschießen. Ich kann mich nicht kontrollieren. Er hebt belustigt eine Augenbraue, als ich mit Melissa an meiner Hand auf ihn zumarschiere und Nase an Nase an ihn rantrete.

»Lass deine Psychoscheiße bei meiner Frau, Caden. Ich hab keinen Bock auf Spiele, vor allem nicht heute und vor allem nicht mit ihr!«

Er streckt sich leicht und lässt seinen Kopf nach hinten rollen, bevor er mich wieder ansieht. Die Musik ist laut genug, sodass Ava und Melissa uns nicht hören. Rotes Licht tanzt über sein Gesicht, als er sich vorbeugt.

»Ich werde so viele Spiele spielen, wie ich will. Und mit wem ich will.« Er betont jedes Wort einzeln. »Und wenn dir das nicht gefällt, dann manipuliere ich deine kleine Schlampe dazu, dass sie sich von allen Männern hier im Club ficken lässt, und schicke sie für immer weg – nicht so lasch wie beim letzten Mal. Dann ist sie schneller weg, als ich bis drei zählen kann, und du weißt, dass ich das sehr gut beherrsche.«

Ich glaube, mich verhört zu haben, und drücke Melissas Hand fester, als würde sie sonst rumlaufen und tatsächlich tun, was er eben prophezeit hat.

»Glaubst du mir nicht, Bro?« Er schaut an mir vorbei zu Melissa. »Komm her.« Obwohl Melissa solche Angst vor ihm hat, setzt sie sich sofort in Bewegung und löst ihre Hand aus meiner, was mir gar nicht gefällt.

Sie stellt sich neben Caden, die Augen angstvoll auf mich gerichtet. Sanft legt Caden seine Finger an Melissas Haar und streicht ihre Längen mit den Knöcheln nach. Sie erbebt und schluckt. Ich weiß, sie kann nichts dafür, weil er sie so in der Hand hat, aber es pisst mich an, das zu sehen, und es ernüchtert mich.

Er formt mit seinen Scheißlippen: »Küss mich.« Sie versucht, sich gegen seine Anziehungskraft zu wehren, als er auf ihre Lippen schaut. Aber einen Augenblick später stellt sie sich auf die Zehenspitzen. Ich packe sie am Arm und reiße sie von ihm weg, ich schaue zu Alayna, aber sie sieht gar nicht her und hat die Augen gerade geschlossen.

»Fuck, Caden, dafür kommst du in die Hölle.«

»Aber da sind wir doch schon alle, Bro. Keine Sorge, ich werde sie nicht kaputt machen, ich werde mich gut um sie kümmern und ich werde sie nicht ficken. Und jetzt spiel.« Damit nimmt er Melissas Hand und zieht sie zu den tanzenden Leuten, Melissa wirft mir noch einen Hilfe suchenden Blick über die Schulter zu und verschwindet mit ihm in der Menge. Sie gehen einfach darin unter und werden mit der Masse eins.

Ich glaube, ich verliere den Verstand und fahre mir mit beiden Händen durch das Haar.

Scheiße.

Ich hole mir ein Bier an der Bar, trinke es in fast zwei großen Zügen leer und knalle die Flasche wieder auf den Tresen. FUCK. Ich hasse es, so machtlos zu sein. Ich, der eigentlich jede ficken und dazu bringen kann, zu tun, was auch immer ich will. Sogar die Männer vom *Boss* kuschen, wenn ich komme, weil sie wissen, dass ich irre bin und keine Skrupel habe. Aber das hier, Alayna, liegt außerhalb meiner Macht, und ich hasse es. Mein Herz rast, weil ich nicht weiß, was er mit ihr macht.

Normalerweise kann ich auf sein Wort zählen, aber wenn es um Melissa geht, bin ich mir nicht sicher.

Und er ist so unglaublich sauer. Wie noch nie.

»Alles okay?«, fragt meine Schwester neben mir und ich lege stöhnend den Kopf nach hinten, bevor ich sie wieder ansehe.

»Geh tanzen. Aber allein. Und such mich einmal die Stunde, damit ich sicher sein kann, dass es dir gut geht.«

Sie legt ihre kleine Hand mit den schwarz lackierten Fingernägeln auf meine Schulter und ich mustere sie verwirrt. Ihr Blick ist mitleidig und ich hasse Mitleid.

»Lass sie gehen, Carter. Es wird sonst nur noch schlimmer. Er wird nie aufhören, dich für das zu bestrafen, was du mit ihr hast. Weil es ihm fehlt.«

Gott, wann ist meine kleine Pissnelkenschwester so fuckingreif geworden? Ich sehe in ihr immer noch das kleine zwölfjährige Gör, das mit ihren verklebten Händen meinen Controller anfasst und dann kichernd davonläuft, wenn ich sie anbrülle.

»Du weißt nicht, wie das ist, jemanden gehen zu lassen, den man liebt, Ava.«

Sie lächelt leicht und zuckt mit einer Schulter, bevor sie sich von mir abwendet und ich die Augen verenge. *Was war das?*

Caden wirft mir von seinem Aussichtspunkt einen auffordernden Blick zu und nickt in deine Richtung. Mir wird schlecht. Melissa sitzt neben ihm, total verängstigt. Er hat einen Arm über ihre Lehne gelegt und spielt mit ihrem Haar. Das tut er immer, um seine Tussis ruhig zu halten. Er verbindet ein Gefühl mit einer Geste und wiederholt das so lange, bis es sich so im Kopf festigt und programmiert. Wie ein Hund, den man mit Leckerlis belohnt, wenn er etwas Richtiges tut.

Ach Gott, Alayna, du hast keine Ahnung, wie schwer es mir fällt, auch nur daran zu *denken*, dich wieder zu berühren, während Melissa zusieht. Und dass sie zusieht, ist nicht mal das Schlimmste. Das Schlimmste ist, dass ich mit dir nicht tun kann, was ich will. Das erste Mal schiebt sich ein Bild vor meine Augen, dass ich dich einfach an der Hand nehme, wir zu meinem Auto gehen, uns reinsetzen und wegfahren. Komischerweise habe ich das Bild nie mit Melissa.

Ich schaue dich an, während du lächelnd in der Menge stehst, tanzt und jeden Typen, der in deine Richtung sieht, sofort verscheuchst oder ihm einen Spruch reindrückst.

Dich kann man wirklich allein lassen.

Ich sehe wieder zu meinem Bruder, der langsam ungeduldig wird. Seine Finger haben sich um Melissas Kiefer gelegt und fahren langsam die Linie nach.

Fuck.

Ich setze mich in Bewegung, fahre mir schnell durch das Haar, damit es nach hinten anliegt wie bei Caden immer, und trete von hinten an dich ran. Du spürst sofort, dass ich kein Fremder bin, und schmiegst dich an mich, den Hinterkopf an meine Brust gelehnt. Deine Hände legen sich auf meine Unterarme, die ich um deinen Bauch geschlungen habe. Ich lasse meine Nase durch dein Haar gleiten und ziehe deinen Geruch tief ein, als der Song wechselt.

Shake off the rain
And dry off and come inside tonight
You don't have to be alone
You don't have to be, love
You've got the prettiest face I ever did see
With eyes so sad like songs
I swear I've known

Einen Moment sage ich gar nichts und genieße diesen Scheißmoment, als wäre er alles, was ich habe. Vielleicht ist er das auch. Du neigst den Kopf zur Seite und ich überlege, ob du weißt, dass ich es bin, denn eigentlich will Caden spielen, und er will, dass du denkst, dass ich er bin. Aber es interessiert mich gerade nicht, schließlich hat er meine Frau mitgenommen. Deshalb nutze ich diese Ausrede gern, vielleicht mehr, als gut für uns ist. Ich lege meine Hände flach an deinen Bauch und du lässt deine Fingerspitzen über meine Haut fahren. Dabei sehe ich dein Profil an. Baby, du bist so schön.

Blaues Licht blitzt über deine Haut und deine Lippen schimmern, als du zu mir hochschaust und so viel Vertrauen in deinen Augen ist.

I'd steal a hundred kisses
Before you say goodbye
And make a hundred wishes
In the name of you and I
Cause what we have is secret
So don't let no one know

Ich streiche mit der Nasenspitze über deine Wange. Deine Haut riecht so gut, dein Körper ist so warm, und ich weiß, dass dein Herz rast. Ich hoffe einfach, dass du weißt, wer ich bin, Baby, weil ich es nicht mag, dass du ihn so ansiehst, wie du mich gerade ansiehst. Als wäre ich der Mittelpunkt deiner Welt und als hättest du alles um uns herum ausgeblendet.

The past can't come between us
If we both just let it go
Today is the perfect day
Today is the day I tell you,
Oh … If you ever walk away
Then I would die right there
For you

Ich drehe dich in meinen Armen und nehme dein Kinn zwischen meine Finger, senke meine Lippen an deine, aber berühre sie nicht. Dein heißer Atem bricht sich an meiner Haut und du hältst dich an meinen Oberarmen fest. Du riechst so gut, Babe.

Give me your every breath
And promise me your world
I don't ask for much at all
All I want is all you've got
Could you be that girl
Are you thinking of me
Or have I projected all of my hopes
On you

»Ich weiß, du kannst nicht auf mich verzichten und auch nicht auf ihn«, meine ich, und wiederhole damit die Worte, die du mir in meiner Garage gesagt hast, damit du erkennst, wer ich bin. »Aber jetzt musst du mitspielen, weil er da hinten steht und uns beobachtet. Das ist ein Test.«

Du schaust mich mit deinen großen Augen an und runzelst die Stirn. »Woher weiß ich, dass du nicht Caden bist?«

Ich hebe eine Braue. »Ich bin Carter, Alayna.«

»Hmmm«, machst du. »Das hast du mir auch erzählt, als du deinen kleinen Test in Carters Schlafzimmer gemacht hast.«

»Scheiße, Alayna. Ich bin’s.« Wie soll ich dir das nur klarmachen? Jetzt ist dieses Spiel irgendwie total abgefuckt. Das hat Caden sicher auch beabsichtigt.

»Was haben wir gestern beredet?«

Ich lache dich leicht an und lege den Kopf schief, bevor ich um dich herum greife und deinen Arsch packe, um dich mit einem Ruck an mich zu ziehen. »Sag mir, dass du nichts für mich empfindest, Alayna.«

Du schluckst und schaust mir prüfend in die Augen. »Das kann ich dir nicht sagen.«

Ich hebe den rechten Mundwinkel und senke meinen Kopf. »Das musst du auch nicht.« Dann küsse ich dich und du küsst mich. Caden nimmt mit Sicherheit an, dass du denkst, dass ich er bin. Es verschafft mir ein bisschen Genugtuung, aber es tut mir nur um Melissa leid, die das mit ansehen muss.

Auf einmal schiebst du mich leicht von dir und runzelst die Stirn. »Was willst du? Ich bin doch nur die *Bitch deines*

Bruders?« Oh Alayna, jetzt machst du mir deswegen eine Szene? Du bist wirklich gar nicht wie die anderen, Caden hat recht.

»Baby«, sage ich und du erschauerst. »Spiel einfach mit, oder willst du wieder bestraft werden?« Du erinnerst dich daran, wie viel Spaß Caden am Bestrafen hat, und schüttelst den Kopf.

»Okay, dann ist ja gut.« Ich drehe dich wieder um, weil ich dir nicht in die Augen sehen kann, und umfasse deinen Körper, wie Caden es tun würde, aber auch ein bisschen wie ich, und presse dich an mich. Meine Lider gleiten zu, als dein Geruch wieder in meine Nase steigt. Fuck, Alayna, sie hat recht. Ich bin dir viel mehr verfallen, als ich es wirklich weiß, und bin mir nicht sicher, wie weit es reicht.

Dein Kopf fällt wieder nach hinten. Du siehst mich nicht an, hältst die Augen geschlossen und kneifst sie zusammen. Du bist so wütend auf mich, Alayna, aber es ist mir egal. Ich will einfach deine Anwesenheit spüren, deinen Körper, also streiche ich mit einer Hand deinen Bauch nach oben, zwischen deinen Brüsten entlang und lege zwei Finger in die Kuhle zwischen deinen Schlüsselbeinknochen. Unter meinen Fingern rast dein Puls hektisch und ich weiß, solange das so ist, brauche ich mich für gar nichts zu entschuldigen.

Du willst mich hassen, aber dein Körper spricht eine ganz andere Sprache.

»Eigentlich«, sage ich leise und du erschauerst. Langsam streiche ich dein Haar nach hinten und spreche an deinem Ohr, sodass du mich über die Musik hinweg verstehen kannst. »Bist du *meine* Bitch.« Deine Lider fliegen auf und du willst schimpfen, weil ich so mit dir rede, aber dann siehst du direkt in meine Augen und dein Mund klappt wieder zu. Du reckst dich mir entgegen und ich kann nicht widerstehen. Weil du es bist und weil ich dir anscheinend nie widerstehen kann. Das wusste ich bis jetzt selbst nicht.

Ich lasse meine Hand weiter nach oben gleiten und greife um deinen Hals, als du ihn reckst und ich dich küsse, dein Rücken an meiner Brust, deine rechte Hand in meinem Nacken, die andere auf meinem Unterarm, während dein hektischer Atem sich an meinem Gesicht bricht. Deine Lippen bewegen sich auf meinen, als hättest du keine Zeit mehr. Ich bewege mich genauso und spüre deine Kieferbewegungen unter meinen Fingern, wie du schluckst und immer schneller atmest. Deine Hand greift jetzt an meinen Hinterkopf in mein Haar.

Du hältst es genauso wenig aus wie ich und drehst dich in meinen Armen, die Hände in mein Oberteil gekrallt, und stellst dich auf die Zehenspitzen.

Scheiße, Baby, es ist, als wären alle anderen um uns herum verschwunden und die Tanzfläche leer. Nur die Lichter fegen über unsere Körper. Ich halte dich und du hältst dich an mir fest. Ich spüre deine Haarspitzen, die meine Handrücken streifen, als ich dich näher ziehe. Es ist mir egal, ob wir Luft kriegen, oder ob uns jemand zusieht. Es ist mir egal, mit wem du hier bist und mit wem ich hier bin.

Scheiße, Alayna.

Weil du das Einzige bist, was zählt.

Als wir voneinander ablassen, lehne ich meine Stirn an deine und streife mit den Lippen flüchtig über deine.

»Fuck«, murmelst du und ich streiche dein Haar auf einer Seite nach hinten.

»Ich weiß«, antworte ich, weil ich weiß, dass es mehr als »FUCK« nicht für unsere Situation zu sagen gibt. Wir *sind* gefickt. So was von. Ich spüre es in meinem Rücken kribbeln.

»Carter«, sagst du und deine Stimme ist so belegt und rau.

»Nenn mich jetzt nicht so«, antworte ich und sehe über meine Schulter, aber ich kann meinen Bruder nicht finden. Dabei passiert das nie. »Falls er in der Nähe ist.«

Du nickst und fährst mit dem Zeigefinger über meine Unterlippe.

Mit einer schnellen Bewegung greife ich nach deinem Handgelenk und sehe dich warnend an. »Nicht.«

»Wieso? Ich würde Caden auch so berühren.«

»Sag mir so was nicht, Alayna.« Ich lasse meinen Nacken knacken. »Du sollst das nicht tun, weil ich dich sonst ficke, und das gehört heute nicht zum Spiel.«

Du runzelst die Stirn. »Ich bin kein Scheißspiel, Carter!«

»Für ihn schon. Und ich stecke mittendrin, Alayna. Wir stehen alle auf einem beschissenen Schachbrett und er ist derjenige, der die Figuren bewegt, wie auch immer es ihm passt.«

Ich sehe in deinen Augen, dass du müde bist von alldem und dass du keine Lust mehr darauf hast. Oh Baby, willkommen in meiner Welt. Ich habe keine Lust darauf, seit ich geboren wurde. Und außerdem ist da noch was. Es stört dich, dass ich so offen über Caden spreche, denn du willst dir immer noch einreden, er würde sich irgendwann ändern. Ja, er hat Gefühle für dich, das habe ich gesehen. Aber Alayna, sein Spiel liebt er mehr. Sein Leben, wie es ist, liebt er mehr. Und deshalb bedeutet diese Liebe nicht viel. Wenn du nicht mehr gut genug bist oder er sich langweilt, wirst du so schnell ersetzt, dass er nicht mal bis drei zählen muss.

So war es immer und so wird es immer sein.

14. Mein Monster, Alayna

Carter

»Was ist los?«, fragst du wie in Trance und ich lasse meinen Nacken knacken. Sie sind weg. Ich kann Caden nicht spüren, Baby, weil du mich so abgelenkt hast. Jetzt stehe ich hier mit dir und mein Herz rutscht bis in meine Schuhe, weil ich weder Melissa noch Caden sehen kann. Ich hätte es wissen müssen. Er hat sofort gecheckt, dass du weißt, wer ich bin, und dass ich hier kein Spiel mehr spiele. Nur muss Melissa darunter leiden.

»Scheiße!«, fluche ich und fahre mir mit beiden Händen durch das Haar.

Du berührst mich zaghaft. »Carter?«

»Nein!«, sage ich ernst und trete einen Schritt von dir zurück. »Fass mich jetzt nicht an.«

Du weitest die Augen, weil du merkst, dass da eine Seite in mir zum Vorschein kommt, der du lieber nicht in den Weg treten solltest.

»Bleib. Hier. Alayna. Beweg dich nicht von der Stelle. Ich meine es ernst. Hast du das verstanden?«

Du nickst hölzern.

Ich packe dein Kinn. »Genau hier, verstehst du mich?«

Jetzt nickst du schneller und ich nicke auch. Gut.

Dann schaue ich nach Ava, die etwas entfernt steht und nicke sie zu dir. Sobald sie da ist, fahre ich herum und schiebe die Leute zur Seite, die mir im Weg rumstehen. Ich weiß, dass er gerade Scheiße baut. FUCK! Und das mit Melissa. Wieso habe ich sie mitgenommen? Ich fühle mich, als hätte ich sie ihm ausgeliefert. Wieso habe ich gedacht, es könnte klappen? Ich habe einen verdammten Psychopathen als Bruder, der keine Rücksicht auf Gefühle, Konventionen oder sonst etwas nimmt. Wenn er wütend wird, geht er über Leichen.

Ich ahne, wo er ist. Sicherlich nicht hier drin, sonst würde ich es merken. Er würde Gefahr laufen, dass du ihn erwischst, bei dem, was auch immer er treibt. Und das Schlimme ist, er tut es nur, um uns zu bestrafen und uns zu verletzen. Aber Melissa hat damit nichts zu tun.

Wie konnte ich sie mit ihm allein lassen, nachdem er mir demonstriert hatte, dass er immer noch ihre Fäden in der Hand hält? Er hat mich mit ihr erpresst. Das ist krank.

Ich bahne mir einen Weg zum Ausgang und dränge mich an den ganzen Betrunkenen vorbei. Meine Hände sind zu Fäusten geballt und ich stürme nach draußen. Es nieselt, der Wind ist kühl, als ich die Autoreihen entlanghetze, bis ich ihn sehe.

Er steht an der Seite meines Autos mit einem ausgestreckten Arm an der Scheibe abgestützt, sein Kopf ist nach unten gerichtet. Er hat eine Zigarette im Mundwinkel und seine andere Hand ist in Melissas Haaren vergraben. Sie kniet vor ihm, mit dem Rücken am Auto – seine Hüften bewegen sich vor und zurück. Es fühlt sich an, als hätte mir jemand eine Kugel in die Brust gejagt. Ich würde mich am liebsten zusammenkrümmen.

Dann jedoch schießt es durch meine Adern und ich kann und will es nicht aufhalten. Wie Gift pulsiert es durch meine Venen. ES ist mein Monster. Ich spüre es kommen und lasse es, weil ich es gerade brauche, um nicht zusammenzubrechen.

Ich straffe meine Schultern und balle meine Fäuste, mein Herzschlag verdreifacht sich und mir wird heiß. In meinen Ohren rauscht mein Blut und ich lasse den Nacken knacken, aber nicht, um mich zu beruhigen, sondern um es anzunehmen und in mich aufzusaugen.

Träge sieht er mich über die Schulter hinweg an. Ich bemerke diesen fuck verklärten Blick, bevor er die Augen schließt und den Kopf nach hinten fallen lässt.

Dieser Wichser kommt. In ihrem Mund.

Als er zurücktritt und seine Hose schließt, kann ich mich nicht mehr zurückhalten. Ich renne auf ihn los, packe ihn am Kragen, wirbele ihn zu mir herum, was er widerstandslos geschehen lässt.

Eine gefühlte Ewigkeit schaut er mich an, dann sagt er lässig: »Gleiches mit Gleichem, Bro.« Ich hole aus und lasse von oben meine Faust auf seine Nase krachen. Es knirscht, als sein Knorpel bricht.

»Und?«, fragt er und schnieft das Blut in seine Nase. »Mehr kommt da nicht, nachdem ich ihren Mund gefickt habe? Soll ich ihren Arsch ficken, damit du richtig ausflippst?«

Sofort verpasse ich ihm noch eine. »Halt die Fresse, Caden!«

Aber er grinst nur und spuckt das Blut aus. »Wie war Alayna denn so, als du sie gefickt hast? Hat sie genauso laut geschrien wie bei mir? Hat sie dir auch erlaubt, ihren Arsch ein bisschen zu fingern?«

Jetzt schlage ich ihm zweimal in den Bauch. Durch mich rast immer noch so viel Wut.

Er keucht und krümmt sich kurz, muss sich mit einer Hand am Auto abstützen, aber mir tut es kein bisschen weh.

»Fühlt es sich gut an, wenn die Frau, die du liebst, von einem anderen benutzt wird? Wenn sie einen anderen so anschaut, wie sie dich anschauen sollte?«

Ich schubse ihn auf den feuchten Boden. Der Regen wird immer heftiger, genau wie der Wind, als ich mich auf ihn setze. Er wehrt sich nicht, hebt nicht mal die Arme, aber das ist mir egal. Es ist mir egal, ob er ein würdiger oder unwürdiger Gegner ist.

Er schaut mich schwer atmend an, während der Regen das Blut von seinem Gesicht wäscht. »Ich hab dir gesagt, sie gehört mir. Ich hab dir gesagt, ich liebe sie. Aber du wirst nie aufhören. Du hörst nie auf, oder Carter? Du kleiner egoistischer Bastard!«

Als ich aushole und ihm von unten die Fingerknöchel gegen den Kiefer ramme, fliegt sein Hinterkopf gegen den Kiesboden.

»Ich hab sie nicht gefickt, Bro. Ich halte mich an mein Wort!«

»Scheiße, halt deine Fresse!«, zische ich. »Oder willst du, dass ich dich umbringe? HÖR AUF!«

»Ohhh … ich bin noch lange nicht fertig, BRO!«, speit er mir entgegen. Wieder lasse ich meinen Nacken knacken und versuche mit aller Macht, mich zu beruhigen, aber ich merke, dass ich diesmal keine Chance habe. Es überrumpelt mich total und ich glaube, ich werde ihn umbringen. Dann ist das alles hier vorbei.

»Es wird immer ein Fingerschnippen reichen, egal ob bei Melissa oder bei Alayna. Frauen wie sie sind Huren!«

Ich packe seine Haare und ramme seinen Hinterkopf gegen den Boden. Er stöhnt auf und zeigt mit einer einladenden Bewegung seiner Hand, dass ich weitermachen soll, fordert mich heraus, sagt mir: *Komm, mach weiter, war das schon alles?* Dabei blutet er im ganzen Gesicht.

Oh nein, Bro, das war noch nicht alles! Ich verpasse ihm einen Hieb in die Seite, und noch einen und noch eine. »Du willst mit mir ficken?«, frage ich. »Du fickst schon zu lange mit mir!«

Als ich mein Knie auf seinen Brustkorb presse, atmet er schwer. Ich weiß, jetzt könnte ich ihn einfach killen, ich muss nur fest genug draufdrücken.

»Komm«, sagt er schwer atmend. »Tu es, Carter, das willst du doch.«

Ich presse die Zähne aufeinander, drücke mein Knie langsam tiefer in sein Brustbein und höre es leicht knacken.

Mit geschlossenen Augen bäumt er seinen Rücken etwas auf und stöhnt gequält.

»CARTER, WAS MACHST DU? DU BRINGST IHN UM! GEH RUNTER!«, brüllst du grell hinter mir. Mein Kopf schießt über meine Schulter und ich sehe dich im Regen stehen – besorgt mit großen Augen. Du bist doch schuld an allem. Wärst du nicht gewesen, wäre das alles nie passiert. DU bist der Teufel, nicht wir!

»Verpiss dich!«, sage ich ruhig und sehr, sehr ernst.

Melissa packt dich am Arm. »Alayna, misch dich da nicht ein. Vertrau mir.«

»ER BRINGT IHN UM! NEIN!« Du schubst sie mit einer fegenden Armbewegung von dir und stürmst auf mich zu. »*Caden*!«, rufst du und die Verzweiflung in deiner Stimme versetzt mir einen Stich. Du liebst ihn wirklich und stößt mich mit aller Kraft, sodass ich zur Seite zucke. »FUCK, geh runter!«, brüllst du total außer dir.

»Hättest du das Mal lieber gesagt, als ich dich gefickt habe. Dann wäre das nie passiert, du Schlampe!« Damit stehe ich auf, sehe nur noch dein scheißverheultes Gesicht, packe dich am Hals und drücke dich gegen das nächste Auto.

»Scheiße«, keucht Caden total k. o. neben mir. »Carter … nein!« Er versucht, sich aufzurappeln, fällt aber wieder zurück in den Dreck.

»CARTER«, schreit meine Schwester. »Scheiße, was machst du schon wieder? SPINNST DU ODER WAS? Lass sie los! Sie kann nichts dafür, dass ihr solche Scheißer seid! Soll ich Dad anrufen?«

Ich denke an meinen Vater, wie gern ich mich mal mit ihm prügeln würde, weil er sich wenigstens wehrt, und nicke. »Ja, Ava, mach das. Ruf ihn an!«

Du siehst mich währenddessen mit schreckgeweiteten Augen an und deine Fingernägel krallen sich in meinen Unterarm.

»Carter«, keuchst du, weil mein Griff so fest ist. »Ich bin's! Hör auf! Was tust du?«

Fuck.

Dann glitzern Tränen in deinen Augen und das Regenwasser läuft über dein blasses Gesicht, das mich so ängstlich ansieht, aber doch mit diesen beschissenen Emotionen, die nicht in deine beschissenen Augen gehören. Besonders nicht jetzt. Wieso siehst du mich mit diesem Vertrauen an? Ich würge dich, verdammte Scheiße. Alayna, ich werde dich umbringen, wenn du mich weiter so ansiehst und diese Sachen empfindest. Wirst du es denn nie verstehen? Wirst du denn nie weglaufen?

Aber ich merke tatsächlich, wie mein Griff sich schon gelockert hat. Fast im selben Moment, als du angefangen hast, zu mir zu sprechen.

»Du wirst mir nicht wehtun«, sagst du überzeugt.

Meine Nasenflügel blähen sich und ich atme tief durch, bevor ich dich mit einem Ruck gegen das Auto stoße und loslasse.

* * *

Ava hat Dad angerufen und einen Krankenwagen. Ich habe Melissa gepackt und fahre weg, bevor ich mich dieser Scheiße stellen muss.

Sie redet nicht und Tränen laufen über ihre Wangen. Ihr Haar ist nass, genau wie ihre Klamotten. Mir geht es nicht anders. Außerdem brennen meine aufgeschlagenen Fingerknöchel, als ich mit viel zu hohem Tempo durch die Straße rase. Ich sehe das Auto meines Vaters viel zu schnell entgegenkommen und beschleunige noch mehr, damit er nicht auf die Idee kommt, mich anzuhalten. Im Moment kann ich für nichts garantieren. Melissa lebt sehr gefährlich neben mir.

Sie spielt mit ihren Händen in ihrem Schoß und schnieft.

»Und?«, frage ich neugierig, während mein Tacho hundertvierzig in der Ortschaft zeigt. Hoffentlich werde ich angehalten, damit ich ein paar Cops verprügeln kann. Mein Dad holt mich da schon raus. »Wie war sein Schwanz in deinem Mund?«

Melissa streicht sich über die Stirn, dann durch das nasse Haar, womit sie mein Leder versaut. »Carter, du weißt genau …«

»Was?«, unterbreche ich sie hart. »Suchst du wieder jemanden, der für dein Schicksal verantwortlich ist? Hat er dich gezwungen? Hat er dich *verzaubert*? Ist er ein Vampir oder allmächtiger Magier? Melissa? WAS? SAG ES!«

Zittrig atmet sie durch und schaut mich ängstlich an. »Du weißt, wie er sein kann. Er macht diese Bewegungen und schaut mich so an und verändert seine Stimme. Dann ist es, als würde ein Schalter in meinem Kopf umgelegt werden. Ich wollte das gar nicht, überhaupt nicht!«

Ich gebe noch mehr Gas. »Keine Ahnung«, erwidere ich trocken. »Vielleicht liebst du seinen Schwanz ja auch einfach in deinem Mund. Vielleicht liebst du es, das kleine verschüchterte Mädchen zu spielen, weil du weißt, wie ich darauf reagiere. Vielleicht bist du einfach nur eine kleine …« Ich seufze. »Billige Hure.«

»Carter«, sagt sie vorwurfsvoll und zieht die Brauen zusammen. Ich hasse sie und ich hasse dich und ich hasse meine Eltern, weil sie uns geboren haben. Ganz besonders hasse ich gerade diese verschissene Ampel, die auf Rot schaltet. Doch ich drücke das Gaspedal noch weiter durch.

»Carter«, ruft sie. »Du bringst uns noch um!«

»Das wäre so schön, oder? Dann müsstest du nichts mehr rechtfertigen! WEIL …«, fange ich an zu schreien und schlage auf mein Lenkrad. »DU NIE WAS RECHTFERTIGEN MUSST! DU MUSST NUR HEULEN UND SAGEN: ER HAT DIES GEMACHT UND DAS GEMACHT UND SCHON GLAUBE ICH DIR, ODER MELISSA?«

Sie zuckt zusammen, weil ich sie anschreie. Ich habe sie sonst nie angeschrien, weil ich bisher dachte, sie wäre es wert. Aber sie ist genauso eine kleine Hure wie ihr alle. Wie alle Frauen und Menschen um mich herum. Ich hasse euch.

»Carter, ich liebe dich«, beharrt sie, und ich verdrehe die Augen.

»Ja klar«, sage ich. »Caden liebt Alayna auch. Schau, was er getan hat. Und mit *wem*.« Ich mustere sie abschätzig. »Ich hoffe, das war es ihm wert.«

Ich beschleunige und biege in einer beinahe tödlichen Kurve auf den Highway.

Melissa schreit und hält sich fest. Ich würde sie am liebsten aus dem fahrenden Auto schmeißen, damit sie sich alle Knochen bricht.

»Halt die Fresse«, fahre ich sie an. »Hör auf rumzuschreien!«

Sie krallt sich an den Handgriff über dem Fenster und atmet hektisch.

»Ich schwöre es, Carter! Ich habe das nicht gewollt. Er hat mich manipuliert. Er hat dir doch eben selbst gezeigt, wie leicht das ist!«

Ich lache auf. »Es ist nur leicht, wenn ein Teil deines Gehirns mitmachen will, Melissa. So einfach ist das. Glaubst du mir, wenn ich dir sage, dass ich die letzten Tage gesehen habe, dass man sich der ganzen Scheiße widersetzen kann?«

Sie schüttelt den Kopf. »Ich bin nicht so stark wie sie.«

»Bist du nicht«, bestätige ich und nicke. »Und deswegen sollten wir uns trennen. Für immer. Glaubst du, ich will jedes Mal Angst haben, wenn ich das Haus verlasse, dass mein Bruder dich wieder in sein Bett kriegt, weil er wieder mit seinem Finger geschnippt hat?«

»Carter«, wispert sie heiser, aber ihre Stimme berührt mich nicht mehr.

»Fahr zur Hölle, Melissa.« In einer scharfen Kurve biege ich auf eine Raststätte. Mein Monster interessiert sich nicht für Tränen oder dafür, jemanden zu beschützen. Meinem Monster ist es egal, wie sie nach Hause kommt oder ob sie jemand vergewaltigt. *Mir* würde das was ausmachen, aber ich bin so glücklich, dass ich gerade nicht ich selbst bin.

Ich liebe es.

Ich glaube, ich werde in nächster Zeit viel mehr davon rauslassen.

»Raus!«, sage ich ruhig, als ich vor einem Motel mitten am Highway gehalten habe.

Ihr Mund klappt auf. »Was?«

»Verpiss dich aus meinem Auto«, antworte ich ruhiger und beuge mich über sie, wobei ich bemüht bin, sie nicht zu berühren. Ich dachte, sie wäre anders. Ich dachte, sie würde mich lieben und sich nie wieder auf so eine Scheiße einlassen. Scheiße. Ich habe ihr mein verficktes, kaputtes, schwarzes Herz geschenkt und sie hat es zertreten. Deshalb muss sie leiden.

Mit einer schnellen Bewegung öffne ich die Tür und nicke raus. »Verpiss dich, ruf mich nie wieder an und verreck an deinem Fenster stehend. Ich komme nie wieder zurück!«

Sie schluchzt. Ich helfe nach, als sie sich nicht bewegt, und schubse sie aus dem Auto, woraufhin sie stolpernd aussteigt.

Obwohl die Tür nicht richtig zu ist, rase ich los, zurück auf den Highway mit zweihundert Sachen, und habe keine Ahnung, wo ich stoppen werde.

15. Eins, zwei, drei – Leb wohl, Alayna

Alayna

Ich stehe im Regen, Carter, und du bist weg. In meinem Hals ist ein Kloß. Meine Haut pocht an den Stellen, wo du zugedrückt hast, meine Knie sind weich und mein Herz rast. Ich bin wie paralysiert und stehe unter Schock, denn ich kann einfach nicht begreifen, was hier passiert ist. Eiskalt peitscht der Wind um meine Ohren. Ava redet mit mir und Caden liegt auf dem Boden, aber ich kann mich nicht bewegen. Kann nicht atmen, kann nicht geradeaus schauen oder was sehen.

Was war das?

Was ist da passiert?

Mein Gehirn ist lahmgelegt und ich fühle mich am ganzen Körper taub. Ich weiß nicht, wie ich wieder zu mir kommen kann. In der Ferne höre ich die Sirenen eines Krankenwagens, doch auch das reißt mich nicht aus meiner Trance. Ich bin so … leer. Am Boden. So ernüchtert.

Ava rüttelt an mir, aber ich bin nicht in der Lage, zu reagieren. Ich kann nicht denken.

Wo bist du? Was hast du getan? Wieso hast du das getan?

Der Ausdruck in deinem Gesicht, Carter, ich werde ihn nie wieder vergessen. Diese blanke Wut und der reißende Ton deiner Stimme. Dein grober Griff um meinen Hals, der Wahnsinn in deinen Augen. Das warst nicht du. Das war nicht mein Carter, genauso wenig wie Caden in letzter Zeit mein Caden war.

Auf einmal trifft etwas Hartes meine Wange und ich zucke erschrocken zusammen. Emilia steht vor mir. Wo kommt sie denn her?

Ihre Augen – deine Augen – starren mich besorgt an und sie packt meine Schultern. »Sorry, Süße, aber du stehst unter Schock.«

Ich nicke nur mit offenem Mund und sie schüttelt seufzend den Kopf. »Wie lange stehst du schon hier, Alayna?«

Meine Schultern heben und senken sich in einer Geste völliger Ratlosigkeit. Ich habe keine Ahnung, wie lange ich hier stehe. Dann wird mir klar, dass du Caden fast umgebracht hast, und ich kralle mich an Emilias Jacke.

»Caden!«, hauche ich und schaue an ihr vorbei, aber er ist weg.

»Caden ist im Krankenhaus, Alayna. Hast du denn den Krankenwagen nicht gesehen?«

Ich schüttle immer noch total verwirrt meinen Kopf. Sie seufzt wieder und legt mir einen Arm um die Schultern. »Mason ist mit ihm gefahren. Ich bringe dich und Ava jetzt nach Hause.«

»NEIN!«, rufe ich heiser und merke, dass mein Hals beim Sprechen total wehtut. Ich taste nach der Stelle und keuche, weil es so schmerzt.

Emilia folgt meinem Blick und atmet wütend aus. »Dieser Scheißer!«, zischt sie. »Ich bringe ihn um! Mason bringt ihn um! Diesmal stirbt er!«

»Nein!« Ich mache eine beschwichtigende Handbewegung. »Ich will nur ins Krankenhaus zu Caden. Geht es ihm gut?«

»Na ja …«, meint sie. »Er atmet noch.« Ich bin erleichtert, das zu hören, Carter, denn ich dachte kurz wirklich, dass er nicht mehr lebt, und das wäre für mich ein Weltuntergang gewesen. Genauso wie für dich. Was hast du nur getan?

Und wieso?

»Okay, dann fahre ich dich jetzt ins Krankenhaus und dann Ava nach Hause.«

Ich nicke wieder und lasse mich von ihr zu Masons weißem Mustang führen.

Sie hilft mir auf den Rücksitz und ich schalte ab.

Wo bist du nur?

* * *

Ich hasse Krankenhäuser, Carter.

Ich hasse den klinischen Geruch und die kranken Menschen überall. Ich hasse Krankheiten und Trauer und ich hasse das Leid.

Aber das alles nehme ich nur am Rande wahr, als ich vor seinem Krankenzimmer stehe und mich nicht traue, die Klinke nach unten zu drücken.

Ich weiß nicht, ob ich es ertrage, zu sehen, was ich sehen werde, und ich weiß nicht, ob ich dich danach hassen werde, denn ich will dich nicht hassen, ganz im Gegenteil … Fuck.

Mein Magen zieht sich zusammen. Alles um mich herum verläuft so schnell und rasend. Ich stehe hier wie festgefroren und kriege die Bilder nicht aus dem Kopf. Wie du auf ihm saßt. Wie du auf ihn eingeschlagen hast. Wie er geblutet hat. Wie wehrlos er war. Wie du nicht aufhören konntest. Wie dein Blick zu mir schoss und du mich mit so viel Hass angefunkelt hast. Ist es das, was du für mich empfindest? Tief in deinem Inneren? Hass?

Ich kann nicht vergessen, wie du mich gegen dieses Auto gedrückt hast, wie du mich angesehen hast und was du zu mir gesagt hast. Wie fest du mich gehalten hast. Ich muss sagen, Carter, ich hatte ein bisschen Angst vor dir. Und ich hatte noch nie Angst vor dir. Ich hasse es, dass du das in mir ausgelöst hast.

Auf einmal wird die Tür aufgerissen und Mason Rush rennt fast in mich rein. In letzter Sekunde hält er inne und schaut mich an. Seine Augen wirken gehetzt. Ich will nicht wissen, wie viele Krankenhausbesuche er mit euch schon hinter sich hat.

Er sieht so müde aus.

»Willst du da wirklich rein?«, fragt er geradeheraus.

Ich zucke mit den Schultern, nicht fähig zu reden, vor allem, weil mein Hals so wehtut.

Er fährt sich durch das Haar, packt mich an den Schultern und verfrachtet mich auf einen Stuhl neben dem Zimmer. Dann geht er zu dem Getränkeautomaten am Ende des Ganges und holt mir ein Wasser, das er mir unter die Nase hält.

»Trinken!«

Das muss er mir nicht zweimal sagen. Ich kippe das Wasser in einem Zug runter. Er steht vor mir, die Arme vor der Brust verschränkt. Ich hasse es, wie ähnlich ihr ihm seht.

»Was ist das?«, fragt er und deutet auf meinen Hals.

Ich schaue ihn an und sage ihm mit meinen Augen: *Das weißt du doch*. Er lässt die Kiefermuskulatur spielen und bläht die Nasenflügel wie du vorhin.

»Scheiße«, flüstert er. Dann atmet er tief durch und setzt sich neben mich. »Es tut mir leid.«

Verwirrt sehe ich ihn an. »Was denn?«

»Alles, was auch immer sie dir angetan haben. Und das wird jede Menge Scheiße sein.«

Ich zucke wieder mit den Schultern und spiele mit dem leeren Papierbecher. »Geht es ihm gut?«

»Er schläft und ihm geht es so weit ganz gut.« Er seufzt. »Was ist passiert?«, fragt er jetzt.

»Ich habe keine Ahnung. Ich kam raus, weil sie so lange weg waren, und Melissa auch. Dann habe ich nur gesehen, wie Carter auf Caden gekniet hat und kurz davor war …«

»Ich weiß«, unterbricht er mich. »Sein Brustbein ist gebrochen.«

Zittrig atme ich ein und kneife die Augen zusammen, weil Tränen darin brennen.

»Hätte er ihn umbringen wollen«, sagt Mason ruhig, »dann wäre es nicht nur gebrochen. Dann wäre er jetzt tot.«

»Ich verstehe das einfach nicht«, flüstere ich. »Sie sind doch Brüder. Wie können sie sich all das antun?«

Mason sieht mich müde an und lächelt ein bisschen. »Sie haben meine kranke Art zu lieben geerbt.«

Ich lache ein wenig, aber es klingt traurig. »Weißt du, wo er sein kann?«

»Carter?«

Ich nicke.

»Wahrscheinlich in den tiefsten Abgründen. Da willst du jetzt nicht hin, Alayna. Er muss sich abregen und zu sich kommen, und manchmal geht das nur, wenn man ganz tief stürzt.«

Ich schlucke. »Was jetzt?«

»Was auch immer du willst«, sagt er und zwinkert mir zu. Meine Mundwinkel zucken, weil er dabei wie du aussieht.

»Und wenn ich einfach nur hier sitzen will?«, frage ich zaghaft.

»Dann sitzen wir einfach nur hier«, antwortet er leise und lehnt seinen Hinterkopf an die Wand.

Ich mag das; ich sitze gern mit ihm hier und beobachte die hektischen Menschen.

»Ich hab mal mit meinem Dad gefühlte Stunden auf dem Krankenhausboden gesessen, in genau diesem Krankenhaus.«

»Echt?« Ich hebe die Brauen und zerrupfe den Becher.

»Ja. Ich habe mich nicht getraut, reinzugehen und sie zu sehen.« Die Erinnerung scheint ihm immer noch wehzutun. Eine Gänsehaut fährt über meine Arme, weil es diese intensive Art von Liebe nicht mehr gibt, Carter. Mittlerweile ist alles so widerlich und oberflächlich geworden. Aber was ich vor wenigen Stunden auf der Tanzfläche mit dir empfunden habe, war nicht oberflächlich. Es war auch nicht oberflächlich, was ich jeden Morgen empfunden habe, wenn ich in Cadens Armen aufgewacht bin – als er noch mein Caden war.

»Was ist passiert?«

Er schaut mich mit erhobenen Brauen und müde Augen an. »Das, was passiert, wenn ein Wichser einer Frau sehr, sehr wehtut.«

»Hast du sie geschlagen?«, frage ich erschrocken und er lacht trocken.

»Ich wünschte, es wäre das gewesen. Das musst du Emilia fragen.« Er hat diesen Schmerz in den Augen, den ich auch oft in euren Augen sehe. Ich frage mich, was das ist. Und ich frage mich, was er alles angestellt hat. Dann denke ich daran, wie er seine Frau immer ansieht. Da ist kein Schmerz zu finden. Wenn er glaubt, sie bemerkt es nicht, schaut er sie fasziniert und mit einem Lächeln auf den Lippen an, als wäre es das erste Mal, dass er sie zu Gesicht bekommt.

»Traust du dich jetzt, reinzugehen?«, fragt er.

Ich schüttle, eine Grimasse ziehend, den Kopf. »Irgendwie nicht.«

»Dann sitzen wir hier noch ein bisschen.«

»Okay.«

Wir sitzen bis tief in die Nacht, ohne zu reden.

* * *

Als die Sonne aufgeht, schaffe ich es, mich von Mason zu lösen und ins Zimmer zu gehen. Es ist ein Einzelzimmer. Die orangefarbenen Strahlen kriechen langsam über den Boden auf das Bett zu.

Caden schläft und ich komme zaghaft näher. Er sieht richtig schlimm aus. Sein Gesicht ist teilweise geschwollen und blau verfärbt, und seine Lippe ist an einigen Stellen gerissen. Er sieht so zerbrechlich aus, wie ich ihn noch nie gesehen habe. Caden wirkt immer selbstsicher und überlegen, aber jetzt ist er so kaputt. Mein Magen zieht sich zusammen, als ich mich auf die Bettkante setze und sanft durch sein Haar streiche.

»Alayna, tu nicht so, als wäre ich tot«, höre ich seine heisere, leise Stimme und erschrecke mich. »Und hör auf zu weinen.«

Er grinst und öffnet langsam die Augen. Ich bin so froh, dass ich in sie sehen kann.

Und dass ich dieses schiefe Lächeln sehen kann, das immer wieder mein Herz schneller schlagen lässt. Er hebt die aufgeschürfte Hand und wischt meine Tränen fort. Ich schließe die Lider, nehme seine Hand und küsse sie.

»Ich hatte solche Angst um dich.«

»Und ich habe deine Küsse nicht verdient, Alayna.« Das sind sicher die Schmerzmittel. Er redet wirr.

Ich traue mich kaum, ihn anzufassen, weil er überall irgendwelche Wunden hat. Allein sie zu sehen fügt mir Schmerzen zu. Am liebsten würde ich sie von ihm fort- und in mich aufnehmen. Er hat das nicht verdient, egal wie er sich in letzter Zeit aufgeführt hat.

»Schau mich nicht so an, Babygirl, genau das *habe* ich verdient.«

»Was redest du da?«, frage ich heiser.

»Ich bin ein Bastard, und er hätte mich umbringen sollen, dann wärst du mich los.«

»Caden«, schimpfe ich und bin versucht, ihm noch mehr wehzutun. Wie kann er nur so was sagen? Vorsichtig fasse ich ihm ans Gesicht. »Sag so was nie wieder. Meine Welt ist nicht komplett ohne dich. Ich brauche dich.«

»Deine Welt ist verdammt dunkel mit mir. Und du brauchst das Licht, Alayna.«

Ich ziehe die Brauen hoch. »Machst du gerade Schluss mit mir? Während du halb tot hier liegst, Caden? Wirklich?« Meine Stimme wird zum Ende hin immer dünner und mein Herz rast los. Alles in mir zieht sich schmerzhaft zusammen.

Er schließt die Lider, nimmt meine Hand und verschränkt vorsichtig unsere Finger. Ich liebe es. Ich liebe es, wenn er meine Hand hält und unsere Finger ineinander einrasten, als wären sie füreinander geschaffen worden. Ich würge den Kloß in meinem Hals herunter.

»Du wärst dann frei, Alayna. Die ganze Welt würde dir zu Füßen liegen, Babygirl. Du könntest einen süßen, netten

Typen kennenlernen, der dich auf Händen trägt und alles für dich tut. Nicht einen Bastard, der dich immer weiter runterzieht. Und benutzt. Das ist, was ich tue, Alayna. Das ist, was ich immer tun werde. Und ich werde nicht aufhören, bis nichts mehr von dir übrig ist. Das kann ich nicht. Ich kann dir das nicht antun. Nicht dir.«

Ich klammere mich an seine Hand, als würde ich ihn sonst verlieren. Es fühlt sich zumindest so an. »Caden, bitte hör auf damit.«

»Sieh mich nicht so an, Baby.«

Eine Träne rollt über meine Wange. Ich schüttle den Kopf und würde mir am liebsten die Ohren zuhalten. Was passiert hier? Alles war so normal, als wir losgefahren sind. Was ist passiert? Ich will das nicht! Ich kann ihn nicht verlieren!

Nein!

Egal was er tut oder sagt; egal was passiert, ich werde nicht gehen!

»Ich hab dich betrogen, Alayna. Eben gerade. Mit Melissa. Und deshalb hat Carter mich so zugerichtet«, sagt er einfach so mit einem harten Ausdruck in seinen Augen.

Ruckartig ziehe ich meine Hand aus seiner und mein Herzschlag erhöht sich rasant. »Was?«, frage ich schockiert. Er schaut mich ruhig an, wie das so seine Art ist. Aber seine Augen sagen so viel mehr als seine Worte.

»Ich hab mir von ihr einen blasen lassen. Auf dem Parkplatz. Während du mit meinem Bruder getanzt hast.«

Ich verstehe gar nichts mehr, mein Kopf dreht sich und ich bekomme kaum noch Luft.

»Caden, warum …«

»Warum?«, fragt er erstaunlich fest. »Ich hab dir gesagt, ich bin ein Wichser, Ich bin ein Monster. Ich nehme mir, was ich will, wen ich will und wo ich will, und es ist mir scheißegal, was du fühlst. Ob es dir wehtut oder ob du zerbrichst. Hast du das immer noch nicht verstanden?« Seine Stimme ist viel härter als noch gerade eben.

Mit jedem seiner Worte atme ich schneller und fühle mich, als würde man mich in einen dunklen Abgrund schubsen. Als würde ich fallen und könnte mich an nichts mehr festhalten.

»Du langweilst mich, Alayna. Ich hab dir gesagt, du sollst mich niemals langweilen. Du bist selber schuld.«

Er sieht mich an und ich ihn. Das erste Mal in meinem Leben kann ich es nicht kontrollieren, als ein Schluchzer über meine Lippen bricht, der mich bis in mein Herz erschüttert. Sein Wangenmuskel zuckt, aber er wendet nicht den Blick ab.

»Hast du es jetzt endlich verstanden, Alayna?«, fragt er leise und ich erschauere. »Ich. Will. Dich. Nicht. Mehr.« Seine Worte rasten tief in meiner Seele ein und zerfetzen sie in Einzelteile. »Du wirst dieses Krankenzimmer verlassen und so erleichtert sein, dass du diesem Albtraum endlich entflohen bist. Du wirst mich nur noch als Bastard sehen, den du hasst. Das Leben wird dir viel heller und schöner erscheinen und du wirst dich frei fühlen. Keine Spiele mehr, kein Benutzen mehr, keine Verwirrung mehr. Einfach nur du. Pur und rein und strahlend.«

»*Caden*«, hauche ich total erstickt und die Tränen hören gar nicht mehr auf zu tropfen. Von meinem Kiefer auf den Boden, auf sein Bett und sogar auf seinen Arm, aber es interessiert ihn nicht. Er ist so kalt. So weit weg. »Das meinst du nicht so«, versuche ich, mir selbst einzureden.

»Oh doch, ich meine das so. Ich hab dich von Anfang an verarscht, Alayna. Weil das unser Ding ist – Frauen verarschen. Ich hab dich zu uns geholt und wir haben dich, wie wir Lust hatten, abwechselnd gefickt, und ich hab zugesehen, als du dachtest, er ist ich. Bis heute. Aber jetzt ist das Spiel zu Ende und es wird Zeit, neue Spielfiguren zu finden. Es wird langweilig.«

Ich kriege keine Luft und versuche, tief zu atmen, aber alles, was ich zustande bringe, ist ein Keuchen. Mit einer Hand halte ich mich am Bett fest, weil ich sonst umfalle. Ich realisiere es nicht, seine Worte kommen nicht in meinem Kopf an, aber in meinem Herzen schon, weshalb es zerbricht. Es zerbricht in Tausende Einzelteile, genau wie meine Seele.

»Alayna, brich jetzt bitte nicht zusammen. Immer brechen sie zusammen«, spottet er mit einem genervten Augenrollen. Dann ruft er: »Daaaaad!« Ich zucke zusammen. Mein Herz rast schneller, als ich es je erlebt habe. Ich würde am liebsten in die Knie sinken, aber ich halte mich, weil es das ist, was ich immer tue.

»Alayna, geh jetzt«, sagt er ernst. »*Und komm nie wieder zurück.*«

»Caden, nein, bitte!«

»Eins!«

»Caden!« Meine Muskeln spannen sich an.

Er sieht mir fest in die Augen. Seine schreien, sie schreien all die Worte, die ich eigentlich hören will, dass er mich liebt, dass er das hier nicht tun will, dass er das hier nur für mich tut, aber sein Mund sagt: »Zwei!«

»Caden!«, murmle ich, laufe aber schon langsam rückwärts. »Tu das nicht.«

Das »Drei!« ist kaum hörbar und heiser. Da habe ich mich bereits umgedreht und stolpere nach draußen, direkt in Mason hinein, der gerade reinkommen wollte.

»Scheiße!«, ruft er und packt mich. »Was zur Hölle?«

Ich breche in seinen Armen zusammen. So heftig, wie noch niemals zuvor in meinem Leben.

16. Herzlos und kopflos, Alayna

Sechs Wochen später

Caden

Mein Vater ist ein Wrack, Alayna. Er ist die ganze Zeit in seinem Büro und telefoniert rum. Seine Kollegen und er suchen nach Carter. Er hat versucht, sein Handy zu orten, aber das ist natürlich aus. Seit sechs verdammten Wochen. Carter weiß, wie er sich verstecken muss, wenn er nicht gefunden werden will.

Er meldet sich nicht einmal bei mir, was ich ihm ausnahmsweise nicht verübeln kann. Ich habe seit sechs Wochen dein Gesicht nicht mehr gesehen und du kommst nicht in die Uni. Du gehst auch nicht arbeiten. Und ich habe mich davon abgehalten, mit allem, was ich habe, dich zu stalken, nur um zu sehen, dass es dir gut geht. Natürlich geht es dir nicht gut. Dafür habe ich gesorgt. Aber Babygirl, ich musste dich endlich von mir stoßen. Das habe ich noch nie bei einer Frau getan, mit der ich noch spielen wollte. Aber bei dir war eines stärker, als meine Lust zu spielen.

In dem Moment, als Carter mir die Scheiße aus dem Leib geprügelt hat, war es, als würde ich endlich auf dem Boden des Abgrunds ankommen, in den ich die ganze Zeit gefallen bin. Der Aufprall war so hart, so ernüchternd. Auf einmal wusste ich, dass du nicht wie Melissa enden darfst. Ich wusste, dass ich dich nicht noch weiter brechen darf. Und vor allem, dass ich dich nicht weiter mit mir runterziehen darf. Du darfst nicht neben mir auf diesem Boden aufprallen. Niemals.

Alayna, ich werde mich nie ändern. Ich habe mich auch jetzt nicht geändert. Es ist, als wäre ich gefangen in diesem schwarzen Nichts. Ich bin einfach, wer ich bin, und ich werde niemals gut für dich sein. Keiner von uns wird das je sein.

Ich habe gesehen, dass er dir wehgetan hat. Da wusste ich, dass er das immer tun wird. Genauso wie ich. Wir werden dafür sorgen, dass du am Ende nichts bist, außer eine leere Hülle. Er wird dich so sehr ficken, dass du nicht mehr weißt, wie du dich bewegen oder schauen sollst, und ich werde dafür sorgen, dass deine Psyche nach und nach in sich zusammenfällt. Das wird immer so sein, Baby. Ich wünschte, ich könnte dir sagen, dass es besser wird. Ich wünschte, ich könnte dir sagen, dass ich dich schützen werde. Vor ihm und vor mir selbst. Aber das kann ich nicht. Und auf einmal verstehe ich alles, was mir alle dauernd gesagt haben. Auf einmal wird mir klar, dass Liebe bedeutet, den anderen sein zu lassen, wie er ist. Doch ich werde dich nie sein lassen, ich werde dich immer formen, wie ich dich will. Liebe heißt, den anderen freizugeben. Liebe heißt loslassen. Liebe heißt, sich selbst zu brechen, um den anderen zu schützen. Du musst vor mir geschützt werden, Babygirl.

Ich wollte nichts mit Melissa anfangen. Ich wollte nicht, dass sie mir einen bläst. Ich wollte weder dir noch meinem Bruder wirklich wehtun. Im Herzen nicht. Aber ich bin kein Herzensmensch und ich höre nicht auf meine Gefühle, weil Gefühle schwach machen und einen nicht klar denken lassen. Ich bin ein Fan von Aktion und Reaktion.

Ihr habt so verliebt miteinander getanzt, und du wusstest, dass er Carter ist. Du hast ihn angesehen, wie du mich nicht ansiehst. An mir siehst du immer vorbei, nicht in mein wirkliches Ich, weil ich dich nie so weit sehen lasse. Aber ihr zwei? Das war echt. Und das hat mich gebrochen, Alayna. Ich habe reagiert, Alayna. Und Melissa war nicht unbeteiligt daran.

Ich weiß, ich bin selbst schuld.

Ich habe dieses Spiel angefangen und ich habe immer wieder Situationen geschaffen, in denen ihr zusammen wart und euch näherkommen konntet. Sonst wäre es höchstwahrscheinlich niemals so ausgeartet. Carter ist nicht so wie ich. Er hält mit seinen wahren Emotionen nicht hinter den Berg. Er zeigt dir, wie es wirklich in ihm aussieht. Und welche Frau könnte sich nicht in ihn verlieben? Das Problem ist, dass er das Gleiche für dich empfindet, und dagegen komme ich nicht an. Ich kann das nicht, all diese Gefühlsscheiße. Und deine Tränen, Alayna. Scheiße, deine

Tränen. Ich hasse es, daran zurückzudenken. Ich konnte genau sehen, in welchem Moment dein Herz brach. Ich konnte genau sehen, wann du das Vertrauen in mich verloren hast.

Und ich konnte genau sehen, wann ich dich verloren habe.

Ich wünschte wirklich, ich könnte dir sagen, dass ich mich ändern werde. Ich wünschte, ich könnte dir sagen, dass du bei mir sicher bist. Und ich wünschte, ich könnte dir sagen, dass ich immer hinter dir stehen werde, besser noch vor dir. Aber ich würde nur hinter dir stehen und dich in die Gefahr schubsen. Um zu sehen, wie du reagierst. Wie ein Wissenschaftler, der einem Experiment zuschaut. Dein Herz ist mein Lieblingsobjekt gewesen, Alayna, und das ist nicht richtig. Ich will nicht, dass es kaputtgeht. Dafür ist es zu kostbar.

Und deine Augen, Baby, scheiße, deine Augen.

Ich werde sie nie wieder vergessen. Aber ich hoffe, du vergisst meine. Ich hoffe, ich kann mich selbst zurückhalten und werde dich nie wieder belästigen.

Das ist es, was du verdienst. Ein Leben ohne gewissenlose Wichser wie mich.

Ich sitze im Wohnzimmer und schaue seit gefühlten Stunden auf den Fernseher, in dem eine Dauerwerbesendung läuft. Ich bin so leer, Alayna. Im Grunde sehe ich gar nichts, obwohl ich hingucke. Mom rennt hier total gehetzt rum und versucht, ihre Sorge vor uns zu verbergen, um es nicht noch schlimmer zu machen. Wie schlimm kann es denn noch werden? Meine körperlichen Wunden sind fast verheilt, aber innerlich bin ich wie aufgeschlitzt. Als würde ich weiter bluten und bluten und bluten, bis nichts mehr übrig ist, und dann wird es gefährlich. Vor allem, wenn Carter nicht da ist und nicht bald kommt.

Ich weiß, was er macht. Er reitet sich von einer Scheiße in die nächste. Vielleicht sitzt er auch schon im Knast, keine Ahnung. Ohne mich denkt er nicht nach. Und ich bin so gefühllos ohne ihn.

Es ist so still, obwohl der Fernseher läuft. Mom telefoniert und betont immer wieder, dass er schwarz gekleidet war, als er das Haus verlassen hat. Ava ist ungewohnt ruhig und sitzt immer in meiner Nähe, ohne was zu sagen. Manchmal schaut sie mich an, dann sieht sie wieder weg, aber sie verfolgt mich regelrecht. Es ist mir egal.

Alles ist mir egal.

Dann höre ich sein Auto.

Alle im Haus halten in Ihrem Tun innc. Es dauert drei Atemzüge, dann schreit Mom: »MASOOOOON!« Es ist, als hätte mir jemand eine Ohrfeige gegeben, die mich zurück in die Gegenwart katapultiert.

Ich blinzle und bemerke erst jetzt das strahlende, herbstliche Sonnenlicht, das mich die ganze Zeit blendet. Langsam bewege ich meinen Kopf und strecke meinen Rücken, als hätte ich sechs Wochen lang meinen Körper nicht gespürt. Ava reißt die Augen auf.

»Caden?«

Ich sehe sie langsam an. »Ja?« Meine Stimme klingt rau. Habe ich in den letzten Wochen überhaupt gesprochen?

»Scheiße«, flüstert sie. »Ich dachte, du bist tot!«

Ich muss ein bisschen lächeln. »Das hättest du wohl gern«, sage ich.

Auf einmal springt sie auf und fällt mir um den Hals. Scheiße, heult sie? Ich bin total verwirrt, als ich ihren Rücken unbeholfen tätschle. Okay …

»Oh mein Gott, tu so was nie wieder«, murmelt sie in mein Ohr, dann zieht sie sich zurück, wischt sich schnell unter den Augen entlang und rennt davon. Ich sehe ihr total verdutzt hinterher und schüttle den Kopf, versuche, zu mir zu kommen. Die Uhr zeigt drei Minuten nach vier nachmittags. Es ist Donnerstag, wie die Frau in den Nachrichten gerade mitteilt. Wir haben Oktober. Und ich war ziemlich weggetreten. Eigentlich habe ich die ganze Zeit nur an dein Gesicht gedacht, als ich dich aus meinem Leben geschmissen habe. Ich taste nach meinem Handy. Es ist in der Couchritze versunken. Es wundert mich nicht, dass du ziemlich oft angerufen und mich mit Nachrichten bombardiert hast. Ich weiß, dass du noch Kontakt zu meiner Mom hast und dich täglich nach mir erkundigst. Ich weiß auch, dass du hier warst, aber du hast nicht geklingelt. Meine Manipulation wirkt also. Du hältst dich von mir fern.

Dad kommt die Treppe nach unten und sieht gar nicht gut aus. Seine Augen sind gerötet und er hat tiefe Schatten darunter. Er hat viel mit dem Überdad telefoniert in letzter Zeit und wenig geschlafen. Ständig klingelte das Telefon oder er checkte E-Mails und hat Carter geortet. Manchmal war er nächtelang weg. Ich erschrecke mich fast, als ich die Erleichterung in seinem Gesicht sehe. So was habe ich bei ihm noch nie erlebt.

Dann wird die Tür geöffnet, weil Mom rausstürmt. Ich höre sie heulen und Dad irgendwas sagen, aber Carter höre ich nicht, obwohl ich mich so lebendig fühle, dass ich mir sicher bin, dass er es ist.

Seine schweren Schritte ertönen und Mom fragt: »Wo warst du?« Und Dad erkundigt sich: »Was hast du genommen?« Ava schluchzt einfach nur vor sich hin, doch er antwortet auf nichts. Ich weiß, dass er sich genauso scheiße fühlt wie ich, aber während ich mich aus der Realität ausgeklinkt habe, hat er sich von einer Scheiße in die nächste gestürzt. Ich bin manchmal nachts aufgewacht und hatte ein schlechtes Gefühl. Normalerweise hätte ich ihn sofort angerufen, aber er wäre sowieso nicht rangegangen.

Er kommt und Ava hängt an seinem Hals; er hat einen Arm um sie geschlungen, damit sie nicht fällt. Ihre Beine baumeln in der Luft. Er trägt die Kleidung, die er beim letzten Mal anhatte, als wir uns gesehen haben. Seine Lederjacke ist an den Schultern total abgewetzt. Sein Bart hat den Dreitagebartzustand weit überschritten und seine Haare sind zu lang. Alles an ihm wirkt härter als vorher. Kantiger. Hasserfüllter. Als hätte er sich von seiner menschlichen Hülle befreit und sich nur von Hass und Wut ernährt. Er ist total stoned, wie seine Augen verraten, aber nicht vom Weed; er hat was anderes genommen. Ich hasse es, wenn er das tut, weil er dann nicht mehr er selbst ist. Er hat tiefe Schatten unter den Augen und sieht mich desinteressiert an. Ava springt von ihm runter und ich erkenne, dass er Muskeln aufgebaut hat. Alle halten die Luft an, als er mich anschaut und ich ihn. Dann zieht er seine Jacke aus, schmeißt sie auf den Sessel und läuft einfach in seine Garage. Hinter sich sperrt er ab. Das Klacken des Schlosses hallt in meinen Ohren nach.

* * *

Carter

Ich kicke meine Boots von meinen Füßen, greife nach meiner Fernbedienung und mache Musik an. Harte Musik. Ich habe keinen Kopf für diese Schwuchtelscheiße.

In einer flüssigen Bewegung ziehe ich meinen Pullover aus und die Jeans, lasse alles liegen, wo es ist, bevor ich mir die Socken von den Füßen rolle und nach oben gehe. Ich habe keinen besonderen Blick für meine Garage übrig. Es ist mir scheißegal, dass auf dem Tisch immer noch eine Haarklammer von dir liegt, Alayna.

Ich hasse dich.

Ich gehe nach oben in mein Bad, wo ich eine Haarbürste von Melissa sehe. Gelangweilt mustere ich sie, bevor ich sie in den Müll unter dem Waschbecken schmeiße, und meine Boxershorts ausziehe.

Ich steige in die erste große Dusche seit sechs Wochen. Die Umgebung, in der ich war, ist nicht so schön, Alayna. Man kannte dort meinen Nachnamen. Den kennt man überall, aber wirklich überall. Sogar bei den Leuten vom *Boss*, für den ich in den letzten Wochen die größte Scheiße erledigt habe.

Ich lasse das Wasser über meinen Kopf rieseln und denke an die letzte Dusche zurück, die ich hatte. Da war nicht mal Platz für eine Person. Die Kacheln waren uralt und vergilbt. Ich bin von einem Apartment und Motelzimmer ins nächste gestolpert, von einem Stripclub in den nächsten. Auch ein paar Sexclubs waren dabei. Ich habe Drogen vertickt und das Meiste davon selbst genommen. Ich habe Typen zusammengeschlagen, Geld erpresst, Nutten gevögelt … Was man eben so tut, wenn man ein bisschen abschalten will. Und dann war da noch SIE, aber über sie will ich nicht nachdenken oder reden, weil sie in den letzten Wochen zu wichtig für mich wurde und mir so sehr geholfen hat. Doch ich will nicht, dass das jemand weiß.

Jetzt bin ich wieder hier und weiß nicht, wieso, aber ich liebe meine Dusche. Sie allein wäre ein Grund, immer wieder hierher zurückzukehren.

Du bist nicht mehr da, Alayna, und ich denke, so wie Caden aussieht, wirst du nicht so bald zurückkommen. Er hat abgenommen und wirkt, als wäre er abwesend, in einer anderen Welt. Sein Blick, der sonst immer fokussiert und durchdringend ist, scheint abwesend und verklärt, ohne überhaupt irgendwas genommen zu haben. Er wirkt fast apathisch und gebrochen. So habe ich ihn noch nie gesehen.

Ich stütze meine flachen Hände an der Duschwand ab und lasse meinen Kopf zwischen meine Schultern sinken. Atme tief durch. Das erste Mal, seit ich abgehauen bin. Die Messerwunde an meiner Brust brennt. Sie ist erst vier Tage alt und ich habe sie nicht behandeln lassen. Kann sein, dass sie sich ein bisschen entzündet hat. Mein Gott, SIE hat so einen Stress gemacht, aber mir war es egal. Mein Tattoo an der Stelle ist jetzt ein bisschen vernarbt. Jemand hat versucht, mich bei einer Übergabe übers Ohr zu hauen und wollte mich dann abstechen. Hat nicht so gut geklappt. Nachdem ich mit dem Typen fertig war, hat er, glaube ich, nicht mehr geatmet, aber sicher bin ich nicht, weil ich ihn einfach liegen lassen habe und gegangen bin.

Ich steige aus der Dusche und wickle mir ein Handtuch um die Hüften. Mom hat mein Bett frisch bezogen, aber ich gehe gleich wieder runter, öffne das Tor der Garage und lasse den kühlen Chicagoer Wind, der mir so gefehlt hat, über meinen nassen Körper rauschen. Fuck.

Hier hat sich nichts verändert, aber in mir drin ist alles anders.

* * *

Wir sitzen am Esstisch, Mom hat gekocht. Es ist das erste warme Essen, was ich seit Wochen vor mir stehen habe. Mein Lieblingsessen – Lasagne. Dad hasst Lasagne immer noch.

Inzwischen habe ich mich rasiert, war beim Friseur und trage frische Kleidung. Ich fühle mich schon fast wieder wie ein Mensch, ganz im Gegensatz zu diesem Häufchen Elend, das mir gegenübersitzt. Es ist so ruhig, keiner redet, das stört mich. Es ist wie auf einem Friedhof.

»Und?«, frage ich und Ava zuckt zusammen. »Was ging so bei euch ab die letzten Wochen?« Alayna, ich glaube, ich bin immer noch stoned. Ich weiß nicht, ob ich je wieder normal werde. Wahrscheinlich bin ich auf irgendwas hängen geblieben oder so.

Mom sieht mich besorgt an. »Die Frage ist, was bei dir ging, Carter.«

Ich trinke einen Schluck Cola und seufze. »Ach, das Übliche, Mom. Nicht der Rede wert.«

Dad sieht mich wissend an und ich zucke mit den Schultern in seine Richtung.

»Sechs Wochen Koks, Nutten und Schlägereien, Carter? Du hast fast meinen Rekord gebrochen«, stellt er gar nicht bewundernd fest. Verstehe ich gar nicht. Das war echt hart.

Die lebende Leiche mir gegenüber stochert nur in seinem Essen und dein Platz ist leer, Alayna. Wie tragisch. »Und du?«, frage ich. »Bro?«

Er sieht zu mir rüber. Kurz funkelt dieses alte arrogante Caden-Ich durch, aber es verfliegt schnell wieder. »Ich habe geatmet«, sagt er trocken.

»Wow, bemerkenswert. Und deine kleine Puppe, ist sie endlich weg?«

Cadens Nackenmuskeln zucken und Mom zieht scharf die Luft ein. »Offensichtlich, Bro.«

»Und die Trennung? War sie sehr tragisch?«, bohre ich nach und stütze mich interessiert auf einen Handballen, während ich die köstliche Lasagne in mich schaufle.

»Carter«, mahnt Mom mich sanft und wirft Caden einen vorsichtigen Blick zu.

Er bleibt unbeeindruckt, hält seine Schläfe weiterhin auf eine Faust gestützt. »Du hättest dich kaputtgelacht, Bro«, sagt er emotionslos. »Ich hab ihr gesagt, wessen kleinen Mund ich gefickt habe. Das fand sie nicht so lustig.«

»Du meinst die, die ich auf der Raststätte ausgesetzt habe? Mitten auf dem Highway? Das war auch *so lustig*, Bro«, erwidere ich sarkastisch.

»Ihr geht ja wunderbar mit Frauen um«, bemerkt Dad zynisch.

»Und sonst so?«, frage ich in die Runde. »Was war noch?«

»Ich habe ihr auch von unserem Spiel erzählt, wo ich schon mal dabei war, einmal in meinem Leben die Wahrheit zu sagen. Und weißt du was, Carter?« Er deutet mit der Gabel auf mich. »Sie hat es schon gewusst. Sie wirkte nicht sehr überrascht. Kannst du dir das erklären? Oh, warte mal, du wirkst ja auch nicht überrascht.«

»Ava, geh in dein Zimmer«, sagt Dad genervt seufzend.

»Oh Mann! Immer wenn es spannend wird«, ruft sie, nimmt ihren Teller und trampelt nach oben.

»Ach so, ja, sie wusste es schon. Habe ich das nicht erwähnt?«, hake ich verwundert nach.

»Das musst du wohl vergessen haben, während du versucht hast, sie hinter meinem Rücken zu ficken.«

Mom stöhnt und lehnt ihre Stirn genervt an Dads Schulter. »Jetzt knall sie einfach ab, Baby, du hast meinen Segen«, jammert sie.

»Oh, ich hab gesehen, wie sehr du ohne die beiden kannst in den letzten Wochen, Emilia. Wenn ich das jetzt mache, ist das Geheule groß!«

Sie murmelt etwas Unverständliches und stopft sich schnell Lasagne in den Mund.

»Das musste ich ja gar nicht versuchen. Sie hat sich doch freiwillig an meinen Hals geschmissen, Bro.« Sein Muskel zuckt wieder. Mom will aufstehen und unser Gespräch beenden, aber Dad zieht sie am Arm zurück.

»Wir sind wie Dokumentarfilmer, Baby, einfach nicht

eingreifen.«

»Ja, ich weiß, sie ist auf dich drauf gefallen. Ständig.«

Ich nicke zustimmend. »Sie war meistens so high bei mir, dass das tatsächlich passiert sein kann.«

Er nickt auch. »Klar, kann ich mir vorstellen. Du hast ja auch nie auf mich gehört und ihr immer wieder was gegeben.«

Ich strecke mich und lasse meinen Nacken knacken. »Ist ja auch egal. Jetzt können wir uns ein neues Spielzeug suchen.«

Caden ahmt meine Bewegung nach.

»Oh Gott, das ist so gruslig, Mason«, flüstert Mom.

»Ja, klar«, sagt er. »Welche Haarfarbe?«

»Ohhh, könnt ihr das bitte einfach lassen? Könnt ihr euch nicht einfach zwei süße Mädchen von der Uni holen? Jeder eine für sich?«, fragt Mom aufgebracht.

Wir schauen sie beide total irritiert an, als wäre sie verrückt geworden. »Wo bleibt denn da der Spaß, Mom?«, will Caden wissen, und Dad seufzt erleichtert auf, weil er wieder der Alte ist.

»Ja, Mom, wir wollen keine netten Mädchen, wir wollen die bösen«, sage ich.

Sie stöhnt genervt.

Ich stehe auf. »Garage.«

Caden sieht mich mit einer erhobenen Braue an. »Garage.«

* * *

Wir sitzen in meiner Garage, ich in meinem Sitzsack und Caden auf dem Sofa. Wir rauchen eine Friedenspfeife und Musik dröhnt aus meinen Boxen.

Wir sitzen einfach nur da und starren uns einfach nur an. Tausend Fragen sind in unseren Augen, aber wir beantworten sie weder laut noch mental.

Ich frage: *Wieso hast du das gemacht, Bro? Wieso hast du Melissa gefickt, Bro? Wieso hast du sie weggeschickt, Bro?*

Und er fragt: *Wieso hast du dich in Alayna verliebt, Bro? Wieso hast du Scheiße hinter meinem Rücken abgezogen? Wieso warst du nicht ehrlich zu mir?*

Ich frage: *Wieso hast du sie mit mir geteilt? Wieso hast du nicht eher mit deinem Spiel aufgehört? Wieso bist du über Leichen gegangen?*

Und er fragt, während der Rauch ihn umwabert: *Wieso hast du mich nicht aufgehalten? Wieso hast du mir nie gesagt, dass ich sie wirklich liebe? Wieso hast du mir nicht gezeigt, wie ich richtig damit umgehe? Du hast das doch schon so oft durch.*

Ich frage: *Wieso hast du sie manipuliert? Wieso hast du mich manipuliert? Wieso hast du uns immer wieder zusammengeführt, obwohl es dir so wehgetan hat? Wieso hast du mir das Einzige genommen, womit ich atmen konnte?*

»Weil du es mir auch genommen hast«, sagt er laut und bricht somit das Schweigen.

»Fuck, Bro«, erwidere ich gedehnt und fahre mir durch das Haar. »Wie hast du sie dazu gebracht, zu gehen?«

Er schaut mich leer an. »Ich musste nur einmal ehrlich zu ihr sein.«

»Scheiße, wir sind so abgefuckt.« Ich stoße den Rauch aus und lege den Kopf zurück. »Und jetzt? Neues Spiel?«

»Ich hab keine Lust.« Es ist, als hätte er mir gesagt, dass ich gerade zwei Kamelhöcker auf dem Rücken habe.

»Was?«

Caden lässt sich falschrum auf die Couch sinken, die Beine an die Rückenlehne gestützt. Der Kopf hängt nach unten, die Arme voneinander gestreckt – wie Christus am Kreuz. »Keine wird je solche Augen haben«, murmelt er mehr zu sich selbst.

Ich lache trocken. »Bro, sie ist der Grund, wieso ich dir aufs Maul gehauen habe. Sie ist der Grund, weshalb wir uns tausendmal gestritten haben. Sie ist der Grund, wieso es dir gerade so scheiße geht. Sie hätte sich tausendmal entscheiden können, aber sie wollte das ganze Paket, obwohl sie wusste, dass Gefühle im Spiel sind. Sie war eine kleine, gierige Bitch. Das ist mir in den letzten Wochen klar geworden.«

»Halt's Maul, Bro«, sagt er halbherzig.

Ich lache noch mal auf. »Du weißt ganz genau, dass ich recht habe, Bro. *Sie* ist Gift, nicht wir. Sie ist die Hölle. Nicht wir. Sie hat ihr Spiel gespielt, am Ende war es nicht mehr unseres. Sie hat uns beide um den Finger gewickelt, wie wir das sonst immer getan haben. Und jetzt sieh uns an. Scheiß auf die Bitch.«

»Sie ist nicht so. Die Einzige, die wirklich Gift war, war deine kleine Melissa«, meint er jetzt. Ich versteife mich am ganzen Körper, weil er das M-Wort gesagt hat, und will schon aufspringen, aber er redet schnell weiter, sodass ich nicht dazu komme. »Ich habe sie nicht manipuliert, Carter. Sie hat alles freiwillig gemacht.«

Die Information will irgendwie nicht in meinem Kopf ankommen und ich verenge die Augen. »Was?«

Er seufzt tief. »Sie hat dich mit Alayna beobachtet und war eifersüchtig. Ich hab das ausgenutzt, ich gebe es ja zu. Aber ohne Zwang, ohne Manipulation, sie wollte es so.«

Ich schüttle den Kopf, weil ich das einfach nicht begreifen kann: Melissa? Ernsthaft? »Okay, sie hat es gewollt, aber warum solltest du so was tun? Du bist mein Bruder, du weißt, wie wichtig sie mir war. Und das war verfickt noch mal scheiße, Caden.«

Er verdreht gespielt die Augen und sieht mich flüchtig von der Seite an. »Du musstest es sehen. Ja, auch in mir war ein Teil, der sich an dir rächen und dir wehtun wollte. Du weißt, dass ich Alayna liebte, und hasste es, wie sie dich ansah. Aber größtenteils wollte ich dich von Melissa wegkriegen. Sie war schon immer eine Schlampe, Carter, und das musstest du selbst sehen. Sie war und ist nicht gut genug für dich, aber du warst immer so verblendet und vernarrt in sie, dass Reden nicht viel gebracht hätte.«

Ich atme tief durch und frage mich, warum ich es immer mit Nutten zu tun habe. Verfickte Scheiße, kann es sein, dass ich mich die ganze Zeit in Melissa getäuscht habe? Fuck. Es hat sich so echt angefühlt und ich bin wirklich angepisst, Alayna.

Er sagt nichts mehr und wir liegen wieder schweigend da, denken nach und rauchen. Die Augen beide zur Decke gerichtet. Wir existieren einfach, weil wir das brauchen.

17. Donovan Wild, Alayna

Caden

Carter ist jetzt seit zwei Tagen zurück, Alayna, und ich habe fast erwartet, dass du das Haus stürmst, auf ihn zurennst, deine Arme um ihn schlingst und küsst, aber das ist nicht passiert. Das wundert mich ein bisschen, denn du wirst von Mom wissen, dass er wieder da ist. Ihr habt Kontakt – was ich übrigens überhaupt nicht mag.

Mom hat fett aufgetischt, denn heute ist Dads Kollege Donovan Wild zu Besuch. Er hat bei der Suche nach Carter so aktiv und selbstlos geholfen, dass Dad denkt, er schulde ihm etwas. Er ist sein kleines Ziehkind beim FBI. Aber ich weiß ganz genau, wieso er so oft hier war. Der Grund dafür sitzt links neben mir und ist knallrot im Gesicht.

Donovan Wild ist einundzwanzig Jahre alt, drei Jahre älter als meine Schwester, die er momentan fickt. Ich weiß es. Aber das habe ich noch nicht gegen sie verwendet. Ich hebe es mir lieber auf. Das läuft jetzt schon eine ganze Weile. Er hat sie entjungfert, irgendwann im März bei stürmendem Regen auf seiner Motorhaube. Nein, Alayna, frag nicht, woher ich es weiß. Ich weiß es einfach. Wenn Dad es wüsste, wäre dieser Mann nicht nur kopflos, sondern auch eierlos. Er würde ganz sicher nicht hier sitzen in seinem eng anliegenden weißen Rollkragenpullover und der dunklen Jeans. Nicht zu vergessen die fette Uhr. Er besitzt einen markanten Kiefer, einen kalten Stich in seinen blauen Augen und harte Züge um seinen Mund. Wenn Carter bemerkt, wie oft er Ava ansieht, schmeißt er den Tisch um. Im Moment ist er ziemlich unberechenbar und auf einem dunklen Trip, von dem ihn so schnell niemand rausholen kann, Alayna.

Mom bedankt sich wieder zum tausendsten Mal für die Hilfe und Carter stöhnt zum tausendsten Mal genervt, weil alle so einen Aufstand um sein Verschwinden gemacht haben. Wenn ich gesprochen hätte, hätte ich ihnen gesagt, dass sie chillen sollen, weil er immer zurückkommt, aber sie hätten mir sowieso nicht geglaubt. Überhaupt schauen mich alle so an, als würde ich demnächst ausflippen, aber die Gefahr besteht nicht, denn darauf habe ich keine Lust.

»Erzähl Donovan Wild doch mal, auf welche Schule du gehst, Ava«, lege ich los.

»Was?« Sie verschluckt sich fast. Mit ihrem hohen Zopf und dem weißen Winterkleidchen sieht sie heute richtig gepflegt aus. Ist das etwa Lippenstift auf ihren Lippen?

»Na, erzähl doch mal unserem Gast Donovan Wild, auf welche Schule du gehst, Ava.« Alle sind sichtbar erleichtert, dass ich wieder ich bin. Und ich muss sagen, dass ich auch glücklich darüber bin, Alayna. Mir haben ständig lustige Sprüche auf der Zunge gelegen, die ich nicht rauslassen konnte, weil ich einfach zu träge war. Das Mal davor, als Carter verschwunden ist, habe ich meine Gefühllosigkeit anders ausgelebt. Diesmal habe ich mich komplett in mein Inneres zurückgezogen, vor allem auch, weil du mir fehlst. Ich gebe es ja zu, du fehlst mir. Verflucht noch mal. Besonders deine Augen, Alayna. Scheiße, Alayna, deine Augen. Und deine Blicke. Deine vollen Lippen, die über meinen Körper gleiten und mich anlächeln und mir Dinge sagen, die sie nicht sagen sollten, weil ich so was eigentlich nicht dulde. Doch bei dir habe ich viel geduldet, so wie du bei mir. Und deine Hände und deine Haut und deine Haare – einfach alles an dir.

Verdammt.

»Ähm … also auf die Midtown Privatschule.« Ava sieht hilfesuchend zu Mom.

»Was ist denn los? Du bist doch sonst nicht so stottrig«, sagt Mom belustigt.

Donovan Wild schmunzelt. »Und, Carter, wo warst du die ganze Zeit?«

»Überall und nirgendwo. Es war echt interessant.« Er sieht aus, als würde er an was Bestimmtes zurückdenken, was er strikt nicht mit mir teilen will. Das stört mich, Alayna. Ich mag es nicht, wenn er etwas nicht mit mir teilt.

»Und, Ava? Gefällt dir die Privatschule?«, fragt Donovan Wild und schneidet sich sein Steak zurecht, und zwar ziemlich ruckartig. Ava schluckt und rutscht ein bisschen hin und her.

»Ja, die ist ganz toll. Wir haben echt interessanten Unterricht.«

»Wirklich?«, erkundigt sich Dad und ich grinse breit.

»Echt? Was habt ihr denn für interessanten Unterricht? Was habt ihr denn zum Beispiel vorgestern so für Fächer gehabt, du weißt schon, am Donnerstag? Bist du da eigentlich zu deinem Cheerleadertraining gegangen? Ah, Donovan Wild, sie ist Cheerleaderin«, informiere ich ihn. Er starrt mich mit seinen eisblauen Augen an, weil ihm klar ist, dass ich weiß, dass er sie fickt und jeden Donnerstag trifft. »Sie hat donnerstags immer Training.«

»Ja, stimmt, Ava, wann sehen wir dich denn mal wieder auf dem Feld? Du hast uns so lange nichts mehr gezeigt«, meint Mom. »Und ich habe auch deine Cheerleaderuniform lange nicht mehr gewaschen. Hast du die eigentlich hier?«

»Äh … ich hab sie immer in meinem Spind.«

»Echt? Ich dachte, du hast gar keinen Spind«, sage ich und stopfe mir eine Kartoffel in den Mund. Donovan Wilds Blick wird immer dunkler und eine Ader an seiner Schläfe pocht.

»Und du, Caden?«, fragt er ein bisschen warnend.

Ich grinse breit. »Ja?«

»Was machst du denn so?«

»Ich studiere Psychologie, ich liebe die menschliche Psyche. Wusstest du, dass wenn ein Mensch lügt, seine Pupillen sich weiten und er meistens nach links unten sieht?«

»Das wusste ich. Ich arbeite beim FBI«, meint er ungerührt und schaut mir in die Augen.

»Wie schön. Hast du eigentlich eine Freundin?«

Er starrt mir weiter in die Augen. »Nein. Du?«

»Nope. Du weißt ja, wie das ist. Ab und zu hat man mal eine in seinem Bett oder im Auto oder auf der Motorhaube im Regen – total episch – und dann auch noch eine Jungfrau …« Ava verschluckt sich und kotzt fast. Donovan Wild schaut mir immer noch in die Augen.

»Ja, ab und zu«, erwidert er lässig. Ich weiß, Alayna, dass der Typ echt übel ist. Mein Blick wird, ebenso wie seiner, härter.

»Na dann hoffen wir mal, dass du nicht die falsche Jungfrau auf der Motorhaube gefickt hast.«

»Was zur Hölle redet ihr da?«, ruft Carter und sieht ziemlich angepisst und alarmiert aus. Dad hat die Stirn gerunzelt und ist misstrauisch, aber Donovan Wild lehnt sich nur zurück und erzählt von der einundzwanzigjährigen Single-Jungfrau, die er letzte Woche auf seiner Motorhaube gevögelt hat, genau am Freitag, als ich Brötchen für Mom geholt habe, was sich exakt mit dem deckt, was ich gemacht habe. Er ist ein Psycho.

Dann erzählt er von der kleinen, rassigen Brünetten, die er letztens mit diesem Kerl in der Uni gesehen hat, die Mediendesign studiert und ja so heiß ist. Das alles erzählt er mir nur, um klarzumachen, dass ich nicht der Einzige bin, der über das Leben des anderen Bescheid weiß. Langsam werde ich wütend und meine Nackenmuskeln zucken, weil ich nicht will, dass er was über dich weiß und dass er meine Schwester fickt, weil er ein Psycho ist. War ja klar, dass sie sich so einen sucht, bei unserer Familie. Eindeutiger Vaterkomplex. Aber wieso? Unser Dad hat sie immer angehimmelt, bis sie vierzehn und eklig vom Charakter wurde. Sie hat ihn nicht immer genervt.

Ich sehe rüber zu Ava. Sie sitzt steif auf ihrem Platz und rührt sich nicht, bis Donovan Wild – und ich merke es genau – mit seinen Fingern fünfmal auf die Tischplatte tippt. Außer mir fällt es keinem auf, aber nur, weil ich genauso raffiniert bin wie er. Dann steht sie auf. »Will jemand was trinken? Donovan?«

»Ava, das heißt Mr. Wild«, mahnt Dad.

»Willst du was trinken, Mr. Wild?«, fragt sie ihn und das gefällt dem Pisser zu gut.

»Klar«, sagt er leicht gelangweilt, aber höflich. Ja klar, er ist ja hier bei den zukünftigen Schwiegereltern. Fuck, werde ich dann sein Schwager?

Sie geht etwas steif zum Kühlschrank, was Dad natürlich auffällt. »Ava, hast du Schmerzen oder so? Ist irgendwas?«

»Ach, das ist vom Cheerleadertraining. Ich habe ein bisschen Rückenschmerzen.«

»Dann solltest du vielleicht aussetzen«, erwidert Mom.

»NEIN!«, ruft Ava und schenkt schnell was zu trinken ein, bevor sie zurückgeht und das Glas vor Donovan Wild abstellt.

»Danke, Ava«, sagt er mit einer bestimmten Stimme, die ich selbst gut kenne. Ich ziehe eine Augenbraue hoch, genau wie Carter, weil er meinen Blick bemerkt hat. Er verengt die Augen und schaut zu Ava. Die starrt nur noch auf ihren Teller, weil jetzt der Wachhund die Fährte aufgenommen hat.

»Vielleicht sollte ich nächste Woche mal mitkommen zum Cheerleadertraining«, sagt Carter jetzt sinnierend. »Ich könnte dich fahren und abholen. Und im Auto auf dich warten, so wie früher.«

»Klar«, meint Ava, die nun blass wird und einen Kloß im Hals hat.

»Du kannst uns ja gleich was vortanzen, Ava. Hol dein Outfit und leg los«, biete ich an.

»Jetzt werd nicht albern«, sagt Mom. »Was ist denn mit dir heute los?«

»Ich bin mir sicher, er ist einfach nur höflich, oder Caden?«, erwidert Donovan Wild.

»Immer doch.« Wir essen ein paar Minuten einträchtig. Dad und Donovan Wild reden über die Arbeit und Ava starrt auf ihren Teller, weil sie genau weiß, dass Carter und ich es auf sie abgesehen haben.

Ich beuge mich zu ihr rüber und frage: »Und? Fickt er dich heute noch?«

Sie tritt mir gegen das Schienbein, doch ich verziehe keine Miene.

»Du warst viel angenehmer, als du nicht geredet hast.«

»Oh, wenn ich jetzt anfange zu reden, wird's nicht lustig für dich.«

Carter an ihrer anderen Seite neigt den Kopf zu uns. »Um was geht's?«

»Das ist ein Geheimnis, Bro!«, sagt Ava.

»Aber wir könnten ihn doch einweihen, oder Ava? Was hältst du davon?«

»Caden, ich warne dich.«

»Wovor?«, fragt Carter.

Ava starrt mich hasserfüllt an. »Wusstest du, dass ich mit Alayna telefoniere?« Carter lehnt sich wieder weg. Er will davon nichts wissen, von dir. Die ganze Scheiße hat ihn zu sehr gefickt.

Mein Blick wird hart. »WIESO?«

»Du wolltest, dass wir uns anfreunden, und das ist jetzt halt passiert. Willst du wissen, wie es ihr geht?«, fragt meine kleine Schwester und ich knirsche mit den Zähnen. »Soll ich dir erzählen, was sie so macht den ganzen Tag und mit wem und was sie mir über dich erzählt hat? Und über Carter? Du wolltest ja, dass ich von ihr alles über dich erfahre. Ich weiß jetzt so viel. Wie sie fühlt, wie sie denkt. Wen sie wirklich wollte.« Ich bewege meinen Kopf hin und her und knurre: »Reiz mich nicht, Ava.«

Sie sieht mich genauso an wie ich sie. »Dann hör auf, Caden.«

»Hey, ihr zwei da hinten – auseinander! Kscht, kscht!«, ruft Mom, als wären wir zwei Hunde, die sich verbissen haben.

Augenrollend lehne ich mich wieder zurück. Ich hasse es, dass sie deinen Namen gesagt hat, Alayna, und dass ich gleich wieder dein Gesicht vor Augen habe, als ich dir das Herz aus der Brust gerissen habe. Diesen Moment, als du aussahst, als würdest du auseinanderbrechen, doch ich konnte dich nicht halten, weil ich das nie können werde. Dich halten, dich zusammenflicken, für dich da sein, all das, was ein guter Typ so macht. Aber es fickt mich, dass Ava so viel über dich weiß. Sie hat es geschafft, mich neugierig zu machen, auf dich und dein Leben ohne mich. Bei den anderen Bitches war es mir immer egal. Wenn es vorbei war, dann war es vorbei. Wieso geht das bei dir nicht? Und wieso habe ich nach dir keine andere mehr gefickt, obwohl ich es echt mal wieder brauche und lediglich mit einem Fingerschnippen fünf an jeder Hand hätte?

Ich atme total genervt aus; ich muss mich ablenken, deswegen werde ich jetzt weiterbohren, egal was Ava sagt. Sie spricht sowieso meistens nichts als leere Drohungen aus.

»Und? Wie sieht's aus, wer ist nächste Woche bei unserer Geburtstagsparty dabei?«

Dad gibt einen genervten Laut von sich. »Aber nicht in deiner Garage, Carter, vergiss es«, brummt er in Carters Richtung.

»Hatten wir nicht vor«, sagt Carter, den Mund total voll.

»Da ist auch diese total abgefahrene Halloweenparty, Dad. Kann ich da hingehen? Alle sind da«, bettelt Ava sofort. Donovan Wild sieht sie mit einer hochgezogenen Augenbraue an, wahrscheinlich hat sie ihn nicht um Erlaubnis gefragt. Ich hätte nie gedacht, dass meine Schwester so eine kleine, unterwürfige Bitch ist.

»Natürlich nicht, Ava, warum fragst du immer? Das letztens war eine Ausnahme, und nur, weil deine Brüder für dich gebürgt haben«, meint Dad.

»Das ging ja mal total schief«, sagt Emilia.

»Was war denn los?«, fragt Donovan dunkel.

Ava macht sich klein.

Carter knirscht mit den Zähnen.

Und ich grinse breit. »Ach, wir waren da in diesem Club mit Ava, dem *Ribbon* im Südviertel, vielleicht kennst du den.« Donovans Nasenflügel blähen sich und ich weiß, dass er sich zusammenreißen muss, um Ava nicht den Arsch zu versohlen. »Sie hat da auch nur mit ein paar

Typen getanzt, sonst nichts weiter, wir hatten alles immer im Blick. Zumindest so lange, bis wir rausgegangen sind, um uns um ein Mädchen zu prügeln. Danach ist sie ein bisschen untergegangen, bis dann irgendwann der Krankenwagen kam. Da habe ich sie erst wieder gesehen. War sicher eine Dreiviertelstunde, in der ich sie nicht im Blick hatte. Sorry, Dad.« Dad knirscht mit den Zähnen und Donovan wirkt auch nicht gerade glücklich.

»Oh Mann, jetzt kommt schon, Isabelle kommt auch mit!«, jammert sie weiter.

»*Isabelle*?«, erkundigt sich Carter. Ich sehe ihn fragend an. Bei dem Namen regt sich auch was in Donovans Gesicht, aber ich kann nicht weiter auf ihn achten.

»Isabelle?«, hake ich grinsend bei ihm nach und er schaut Ava panisch an.

»Schwarze-Haare-grüne-Augen-Isabelle?«, fragt Carter vorsichtig und Ava verzieht irritiert das Gesicht, während Donovan Wild mit den Zähnen mahlt.

»Nein. Blond, blaue Augen. Du kennst doch meine Freundin Isabelle!«

Carter entspannt sich etwas, aber er sieht immer noch blass aus. Als hätte ihn der Name total aus dem Konzept gebracht.

Ich klinke mich wieder mit ein. »Wie alt ist deine Freundin Isabelle, Ava?«

»Siebzehn.«

»Oh … du Scheißkröte!«, bellt Dad über den Tisch an Carter gewandt und ich grinse meinen Bruder an. »Hast du etwa mit Avas Freundin geschlafen?«

»Du weißt, dass das strafbar ist«, sagt Donovan – das Kinn

auf eine Hand gestützt. »Mit einer Minderjährigen zu schlafen?«

»Schon klar! Nein, habe ich nicht! Ich kenne nur jemanden, der auch so heißt, okay?«

»Sie sehen heutzutage immer viel älter aus, als sie sind«, meint Donovan und trinkt einen Schluck. Hach, es ist immer so unterhaltsam hier am Esstisch. Isabelle, Donovan Wild. Wir haben wieder so viel Neues gelernt.

»Also darf ich?«, fragt Ava. »Jetzt, nachdem wir geklärt hätten, dass Carter …«, sie fuchtelt in seine Richtung, »eben Carter ist.«

»NEIN!«, kommt es dreistimmig von Mom, Carter und Dad.

Donovan Wild sieht zufrieden aus, zumindest äußerlich. Aber seit der Name Isabelle gefallen ist, sehe ich die Unruhe in seinen Augen. Genau wie in Carters.

Was zum Teufel?

18. Wie ein Phoenix aus der Asche

Alayna

Das Herbstsemester ist angebrochen. Sechs Wochen sind vergangen, aber keine Spur von den Jungs. Weder von dem einen noch von dem anderen. Ich telefoniere ab und zu mit Emilia und Ava, die mich mit Updates versorgen. Carter ist wieder in der Stadt und Ava sagt, er sei wütender denn je. Dunkler und abgefuckter denn je. Bin ich daran schuld oder Melissa?

Melissa.

Wenn ich an sie denke, überkommt mich so eine Welle der Wut. Ich wusste von Anfang an, dass sie nicht so süß und unschuldig ist, wie sie tut. Aber Carter war ja total geblendet von ihr und hat in ihr das hilflose, kleine, verängstigte Rehkitz gesehen, das sie nicht ist. Ich kenne solche Frauen. Sie hätte sich auch gleich noch mal von beiden ficken lassen, wenn sie es zugelassen hätten.

Auch Carter wurde nach alldem wieder zu ER in meinem Kopf. Ich musste es tun, um mich zu schützen.

Eine Woche lang habe ich im Bett gelegen und geweint, nachdem Caden mich so scheiße abserviert und mir gesagt hatte, dass ich ihn langweile, dass er mir mit *ihr* fremdgegangen ist, dass er mich nur benutzt hat und dass er mich nicht mehr will. Er hat von dem Spiel erzählt und ich war atemlos. Es war, als würde ich einen Film anschauen. Seine Augen, Gott, seine Augen, sie haben mich fast umgebracht. Ich glaube, ich wurde in meinem ganzen Leben noch nie so sehr verletzt. Und ja, ich habe mir die Zeit genommen, alles rauszulassen.

In der zweiten Woche habe ich mein Zimmer demoliert.

In der dritten Woche bin ich mit meiner Mutter aneinandergeraten und habe mich das erste Mal gegen sie gewehrt – ich habe das erste Mal meinen eigenen Caden und Carter rausgelassen. Es hat so gut getan.

In der vierten Woche habe ich heulend alle Bilder gelöscht, die ich von Caden, mit Caden und überhaupt der ganzen Familie hatte, und ich habe die Kette in den See geschmissen, die Caden mir geschenkt hat. Danach bin ich zu ihm gefahren, habe mich aber nicht getraut, zu klingeln. Ich konnte einfach nicht, dabei gab es nichts, was ich tief in mir lieber wollte, als ihm wieder in die Arme zu fallen. Dumm, wie ich bin.

In der fünften Woche habe ich meinen ganzen Lohn für Kleidung sowie den Friseur ausgegeben und an meine Eltern keinen Cent abgedrückt. Ich kümmere mich jetzt sehr gut um meinen Vater. Jeden Tag mache ich ihm was zu essen, was er auch isst, aber sehr langsam. Das Haus ist geputzt. Manchmal nehme ich Dad an der Hand und führe ihn in den Garten, damit er mal atmen kann.

Wenn Mom ihn blöd anmacht, reicht mittlerweile ein Blick, den ich mir bei Caden abgeschaut habe, und sie schweigt, weil es mir gelingt, sie einzuschüchtern. Ich habe beschlossen, mir das Beste von beiden Brüdern zu nehmen und es für mich zu beanspruchen. Carters Mut, Cadens machtvolle Art, Carters emotionales Wesen, Cadens manipulative Blicke, Carters aufbrausendes Temperament, Cadens Distanziertheit.

Jetzt ist die sechste Woche angebrochen und ich fühle mich fast schon wieder ganz. Emilia hat mir erzählt, dass die Jungs heute endlich wieder zur Uni gehen. Das heißt, ich werde sie nach all der Zeit wiedersehen. Ich habe mein Herz und meine Gefühle abgekapselt, so, wie Caden es tut, wenn Carter nicht da ist, deshalb habe ich keine Angst, ihnen zu begegnen. Sie können mir nicht wehtun, wenn ich nichts für sie empfinde.

Sie haben so viel Scheiße gebaut, wieso bin ich jetzt eigentlich die Schlampe?

Ich wasche mein Gesicht und schaue in den Spiegel. Das hätte ich mir sparen können, denn ich bin eben aufgestanden und sehe noch aus wie ein Chaos. Meine Haare sind endlich neu gefärbt, aber heller, und ich habe sie abschneiden lassen, sodass sie mir nun hellbraun und blond bis unter meine Schulterblätter reichen. Ich putze meine Zähne, bürste meine Haare und schminke mich in Ruhe. Es ist ruhig im Haus, denn ich mache jetzt immer den Fernseher aus, bevor ich ins Bett gehe. Wir haben nicht mal Geld, um Essen zu kaufen, wie sollen wir uns also den Strom leisten?

Meine Mom ist nicht da, wie so oft, und ich hoffe, sie kommt nicht wieder. Dad schläft im Bett, wo ich ihn jeden Abend hinbringe. Wenn Mom von ihrer Sauftour zurückkehrt, kann sie auf der Couch schlafen. Ich habe ihn sogar rasiert und ihm die Haare geschnitten und ich koche gesund, sodass sein Bauch langsam kleiner wird und er wieder Farbe im Gesicht hat. Manchmal sieht er mich an, direkt in mich hinein, dann ist er wieder weg. Aber ich gebe die Hoffnung nicht auf, denn er ist meine einzige Familie. Mom zähle ich nicht mehr dazu. Ich habe von Caden gelernt, dass man klare Entscheidungen treffen und Menschen auch mal aus seinem Leben werfen muss, egal wie sehr man ihnen dabei wehtut. Das war mir wirklich eine Lehre. Die schmerzhafteste Lehre meines gesamten Lebens.

Nachdem ich einen leichten Lippenstift aufgetragen habe, gehe ich zuruck in mein total demoliertes Zimmer, das ich bis heute nicht aufgeräumt habe, weil es mir egal ist, und ziehe mich an. Dunkle, schwarzgraue Jeans, meine Boots und einen schwarzen, lockeren Pullover dazu. Darüber streife ich meine Lederjacke, schultere meine Tasche und fahre mir noch mal durch das Haar, damit es voluminöser aussieht.

Ich habe mir einen Typen angelacht, der in meinem Viertel wohnt. Er holt mich ab und fährt mich, wohin ich will. Würde ich ihm sagen, er solle von der Brücke springen, würde er auch das tun, denn er macht alles für mich. Es ist ein bisschen so wie bei Caden und Melissa.

Ich gehe ins Schlafzimmer, wo Dad noch schläft, und kippe das Fenster an, damit frische Luft reinkommt. Dann küsse ich ihn schnell auf die Wange und sage ihm, dass ich bald wieder da bin, obwohl er mich nicht hört.

Als ich das Haus verlasse, ist Landon noch nicht da. Ich mag es nicht, wenn er zu spät kommt und ich warten muss. Es ist Herbst, die Blätter fegen immer schneller von den Bäumen und der Wind wird immer kühler. Ich liebe den Winter. Ich liebe die Kälte und das weiße Glitzern des Schnees.

Der schwarze, lange Chevy, den er fährt, hält endlich vor mir und ich steige genervt ein.

»Wieso hast du so lange gebraucht?«, frage ich an Landon gewandt.

Der sitzt locker hinter seinem Lenkrad, noch halb schlafend, und sieht aus, als wäre er direkt aus *Greace* entsprungen. Sein schwarzes Haar liegt nach hinten gekämmt an – ja, ich weiß, aber ich stehe halt auf dunkle Männer, egal ob es die Haare oder die Seele betrifft.

Er hat eine Kippe im Mundwinkel, seine Augen sind nur halb offen. Seine Lederjacke ist an den Schultern abgewetzt.

Er ist heiß.

Natürlich ist er das. Mit was anderem würde ich mich auch nicht zufriedengeben.

»Sorry, Babe«, sagt er müde und zieht an seiner Kippe.

Ich nehme sie ihm ab, ziehe selbst daran und rauche in seine Richtung. »Fahr los, ich komme zu spät.«

Er macht sich eine neue an und drückt das Gaspedal durch. Seine Hand findet sich zwischen meinen Schenkeln ein und ich spüre ihn durch meine Jeans. Er lenkt das Auto mit einer Hand selbstsicher durch die Straßen. Landon ist dreiundzwanzig und studiert an meiner Uni irgendwas, was ich mir nicht merken kann, weil es mich nicht interessiert. Mich interessiert nur, wie gut er es mir besorgen kann, und das kann er. Außerdem holt er mich überall ab und bringt mich überall hin und ist immer erreichbar. Das mag ich.

Ich drehe meinen Kopf, der an den Sitz gelehnt ist, träge in seine Richtung; ich bin immer noch ganz high von gestern, als wir bei ihm Bong geraucht haben und dann ziemlich heißen Sex hatten.

Er sieht mich ebenfalls an, obwohl er Auto fährt. Seine Augen sind braun, wie meine, nichts Besonderes, und verraten, wie stoned er ist.

»Gehst du nächste Woche zu der Party?«, frage ich.

Er weiß natürlich genau, welche Party ich meine, weil seit zwei Wochen über nichts anderes gesprochen wird. »Klar, und du gehst mit mir«, sagt er rau und zwinkert mir zu.

Ich zucke mit den Schultern. Warum eigentlich nicht?

Warum nicht ein bisschen was zurückgeben und ein wenig spielen?

* * *

Wir kommen auf dem Unigelände an und ich sehe den weißen BMW sofort, weil er über drei Parkplätze belegt, damit ihn niemand einparkt. Typisch, so egoistisch, so ein Bastard. Mir soll es egal sein. Auch, wenn ich kurz ein bisschen nervös werde, meine Hände schwitzig werden und mein Herz ein bisschen schneller schlägt, lasse ich mich davon nicht leiten.

Als Landon einen Arm um mich legt, lasse ich ihn. Er hat seine Lederjacke ausgezogen, weil die Sonne heute ziemlich warm ist, und hat sie über seine Schulter geworfen. Mit einem Zeigefinger hält er sie locker fest. Ich lege meinen Arm um seinen Rücken, als wir im Gleichschritt durch den Sonnenschein auf den vollen Campus treten. Überall lungern Studenten rum, die noch auf der Wiese lernen oder zu ihrer Vorlesung hetzen oder noch todmüde von der letzten Studentenparty ihren Kaffee trinken und wie Zombies nach der Apokalypse vor sich hin schlurfen.

Ich fühle mich heute richtig gut und fit, obwohl ich kaum geschlafen habe und mein Kopf immer noch ein bisschen bewölkt ist. Landon riecht gut und ich sehe zu ihm auf, mustere seine glatt rasierten, scharfen Kieferkonturen und seine markanten Lippen. Seine Wimpern sind endlos lang und tiefschwarz und er besitzt eine natürliche, gesunde Bräune der Haut.

Er sieht zu mir runter und ich erwarte schon fast, dass er fragt: »Ist was, Alayna?«, aber er zwinkert mir nur zu, weil er genau weiß, wie heiß ich ihn finde.

Ich seufze fröhlich und verschränke meine Finger mit seinen, die locker über meiner Schulter liegen.

Dann sehe ich sie. Sie chillen natürlich auf der halb hohen Mauer, die den Campus umgibt. Caden sitzt und beobachtet alles sehr genau mit der Zigarette im Mundwinkel, während Carter neben ihm liegt und einfach einen Joint auf dem Campus raucht! Ein Bein angewinkelt und den Blick in den blauen Himmel gerichtet.

Ich muss sie mir kurz anschauen und bleibe abrupt stehen, um meinen Schuh zu binden. Landon ist zwar irritiert, aber er wartet. Natürlich tut er das.

Während ich geduckt dahocke und an meinen Boots fuchtele, mustere ich die zwei.

Caden trägt einen weißen, eng anliegenden Pullover, der sich straff über seine Brust zieht – man sieht nur die Tattoos an seinen Händen –, und dazu hat er helle Jeans angezogen, die perfekt über den weißen Chucks enden. Ich hasse es, dass dieser Mann sich immer so gut kleidet. Und ich weiß jetzt schon, wie er riecht. Sein schwarzes Haar ist nach hinten gekämmt und die Konturen seines Gesichts scharf. Seine Augen sind so funkelnd in der Sonne. Er nimmt die Zigarette mit Daumen und Zeigefinger aus seinem Mund, lässt den Nacken knacken, wobei die Muskeln seiner Schultern spielen, und stößt den Rauch aus. Mein Magen verkrampft sich bei seinem Anblick heftig.

Carter trägt natürlich Schwarz. Sein langärmliges, dünnes Oberteil schmiegt sich um jeden gottverdammten Muskel, den er besitzt, und er hat an Muskelmasse zugelegt. Während Cadens Handgelenk eine Uhr ziert, windet sich ein Lederarmband um Carters. Seine schwarzen Jeans sind hüftig und an seinen Gürtelschlaufen ist eine kleine Kette befestigt, die in seine Hosentasche führt. Außerdem hat er Boots an. Langsam blicke ich in sein Gesicht, das so ganz anders aussieht. Es wirkt desinteressiert, ausdruckslos und so gelangweilt. In seinen Augen ist ein harter Glanz, den ich so heftig noch nie wahrgenommen habe. Beide tragen den gleichen Dreitagebart und Carters Lederjacke liegt neben ihm auf der Mauer.

Nachdem ich lange genug vorgegeben habe, meine Schuhe neu zu binden, stehe ich wieder auf und straffe mich. Ich werde jetzt nicht schwach, ich werde nur immer stärker und stärker. Vielleicht sollte ich mich bei ihnen dafür bedanken.

Sie haben etwas zerschlagen, was schwach ist. Etwas, womit ich nicht überlebt hätte, worauf dann etwas so Kraftvolles und Schönes erblüht ist. Wie der Phoenix, der aus der Asche aufersteht.

Ich schmiege mich wieder unter Landons Arm und verschränke erneut unsere Finger, als wir unseren Weg fortsetzen. Carter sagt was zu Caden, dann schauen sie beide in eine Richtung. Als ich dem Blick folge, sehe ich eine kleine, billige Schwarzhaarige, ganz Carters Typ und anscheinend auch Cadens. Deshalb bin ich heller geworden. Ich mache jetzt alles, was sie hassen, weil ich sie hasse. Und ich liebe es – ein wenig.

Ich bin total bereit für meinen großen Auftritt und schlendere locker aus der Hüfte direkt auf sie zu. Caden bemerkt mich als Erster. Natürlich tut er das. Ich schenke ihm mein schönstes Strahlen, so wie er immer jeden am Esstisch anlächelt, bevor er ihn zermürbt, weil es das ist, was er am besten kann. Leute fertigmachen. Sonst wäre sein erbärmliches Leben ja noch erbärmlicher.

Sein Blick wird hart wie Stahl, als er Landons Arm um meine Schulter sieht. Ich hebe die Hand und winke ihm fröhlich, woraufhin Carter auf mich aufmerksam wird. Er setzt sich auf und sie legen beide den Kopf nach links, dann nach rechts. Sie checken mich ab, von oben bis unten.

Und ich weiß, dass sie lieben, was sie sehen.

Als wir näherkommen, sage ich: »Ist was, Jungs?«

Carter lässt den Nacken knacken und Caden richtet sich auf. Beide schauen nun zu Landon. Der erwidert den Blick unbeeindruckt. Er weiß nichts von unserer Vergangenheit, aber er mag es nicht, wenn man ihn schief anguckt.

»Auch mal wieder in der Uni?«, frage ich gespielt interessiert und nehme Landon wieder seine Zigarette ab, um selbst dran zu ziehen. Ich rauche in Carters Gesicht, was er mit einem Augenbrauenhochziehen quittiert.

»Was denn? Habt ihr die Zunge verschluckt?«

Caden lässt sich von der Mauer herab, sodass er mir ziemlich nahe kommt und mich überragt, aber ich weiche nicht zurück. Obwohl es mir ein bisschen schwerfällt, ihn wieder so nah zu wissen. »Ja, wir sind wieder da, Alayna«, meint er äußerst sanft. Die Stimme, die er benutzt, sendet einen Schauer über meinen Rücken, aber ich recke mein Kinn und ignoriere es. Ich hab mir YouTube-Videos angeschaut, wie man manipulativen Menschen widerstehen kann, und Bücher gelesen, so viele Bücher! Und ich schaffe es, meine Mauer aufrechtzuerhalten, sodass er nicht in meinen Kopf kommt.

»Wie schön!«, sage ich fröhlich und beiße mir auf die Unterlippe, während ich einen Schritt auf ihn zumache und beinahe das letzte bisschen Distanz überbrücke. Ich sehe ihn mit meinem Blowjobblick an, denn ich weiß, dass keiner der beiden gegen diesen Blick je immun war. Allerdings habe ich es erst im Nachhinein gemerkt.

»Dann sehen wir uns ja jetzt öfter, oder?«, frage ich ihn leise.

Caden atmet tief durch. »Klar.«

»Wie schön«, erwidere ich jetzt ernster. »Ich freue mich schon drauf.«

Dann schaue ich noch mal zu Carter, der sich das alles total angepisst ansieht, während er Landon mit Blicken erdolcht, und verabschiede mich höflich.

»Na dann, einen schönen Tag noch«, sage ich anzüglich und tippe Caden spielerisch unter das stopplige Kinn. Er sieht mich total irritiert an. Allein für diesen Blick würde ich immer wieder über mich hinauswachsen!

Dann verschränke ich meine Finger wieder mit Landons und wir gehen.

Ich spüre ihre Blicke auf meinem Arsch und drehe noch mal lächelnd den Kopf über die Schulter.

Beide starren mich an, und ich fühle mich so gut.

19. Kampfansage, Alayna

Carter

Ich starre immer noch deinem Arsch nach, denn der ist unsagbar heiß, als ich von der Mauer gleite und zu meinem Bruder gehe, der ein bisschen wie versteinert wirkt.

»Hat die dir gerade echt unters Kinn getippt?«, frage ich verwirrt und wir sehen dir beide nach.

Er nickt genauso verwirrt.

»Hat die gerade echt einen auf Caden-Carter-Mischung gemacht?«, fahre ich fort.

Und er nickt wieder total neben sich.

»War das gerade eine Kampfansage an *uns*?«, ergänze ich.

Caden nickt.

»Scheiße, sie ist wahnsinnig geworden, Bro!«, rufe ich. Caden grinst langsam sein Spiele-Grinsen und ich stöhne genervt. Nein, Alayna, ich will das nicht tun. Wieso? Wieso muss das jetzt wieder passieren? Wieso musstest du so sexy um die Ecke kommen, so komische Dinge sagen und grinsen wie Caden und flirten wie ich. Ich mag das nicht. Ich mag dich nicht. Und was ist das überhaupt für ein Wichser neben dir, der dich anfasst, als würdest du ihm gehören? Das gefällt mir nicht. Außerdem bist du stoned, wie unschwer an deinen Augen zu erkennen war. Nimmst du etwa Drogen, Alayna? Das ist nicht gut, *Alayna*. Du flippst dann immer total aus, machst komische Dinge und hast Wahnvorstellungen, *Alayna*. Das weißt du doch.

Scheiße!

Hast du mit dem Kerl gefickt? Und mit anderen vielleicht auch? Was sollte das gerade? Hast du uns wirklich herausgefordert? Willst du uns ficken? Caden hat dich gerade erst echt übel von sich gestoßen und du kommst wieder angetänzelt, aber auf eine Art, die ich bisher nicht kannte. Nicht kriecherisch. Du heulst uns auch nicht die Ohren voll oder läufst uns hinterher, um anschließend in der Klapse zu landen, wenn du ihn nicht zurückgewinnst.

Du bist wir.

Und ich mag uns nicht sonderlich.

Drei von uns ist einer zu viel, Alayna!

»Was jetzt?«, frage ich Caden, weil ich der bin, der immer draufhaut, der dicht ist, auf jeden scheißt und dem egal ist, was als Nächstes passiert.

Caden ist der Planer.

Er seufzt tief und genüsslich und schwingt einen Arm um meinen Nacken. Oh nein.

»Ich glaube, es ist wieder Zeit für ein bisschen Spaß.«

Ich stöhne erneut. »Bro, du hast sie doch gerade erst weggeschickt. Das wäre so dämlich.« Es ist so ungewohnt, ihm zu erklären, was dämlich und vernünftig ist. »Ich habe mindestens fünfzehn Nummern von Frauen, die wir noch nicht zusammen hatten«, schlage ich vor.

»Also willst du sie nicht mehr ficken, Carter?«, fragt er trocken. »Willst du sie nicht bestrafen und ein bisschen leiden lassen? Damit sie von ihrem Trip runterkommt?«

Ich knirsche mit den Zähnen und sehe gerade noch, wie du die Unistufen hochgehst, bevor du in das Gebäude verschwindest. Ach scheiße, Alayna. Du bist wie Gift. Wie eine Krankheit. Wie ein Fluch! Du hast von Caden Besitz ergriffen. Das ist nicht gut!

Etwas, was man einfach nicht mehr loswird und aus seinem System bekommt. Ich wollte noch so viel mit dir machen, Baby.

»Dachte ich es mir doch«, sagt Caden und zieht mich zu den Stufen. »Herausforderung angenommen!«

* * *

Alayna

Ich sitze in einer der hinteren Reihen und spiele an meinem Laptop, lasse die Fingerspitzen über das Mauspad gleiten, während ich ihn immer noch rieche. Sie riechen so gut. Zwar war mir Caden sehr nah, aber ich habe mich gut geschlagen. Ich bin bereit, gegen sie in den Krieg zu ziehen, und lasse mich nicht mehr ohne Konsequenzen verletzen. Mir ist klar, was es mit Caden gemacht hat, mich mit Landon zu sehen, denn er ist nicht Carter – der Einzige, den Caden an meiner Seite ertragen konnte. Aber dabei ging es nur um irgendwelche Besitzrechte, denn geliebt hat er mich sicher nicht, wie er mir so lange vorgelogen hat, und all die intensiven Momente mit Carter bedeuten einen Scheiß. Wenn er etwas für mich empfunden hätte, hätte er die ganze Scheiße erst gar nicht mitgemacht. Und Caden hätte mich nicht betrogen. *Er hat mich betrogen!* Das hätte ich niemals von ihm erwartet. Es hat mich zerschmettert, das zu erfahren. Er war immer mein und ich war sein, aber ich wurde ihm ja zu langweilig. Mal schauen, wie langweilig er mich *jetzt* findet.

Als ein weibliches Raunen durch die Menge geht, glaube ich erst, dass Professor Silversteen gekommen ist, denn jeder fährt auf ihn ab, aber dann schaue ich zum Eingang des Hörsaals und könnte kotzen. Da sind sie, Caden und Carter, die hier eigentlich nichts zu suchen haben, weil ich zwei Semester unter ihnen bin und ganz andere Vorlesungen habe als sie. Caden studiert außerdem Psychologie.

Aber sie lassen es sich trotzdem nicht nehmen, hier reinzumarschieren, als würde ihnen die Welt gehören, und sich umzuschauen.

Nach mir.

Natürlich.

Carter findet mich als Erster und lächelt, als er mich sieht. Ich verdrehe die Augen, denn ich ahne, was jetzt kommt. Sie bewegen sich auf mich zu wie zwei Löwen in der Savanne, aber ich bin keine verdammte Gazelle. Ich habe seit Neuestem auch Krallen und Zähne.

Die Blicke aller folgen ihnen durch den Mittelgang, den sie entlangschlendern. Alle Frauen straffen sich, strecken ihre Titten raus und machen ihnen schöne Augen. Sogar die, von denen ich weiß, dass sie vergeben sind.

Das ekelt mich so an und ich rutsche tiefer in meinen Stuhl.

Caden kommt in meinen Gang und Carter betritt die Reihe hinter mir. Ich verdrehe wieder die Augen, als sie sich gleichzeitig setzen. Einer direkt hinter mich und einer neben mich. Ich bekämpfe die Nervosität, die wieder von mir Besitz ergreifen will, weil mir beide so nahe sind. Caden schwingt einen Arm über meine Lehne. Sein Körper strahlt so eine heftige Anziehungskraft aus. Ich weiß, dass er das extra macht. Davon habe ich gelesen. Ich widerstehe mit aller Kraft, an ihn ranzurutschen. Das ist gar nicht so leicht, aber ich schaffe es.

Ich kann genau die leichte Irritation in seinen Augen sehen, als ich eisern sitzen bleibe und nach vorn blicke.

Er schaut zu Carter nach hinten, wie ich im Augenwinkel bemerke. Ich rieche erst Carters Duft, bevor ich spüre, dass er sich nach vorn gebeugt hat. Scheiße, es ist wieder ein bisschen, als würde man zwischen zwei radioaktiven Brennstäben sitzen, die einen verstrahlen.

»Und, Alayna?«, fragt Caden im leisen Plauderton. »Wie lange fickst du schon mit ihm?«

Ich tue, als würde ich überlegen, und antworte: »Um die zwei Wochen, wieso?«

Sein Blick verhärtet sich und Carter besitzt die Dreistigkeit, mit meinen Haaren zu spielen. Dazu legt er einen Unterarm über meine Stuhllehne, sodass seine Hand auf meiner Brusthöhe schwebt, ohne mich zu berühren.

»Schöne Frisur, Baby. Machen das die Frauen so, wenn ihr kleines Herzchen gebrochen wird?«

Ich ziehe den Kopf nach vorn, sodass die Strähnen aus seinen Fingern gleiten, und halte den Atem an. Ihnen nach all der Zeit so nahe zu sein, zerbricht mich innerlich ein bisschen, doch ich kämpfe dagegen an.

»Keine Ahnung, was Frauen so machen, Carter. Ich weiß nur, wie *ich* das mache. *Und,* wie geht es Melissa?«

Über meine Schulter hinweg sehe ich ihn an. Er wirkt nicht amüsiert. »Weiß nicht, habe sie an einem Motel am Highway aus dem Auto geschmissen.«

»Caden«, sage ich interessiert. »Vielleicht weißt du ja, wie es ihr geht! Du weißt doch immer über alles Bescheid.«

Er lächelt träge. »Vielleicht weiß ich das.«

Ich verdrehe die Augen. »Und? Wie läuft das dann? Wenn du sie heiratest, wird Carter dann der Trauzeuge? Fickt ihr sie dann noch mal zusammen in der Hochzeitsnacht?« Oh wow, ich bin wirklich noch sauer.

Caden beugt sich zu mir und flüstert direkt an meinem Ohr: »Du denkst aber ganz schön viel darüber nach, wen wir ficken oder nicht ficken, Alayna.«

Ich erschauere nicht. Ich zittere nicht. Ich schlucke nicht. Ich balle auch nicht meine Hände zu Fäusten. Stattdessen lehne ich mich einfach ein bisschen von ihm weg, damit ich ihm wieder ins Gesicht sehen kann. Niemals wird er erfahren, was es mir abverlangt, keine dieser Reaktionen zu zeigen.

»Klar«, sage ich leise. »Ihr seid meine größte Inspiration! Ihr habt mir so viel beigebracht, was ich in die Welt hinaustragen kann.« Jetzt beuge ich mich seinem Gesicht entgegen. »Landon liebt das, wenn ich das mit der Zunge mache, was du mir gezeigt hast, Caden. Er geht total drauf ab, und er ist heiß, wenn er auf etwas abgeht, an meinen Haaren zieht und mich gegen Wände drückt. Und mich mit Morgensex aufweckt, weil ich bei ihm übernachte. Nackt in seinem Bett liege, auf ihn warte, wenn er wegmuss, und immer total bereit für ihn bin, so wie ich es für dich war. Ihr habt mir wirklich einiges beigebracht. Danke.«

Das scheint gesessen zu haben, endlich. Wahrscheinlich ist ihr Männerego angeknackst, mehr wird da nicht sein. Caden fällt alles aus dem Gesicht. Ich hätte nicht gedacht, dass ich das jemals sehen werde. Er kann sich nur krampfhaft beherrschen und wirft Carter einen mahnenden Blick zu. Ich drehe mich zu ihm um.

Er sitzt da, die Hände zu Fäusten geballt, total dramatisch, die Augen zusammengekniffen. Schwer atmend mahlt er mit den Zähnen und seine Muskeln pumpen förmlich.

»Ist was, Carter? Flippst du gleich wieder aus? Wirst du mich dann wieder eine Runde würgen? Diesmal, bis ich wirklich nicht mehr atme?« Oh, ich wusste ja gar nicht, *wie* wütend ich auf die beiden bin, aber es tut so gut, sie ein bisschen von ihrer eigenen Medizin schlucken zu lassen.

»Wenn du weißt, was gut für dich ist, hältst du jetzt die Klappe!«, zischt Carter mir zu.

»Okay«, sage ich leichthin, klappe meinen Laptop zu, greife nach meiner Jacke sowie meiner Tasche und quetsche mich hart an Caden vorbei, zwei Reihen weiter nach vorn. Ohne mich umzudrehen, zeige ich ihnen noch meinen Mittelfinger. Dann kommt auch schon der Prof.

20. Ich mag das nicht, Alayna

Caden

Wir sind in Carters Garage und der Abend bricht an. Dichter Rauch umwabert uns. Wir sind so stoned. Ich liege auf seiner Couch, während er in seinem schwarzen Sitzsack chillt.

Weißt du noch, Alayna, was wir hier mit dir gemacht haben? Als ich so sauer war und testen wollte, ob du uns auseinanderhalten kannst? Du warst so ein kleines, eingeschüchtertes, verwirrtes Mädchen. Jetzt bist du das gar nicht mehr und ich muss sagen, das passt mir nicht. Gar nicht, Alayna. Ich weiß, wie das klingt, aber es ist mir egal. Denn ich habe dich gesehen und wusste, es ist noch nicht vorbei.

Ja, ich wollte dich von mir fernhalten. Ja, ich war ja so selbstlos. Ein edler Ritter, der die Frau, die er liebt, verletzt, um sie vor seiner Dunkelheit zu schützen. Ich scheiße drauf, Alayna, ich werde dir zeigen, was die Dunkelheit wirklich ist.

Du bist eine Schlampe geworden, und das werde ich nicht durchgehen lassen.

Was denkst du dir dabei, mir rotzfrech aufzutischen, wie dich ein anderer Schwanz fickt, und uns so zu provozieren? Aber du willst es, nicht wahr? Du willst mit dem Feuer spielen, du willst dich verbrennen. Und du *wirst* dich verbrennen.

Du hast ja keine Ahnung, was du da entfesselst, Alayna. Denkst du, du wärst uns ebenbürtig? Baby, ich habe schon Leute manipuliert, da hast du noch Bagger auf irgendwelche Köpfe im Sandkasten geschlagen. Ich bin wirklich nicht amüsiert, Alayna. Und du weißt doch, was dann passiert. Du solltest mich nie langweilen oder gar herausfordern.

Und Carter, oh, der ist im Moment so gar nicht in Stimmung für Gefühle und Rücksichtnahme und Vorsicht. Er wird dich unter seinem Daumen wie ein kleines lästiges Insekt zerquetschen. Du bist ein bisschen wahnsinnig, Alayna. Das muss ich dir jetzt schon mal sagen. Du solltest dringend zu einem Therapeuten gehen.

Aber andererseits ist es nichts, was ich nicht auch in den Griff kriege. Du bist ein wenig vom Weg abgekommen, Alayna. Kann das sein? Ich glaube, ich muss nachhelfen und die Dinge wieder selbst in die Hand nehmen. Offenbar habe ich die Zügel viel zu locker gelassen.

Es tut so gut, diesen Entschluss gefasst zu haben. Ich mag nichts weniger, als unentschlossen und unsicher zu sein, weil das einfach nicht zu mir passt.

»Wir könnten …«, setze ich an.

»NEIN«, ruft Carter von seinem Sitzsack aus und stößt den Rauch zur Decke.

»Aber Carter, sie ist total …«

»NEIN«, ruft er schon wieder leicht dämonisch.

»Carter, jetzt hör mir doch mal zu«, sage ich sachlich und er hebt träge die Hand. Wie schön, er hört mir zu. Ich mag es, wenn Leute mir zuhören. »Hast du denn nicht gesehen, was sie gerade tut, Carter? Was tut Alayna gerade?«

Er stöhnt auf. »Fuck, Bro. Wird das hier eine verdammte Schulstunde?«

»Beantworte einfach die Frage«, entgegne ich breit grinsend.

»Sie fickt mit uns«, sagt er gelangweilt.

»Und wie findest du das, Carter?«

»Es ist mir egal.« Er zieht tief an der Tüte und ich hebe den Zeigefinger.

»AH! Nicht lügen!«

Wieder stöhnt er. »Es fuckt mich ab.«

»Siehst du«, sage ich entspannt und tippe mit dem Finger in seine Richtung. »*Das* ist der Punkt. Lassen wir uns von irgendwelchen dahergelaufenen, braunhaarigen Schlampen ficken, die mit irgendwelchen dahergelaufenen Wichsern ficken, die nicht wir sind?«

Er seufzt. »Dahergelaufene Schlampe, Caden? Wirklich? Ich dachte, wir sollen nicht lügen.« Ich mag es nicht, wenn

Carter meine eigenen Worte gegen mich verwendet und auch noch recht hat.

»Alayna hat abhängig zu sein und nicht immun gegen uns.« *Und du hast ganz sicher nicht mit irgendeinem anderen Wichser vor meiner Nase rumzutanzen!*

Er nickt grinsend. »Aaah, das fickt dich richtig, oder Caden? Eine, die mal immun gegen den großen Caden Rush ist – und dann auch noch *sie*.«

»Ja, das tut es, Bro! Also?«

Er verdreht die Augen zur Zimmerdecke und tut so, als würde er mir einen Riesengefallen tun, aber ich weiß, dass er allein, wenn er an dich denkt, den Ständer seines Lebens hat, Alayna. Auch wenn er sich einredet, dich zu hassen, zu verabscheuen. Ich glaube, du könntest sonst was tun, er würde dich nicht so aussetzen, wie er es bei Melissa getan hat.

»Was auch immer du willst, Caden.«

»Wie schön«, sage ich munter. »Ich liebe es, wenn ihr tut, was auch immer ich will, Carter.«

Er ignoriert mich, weil er merkt, dass ich wieder total in meinem Modus bin. Das erleichtert sein kleines Herzchen ein bisschen. Ich fühle mich wohl, wieder in meinem Modus zu sein, denn ich habe keine Lust mehr dazu, mich zu kontrollieren, genau wie Carter. Alayna, wieso bist du nicht weggeblieben? Wir sind jetzt narzisstischer, egoistischer und zerstörerischer denn je. Jedes Fünkchen Mitgefühl, was wir beide besaßen – und ehrlich, das war nicht gerade viel –, ist ausgelöscht.

Nett, oder?

Ich beschließe, dich anzurufen und die Jagd wieder aufzunehmen. Deinen kleinen Freund lasse ich außer Acht. Er ist keine Konkurrenz für uns.

Ich sinke in der Couch weiter nach unten und Carter fragt: »Was?«

»Wir werden sie mal anrufen und daran erinnern, wie das Häschen hoppelt.«

»Ach …« Carter zündet sich noch eine neue Kippe an, gleich, nachdem er die andere ausgemacht hat. Ich tippe auf deine Nummer in meinem Telefonbuch; ich habe dich umbenannt. Du heißt jetzt XX, damit du ganz unten bist, wo du hingehörst, wo ich deinen Namen nicht ständig sehen muss.

Du gehst nach dem dritten Klingeln ran, Alayna, willst du mir damit irgendwas sagen? »WAS?«, meldest du dich genervt stöhnend. Du hörst dich an wie Carter, Alayna. Ich schalte den Lautsprecher an und grinse meinen Bruder an.

»Alayna, wir langweilen uns. Willst du nicht vorbeikommen und uns die Schwänze lutschen?«, frage ich, als würde ich mich nach dem Wettor erkundigen.

»Wollt ihr nicht vorbeikommen und einen Arschtritt von mir kassieren?« Carter grinst ein bisschen. Es gefällt ihm, wenn du so redest wie er.

»Ahhh, wir könnten mit deinem Arsch was ganz anderes machen, Alayna. Ich weiß ja, dass du das magst«, erwidere ich gelassen.

»Oh, Baby, warte mal«, sagst du mit sinnlicher, hauchender Stimme und ich verdrehe die Augen.

»Alayna, ich weiß, dass du zu Hause keinen Bastard hast.«

»Ähm, ich bin auch nicht zu Hause, Caden. Was willst du denn?«

»Wer ist das, Baby?«, fragt dieser Lutscher genervt im Hintergrund. Ich sehe fast vor mir, wie er mit deinem Haar spielt, Alayna. »Bleib hier«, fordert er einfach von dir, als ob er irgendein Recht hätte, dir irgendwas zu befehlen.

»Okay«, seufzt du, dann wieder an mich gewandt: »Also was ist, ich bin beschäftigt. Ehrlich beschäftigt, Caden.« Ich höre ein vertrautes Blubbern in der Leitung und dein tiefes Einatmen, bevor du den Rauch wieder ausstößt.

Mit meinen Augen schreie ich in Carters Richtung: *Sie hat gerade einen Topf geraucht, BRO!*

Und er schreit: FUCK! *Wieso hat sie mit uns nie einen geraucht? Scheiße, wir müssen mal mit ihr einen Topf rauchen!*

»Caden? *Halloooo?*«, fragst du ungeduldig. »Also?«

Ich bin total angespannt, denn ich mag es nicht, dass du mit ihm Drogen nimmst, dass er mit dir zusammen ist und dass ich nichts mehr kontrollieren kann, wenn es um dich geht. Und dass ich dir anscheinend doch egal geworden bin. Im Krankenhaus hat das noch ganz anders ausgesehen. Vielleicht war das doch eine Manipulation zu viel …

»Komm heute Abend um zehn her, Alayna.« Ich verändere die Stimme.

»Wie wäre es stattdessen …«, konterst du einfach, ohne unsicher zu werden. Ich knirsche mit den Zähnen. »Wenn ihr mich heute Abend um zehn einfach am Arsch leckt?«

Carter sieht mich total verstört an und ich schüttle perplex den Kopf, weil wirklich gar nichts mehr bei dir wirkt.

»Oder wie wäre es, wenn du Melissa fragst?«, keifst du.

»Wir sehen uns um zehn hier, Alayna.«

Damit lege ich einfach auf.

* * *

Du kommst nicht, Alayna, und das passt mir gar nicht.

Ich liege immer noch in Carters Garage und bin so dicht wie noch nie in meinem Leben. Das kann man von ihm nicht sagen, weil er die Grenze in den sechs Wochen, in denen er weg war, absolut überschritten hat.

Mit schweren Lidern sehe ich ihn an. »Sie ist nicht gekommen, Bro.«

Er zuckt mit den Schultern. »Scheiß auf sie, Bro.«

Mein Handy vibriert eine Minute nach zehn und ich ziehe es aus der Hosentasche. Du schreibst, Alayna, und ich muss ein bisschen grinsen. Stehst du etwa vor der Tür? Habe ich dich etwa doch mit meiner Stimme dazu gebracht, auf alles zu scheißen und herzukommen? Wenn das so ist, ficke ich dich heute tot. Ich schwöre es dir.

Ich bin so sauer auf dich.

Aber du bist nicht da, Alayna.

Stattdessen schickst du mir ein Foto, *Alayna*.

Und das zeigt dich, wie du deinen Mittelfinger vor dein Gesicht hältst, ALAYNA!

»Was ist los?«, fragt Carter misstrauisch und ich drehe ein bisschen verdutzt das Handy in seine Richtung.

Er weitet die Augen. »Woah, das ist ein bisschen heiß.«

»Das ist nicht heiß, das ist lebensmüde. Sie will sterben.«

»Anscheinend.«

»Ich hasse sie, Bro.« Ich mahle mit den Zähnen und kann nicht glauben, dass es nichts gebracht hat, Alayna. Dass du dich mir widersetzt hast. DU! MIR!

Tief atme ich durch und lockere meine Schultern. »Dann kriegt sie eben eine Antwort.« Ich werde es nicht einfach ignorieren, dass du mir schreibst, Alayna. Du wartest sicher auf ein Zeichen von mir.

Sollst du kriegen.

Also scrolle ich durch den *Ordner A* und sende dir ein Bild von meiner Hand auf deiner nackten Brust. Ich weiß, dass du es liebst und spüren kannst, sobald du es gesehen hast.

Du bist online.

Du siehst es.

Und du antwortest in wenigen Sekunden. Das mag ich.

Was du schickst, mag ich allerdings nicht.

Seine Hand auf deiner Brust. So schnell, wie du es gesendet hast, ist das wahrscheinlich der momentane Zustand.

Du schreibst mit mir, während du Hände von anderen Wichsern an dir hast.

Jetzt schicke ich dir ein Bild von Melissa und Carter. Du gehst offline.

»Scheiße, Caden, du platzt ja gleich«, stellt Carter fest und fegt die Grasreste vom Tisch in ein kleines Schälchen.

Fick dich, Alayna, denke ich und gehe nach oben in mein Zimmer.

21. Ich hasse dich am wenigsten

Alayna

Ich liege in Landons Armen und fühle mich körperlich und geistig gefickt. Die Straßenlaternen scheinen herein. Ich bin in seinem Bett und er strahlt eine ungeheure Wärme aus. Er schläft tief und fest, weil die Bong ihn so weggehauen hat. Aber bei mir ist nicht an Schlaf zu denken. Ich fühle mich, als hätte mir jemand ins Gesicht geschlagen. Als hätte jemand die Emotionen in mir einmal umgerührt und alle würden jetzt an die Oberfläche kochen und brodeln.

Ihn mit ihr gesehen zu haben, und wenn es nur auf dem Foto war, hat sechs Wochen harte Arbeit einfach so zunichtegemacht. Es ist, als würde Caden wissen, wie er mich in die Knie zwingen kann. *Scheiße.*

Und du bist wieder du. Weil ich dich gesehen habe.

Ich tue etwas, was ich mir die letzten Wochen vehement verboten habe; ich denke an euch. Carter, es war viel leichter, deinen Bruder anzurufen, als du verschwunden warst. Immer wieder. Denn er war mein Freund und derjenige, der mir das Herz herausgerissen hat. Immer wieder habe ich mich gefragt, wann ich auch angefangen habe, dich zu lieben.

Ich war doch so fest davon überzeugt, dass Caden der Mann meiner Träume ist, egal was er mir auch immer angetan hat. Aber deine Abwesenheit, auch wenn wir getrennt gewesen wären, hat mich umgehauen. Ich weiß nicht, weswegen ich am meisten geweint habe. Lag es an der Verachtung in deinen Augen, als du einfach so ohne einen weiteren Gedanken weggegangen bist? War es wegen Caden und dem, was wir hatten? Oder wegen der anderen Seite, die mich immer so angezogen hat? Wegen des harten Glanzes in seinen Augen, als er mich gebrochen hat? Oder wegen dem, was Caden und ich offensichtlich niemals haben werden, weil er nicht dazu fähig ist?

Weil er mich nie so geliebt hat, wie ich ihn geliebt habe.

Fuck.

Ich schiebe Landons Arm von mir. Er bemerkt es nicht, genauso wenig, als ich nackt aufstehe und mir sein Shirt überwerfe. Mit meinem Handy schleiche ich nach unten, vorbei an dem Schlafzimmer seiner Eltern und nach draußen. Ich lehne die Tür an, damit ich höre, wenn er kommt, und setze mich auf die oberste Verandastufe. Es ist kalt und der Wind bläst über meine nackten Beine, aber zum ersten Mal seit Wochen spüre ich diese Hitze in mir, die nur du heraufbeschwören kannst.

Ich muss mit dir reden.

Ich muss deine Stimme hören.

Das heute in der Uni war nicht einmal ansatzweise genug.

Als du hinter mir saßt, so nahe, das hat mir nicht gereicht. Dein Geruch hat sich unweigerlich in meinen Kopf gebrannt.

Meine Finger zittern erstmalig seit meinem Ausbruch in meinem Zimmer, als ich in meinem Telefonbuch zu C scrolle und, ohne weiter nachzudenken, auf deinen Namen drücke. In meinem Bauch kribbelt alles. Ich kotze gleich vor Aufregung. Dabei habe ich gedacht, dass ich nichts mehr empfinde. Aber so ist das mit Menschen, die einen berühren. Man vergisst sie nie – außer sie brechen einem unweigerlich das Herz.

»ALAYNA«, rufst du gespielt überschwänglich und setzt dann nach: »Ich bin mit Caden in der Garage. Was ist los?« Ich weiß, dass du mich davor bewahren willst, etwas *Dummes* zu sagen, wie etwa, dass du mir fehlst, dass ich dich liebe und all diese Dinge. Denn ich weiß, wie anfällig der Bastard in der Hinsicht ist, und ich verstehe es.

Ich bin mir sicher, auf Lautsprecher gestellt zu sein, weil ihr alles teilt, auch eure Telefonate.

Da ich nicht weiß, was ich sagen soll, schweige ich erst mal gefühlte Stunden. Komischerweise schweigst auch du. Mein Herz rast, als ich deinem Atem lausche.

»Alayna«, drängst du ungeduldig. Wenn du noch einmal meinen Namen sagst, Carter, dann kann mich hier nichts mehr halten.

»Hi …«, sage ich langsam und ein bisschen debil, als würde ich meine Stimme testen.

»Hi …«, erwiderst du, als würdest du mit einer Debilen reden.

Ich schließe die Augen und lehne meine Schläfe an das Holz der Veranda. Was tue ich hier nur? Ich bin so ein Trottel.

»Ach … vergiss es«, murmle ich. »Ich wollte dich gar nicht anrufen! Ich wollte Carty anrufen!«

»Ähm … okay? Mitten in der Nacht?«

»Ja! Was geht's dich an?«, zicke ich los und stelle mir fast bildlich vor, wie du grinst und nickst, weil du mir kein Wort glaubst.

»Okay, dann lege ich jetzt auf«, erwiderst du. Ich würde am liebsten NEIN schreien, denn allein die Vorstellung fühlt sich an, als würde ich dann erneut verlieren. Stattdessen sage ich:

»Okay, bye!« Und lege auf.

Fuck, ich bin so dumm.

»Scheiße, scheiße, scheiße, scheiße!«, zische ich. Mit beiden Händen streiche ich mir über mein Gesicht und meine Haare. Ich massiere meine Schläfen. Mein Kopf tut weh, ich bin immer noch stoned und total high von deiner Stimme. Und immer noch rast mein Herz. FUCK, Carter! Am liebsten würde ich sofort zu dir fahren, mich in diesem Sitzsack auf dich setzen und dich einfach küssen. Ich bin süchtig nach dir. Bis heute konnte ich mich nicht richtig mit dir ausleben, weil wir nie allein waren, weil wir immer in diesem Spiel festgesteckt haben. Wir konnten uns nicht mal richtig kennenlernen. Ich konnte dir nie all das sagen, was ich wirklich empfinde. Und in deinen Augen habe ich gesehen, dass du mir auch nie gesagt hast, was in dir vorgeht.

Ich dachte, ich hätte alles unter Kontrolle, aber mir entgleitet alles genauso, wie Caden am Ende sein Spiel entglitten ist. Wir hatten diesen Moment, Carter, auf der Tanzfläche. Solche Momente hatten wir ständig. Das ist immer ein bisschen, als würden wir in einem Erdbeben versinken. Als würde die Welt aufhören, sich zu drehen. Als würde ich auf dem Kopf stehen. Es fühlt sich immer an, als würdest du mich an der Hand nehmen und geradewegs in dein perfektes Chaos ziehen, in dem ich von oben bis unten durchgeschüttelt werde. Danach ist mir schwindlig und ich sehe nicht mehr klar, weil du mich umhaust.

Ich weiß nicht, wie lange ich hier sitze, sicher eine halbe Stunde, aber als mein Handy klingelt, schmeiße ich es vor Schreck fast in den Vorgarten. Meine Finger sind schwitzig und zittrig und ich drehe es hektisch in meinen Händen.

Dein Name wird angezeigt und ich kriege keine Luft mehr, als ich sofort nach dem ersten Klingeln abnehme.

»JA?«, hauche ich atemlos.

»Fuck, Alayna«, flüsterst du am anderen Ende der Leitung. Ich presse mir das Telefon so fest ans Ohr, dass es wehtut.

»Carter?«, murmle ich, die Augen geschlossen, weil ich dann deine Stimme besser genießen kann.

Du seufzt tief. Ich kann mir vorstellen, wie du dir durch die Haare fährst, die sonst keiner anfassen darf.

»Warum, Alayna?«, fragst du gequält.

Ich zucke mit den Schultern, als könntest du das sehen. »Ich kann nicht anders.«

»Ich habe dir gesagt, du sollst es nicht tun, Alayna.« Ich weiß sofort, was du meinst, und spüre eine neue Welle Emotionen in mir.

»Es ist einfach passiert. Wir hatten diese Momente, Carter.«

»Fuck, Alayna. Sei still.«

Ich bin still.

Es tut so weh, deine raue Stimme zu hören. Gleichzeitig kann ich nicht genug davon bekommen, weil ich nie genug davon bekomme, wie du mir wehtust.

»Sag mir nur eins, hast du es auch gefühlt, Carter? Nur einmal, oder habe ich mir alles nur eingebildet? War das alles nicht echt? Ich verliere nämlich langsam den Verstand.« Ich höre selbst, wie brüchig und leise meine Stimme ist, und ich hasse es eigentlich, so schwach zu klingen, aber das machst du mit mir. Du machst mich schwach, aber gleichzeitig fühle ich mich geschützt bei dir. Nicht so wie bei *ihm*.

Du flüsterst schon wieder: »Fuck.« Dann schweigst du kurz, mein Herz rast und rast. »Alayna, ich versuche gerade, dich zu hassen. Wieso tust du das jetzt, Baby?« Eine Gänsehaut kriecht über meine Arme und meine Kehle wird ganz trocken.

»Hass mich nicht, Carter.« Ich habe Tränen in den Augen.

»Ich hasse dich nicht, Alayna. Das ist ja das Problem. Ich glaube, ich habe noch nie jemanden so wenig gehasst wie dich.«

»Ich liebe dich auch.« Es rutscht mir einfach raus, weil es das ist, was bei dir einer Liebeserklärung am nächsten kommt. Weil ich genau weiß, was du meinst.

Du atmest schneller und ich weiß, dass du gerade deinen Nacken knacken, deinen Kopf dann nach hinten fallen lässt und die Augen schließt.

Mein Herz setzt aus, als du wieder redest, und zwar mit der Stimme, die ich bei dir immer so geliebt habe und die mir so tief unter die Haut ging.

»Komm einfach her, Baby. Jetzt.«

22. *Wo du hingehörst, Carter*

Alayna

Ich dusche Landon von meinem Körper, ziehe mir etwas von den Sachen über, die ich zu ihm mitgenommen habe – nur lockere Hosen und ein enges Oberteil. Weder schminke ich mich noch föhne ich mir die Haare, weil du es bist, Carter, und weil ich wirklich dringend losmuss.

Schnell schnappe ich mir Landons Autoschlüssel. In dem Moment wird er wach. Fuck.

Blinzelnd und fragend sieht er zu mir auf. »Ich muss weg. Ich nehme dein Auto«, bestimme ich. Er ist so stoned und müde, dass er einfach abwinkt und sich umdreht. Das hättest du nie gemacht, Carter.

Ich schultere einfach meine Tasche und sprinte nach unten, schlüpfe in meine Chucks und stolpere fast über meine eigenen Füße. Das ist mir schon so lange nicht mehr passiert, aber jetzt rast mein Herz und ich muss dich sehen. Allein. Ich muss dich spüren und wissen, dass du da bist, egal was passiert ist. Ich bin einfach in deinen Fängen und ich will mich nicht befreien, obwohl du es nicht mal darauf angelegt hast, Carter.

Schnell verlasse ich das Haus und springe in Landons Chevy, starte den Motor und setze viel zu schnell zurück. Mein Herz pocht so laut, dass mein Puls in meinen Ohren widerhallt, als ich auf die Hauptstraße biege. Ich kann gar nicht schnell genug bei dir ankommen, dich riechen, befühlen, deine Stimme hören. In mir zieht sich alles zusammen. Ich muss spüren, wie du mich anfasst und mich hältst und wie deine Zunge sich an meiner erhitzten Haut anfühlt.

Ungeduldig fahre ich zu euch und parke das Auto eine Straße weiter, weil ich nicht riskieren will, dass Caden etwas merkt und das hier kaputt macht. Es ist mir zu wichtig.

Ich steige aus, verriegele das Auto nicht mal, weil ich es so eilig habe. Meine Tasche ist noch drin, sogar mein Handy. Mir ist kalt, als ein peitschender Wind durch mein nasses Haar weht, und ich renne atemlos zu deiner Garage.

Das Tor steht offen und ich rede mir ein, dass du das für mich gemacht hast. Ich renne, und als ich bei dir ankomme, stocke ich abrupt.

Du sitzt da, Carter, und wartest auf mich. Deine Brust ist nackt, weil du keinen Pullover trägst. Mir fällt sofort die rosa Wunde auf, die sich über deine Tattoos an der Brust zieht.

Du hast die Arme auf die Lehnen des Sessels gelegt und deine Trainingshose sitzt tief auf deinen Hüften.

Dein Kopf ist an die Rückenlehne gestützt und dein Blick ist so durchdringend. Ich würde jemanden umbringen für diese Augen.

Wir starren uns eine gefühlte Ewigkeit an und vor meinem inneren Auge fliegen all die Momente vorbei, in denen du mich angesehen hast. Auf dem Steg, im Auto, in dieser Garage, auf deinem Bett, als ich vor dir lag und du Kokain von meinem Körper gezogen hast.

Du stehst auf und ich sehe dir genau dabei zu, wie du langsam in meine Richtung kommst. So mächtig in der Art, wie du läufst, so schön in deinen Bewegungen, so intensiv in deinen Blicken. So echt. Und wirklich. Mit all deinen abgefuckten Seiten.

Du gehst an mir vorbei und fasst nach dem Griff vom Garagentor, ehe du es mit einem kraftvollen Ruck, bei dem deine Muskeln spielen, nach unten ziehst.

Und alles an dir sagt: *Jetzt gehörst du mir.*

Als ich deine Schritte hinter mir höre, fallen meine Lider zu. Ich warte mit zurückgelegtem Kopf, dass ich dich spüren kann. Jetzt nehme ich deine Präsenz mit jeder Faser meines Körpers wahr und weiß, dass du mich jeden Moment berühren wirst.

Du stellst dich hinter mich, deine Brust berührt meinen Rücken, und du streichst mein nasses Haar zur Seite. Dein Griff ist fest und ich spüre, wie meine Beine nachgeben, weil du mir so sehr gefehlt hast.

Einen Arm legst du fest um meinen Bauch und drückst mich hart an deinen Körper. Dein heißer Atem bricht sich an meinem Hals und fährt sanft über meine Haut. Ich erschauere, als du deine Nasenspitze über meine Wange führst, und bilde mir ein, dass du meinen Geruch genauso vermisst hast wie ich deinen.

Ich sinke an deinen Körper, lasse den Kopf nach hinten an deine Schulter fallen und sauge dich mit jeder Faser auf. Du fährst an meinem Vorderkörper nach oben und ziehst dabei mein Shirt mit hoch. Ich hebe die Arme, als du es mir ausziehst und achtlos zu Boden wirfst.

Jetzt spüre ich deine Finger direkt auf meinem Körper und ich habe vergessen, wie das ist. Wir sind allein, Carter, also kann ich mich dir voll und ganz hingeben. Das zweite Mal. Es ist so lange her, dass ich es vergessen habe. Ich will es wieder ganz frisch in mir aufnehmen. Dieses Gefühl, dir zu gehören und dass du mir gehörst.

Ich hebe meinen Arm, greife dir von hinten in den Nacken und spüre deine harten, verspannten Muskeln darunter. Du bewegst deine Schultern unter meiner Hand und stöhnst mir leise ins Ohr. Dein Stöhnen fährt durch meinen ganzen Körper und meine Nippel stellen sich auf. Ich fühle mich, als würde ich jetzt gleich implodieren, explodieren, zerlaufen, verbrennen. Alles auf einmal.

Du fährst weiter nach oben und streichst mir sanft über den Hals, dort, wo du mich vor mehreren Wochen noch so hart angefasst hast. Ich habe gewusst, dass du mir niemals wirklich etwas antun würdest. Das würdest du nie.

Deine Fingerspitzen streichen über meinen Kiefer und hart über meine Unterlippe. Sanft lässt du den Zeigefinger zwischen meine Lippen gleiten und mir entweicht ein

Stöhnen. Automatisch schließe ich meinen Mund um deinen Finger und meine Zunge berührt deine Fingerspitze.

»Fuck, Alayna«, wisperst du heiser und packst mich an der Hüfte, um mich hart an dein Becken zu drücken, was mich keuchen lässt, weil ich dich so gut an meinem Steißbein spüren kann. Du lässt deine Handfläche zu meinem Hosenbund streichen und fährst langsam weiter runter, bis du unter den weichen Stoff schlüpfst. Ich schlucke, als du mit den Fingern immer weitergleitest und mich schließlich unter dem Höschen umfasst. Wir stöhnen beide gleichzeitig und ich kralle meine Fingernägel in deinen Nacken, als du deinen Finger über meine Mitte drückst. Ich will mich dir entgegenpressen, aber du ziehst mein Becken wieder ruckartig an dich. Ich liebe es und werfe meinen Kopf von links nach rechts, weil ich dich spüren muss. Denn ich halte es nicht mehr aus.

Ich lege den Kopf weiter zurück und suche beinahe verzweifelt deine Lippen. Du beugst dich mir entgegen und gibst mir ausnahmsweise, was ich will. Weil du es auch willst. Ich spüre es, als du deine Lippen auf meine presst, und ich fast schon wieder wegkippe, weil die Flut an Gefühlen droht, mir den Boden unter den Füßen wegzureißen. Du presst mich so nahe an dich, bis es nicht mehr geht. Deine Zunge gleitet in meinen Mund und ich kann mich dir nicht entziehen.

Immer wieder spielst du mit meinen Lippen und massierst sie mit deinen, wie nur du es kannst. Ich hebe fast ab. Als könnte ich fliegen, wenn du bei mir bist, ohne Drogen zu nehmen.

Ich drücke dich rückwärts gegen das Tor. Du lässt es geschehen. Deine Finger in meiner Hose bewegen sich etwas schneller. Ich bin atemlos und keuche und recke dir mein Gesicht entgegen. Die feine Haut an deinem Nacken fühlt sich weich an und ich streiche in dein Haar, genieße, wie die Strähnen meine Finger kitzeln. Fuck. Ich habe das so sehr vermisst, konnte es mir aber nicht eingestehen, weil ich sonst zersprungen wäre.

Als ich komme, hältst du mich fester, weil ich einfach nur ein zitterndes, kleines Etwas bin, gar nicht mehr stark. Meine Beine geben unter mir nach, aber du hältst mich fest und es ist kein Problem für dich.

Dann drehst du mich mit einem Ruck in deinen Armen um, legst die Hände auf meinen Arsch, endlich, und ziehst mich wieder an dich. So nahe, dass ich die Tattoos unter deinem Schlüsselbein genau sehen kann. So nahe, dass die Wunde an deiner Brust mir selbst in die Brust schneidet. Dein Duft umfängt mich wie eine süchtig machende Wolke aus Weed.

Du drückst mich gegen die Garagentür und stützt eine Hand ausgestreckt neben meinem Kopf ab. Dein Blick brennt, als er über mein Gesicht fährt, meine Lippen ins Visier nimmt, bis er wieder in meinen Augen strandet. Ich lege meine Hände an deine Brust und fahre sanft an deinen Hals, an deine Wangen und überall hin, wo ich rankomme, weil ich nicht genug davon kriege.

Du lässt es geschehen und beugst dich mir entgegen. Meine Finger wandern auf deinen Rücken. Als du ganz nahe bist, spannen deine Schulterblätter sich an. Ich streiche über deren Mitte, deine Wirbelsäule entlang und wieder nach oben, spüre deine Haut an meiner und deine Lippen auf meinen. Wahrscheinlich kann ich nie wieder damit aufhören. Du küsst mich brennend und schnell, als hättest du nicht genug Zeit, als müssten wir gleich aufhören, und hältst mich mit einer Hand an der Hüfte fest, während ich meine Nägel in deinen Rücken kralle.

Mit einem Mal ziehst du deinen Kopf zurück. Meine Lippen bleiben offen, zitternd und noch ausgehungert. Ich öffne die Augen, weil ich dich sehen will, und sauge alles von dir in mir auf. Du legst deinen Daumen auf meine Unterlippe und wischst die feuchte Spur weg. Dein Blick folgt der Bewegung und du wirkst beinahe fasziniert. Als würdest du mich das erste Mal mit den Augen sehen, mit denen ich dich schon ewig sehe.

»Fuck, Baby«, sagst du rau und nimmst mein Kinn zwischen deine Finger. Dann blickst du mir eindringlich in die Augen. »Das wird nie klappen.«

»Ich weiß«, erwidere ich und ziehe dich wieder an mich, weil ich daran jetzt nicht denken will. Ich will dich nur genießen und spüren, bis die Sonne aufgeht und noch viel länger. Ich will mich hier mit dir einbunkern, in deinem Schlafzimmer, die Rollläden nach unten ziehen und einfach weiterhin alles von dir aufsaugen. Die Welt ausschließen, vergessen, was ist und war und was sein könnte. Ich will einfach nur vergessen.

Du sinkst vor mir in die Knie und ziehst meine Hose mit nach unten. Ich keuche, als ich dich vor mir auf dem Boden sehe und wie du zu mir aufsiehst. So warm, so glühend, voller Emotionen. Deine Augen sind klarer denn je.

Du reißt mir das Höschen weg sowie meine Schuhe und greifst nach meiner Wade, die du dir langsam über deine Schulter legst. Ich presse meine Handflächen gegen das kühle Metall des Tors, weil ich sonst sterbe. Außerdem brauche ich den Halt, bevor ich ebenfalls in die Knie sinke.

Du bist zwischen meinen Beinen, Carter, und deine Hände an meinem Hintern. Deine Zunge ist direkt dort, wo ich dich so sehr brauche. Mein Kopf fällt nach hinten und eine Welle der Lust, so intensiv wie nie, schießt direkt in meinen Bauch. Ich zittere, meine Finger krallen sich in dein Haar und ich presse dir mein Becken immer wieder entgegen, aber du drückst es immer wieder zurück an das Garagentor, was, im Gegensatz zu der Hitze zwischen meinen Beinen, eiskalt ist.

Du stöhnst, als ich an deinen Haaren ziehe. Es vibriert durch mich hindurch. Ich brauche mehr davon und du scheinst das zu spüren, denn du bewegst deine Zunge schneller, fester und gezielter. Es dauert nicht lange und ich erbebe unter deinem Mund und deinen Händen, die scheinbar überall sind.

Ich stöhne laut deinen Namen und es überwältigt mich so sehr, dass ich mich nicht zurückhalten kann und mit einem Mal zu Boden sinke. Aber du fängst mich, sodass ich vor dir knie, wie du vor mir. Wir starren uns an. Atmen beide hektisch. Deine Lippen sind geschwollen und feucht. Dein Haar ist völlig zerzaust und deine Augen sind dunkler geworden. Ich weiß nicht, was ich fühlen soll, weil da so viel ist.

Du scheinst genauso wenig warten zu können wie ich und stürzt dich fast auf mich, als hätte ich soeben die

Barriere zwischen uns weggenommen. Dann liege ich auf dem Boden, du über mir. Deine Arme hast du neben meinem Kopf abgestützt und du siehst mich an. So lange und so echt. Es fährt mir direkt ins Herz, das jetzt schneller pocht, nur von deinem Blick. Ich lasse beide Hände über deine angespannten Arme gleiten und liebe es, wie die Muskeln unter meinen Berührungen zucken und wie du auf mich reagierst. Dann greifst du zwischen uns und ziehst deine Jogginghose runter.

Ich spüre dich, Carter.

Direkt an mir. Du lässt den Kopf zwischen deine Schultern sinken, weil es sich so heftig anfühlt.

Kurz darauf schiebst du dich ungeduldig und mit einem harten Ruck komplett in mich. Ich biege aufschreiend den Rücken durch und kralle mich fest in das Fleisch deiner Arme. Dich endlich wieder zu spüren, überwältigt mich und fegt mir den Kopf weg. Du atmest keuchend aus und hebst den Blick zu meinen Augen. Ich sehe dich direkt an – offen – und weiß, du kannst in mir lesen, weil ich es zulasse. Dann ziehst du dich wieder zurück. Beim nächsten Stoß beißt du deine Zähne zusammen und hältst dich in mich gedrückt. Ich schlucke. Du fühlst dich so gut an und ich weiß, dass du schnell kommen wirst. Aber mir geht es nicht anders bei all den Gefühlen.

Du lehnst deine Stirn an meine und ich fahre durch deine Haare, als du dich wieder zurückziehst und dich wieder, ohne zu zögern, in mich schiebst, weil es genau so sein soll.

Du lässt deinen Nacken knacken und versuchst, dich noch ein bisschen zurückzuhalten, aber als meine Muskeln sich um dich zusammenziehen, verlierst du den Kampf, stöhnst und kommst mit mir.

Nach all der Taubheit ist es ist das Intensivste, was ich je erlebt habe, als du dich auf meinen Körper sinken lässt und deinen Kopf in meiner Halsbeuge vergräbst.

Fuck.

23. *Ich weiß, Carter*

Carter

Alayna, wir hatten so viel Sex, dass mir selbst alles wehtut, und wir haben keine Sekunde geschlafen. Die Sonne geht auf und du liegst in meinem Bett, bist immer noch außer Atem von der letzten Runde. Du hast dich auf den Bauch gedreht, die Decke liegt über deinem Arsch, doch ich schiebe sie mit einer Fingerspitze ein bisschen weiter nach unten. Diese Aussicht muss genossen werden, Alayna, ich habe viel zu lange darauf verzichtet. Ich liebe meinen roten Handabdruck auf deinem weichen, perfekten Fleisch. Dein Rücken ist schweißnass und deine Haare sind ein einziges Chaos aus Locken und Wellen und ein paar glatten Strähnen. Sie sind noch feucht, aber nicht ausschließlich wegen der Dusche, die du genommen hast, bevor du hierhergefahren bist.

Du hast mir dein Gesicht zugewandt. Ich rauche eine neben dir, während du mich so zufrieden und voller Vertrauen ansiehst. Woher kommt das, frage ich mich. Ich bin kein Kerl, dem man vertrauen sollte. Ich bin kein Kerl, dem man sagen sollte, dass man ihn liebt. Ich bin ein Kerl, der dich aussaugt und alles von deiner Liebe nimmt, was er braucht, und alles Schöne kaputt macht. Auch dich, Baby. Wieso verdammt noch mal bist du nicht weggeblieben?

Deine Augen sind immer noch lustverschleiert, als ich an meiner Zigarette ziehe und dich mit schief gelegtem Kopf mustere. Du bist so perfekt. Deine Haut, deine Wimpern, die Röte in deinen Wangen und diese vollen, feuchten Lippen.

Die Sonne strahlt durch die wenigen Rillen meiner Jalousien direkt auf dich, auf deine Augen, was sie glühen lässt, auf deine Haut.

»Was?«, fragst du heiser, weil ich nicht aufhöre, dich anzusehen.

Ich schüttle meinen Kopf und stoße eine dichte Rauchwolke aus. Von dir weg. Du lächelst und ich fahre träge durch deine Haare.

»Du musst jetzt gehen, Alayna.«

»Ich weiß.« Du schließt für einen Moment die Augen und schmiegst deine Wange an meinen Bauch wie eine kleine Katze.

»Oh Baby, hör auf damit.«

Du lächelst ein bisschen und ich halte dir die Zigarette an die Lippen. Nachdem du gezogen hast, stößt du den Rauch über meinen Bauch aus, sodass er über meine Muskeln hinwegwabert.

»Und was, wenn ich nicht gehen will, Carter?« Du streichst mit deiner Nasenspitze weiter nach unten, und ich bewege meine Schultern und schließe die Lider, weil ich nicht schon wieder hart werden will, aber du lässt mir keine Chance, denn nun schiebst du auch die Decke mit dem Zeigefinger weiter nach unten.

»Was ist, wenn ich für immer hierbleiben will, Carter?«

Da du gerade direkt an meinem Schwanz bist, kann ich nicht gut mit dir diskutieren, Alayna. Ich raffe deine Haare zusammen, sodass ich dein Gesicht sehe und das, was du gleich mit mir tun wirst. Du krabbelst neben mich, sodass dein Arsch etwas in meine Richtung zeigt, dann legst du einfach deine Lippen um meinen Schwanz.

Du bist so selbstbewusst, Alayna. Deine Augen sagen mir: *Schick mich doch weg, wenn du kannst*. Du rekelst dich und streckst mir deinen Arsch entgegen, während du mich tiefer umschließt und deine Zungenspitze mich umkreist. Fuck.

Ich lasse den Kopf nach hinten fallen und schließe die Lider, lasse deine Haare los und streiche mit meiner Hand über deinen Hintern, knete ihn fest. Du stöhnst mit mir in deinem Mund.

Fuck, Alayna.

Mein Becken zuckt nach oben. Du drückst es wieder runter, während du schelmisch grinst. Ich fasse an deinen Hinterkopf und dirigiere dich wieder auf meinen Schwanz. Mit der anderen Hand haue ich dir auf den Arsch und du gibst einen schrillen Schrei von dir.

»Ahh … Alayna«, stöhne ich. »Mach das noch mal.« Ich schlage dir noch mal auf den Arsch, was dir wieder eines dieser wunderbaren Geräusche entlockt und mich noch härter in deinem Mund werden lässt. Du reckst mir schamlos alles entgegen. Ich komme gleich, Alayna, als ich mit dem Zeigefinger über deine feuchte Mitte streiche und leicht in deinen Hintern eintauche. Du stöhnst auf und willst deinen Kopf zurückziehen, aber ich drücke dich nach unten und lasse los. Komme tief in deinem Mund und kneife dir in deinen überempfindlichen Kitzler, was dich auch noch mal und sofort explodieren lässt.

Völlig ausgelaugt rollst du dich auf den Rücken und lässt dich mit dem Hinterkopf an mein Becken sinken. Ich sehe dich mit schweren Lidern an.

»Alayna, du wirst mich irgendwann noch umbringen.« Ich streiche dir über die Unterlippe. »Und das weiß ich seit der Nacht, in der ich dich im Auto hatte.« Ich denke, jetzt wirst du mich verwundert ansehen und fragen, welche Nacht ich meine und welches Auto, weil du so betrunken warst, als ich dich in der Bar abgeholt habe. So betrunken und so todtraurig.

Aber du siehst mich durch deine langen Wimpern an, so verdammt verliebt. »Ich weiß.«

Verwundert richte ich mich auf die Ellbogen und lege den Kopf schief. »Was?«

Du kletterst auf mich und legst dein Kinn auf meine Brust, eine Hand darunter. Dann schaust du zu mir hoch und streichst meine Unterlippe nach. »Ich weiß noch alles von dieser Nacht, Carter. Ich weiß, wie mies es mir ging und wie sehr ich wollte, dass du es wegmachst. Und ich weiß, wie du mit dir gerungen hast, und ich weiß, wie es sich angefühlt hat, als du das erste Mal als DU in mir warst.

Ich habe die ganzen Monate danach nur nichts gesagt, weil es so intensiv war, dass es für das, was ich empfunden habe, keine Worte gab.«

Fuck, Alayna. Ich bin baff und lasse mich zurück in die Kissen sinken, dein Gewicht auf mir und Zigarettenrauch in der Luft. Mit der Sonne, die immer höher steigt und nur noch indirekt durch die Spalten der Rollläden scheint.

Du kriechst weiter nach oben und deine Nasenspitze fährt langsam über meinen Kiefer und meine Wange. Ich bekomme eine Gänsehaut, Alayna. Die Wirkung haben nicht viele Menschen auf mich. Eigentlich gab es da nur diese Eine, die es in den letzten sechs Wochen geschafft hat, als ich weg war.

»Sag mir, was du denkst, Carter«, wisperst du heiser.

»Ich denke«, sage ich leise und streiche die Haare aus deinem Gesicht. »Dass du viel zu gut für mich bist. Und dass ich in die Hölle kommen werde, weil du jetzt mir gehörst und ich nicht zulassen kann, dass sich das je wieder ändert. Ich denke, dass ich dich kaputt machen und dass ich dir Stück für Stück die Seele aussaugen werde. Ich denke, dass du das nicht verdient hast. Und ich denke, dass Caden dich nicht in Ruhe lassen wird.« Du zuckst zusammen. Ich weiß, dass du dir wünschst, die Frage nie gestellt zu haben. Aber ich kann nichts gegen Tatsachen unternehmen, Alayna. »Du hast ihn praktisch herausgefordert und er wird nicht lockerlassen, dich zu bestrafen, weil du was für mich empfindest, bis er hat, was er will.«

Du schmiegst dich in meine Berührung und küsst meine Handfläche. »Das ist mir alles egal, Carter. Es ist mir egal, was für ein krankes Spiel ihr spielt. Es ist mir egal, dass du mich kaputt machst oder Caden mich nicht in Ruhe lassen wird. Das, was für mich zählt, ist das hier, und ich bin bereit, dafür alles zu tun.«

Ich mahle mit den Zähnen. »Ich bin aber nicht bereit, dich alles dafür tun zu lassen, Alayna.«

Du küsst mein Handgelenk. »Ich glaube, das ist meine Entscheidung, nicht deine. Und ich lasse mich nicht noch mal von dir fortstoßen.«

»Scheiße«, flüstere ich. »Du bist irre, Baby.« Ich streiche seitlich in dein Haar und lasse es durch meine Finger gleiten.

»Ich weiß«, antwortest du.

»Das hier wird unser Untergang sein.«

»Ich weiß«, wiederholst du.

»Und ich werde den Teufel tun und dich noch einmal wegstoßen.«

»Ich weiß.«

24. Meine Regeln, Alayna

Carter

Fuck, Alayna.

Du bist seit zwei Stunden weg. Ich habe sie genutzt, um ein bisschen zu schlafen, doch ich bin immer noch todmüde und mit meinem Schwanz und meinen Gedanken immer noch in dir. Du bist gefahren und hast mir versichert, dass du dich von *Landon* trennst. Mir gefällt der Gedanke nicht, dass ein anderer in dir war, während ich es nicht sein konnte, Alayna.

Jetzt sitze ich am Frühstückstisch, trinke Kaffee und versuche, mich damit anzufreunden, dass ich heute kein Auge mehr zutun werde und völlig hinüber wie ein Zombie durch die Uni spazieren muss. Ich konnte nicht länger allein in meinem Bett liegen, wo alles nach dir riecht, Baby; ich will dich sehen und mich vergewissern, dass du ohne diesen Wichser zurückkommst.

»Bist du müde, Bro?«, fragt Caden mir gegenüber interessiert, mit einem drohenden Funkeln in den Augen. »Lange Nacht gehabt?«

Ich zucke total desinteressiert und gelangweilt mit meinen Schultern und strecke die Hand zu Ava aus, damit sie mir die Bagels gibt.

Übellaunig, mit Ringen unter den Augen, knallt sie sie mir hin. »Ach ja? EIN SCHULTERZUCKEN? Mehr fällt dir dazu nicht ein? Ich hab die ganze Nacht nicht geschlafen, weil irgendjemand dauernd geschrien hat. Weißt du, wie es ist, dauernd wach zu werden, weil jemand SCHREIT, Carter?« Fuck, meine Schwester hat ihr Scheißzimmer direkt angrenzend an meins über der Garage. Ich hasse das ein bisschen.

»Ohhh«, sagt Caden und richtet sich auf.

»Halt die Fresse«, zische ich Ava zu, während Mom und Dad hektisch im Haus rumwuseln, weil sie wieder zu spät sind. Mom schreit irgendwas von wegen: »Zwei Minuten noch«, und Dad fuchtelt in der Garderobe rum und sagt, dass er ihr den Arsch versohlt, wenn sie in einer Minute nicht da ist.

»AVA!«, bellt er. »WENN WIR DICH RAUSLASSEN SOLLEN, KOMM JETZT!«

Sie nimmt ihren Bagel mit, als sie zu Dad rennt. Auch Mom kommt jetzt runter und sagt, wir sollen bloß nicht daran denken, die Uni zu schwänzen. Dann sind sie weg. Leider. Ich sitze mit Caden am Tisch, Alayna, und er hat die Witterung aufgenommen. Er darf auf gar keinen Fall erfahren, was gestern Nacht zwischen uns passiert ist. Auf keinen verdammten Fall!

»Und?«, fragt Caden sofort und durchbricht damit die Stille. Er hat dieses verdammte Jokergrinsen, als er in seinen Bagel beißt. Fehlt nur das Make-up.

»Was ›und‹, Caden?«, will ich müde und langgezogen wissen. Ich habe keine Energie für diese Scheiße, Alayna.

»Wer war sie? Und warum wusste ich nichts davon? War es etwa *Isabellllllee*?« Er lässt das L lange zwischen seinen Lippen fließen. Mir gefällt nicht, wie er ihren Namen sagt.

»Nein … ja … ach, irgendeine Bitch halt.«

Er trinkt einen Schluck Orangensaft und mustert mich weiterhin mit seinem verfickten Dr. Freud-Blick. Ich hasse es, wenn er das tut, Alayna. »Nachdem ich gegangen bin? Ist sie dir einfach in die Garage gestolpert und auf deinen Schwanz gefallen?«

»Ich hab sie angerufen, okay?«

Er legt den Kopf schief. »Wieso denn? Warst du heiß wegen irgendwas? Vielleicht, weil du Alaynas Stimme gehört hast?«

»Jaaa, und wenn?«, frage ich genervt und hoffe, dass dieses Verhör endlich ein Ende hat, bevor ich über den Tisch greife und sein Gesicht gegen das Holz knalle und ihm noch mal die Nase breche. Ich bin zu müde für so eine Scheiße, Alayna. Und wenn es um dich geht, habe ich keine hohe Hemmschwelle.

»Vielleicht solltest du sie jetzt mal anrufen, Bro.«

Ich lasse meinen Nacken knacken. Leider kann ich meine Gefühle nicht so gut verstecken wie er, vor allem nicht bei dir. »Und vielleicht solltest DU dir mal jemand anderen suchen, von dem du so besessen bist, BRO!«

Er hebt amüsiert die Augenbrauen. »Sind wir heute ein bisschen gereizt, Carter?«

»Woah, fick dich, Caden.« Ich stehe auf und gehe einfach. Das muss ich mir nicht geben und kann es gerade auch nicht. Ich brauche eine Dusche, muss mich anziehen und an die Uni denken. Fuck. Jede Minute mit ihm in einem Raum ist eine zu viel. Ich verschwinde nach oben in mein Bad und rolle die Boxershorts von meinen Hüften. Mehr trage ich nicht.

Dann wasche ich dich von meinem Körper. Alles, was bleibt, sind die Kratzer an meinem Rücken, die, wie ich im Spiegel auf der anderen Seite sehe, ziemlich lang und tief sind, genau wie die auf meinen Oberarmen. Mit beiden Händen stemme ich mich aufs Waschbecken, schaue mich im Spiegel an und versuche, mich für das Unmögliche zu wappnen: Caden Rush etwas vorzuspielen.

Dann schlinge ich mir ein Handtuch um die Hüften und verlasse das Bad und schreie fast auf wie ein verficktes, kleines Mädchen, weil Caden in meinem Bett liegt. Genau da, wo ich vorhin noch gelegen habe, als du mir einen geblasen hast. In fast genau der gleichen Pose, die Hände hinter seinem Kopf, die Fußknöchel überschlagen und mich anstarrend.

Und fuck.

Er kam mir noch nie gefährlicher vor.

»Es langweilt mich, wenn du Geheimnisse vor mir hast, Carter«, sagt er ruhig und überschaut über meine Arme.

»Woah, du musst doch nicht von jeder Tussi wissen, die ich ficke, Caden.«

Selbstvergessen streicht er mit den Fingerspitzen über die zerwühlten Laken, genau dort, wo du lagst, als ich dich von hinten hatte. FUCK! Ich hoffe, dass da keine Haare von dir sind, Alayna, und dass dein Parfüm nicht in der Bettwäsche hängt. Mein fucking Herz schlägt immer schneller.

»Ah ja, dann will ich dir mal glauben, Carter. Aber wenn du mich wegen irgendeiner Schlampe belügst, dann muss ich sie leider umbringen.«

Jeder Muskel in meinem Körper spannt sich an und ist sofort im Verteidigungsmodus, aber ich sage nur: »Okay«, und schlendere an ihm vorbei in mein Ankleidezimmer.

Mit rasendem Herzen ziehe ich mich an. Als ich wieder rauskomme, ist er verschwunden.

Fuck, Alayna. Wir sind im Arsch!

* * *

Ich setze mich auf die Bettkante. Fuck, hier riecht es tatsächlich noch nach dir. Ich scrolle zu deiner Nummer und rufe dich an. Du nimmst gleich ab, als hättest du nur darauf gewartet, dass ich anrufe.

»Carter?«, fragst du vorsichtig.

Scheiße, deine Stimme, Alayna. Wie sie meinen Namen sagt, fickt mich schon wieder. Ich schließe kurz die Augen und schüttle meinen Kopf, um mich zusammenzureißen.

»Caden ahnt was«, komme ich direkt auf den Punkt. »Er hat dein Handy gehackt, schon am Anfang eurer Beziehung.«

Du stöhnst. »Das dachte ich mir fast, er wusste immer so viel.«

»Aber deine Anrufe hört er nicht ab. Aber er wird alles versuchen, um die Wahrheit rauszufinden. Das heißt, jedes Mal, wenn ich dich anrufe oder du mich anrufst, werde ich am Anfang des Gesprächs ›Ist was, Alayna?‹ sagen. Sage ich das nicht, bin ich es nicht, sondern Caden. Wenn ich dich sehe, zwinkere ich dir zu. Tue ich das nicht, ist es Caden und versucht, sich als ich auszugeben, um rauszufinden, was abgeht. Sei vorsichtig, Baby. Er ist auf einem neuen Level von Cadenismus.«

»Scheiße«, flüsterst du atemlos.

»Ich weiß.« Ich suche meine Schuhe. »Ist er Geschichte? Dein Typ?«

»Ja, Carter, natürlich ist er das. Ich hab ihm heute Morgen einfach gesagt, dass wir nicht zusammenpassen.«

»So einfach?«, hake ich skeptisch nach und bleibe mitten im Raum stehen.

»Er würde alles für mich tun, wie Melissa bei dir.«

Ich spanne mich an. »Oh Alayna, pass auf, was du sagst. Ich kann schneller bei dir sein und deinen Mund stopfen, als Caden bis drei zählen kann.«

»Nicht lustig, Carter, gar nicht lustig. Außerdem ist die Vorstellung, dass du herkommst und mir den Mund stopfst, ziemlich verführerisch.«

»Fuck, Alayna, lass das. Caden wartet auf mich, ich muss los. Und danke fürs Hartmachen.«

Du lachst auf. »Bitte, Baby, immer wieder gern. Bye!«

Scheiße, es ist so leicht mit dir, Alayna. Jetzt habe ich ein debiles Grinsen auf dem Gesicht, das ich schnellstmöglich wieder loswerden muss.

Ich stecke mein Handy ein, atme tief durch und begebe mich in die Schlacht.

* * *

Wir kommen an der Uni an und Caden sagt gar nichts mehr wegen heute Morgen. Er wirft mir nur immer wieder diese Psychoblicke zu, die mich mehr abfucken, als seine Worte es je könnten.

Wir steigen aus und ich bete, dass du uns nicht über den Weg läufst, aber natürlich tust du das. Du stolperst direkt in mich. Ganz zufällig.

Alayna, oh Gott, dafür werde ich dir den Arsch versohlen, aber so was von.

Ich packe dich am Arm, weil du sonst direkt vor meinen und seinen Füßen landen würdest. Erschrocken schaust du auf, direkt in mein Gesicht. Ich zeige dir die Wut in meinen Augen, aber Baby, du siehst so gut aus. Du bist geschminkt. Deine großen Augen wirken noch größer und deine vollen Lippen schimmern rosa. Sofort muss ich daran denken, wie sie vor vier Stunden noch an meinem Schwanz gesaugt haben, bevor du alles von mir geschluckt hast. Du trägst wieder so verboten enge, schwarze Jeans und einen schwarzen Pullover mit Lederjacke und abgewetzten Chucks. Deine Haare fallen dir ins Gesicht und ich will sie zurückstreichen.

»Oooopssiii!«, sagst du. »Wieso bin ich ausgerechnet euch Parasiten als Erstes über den Weg gelaufen?«

Ich schubse dich ein bisschen von uns weg, weil Caden auf dem Stand ist, dass ich dich hasse.

Er legt den Kopf schief, als er dich von oben bis unten mit den Augen fickt. Dann lächelt er offen. »Was für ein Zufall, Alayna. Willst du mit uns reingehen?«

»Ganz bestimmt nicht. Ich will sicher nicht mit euch gesehen werden.« Mir entgeht nicht, dass du ihn einen Tick zu lange ansiehst. Ist da etwa noch was, was du mir nicht sagen willst, Alayna?

Caden nickt nach vorn. »Dann geh vor. Dann haben wir wenigstens was zum Gucken.«

»Fick dich, Caden!«, zischst du. Deine Stimme zittert und deine Augen glühen. Wow … So viel Emotionen für Caden Rush. Ohne mich noch mal anzusehen, was mir echt nicht gefällt, aber sein muss, wendest du dich ab und gehst mit wiegenden Hüften, mir eine verdammte Show liefernd, davon. Caden schaut dir demonstrativ mit schief gelegtem Kopf hinterher. Ich will ihm eine in die Fresse hauen. Das wollte ich noch nie so sehr. Nicht mal, als ich es getan habe.

»Ach«, seufzt er. »Dieser Arsch. Ich muss daran denken, was ich alles damit gemacht habe!« Ich zwinge mich, meinen Nacken keinen Millimeter zu bewegen, aber in meinen Schläfen pocht es, wenn ich mir das vorstelle.

»Ich glaube …«, sinniert er und schaut mich an. »Ich habe jetzt Lust auf einen Arschfick.«

Ich kann nichts erwidern, denn wenn ich ein Wort von mir gebe, brülle ich. Also zucke ich nur mit den Schultern und sage gelangweilt mit den Augen: *Was auch immer, Bro.*

Wir setzen uns in Bewegung.

»Weißt du noch, was sie immer mit ihren Pussymuskeln gemacht hat?«, fragt er jetzt nachdenklich. »Scheiße, da kann man ja gar nicht anders, als zu kommen. Weißt du das noch?«

»Als könnte ich das vergessen«, sage ich gepresst. Ich hatte es ja erst gestern Nacht.

»Ich kriege echt wieder Lust auf sie. Also ernsthaft. Und je bitchiger sie sich verhält, umso mehr will ich sie diesmal brechen!« Er testet mich. Er provoziert mich. Denn im Gegensatz zu ihm, weiß ich, dass er noch was für dich empfindet. Sonst würde er sich nicht so aufführen, Alayna.

Ich bin froh, dass ich eine weite Jeansjacke trage, sonst würde er sehen, wie meine Arme zucken, weil ich versucht bin, ihm eine reinzuhauen.

»Sie ist jetzt soooo selbstbewusst und sexy. Wer weiß, wie sie jetzt im Bett ist.« Der Hammer, Alayna. Du bist der Hammer im Bett.

»Ich glaube, sie ist jetzt total bereit für unsere zwei Schwänze.« Wir haben den Campus überquert und du bist in der Menge verschwunden, während wir die Treppe nach oben gehen und ich das Geländer fest umklammere, weil ich die Hand sonst um seinen Hals lege. Ich will das nicht, Alayna.

»Ich meine, ich weiß ja, du hasst sie und all das Zeug. Aber gegen ihren Arsch hast du ja nichts einzuwenden, oder Bro? Wie abgemacht?« Alayna, hier fängt meine Zwickmühle an. Er kennt mich einfach zu gut und er weiß, egal wie sehr ich dich nicht leiden kann, dass ich zu deinem Arsch nie Nein sagen würde. Ich stelle mir vor, wie es wäre, ihm einfach zu sagen, wie es ist. Dass du mir gehörst, dass er die Finger von dir lassen soll, weil ich ihm sonst den Kiefer breche und all das Zeug. Dann denke ich an Danielle und Melissa, die beide das Pech hatten, mich zu lieben und nicht seinen Spielregeln zu folgen, und das ist es. Er kann einen Menschen brechen. Er kann einen Menschen sogar dazu bringen, von der Brücke zu springen. Das können alle Rush-Männer, aber Caden weiß es auf eine Weise zu nutzen, wie wir sie niemals können werden. In dieser Hinsicht ist er ein absolut wahnsinniges Genie.

Ich weiß, dass ich dich sowieso, egal wie es ist, auch nicht haben sollte, denn wenn Caden dich nicht zerstört, mache ich es auf meine Art, und zwar langsam und widerlich. Das ist mein Problem. Trotzdem werde ich dich nicht gehen lassen, nicht noch mal, weil ich jetzt merke, was du für mich empfindest. Ich bin ein gieriger Bastard und ernähre mich davon.

Caden ist verletzt und das macht ihn unberechenbar. Ich muss zu allem, was er vorschlägt, Ja sagen, weil ich nur so den Schaden so gering wie möglich halten kann.

»Caaaarter!« Er schnippt vor meinem Gesicht mit den Fingern rum.

Monoton antworte ich ihm, während ich die Tür aufdrücke und mir dabei kotzübel wird. »Oh, wie könnte ich da Nein sagen, Caden?«

25. Wem du gehörst, Alayna

Carter

Wir sitzen in der Mensa und Caden will spielen. Du bist nur passiv daran beteiligt, aber eigentlich dreht sich das heutige Spiel nur um dich, Alayna. Denn er will dich aus der Reserve locken und schauen, wie du reagierst. Er will dich testen.

Caden hat uns Zwillinge besorgt, Alayna, und ich habe keine Ahnung, woher. Er ist total stolz, als würde er mir ein Auto verkaufen oder präsentieren wollen, als er mir Trisha und Kimberly vorführt. Zwei kichernde, dunkelhaarige, blowjobmundige Weiber, die jetzt mit uns am Tisch sitzen. Ist das nicht schön?

Ich bin in meinem Stuhl ganz nach unten gesunken, habe die Finger ineinanderverschränkt, den Kopf nach hinten fallen lassen, und würde gern einfach schlafen.

Dabei beobachte ich dich unter trägen Lidern. Du siehst genauso müde aus wie ich, wie du dich an der Essensausgabe angestellt hast, während der Typ hinter dir die ganze Zeit auf deinen Arsch starrt. Zum Glück bin ich zu kaputt, um ihm die Fresse zu Brei zu schlagen.

Caden redet mit den Supertwins. Seine verdammte Fingerspitze streicht über Kimberlys Handrücken auf und ab. In einem hypnotisierenden, gleichmäßigen Rhythmus. Du wirfst immer wieder einen Blick zu mir und dann zu Caden, weil du die zwei Tussis bei uns natürlich bemerkt hast. Ich grinse dir fast träge zu. *Eifersüchtig, Baby?*, frage ich mit den Augen. Fuck, Alayna, ich kann sie kaum offen halten. Du senkst die Lider, schnaubst und schaust von mir weg.

»Und, Carter?«, fragt eine der beiden. Ich kann sie nicht auseinanderhalten. Diese Zwillingsscheiße ist echt scheiße.

Ich wende ihr müde meinen Kopf zu. »Waaas?«, frage ich total genervt.

»Sollen wir dann später mit zu euch kommen zum Lernen?« Ich schaue zu Caden und frage ihn nonverbal: *Ernsthaft, Bro?* Er erwidert wortlos: *Klar, wieso nicht?*

»Was auch immer«, sage ich zu ihr, wie auch immer sie heißt.

Sie beugt sich vor und stützt das Kinn auf ihre Hand. »Ah, das ist so faszinierend! Ihr seht euch wirklich total ähnlich!«, haucht sie.

Wie ein Fisch blinzelt sie mich an. »Das haben Zwillinge so an sich, wie ihr wahrscheinlich schon an euch selbst bemerkt habt«, sage ich trocken.

»Ja, aber es noch mal am lebenden Objekt zu sehen, ist was anderes!«

Scheiße, Alayna, diese Bitch labert nur Scheiße. Und sie will, dass ich ihr auf die Titten starre, so, wie sie sie mir entgegenstreckt, während Caden mich anstarrt und mich schon wieder testet.

Mit den Augen sage ich ihm: *Viel zu hohl. Such was Besseres, Bro!*

Worauf er erwidert: *Seit wann interessiert dich der IQ, solange die Pussy passt?*

»Seit Alayna etwa?«, fragt er laut.

»Nein, Mann!«

»GUT! Dann wäre es doch eine gute Idee, wenn Kimberly uns küssen und rausfinden müsste, wen sie küsst!«

»Das wäre überhaupt keine gute Idee, Bro!«

»Wir können das auch mit Alayna ausprobieren. Wir schleifen sie einfach auf die Toilette, ich hab langsam keine Geduld mehr. Sie schaut sowieso die ganze Zeit in unsere Richtung und will es.«

Fuck, Alayna, reiß dich zusammen!

Ich stöhne genervt. »Was auch immer, Caden!«

»Gut!«, sagt er begeistert. »Dann hole ich sie jetzt!«

Er steht auf, doch ich packe ihn am Arm und ziehe ihn zurück. »Nein, bleib sitzen!«

»Okay! Trisha, halte Kimberly die Augen zu, aber so, dass sie wirklich nichts sieht!« Beide kichern aufgeregt. Meine Fresse! Er gibt mir ein Zeichen, starrt mich durchdringend an und sagt, ich solle anfangen.

Fuck, Alayna, habe ich dir schon mal gesagt, dass mein Bruder ein echt kranker Psycho ist?

Ich setze mich in Bewegung und spüre deine Augen, die jedem meiner Schritte folgen. Mir ist klar, wie eifersüchtig du sein kannst, und Caden ist das auch klar.

Ich beuge mich über den Tisch und zwinge mich dazu, keinen Blick zu dir zu werfen, aber ich weiß, dass Caden dich beobachtet, als ich meine Lippen auf ihren Mund drücke und sie halbherzig küsse. Mein ganzer Rücken kribbelt und die Tussi an meinem Mund stöhnt, obwohl ich gar nichts Besonderes mache und total gelangweilt bin. Was soll das?

Dann weiche ich zurück und hoffe, diese Scheiße bestanden zu haben, als ich mich wieder auf meinen Platz setze und Caden mich anlächelt. »Schön!«

Er beugt sich nach vorn zu den beiden und ich sehe schnell zu dir. Du bist knallrot und scheißsauer und kurz davor, hier rüberzustürmen. Aber ich schüttle den Kopf hinter Cadens Rücken, der gerade der Tussi das letzte bisschen Hirn rausküsst. Du sinkst zurück auf deinen Stuhl, von dem du dich schon halb erhoben hattest. Neben dir sitzen noch andere, die nicht mal in unsere Richtung schauen, aber du bist so fixiert.

Das ist nicht gut, Alayna. Caden hat dich schon wieder in den Fängen, ob du es merkst oder nicht.

* * *

Ich habe es fertiggebracht, in der letzten Vorlesung eine Stunde zu schlafen, und fühle mich erstaunlich fit, als ich zu meiner nächsten Vorlesung schlendere. Alayna, eigentlich wollte ich nicht mehr zur Uni. Ich wollte meinen anderen Geschäften nachgehen, aber dann warst da du und die Möglichkeit, dich hier zu sehen. Caden ist in Gebäude B, ganz weit weg, und ich fühle mich so gut und frei.

Dann sehe ich dich. Du marschierst auf mich zu wie ein Stier, dem man ein rotes Tuch vors Gesicht hält. Fuck, Baby, bist du heiß, wenn du sauer bist.

Ich bleibe stehen und spüre, wie mein Mundwinkel sich hebt und mein Schwanz hart wird. Sobald du vor mir ankommst, sagst du: »PASSWORT?«

Ich fahre mir lächelnd durch das Haar. »Ist was, Baby?«

Du schnaubst, greifst nach meiner Hand und ziehst mich in den nächsten freien Raum. Es ist ein leerer Hörsaal. Ich mag, wohin das führt, Baby. Du knallst die Tür zu und mich dagegen.

Bewundernd sehe ich dich an. Ich liebe es, Alayna. Du bist so sexy, wenn du eine Furie bist.

»WIESO?«, fährst du mich an und haust mir gegen die Schultern.

»Weil du heiß bist?«, ist meine geistreiche Antwort. »Weil du mir gehörst? Noch mehr Gründe?«

»CARTER!« Du stemmst deine Hände in die Hüften, Alayna. Deine Taille und deine Hüften und alles … ich liebe deinen Körper!

»Was ist denn, Babe?«, frage ich gelassen. Ich will dich noch ein bisschen mehr reizen.

»Wieso hast du diese Tussi geküsst! Vor meinen Augen! Mit Caden!«

Ich mache eine wegwerfende Handbewegung und zucke mit den Schultern. »Caden hat gespielt und du solltest wütend werden. Ich bin froh, dass du auf deinem Arsch sitzen geblieben bist. Tut der eigentlich noch weh?«

Du fährst dir wütend durch die Haare, zerzaust alles, und ich muss daran denken, wie zerzaust du nach der vierten Runde letzte Nacht aussahst.

»Soll das jetzt immer so laufen?«, fragst du aufgebracht. »Caden spielt und wir sind seine Schachfiguren?«

Ich zucke mit den Schultern. »Wieso? Es ist doch egal. Wir sind ja nicht zusammen, Baby.«

Deine Augen verengen sich zu schmalen Schlitzen und werden dunkel. Du willst mich umbringen. Ich liebe es, Alayna, wenn du so bist. Und ich habe es noch nie geliebt, wenn eine Frau so war. Ganz im Gegenteil. Aber bei dir ist alles anders, weil du anders bist.

»Sind wir nicht?«, fragst du und hebst die Brauen.

»Sind wir?«, entgegne ich lässig.

»Schön!« Du reckst dein Kinn. »Dann kann ich ja wieder zu Landon spazieren und mich eine Runde von ihm fic…«

Bevor du den Satz beenden kannst, habe ich dir eine Hand auf den Mund gepresst und dich auf das Pult ganz vorn geschubst, mit dem Gesicht voran. Du keuchst gegen meine Handfläche und ich zische in dein Ohr: »Du gehörst mir, Alayna. Und du wirst mit niemandem irgendwas machen, verstanden?«

Damit reiße ich deine Hose nach unten. Der Knopf fliegt ab. Dein Problem, nicht meins. Du nuschelst was gegen meine Hand und ich haue dir auf den Arsch, damit du ruhig bist, was dich stöhnen lässt. Im Kern bist du eben doch meine kleine, versaute Bitch.

Ich lasse meine Hand von deinem Mund an deinen Hals wandern und drücke ein bisschen zu. Du legst den Kopf genüsslich nach hinten, als ich meinen Gürtel öffne und du das hörst.

»Das hier«, sage ich wütend. »Wird nur mir Spaß machen, Baby.« Damit schiebe ich mich tief in dich und du stöhnst wieder so laut.

»Du bist so ungezogen. Schämst du dich denn nicht? Hier laufen doch Studenten vorbei, Alayna.«

Du keuchst und klammerst dich mit beiden Händen an meinen Unterarm. Ich verdrehe einen deiner Arme hinter deinem Rücken und presse mich mit dem Oberkörper fest an dich.

»Also«, sage ich ruhig, ziehe mich aus dir zurück und schiebe mich wieder tief in dich. Du ruckst nach vorn, genau wie der Tisch, und keuchst. »Wem gehörst du?«

Du stöhnst erneut und hauchst: »Dir.«

Ich lächle ein bisschen, denn ich mag es, wenn du das sagst. »Und was ist tabu für dich?«

Ich ziehe mich wieder aus dir zurück und presse die Zähne zusammen, weil ich eigentlich in dir bleiben will und es mich anpisst, mich zurückzuziehen.

»Andere Männer?«, fragst du total aus dem Konzept und rätst wild drauf los. Ich ficke dich noch mal tiefer und du schreist auf.

Mit einer schnellen Bewegung presse ich wieder die Hand vor deinen Mund. »Schhht, Baby, sei still! Du willst doch nicht, dass uns jemand hört, oder?«

Du schüttelst den Kopf und deine Haare peitschen gegen meine Wange.

»Schön. Braves Mädchen«, sage ich wirklich ein bisschen stolz und knalle deinen Oberkörper nach unten, sodass deine Wange das harte Holz des Pults berührt. Ich liebe diesen Anblick, wenn du mir so ausgeliefert bist.

Du murmelst irgendwas und ich stocke. »Wolltest du was sagen, Alayna?«

Über deine Schulter hinweg blitzt du mich wütend an. »Und was ist mit dir und anderen Frauen, Carter?«

Ich überlege kurz und ficke dich weiter. Du lässt den Kopf wieder sinken, deine Haare im Gesicht.

Ich begleite jedes Wort mit einem Stoß. »Ich will keine andere ficken.«

Du ziehst dich um mich herum zusammen und wirfst den Kopf zurück. Ich wickle dein Haar um meine Faust.

»Zufrieden?«

Anscheinend schon, denn du kommst und das Zucken deiner Muskeln veranlasst mich dazu, ebenfalls zu kommen.

Schwer atmend liegst du da und ich ziehe mich zurück, schließe meine Hose und helfe dir gnädigerweise wieder auf die Beine. Zitternd und mit knallrotem Gesicht ziehst du deine Hose wieder hoch, mitsamt dem Slip, und versteckst den kaputten Verschluss unter deinem Pullover.

»Hätten wir dann alles geklärt?«, frage ich und du seufzt tief. Deine Augen sind immer noch verklärt und du stehst total neben dir. Du grinst auch ein bisschen debil, Baby.

Dann nickst du zufrieden und ich gebe dir einen kurzen Kuss, bevor ich dich allein lasse und zu meiner nächsten Vorlesung gehe.

Scheiße, Alayna.

Ich mag mein Leben.

26. Mein Name ist Harry

Alayna

Scheiße, ich bin so scheißverliebt.

Wie ist das passiert? In einem Moment habe ich meine Gefühle für dich zugelassen und im nächsten war ich ein zitterndes Opossum, wenn du mir nahe warst. Ich kann und werde diese eine Nacht bei dir nie wieder vergessen. Ich werde nie wieder vergessen, wie du mich angesehen hast. Das kann mir niemand nehmen, egal was passiert oder auf uns zukommt. Ich will gar nicht darüber nachdenken, ob das hier funktioniert oder nicht oder was uns noch erwartet. Ich will mich einfach fallen lassen, weil es das ist, was ich mit dir am besten kann. Kopflos irgendwo reinstürzen. Weil du kopflos bist, Carter. Du denkst nicht darüber nach, was noch kommt oder welche Konsequenzen dir drohen. Du lebst einfach, und ich liebe es.

Ich hatte dich erst vor vier Stunden in mir, doch du fehlst mir schon wieder, als ich zu Hause ankomme und nach meinem Vater sehe. Er sitzt auf der Couch, was bedeutet, dass er sich allein nach unten bewegt hat. Ich bin ganz erstaunt und küsse ihn zur Begrüßung auf die Wange. Er sieht mich zwar nicht an, aber er streckt mir ein bisschen sein Gesicht entgegen. Mein Herz setzt kurz aus, weil es mich so freut. Ich bin so ekelhaft rosarot im Moment, dass alles total toll und positiv wirkt, und ich frage mich, ob das bei dir vielleicht auch ein bisschen so ist.

Den Salat, den ich ihm heute Morgen noch schnell fertig gemacht und hingestellt habe, hat er aufgegessen. Ich freue mich noch ein bisschen mehr, bevor ich die Sandwiches auspacke, die ich unterwegs gekauft habe, und sie meinem Dad hinlege. Anschließend ziehe ich meine Schuhe aus, setze mich zu ihm und reiche ihm eins. Das andere nehme ich mir. Als ich reinbeiße, nimmt auch er einen großen Bissen. Ich liebe es, ihn essen zu sehen. Es scheint, dass er immer mehr aufblüht, je öfter Mom weg ist. Die scheuche ich schon erfolgreich beinahe täglich weg.

Ich schaue ihn an und finde, dass er besser aussieht, als noch vor zwei Monaten, und ich bete, dass er wieder zu sich kommt. Und seine Wunden vielleicht irgendwann verheilen.

Nachdem wir fertig sind, räume ich alles auf und gehe hoch, um eine kurze Dusche zu nehmen und mich dann umzuziehen. Ich will zu dir, irgendwann im Laufe des Abends, aber mir ist natürlich klar, dass ich nicht einfach so aufkreuzen kann, deshalb werde ich dich gleich anrufen.

Ich mache mich frisch und schminke mich, bevor ich meine Haare föhne und dunkle Jeans und einen schwarzen, flauschigen Pullover anziehe.

Dann nehme ich mein Handy. Ich habe es gerade entsperrt, um dich anzurufen, als es auch schon anfängt, in meiner Hand zu klingeln. Dein Name wird angezeigt. Mein Herz rutscht eine Etage tiefer und ich bekomme ganz klamme Hände, als ich rangehe.

»Carter?«, frage ich wie immer.

»Ist was, Alayna?«, willst du ein bisschen gereizt wissen. Ich muss grinsen, weil ich es mag, wenn du gereizt bist.

»Was geht ab?«, frage ich rotzfrech und du knurrst so sexy.

»Bist du angezogen?«

»Ja, normalerweise laufe ich nicht nackt zu Hause rum.«

Du grummelst irgendwas. »Ich bin auf dem Weg zu dir. Und ich will reinkommen, also warte nicht vor der Tür.« Es erstaunt mich ein bisschen, wie gut du mich kennst, Carter. Aber du weißt ja auch davon, was meine Mom damals gemacht hat. Wahrscheinlich bist du neugierig.

Es passt mir eigentlich nicht, aber andererseits will ich dich in meine Welt einlassen. Hier war ich mit Caden und habe ihm meine Seele geöffnet. Irgendwie fühlt es sich komisch an.

»Okay«, sage ich leise. »Wenn es sein muss.«

»Ja, muss es. Bis gleich, Baby.«

Ich verdrehe die Augen, weil du immer noch so genervt klingst, und lächle gleichzeitig. »Bis gleich.«

Sobald ich aufgelegt habe, ist mein Puls irgendwo im ungesunden, sehr ungesunden Bereich. Mein Hals wird trocken und ich fange an, mein Zimmer aufzuräumen, weil ich hier alles demoliert habe. Schnell sammle ich meine dreckige Wäsche vom Boden und laufe ins Bad, um sie in den Wäschekorb zu stopfen. Dann suche ich die Papiere und Fotos zusammen, die ich in meinem Anfall, genau wie meine Bücher, überall im Zimmer verstreut habe.

»Scheiße«, flüstere ich. Dann lasse ich mich einfach auf mein Bett sinken, weil mir einfällt, dass ihr eine Chaosfamilie seid und du der größte Chaot von allen bist.

Und dass es dir scheißegal ist, wie es bei irgendwem zu Hause ausschaut.

Ich höre dein Auto und sprinte nach unten, wobei ich fast stolpere und mich am Geländer festhalte. »DAD, ICH KRIEGE BESUCH!«, schreie ich und zucke selbst zusammen, weil ich so laut war.

Aber ich entlocke ihm schon wieder eine Reaktion. Er runzelt die Stirn ein bisschen und dreht den Kopf in meine Richtung. Ich lächle und glaube, es tut ihm gut, dass meine Mutter so lange weg ist, und dass ich so viel daheim bin und Energie und Leben ins Haus bringe.

»Er ist mein Freund, also benimm dich, Dad!«, sage ich ernst und drohe ihm mit dem Zeigefinger. Ich bin mir nicht sicher, aber es sieht fast so aus, als hätte er die Augen verdreht. *DAD!*

Es klingelt, sogar ziemlich penetrant, und ich haste zur Tür, um sie aufzureißen. Du lehnst mit dem Unterarm im Türrahmen und zwinkerst mir zu.

»Hey, Baby«, sagst du rau und ich würde am liebsten quietschen. Ich bin so peinlich und du bist so sexy. Wie du hier lehnst und aussiehst und riechst und scheiße … Ich traue mich fast nicht, dich anzufassen.

»Hi!«, erwidere ich kleinlaut mit angezogenen Schultern. Ich grinse und fühle, wie meine Wangen ganz heiß werden.

Du lächelst auch ein bisschen und runzelst die Stirn, bevor du mein Gesicht zwischen deine großen Finger nimmst und mich küsst. Kurz, aber innig genug, um mir den Boden unter den Füßen wegzuziehen. Ich hänge noch in der Luft, als du schon zurückweichst.

Als ich meine Augen öffne, sage ich noch mal breit grinsend: »Hi.«

Du bist total amüsiert. »Sollen wir das jetzt den ganzen Tag machen, Alayna? Oder lässt du mich rein?«

»Ah ja, stimmt«, murmle ich und trete zur Seite, damit du reinkommen kannst.

Du betrittst unser Haus und schaust dich nicht mal um. Als würdest du hier schon immer leben. Du passt hier irgendwie rein, weil du so abgefuckt bist. So ganz anders als Caden, der in seiner Schönheit und Perfektion und in der Art, wie er sich bewegt und geschaut hat, manchmal einschüchternd auf mich wirkte. Obwohl er sich hier auch ganz ungezwungen verhalten hat und nicht mal einen Blick auf das Chaos warf. Es war ihm egal. Bei ihm hatte ich immer das Gefühl, dass ich das Einzige wäre, was wirklich zählte, bis er sich geändert hat … bis er fies wurde. Und anders. Und er mir das Herz herausgerissen hat, weil ich ihm *zu langweilig* wurde! PAH!

Ich zeige zu meinem Vater, der mit dem Rücken zu uns sitzt. »Das ist Harry, mein Vater«, sage ich leise. »Er wird nicht reagieren, egal was du tust«, flüstere ich.

»Wieso?«, willst du wissen.

»Er ist weggetreten. Eigentlich nur noch eine Hülle. Aber in letzter Zeit isst er wieder und manchmal lächelt er mich an. Das ist ein Fortschritt, weil er vorher nur hier gesessen hat. Jetzt steht er selbst auf und zieht sich an und isst und lächelt. Manchmal. Selten. Eben hat er es getan. Einmal.«

»Oh, Baby«, seufzt du und streichst mit den Fingerknöcheln über meine Wange und stupst deine Faust dann leicht und sanft unter mein Kinn, bevor du mit einer Hand in der Hosentasche zu meinem Vater schlenderst. Irritiert sehe ich dir nach.

Du ziehst dir den Hocker ran und setzt dich direkt ihm gegenüber. »HALLO!«, rufst du so laut, als wäre er schwerhörig. Ich lege den Kopf schief und runzle die Stirn. Wobei der Rest meines Gesichtes nicht unbeteiligt bleibt. Vermutlich sehe ich aus, als hätte ich Zahnschmerzen.

»ICH BIN CARTER!«, brüllst du weiter. »DER FREUND IHRER TOCHTER, SIR!«

Hast du gerade gesagt, ich sei deine Freundin? Scheiße. Mein Herz rast. Bin ich deine Freundin? Sind wir zusammen? Haben wir eine Beziehung? Hast du mich heute in der Uni verarscht?

Ich trete näher, weil du da sitzt, total geduldig, ich aber weiß, dass nichts passieren wird. Also will ich dich weglotsen. In dem Moment streckt mein Vater seine Hand aus und mir klappt der Mund auf.

Er schluckt und lockert seine Schultern. Ich bin kurz davor, zusammenzubrechen, weil er sich seit einer Ewigkeit nicht mehr richtig gerührt hat und nicht mehr richtig da ist.

Dann öffnet er den Mund. Meine Augen werden riesig und feucht, als er dir die Hand gibt und sagt: »Harry. Pass auf meine Tochter auf.« Seine Stimme, nach all der Zeit zu hören, zwingt mich fast in die Knie, und ich halte mich am Küchentisch fest. *Fuck*.

»Klar, Sir«, erwiderst du total lässig und schüttelst fest seine Hand. Dann wirfst du mir einen Blick über seine Schulter zu, während mir Tränen über die Wangen laufen.

Du stehst auf, kommst zu mir und nimmst mich wortlos in die Arme. Ich schmiege mich an dich und weiß, dass ich jetzt zu Hause bin, als du meinen Kopf küsst.

* * *

Wir sitzen in deinem Auto und fahren durch die Stadt, seit gefühlten Stunden. Weder reden wir noch hören wir Musik. Die Lichter fliegen an uns vorbei. Dein Verdeck ist offen, obwohl es kalt ist, aber der Wind, der mir ins Gesicht peitscht, tut so gut.

Ich sehe aus dem Seitenfenster. Unsere Hände sind auf dem Schalthebel miteinander verschränkt und ich lasse deine Körperwärme auf mich übergehen. Ich genieße es einfach, mit dir hier zu sein, ohne nachzudenken. Mein Herz schlägt die ganze Zeit so schnell, aber ich gewöhne mich langsam daran. Ich sehe zu dir rüber. Du bist so makellos, Carter, mit all deinen Makeln. Mit dem leichten Hubbel deiner Nase, die von einem früheren Bruch zeugt; mit der kleinen Narbe in deiner Augenbraue, von der ich nicht weiß, wie sie entstand … Ich frage mich, wie ich euch beide jemals verwechseln konnte. Obwohl ihr so gleich seid, siehst du völlig anders aus als Caden. Deine Seele unterscheidet sich komplett von der deines Bruders. Caden ist im Kern auch sensibel, und egal wie er sich benimmt, wirklich hassen kann ich ihn nicht, dafür war zu viel zwischen uns. Das war echt und tief und … es ist jetzt vorbei, weil er mich nicht mehr wollte. Doch mit dir fühlt es sich gerade anders an.

Deine Haare wehen dir in die Stirn und du spürst, dass ich dich ansehe, hebst unsere verschränkten Finger und hauchst mir einen Kuss auf meinen Handrücken. Meine Haut prickelt, wo du sie berührst. Du schaust kurz zu mir rüber und zwinkerst mir zu, bevor du wieder nach vorn siehst. Es ist, als würde ich deine ganzen Gestiken und Mimiken erst jetzt kennenlernen, weil du sie so lange vor mir verstecken musstest, weil du vorgegeben hast, jemand zu sein, der du nicht bist. Wie anstrengend das für dich gewesen sein muss, immer so zu tun, als wärst du Caden. Wenn du wirklich was für mich empfindest, will ich gar nicht wissen, was es dich gekostet haben muss, zu wissen, dass ich Nacht für Nacht bei ihm war.

Wir fahren eine Anhöhe hinauf über einen Waldweg. Ich wundere mich nicht und habe auch keine Angst vor dir, weil ich immer wusste, dass du mir nie ernsthaft wehtun würdest. Nicht einmal in deinem schwärzesten Moment.

Vor uns erstreckt sich mit einem Mal ein uraltes, verlassenes Farmhaus, das vom Mond und dem klaren Sternenhimmel erleuchtet wird. Dahinter liegt die funkelnde Kulisse der Stadt. Es ist ein beliebter Ort für Jugendliche oder verliebte Paare, aber heute ist hier nichts los, weil es so windig ist. Du hältst das Auto einfach mitten auf dem Weg und wir steigen aus. Dann holst du eine Flasche

Whisky aus dem Kofferraum und ziehst mich zum Rand der Klippe. Ich setze mich mit dir hin. Unsere Beine baumeln über der Stadt, über dem Abgrund, der schwarzen Tiefe, und du legst mir deine Jacke um die Schultern, Carter. Ich muss ein bisschen grinsen, weil du das sicher nicht bei jeder tust.

Der Geruch, der vom Kragen ausgeht, schießt direkt in meinen Magen. Ich lasse seufzend den Kopf nach hinten fallen.

»Riechst du was, was dir gefällt, Alayna?«, fragst du rau und öffnest die Flasche.

Ich nicke grinsend. »Hmhm.« Damit lehne ich mich zu dir rüber und fahre mit meiner Nasenspitze über deinen Hals. Du riechst wie mein Himmel. Dein Arm legt sich um meinen Rücken und ich lasse den Kopf träge auf deine Schulter sinken, die so stark ist und so hart, während ich dich inhaliere, weil du überall bist.

Du trinkst einen Schluck und ich riskiere einen Blick in den Abgrund, der mir wie ein Sinnbild von uns beiden erscheint, und was um uns herum passiert. Aber du hältst mich fest, also werde ich nicht fallen. Das wirst du nicht zulassen.

Du reichst mir die Flasche. Der Whisky brennt in meiner Kehle, als ich einen Schluck nehme, ehe mir ein bisschen wärmer wird. In der Zeit zündest du dir einen Joint an und stößt den Rauch von mir weg. Ich trinke noch etwas Whisky und sehe zu dir auf, als du den Kopf zurücklegst, tief an der Tüte ziehst und die Glut sich durch das Gras frisst, bevor du den Rauch wieder ausbläst. Meine Augen hängen an deinen Lippen.

»Ist was, Alayna?«, fragst du träge.

»Du bist«, antworte ich schon ein bisschen beschwipst.

Du lachst und siehst mich an. Ich liebe es, wie du lachst. Du lachst so selten.

Du gibst mir den Joint und ich ziehe so tief, bis ich husten muss. »Wow, langsam, Baby. Nicht immer so fest ansaugen.«

Ich verdrehe die Augen und gebe ihn dir kichernd zurück. Deine Hand streicht unter deiner Jacke über meine Hüfte. Dein Körper ist so warm und fest und wie ein Fels in der Brandung.

Du legst sinnierend den Kopf schief. »Weißt du noch, wann ich dich das erste Mal als Caden hatte?«

Ich überlege. Natürlich habe ich mir in letzter Zeit darüber viele Gedanken gemacht, schließlich zucke ich mit den Schultern.

»Das war, als du duschen warst, Alayna. Ich glaube, ich hab zehn Minuten vor der Dusche gestanden und dich beobachtet, bevor ich reinkam. Weil ich so eine Angst hatte, es zu versauen und nicht mehr mit dir spielen zu dürfen.«

»Ich hab geahnt, dass es nicht Caden war. Ich habe es die ganze Zeit irgendwie geahnt, aber den Gedanken nie zugelassen, weil ich mir dann hätte eingestehen müssen, dass ich … eine Schlampe bin.« Den letzten Teil sage ich, als wäre es mir jetzt erst klar geworden.

»Du bist keine Schlampe. Du warst einfach nur gutgläubig und das haben wir ausgenutzt, weil wir das immer so machen. Du hattest eigentlich keine Chance, aber im Gegensatz zu den anderen hast du es schnell bemerkt.«

»Und nichts gesagt.«

»Ach so! Und was war das dann für eine Kussüberfall-Aktion, als du bei mir reingestürmt bist? Und wie oft hast du dir überlegt, was zu sagen, und hast es nicht getan, weil du nicht als Schlampe und wahnsinnig dastehen wolltest? Wie oft habe ich dir erzählt, dass du verrückt bist, und dir eingeredet, du würdest dir was einbilden? Dann bin ich fünf Minuten später wieder zu dir gekommen und habe dich erneut gefickt. Du bist keine Schlampe, Baby. Ich bin einfach nur ein Bastard.«

Ich lächle und trinke noch einen Schluck. »Aber du bist mein Bastard.«

Die Stadt funkelt hell und mein Bewusstsein wird immer verschwommener. Der kühle Wind bläst mein Haar zurück. Ich liebe es, einfach nur hier mit dir zu sitzen und zu existieren. Dafür brauche ich keine Wochenendausflüge und Urlaube und all den Scheiß, ich brauche das hier. Nur wusste ich das bis jetzt nicht.

Ohne den Blick von der funkelnden Stadt zu nehmen, frage ich: »Was ist eigentlich aus Melissa geworden?«

Ich spüre, wie du mit den Schultern zuckst. »Sie ist eine Schlampe. Caden hatte recht.«

Ich sehe dich verwirrt an. »Wieso?«

Dein Kiefer ist ein bisschen verhärtet, also streiche ich mit den Fingerspitzen darüber. »Weil sie das freiwillig gemacht hat. Caden hat sie nicht manipuliert. Sie hat sich für uns an mir rächen wollen, und Caden ging es nicht anders. Außerdem wollte er mir zeigen, wie sie wirklich ist, damit ich endlich von ihr wegkomme.«

Ich nicke abwesend, trinke einen weiteren Schluck und denke an Caden. Daran, wie viele Gesichter er hat und wie viel Angst ich mittlerweile habe, dass er wieder meinen Kopf fickt. Ich kann das nicht noch mal. Obwohl ich relativ immun dagegen geworden bin, weiß ich nicht, ob er es bis jetzt wirklich drauf angelegt hat. Es ist zermürbend, zu wissen, dass der Mensch, den man irgendwo tief in sich noch liebt, einem absichtlich wehtun würde.

»Er ist kein schlechter Mensch«, sagst du, als hättest du meine Gedanken gelesen. »Es ist nicht leicht, wenn man so scheißintelligent ist und so unverstanden. Caden hat schon früh gelernt, seine Intelligenz zu dosieren und so einzusetzen, dass sie kein Chaos in seinem Kopf anrichtet. Er würde alles für mich tun und ich für ihn. Nur diese eine Sache nicht.«

»Was?«, frage ich und du beugst dich über mich. Ich bin atemlos und sinke mit dem Rücken zurück, auf den kalten Boden, die Beine immer noch am Abgrund hängend.

»Dich loslassen.«

Ich fahre durch dein Haar und recke mich dir entgegen. Du küsst mich und schmeckst nach Whisky, was ich liebe. Deine Lippen schmiegen sich an meine und ich halte dein Haar fest in meinem Griff. Du schiebst deine Arme unter meinen Rücken, um mich zu anzuheben, ohne den Kuss zu unterbrechen. Ich klammere meine Beine um deine Hüften, als du mit mir zusammen aufstehst und mich auf die Motorhaube deines Autos setzt. Sie ist noch ein bisschen warm. Dann löst du dich von mir und siehst mich an.

»Für diesen Anblick würde ich alles tun«, sagst du heiser, ehe du meine Jeans öffnest und sie runterziehst.

27. Psychoanalyse des Caden Rush, Alayna

Carter

Ich liege an deinen Titten, Alayna. Und wenn ich an deinen Titten liege, dann kann ich einen Wecker schon mal überhören, *Alayna*. Ich war die ganze Nacht bei dir und jetzt rieche ich deine Haut, spüre deinen unregelmäßigen Atem, was bedeutet, dass du schon wach bist und mich nicht geweckt hast, obwohl dieses Scheißteil seit zehn Minuten vor sich hin brüllt.

Mit einem leisen »Fuck« greife ich nach meinem Handy, das irgendwo zwischen uns klemmt, und mache es aus. Es ist so eng hier, Alayna. Dein Bett ist winzig und ich liege an die Wand gepresst, irgendwie halb auf dir und du halb auf mir. Du bist so weich und warm und nackt. Fuck, ich würde dich am liebsten gleich schon wieder ficken. Aber sobald ich mit einem Auge auf die Anzeige des Handys schaue, geht ein Schock durch mich hindurch und ich springe auf.

»Fuck!«

Es ist viel zu spät. Caden ist sicher schon längst wach. »Scheiße, scheiße, scheiße!« Ich drehe mich im Kreis und suche nach meiner Kleidung, während du genervt vor dich hin grummelst.

»Komm wieder ins Bett, Baby.« Deine Stimme ist heiser, weil du die ganze Nacht geschrien hast. Du drehst dich auf den Bauch und streckst die Hand nach mir aus. Deine langen Haare verteilen sich überall und dein nackter Rücken ist so verdammt verführerisch. Die Decke, die gerade mal deinen Arsch bedeckt, der dir sicher noch wehtut, nervt.

Ich greife nach meiner Boxershorts, die aus irgendwelchen Gründen auf deinem Schreibtisch gelandet ist. »Lass von mir, du Nymphe!« Schnell ziehe ich sie über und sehe gerade, wie du dich auf den Rücken drehst und mir deine perfekten, heißen Titten präsentierst.

Fuck, Alayna. Das funktioniert so nicht.

»Carter, nur fünf Minuten … komm noch mal ins Bett …« Du rekelst dich, Alayna. So komme ich hier nie weg, *Alayna*. Fest presse ich die Augen zusammen und taste blind nach meinem Shirt, was ich dort finde, wo die Shorts lag.

»Hör jetzt auf damit oder ich versohle dir den Arsch!« Damit streife ich mein Shirt über und drehe mich wieder zu dir um. Du grinst, rollst dich zurück auf den Bauch und streckst deinen Hintern hoch. »Mach doch!« Scheiße, Alayna, die Decke ist weggerutscht.

»Ah, fick dich, Alayna.« Damit trete ich auf dich zu und ficke dich noch mal.

* * *

Zwanzig Minuten später erfolgt der nächste Versuch, mich anzuziehen. Du lässt mich gnädigerweise gewähren. Ich schließe gerade meine Jeans, während du außer Atem und mit diesem Funkeln in deinen Augen auf der Seite liegst, die Decke zwischen deine Beine geklemmt, und mich beobachtest.

»Wann sehen wir uns wieder?«, fragst du. Ich muss dir irgendwie erklären, dass das heute außerhalb der Uni nicht passieren wird, weil ich für den *Boss* arbeiten muss. Aber das wirst du nicht erfahren. Ich halte dich nach wie vor aus dieser Scheiße raus.

»Ich hab heute Abend was zu tun, Baby. Wahrscheinlich später in der Uni und dann erst wieder morgen.«

Ich setze mich noch mal neben dich und streiche dir ein paar Strähnen aus dem Gesicht. Ich hasse es, wie du aussiehst, wenn du enttäuscht bist, obwohl du versuchst, es vor mir zu verstecken. Du drehst dein Gesicht und küsst meine Handfläche.

»Das macht nichts, ich bin sowieso von Loredana dazu verdonnert worden, mit ihr auf diese schreckliche R'n'B-Party am Campus von dieser Studentenverbindung zu gehen.«

Ich ziehe eine Augenbraue hoch und werde ganz steif. »Eine Studentenparty, Alayna?«

»Jaaa … mit vielen, betrunkenen Footballern, Carter.« Du grinst mich an. Fuck, willst du mich reizen, Baby?

Mit einem Ruck greife ich nach deinem Handgelenk. Deine Augen funkeln, als ich dich nahe an mich reiße. »Betrunkene Footballer, Alayna? Darauf stehst du?«, frage ich drohend leise. Du neigst mir dein Gesicht entgegen und ich spüre deine Lippen an meinen, als du wisperst: »Carter, ich bin jetzt deine Freundin. Ich gehöre dir. Ich scheiß auf betrunkene Footballer und auf irgendwelche Machos. Komm doch einfach mit.«

Ich atme tief durch und lockere meinen Griff. Gut gerettet, Baby. Ich mag es, zu hören, dass du mir gehörst. »Ich kann nicht. Wir sehen uns morgen. Ach, und Alayna?«

»Ja?«, fragst du grinsend, als ich aufstehe, und du mit deinen Beinen durch die Luft tänzelst, das Kinn auf deine Handballen gestützt. Du bist so frech.

»Solltest du auch nur einen dieser Typen angucken, würde ich das rausfinden. Verstanden?«

»Yes, Sir!«, sagst du aufreizend. Ich hab schon wieder den Ständer meines Lebens, als ich regelrecht aus deinem Zimmer flüchte.

Fuck, Baby, du fickst mich auf so viele Arten.

»Byeeeee!«, rufst du mir total fröhlich hinterher. Ich antworte nicht, aber ich muss ein bisschen grinsen, als ich euer Haus verlasse.

* * *

Scheiße, Alayna. So fühlt sich das also an. Genau deswegen wollte ich mich nie auf dich einlassen, weil ich wusste, dass es so verdammt tief gehen würde. Weil ich wusste, dass du mich einfangen, an dich binden und nie wieder loslassen würdest. Ich habe dich nach Hause gebracht, dir einen Abschiedskuss gegeben und deinen Arsch noch mal gepackt. Jetzt fahre ich heim. Der Wind streicht mir um die Wangen. Ich weiß, dass wir gefickt sind. Du genauso wie ich. Denn diese Intensität meiner Gefühle ist nicht gut. Ich bin explosiv, und wenn du was machst, was mir nicht passt, wirst du die ganze Bandbreite meiner Wut abbekommen. So weiß und rein, wie du denkst, bin ich nicht, nur weil ich achtundvierzig Stunden der perfekte Gentleman war. Das ist nur der Anfang vom Ende, Alayna. Ich versuche, ihn schön zu gestalten und das Ende so weit wie möglich hinauszuschieben, aber dass es kommen wird, ist klar. Dass du irgendwann gegen die harte Mauer prallen wirst, die ich in mir errichtet habe, genauso. Dass du irgendwann unter der Last, die ich mit dir teilen werde, weil ich sie allein nicht tragen kann, zusammenbrechen wirst, und dass ich dich in tausend Einzelteile zerfetzen werde, ist unausweichlich. Ich bin kein guter Junge. Ich bin das Monster in der Geschichte. Auch, wenn es auf den ersten Blick anders erscheint.

Ich parke vor unserem Haus. Die Sonne strahlt heute richtig hell vom Himmel und im Vorgarten sammelt sich Laub, das niemand wegräumen wird, weil es jeder auf den anderen schiebt – Mom auf Dad, Dad auf Caden, Caden auf mich, ich auf Ava –, bis es dann wieder an Mom hängen bleibt, die es nicht macht, weil sie keinen Bock hat.

Ich steige aus. Das Küchenfenster steht offen und ich höre schon alle Stimmen wild durcheinanderreden, angefangen bei Ava, die mit Dad streitet, weil sie einen

Lippenstift zur Schule tragen will, bis hin zu Mom, die total genervt von jedem ist. Sie erinnert mich manchmal an den Überdad. Mehr, als mein Vater es tut.

Ich bin eine Mischung aus angespannt wegen Caden und total entspannt und immer noch angeturnt wegen dir. Dieser Zustand wird sich wahrscheinlich nie ändern. Fuck, Baby, weißt du eigentlich, wie heiß du bist?

Ich betrete das Haus und knalle die Tür demonstrativ laut zu, weil das mein Ding ist und jeder wissen soll, dass ich da bin. Dann ziehe ich die Schuhe aus, weil Mom sie mir sonst um die Ohren haut, und gehe in die Küche. Der Tisch ist gedeckt. Dad hält gerade seine Kaffeetasse in der Hand und funkelt Ava über den Rand hinweg böse an. Meine Schwester hat die Arme vor der Brust verschränkt und zieht ihren besten Schmollmund. Sie hat ihren Toast nicht angerührt. Mom fuchtelt am Kaffeeautomaten rum, sie hat eine Gabel in den Bohnenbehälter gesteckt und rührt aggressiv darin rum, wahrscheinlich, weil wieder was feststeckt. Dabei flucht sie wie ein Bauarbeiter.

Ich lasse meinen Nacken knacken, bevor ich zu Caden schaue, der meinen Blick erwidert. Er sitzt am Tisch, frisch geduscht, angezogen, und zerkrümelt seinen Toast zwischen Zeige- und Mittelfinger.

»Guten Morgen, Bro«, sagt er lauernd und ich trete näher.

»Oh schön, bist du auch mal da!« Das kommt von Dad, der endlich aufgehört hat, Ava mit Blicken zu töten. »Denkst du eigentlich, dass das hier ein Scheißhotel ist, Carter? Mal haust du eine Nacht ab, dann fünfundvierzig Nächte? Oder wie läuft das?«

Ich stöhne genervt und lasse mich auf meinen Platz fallen. Mom hat endlich den Kaffeeautomaten in Gang gesetzt und Ava rümpft die Nase, weil sie neben mir sitzt.

»Du stinkst nach Sex und Alkohol, Carter. Du bist so eklig.«

Ich hebe eine Augenbraue und werfe ihr einen Seitenblick. »So, Ava? Woher weißt du denn, wie man nach dem Sex riecht?«

Sie wird ganz rot und panisch. Dad funkelt sie wieder an. »Ach, halt die Klappe, Carter!«

»Willst du uns vielleicht irgendwas sagen?«, hakt Dad dann an mich gewandt nach. Mom kommt zurück und knallt mir einen Kaffee hin.

»Ich will es gar nicht wissen«, sagt sie angewidert und setzt sich zu Dad.

»Also, mich würde es schon interessieren«, meint Caden und schaut mich wieder an. »Wo warst du denn, Bro? Die ganze Nacht? Schon wieder? Die muss ja wirklich *was Besonderes* sein.«

Ich trinke einen Schluck Kaffee und greife nach einem Bagel. »Ich war in einer Bar und hab jemanden abgeschleppt, war aber zu betrunken, um nach Hause zu fahren, also hab ich im Auto gepennt.«

»Du hast im Auto geschlafen?«, fragt Mom verständnislos. »Warum hast du denn nicht deinen Vater angerufen, du Idiot, oder deinen Bruder?« Alayna, ich stelle mir kurz dieses Szenario vor, wie Caden mich bei dir mitten in der Nacht abholt. Mir wird schlecht.

»Ich war einfach total hinüber, Mom. Ich wollte nur pennen.«

Caden lässt nicht locker. Natürlich nicht. »Und? Wie war sie denn, Bro?«

»Oh, könnt ihr das bitte wann anders besprechen? Ich würde meinen Mageninhalt gern bei mir behalten«, meint Mom total angeekelt.

Dad stöhnt gequält. »Womit hab ich das verdient, Emilia?«

Sie wirft ihm einen wissenden Seitenblick zu. »Das weißt du ganz genau, Mason. Frag doch mal *deinen* Vater.«

Ich beiße in meinen Bagel und kaue äußert ausgiebig und langsam. Dabei versuche ich, Cadens Blick auszuweichen, weil er in mir lesen kann wie in einem Fuckingbuch.

»Also, wie war sie denn jetzt, Bro? Mach es doch nicht so spannend! Seit wann geizt du so mit deinen Informationen?«

Ich seufze genervt. »Höchstens eine Sechs, Bro.«

Er stützt die Ellbogen auf den Tisch, faltet seine Hände und bettet sein Kinn darauf. Sein Blick ist so durchdringend. Ich rühre in meinem Kaffee. Er ist total im Psychoanalysefutzi-Modus. »Welche Haarfarbe hatte sie denn?«

»Blond!«, schieße ich direkt los.

»Augenfarbe?«

»Blau!«

»Seit wann achtest du auf die Augenfarbe, Bro?«

Ich atme tief durch. »Mein Gott, sie war halt so heftig geschminkt, dass es mir ins Auge gestochen ist.«

»Und wo wohnt sie?«

»Wir waren im Auto.«

»Echt? Du hast doch gesagt, du hast sie abgeschleppt und dann im Auto geschlafen.«

»Ich habe sie ins Auto abgeschleppt, Bro!« Langsam werde ich aggressiv.

»Oh, oh, oh, okay! Wir gehen jetzt. Ava, zieh dich an!« Mom steht auf und Dad sieht total angewidert und genervt in einem aus. Ava kann gar nicht schnell genug davonrennen. Es fällt ihr so schwer, die Klappe zu halten, aber sie weiß, dass sie bei Caden aufpassen muss. Als alle sich im Haus verteilen, um sich für den Tag fertig zu machen, will ich am liebsten einfach in meine Garage, duschen, schlafen, dich anrufen, Camsex mit dir haben, irgendwas. Aber ich will nicht hier sitzen und von ihm angestarrt werden. Alayna, du weißt, wie das ist. Er ist wirklich ein verfickter Dämon, direkt aus der Hölle gekrochen, um mich zu quälen. Scheiße, Alayna.

»Kann ich jetzt duschen, damit wir auch loskönnen, oder hast du noch ein paar Fragen, Freud?«

»Natürlich, geh nur duschen«, sagt er lässig. »Ich halte dich nicht auf, was auch immer du tust, Carter.«

Ich stopfe mir den Rest des Bagels in den Mund und schiebe energisch meinen Stuhl zurück, bevor ich beinahe vor ihm flüchte.

Gott, ich hasse es, wenn er so ist.

28. So hart, Carter

Carter

Caden trommelt auf das Lenkrad, während wir zur Uni fahren. Ich will da eigentlich echt nicht mehr hin, Alayna, ich mache es nur wegen dir. Erstens will ich dich sehen und zweitens will ich nicht, dass du Caden schutzlos ausgeliefert bist. Nicht, dass ich viel tun könnte, wenn er sich wirklich dazu entscheidet, dich zurückzuholen. Ich hasse es, Alayna.

Er redet nicht mit mir, aber seine Vibes sprechen für sich. Er ahnt was und ich bin mir nicht sicher, ob er nicht schon längst alles weiß. Bei Caden weiß man nie.

Natürlich musst du uns, sobald wir das Unigelände betreten, auch noch über den Weg laufen, Alayna. Scheiße, du siehst genauso fertig aus wie ich. Ich glaube nicht, dass ihm das entgeht. Du trägst Strumpfhosen, flache Stiefel und einen dunkelgrauen, weiten Oversize-Pullover. Deine Haare hast du weit auf dem Kopf zusammengebunden. Du bist nicht geschminkt und blass. Deine Lippen sind immer noch so gerötet, genau wie deine Augen, weil du so scheißmüde bist. Alayna, ich weiß, dass du normalerweise nach so einer Nacht geschwänzt hättest, aber du willst mich wohl auch sehen. Ich muss daran zurückdenken, was wir gestern in dem leeren Hörsaal gemacht haben, und das ist gar nicht gut, Alayna.

Als du an uns vorbeigehst, trifft mich dein Duft, und ich muss mich dazu zwingen, nicht tief einzuatmen.

»Ach!«, ruft Caden. »Alayna! So eine große Uni und du bist immer dort, wo wir sind. Ist das nicht ein Zufall, Alayna?«

Du fährst zu uns herum. Dein langer Zopf steift meinen Oberarm. Du hast deine Laptoptasche geschultert und presst dir ein dickes Buch an die Brust.

Als du uns siehst, stöhnst du genervt, aber deine Augen bleiben eine Sekunde zu lang an mir hängen, bevor du ihn wieder ansiehst. »Nimm dich mal nicht zu wichtig, Caden!« Oh Alayna, das ist nicht gut. Du sollst ihn doch nicht reizen. Und wieso ist da so eine Enttäuschung in deiner Stimme? Ich schiebe den Gedanken beiseite.

»Oh Alayna, noch vor sechs Wochen war ich dein Lebensmittelpunkt. Es reicht ein Fingerschnippen, dann ist es wieder so, Babygirl.« Caden macht einen Schritt auf dich zu. »Soll ich es dir beweisen?« Ich hoffe, dass du jetzt nicht Hilfe suchend zu mir sehen wirst, weil ich dich sonst töten muss, bevor er es tut.

Er testet uns, Baby. Unentwegt.

»Dann schnipp doch mal, Caden!«, sagst du herausfordernd und machst ebenfalls einen Schritt auf ihn zu. *Oh Scheiße, Alayna, halt doch einfach die Klappe,* würde ich am liebsten sagen, aber ich schweige und spanne mich an.

Er legt amüsiert lächelnd den Zeigefinger an dein Kinn, dann streicht er es nach, fährt über deine Kehle. Ich beiße hart die Zähne aufeinander. Meine Augen verengen sich. Ich will nicht, dass er dich anfasst. Ich hasse es.

Und du?

Du starrst total tapfer in seine Augen, während er in deine starrt. Aber ich sehe ganz genau, wie angespannt dein Kiefer ist, wie fest du die Zähne zusammenbeißt und versuchst, nicht zu schlucken, als er näher kommt. Näher, als gesund für jemanden von uns ist. So nahe, dass du ihn sicher riechen kannst. Was macht das mit dir?

»Alayna, du solltest dir nur Gegner aussuchen, denen du auch gewachsen bist. Jetzt geh«, meint er total sanft und deine Wangen werden ein bisschen rot. Das anzuschauen ist total intensiv. Zu intensiv! Ich will brüllen! Er lässt von dir ab und nickt mit dem Kinn in Richtung Uni. »Geh, solange du noch kannst.«

Du atmest laut aus, funkelst ihn an und zischst voller Innbrunst: »Du hast es wirklich geschafft, Caden Rush, dass ich dich hasse! Herzlichen Glückwunsch.« Damit fährst du herum und marschierst davon.

Ohhhh … Alayna. Du bist manchmal so dumm. Aber ich kann auch nichts dagegen tun, dass ich ein bisschen stolz auf dich bin und ein bisschen beeindruckt.

»Schlampe«, murmelt Caden neben mir und ich zwinge mich, mich zu entspannen.

»Scheiß doch einfach auf sie.«

»Mmmm«, macht er geistesabwesend, als wir weitergehen. »Das ist nicht mein Stil, Bro, das weißt du doch. Ich glaube, sie braucht mal wieder dringend eine Lektion.«

Ich vergrabe die Hände in meinen Hosentaschen, damit ich die Kontrolle über sie behalten kann. »Also mich langweilt sie«, sage ich schulterzuckend. »Es wird nach all den Monaten mal wieder Zeit für was Frisches, Caden. Was Unverbrauchtes.«

»Jaaa ...« Er wiegt den Kopf hin und her. »Man sollte nichts Neues anfangen, wenn das Alte noch nicht abgeschlossen ist, Carter. Das ist nicht gut. Und ich glaube, wir können noch so viel Spaß mit ihr haben! Siehst du denn nicht das Potenzial?«

Ich hebe meine Brauen, als würde mich das alles kalt lassen. »Ich sehe nur eine dumme Bitch, Caden, die unsere Aufmerksamkeit nicht verdient hat. Und das langweilt mich.«

Er runzelt seine Stirn und begutachtet mein Profil. Wir müssen nicht nach vorn schauen, die Leute machen uns eh Platz, darauf verlassen wir uns. Es ist unsere Aura, das weiß ich. Und dazu noch die Geschichten, die man so über uns hört und alle wahr sind.

»Dafür, dass du so versessen auf sie und ihren Arsch warst, bist du jetzt ganz schön schnell gelangweilt«, bemerkt er.

»Ahh … ich will über sie eigentlich gar nicht mehr reden. Vergessen wir sie doch einfach.«

Er nickt zustimmend. »Aber erst muss ich noch ein paar Tests machen!«

Halleluja, Alayna, wir sitzen tief in der Scheiße.

* * *

Alayna

Ich hasse Studentenverbindungen und die Partys, die hier geschmissen werden. Loredana ist nicht unbedingt eine Freundin von mir, aber sie hat mir bei der letzten Klausur geholfen. Im Gegenzug habe ich ihr versprochen, mit ihr auf diese Party zu gehen. Sie hat nicht viele Freunde, genauso wie ich, und hat eine Begleitung gebraucht, denn der Typ, auf den sie so steht, ist heute auch hier.

Also habe ich mir schöne, enge Jeans und einen eng anliegenden Body angezogen, meine Haare zu Locken frisiert, mich ein wenig geschminkt und sie begleitet. Aber ich wäre jetzt viel lieber bei dir, Carter. In deinen starken Armen, vernebelt von deinem Geruch und mit deiner sexy Stimme in meinem Ohr, die mir Schweinereien zuflüstert oder mir sagt, wie sehr du meinen Arsch liebst.

Stattdessen sitze ich hier zwischen diesen Schwachmaten, halte einen Plastikbecher Bier in der Hand und sehe Loredana bei ihren verzweifelten Versuchen zu, sich Clay anzunähern. Clay. Wer heißt überhaupt so?

Es ist zwar erst elf am Abend, aber die meisten sind schon total hinüber, weil man das nicht anders ertragen kann. Aus den Boxen hallen alte R'n'B-Songs und blaue sowie rote Schweinwerfer tanzen über die Menge, während ich an der Bar sitze und die anderen beobachte. Eigentlich bin ich gern auf Partys, aber im Moment will ich wirklich nur mit dir in einem Bett liegen, damit wir uns gegenseitig das Hirn aus dem Kopf vögeln, bis wir nicht mehr wissen, wie wir heißen. Ich will alles nachholen, die ganze Zeit, die wir nicht hatten, weil du nie du warst. Aber heute bist du weg, statt mit mir hier zu sein, zwischen meinen Beinen zu stehen und mich zu befummeln, während ich auf dem Hocker sitze. Wo bist du überhaupt? Du hast dich sehr bedeckt gehalten und das tust du sonst nicht bei mir. Nicht mehr zumindest. Wir sind beide total offen und ehrlich zueinander, was nach all den Spielen irgendwie ungewohnt ist, sich aber absolut natürlich anfühlt. Nach all den Spielen, die ihr gespielt habt. Ich muss wieder an Caden denken. Wie sehr er mir wehgetan hat. Wie sehr ich im Krankenhaus nach dieser Trennung auseinandergebrochen bin. Wie sehr ich ihn geliebt habe und es tief in mir noch tue, denn so leicht vergisst man nicht. Aber du bist wie das Licht, auch wenn du dich selbst für dunkel hältst, und holst mich da raus. Dafür liebe ich dich. Und ich liebe dich für dich.

Ich trinke einen großen Schluck aus dem roten Becher und sehe Loredana dabei zu, wie sie sich immer näher an Clay rantanzt, der so besoffen ist, dass er gar nichts mehr checkt.

»Heeyyyy Babyyyy!«, grölt mir ein Neandertaler entgegen. »Willsu tansen?«

»Verpiss dich!«, fahre ich ihn an. »Bevor ich dir in die Eier trete!«

»Whoooooww!« Er hebt die Hände. »Dann halt nich, du Sicke!« Damit macht er sich an die Nächste ran. Das ist ja so traurig.

Ich bestelle mir noch ein Bier, obwohl ich Bier hasse. Als ich es in die Hand gedrückt bekomme und mich umdrehe, stehst du auf einmal vor mir, Carter.

Ich erstarre für ein paar Sekunden – genau wie mein Herz.

Du siehst so gut aus. Deine schwarzen Haare sind wie immer chaotisch. Du trägst ein bordeauxrotes, langärmliges Oberteil, das sich eng um deine muskulöse Brust schmiegt, schwarze Jeans und dazu deine Boots. Fuck, wie kann man nur so schön sein? Du grinst mich frech an und zwinkerst, als ich dich von oben bis unten ansehe, während die Dunkelheit sich um dich legt und blaue und rote Lichtstrahlen über deine reine Haut tanzen. Ich entspannte mich fast augenblicklich, denn einen kurzen Moment hatte ich Angst, dass dein Bruder vor mir steht, aber du hast ja unser geheimes Zeichen gemacht, also strahle ich dich breit an.

Gott, ich liebe es, dich anzusehen.

»Siehst du was, was dir gefällt, Baby?«, fragst du heiser und machst die zwei Schritte auf mich zu, direkt zwischen meine Beine, wie ich es mir eben noch gewünscht habe. Du riechst so gut. So vertraut. Ich liebe es. Ein riesengroßer Schwarm an Schmetterlingen explodiert in meinem Magen, als deine großen Hände sich auf meine Oberschenkel legen und darüber fahren, bevor sie diese fest packen. Fast stöhne ich, allein von dieser kleinen Berührung.

»Was machst du hier?«, frage ich verwirrt. »Du hast doch heute Morgen gesagt, dass du noch was vorhast und wir uns erst morgen wieder sehen?«

»Ich war ein bisschen früher fertig, Baby. Und ich kam überhaupt nicht darauf klar, dass du hier zwischen diesen Prolls wie Freiwild herumspazierst. Ich mag das nicht, Alayna.«

»Und da dachtest du, du kommst mal eben vorbei und steckst dein Revier ab?«

»Japp.« Du gräbst deine Hand in mein Haar, ziehst meinen Kopf zurück und küsst mich tief und so heiß, dass ich erschauere. Fuck, ich stehe so sehr auf dich, ich glaube nicht, dass das noch normal ist oder es je wieder aufhören wird.

Deine Zunge wildert in meinem Mund. Ich stöhne an deinen Lippen und presse mich an dich, den Rücken durchgedrückt, meine Hände auf deinen muskulösen Oberarmen, in die ich durch den dünnen Stoff deines Oberteils meine Fingernägel kralle.

»Gott«, keuche ich an deinem perfekten Mund. »Ich kann die ganze Zeit an nichts anderes denken, als daran, wie du mich letzte Nacht gevögelt hast.«

Du gibst ein genüssliches »Mhmmm« von dir. Deine Lippen gleiten an mein Ohr, bevor du in mein Ohrläppchen beißt und raunst: »Ich auch, Baby.«

Dein Griff in meinem Haar lockert sich ein bisschen und du nimmst mir den Becher aus der Hand, bevor du ihn, wie ich mit großen Augen beobachte, ohne abzusetzen, leer trinkst und ihn über den Tresen schiebst. Dann orderst du uns zwei neue und lehnst dich locker mit einem Ellbogen neben mich an die Bar, ehe du mich mit dem Hocker in deine Richtung drehst, damit ich nur dich ansehe. Ich liebe es, Carter. Du bist so besitzergreifend und ich liebe es, dir zu gehören.

»Und? Hast du erledigt, was du erledigen musstest?«, frage ich unauffällig und greife nach dem neuen Becher.

Du legst den Kopf schief und zündest dir eine Zigarette an. Der Rauch zieht nach oben und verdeckt mir kurz die Sicht in deine Augen, über die wieder ein roter Scheinwerfer zuckt. »Japp.«

»Seit wann bist du so mysteriös?«, platze ich heraus. »Ich will jetzt wissen, wo du warst!«

Du grinst mich schelmisch an. »Ich hab wilde Drogendeals getätigt, Typen auf die Fresse gehauen und mir mit der Polizei ein heißes Verfolgungsmanöver geliefert! Fast wäre ich gestorben, es war so knapp.«

Ich haue dir gegen die Schulter. »Carter, jetzt verarsch mich nicht!«

»Ach, ich werde heute noch ganz andere Dinge mit dir machen, als dich zu verarschen, Alayna!« Irgendwie wird mir bei diesen Worten ein bisschen mulmig im Magen, aber ich schiebe das Gefühl beiseite.

»Hey, ich hab dich dreimal angerufen und dein Handy war aus. Ich bin jetzt deine Freundin, das geht so nicht«, empöre ich mich weiter. »Ich bin echt keine Klette, Carter, aber ich …«

Deine Hand fährt wieder seitlich in mein Haar und eine Gänsehaut rieselt über meine Arme. »Baby, solange ich bei keiner anderen Frau bin, ist doch alles okay, oder?«

Ich verziehe das Gesicht, seufze aber resigniert. Du hast ja recht, ich muss nicht alles wissen, aber ich bin so neugierig! Na ja, vielleicht brauchen wir noch ein bisschen Zeit, bis du mir komplett vertraust. Es ist alles noch so frisch.

»Okay«, seufze ich und mustere dich prüfend. »Was ist eigentlich mit Caden? Hat er heute Morgen irgendwas gemerkt? Oder in der Uni? Wo ist er überhaupt gerade? Findet er es nicht komisch, dass du die ganze Zeit ohne ihn weg bist? Normalerweise gibt es euch doch nur im Doppelpack. Und hat er was gesagt wegen mir?«

»Ach«, erwiderst du und trinkst von deinem Bier. »Er hat ganz sicher was gemerkt, Baby. Er ist so ein penetranter, kleiner Scheißer. Aber mach dir erst mal keine Sorgen wegen ihm. Heute Abend ist er abgelenkt. Und nein, er hat nichts wegen dir gesagt.« Du nimmst deine Hand aus meinem Haar und ziehst an der Kippe. Zum Ende hin wurde deine Stimme härter. Du magst es nicht, dass ich überhaupt noch an ihn denke, und ich verstehe es. Ich versuche ja, es nicht zu tun, aber manchmal ist das gar nicht so leicht. Er ist mir einfach viel zu sehr unter die Haut gegangen, als gut für mich war. »Aber Alayna, ich muss dir sagen, dass du wirklich ein bisschen vorsichtiger sein solltest vor ihm. Reiz ihn nicht so.«

Ich hebe die Schultern. »Ich kann nicht anders.« Dann trinke ich noch was. »Er treibt mich zur Weißglut mit seiner Art. Ich hasse ihn und ich hatte keine Ahnung davon, dass er so arrogant sein kann. Ein richtiges Arschloch. Er ist ein Bastard und ein Betrüger und nicht der Mann, den ich so sehr … fuck, sorry. Ich glaube nicht, dass dies das richtige Thema für uns beide ist, oder?«

Du siehst auch wirklich alles andere als amüsiert aus. Carter, du bist kurz davor, deinen Nacken knacken zu lassen, und ich muss dich beschwichtigen, also rutsche ich näher an dich heran. »Heeey!«, sage ich und neige mich dir entgegen. »Ich liebe dich. Okay, ich habe ihn noch nicht ganz überwunden, aber … ich war zu dumm, um in meiner naiven Blindheit zu merken, wie viel du mir bedeutest, und habe dich mir die ganze Zeit ausgeredet. Ich fühle mich jetzt mit dir so gut und frei, wie ich es noch nie getan habe. Reden wir also einfach nicht darüber, okay?«

Du seufzt, machst deine Zigarette aus und drängst dich wieder zwischen meine Beine. »Ich liebe dich auch, Baby«, sagst du so sanft. Mein Herz bleibt kurz stehen, weil du es mir das erste Mal sagst. Ich glaube, mich verhört zu haben, und reiße die Augen auf.

»Was?«

Du lächelst mich leicht an. »Du hast schon richtig verstanden, Baby.«

Ich atme keuchend aus, greife in dein Haar und ziehe dich zu mir heran, weil ich dich sofort schmecken und spüren muss, oder ich sterbe. Du lässt es geschehen, dass ich mich dir entgegendränge und deine Lippen mit einem total hektischen, emotionalen, leidenschaftlichen Kuss überfalle, weil meine Gefühle übersprudeln und ich mich nicht mehr beherrschen kann.

Du stöhnst an meinem Mund und ich kralle mich an dir fest, als würde mein Leben davon abhängen.

Gott, Carter, egal was passiert ist oder noch passiert. Dieser Moment hier ist alles.

Du liebst mich.

Und ich liebe es.

* * *

Zwei Stunden später habe ich Loredana verloren, aber das ist mir egal. Als wir aus dem Taxi steigen, stolpere ich total betrunken kichernd neben dir her. Ich habe keine Scheißahnung, warum du nicht mit dem Auto da bist, denn sonst fährst du immer Auto, egal in welchem Zustand. Aber es ist mir auch egal. Ich lasse mich von dir zu deiner Garage lotsen, während ich dämlich lache und schwanke. Eigentlich trägst du mich halb.

»Oh Baby, das letzte Bier war wohl eins zu viel, oder?«, fragst du amüsiert.

Ich kichere. »Wiesoooo hast du mich nicht abgehalten, Mr. Kontrollfreak?«

Du zuckst mit den Schultern, während du das Tor aufschließt. »Noch nicht gemerkt? Ich bin der, der immer nachschenkt, Alayna. Und ich liebe es, dich zu ficken, wenn du betrunken bist, Baby.«

Damit reißt du das Tor nach oben. Du machst kein Licht an und führst mich durch die Dunkelheit in deine Garage, in der es wie immer nach Gras und deinem Duft riecht. Ich glaube, dass ich diesen Geruch immer mit zu Hause verbinden werde.

Während du dich total lässig bewegst, stoße ich mir schon nach ein paar Schritten die Schienbeine an. »Opppsssssiiii!«, rufe ich lachend und du seufzt, bevor du mich einfach über deine Schulter wirfst und deine Hand fest auf meinem Arsch liegt.

»Uhhhhh!«, mache ich und krabbele mit den Fingerspitzen von hinten unter den Saum deines Shirts, was ich langsam hochziehe. »Du bist sooooo heiß, Carter!«, lasse ich dich wissen. Du haust mir fest auf den Arsch, während du mich nach oben trägst.

»Finger weg, Alayna.«

Ich kichere dämlich und ziehe meine Hände zurück. »Carter, hör auf! Mein Hintern tut noch von gestern weh!«, jammere ich und du gibst ein knirschendes Geräusch von dir.

»Ach ja? Gleich wird dir noch viel mehr wehtun!« Du klingst ein bisschen angespannt.

Wir betreten das Schlafzimmer und die roten Lichter der Neonschrift WHY DON'T WE FUCK RIGHT NOW? leuchten auf das Bett.

»Aber wir wissen ja, du stehst auf Schmerz.« Damit wirfst du mich auf die weiche Matratze. Mir wird ein bisschen übel, weil irgendwas komisch ist.

Ich streiche mir das Haar aus dem Gesicht und die roten Lichter werfen gruselige Schatten auf deine Gestalt, während du langsam deinen Gürtel öffnest und aus den Schlaufen ziehst. Deine Augen sind steinhart auf mich gerichtet.

»Zieh dich aus, Alayna«, sagst du rau und ich schlucke.

»Alles okay, Baby?«, frage ich vorsichtig, weil du mir so wütend vorkommst. Ich verstehe nicht, wann das passiert ist.

»Ich muss dich jetzt ficken, Alayna. Also laber nicht und zieh die Scheiße aus.« Okay. Ich glaube, ich bin einfach mal wieder verrückt und total betrunken, aber wie!

Deshalb zucke ich mit den Schultern und ziehe mich aus. Die Hose. Den Body. Den BH. Und den Slip. Dabei wackle ich total auf dem Bett rum und falle fast runter.

Ich lache mir dabei den Arsch ab. Doch du stehst nur da und wartest, an die Wand gelehnt mit verschränkten Armen, den Gürtel bereits um eine Faust gewickelt, wie ein böses Omen.

»Dreh dich um«, sagst du und ich frage mich, ob du die eine Nacht imitierst, in der du genau das Gleiche mit mir gemacht hast.

Ich folge, gehe auf alle viere und strecke dir provokant meinen Arsch entgegen, wie heute Morgen. Er ist übrigens immer noch rot und tut weh von gestern Nacht.

Du holst aus und schlägst so fest mit dem Gürtel zu, dass ich aufschreie und nach vorn rucke.

»Scheiße!«, zische ich, während Tränen in meine Augen schießen. »Carter, das ist zu kra…« Im nächsten Moment hast du noch einmal zugeschlagen und sagst: »Klappe halten!«

Du atmest schneller, Carter, und lässt deinen Nacken knacken. Es sieht so aus, als müsstest du dich mit aller Macht beherrschen. Ist es, weil ich eben über Caden geredet habe? Hat dich das so sauer gemacht? Was ist los? Irgendwie würde ich jetzt gern weglaufen, aber ich rufe mir in Erinnerung, dass das du bist und dass mir mit dir nichts passiert, obwohl mein Hintern wirklich noch nie so hart rangenommen wurde.

»Was ist los, Carter, bist du sauer?«, frage ich verwirrt.

»Nur ein bisschen heiß, Baby, und jetzt halt dich am Bettgestell fest.«

Ich tue, was du sagst, und du schlingst, wie damals, den Gürtel um meine Handgelenke, sodass sie fest zusammengepresst sind und ein bisschen wehtun, bevor du ihn am Bettrahmen befestigst, sodass ich meine Arme nicht rühren kann.

Dann höre ich, wie du deine Hose ausziehst und auf das Bett steigst. Kurze Zeit später spüre ich dich an meinem Eingang.

»Halt dich fest, Alayna, das wird hart«, warnst du mich, dann bist du in mir. Fuck, ich bin jetzt schon so feucht und bereit, weil ich auf diese kranke Scheiße stehe, die du mit mir machst. Ich schreie auf, voller Genuss, und recke mich dir weiter entgegen, aber wider all meiner Erwartungen, drückst du mein Becken nicht zurück, sondern packst mich an den Seiten und ziehst mich langsam noch enger an dich. Deine Finger bohren sich fest in mein Fleisch.

Langsam gleitest du aus mir und es ist, als wäre das nur die sanfte Einführung gewesen, denn jetzt scheint es kein Halten mehr für dich zu geben, und du … fickst mich. Ich glaube, alles, was du vorher gemacht hast, war normaler Sex. Das hier ist härter, gröber und rücksichtsloser als alles, was ich von dir kenne.

Du bist schnell, hart und unnachgiebig. Ich bin noch wund von gestern und du reibst immer wieder an den Stellen, wenn du tiefer als je zuvor in mich stößt.

»Fuck!«, zische ich und beiße mir auf die Unterlippe, als deine Beckenknochen gegen meinen Arsch prallen. Immer wieder.

Ich höre keinen Ton von dir. Es ist ungewohnt still, obwohl wir gerade Sex haben. Ich schlucke, stöhne und keuche, weil du immer wieder auf diesen Punkt in mir triffst, der mich an den Rand des Wahnsinns treibt. Gleichzeitig tust du mir weh. Und dann tut es wieder unsagbar gut. Ich bin durcheinander und bohre meine Fingernägel in die Handflächen.

Jedes Mal, wenn ich nach vorn rucke, stoße ich keuchend den Atem aus, doch du ziehst mich immer wieder zurück, obwohl meine Knie so wacklig sind, meine Muskeln zittern und ich mich kaum mehr halten kann.

Immer, wenn sich ein kleiner Orgasmus in mir anbahnt, erstickst du ihn wieder, indem du über eine besonders wunde Stelle reibst, die noch wunder wird und mich zischen lässt. Deine Finger sind unnachgiebig. Du bist das. Es ist kein Ende in Sicht, denn du hörst einfach nicht auf. Ich komme nicht und du kommst nicht … bis zu einem Punkt, der sich wie vier Stunden später anfühlt, und ich wimmernd mein Gesicht gegen meinen Arm drücke. Du beugst dich über mich, streichst mein Haar zur Seite und knurrst in mein Ohr: »Ist es wirklich das, was du willst, Alayna?«

Ich schüttle den Kopf.

Dir entkommt ein heiseres Stöhnen – und ich liebe es. Es ist das einzige Geräusch, das du mir heute schenkst. Du hältst dich in mich gepresst, deine Finger bohren sich in mein Fleisch und ich spüre, wie du in mir kommst, den Kopf nach hinten geworfen. So sexy.

Oh mein Gott!

Mit einem Ruck ziehst du dich aus mir raus und mein Körper sackt nach unten, obwohl meine Handgelenke immer noch angebunden sind. Ich keuche und atme schwer, bin verschwitzt und zwischen meinen Beinen pocht es schmerzvoll, weil das vielleicht doch zu viel Sex in letzter Zeit mit dir war und ich total wund bin, aber so was von.

Leicht drehe ich den Kopf und sehe dich an, wie du verschwitzt und nur in Boxershorts durch die Dunkelheit gleitest, beleuchtet von den roten Neonlichtern. Du beobachtest mich.

»Carter?«, frage ich vorsichtig, weil dein Blick so … so tief geht und anders ist.

»Ich hole Wasser«, sagst du rau.

»Mach mich los!«, beschwere ich mich total erschöpft und du lächelst mich leicht von oben herab an.

»Später.«

Dann gehst du einfach.

Was zum Teufel?

29. Nur eine Bewegung, Caden

Carter

Alayna, als ich nach Hause komme, stimmen zwei Sachen nicht.

Erstens ist mein Garagentor halb geöffnet und zweitens bist du die ganze Scheißnacht nicht an dein Handy gegangen. Du hast nicht auf meine Nachrichten geantwortet, doch ich konnte da nicht weg, weil man bei so einem Deal nicht einfach mal weggehen kann.

Und noch was stimmt nicht. Es ist vier Uhr am Morgen, in der Küche brennt Licht und ich habe ein Scheißgefühl, als ich quer vor der Garage parke und erst mal ins Haus gehe, weil ich wissen muss, wer wach ist. Ich bete, dass nur meine Mom Durst gekriegt hat oder Ava nicht schlafen konnte, weil sie Fressgelüste hatte.

Aber mein Gefühl trügt mich selten.

Mein Bruder sitzt in der Küche.

Sofort bin ich am ganzen Körper angespannt und balle meine Hände zu Fäusten, die immer noch wehtun, weil ich eben einem Typen, der nicht zahlen wollte, auf die Fresse gegeben habe. Caden trägt lediglich Boxershorts, die Haare verstrubbelt, trinkt eine Dose Coke und hat die Füße auf den Esstisch gestreckt. Ich sehe sofort, dass er Sex hatte, und mein Blick schießt zur Tür, die in die Garage führt.

»Was geht, Bro?«, fragt er lässig und nickt auf den Stuhl ihm gegenüber. »Setz dich doch erst mal. Du hast es immer so eilig in letzter Zeit. Man könnte fast meinen, du gehst mir aus dem Weg!«

Ich atme gepresst aus der Nase und komme mit steifen Schritten auf ihn zu, bevor ich mich auf den Stuhl fallen lasse. Scheiße, Alayna, ich fühle mich wie betäubt. Ich habe da diese widerliche Ahnung, und die hatte ich schon den ganzen Abend, denn als ich Caden angerufen habe, ist er auch nicht rangegangen. Das passiert so gut wie nie. Vor allem nicht, wenn ich geschäftlich unterwegs bin und seine Hilfe brauchen könnte.

Außer …

»Was ist, Caden?«, frage ich ungeduldig.

»Wann wolltest du mir sagen, dass du Alayna noch fickst?«

Fuck.

Ich spanne mich noch mehr an, meine Muskeln tun schon weh. »Wie kommst du auf so eine Scheiße?«, hake ich tonlos nach.

»Ahh«, seufzt er. »Finde es doch selber raus. Ich muss ja auch ständig alles selbst rausfinden.« Damit steht er auf und schlendert mit seiner Dose an mir vorbei nach oben.

Fuck, Alayna.

Ich brauche ungefähr drei Sekunden, dann springe ich auf und gehe wie in Trance in meine Garage. Es ist still und dunkel, doch irgendwie weiß ich sofort, dass du da bist. Ich spüre es und ich hasse es.

Langsam, wie gelähmt, steige ich die Treppe nach oben und verharre vor der angelehnten Tür. Ich schließe die Augen, nehme drei tiefe Atemzüge und versuche, mich schon jetzt dagegen zu wappnen, was ich vorfinden werde.

Ich glaube nicht, dass es mir gefallen wird.

Dann stoße ich die Tür auf und trete ein.

Ich glaube, dass mein Herz gerade aufgehört hat zu schlagen, weil ich unter Schock stehen muss oder so.

Denn da bist du.

Du kniest auf meinem Bett, die Handgelenke angebunden, wie ich es damals bei dir gemacht habe, als du dachtest, ich wäre Caden. Dein Körper ist so verschwitzt und du bist erschöpft zusammengesackt. Ich habe keine Ahnung, was hier passiert ist. Du hast zwei tiefrote Striemen auf dem Arsch, die man sogar in der leichten Beleuchtung meiner Neonlampe sehen kann, und du drehst dein Gesicht in meine Richtung. Deine Augen sind so trüb und gerötet.

Du hast getrunken, Alayna.

Und du schmollst.

»Machst du mich jetzt endlich los, Carter?« Ich kann mich nicht bewegen, weil ich sonst ausraste, aber eines steht fest, er hat dich nicht als Caden rumgekriegt. Du dachtest, er wäre ich, und bist auf ihn reingefallen, immer noch. Du, die so groß geredet hat, wie sehr du mich liebst. Wie kann es sein, dass du nach all der Zeit immer noch auf ihn reinfällst? Ich empfinde so viel, dass ich gar nicht weiß, was am stärksten in mir brodelt. Soll ich auf dich angepisst sein, weil du es nicht gecheckt hast? Oder auf Caden, weil er sich wieder mal wie ein Wichser benommen hat? Was soll ich jetzt machen, Alayna? Soll ich jetzt hochgehen und sein Gesicht zu Brei schlagen? Soll ich dich killen? Scheiße, er hat dich gefickt, Alayna. In meinem Bett.

»Carter!«, rufst du. »Baby, bitte, ich kann langsam nicht mehr.«

Ich atme tief durch, schon wieder, und gehe dann mit groben Schritten auf dich zu und reiße den Gürtel von deinen Armen. Du sinkst in das Bett wie eine Sklavin, die man stundenlang über das Feld gejagt hat.

Ich schleudere den Gürtel gegen die Wand, du zuckst zusammen und musterst mich müde. »Wieso bist du denn jetzt angezogen? Musst du wieder weg?«, fragst du irritiert. »Und bist du immer noch so wütend wie eben?«

Ich mahle mit den Zähnen. Was hat dieser Wichser gemacht? Fuck, hat er dir wehgetan? Abgesehen von dem, was er mit deinem Arsch angestellt hat.

Ich kann den Gedanken kaum ertragen und ziehe mein Oberteil aus, um es dir dann zuzuschmeißen. Du bist durcheinander, wie immer, aber du ziehst es an.

Fuck, ich bin so sauer. Eigentlich will ich zu ihm hoch und ihn umbringen. Aber ich kann nicht. Weil du hier bist.

Weil ich nicht weiß, wie du dich fühlst. Und weil ich dich nicht allein lassen kann. Offensichtlich.

Ich schmeiße mich neben dich auf die Laken und reiße die Decke über meinen Körper, während du verwirrt neben mir liegst. Das Oberteil bedeckt deinen Körper bis zu den Oberschenkeln und deine Haare sind ein lockiges, verknotetes Durcheinander.

»Carter?«

»Ja?«, fahre ich dich an. »Was ist?«

»Was ist mit dir?«, entgegnest du. »Erst bist du total süß zu mir und sagst mir, dass du mich liebst. Dann tust du mir hier total weh, kannst dich kaum beherrschen und bist so sauer auf mich! Sagst du mir, was los ist? Ich verstehe gar nichts mehr.«

Fuck.

Dieser Wichser hat dir aus meinem Mund gesagt, dass er dich liebt? Er hat sich nicht beherrscht? Und hat dir beim Sex wehgetan, ernsthaft wehgetan? Ich fahre mir mit beiden Händen über das Gesicht.

»Carter, du warst so komisch eben. Ich verstehe das nicht …«

»Ach nein, wirklich, Alayna?«, blaffe ich dich an. Du zuckst wieder zusammen und deine geröteten Augen werden groß. »Liegt vielleicht daran, dass das nicht ich war. Sondern Caden, der dir den perfekten Carter vorgespielt hat. Ich bin erst seit fünfzehn Minuten zu Hause.«

Du siehst so schockiert aus. Jegliche Farbe weicht aus deinen Wangen und deine Augen werden größer und größer. »Was?«, fragst du völlig entrüstet.

»Du hast gerade mit meinem Bruder gefickt, Alayna. Oder besser gesagt, er mit dir. Und du hast anscheinend gar nichts gemerkt.« Meine Stimme ist hart wie Stahl. Du schluckst trocken und versuchst zu begreifen, was da passiert ist. Ich sehe förmlich, wie der Groschen fällt, während du auf die Matratze starrst und immer wieder zum Reden ansetzt, aber kein Wort verlässt deine Lippen. Dann packe ich grob dein Kinn und zwinge dich, mich anzusehen. Deine Augen wirken so verloren.

»Fuck, Alayna, wie konntest du das nicht merken?«, frage ich wirklich verständnislos. »Ich dachte, mittlerweile checkst du es. Fuck.«

Erneut schluckst du und ich sehe den Schmerz in deinem Gesicht aufzucken. Ich hasse es. »Ich war total betrunken. Er hat alles gewusst und geredet wie du und Sachen gemacht, die du machst. Er hat dich so gut gespielt, Carter, wie noch nie. Er war wie ein professioneller Schauspieler und ich hab ihm die Rolle abgekauft. Fuck!« Du nimmst die Beine an deinen Körper und zischst dabei. Ich lasse meinen Nacken knacken und du ziehst das Oberteil über deine Knie, während ich genau den Schmerz in deinem Gesicht sehe. »Scheiße, es tut mir leid«, murmelst du erstickt. »Ich wollte das nicht, ganz sicher nicht! Ich hab noch gesagt, dass ich nur an dich denken kann, und dieses *Ich liebe dich* hat was in mir explodieren lassen. Ich wollte dich einfach fühlen und dann waren wir hier und dann wurde er komisch. Ich hab ein bisschen gezweifelt, aber er hat mich immer wieder beruhigt und meine Bedenken zerstreut. Fuck, er ist so ein Bastard. Mir reicht es!« Tränen glitzern in deinen Augen und ich lasse geschlagen den Kopf nach hinten gegen das Bettgestell fallen. Das ist doch alles so abgefuckt.

»Ich hab die Schnauze voll davon!« Deine Stimme wird immer fester und entschlossener. Ich sehe dich zweifelnd an. »Das muss ein Ende finden!« Im nächsten Moment erhebst du dich und ich runzle die Stirn. Du hast Schmerzen, ich sehe es an deinen steifen Schritten, als du dein Höschen aufhebst und hineinsteigst, aber ansonsten lässt du dir nichts anmerken.

»Was machst du?«, frage ich. »Beweg deinen Arsch ins Bett!«

»NEIN, CARTER, nein! Du bist jetzt still! Ihr beiden habt zu viel und genug geredet, jetzt sind Taten gefragt!« Oh Alayna, das gefällt mir gar nicht. Besonders als du deine Hose anziehst und dann einfach aus meinem Schlafzimmer marschierst. Mit Fäusten geballten Händen. Was willst du machen? Caden einen Boxhieb in die Fresse geben, damit er dir dann den Arm brechen kann?

»Alayna!«, rufe ich, aber ich höre schon unten die Tür zuknallen und stöhne genervt. Scheiße, wäre ich doch bloß nicht nach Hause gekommen und hätte nie rausgefunden, was hier passiert ist. Bevor du dich noch wirklich ernsthaft verletzt, stehe ich auf und gehe dir hinterher.

***

Alayna

Carter, ich kann es einfach nicht glauben und bin so sauer wie noch nie. Ich hasse dieses dämliche Spiel und ich hasse es, was heute Nacht passiert ist – dass Caden mich schon wieder so verarscht hat. Was ist hier eigentlich los? Wie konnte ich nur wieder auf ihn reinfallen? Ich dachte eigentlich, ich kann euch mittlerweile gut auseinanderhalten, aber es war so dunkel und ich war so betrunken – ich bin es auch jetzt noch ein bisschen. Er wusste ganz genau, was er sagen und tun musste. Ich fühle mich so unsagbar dumm und missbraucht. Und es reicht mir.

Egal wie oft du mich warnst, ich liebe dich und ich will dich, aber das wird nie klappen, solange Caden im Weg ist.

Er muss endlich dafür bestraft werden, so, wie er andere immer bestraft. Er muss dafür bestraft werden, dass er mit meiner Psyche gefickt hat und mit der von so vielen anderen Frauen. Er muss dafür bluten und von seinem hohen Ross in den Dreck geschubst werden. Was glaubt er eigentlich, wer er ist, dass er einfach mit Menschen spielt? Mit Gefühlen. Mit Herzen. Als wäre er Gott und wir nur seine kleinen Untertanen, die er an unsichtbaren Fäden führt, wie es ihm gefällt.

GOTT!

Wie konnte ich nur so dämlich sein!

Wie konnte ich ihn nur so sehr lieben?

Ich marschiere mit festen Schritten durch den Flur ins Wohnzimmer. In meinem Kopf ist alles wie in Watte gepackt und ich kann nicht mehr erkennen, als das, was unmittelbar vor mir ist – wie bei einem Tunnelblick. Es ist, als wäre ich nicht mehr in meinem Körper, sondern würde mir selbst dabei zusehen, was ich gerade tue. Ich bin so froh, dass diese Familie so chaotisch ist, nichts wegsperrt oder einschließt, was wichtig oder gefährlich ist, also greife ich nach Masons Dienstwaffe, die einfach so neben dem Fernseher liegt, als wäre sie eine Dekovase. Sie ist schwerer, als ich dachte, aber es fühlt sich so gut an, das kalte Eisen in den Fingern zu halten. Ich fühle mich so mächtig. Das hatte ich dringend mal nötig. Vor allem gegen Caden Rush.

»Alayna«, höre ich dich total genervt rufen. Du tauchst im Flur auf. Ich fahre zu dir herum, die Waffe in den Händen, und du reißt deine Augen auf. »Was hast du damit vor, Alayna?«, fragst du langsam.

Ich starre dich an und du starrst mich an. Die Zeit bleibt kurz stehen, bevor ich mich einfach umdrehe und losrenne, als würde ein Bär mich verfolgen.

»ALAYNA«, brüllst du jetzt durchs ganze Haus. »BLEIB STEHEN!« Aber ich denke ja nicht mal daran, auf dich zu hören. Ich nehme immer zwei Stufen auf einmal. Ignoriere meine brennenden Muskeln und meine schmerzenden Knochen, denn mein Körper ist voller Adrenalin. Es pumpt heiß durch meine Venen. Ich werde ihn umbringen. Das Letzte, was er getan hat, hat das berühmt-berüchtigte Fass zum Überlaufen gebracht. Er wird dafür büßen.

Ich hasse ihn!

Ich hasse ihn so sehr!

»Alayna!« Ich höre deine lauten Schritte hinter mir, aber da habe ich schon seine Tür erreicht und reiße sie auf.

Er liegt auf dem Bett. Das kleine Licht auf dem Nachttisch brennt und hüllt sein total amüsiertes, verheerend perfektes Gesicht in einen warmen Schimmer. Er trägt nur eine Jogginghose und hat einen Arm locker hinter den Kopf gelehnt, als ich die Waffe mit beiden

Händen vor mich halte und mit steifen Schritten auf ihn zugehe. Meine Finger zittern so sehr, aber ich umfasse das Eisen fester. Mein Puls rast und pocht laut in meinen Ohren. Schweiß bildet sich in meinem Nacken, doch Caden grinst nur. »Wenn du auf Nummer sicher gehen willst, Alayna, dann schieß einfach in den Kopf.«

»FUCK!«, zischst du total atemlos hinter mir. »Nimm die Waffe runter. Sofort!«

Aber ich starre nur Caden an und gehe auf ihn zu, ignoriere dich total.

»DU BASTARD!«, schreie ich ihn an. »Weißt du, wie man das nennt, was du getan hast, Caden?«

Er seufzt und steht langsam auf. Überragt mich, mit diesem tätowierten halb nackten harten Körper, den ich so sehr geliebt habe. Es tut so weh! »Was ich getan habe, hat dein Superlover doch ungefähr zweitausend Mal getan, Alayna. War doch nichts Neues für dich.«

»BLEIB STEHEN!« Doch er bleibt nicht stehen, sondern geht lässig weiter auf mich zu. Ich stolpere einen Schritt nach hinten.

»Alayna«, sagst du angespannt. »Nimm sie runter, bitte, Baby.«

»Bleib weg, Carter!«, blaffe ich, weil ich merke, dass du immer näher kommst. »Das hier hat nur was mit Caden und mir zu tun!«

»Ohhh, es gibt also noch ein Caden und du?«, fragt Caden total entzückt und geht weiter auf mich zu. »Wenn du mich erschießen willst, dann tu es einfach. Ich werde dich nicht aufhalten, Babygirl.« Er stellt sich direkt vor mich, sodass der kühle Lauf seine Brust berührt, genau da, wo sein Herz schlägt. Dann umfängt er den Lauf mit seinen Fingern und stabilisiert ihn, weil meine Hände zu sehr zittern. Unsere Blicke sind miteinander verwoben, so wie es unsere Seelen waren, bevor er das Band zwischen uns in diesem verdammten Krankenhaus zerschnitten hat. »Drück einfach ab, Alayna, wenn du es wirklich willst.« Er legt seine andere Hand um meine. Ich bin atemlos, als er die Knarre entsichert, und starre in seine so ruhigen türkisblauen Augen, die es immer noch schaffen, mir den Boden unter den Füßen wegzureißen.

»Alayna, wenn du ihn umbringst, bringe ich dich um«, sagst du mit einem Mal direkt hinter mir. Es ist, als hättest du mir ein Messer in den Rücken gerammt. Ich kann das nicht glauben, Carter.

Im Endeffekt ist es wirklich immer er, oder?

Caden grinst mich an.

Du streckst deine Hand aus und schiebst meinen Arm herunter. Ich lasse nicht los, klammere mich noch fester. Der Lauf wandert langsam an Cadens Bauch herab und verharrt auf Höhe seines Bauchnabels. Mein zitternder Finger liegt am Abzug und ich spüre förmlich, wie mein Herz aus meiner Brust springt. Nur eine Bewegung und es könnte für immer vorbei sein, und das weißt du. Das weiß er und das weiß ich.

»Na los, Alayna. Du hast hier was angefangen, was du auch zu Ende bringen musst. Du bist doch kein Feigling, oder? Ein schöner Schuss in den Magen ist auch nicht schlecht.« Seine Stimme klingt nicht mal ansatzweise angespannt.

»Du bist so krank, Caden!«, hauche ich zittrig.

»Alayna«, sagst du von hinten in mein Ohr. »Lass los!«

Ich schaue dich über die Schulter hinweg an. Deine Augen sind direkt vor meinen und du starrst so eindringlich hinein. Ich sehe die Panik darin und frage mich, wie sehr es dich zerstören würde, wenn ich dir Caden nehme.

Du nutzt diesen Moment der Ablenkung – natürlich tust du das – und schubst mich mit einer Wucht beiseite, dass ich gegen den Schrank knalle und mein Finger den Abzug betätigt. Ein ohrenbetäubender Knall zerreißt die angespannte Stille, als ich keuchend auf das Holz pralle. Dann ist es für ein paar Sekunden leise, bis auf das Pfeifen in meinen Ohren.

»FUCK!«, brüllst du schließlich. Mein Blick schießt zu dir herum und die Waffe gleitet aus meinen Händen. Du hältst dir mit einer Hand den Oberarm, Blut rinnt zwischen deinen Fingern hervor und fließt über deine Haut.

»Scheiße!«, flüstere ich und starre dich nur fassungslos an. Caden lässt seinen Nacken knacken und seine Stimme ist so hart, dass ich erschauere. Der Hass in seinem Gesicht lässt mich zusammenzucken. So hat er mich noch nie angesehen oder mit mir gesprochen. »Verpiss dich, Alayna, oder ich bringe dich um.«

Und dann laufe ich.

Endlich.

Viel zu spät.

Vorbei an dir, die Treppe nach unten und direkt in eine harte Brust hinein. Mason ist wach und er hat riesengroße Augen. »Was zum Teufel ist hier los?«

Ich kann ihm nicht antworten, weil ich es gerade noch so ins nächste Bad schaffe, um in die Toilette zu erbrechen.

30. Phoenix oder Spatz, Alayna?

Caden

Jetzt solltest du wirklich rennen, Alayna, denn wenn ich dich kriege, dann hast du die längste Zeit geatmet. Du hast meinen Bruder verletzt und niemand verletzt meinen Bruder.

»Caden, beruhige dich!«, sagt Carter, der auf meinem Bett sitzt und von Dad gerade verbunden wird. »Es ist nur ein verfickter Streifschuss, nicht der Rede wert. Setz dich jetzt!« Aber ich kann nicht.

Die Sonne ist aufgegangen und strahlt durch meine Fensterfront hell und klar ins Zimmer und auf das Blut, das den Boden mit einem surreal anmutenden Muster verziert. Wenn ich es noch drei Sekunden länger anschauen muss, brenne ich hier alles nieder.

Mom ist total aufgelöst und versucht, Carter zu überreden, ins Krankenhaus zu fahren. Der Einzige, der hier einen klaren Kopf bewahrt, ist Dad. Er versucht gleichzeitig, Mom zu beruhigen und mich, was ein Ding der Unmöglichkeit ist.

»Ich werde sie umbringen«, knurre ich leise.

»Mason, ich habe dir schon tausendmal gesagt, du sollst deine Waffe nicht überall rumliegen lassen. Jetzt siehst du, was passiert!«

»Ich konnte nicht damit rechnen, Emilia, dass diese Volltrottel mit ihr spielen.«

»*Spielen?* Mein Sohn ist verletzt!«

»Mom, mir geht's gut. Heilige Scheiße, wo ist Alayna überhaupt?«

»Sag nicht ihren verdammten Namen«, blaffe ich Carter an und wirble zu ihm herum.

»Jetzt beruhig dich, Bro. Sie hat einfach die Kontrolle verloren.« Scheiße, Alayna, die Kontrolle verloren? Du wolltest mich umbringen und dann hast du meinen Bruder verletzt. Dafür wirst du bluten. Ich weiß zwar noch nicht, wie, aber damit wirst du nicht einfach so davonkommen.

»Geh duschen, Caden!«, meint Dad. »Und wenn ich dich in der Nähe der Garage sehe, dann knalle ich dich höchstpersönlich ab, und das wird kein Streifschuss! Verstanden?«

»Mason!«, empört sich Mom.

»Fick dich, Dad!«, knurre ich.

»Caden!«

»Ach, scheiß auf euch alle!« Carter lässt sich zurück aufs Bett fallen und Dad blafft ihn an, dass er noch nicht fertig ist. Ich gehe, weil ich weiß, dass er in guten Händen ist, und ich mich wirklich abregen muss, denn meine Beine wollen mich geradewegs in die Garage tragen, wo du wahrscheinlich heulend sitzt.

Und das wäre nicht gut.

Noch nicht.

***

Ich stehe unter der Dusche und das eiskalte Wasser prasselt auf meine angespannten Muskeln.

Die letzten Tage waren einfach nur ein riesengroßer Haufen Scheiße. Natürlich weiß ich über alles Bescheid. Ich wusste es schon in dem Moment, als Carter vor zwei Tagen am Morgen die Küche betrat. Frische Kratzer von dir auf den Armen und am Rücken, während dein Geruch an ihm klebte. Ich habe die Schuld sofort in seinen Augen gesehen und wusste, was Sache war. Schließlich habe ich auch mitbekommen, dass du erst ihn angerufen und er dich dann zurückgerufen hat. Auch, wenn ich nicht weiß, über was ihr da gesprochen habt, so kann ich es mir zu gut vorstellen.

Ich vermisse dich, Carter. Ich liebe dich so sehr, Carter. Komm zurück zu mir, Carter.

Du hast ihm gesagt, dass du ihn liebst, Alayna, und das aus deinem Mund zu hören, hat das kleine bisschen Menschlichkeit in mir noch zerstört. Ich meine, man muss sich das mal vorstellen: Ich schicke dich weg, weil ich weiß, dass wir nicht gut für dich sind, zerreiße mich damit praktisch selbst, und du hast nichts Besseres zu tun, als dich an Carters Schwanz zu hängen. Hinter meinem Rücken. Was soll ich davon halten, Alayna? Was für eine

Strafe soll ich dir dafür erteilen, Alayna? Der verdammte Tod wäre viel zu gnädig. Du musst leiden!

Du hast meinen Bruder dazu gebracht, hinter meinem Rücken Spiele zu spielen, und das nach der Scheiße mit Melissa. Du hast meinen Bruder dazu gebracht, mich anzulügen, und du hast uns entzweit. Eine Verbindung, die bereits seit einundzwanzig Jahren besteht, hast du zerstört. Das Vertrauen ist gebrochen, dabei war Vertrauen alles für uns. Ich weiß nicht, wie ich so weiterleben und funktionieren soll.

So kaputt, wie alles zwischen uns ist, habe ich vorhin schon damit gerechnet, dass Carter dich mich einfach abknallen lässt, damit er mit dir in den Sonnenuntergang reiten kann. Und der Bösewicht der Geschichte beseitigt ist.

Carter war es immer, für den ich das letzte bisschen Menschlichkeit aufrechterhalten habe, bei dem ich Skrupel hatte und so was wie ein Gewissen.

Doch wenn ich Carter nicht mehr habe, ist mir alles egal. Und er weiß das. Deswegen hat er mich eiskalt angelogen. Erneut.

Ich habe ihn getestet, Alayna. Immer wieder, schon bevor das zwischen euch lief, und habe ihm seine Hassnummer nicht abgekauft. Carter hasst normalerweise nicht, außer er liebt mindestens genauso stark. Je länger er mich angelogen hat, desto wütender wurde ich innerlich, und dann herauszufinden, dass ihr ein Spiel hinter meinem Rücken treibt, hat mich das letzte bisschen Verstand verlieren lassen. Alayna, du weißt gar nicht, wie sehr ich mich vorhin zurückgehalten habe, als ich dich gefickt habe. Jede Sekunde, die du vor Schmerz gewimmert hast, war eine Genugtuung für mich. Ich hätte dich dabei am liebsten gewürgt und dir in die Augen gestarrt, bis du erkannt hättest, wer ich bin, ohne es aufhalten zu können.

Aber wir wollen ja immer, dass du es *auch* genießt, oder Alayna? Wo bleibt denn sonst der Spaß?

Was du alles in der Bar zu mir gesagt hast, mit dem Gedanken, dass ich Carter bin, wie vertraut du schon mit ihm bist, wie locker und fröhlich und verliebt, ergibt keinen Sinn für mich. Nicht nach allem, was passiert ist. Du kannst also bei ihm die Augen davor verschließen, dass er monatelang mit dir gespielt und dich für wahnsinnig erklärt hat, dich an dir selbst hat zweifeln lassen, aber bei mir heißt es, ich wäre ein Psycho und du hasst mich? Obwohl ich dich gehen ließ und er dich nur immer mehr umklammert.

Wo ist da die Logik, Alayna?

Ich sehe einfach keine Logik in diesem ganzen Scheiß. Und ich hasse es, wenn Dinge nicht nachvollziehbar und logisch sind.

Du würdest sicher sagen, dass du ihn liebst und deine Gefühle für all das verantwortlich sind. So plötzlich liebst du ihn also. Vor ein paar Wochen hast du mir noch das Gleiche erzählt. Wie funktoniert das so schnell bei dir? Deine Welt hing davon ab, dass ich diese drei Worte zu dir sage. Am Ende habe ich dich nicht mal manipuliert oder großartig mit dir gespielt, und jetzt plötzlich ist alles anders? Du bist so sinnfrei, Alayna. Eine Verschwendung von Sauerstoff. Du bist die größte Spielerin und Lügnerin von uns allen. Vielleicht muss ich dich genauso wegekeln, wie ich es bei Melissa gemacht habe, damit Carter wach wird und sieht, wer du bist. Ihr seid doch im Grunde alle verlogene, kleine, notgeile Huren.

Ich muss mir noch überlegen, was ich mit dir mache, aber es wird nicht schön. Für keinen von uns, außer für mich. Carter wird kurz leiden, um zu erkennen, wer du bist, aber er wird darüber hinwegkommen und eine neue Tussi finden. Wie immer.

Doch ein Gedanke verwirrt mich, und das mag ich nicht. Hängst du dich vielleicht so sehr an Carter, weil du insgeheim meine Nähe suchst, aber zu stolz bist, es zuzugeben? Obwohl ich deine Gefühle verletzt habe, als ich mir von Melissa einen hab blasen lassen, und dich von mir gestoßen habe? Geht es vielleicht doch nur um uns? Weil du uns brauchst, so wie ich dachte, dieses Spiel zu brauchen?

Weil du alles dafür tun würdest, um trotz allem bei mir zu sein? Und zur Not eben auch bei dem Mann, der genauso aussieht wie ich?

Und wenn schon, Alayna, du wirst so oder so leiden. Jetzt ist es zu spät für was anderes. Ich muss das irgendwie rauslassen, was du in mir getan hast. Und dafür ist kein anderer verantwortlich als du selbst.

Vor mir hast du angeblich noch keinem Typen gesagt, dass du ihn liebst – und jetzt schmeißt du damit um dich, wie man normalerweise Hallo und Tschüss sagt.

Gott, Alayna, du widerst mich an, und wenn wir an den Punkt gekommen sind, wird es gefährlich für dich. Genau an dem Punkt war Melissa auch, bevor sie versucht hat, sich umzubringen. Womit ich natürlich rein gar nichts zu tun hatte. Und Danielle. Darüber will ich jetzt eigentlich nicht nachdenken, auch wenn es ein bisschen witzig war.

Aber bei dir, Alayna, das wird mein Meisterstück. Zwar nicht so, wie ich es eigentlich geplant hatte – für dich hatte ich wirklich ganz andere Pläne –, aber man muss eben flexibel sein im Leben und sich nicht zu sehr versteifen. Manchmal muss man die Frau, die man auf Händen tragen wollte, eben in die tiefsten Abgründe stürzen, und dann sehen, was daraus wird.

Bist du ein Phoenix oder ein Spatz, Alayna?

Nachdem ich mich einigermaßen beruhigt und alles ein bisschen geordnet habe, steige ich aus der Dusche und wickle mir ein weißes Handtuch um die Hüften. Dann schlendere ich gewohnt lässig in Moms total chaotisches Wäschezimmer und suche mir einen Eimer und Putzlappen zusammen. Ich mag nicht so gern das Blut meines kleinen Bruders auf dem Boden sehen.

Als ich wieder nach oben gehe, sind alle weg. Ich höre unten das Gewusel, Avas klingenden Wecker, und knalle meine Tür zu.

31. Ich hasse, dass ich dich liebe, Carter

Carter

Ich hoffe, dass du weg bist, wenn ich zurückkomme, Alayna. Aber natürlich sitzt du auf meiner Couch, als ich meine Garage betrete. Du schaust mit großen Augen über mich und die Verletzung, den Verband an meinem Arm.

»Nur ein Streifschuss«, sage ich. »Keine Panik. So gut bist du wohl noch nicht im Zielen.« Vielleicht sollte ich dir mal ein bisschen Unterricht geben. Ich schließe die Tür hinter mir ab, weil ich meinem Bruder in seiner derzeitigen Verfassung nicht traue. Du beobachtest mich, jeden Schritt, ganz genau, als ich auf dich zukomme.

»Es tut mir leid, das wollte ich nicht«, flüsterst du kleinlaut mit großen, verlorenen Augen und ich grinse dich an. »Tja, jetzt habe ich dich auch auf meinem Körper – wie eine Tätowierung. Ist doch witzig.«

Du schüttelst den Kopf. »Das ist nicht witzig, Carter. Ich hätte dich umbringen können.«

»Hast du aber nicht.« Du lässt mich an deinem Verstand zweifeln. Eben schien es dir nämlich nicht so viel auszumachen, dass du zu einer Mörderin werden könntest. Ich bleibe vor der Couch stehen und stütze mich an der Rückenlehne ab. Mein Arm brennt und unter dem Verband pocht es, weil mein Körper versucht, die Wunde zu schließen. Meine Haut ist immer noch an den Stellen blutverschmiert, wo es runtergelaufen ist. Du schluckst und streckst die Hand nach mir aus, fährst mit deinen Fingerspitzen meinen Unterarm nach. Ich hasse, dass ich eine verfickte Gänsehaut davon bekomme. Das haben bisher nur sehr wenige Frauen bei mir geschafft. Du, Melissa und Isabelle in den letzten Wochen, als ich weg war.

»Du bist die letzte Person, der ich jemals in meinem Leben absichtlich wehtun würde«, sagst du mit brüchiger Stimme. Ich wünschte, ich könnte das auch von mir behaupten.

»Du würdest mich zerstören, wenn du Caden auch nur ein Haar krümmen würdest«, antworte ich leise, und dein Blick schießt in meine Augen.

»Carter«, sagst du eindringlich. »Merkst du nicht, dass er versucht, nicht nur mir wehzutun, sondern auch dir? Obwohl du sein Bruder bist und ihr diese Verbindung habt. Obwohl er und ich …« Du stockst kurz, bevor du weiterredest. »Dass er über Leichen gehen würde, auch über dich, um zu kriegen, was er will? Glaubst du wirklich, seine Loyalität und seine Liebe sind so stark, wie es auf deiner Seite ist? Wieso hat er dann, nachdem er wusste, dass du was für mich empfindest, dieses Spiel für dich nicht abgebrochen? Wieso hat er Melissa benutzt, obwohl er wusste, dass du sie liebst? Wieso hat er all das getan?« Du ziehst deine Hand zurück und funkelst mich herausfordernd an. Für mich ist es wirklich nicht leicht, ruhig zu bleiben.

»Du verstehst das nicht, Alayna, aber du musst das auch nicht verstehen.«

»Das heißt, du würdest dich im Zweifelsfall immer für Caden entscheiden, egal was passiert. Du würdest mich eher von der Klippe stürzen als ihn.«

Oh Alayna, die letzte Frau, die uns vor die Wahl gestellt hat, sitzt jetzt in der Klapse. Tu das nicht.

Ich lasse meinen Nacken knacken, schließe für drei Sekunden die Augen, und atme durch. Und ich weiß, als ich dich wieder ansehe, hat sich mein Blick verändert. Du zuckst ein bisschen zurück. »Willst du eine ehrliche Antwort, Alayna?«

Du stehst langsam auf wie ein Reh, das den Löwen entdeckt hat und jetzt versucht, davonzuschleichen. Oh Baby, du kannst nicht mehr fliehen. Schon lange nicht mehr.

»Ihr seid beide krank, Carter. Ich liebe dich und ich bin verrückt nach dir und ich habe mich für dich entschieden, aber kannst du das auch von dir behaupten?« Ich fahre mir mit beiden Händen durch das Haar und versuche krampfhaft, die Wut zu unterdrücken, die in mir aufsteigt, weil ich dich nicht verletzen will.

»Caden bedeutet mir sogar mehr als meine Eltern, und ich glaube nicht, dass es für dich besonders gesund ist, von mir zu verlangen, mich für dich zu entscheiden. Denn das wird nie passieren, Alayna.«

Du siehst aus, als hätte ich dir eine schallende Ohrfeige verpasst, und greifst dir an die Brust, weil es dir so wehtut, was ich sage. Aber Baby, ich bin lieber ehrlich, als dir weiter was vorzuspielen.

Du schluckst, machst einen Schritt nach hinten und atmest tief aus. »Also empfindest du nichts für mich, Carter?«, fragst du erstickt.

»Mehr, als gut für uns ist.«

»Soll ich gehen?«

»Denk nicht mal dran.«

»Das heißt, du willst mich festhalten und ich soll mit diesem Wissen existieren und irgendwie mit Caden klarkommen?«

»Ich habe keine verdammte Ahnung, Alayna. Ich weiß es auch nicht, verdammte Scheiße. Frag mich nicht so scheißviele Sachen!«

»Weißt du was, Carter? Ich habe euer krankes Spiel mitgespielt ...« Du hältst kurz inne und siehst aus, als würde dir einiges erst jetzt klar werden, als würde dir ein Licht aufgehen. Deine Augen sehen mich beinahe erstaunt an. »Jetzt mal im Ernst, Carter! Ich habe nichts dazu gesagt, als du mich monatelang gefickt und dich als Caden ausgegeben hast, ohne mein ausdrückliches Einverständnis. Ich habe nichts dazu gesagt, als du mir weismachen wolltest, ich hätte den Verstand verloren. Denn ich wusste, dass das die einzige Chance ist, die einzige Möglichkeit, dir so nahe zu sein, wie es geht. Wobei dein kranker Bruder mich manipuliert hat und mir vorgemacht hat, er würde mich lieben und ich würde ihn lieben. Vielleicht habe ich das auch getan, keine Ahnung. Aber Fakt ist, dass ihr mich verarscht und benutzt habt und euch jetzt noch das Recht rausnehmt, irgendwas von mir zu verlangen und mich als Schlampe darzustellen.«

»Ich habe gesagt, du bist keine Schlampe, Alayna.«

»Nein, du hast mich nur so behandelt.«

»Und das fällt dir jetzt ein?«, fahre ich dich an. »Jetzt? Heute, nachdem du meinen Bruder fast abgeknallt und mich getroffen hast, fällt dir ein, dich darüber zu beschweren und zu diskutieren, was du durchmachen musstest? Damit du irgendeinen Schuldigen hast, für dein ach so großes Leid? Aber vergiss dabei eins nicht: Du hast jede verdammte Sekunde genossen!« Jetzt verändert sich dein Blick. Du kneifst die Lider zusammen und deine Schultern beben, wie vorhin, als du nach der Waffe gegriffen und mich so schuldbewusst angestarrt hast. Ich weiß, jetzt kommt er endlich, der Moment auf den ich warte, seitdem du erfahren hast, was hier wirklich passiert. Der ultimative Zusammenbruch der Alayna Hastings.

Ich lege den Kopf schief und warte. Deine kleinen Hände ballen sich zu Fäusten. Dein Gesicht wird immer röter und röter und auf einmal ist es, als würde etwas in dir explodieren. Du marschierst auf mich los. Fuck, Alayna, ich habe keinen scheiß Kopf für diese Scheiße hier. Du bist viel komplizierter als Melissa. Die hätte sich einfach in mein Bett gelegt und geheult. Du hingegen bist wie ein Tsunami und rauschst gerade auf mich zu, dann stemmst du deine kleinen Hände gegen meine Brust und schubst mich mit aller Kraft, die du besitzt. Ich stolpere einen halben Schritt, um dir den Gefallen zu tun.

»Was jetzt, Alayna?«, frage ich laut und schubse dich auch, nur, um dir ein bisschen bei deinem Ausbruch zu helfen. Du schnaubst und fegst dir wild die Haare aus dem Gesicht.

»Du. Gott. Verdammtes. Arschloch!«, brüllst du und stürzt dich auf mich. Deine kleinen Fäuste trommeln auf alles ein, was du von mir erwischen kannst, wobei ich sagen muss, dass du wirklich aufpasst, meinen Arm nicht zu treffen. Obwohl du wütend bist. Du bist ein bisschen süß, Alayna. Und ich vergesse schon wieder, warum ich dich soeben noch so abartig gehasst habe.

»Du hast mit meinem Bruder gevögelt und du konntest uns nicht mal unterscheiden, schämst du dich nicht?«, schmettere ich dir entgegen.

»WOAH! DU!« Du gibst mir eine schallende Ohrfeige und, Alayna, mein Kopf ruckt sogar zur Seite. Respekt.

»Du hast ja wohl alles gevögelt, was nicht bei drei auf den Bäumen war, inklusive mir!«

»Tja, was hätte ich machen sollen, das Angebot war einfach viel zu verführerisch. Wenn du so blöd bist und uns nicht unterscheiden kannst, ist das nicht mein Scheißproblem!«

»Ihr habt es mir auch nicht gerade leicht gemacht, euch zu unterscheiden, ihr kranken Bastarde!« Du schubst mich wieder.

»Weil ein kleiner, kranker Teil in dir alles glauben wollte, was wir dir erzählen. Du wolltest lieber verrückt sein, als dir einzugestehen, dass du beide Schwänze in dir willst.« Ich schubse dich auch, aber vorsichtig.

»Was hast du gerade gesagt?« Du stellst dich auf die Zehenspitzen. Wir stehen Nase an Nase. Du bebst und deine Titten auch.

»Du hast schon richtig verstanden, Alayna.«

»Du selbstgerechtes Stück Scheiße«, zischst du hasserfüllt. Dann stürzt du dich so heftig auf mich, dass ich auf dem Boden lande. Das hat wehgetan, Alayna. Du sitzt auf mir und ziehst an meinen Haaren. Ich greife grob nach deinen Handgelenken und reiße deine Hände zurück.

»Treib es nicht zu weit, Alayna!«, sage ich leise und drohend.

»Ich soll es nicht zu weit treiben. ICH?« Du machst dich los und fängst wieder an, auf meine Brust einzutrommeln. »Wer hat euch denn aufgehalten, als ihr es zu weit getrieben habt?« Du schlägst weiter auf mich ein, und jetzt kommen sie, Alayna. Die verräterischen Tränen. Das ist heiß. Sie fluten deine Wangen und tropfen auf mich.

»Ich hasse dich, Carter!«

»Und ich liebe dich, Alayna.« Du stockst für eine winzige Sekunde, die Augen groß, deine Wangen nass, und atmest zittrig ein.

»Fuck, aber du hast mich verarscht!« Dann trommelst du weiter.

Ich entscheide, dass das Getrommel jetzt reicht – mir tut echt die Brust weh –, und schwenke uns herum, sodass du unter mir auf den Boden knallst und mein Becken dich niederpresst. »Weil das die einzige Möglichkeit war, dir nahe zu sein.«

»Du bist ein gewissenloser Bastard«, hauchst du mir entgegen und ich pinne deine Hände links und rechts neben deinem Kopf fest.

»Japp, aber ich liebe dich.«

»Aber ich werde nie genug sein.«

»Mag sein, Alayna, aber ich liebe dich.« Dann starrst du mir in die Augen und die Tränen laufen über deine Schläfen, hängen in deinen Wimpern. Du bist so schön, Alayna, wenn du für mich weinst.

Ich kann mich nicht mehr zurückhalten, lehne meine Stirn an deine, schließe die Augen, und atme dich ein. Du tust es genauso, zittrig und schluchzend.

»Fuck!«, flüsterst du und suchst hektisch meine Lippen.

Ich küsse dich tief und voller Wut und allem, was in mir brodelt. Du hältst mir absolut stand. Ich lasse deine Handgelenke los, sodass du mich zurückdrücken und uns wieder herumdrehen kannst. Fuck, Alayna, wie du gerade auf mir sitzt und dir das Shirt vom Leib reißt, dein Haar wirr, deine Wangen rot. Deine Augen sind feucht von deinen Tränen und schimmern grünlich, wie immer, wenn du weinst. Ich glaube, ich habe noch nie was Schöneres gesehen.

»Ich hasse dich, Carter«, sagst du fast schon ergeben. Ich hebe die Hand und streiche über deine Unterlippe.

»Ich weiß.«

»Du wirst mich kaputt machen, Carter.«

»Ich weiß!«, erwidere ich und schnippe dir den BH auf.

»Und ich werde nicht aufhören, dich zu lieben, egal was du tust.« Ich öffne deine Hose.

»Ich weiß.«

Ich rolle uns wieder herum, damit ich dir die Hose ausziehen kann, und du zischst.

»Alayna, hör auf damit. Das macht mich gleichzeitig sauer und heiß.«

»Ich bin so wund, Carter …«, sagst du mit flehenden Augen. Fuck, Baby, hast du denn immer noch nichts gelernt?

»Interessiert mich gerade einen Scheißdreck«, kontere ich hart und zerre mit einem Ruck den Slip von deinen Beinen. Du stöhnst verzweifelt und presst deinen Kopf auf den Boden. Ich tue dir den Gefallen und streiche hauchzart über deine Mitte, während ich dich mit schief gelegtem Kopf ansehe. Du wimmerst, Alayna. Ich komme gleich.

»Du bist so ein … kranker … Wichser«, hauchst du abgehackt. »Wie kannst du es nur heiß finden, wenn ich Schmerzen habe, du Bastard?« Aber gleichzeitig streckst du mir dein Becken entgegen. Ich schiebe ruckartig zwei Finger in dich, als du das sagst, und werde mit einem Aufschreien belohnt.

»Oh fuck, Alayna. Dann sei nicht so heiß, wenn du Schmerzen hast.«

»Fick dich, Carter!« Aber deine Hüften machen mit meinen langsamen, quälenden Bewegungen mit. Ich liebe es, wie du zuckst und wimmerst und keuchst und trotz allem feucht für mich wirst.

»Ich will lieber dich ficken, oder soll ich Caden holen?« Wut blitzt in deinen Augen auf. Du stemmst deine Hände gegen meine Schultern und drückst mich wieder zurück auf den Rücken. Dann sitzt du nackt auf mir. Dabei bin ich noch halb angezogen. Diesmal pinnst du meine Unterarme auf den Boden und ich muss mir ein Zischen verkneifen, wegen der Schussscheiße. Du beugst dich über mich und attackierst meinen Hals mit deinen weichen, vollen Lippen, die ich um meinen Schwanz spüren will. Aber ich lasse dir die Macht, weil das gerade viel zu heiß ist. Du lässt deine Hüften leicht über meinen steinharten Schwanz unter der Jeans kreisen, womit du mich wahnsinnig machst. Deine Zunge fährt über meine Kehle, während mein Schwanz noch härter wird. Ich lasse den Kopf nach hinten fallen.

»Was wird das, Alayna?«, frage ich heiser. »Willst du mich hier heißmachen und dann verhungern lassen?«

Du reißt den Reißverschluss meiner Hose auf und ich muss mir ein Zischen verkneifen, als du ihn umfängst und langsam an ihm auf und ab fährst. Dabei beobachtest du genau mein Gesicht und grinst, als ich »Fuck, Alayna« keuche. Dann legst du ihn direkt zwischen deine Beine und lässt deine heiße pochende Mitte daran herab, ohne mich in dich zu lassen. Du bewegst dich so heiß. Ich will in dich rein und schiebe meine Hüften nach vorn, schaffe es aber nur, mit der Spitze einzutauchen, da ziehst du schon deinen Arsch nach hinten.

»Fuck, was wird das?«, wiederhole ich aggressiv und stemme mich auf die Ellbogen. »Wenn ich da rein will, komm ich da rein!« Ich lege meine Hände auf deinen Arsch und ziehe dich mit einem Ruck nach vorn, während ich mich in dich schiebe. Du schreist schmerzerfüllt auf und krallst dich in meine Schultern.

»Scheiße, Carter. Oh Gott, bitte beweg dich nicht«, wimmerst du, Alayna, und ich kralle meine Hände in deinen Arsch.

»Dann beweg du dich, Alayna. Jetzt«, presse ich zwischen zusammengebissenen Zähnen hervor, und Baby, ich habe mich noch nie für eine Frau so zurückgehalten. Du stützt dich mit deinen Händen auf meine Brust und atmest zittrig, als du deinen Arsch ein bisschen hebst und ihn dann wieder nach unten sinken lässt.

»Gott im Himmel«, entkommt es mir und ich lasse den Kopf nach hinten fallen. Das fühlt sich so gut an, Alayna. Es ist so schwer, mein Becken stillzuhalten. Ich weiß jetzt, wie du dich immer fühlst. Dein Atem geht zittrig und ich bin mir sicher, dass es für dich gerade nicht so wie sonst ist und du es nicht genießen kannst. Du bist total verkrampft, weil du immer wieder Schmerzen hast, also nehme ich deine Hand von meiner Brust und führe sie zwischen deine Beine. Dein Blick schießt in mein Gesicht. Ich liebe es, wenn du mich so scheu ansiehst, aber du verstehst und fängst unter meiner Hand an, dich zu massieren.

»Oh verdammt, Alayna, ich komme gleich, wenn du weiterhin so heiß bist!« Meine Stimme klingt rau und du stöhnst, als du sie hörst. Du wirfst deinen Kopf zurück, lässt dich endlich fallen. Deine Haarspitzen streichen über meine Hand, die an deiner Taille liegt und dich hält. Du lässt dich immer mehr gehen und spannst dich öfter um mich herum an, während ich die Zähne aufeinanderpresse, damit ich nicht komme.

Fuck.

Dann kann ich mich nicht mehr zurückhalten und stoße nach oben. Du keuchst auf und explodierst einfach. Mit mir zusammen.

Fuck, Alayna.

Irgendwann werden wir uns wirklich totficken.

32. Vielleicht, Alayna

Carter

Es ist vier Uhr nachmittags, als wir aufwachen, Baby, und ich fühle mich wie Scheiße. Mein Arm pocht und wir sind wieder so sehr miteinander verschlungen, dass ich nicht weiß, wo ich aufhöre und du anfängst. Mein Arm ist fest um deine Taille gelegt und dein Rücken presst sich an meine Brust. Deine Beine sind mit meinen verworren und ich habe deine Haare überall in meinem Gesicht. Deine Hand liegt auf meiner und hält sie fest. Ich puste deine Haare von meiner Fresse, weil es kitzelt, und kämpfe mich irgendwie unter den Massen hervor. Du spürst sofort, dass ich wach bin, und schmiegst dich an mich. Im nächsten Moment zischst du auf, weil dein Hintern ein bisschen zu fest an mich gedrückt wurde. Ich möchte diesen Pisser immer noch umbringen. Er hat nicht deinen Arsch zu versohlen, er hat dich auch nicht mehr zu ficken, und erst recht nicht so, wie er es getan hat.

Du löst dich von mir, drehst dich langsam auf den Rücken und schreist so spitz auf, dass ich zusammenzucke, und du aufrecht im Bett sitzt.

»Scheiße, Alayna, was wird das?«, knurre ich dich an.

Du stöhnst mit schmerzverzerrtem Gesicht und siehst so gequält aus. »Ich will nie wieder Sex haben, Carter.«

»Warte!« Ich steige total genervt aus dem Bett, gehe ins Bad und hole irgendeine verschissene Salbe, die Melissa hier vergessen hat, aber das musst du ja nicht wissen. Dann stelle ich mich vor dich. »Beine breit!«

»Carter, ich habe doch gerade gesagt, ich kann nicht …«

»Mach die Beine breit, Alayna!«

»Ich hasse dich«, murmelst du, aber du gehorchst und ich reibe dich vorsichtig mit der kühlenden Creme zwischen den Beinen ein. Du stöhnst erleichtert, Alayna. Außerdem wirst du wieder feucht und ich wieder hart. Das geht so wirklich nicht!

»Oh Gott!«, stöhnst du heiser und ich brause auf:

»Willst du mich verarschen, Alayna?« Aggressiv schiebe ich deine Knie wieder zusammen.

»Autsch!«

»Schnauze!« Ich schmeiße die Creme aufs Bett und gehe in mein Ankleidezimmer. »Zieh dich an, Alayna, ich muss dich jetzt heimfahren.«

»Ach so? Du kannst mich nicht mehr ficken, also musst du mich gleich loswerden, oder wie?«

»Nein, aber wenn du willst, kannst du gern mit Caden und mir den Tag verbringen, oder das, was vom Tag übrig ist.« Ich muss zum *Boss*, aber das brauchst du ja nicht zu wissen.

Du gibst ein motzendes Geräusch von dir. Kurz darauf stöhnst du wieder, weswegen ich sicher bin, dass du dich anziehst. Auch ich ziehe mich an.

Kurze Zeit später stehen wir im Badezimmer nebeneinander, wie ein verschissenes Hollywoodpärchen, und putzen unsere Zähne, Alayna. Du siehst mich durch den Spiegel an und ich verdrehe die Augen, weil du schon wieder diesen bestimmten Blick hast.

»Alayna, kannst du eigentlich auch mal an was anderes denken?«, frage ich, nachdem ich ausgespuckt habe. Du beugst dich auch vor und spuckst aus, während du mich mit diesem Arsch und alles in dieser Jeans fickst. Dann grinst du mich über deine Schulter hinweg an.

»Nein.« Ich bin so kurz davor, dir auf den Arsch zu hauen, aber ich beherrsche mich, weil du sonst aus deiner Haut fahren würdest.

Du bindest deine Haare zusammen und stolzierst an mir vorbei. Ich balle meine Hände zu Fäusten, weil ich dich sonst packe, auf das Waschbecken setze und noch mal ficke.

***

Eine Stunde später habe ich es endlich geschafft, dich – kleine Nymphe – zu Hause abzusetzen. Du bist im Auto schon wieder über mich hergefallen, Alayna. Und ich musste dich dreimal zurück auf deinen Sitz schubsen. Seit wann muss *ich* eigentlich der Vernünftige sein, wenn es um so was geht? Ich ficke immer, wenn ich kann, aber gerade bei dir muss ich mich in Beherrschung üben, oder was? Das gefällt mir nicht. Gar nicht. Aber irgendwann wirst du nicht mehr wund sein und dann ficke ich dich tot.

Jetzt stehe ich wieder vor unserem Haus und stelle den Motor ab.

Unsere Eltern sind noch arbeiten, und ich bin froh darüber, weil ich genau weiß, was jetzt kommt. Ava hat heute *Cheerleadertraining*. Gott sei Dank. Ich habe nämlich keine verdammte Ahnung, was jetzt zwischen Caden und mir alles passieren wird.

Ich öffne die Tür, obwohl ich lieber noch fünf Minuten oder fünf Stunden im Auto sitzen würde, aber er hat mich sicher schon gesehen.

Also steige ich aus, schlage die Tür zu und lasse meinen Nacken knacken. Ich weiß, dass ich nach dir rieche, und meine Lippen von deinen Küssen noch geschwollen sind. Aber es ist okay, wenn er das sieht. Ich will, dass er weiß, wem du gehörst.

Und dass er seine verdammten Finger von dir lassen soll, bevor etwas zwischen uns passiert, was nicht mehr rückgängig gemacht werden kann.

Er sitzt in meiner Garage, auf seinem Platz auf der Couch, die Füße auf dem Tisch, und ist ganz sein arrogantes, überhebliches Ich.

Als sein Blick mich trifft, ist er alles andere als amüsiert. »Na? Hast du deine kleine Prinzessin weggebracht?« Allein wenn ich ihn ansehe und daran denke, was er mit dir gemacht hat, will ich ihn windelweich prügeln, aber ich beherrsche mich. »Ah, Carter, sieh mich nicht so an, das langweilt mich.«

»Und mich langweilt, was du mit Alayna gemacht hast.«

»Alayna, Alayna, Alayna, reden wir eigentlich auch mal über was anderes als über sie? Setz dich doch, Bro. Dann können wir uns mal richtig über *Alayna* unterhalten.«

»Mir ist nicht nach Sitzen, Caden.«

»Dann steh, mir egal. Seit wann fickst du sie wieder?«

»Sag mal, muss ich dir eigentlich alles erklären? Bist du mein Dad? Nicht mal der verlangt so viel Rechenschaft von mir.« Er lehnt sich zurück und streckt seine Arme auf der Rückenlehne aus. Dann lässt er seinen Nacken knacken. Ich hasse diese Scheißshow, die er hier abzieht.

»Du lügst mich wegen IHR an, Carter. Und du verschweigst mir Sachen, die du mir sonst nicht verschwiegen hättest. Sag mir, ist diese kleine Pussy, in der wir schon alle drin waren, es wirklich wert? Sie ist billiger als eine Straßenhure. Sogar die haben mehr Würde, die nehmen wenigstens Geld dafür.« Ich versuche, mich zusammenzureißen und ihn reden zu lassen. So sehr. Aber in meinem Blickfeld verfärbt sich langsam alles rot. Immer wieder sage ich mir, dass er einfach nur verletzt ist. Dass er noch was für dich empfindet und damit nicht umgehen kann. Aber er macht mich so sauer. »Wollen wir Dad auch mal fragen, ob er drüberrutschen will? Sie würde bestimmt nicht Nein sagen.«

Das war's dann mit dem Zusammenreißen. Ich spüre, wie bei mir jede Vernunft weicht, und zwar dem blanken Wahnsinn, als ich auch schon auf Caden zumarschiere, ihn am Kragen packe und auf die Beine ziehe, sodass wir Nase an Nase stehen.

Er bleibt total gelassen. »Ah, flippst du jetzt aus, Bro? Um ihre kleine Ehre zu verteidigen. Das ist so süß.« Ich koche vor Wut, Alayna, und ziehe ihn noch näher, sodass unsere Stirnen sich berühren.

»Wenn du sie noch einmal anfasst, dann breche ich dir jeden Knochen einzeln, den du im Körper besitzt.«

»Wow!«, sagt er begeistert. »*Das* ist sie dir wert? Dass du so eine Drohung gegen mich aussprichst?« Das Amüsement verschwindet langsam.

»Und noch viel mehr, Caden.« Damit schubse ich ihn zurück auf die Couch.

»Ich hätte nie gedacht, dass du mich mal wegen einer kleinen Bitch verrätst.« Er steht auf und baut sich vor mir auf. Das Adrenalin rauscht stärker.

»Du weißt genauso gut wie ich, dass sie keine Bitch ist, Caden.«

»Du bist so süß! Liebst du sie?« Er tippt mir hart gegen die Brust. »So richtig mit deinem kleinen verkrüppelten Herzchen? Ist dir schon mal in den Sinn gekommen, dass du sie auf Dauer kaputt machst? Dass du sowieso in ein paar Monaten das Interesse an ihr verlierst und ihr ihrerseits das kleine, süße Herzchen brechen wirst? Und Carter, ist dir mal in den Sinn gekommen, dass diese Frau sich schneller ver- und entliebt, als ich bis drei zählen kann? Ist es nicht faszinierend, dass sie vor ein paar Wochen noch zusammengebrochen ist, weil ich sie verlassen habe? Doch jetzt sitzt sie vor dir mit ihren großen Bambiaugen und beteuert dir ihre ach so unsterbliche Liebe. Die kam aber plötzlich. Sag mir, wie lange hast du gebraucht, um Melissa wirklich zu lieben? Denkst du wirklich, dass sie das ernst meint? Oh Carter, sei nicht dumm!« Er schubst mich ein Stück nach hinten. »Sei kein vertrottelter Wichser! Sie will dich nur ficken, damit sie mir nahe ist, weil sie immer noch nicht verkraftet hat, dass ich sie betrogen und dann einfach abserviert habe. Glaub mir, sie ist genauso eine Bitch wie Melissa!« Der erste Schlag kommt aus dem Nichts. Ich bin selbst überrascht, aber diesmal ist es anders. Diesmal ist es ernst, als ich meine Faust mitten in sein Gesicht krachen lasse. Caden packt mich mit beiden Händen fest an den Schultern und rammt mich rückwärts gegen die eine Kommode, aus der aller möglicher Scheiß klirrend zu Boden fällt.

»Mach die Augen auf, Carter! Sie wird dein Untergang sein! Sie ist das Gift. Sie ist das gewissenlose Monster, das sich nimmt, was es will und es verschlingt. Sie hat mit uns gespielt und uns so weit gebracht. Siehst du das denn nicht?«, zischt er eindringlich und gar nicht mehr so ruhig, wie er sonst immer ist.

Sein Wangenknochen, wo ich ihn getroffen habe, rötet sich langsam, aber er zuckt nicht mal mit der Wimper. Ich schubse ihn von mir und er taumelt gegen den Couchtisch. Ich hasse es, zu sehen, wie er sein Gleichgewicht verliert.

»Ich will, dass du mit deiner kranken Scheiße aufhörst, Caden. Lass sie in Ruhe! Für immer!«

»Ich höre erst auf, wenn du begriffen hast, mit was für einer Ratte du zusammen bist.«

»GUT!«, brülle ich ihn an. »Dann mach das, aber vergiss mich!« Das lässt ihn wirklich kurz stocken und er legt den Kopf schief, als hätte er mich nicht richtig verstanden, und das passiert bei Caden nicht oft.

»Ich soll dich vergessen, Bro? Wirklich?«

»Wenn du mir nicht versichern kannst, dass nicht das Gleiche passiert wie bei Melissa!«

»Sie war eine Schlampe, Carter.«

»Na und?«, frage ich und lache ungläubig. »Das hättest du mir nicht beweisen müssen. Sie war *meine* Schlampe, darauf kommt es an. Und du hast mir nie was gegönnt. Weder früher noch jetzt. Ich hab mich immer für dich zurückgenommen und deine Gefühle berücksichtigt und immer eingesteckt. Aber du, BRO, du hast immer nur ausgeteilt. DU bist der Egoist. Du wolltest alles für dich, erzwungenermaßen, und wenn du fertig warst, war nichts mehr übrig. Weil du wie der Teufel bist, der alles wegbrennt.«

Er verdreht seufzend die Augen. »Carter, ich habe dich immer geliebt und respektiert. Du kamst bei mir vor irgendwelchen Bitches, Partys oder Drogen. Ich hab immer an dich gedacht. Aber du hast das kaputt gemacht. Du wusstest genau, dass ich bei Alayna das erste Mal auch was fühlte. Was du ja bei jeder Zweiten fühlst.« Er macht eine wegwerfende Handbewegung. »Ich hab sie geliebt und weißt du was?« Ich beiße mir auf die Unterlippe, bis es wehtut, um nicht zu brüllen. »Ich verrate dir jetzt ein Geheimnis«, sagt er leise und beugt sich direkt an mein Ohr. »Ich habe sie am Ende gar nicht mehr manipuliert. Ich habe sie auch nicht manipuliert, als sie zusammengebrochen ist, weil *ich* mit ihr Schluss gemacht habe, nicht du. Ich habe sie auch nicht manipuliert, als sie morgens auf der Couch liegend auf mich gewartet hat, weil sie mich trotz allem, was ich getan habe, nicht verlassen konnte. Ich habe sie nicht manipuliert, als sie mich nach oben gezogen hat, weil sie über mich herfallen wollte. Ich habe sie auch nicht manipuliert, wenn sie nackt auf mich im Bett gewartet hat, und mir gesagt hat, dass sie mich liebt, und ich habe sie nicht manipuliert, mit mir händchenhaltend über den Campus zu laufen oder bei mir zu bleiben, obwohl ich meinen kleinen Ausraster hatte, als du weg warst. Sie ist freiwillig geblieben. Sie wollte meine Berührungen freiwillig und sie hat mich freiwillig geliebt. Aber anscheinend war das alles ja nur wegen dir.« Er hebt abwehrend die Hände. »Also sorry, Bro, dass ich dir die Liebe deines Lebens weggenommen habe.«

Damit schlendert er zu meiner Kommode und nimmt sich einen Joint aus der Schublade. Ich balle meine Hände zu Fäusten, schließe die Augen und lege meinen Kopf zurück. Und ich frage mich, ob ich die Finger von dir hätte lassen sollen. Vielleicht bist du einfach nur unsicher? Vielleicht liebst du ihn doch und weißt es nicht. Vielleicht verdrängst du es auch nur total gekonnt. Vielleicht hat er recht. Vielleicht fällt es dir leichter, dich an mich zu lehnen, als mit ihm abzuschließen.

Vielleicht bin ich nur ein Caden-Ersatz.

Vielleicht auch nicht.

Ich habe keine Fuckahnung.

Ich erinnere mich nur an die Momente, in denen du mich mit diesem Vertrauen angesehen hast. Und an die Momente, in denen du Tränen in den Augen hattest, obwohl du nicht vor anderen weinst. Ich erinnere mich, als du mich angelächelt hast, jedes einzelne Mal, und an den Moment auf dem Steg, als deine Augen gefleht haben, dass ich dich küssen soll. An unser erstes Mal im Auto, als du gefleht hast, dass ich dir den Schmerz nehmen soll, obwohl ich sonst nur Schmerz gebe. Und an gestern, als du mich angebrüllt hast wie noch keine jemals zuvor, und als ich trotz allem nur daran denken konnte, wie sehr ich dich liebe.

Ich ahne, dass alles kaputt ist. Du, ich, er.

Wir.

EPILOG

Carter

Die dröhnenden Bässe der Musik vibrieren durch meinen Körper und das Schwarzlicht lässt die hellen Dinge im Raum leuchten, ganz besonders Cadens Geburtstagsoutfit. Er weiß eben, wie er sich in Szene setzt.

Jedes Jahr ist es das Gleiche. Die Leute scheinen das ganze Jahr auf unseren Geburtstag hinzufiebern. Alle wollen dabei sein, obwohl es Halloween ist und so viele andere Partys steigen, aber unsere sind eben legendär.

Ich habe dich jetzt eine Woche dazu gebracht, dich von mir fernzuhalten, Alayna, aber ich habe die Schnauze voll davon, ein Geheimnis aus dir zu machen. Ich habe die Schnauze voll davon, nicht zu meinen Gefühlen stehen zu können. Ich habe die Schnauze voll davon, mich immer zu verstellen und nach seiner Pfeife zu tanzen. Caden und ich haben seit einer Woche nur das Nötigste miteinander gesprochen. Das beschränkte sich auf: »Gib mir mal die Butter« und »Ich fahre selbst zur Uni«, was dir natürlich nicht verborgen blieb, Baby, aber du hältst deinen Abstand zu mir. Den Sicherheitsabstand, und das nervt mich. Ich will, dass jeder Ficker auf dem Campus – und auch in der Stadt – sieht, wem du gehörst. Deswegen habe ich entschieden, dass du heute kommst – ob Caden ein Problem damit hat, dich hasst oder nicht. Ich scheiß auf die Scheiße, die er redet, denn ich weiß, dass du was für mich empfindest, Alayna. Schließlich sehe ich die Blicke, die du mir in der Mensa zuwirfst, und ich sehe, wie deine Finger zucken, wenn ich vorbeigehe, und ich höre die Sehnsucht in deiner Stimme, wenn du mich anrufst, weil du es nicht aushältst. Und mir geht es nicht anders.

Wir feiern in einer verlassenen Fabrik unseren verdammten Geburtstag und es ist das erste Mal, dass wir an diesem Tag nicht zusammen aufgetaucht sind. Ich lehne an der Bar und beobachte gelangweilt die tanzende Menge und wie Caden in einer Ecke mit einer Tussi auf dem Schoß sitzt und sich von ihr mit Trauben füttern lässt. Sein weißes Outfit strahlt nur so und alle denken, er wäre ein verdammter Gott – vor allem er selbst. Er kotzt mich so an, Alayna. Ich kann ihm einfach nicht verzeihen, was er dir angetan hat. Und uns. Und mir.

Er grinst diabolisch und seine Zähne leuchten, als er meinen genervten Blick bemerkt. Ich trinke einen Schluck von meiner Whisky-Cola, als ich spüre, dass du den Raum betrittst. Die meisten sind schon betrunken und tanzen lasziv, aber ich sehe direkt an ihnen vorbei zum Eingang.

Dort stehst du wie ein verfickter Engel in einem weißen, eng anliegenden Strickkleid, das deine Kurven betont, und welligen, langen Haaren. Jeder Mann dreht sich nach dir um. Aber du klammerst dich mit beiden Händen an die kleine Handtasche, die du dabeihast. Du siehst dich suchend nach mir um. Ich warte, bis deine Augen mich in dem schummrigen Licht finden. Sobald das passiert ist, geht ein Strahlen über dein Gesicht, für das ich jeden Wichser töten würde. Und damit meine ich jeden. Fuck, Baby, ich habe dich jetzt eine Woche nur in der Uni gesehen und nicht gespürt. Ich muss mich zusammenreißen, damit ich dich nicht packe und mit dir abhaue. Du gehst auf deinen hohen Schuhen die Stufen herab, direkt auf mich zu. Ich sehe nur dich zwischen tausend Huren, die ihre Ärsche zum Takt bewegen.

Ein Engel unter tausend Huren.

»Hey!«, brüllst du mir entgegen, sobald du vor mir stehst, und alles, was ich sehe, sind deine tiefrot geschminkten, vollen, weichen Lippen.

Ich packe dich am Handgelenk, ziehe dich mit einem Ruck an meinen Körper und neige meinen Kopf, weil ich dich jetzt schmecken muss. Es ist mir egal, ob er zusieht. Er kann sich ficken.

Ich lege die andere Hand an deinen unteren Rücken, schiebe dich so eng es geht an mich und versiegle deinen Mund mit meinem. Du keuchst überrascht. Dein letzter Stand ist, dass Caden nichts mitbekommen darf, weil er dabei ist, den Verstand zu verlieren. Aber ich verliere den Verstand ohne dich und deshalb fick ich darauf.

Ich liebe es, wie dein Körper sich an meinen schmiegt, du deine Hände in mein Oberteil krallst und seufzt. Mit meiner Zunge dränge ich in deinen Mund und stöhne leicht, weil ich dich endlich wieder richtig schmecke. Ich habe beinahe vergessen, wie gut das ist.

»Carter«, hauchst du zittrig und dein Atem streift meine Wange. »Caden ist da hinten …«

»Ich weiß.« Ich vergrabe meine Hand in deinem Haar und ziehe deinen Kopf zurück.

»Er wird uns umbringen!« Deine Augen sind so voller Emotionen und auf mich fixiert.

»Nicht wenn ich ihn zuerst erwische.« Gerade will ich dich zu einem neuen Kuss heranziehen, als ich spüre, dass Caden näherkommt. Kurz darauf höre ich seine Stimme und ziehe dich neben mich, einen Arm über deine Schultern gelegt.

»ALAYNA«, ruft er begeistert. »Dieses Kleid ist aber ganz schön knapp. Bist du sicher, dass Carter das gefällt?«

Er schiebt sich an dir vorbei, Alayna. Als er die Hand hebt und über deinen Arm streichen will, knurre ich: »Fass sie nicht an!«

Sein Blick richtet sich kurz auf mich. »Carter, ich kann auch meinen Spaß haben, ohne sie anzufassen. Hast du das noch nicht kapiert? Außerdem haben wir Geburtstag, wir sollten …«

»Was?«, unterbreche ich ihn drohend.

»Spaß haben«, sagt er, als wäre es selbstverständlich.

Dir reicht es und du funkelst ihn an. »Caden, lass uns einfach in Ruhe.«

»So süß«, erwidert er schmunzelnd. »Wie du deinen Mann verteidigst. Und so süß, wie mein Bruder seine Eier an dich verloren hat. Geh auf die Knie und blas mir einen.« Er benutzt die Stimme, die immer bei dir wirkt, und ich presse die Zähne zusammen.

»Verpiss dich, Caden, bevor ich dich zerfetze!«

»Ohhhh, komm runter, Bro. Das ist der ultimative Test für dich, ob sie immun gegen mich ist und dich wirklich liebt. Nicht so wie Melissa, die sofort auf die Knie gegangen ist.« Fuck. Ich kneife die Augen zusammen. Hat er nicht gesagt, dass Melissa das freiwillig gemacht hat? Was zum Teufel spielt dieser Wichser für ein Spiel mit mir?

Und mit dir?

»Carter!« Mit einem Mal spüre ich deine Hand an meiner Wange. »Beruhige dich. Ich werde gar nichts tun, was dieser Psychopath von mir will.« Meine Lider gleiten wieder auf und ich sehe, wie mein Bruder dich hasserfüllt anfunkelt. Gleichzeitig frage ich mich, wie du es geschafft hast, dich von seiner Manipulation zu lösen, denn ich erinnere mich an ganz andere Tage. Ich traue der Sache nicht.

»Ich brauche nur ein Quäntchen Sympathie, dann kann ich damit wieder arbeiten, und ich habe Zeit«, meint Caden. »Ein bisschen Widerstand macht die Jagd erst richtig lustig! Jetzt genieße sie, solange ich sie dir noch lasse, BRO!« Er klopft mir auf die Schulter. »Es soll mein Geburtstagsgeschenk an dich sein, dass ich dich und sie für heute in Ruhe lasse. Happy fucking Birthday, Carter.«

Damit schlendert er in die Menge und verschwindet, weil er das so will.

Fuck.

* * *

Caden

Ich werde dein Leben zerstören, Alayna.

Es ist beschlossene Sache. Ich werde dir Stück für Stück nehmen, was du zu lieben glaubst und was dir wichtig ist. Du kannst dich nicht zwischen uns stellen. Du kannst nicht mit beiden ficken und dann einfach eine Seite wählen. Die Leute denken, dass ich der Manipulative bin, aber eigentlich bist du das mit deiner goldenen Pussy. Was bleibt dir, wenn du die nicht mehr hast, Alayna? Was hast du dann noch vorzuweisen? Was macht dich deiner Meinung nach so besonders, dass du in der Lage bist, dich in eine Familie zu drängen, die dich und dein Drama nicht braucht? Dass du in der Lage bist, MICH in die Knie zu zwingen und MEIN verficktes Herz zu brechen?

Ich werde dafür sorgen, dass du dich so wertlos fühlst, wie du bist. Es wird Zeit, dass du siehst, wie erbärmlich und widerlich du bist, Alayna.

Carter weiß genau, dass das hier nicht das Ende vom Lied ist. Jetzt sowieso nicht mehr, da er dich so offensichtlich für sich beansprucht hat.

Das hier war alles erst der verdammte Anfang. Das Intro. Die Pilotfolge einer Serie.

Der richtige Spaß geht jetzt erst richtig los.

Du wirst an mir zerschmettern, Alayna. Und an Carter. Er denkt, er könnte dir jetzt den liebenden, süßen Typen vorspielen, aber das ist er nicht – nicht im Kern. Das wirst du auch noch sehen, dafür werde ich sorgen.

Du lebst gerade echt gefährlich, Alayna, weißt du das eigentlich?

Nein, du tänzelst lächelnd in dein Verderben, aber das scheint deine Natur zu sein, BABY.

Es passiert mir nicht oft, dass ich jemanden oder etwas übersehe, aber Alayna, du hast es geschafft, mich so rasend zu machen, dass ich nicht vor meine Füße schaue. Im nächsten Moment ist da dieses kleine, zierliche Ding, das direkt und frontal in meine Brust rennt. Ich strecke automatisch die Hände aus und packe sie an den Oberarmen.

»Wow!«, sage ich und ziehe den Kopf zurück. »Langsam, Babygirl.«

Hellgrüne, riesengroße Augen mit schwarzen, langen Wimpern drum herum sehen zu mir auf und volle, rote Lippen formen ein stummes O.

»CARTER!«, brüllt sie mich im nächsten Moment an und atmet tief und erleichtert aus, als wäre ich der Retter in der Not, der Carter nun mal ist. Ich mustere sie kurz genauer. Die schwarzen, hautengen Jeans, die sich um schlanke Beine schmiegen; den dunkelroten, eng anliegenden Pullover, der den Ansatz von perfekten Brüsten enthüllt. Die tief gebräunte Haut und das schmale Gesicht sowie schwarze, echt pechschwarze Haare, die leicht gewellt über Schultern und Rücken fallen.

Sie trägt Sneakers.

Und ich finde sie heiß.

»ENDLICH HAB ICH DICH GEFUNDEN! ICH HAB DICH SCHON ÜBERALL GESUCHT!«, ruft sie und schmeißt sich im nächsten Moment auf mich, sodass sie mich mit Armen und Beinen umklammert. Automatisch greife ich zu und bin total vor den Kopf gestoßen, wie ich schon ewig nicht mehr war, Alayna. Diese Frau ist echt ein bisschen lebensmüde.

Aber sie riecht verflucht gut.

Und sie sucht Carter, Alayna. Das öffnet ganz neue Türen, *Alayna*.

Ich lächle teuflisch und hauche in ihr Ohr: »Oh Baby, ich habe dich auch so lange gesucht.«

ENDE

Garden
of EVIL

VORSCHAU

PROLOG

Wir sind entfesselt, Alayna, und keiner von uns wird jetzt noch Gewissen oder Reue zeigen.
Ich habe dich gewarnt, aber du hast mit dem Teufel getanzt und er hat dich zerschmettert.
Deine Zeit war von Anfang an begrenzt. Jetzt ist sie vorbei – und du bist uns verfallen. Es gibt kein Zurück mehr. Es gibt nur noch Lust und Schmerz und Besessenheit. Es gibt nur noch eine Welt in der Dunkelheit – eine Welt in der Mafia.

Warum bist du nicht gelaufen?

1. Dich hat der Teufel geschickt, Isabelle

Caden

Sie heißt Isabelle, Alayna.

Sie ist süße achtzehn Jahre alt und sie ist hier, weil sie meinen Bruder sucht.

Die Musik übertönt alles und die Scheinwerfer strahlen über ihre reine Haut, während ich sie genauer betrachte. *Isabelle* … Den Namen habe ich schon mal gehört, am Tisch, als Carter so aufgeregt war, weil Ava von ihrer Schulfreundin Isabelle – die natürlich nicht dieselbe ist – erzählt hat. Allein der Name hat ihn schon so durcheinandergebracht. Ich muss unbedingt erfahren, was dahintersteckt.

Also habe ich mich mit ihr in eine Lounge zurückgezogen, während du hier auf meiner Geburtstagsparty fröhlich mit meinem Bruder rummachst und ihn trockenfickst.

Ja, du hast dich für den lieben, guten Carter entschieden, wie sie es alle tun. Diese Geschichte ist wohl dazu verdammt, sich immer wieder zu wiederholen. Aber dieses Mal werde ich nicht so nett sein wie bei Melissa oder Danielle. Ich will Rache. Ich will Rache dafür, dass du das Gehirn von meinem Bruder verpestet hast. Dafür, dass du einen Keil zwischen uns getrieben hast. Dafür, dass du eine Scheißschlampe bist, die mir mein Scheißherz gebrochen hat. Dafür, dass ich *einmal* selbstlos war und dich für dein Wohl habe gehen lassen, und du mich dafür hinterrücks gefickt hast. Du verdienst es nicht einmal, dass mein Bruder in deine Richtung *schaut*. Er ist zu gut für dich. Und ich dachte die ganze Zeit, wir beide wären nicht gut genug für dich, dabei ist es umgekehrt. Du bist Dreck, Alayna, und wir verkehren nicht mit Dreck – normalerweise. Manchmal dauert es eben ein bisschen, bis Carter checkt, dass es sich um ein Glasstück handelt und nicht um einen echten Diamanten.

»Und dann habe ich diesen Kerl gefragt, ob er einen Carter Rush kennt, und er hat gesagt: KLAR, DEN KENNT DOCH JEDER, PÜPPCHEN! Und dann hat er mir erzählt, dass du und dein Bruder heute hier Geburtstag feiern. Und herzlichen Glückwunsch und ... CARTER? HÖRST DU MIR EIGENTLICH ZUUUUU?«

Ich schaue von dir und meinem Bruder, wie ihr immer noch an der Bar sitzt und rummacht, direkt zu ihr – in diese riesigen, giftgrünen Augen, die geradewegs auf Teile von mir zu blicken scheinen, von denen ich nicht mal eine Ahnung hatte, dass es sie gibt.

Was zur Hölle ist das denn?

»Klar höre ich dir zu, Baby«, sage ich träge, so, wie Carter meistens spricht. Ich liebe es, dass ich gerade schon wieder spiele, ohne dass mein Bruder es weiß, Alayna.

Wahrscheinlich ist es Zeit, sich von dir abzukapseln, zumindest gedanklich, denn du wirst nicht mehr lange Teil unseres Lebens sein und ich sollte aufhören, dich als DU zu sehen. Als eine Person, die es würdig ist, von mir als wichtig erachtet zu werden. Du kleine Gossenratte. Aber offensichtlich bin ich noch nicht ganz bereit und ich gebe mir die Zeit. *Ich* habe Zeit. *Du* nicht. Nicht mehr viel. *Ticktack, Alayna.*

»Und dein Bruder ist also wirklich immer noch mit ihr zusammen? Wie hieß er gleich? Clayton?« Sie folgt meinem Blick zur Bar und richtet ihn dann wieder auf mich.

Ich verziehe das Gesicht, weil das der hässlichste Name ist, den ich je gehört habe. »Caden«, knurre ich. »Und ja, wie du siehst, sind sie das noch.«

»Echt? Nach allem, was du mir erzählt hast?« Sie runzelt die Stirn. »Dein Bruder scheint ja ein richtiger Soziopath zu sein.« Alayna, ich frage mich, seit wann Carter so ein Tratschmaul ist. Und das auch noch bei irgendeiner Bitch. Okay, sie ist heiß, aber trotzdem nur irgendeine Frau, die er wahrscheinlich ein paar Mal gefickt hat.

Sie wirft ihr pechschwarzes Haar über eine Schulter und überschlägt die Beine, stützt sich mit der rechten Hand auf dem Polster des Sitzes ab und lehnt sich zu mir rüber. »Und du?«, fragt sie. »Stehst du noch auf sie? *Immer noch*?«

Gott, Alayna, ich will so gern wissen, was zwischen Carter und *Isabelle* so passiert ist und woher sie sich kennen. Du sicher auch, oder? Das muss dich doch ebenfalls interessieren. Du bist ja jetzt seine *Freundin*. Und sie scheinen eine ziemlich enge Verbindung zu haben, wenn Carter ihr schon so viel erzählt hat.

»Ahh«, seufze ich und lehne mich zurück, den Kopf schiefgelegt. »Ich glaube, ich stehe jetzt auf wen anders.« Dabei sehe ich sie eindeutig an.

Sie lacht auf. Es klingt glockenklar und angenehm. Nicht so penetrant wie bei anderen Bitches. »Ich wusste genau, dass ich dir das Hirn weggeblasen habe. Wortwörtlich.« Sie grinst mich an, Alayna. Ich wünschte, du würdest das hier hören. Der böse, böse Carter. Ich fasse es nicht, und er hat mir nicht mal was von diesem kleinen Geheimnis erzählt, also muss es wirklich wichtig sein. Denn wie wir gelernt haben, teilt er die richtig wichtigen Dinge nicht mit mir.

»Das beruht wohl auf Gegenseitigkeit, oder wieso bist du sonst hier, *Isabelle*?« Ich lasse den Namen sinnlich von meinen Lippen rollen.

Sie lehnt sich mir noch ein bisschen mehr entgegen, aber ich will nicht, dass Carter sie sieht. Ich will, dass er morgen früh vor Schock gemeinsam mit dir vom Stuhl fällt, wenn wir mit der ganzen Familie am Tisch sitzen und ich *Isabelle* dabei haben werde, weil ich sie die Nacht zuvor gefickt habe. Immer und immer wieder. Das ist mal ein Plan, der mir gefällt.

»Mhmmmm … das weißt du doch ganz genau, Carter.« Wow, sie hat eine Sexstimme drauf, Alayna, von der du noch viel lernen kannst, und sie ist auch noch jünger als du. Sie macht mich steinhart, Alayna, was eigentlich nicht so schnell passiert.

»Komm her«, sage ich seufzend. »Ich sehe doch, dass du gleich platzt.«

Und verdammt, sie kommt. Ohne zu zögern, setzt sich rittlings auf meinen Schoß und die enge Jeans spannt über ihren runden Arsch. Ich lege meine Hände fest darauf, wie Carter es immer bei dir tut, und drücke sie noch ein bisschen enger an mich. Als sie mit geneigtem Kopf zu mir runterschaut, öffnen sich ihre Lippen einen Spalt und ihre Lider senken sich ein wenig. Fuck, sie ist so verdammt scharf. Sie beißt sich auf die Unterlippe und bewegt leicht ihre Hüften, sodass sie sich an meinem Ständer reibt.

»Ich bin aber nicht die Einzige, die bald platzt, oder?«, murmelt sie und vergräbt ihre Hände in meinem Haar, bevor sie ihre Lippen auf meine presst.

Und mich wahnsinnig macht.

* * *

Ich fahre Auto. Ich will nach Hause, Alayna. Wegen Isabelle habe ich meinen gesamten Abendplan geändert und dich sogar einfach mit Carter da stehen lassen. Jetzt bringe ich Isabelle zu uns nach Hause in mein Zimmer und werde sie in allen Positionen, die mir einfallen, ficken.

Happy Birthday to me.

Ich werde sie heute nicht mit Carter teilen, wie es an unseren Geburtstagen eigentlich unsere Tradition ist. Und ich will es gerade auch gar nicht, weil sie zu scharf ist und ich sie erstmal allein genießen muss. Vielleicht – sie kennen sich ja schon – wird *sie* diejenige sein, die dich bald ersetzt. Carter wird merken, was für eine Sauerstoffverschwendung du bist und dich endlich verlassen, und wir können uns ganz Isabelle widmen, die jetzt ihren Gurt löst, weshalb mein Auto protestierende

Pieptöne von sich gibt, während ich es über die Straße lenke. Dann zieht sie einfach ihren Pullover aus. Ich muss zweimal hinschauen und mich gleichzeitig aufs Fahren konzentrieren.

Scheiße.

Dieser Körper.

Oh mein Gott.

Sie trägt einen schwarzen BH, der ihre Brüste zusammendrückt, die alles, aber nicht gerade klein sind. Ein kleines goldenes Kreuz hängt an ihrem Hals, was halb in ihrem üppigen Dekolleté verschwindet. Dazu besitzt sie eine Wespentaille, ausladende Hüften und eine natürliche südländisch gebräunte Haut, die so fucking weich aussieht. An ihrem Bauchnabel glitzert ein Piercing. Ihre Schlüsselbeinknochen schauen leicht hervor und die schlanken Schultern heben sich daneben ab. Fuck, sie entspricht genau Carters Typ. Carters Typ, bevor es dich gab, Alayna. Sie sieht aus wie Melissa, nur heißer und südländischer mit ihrem spitzen Kinn und den hohen Wangenknochen.

Fuuuuuuck.

Frech grinst sie mich an, dreht meine Musik lauter, fasst an ihren Rücken, schnippt einfach den BH auf und sitzt wie eine Göttin in Jeans neben mir.

FUCK! FUCK! FUCK!

Das Auto macht einen Schwenker, weil ich sie etwas zu lange angestarrt habe, doch ich reiße das Lenkrad wieder rum. Dann kniet sie plötzlich neben mir auf dem Leder und lehnt sich zu mir rüber. Ich lasse den Kopf gegen die

Sitzlehne fallen, als sie mir ins Ohr flüstert: »Ich will, dass du jetzt in meinem Mund kommst.«

Wer bin ich, da nein zu sagen, Alayna?

Ich mache eine einladende Handbewegung in Richtung meiner weißen Hose. Sie grinst mich an, bevor sie sich nach unten beugt und ihre Haare sich über meinen Körper legen wie ein Vorhang. Ich lasse eine Hand am Lenkrad, wickle ihre Strähnen um meine freie Faust, während sie stöhnt, als sie meine Hose öffnet.

Alayna, ich dachte immer, du wärst ein böses Mädchen. Aber das bist du gar nicht. Nicht neben ihr. Sie hat das Böse erfunden.

Und was sie kurz darauf mit ihrem Mund macht, ist der Inbegriff eines Blowjobs. Sie nimmt mich tief in sich auf, ihre Zunge wirbelt wie die eines Profis und sie benutzt zusätzlich ihre Hände. Ich schaue nach rechts, wo sie ihren Arsch nach oben streckt, und fahre total langsam, weil ich das Auto nicht um einen Baum wickeln will. Meine Finger am Lenkrad zucken und ich muss sie gar nicht weiterdrücken, weil Isabelle mich bis in ihre verdammte Kehle aufnimmt.

Als sie um mich herum stöhnt, explodiere ich einfach, ohne, dass ich es aufhalten oder kontrollieren kann. Dabei kann ich es normalerweise *immer* kontrollieren. Egal, wie heiß die Tussi auch ist – und egal, was sie tut.

Sie schluckt wirklich alles.

A

L

L

E

S.

Grinsend richtet sie sich wieder auf und wischt sich mit Daumen und Zeigefinger über die Lippen.

»Danke, das war köstlich!«, sagt sie fröhlich. So fröhlich, wie ich immer mit dir rede, wenn ich dich reize, bis du kochst.

Ich schließe meine Hose mit einer Hand und lasse meinen Nacken knacken. »Aber bitte, gerne doch«, erwidere ich leicht perplex und drücke wieder aufs Gas.

Scheiße, ich muss nach Hause, irgendwo in mein Zimmer, wo ich sie auf alle Arten, die es gibt, ficken kann.

Ich glaube nicht an Gott.

Ich glaube an den Teufel.

Und der muss sie mir geschickt haben.

2. *Ich weiß, wer du bist, Caden Rush*

Isabelle

Ich weiß natürlich, dass du nicht Carter bist, Caden. Das habe ich ab dem Zeitpunkt gewusst, als wir zusammen in der Lounge saßen und du deinen superhypnotischen Blick auf mich losgelassen hast. Oh Baby, du bist so süß, weil du denkst, dass du mich manipulieren und um den Finger wickeln kannst. Carter hat mir alles über dich erzählt. Alles. Tabulos und ohne etwas auszulassen. Er hat in den sechs Wochen, in denen er sich eine Auszeit von zu Hause genommen hat und im widerlichsten Viertel Chicagos abgefuckt ist, jemanden gebraucht, der ihm zuhört, ihm das Gehirn wegfickt und mit ihm Weed raucht. Ich war da und wir haben uns super verstanden. Wir waren viel zusammen unterwegs und haben uns tiefer kennengelernt, als es zunächst beabsichtigt war. Wir hatten ein paar … *Momente* miteinander. Intensive unvergessliche Momente …

Aber jetzt hat er anscheinend das Mädchen abbekommen und ja … ich freue mich für ihn. Wie auch immer, denn Caden, er war echt fertig wegen dir. Das war nicht okay, wie du dich benommen hast. Jemand muss dir zeigen, wie man sich seinem Bruder gegenüber richtig benimmt. Aber deswegen bin ich eigentlich nicht hier. Eigentlich wollte ich wirklich mit Carter reden, weil ich seine Hilfe brauche, denn ich weiß, dass ich bei ihm immer Hilfe finden werde, wenn ich sie brauche. Und ja, ich wollte ihn sehen, nur ein einziges Mal.

Doch dann warst *du* da und wir haben uns geküsst. Du bist genauso interessant und verschlagen, wie ich mir dich nach Carters Erzählungen vorgestellt habe. Ich muss zugeben, dass Carter und ich uns wirklich … *intensiv* angefühlt haben. Ich habe geglaubt, bei ihm was gefunden zu haben, was ich nirgendwo sonst finden kann. Außer bei … *ihm*, doch an *ihn* will ich jetzt nicht denken. Das verbiete ich mir schon seit so langer Zeit vehement.

Aber das ist jetzt egal.

Er hat sie endlich und du, Caden. Du bist interessanter, als ich es mir je hätte vorstellen können. Wir sind vom gleichen Schlag, Caden, aber das werde ich dich noch spüren lassen.

Jetzt bin ich die Süße, die Kleine, die dir mit ihrer Zunge und ihren Lippen dermaßen das Hirn wegblasen wird, dass du erstmal an nichts anderes denken kannst. So gehe ich meinen Scheiß an. Du wirst mich nicht mehr aus deinem Bett lassen wollen. Doch ich werde dich nicht mehr an mich ranlassen. Einfach, weil ich alles in den Abgrund reiße, was ich an mich ranlasse. Aber das weißt du jetzt noch nicht.

Wir kommen vor eurem Haus an und ich muss sagen, ihr lebt echt schön, obwohl ich Heftigeres gewohnt bin. Aber das musst du nicht wissen und das wirst du nie erfahren. Niemand wird und darf das je erfahren. Auch Carter nicht.

Ihr habt ein hübsches Einfamilienhaus am Stadtrand. Inklusive Vorgarten, der alles andere als gepflegt ist. Herbstlaub wuchert wild durcheinander und auf der Veranda stehen leere Töpfe und Tüten. Sämtliche Lichter im Haus sind aus. Carter hat mir erzählt, dass ihm die Garage gehört, und du, Caden, hältst direkt davor. Ich bin immer noch oben ohne, damit du nicht vergisst, was dich erwartet. Ich habe dich heißgemacht und das muss auch so sein. Schließlich brauche ich dich noch.

Du stellst den Motor ab und steigst aus. Ich folge dir mit meinen Augen, als du die Motorhaube umrundest, meine Tür aufreißt und mich aus dem Auto ziehst. Der kühle Wind streicht über meine nackten Brüste, woraufhin sich meine Nippel aufstellen.

Ist da jemand ungeduldig? Ich dachte, du hättest das mit der Geduld drauf. Tja, kommt wohl auf die Frau an.

Deine Kiefer sind zusammengepresst. Musst du dich etwa zusammenreißen? Du ziehst mich über die Veranda zur Haustür, wo ein automatisches Licht angeht und nichts der Fantasie überlässt. Kurz schaust du mich über die Schulter an, während du hektisch am Schlüssel fummelst und zischst: »Fuck!« Dann stößt du die Tür auf, ziehst mich rein und drängst mich gegen das dunkle Holz, sodass ich mit dem Rücken dagegen krache und mir die Luft aus meinen Lungen zischend entweicht.

Dein warmer Körper presst sich unmittelbar an meinen und du lässt mich wie im Club in deinem Haar wühlen. Großer Fehler, Baby. Ich weiß, dass Carter das hasst.

Irgendwie bist du aus der Rolle, oder? Dabei dachte ich, du spielst so gut. Denn ich spiele nur mit Profis.

Deine Lippen finden meine und du küsst mich hart, während du nach meinem Oberschenkel greifst und ihn dir um die Hüfte legst, sodass ich dich zwischen meinen Beinen spüren kann. Ich mag, was ich spüre.

Eine Hand von dir wandert zu meiner Brust und ich stöhne auf, als du sie fest knetest. Die Ungeduld ist in jeder einzelnen deiner Berührungen zu merken, und dein Stöhnen an meinen Lippen ist so heiß.

Deine Zunge drängt sich in meinen Mund und dich zu schmecken, ist nochmal eine ganz andere Liga der Sinnlichkeit. Deine Finger fahren von meiner Brust zu meiner Taille, die du mit beiden Händen komplett umfasst. Du reißt mich ruckartig an dich, sodass kein Blatt mehr zwischen uns passt, und beißt mir in die Unterlippe, Caden.

Das tust du eigentlich nicht so oft, oder? Du bist nicht der Typ, der so ungeduldig, drängend und grob ist wie Carter. Überwältigt es dich gerade ein bisschen? Überwältige *ich* dich? Oh Baby, mir geht es überraschenderweise nicht anders. Ich nestele an dem Saum deines Oberteils, was du dir in einer flüssigen Bewegung über den Kopf ziehst. Der Mond scheint ins Haus, genau wie die Straßenlaternen, und deine tätowierte Haut schimmert in dem sanften Licht. Das Geknutsche macht mich wahnsinnig.

Ich kralle meine Fingernägel in deinen Bizeps und du greifst nach meinem Kinn, reißt meinen Kopf nach hinten. Deine Lippen erkunden meinen Hals, was mir eine Gänsehaut beschert. Fuck. Es ist, als würdest du jeden Winkel meines Körpers sofort kennenlernen wollen, und hättest keine Zeit, um es langsam anzugehen. Du schiebst meinen Schenkel von deiner Hüfte und *reißt* meine Hose fast schon auf. Ich strample sie von meinen Beinen, bis ich nur noch in meinem Höschen vor dir stehe. Du nimmst den Kopf zurück und musterst mich von oben bis unten. Es gefällt mir. Ich liebe es, wie du mich ansiehst. Unter deinem Blick zieht sich alles in mir zusammen und ich atme schneller. Mein Herz rast, dann schaust du mir wieder in die Augen, packst mich und fegst mit einem Arm die ganzen Schlüssel sowie den Krimskrams von der Kommode im Flur, direkt neben uns, auf die du mich anschließend setzt.

Du küsst wieder meinen Hals und reißt mir gleichzeitig den Slip nach unten. Nun bin ich ganz nackt. Deine Hand drängt sich über meinen Schenkel zwischen meine Beine und direkt auf meine erhitzte Mitte.

Ruckartig schiebst du zwei Finger in mich. Ich zucke, stöhne und bäume mich auf, weil sich das so heftig anfühlt. Du berührst sofort diesen einen Punkt, als wüsstest du genau, was und wo du es tun musst. Als hättest du es studiert. Ich kenne das schon von jemand anderem, aber daran will ich jetzt nicht denken. Und nein, es ist nicht Carter. Mein Leben ist ein bisschen kompliziert, Caden Rush.

Ich beiße mir auf die Unterlippe, damit ich nicht den falschen Namen stöhne. Du hinterlässt eine feuchte Spur, als du mit deiner Zungenspitze von meinem Hals bis zu meinem Ohr fährst und mir ins Ohrläppchen beißt. Dein Daumen findet sich auf meinem Kitzler wieder. Du drückst darauf und bewegst ihn leicht und ich komme sofort. So plötzlich. Breche aus wie ein verfluchter Vulkan und stöhne laut, weil ich es mir nicht verkneifen kann. Du verschließt meine Lippen mit deinen und küsst mir den Orgasmus vom Mund.

»Scheiße«, flüstere ich und öffne meine Augen. Mein Herz flattert richtiggehend. Ich spüre es und höre es in meinen Ohren pulsieren. »Fuck!«

Du legst den Kopf schief und musterst mich interessiert, dabei ziehst du deine Finger aus mir zurück und wanderst damit an deinen Hosenbund. Während du die Jeans langsam öffnest, lässt du mich nicht aus den Augen. Ich halte deinem Blick schweratmend stand. Wieso ist das so intensiv? Was ist das?

Bevor du die Jeans zu Boden gehen lässt, ziehst du deine Geldbörse hervor. Du lässt mich immer noch nicht aus den Augen, als du sie mit einer Hand öffnest und blind etwas rausziehst. Ich gehe davon aus, dass es ein Kondom ist. Dabei hasse ich es. Ich will dich lieber pur spüren, aber du hast ja recht. Wir haben keine Ahnung, wer der jeweils andere ist. Na ja, zumindest hast du nicht so viel Ahnung wie ich. Ich weiß genau, welche Frauen du in den letzten sechs Monaten hattest. Wenn Carter stoned ist, ist er echt mitteilungsbedürftig. Und es gab ein paar tiefgründige Gespräche zwischen uns, die mit Sex und Alkohol endeten.

Caden, du drückst mir das verpackte Kondom in die Hand und forderst stumm, dass ich es dir überziehen soll. Klar, Baby, kein Thema.

Ich reiße es mit den Zähnen auf, starre dich immer noch an. Du legst den Kopf auf die andere Seite, während du dich deiner Shorts mit einer Hand entledigst.

Ich beuge mich leicht vor und umfasse dich. Deine Zähne

mahlen, als ich dir den Gummi überrolle. Und zwar langsam. Ich weiß, dass du nicht der schnelle Typ bist, und nein, das hat Carter mir nicht erzählt. Ich weiß, dass du jede Sekunde beim Sex eigentlich genießt und auskostet. Ich sehe sofort, mit wem ich spiele. Jemand, der mir mal was bedeutet hat, brachte mir viel über Menschenkenntnis bei, deshalb weiß ich, wer du bist, Caden Rush.

Du schiebst deine Hüften nach vorn. So zielsicher, ohne von mir wegzusehen. Während du in mich stößt, packst du meine Oberschenkel und ziehst mich dir entgegen, bis ich nur noch am Rand der weißen Kommode sitze.

Du versinkst gleich bis zum Anschlag in mir. Ich stöhne tief, so wie du, und wir verharren kurz. Scheiße, Caden. Du fühlst dich ganz anders an als Carter. Mich könntet ihr zwei nicht verarschen, und wenn ihr es noch so sehr darauf anlegt.

»Scheiße!«, flüstern wir gleichzeitig, weil es sich so gut anfühlt. Deine Lider schließen sich, Caden.

Deine Stirn fällt gegen meine Schulter. Ich umklammere dich mit meinen Beinen und ziehe dich wieder in mich, als du deine Hüften zurückgleiten lässt.

Oh Gott, ich wünschte, das würde nie aufhören, dabei hat es doch gerade erst begonnen.

* * *

Caden

Du schläfst, Isabelle.

Irgendwie hast du dich so tief in mein Gehirn gefickt, dass du das neue Du für mich bist, und zwar schon nach einer verdammten Nacht. Du hast SIE mich vergessen lassen, wenigstens für ein paar Stunden. Und das ist davor praktisch noch nie passiert. SIE war immer da. Überall.

Ich habe meine Schläfe auf eine Faust gestützt, den Ellbogen auf das Bett gelehnt, und beobachte dich skeptisch. Wer zur Hölle bist du? Und aus welcher Hölle bist du gekrochen?

Du hast meine Welt gefickt, Isabelle. Dabei dachte ich, dass ich das eigentlich sonst nur bei anderen tue. Aber jetzt liegst du hier nackt in meinem Bett, die Decke über die Brust gezogen, auf der Seite liegend. Noch nicht mal im Schlaf siehst du friedlich aus, sondern wie eine kleine Dämonin, die bereit ist, mich bei lebendigem Leib in Flammen aufgehen zu lassen und meine Welt in Schutt und Asche zu legen. Fuck! Fuck!

Deine schwarzen gewellten Haare sind überall auf meinen weißen Kissen verteilt, deine perfekten Brüste heben und senken sich bei jedem tiefen Atemzug, den du machst; deine geröteten Lippen sind leicht geöffnet und deine Schminke ist ein bisschen verschmiert. Dein heißer Atem bricht sich an meiner Brust und ich lege den Kopf schief, als du murmelst: »Wie lange willst du mich noch anstarren?« Damit öffnest du deine giftgrünen Augen.

Ich hebe eine Braue. »Was?«

Du seufzt zufrieden, drehst dich auf den Rücken und streckst dich. Dabei rutscht die Decke von deinen Brüsten. Ich lege den Kopf auf die andere Seite, und scheiße, hat die Welt jemals so was Heißes wie dich gesehen? Ich glaube nicht.

»Du starrst mich an. Ich hoffe, du hast dich nicht in mich verliebt, Caden Rush.«

Ich glaube, mich verhört zu haben, und runzle meine Stirn. Hast du mich gerade Caden genannt? Habe ich dir letzte Nacht nicht den Carter gemacht? Woher weißt du überhaupt, wer ich bin? Wie viel hat Carter dir erzählt? Und wie konntest du uns unterscheiden, ohne mich zu kennen?

Fuck, wer bist du, Isabelle?

Du besitzt echt die Dreistigkeit, deinen Zeigefinger auszustrecken und ihn unter mein Kinn zu tippen, sodass mein Mund sich wieder schließt.

»Ich wusste von Anfang an, dass du nicht Carter bist. Carter küsst ganz anders als du.« Fuck, ich will gar nicht daran denken, wie du Carter küsst. Und vor allem wen Carter jetzt küsst.

»Woher kennst du eigentlich Carter?«, frage ich langsam. Du, Isabelle, setzt dich auf und streckst dich nochmal genüsslich. Ich schaue mir deinen schlanken Rücken an und die Linie, die sich über deine Wirbelsäule zieht, sowie die gebräunte Haut, die im Sonnenlicht richtiggehend schimmert, und deine schwarzen Haare, die über deine Haut fallen.

Fuuuuck!

»Ach, als er in den sechs Wochen verschollen war, war er eigentlich die ganze Zeit mit mir zusammen in einem totalen Abfuckviertel Chicagos. Wir waren ein bisschen wie Bonny und Clyde. Es war … schön.« Du drehst den Kopf über die Schulter und strahlst mich an. Ich mag es nicht, wie du mich anstrahlst, Isabelle.

»So?« Ich fahre mit meinem Finger deine Rückenlinie nach; ich will dich konditionieren, ganz langsam auf mich abstimmen und gucken, wie weit ich bei dir gehen kann.

Du stehst einfach auf. Einfach so, als hätte ich dich gar nicht berührt, und erscheinst nackt vor mir. Sogar im Tageslicht bist du einfach perfekt. Du bist nicht so dünn wie andere Tussis, du hast die richtigen Rundungen an den richtigen Stellen. Deine Oberschenkel sind perfekt geformt und deine Füße sind die kleinsten, die ich je gesehen habe, und deine Zehen rot lackiert.

Ich sehe wieder in deine Augen. »Und? Was willst du jetzt machen, Isabelle?« Ich stütze mich auf die Ellbogen und natürlich gleitet dein Blick über meine Brust. Natürlich blitzt Verlangen in deinen Augen auf. Aber du suchst deine Klamotten zusammen.

»Ach, ich muss unbedingt mit Carter reden, hab ich doch gesagt.«

Mein Blick verdunkelt sich. »Carter hat jetzt eine *Freundin*. Du kannst auch mit mir reden.«

»Ich wollte ihn nicht ficken. Wenn seine Freundin es erlaubt, würde ich gerne mit ihm reden. Nur reden. Ich ficke keine vergebenen Männer. Und ich freue mich für ihn, dass er die Kleine gekriegt hat. Das ist doch Alayna, oder? Die legendäre *Alayna*?« Du klingst aber nicht sehr erfreut darüber, egal, was du versuchst, mir weiszumachen, Isabelle.

Du ziehst deinen Slip an, dann deine Jeans, die deinen Arsch noch perfekter macht. Ich stehe auf, nackt, wie ich bin, während du einfach nach dem Oberteil greifst, was ich gestern anhatte, weil deins noch in meinem Auto rumfliegt, genau wie dein BH. Während ich meinen Nacken knacken lasse, schlüpfst du einfach in das Oberteil. Ich liebe es ein bisschen, wie fucking gut dir meine Sachen stehen. Fast so gut wie Alayna. FUCK, wieso kann ich nicht aufhören, an diese Bitch zu denken?

Als ich vor dir stehen bleibe, ziehe ich dein Haar aus dem Kragen und fahre es bis zu den Spitzen nach.

»Dann geh, wenn du gehen musst, Isabelle.«

Du hebst eine Braue. Das ist *mein* Ding, Isabelle. »Das hatte ich vor, Caden.«

»Okay.« Ich mache eine ausladende Handbewegung zur Tür. »Er wohnt in der Garage. Mit der legendären Alayna.«

»Schön, dann lerne ich sie auch mal kennen!«, sagst du breit grinsend. Du provozierst mich anscheinend absichtlich und ich weiß nicht, was ich mit dir machen soll, Isabelle. Sonst wollen die Frauen dieses Zimmer gar nicht mehr verlassen, nachdem sie es einmal betreten haben. Aber dir kann es nicht schnell genug gehen. Genau wie bei Alayna …

»Okay!«, sagst du jetzt. »Wir sehen uns, Caden!« Du stülpst deine Socken über, greifst nach deinen Sneakers und gehst einfach, während ich dir total fassungslos dabei zusehe.

What the fuck, Isabelle?

3. Zwei Teufel an einem Tisch, Alayna

Carter

Du bist so müde, Baby, und ich auch.

Wir haben in der letzten Nacht so was wie einen Sexmarathon mit Caden und irgendeiner Tussi gehabt. Das Stöhnen kam mir bekannt vor, aber ich denke, ich habe mir nur was eingebildet.

Mein Bruder und ich hatten beide die Fenster offen und haben versucht, uns gegenseitig mit euren Schreien zu übertrumpfen. Ich habe keine Ahnung, wer die Bitch in seinem Bett war, aber du warst meine Bitch letzte Nacht und du warst so verdammt versaut, Alayna. Wir haben uns eine Woche nicht angerührt, weshalb sich von beiden Seiten einiges aufgestaut hat. Jetzt bist du hier mit mir, das erste Mal offiziell als mein. Ich muss kein Geheimnis daraus machen, egal, wie angewidert mein Dad guckt. Mir ist klar, was ihm durch den Kopf geht. Dass du vor ein paar Wochen noch aus Cadens Zimmer gestöhnt hast und jetzt neben mir sitzt. Aber er versteht das nicht, Baby. Niemand versteht das außer uns. Ich habe Caden gestern kaum mehr gesehen und weiß nicht, in welcher Verfassung er heute wieder ist und wie schlimm seine Schikanen gegen dich werden, aber im Fall der Fälle hast du mich hinter dir. Diesmal weiß ich, zu wem ich halten muss. Und meine Faust, die im Zweifelsfall in seinem Gesicht landet, ist auch noch da.

Mom hat Pancakes gemacht. Heute ist Sonntag und es ist eiskalt draußen. Der Regen peitscht gegen die Fenster, obwohl die Sonne scheint. Am Himmel bildet sich ein Regenbogen. Das Wetter ist genauso durcheinander wie wir. Ich weiß, dass ich dich will, Baby, und ich weiß, dass es nicht leicht wird. Ich weiß auch, dass Caden uns Probleme machen wird, weil er insgeheim immer noch an dir hängt. Aber irgendwie ist es anders als bei Melissa. Bei dir fühle ich mich ihm gegenüber nicht so machtlos wie bei ihr. Weil du selbst stark bist und keinen Beschützer brauchst. Das erleichtert mich. Du hast ihm widerstanden, das hat Melissa kaum bis gar nicht geschafft.

Mom sitzt neben Dad und verteilt großzügig Schokosirup auf ihren Pfannkuchen. Dad schaut sie mit einer erhobenen Braue an. Sie wird rot, aber sie stellt auf den Tod diese Tube nicht weg. Sie verteilt und verteilt und verteilt … Und du, Alayna, siehst ihr mit gerunzelter Stirn dabei zu.

»Baby«, *haucht* Dad und legt seine Hand auf ihre. »Es reicht jetzt, sonst haben *wir* ja gar nichts mehr.«

Mom schluckt. What the fuck? Dann stellt sie die Soße wieder hin und schneidet sich einen Pancake zurecht. Ava schläft noch, weshalb uns jegliches dummes Gemotze erspart bleibt. Ich wünsche niemandem eine kleine Schwester, Alayna. Ehrlich nicht.

Du trinkst müde von deinem Kaffee und Dad stichelt los. »Und? Wie war euer Geburtstag? Hat sich mehr angehört, als hättet ihr hier gefeiert. Apropos, Alayna, du weißt schon, dass das Carter ist, oder?«

Deine Wangen werden rot und du versinkst in deinem Stuhl. »Ja, ich weiß«, sagst du leise.

»Wir sind jetzt zusammen«, verkünde ich. »Also lass sie in Ruhe, Dad!«

»Häääää?«, macht Mom. »Wie, ihr seid jetzt zusammen? Was ist denn mit Caden? Was ist hier eigentlich los? Wieso weiß ich nie von irgendwas?«

Dad lächelt sie leicht an. »Baby, weil ich dir jeglichen psychischen Schaden ersparen will. Es ist besser, nicht alles zu wissen. Vertrau mir. Und der nächste Gast kommt in drei, zwei, eins … Hallo!«, sagt er zur Tür gewandt. »Und du bist?«

Meine Augen werden riesengroß, als ich sehe, wer da im Durchgang zur Küche steht und wessen Schritte ich gehört habe, aber nicht zuordnen konnte, und als ich spüre, wie mein Herz kurz stoppt. »*Isabelle*?«

Sie sieht mich an. Einen ganzen Moment. Mein Herz schlägt nach seinem Aussetzer nun immer schneller.

Dann verändert sich ihre Miene, weil wir hier nicht allein sind. »Carter!«, ruft sie erfreut und ihre grünen Augen funkeln. Fuck, Alayna! »Endlich!«

Sie trägt Cadens Shirt – WIESO? – sowie enge Jeans. Ihre schwarzen Haare sind total durcheinander. Sie läuft um den Tisch herum, umarmt mich und ruft: »HI!« Ich bin kurz wie erstarrt. Ihr Duft kriecht in meine Nase und wirbelt einen Tornado in mir auf, den ich schnell wieder runterwürge. Was zum Teufel?

Dann beugt sie sich nach unten und umarmt dich. Du sitzt noch total verwirrt auf deinem Stuhl und kratzt dich irritiert am Kopf.

Isabelle zieht sich wieder zurück. »DU bist also Alayna!«

Ich verstehe gar nichts mehr, Alayna, und ich starre sie an, als wäre sie ein Marsmännchen. Sie sieht immer noch aus, wie sie aussah, als sie mit mir unterwegs war, aber ich kann mir nicht erklären, was sie hier macht und wie sie dazu kam, die Nacht bei Caden zu verbringen, was ja ziemlich offensichtlich ist. Fuck, was ist hier los? Ich verkrampfe meine Hand und atme tief ein. Das hier gefällt mir nicht. Gar nicht.

Isabelle und ich waren nie wirklich ein Paar oder so. Sie ist einfach ein unglaublicher Mensch und ich habe viel Zeit mit ihr verbracht, als ich nach der Sache im Club richtig durchgedreht bin und Caden verprügelt habe. Wir haben ein paar irre Sachen zusammen erlebt. Ja ... es war intensiv und echt und ging mir unter die Haut. Aber meine Gedanken waren immer bei dir, Baby. Sie hat mich letztendlich dazu bewegt, wieder nach Hause zu fahren, zu meiner Familie und zu dir. In der ganzen Zeit hat sie mir nie erzählt, was sie in diese abgefuckte Ecke getrieben hatte, was okay war. Sie allerdings zurückzulassen, hat mir gar nicht gefallen. Es war wirklich hart, doch ich habe es akzeptiert. Sie ist eine Kämpferin und es ist kaum zu übersehen, dass sie vor irgendwas flüchtet. Keine Ahnung, wovor in diesem Alter.

Jetzt ist sie jedenfalls hier und du siehst nicht glücklich aus.

»Das ist Isabelle«, sage ich unbehaglich an meine Eltern gewandt und weiche deinem Blick aus, der mir ein Loch in die Seite starrt.

»Ja, hi Isabelle«, meint Mom verwirrt. »Und du warst bei Caden die Nacht, oder …?«

»Ja, das war sie!«, erklingt jetzt die nächste Stimme. Die Stimme meines Bruders. Mein Blick schießt automatisch an Isabelle vorbei zu ihm. Er hat sich was Lockeres angezogen und schlendert barfuß an den Esstisch – dieser Dämon. Seine Haare hat er nicht gebändigt und im Gesamten sieht er aus wie ich gerade. Oberkörperfrei mit Jogginghose und verschlafen, aber mit diesem Ich-hatte-den-Sex-meines-Lebens-Glitzern in den Augen. Und das glaube ich ihm, denn ich kenne Isabelle. Versteh mich nicht falsch, Baby, du bist meine Granate, aber ich weiß, wie sie einen Mann süchtig machen kann, und das hat sie bei ihm anscheinend schon nach einer Nacht geschafft.

Er zieht ihr locker einen Stuhl zurück und nickt in dessen Richtung. »Setz dich, Isabelle. Frühstücke mit uns.«

Oh Gott, neinnnnnnnn, denke ich genervt und sehe vorsichtig in deine Richtung. Du könntest nicht mehr durcheinander sein.

»Super!«, ruft Dad. »Und woher kennen sich hier alle am Tisch? Würde uns mal jemand aufklären? Setz dich doch endlich, Isabelle!«

Sie tut es und lässt sich auf den Stuhl plumpsen, den Caden an den Tisch rückt, bevor er sich neben sie setzt. Oh Gott, Alayna, die beiden nebeneinander vermitteln mir kein gutes Gefühl. Unterschätze diese süße Hülle nicht, niemals. Isabelle hat es faustdick hinter den Ohren. Und es vermittelt mir auch kein gutes Gefühl, dass sie an Caden geraten ist. Die beiden können nur für Chaos sorgen.

»Jaaaaa, das kann ich erklären!«, ruft Caden begeistert und greift nach dem Orangensaft. »Isabelle war gestern auf der verzweifelten Suche nach Carter. Alayna, hast du gewusst, dass die beiden sechs ganze Wochen miteinander verbracht haben? Du weißt schon, in der Zeit, als es dir so mies ging und ich dich verlassen habe. Wusstest du, dass sie sich gegenseitig das Hirn aus dem Schädel gefickt haben?« Ungerührt trinkt er von seinem Saft.

»Carter?«, fragst du zickig von der Seite. Ich hasse es, von der Seite angezickt zu werden, Alayna, noch vor meinem ersten Kaffee!

»Warte mal, was?«, erkundigt sich Dad total abgefuckt. Er hat keine Lust mehr auf unsere Dramen. Ich verstehe ihn ja. Ich habe auch langsam keine Lust mehr drauf.

»Ja«, sage ich langsam und sehe dich immer noch nicht an. »Isabelle ist eine sehr gute Freundin von mir, aber wir haben uns eine Zeit lang nicht gesehen. Ich habe keine Ahnung, was sie hier macht und warum sie aus Cadens Bett kommt. Also hör auf, mich so anzustarren, Alayna. Sonst flippe ich aus.« Ich werfe dir einen Todesblick zu. Du zuckst zusammen und wendest dich grummelnd wieder deinem Kaffee zu. Okay, sehr gute Freundin war wohl etwas untertrieben, aber was soll ich dir sonst erzählen, Alayna?

»Ahh, Alayna, dein Prinz ist anscheinend gar nicht so ein Prinz, nicht wahr?«, bohrt Caden natürlich. Was auch sonst?

»Was auch immer!«, ruft Isabelle. »Danke für Ihre Gastfreundschaft, Mr. und Mrs. Rush. Also das ist so: Meine Eltern haben mich von zu Hause rausgeschmissen, deswegen streune ich durch die Gegend. Und Carter hat gesagt, wenn was ist, soll ich mich bei ihm melden. Eventuell brauche ich einen kleinen Unterschlupf. Ich hab Geld und zahle auch Miete, wenn es sein muss, und kaufe auch gerne ein. Und ich klaue nichts und ich habe Manieren.«

»Das habe ich letzte Nacht gehört, direkt über meinem Kopf«, bemerkt Dad trocken.

Isabelle schämt sich nicht mal und redet einfach weiter. »Und es wären nur ein paar Tage.«

»Ich finde, wir sollten lieber deine Eltern kontaktieren«, meint Dad. Jetzt sieht man eine Regung in Isabelles Zügen. Sie wird nämlich blass und Caden mustert sie mit schiefgelegtem Kopf von der Seite.

»Oh nein!«, erwidert sie total panisch und die grünen Augen weiten sich. »Nein, das ist keine Option und ich bin schon achtzehn und kann das selber entscheiden. Ich brauche nur ein paar Tage, dann bin ich wieder weg! Und ich wäre gar nicht aufgetaucht, hätte Carter mir nicht das Gefühl vermittelt, dass das kein Problem ist.«

Ich seufze tief und weiß, dass du ausrasten wirst, aber na ja … Ich rede einfach los, wie das meine Art ist. Außerdem scheint sie Caden gut von uns abzulenken. Was willst du mehr, Baby? Abgesehen davon würde und könnte ich Isabelle nie was abschlagen. Sie hat einen ganz besonderen Platz in mir eingenommen.

»Dad, Isabelle ist wirklich voll okay. Sie wird keine Scheiße bauen. Ich lege meine Hand für sie ins Feuer. Außerdem war sie für mich da. Ohne sie wäre ich nicht zurückgekommen.«

»Mason!«, tadelt Mom und fuchtelt mit ihrer Hand in der Luft herum. »Ein paar Tage sind okay.«

Dad seufzt tief, aber ich weiß, dass er eine Frau in Nöten niemals vor die Tür setzen würde. »Du kannst das Gästezimmer haben. Carter bürgt für dich, nicht wahr, Carter? Wenn was ist, fällt es auf dich zurück, das weißt du, ja?«

»Ohhh ... jaaaa«, stöhne ich und trinke noch mehr Kaffee. Ich bin noch nicht wach genug für den Scheiß und spüre immer noch, wie du brodelst. Ich will dich wieder auf den Boden der Tatsachen zurück ficken, Alayna. Du hast nicht zu brodeln. Du brodelst in letzter Zeit zu oft. Du bist jetzt meine Freundin und jetzt wirst mich erst richtig kennenlernen. Ich werfe dir einen Blick zu, wie Dad ihn Mom zuwirft, wenn er die Schnauze voll hat, und du kriechst fast in dich selbst zurück.

»Danke, Mr. Rush, Sir!«, säuselt Isabelle und hat ihre süße Nummer wieder ausgepackt. Dank ihr und ihrer gespielten süßen Lolita-Art, bin ich aus einiger Scheiße rausgekommen.

Caden zieht die Augenbrauen hoch. Er ist so angeturnt von ihr. Das ist etwas, war mir gar nicht gefällt. Aber Alayna, er hat dich kaum angesehen, seit er am Tisch sitzt, und das ist gut so. Ich hoffe, dass das auch so bleibt, solange Isabelle da ist und ihn ablenkt. Ablenken kann sie nämlich wirklich gut.

»Carter, kannst du mich dann mit deiner Freundin kurz an den Bahnhof fahren? Im Schließfach hab ich noch zwei Koffer, die ich holen muss.«

»Äh …«, fange ich an, da unterbricht Caden mich schon. Er hat seinen Arm auf ihrer Stuhllehne und spielt mit ihren Haaren. Oh mein Gott, das ist so ein komisches Bild. Als würde ein Teufel versuchen, den anderen Teufel zu zähmen. Und so … falsch. Sie gehört irgendwie nicht an seine Seite. Ich lese in deinen Augen, dass es dich auch stört, und versuche wirklich, das zu übersehen, Alayna.

»Ich fahre dich«, beschließt er und du kannst kaum dein Schnauben unterdrücken. Du *starrst* auf seine Hand an ihrem Haar, Baby. Merkst du es?

Isabelle schaut ihn über die Schulter an und schmiegt ihren Kopf in seine Hand. Oh mein Gott, diese ganze Energie hier … Du spürst sie auch, Baby, und betrachtest das Bild genauso befremdet wie ich. Und ein bisschen angepisst, Alayna. Was ist das jetzt? Ich weiß nicht, was mich gerade mehr ankotzt. Dass sie da mit ihm sitzt oder dass es dir was ausmacht.

»Das würdest du tun?«, fragt sie sanft und ich verdrehe die Augen. Sie lässt ihn jetzt mächtig fühlen, das ist ihre Masche. Ich habe jeden verdammten Tag mit ihr verbracht und kenne jede einzelne Masche. Und es fickt mich ein bisschen, weil ich nicht weiß, wer mit wem spielt.

»Klar«, meint er gönnerhaft und du schaust mich an. Ich erwidere deinen Blick und zucke mit den Schultern.

Ich weiß, Baby, sage ich mit meinem Blick.

Du schüttelst den Kopf und antwortest stumm: *Ich kotze gleich.*

Wieder nicke ich. Tut dir das insgeheim ein bisschen weh, Alayna? Ihn mit einer anderen zu sehen? Mich fickt es nämlich schon ein bisschen ab, dass sie neben ihm sitzt. Aber das würde ich nie laut sagen.

Dad steht auf. »Gott, dieses ganze Geblickficke jeden Morgen an meinem TISCH!«, motzt er. »Könnt ihr euch nicht in die Antarktis verziehen? Ich hab die Schnauze voll. So viel Karma habe ich auch nicht verdient.« Damit geht er und Mom folgt ihm lachend.

»Fühl dich wie zu Hause, Isabelle, und du kannst auch gleich den Tisch abräumen!«, flötet sie fröhlich und grinst. Isabelle lacht. Fuck, ich erinnere mich noch zu gut an ihr Lachen.

Sie scheut sich nicht vor Arbeit und ist dankbar, wenn man ihr was gibt. Wahrscheinlich wird sie die nächsten Tage das ganze Haus putzen.

»Können wir aufstehen?«, fragst du leise und ein bisschen verunsichert.

»Klar.« Ich nicke steif. Wir erheben uns und Isabelle ruft: »War schön, dich endlich mal kennenzulernen, Alayna. Du bist eine richtige Legende!«

Ich verdrehe die Augen in ihre Richtung und mein Blick sagt: *Hör auf, Isabelle,* als ich dich in die Garage ziehe.

Fuck.

Vorgängerbücher

Keaton und Olivia

Du siehst mich nicht, aber ich sehe dich.
Ich sehe dich immer.
Ich bin immer da – egal, was du machst.
Ich sehe dich, wenn du deinen kleinen, heißen Körper an anderen Männern reibst, und wenn du in deiner keuschen Uniform Gäste bedienst.
Ich weiß, was du denkst, wer du bist und wer du gerne sein würdest.
Ich weiß, was du brauchst und du wirst es bekommen. Bald.
Dann wirst du mein sein.

Der dunkle Auftakt einer Reihe, die dir den Atem rauben wird.

Lesen auf eigene Gefahr!

Mason und Emilia

Du bist ein verlorenes Mädchen und schon längst in den Abgrund gefallen.

Vielleicht habe ich dich hineingeschubst. Vielleicht habe ich dich dort auch nur gefunden.

Aber ich bin nicht hier, um dich wieder rauszuziehen, Emilia.

Ich bin hier, um dich einzufangen, solltest du jemals flüchten wollen.

Du fühlst dich angezogen von der Dunkelheit. Ich bin die Dunkelheit, Baby.

Lauf!

Der dunkle Auftakt einer Reihe, die dich süchtig machen und in den Abgrund reißen wird. Alle drei Teile erscheinen in kurzen Abständen und sind in sich abgeschlossen.

Bist du ihnen gewachsen?

https://amzn.to/2ZvfhLZ

Danksagung

So.
Das wars erstmal. Aber nicht für lange, wir werden sehen, dass wir jeden Monat einen Teil rausbringen, denn wir konnten die Enden nicht abschließen. Wir konnten gar nicht aufhören zu schreiben – und können es immer noch nicht.
Wir haben diese Bücher mit Blut und Schweiß und Tränen geschrieben – und zwar wortwörtlich. Wir haben uns die Finger wund getippt, bis unsere Handgelenke entzündet waren. Wir haben geweint, bis wir nix mehr sehen konnten. Und wir haben echt geschwitzt, wenn die Männer besonders heiß waren. Und das sind sie leider sehr oft.
Wir hoffen, dass es euch genauso geht, bei jedem einzelnen dieser Bücher, die für uns alles bedeuten. Die uns gezeigt haben, dass Grenzen dazu da sind, um uns herauszufordern.
Die aus uns wahre Bros gemacht haben – wo wie Caden und Carter.

Aber ohne einige Leute wäre es niemals soweit gekommen.

An erster Stelle natürlich unsere Lektorin, die den Tiefgang hinter den Charakteren so perfekt verstanden hat. Danke Bella, für deine jahrelange Unterstützung.

Danke an Marie, die wieder mal so ein einzigartiges wunderschönes Cover gezaubert hat.

Danke an Andreas unseren pfiffigen Korrektor.

Danke an Marcel fürs Probelesen und danke an alle Blogger, die uns unterstützen. Ihr seid der absolute Wahnsinn!

Und danke an EUCH! Ihr wart schon vor der Veröffentlichung so begeistert, habt geteilt und kommentiert und uns mitgerissen. Danke, dass ihr mit uns auf diese Reise geht.

Danke, dass ihr euch auf was Neues einlasst.

Danke, dass ihr liebt, was wir so sehr lieben.

Bitte lasst uns ein paar Worte als Rezension da, denn dies ist unser Herzensprojekt. Unser Baby. Unsere große Liebe.

Wir sind besessen und wir hoffen, dass es euch genauso geht.

Eure Maria und Don

Über Don Both

Die 30-jährige Tschechin, die in Bayern lebt, fing im Alter von zwölf Jahren an Geschichten zu schreiben, weil sie die beste Kurzgeschichte in der Schule abliefern wollte. Der Plan gelang und sie entdeckte dadurch ihr Talent, Geschichten erzählen zu können.
Während ihrer Schulzeit und ihrer Berufsausbildung als Kinderpflegerin ließ sie ihrer Fantasie als Hobbyautorin freien Lauf. Der Schwerpunkt ihrer Erzählungen lag anfangs meist bei Liebesromanen, und humorvollen Komödien. Jedoch kam auch das Drama, die Fantasy und der Horror nicht zu kurz. Im späteren Verlauf floss auch immer mehr Erotik ein und diese Kategorie entwickelte sich schnell zu einer ihrer liebsten.
Im Jahr 2010 wagte sie den großen Schritt und stellte einige ihrer Erzählungen auf einer Fanfiktion- Seite einer breiteren Leserschaft zu Verfügung. Ihre Angst Spott und

Häme dafür einzustreichen, war mehr als unbegründet. Sie hatte durch ihre provokanten aber ehrlichen Geschichten schnell eine große, begeisterte Leserschaft und gewann einige Wettbewerbe und Preise.
Durch diese Erfolge ermutigt veröffentlichte sie im Jahr 2013 ihren ersten erfolgreichen Roman »Immer wieder Samstags« und gehört seit dem zu einer der meistgelesenen Autoren auf dem ebook- Markt.
Privat engagiert sie sich für den Tierschutz und lebt mit ihren Katzen, ihrem Mann und ihrem Sohn im kleinsten Kuhkaff der Welt.

Lesetipp:

Vorgängerteile – Unter deiner Haut – Reihe!
Unter deiner Haut: http://amzn.to/2kvnPBv
Immerwieder – Reihe (The unholy Book of Tristan Wrangler)
Lesetipp, wenn man mehr über Tristan, Mia und Robbies Vorgeschichte erfahren will.
»Die Geschichte wurde schon tausendmal erzählt - er, jung, sexy, knackig und reich. Sie klug, mollig, unsicher, aus armen Verhältnissen … Eigentlich habe ich nicht wirklich damit gerechnet, dass es mich packt - aber wir reden hier von Tristan Wrangler … und der ist wirklich heiß! Und man merkt schnell, dass hinter seiner perfekten äußeren Fassade ein wundervoller Mensch steckt. Ich mag den Schreibstil von Don Both sehr gerne. Sie kann so dreckig schreiben, wie Tristan grinst!«
(The unholy Book of Tristan Wrangler – Sammelband zum Sonderpreis): http://amzn.to/2c3VpKd

(Immer wieder Verführung – Sammelband zum Sonderpreis: https://www.amazon.de/Immer-wieder-Verf%C3%BChrung-Sammelband-ebook/dp/B01C63HCWC/ref=asap_bc?ie=UTF8
(Immer wieder Tristan und Mia: https://www.amazon.de/Immer-wieder-Tristan-Mia-ebook/dp/B012AQ6FPK/ref=asap_bc?ie=UTF8
(Immer wieder ist nicht genug): http://amzn.to/2cq2tT6
(Travel zum Glück): https://www.amazon.de/Tristans-Travel-Gl%C3%BCck-kuschelige-Weihnacht-ebook/dp/B01MYSERYR/ref=pd_sim_351_1?_encoding=UTF8&psc=1&refRID=VDKYHM3BY7S1TJGTR2WW
Wer mehr über Lilian Price und Vladimir Romanov erfahren will:
Mad Love: http://amzn.to/2c3Xt4D
Bad Love: http://amzn.to/2cqdXpI
Und vor allem Ménage à trois: http://amzn.to/2c3XFkr(Hier gehts um Kristovs Eltern)
Die Towerreihe umfasst noch einen Teil von Kera Jung, allerdings nicht mit den euch bekannten Charakteren: https://www.amazon.de/gp/product/B00LGUV7FK/ref=series_rw_dp_sw
Wer mehr über Luca Cavalli und seine Isabella erfahren will:
Isabella Parker ist zweiunddreißig Jahre alt und hat als erfolgreiche Staatsanwältin beruflich alles erreicht, was man erreichen kann. Privat sieht es ganz anders aus – sie braucht keine Liebe, keine Freunde und keine Familie. Sie ist gern Einzelgängerin, bis sich, im (Zwangs)Urlaub ihre

und die Wege des charismatischen Luca kreuzen, der ihr zeigt, was es heißt zu leben.
Einerseits hat sie so einen aufmerksamen, charmanten und attraktiven Mann noch nie getroffen, doch andrerseits existiert da eine dunkle Seite – eine, die ihr zum tödlichen Verhängnis werden könnte.
Als sie davon erfährt, ist es bereits zu spät und sie den subtilen Verführungskünsten des mysteriösen Fremden verfallen.
Womit der erste Zug seines Spiels vollbracht wäre.
Der etwas andere Don Both Roman ...
Abgeschlossene Romanze/Erotik/Thriller
Corvo – Spiel der Liebe: http://amzn.to/2cqcmzY

Über Maria O'Hara

Maria O'Hara wurde 1991geboren und lebt in Baden-Württemberg. Schreiben ist für sie der Ausgleich zum Alltag, die Balance zwischen Realität und Fantasie. Mit den richtigen Musikern an ihrer Seite, die es ihr ermöglichen, Momente genau vor ihrem inneren Auge zu erfassen, und vielen Tassen Milchkaffee, kommt es auch mal vor, dass die Nacht vorbei und drei neue Kapitel erstellt sind. Im Vordergrund steht in Marias Büchern das Drama; je verworrener und tiefgreifender, desto besser.

Bisher erschienen:

Wild Cherry, Sweet Cherry
Ride or die – Obsession, Ride or die – Black summer, Ride or die – Dark Paradise
Beautiful Mess
Rebels – Band eins, Rebels – Band zwei
Pretty in White – Emily, Pretty in Black – Emma, Pretty in Red – Ami
Pure Sin:
Mit Emily Key:
The Plaza Manhattan:
1. Room 666
2. Diamondheart
3. Game of souls
4. White Satin
Una Palabra
Mit Don Both:
Seducing, Mr. O'Connor
Rejecting Mr. O'Connor
Tempting Mrs. Waldorf

Obsessed
Possessed
Run, Baby, Run
Cry, Baby, Cry
Stay, Baby, Stay
Mit Kera Jung:
14 Carat
20 Carat
24 Carat

Printed in Poland
by Amazon Fulfillment
Poland Sp. z o.o., Wrocław

55467282R00445